江苏高校优势学科建设工程资助项目（PAPD）
江苏高校品牌专业建设工程资助工程资助项目（TAPP）

21世纪汉语言文学专业精品规划教材

20世纪欧美文学

主　编

杨莉馨　汪介之

编委会

杨莉馨　汪介之　陈瑞红

哈旭娴　卢　婧　萧盈盈

南京师范大学出版社
NANJING NORMAL UNIVERSITY PRESS

图书在版编目(CIP)数据

20世纪欧美文学 / 杨莉馨,汪介之主编. —南京:南京师范大学出版社,2018.9(2023.2重印)
(21世纪汉语言文学专业精品规划教材)
ISBN 978-7-5651-3766-2

Ⅰ.①2… Ⅱ.①杨… ②汪… Ⅲ.①欧美文学－文学史－20世纪－高等学校－教材 ②文学史－美洲－20世纪－高等学校－教材 Ⅳ.①I109.5

中国版本图书馆CIP数据核字(2018)第125621号

丛 书 名	21世纪汉语言文学专业精品规划教材
书　　名	20世纪欧美文学
主　　编	杨莉馨　汪介之
策划编辑	张　春
责任编辑	于丽丽
出版发行	南京师范大学出版社
地　　址	江苏省南京市玄武区后宰门西村9号(邮编:210016)
电　　话	(025)83598919(总编办)　83598412(营销部)　83373872(邮购部)
网　　址	http://press.njnu.edu.cn
电子信箱	nspzbb@njnu.edu.cn
照　　排	南京凯建图文制作有限公司
印　　刷	南京玉河印刷厂
开　　本	710毫米×1000毫米　1/16
印　　张	26.5
字　　数	519千
版　　次	2018年9月第1版　2023年2月第4次印刷
书　　号	ISBN 978-7-5651-3766-2
定　　价	58.00元
出版人	张　鹏

南京师大版图书若有印装问题请与销售商调换
版权所有　侵权必究

目　录

上编　20世纪上半叶的欧美文学

第一章	导　论	003
第二章	英国文学	020
	第一节　概　述	020
	第二节　康拉德	027
	第三节　劳伦斯	031
	第四节　乔伊斯	036
	第五节　伍尔夫	043
	第六节　叶芝	052
	第七节　T. S. 艾略特	064
第三章	法国文学	069
	第一节　概　述	069
	第二节　纪德和莫里亚克	078
	第三节　普鲁斯特	086
	第四节　塞利纳	095
第四章	美国文学	103
	第一节　概　述	103
	第二节　薇拉·凯瑟	116
	第三节　赛珍珠	122
	第四节　菲茨杰拉德	128
	第五节　海明威	133
	第六节　福克纳	140
第五章	俄罗斯文学	148
	第一节　概　述	148
	第二节　高尔基	154

第三节　布宁……………………………………………………… 165
第六章　德语文学………………………………………………………… 173
　　　第一节　概　述……………………………………………………… 173
　　　第二节　托马斯·曼………………………………………………… 182
　　　第三节　里尔克……………………………………………………… 188
　　　第四节　黑塞………………………………………………………… 195
　　　第五节　卡夫卡……………………………………………………… 199

下编　20世纪下半叶的欧美文学

第一章　导　论…………………………………………………………… 209
第二章　英国文学………………………………………………………… 228
　　　第一节　概　述……………………………………………………… 228
　　　第二节　多丽丝·莱辛……………………………………………… 237
　　　第三节　艾丽丝·默多克…………………………………………… 244
　　　第四节　玛格丽特·德拉布尔……………………………………… 249
　　　第五节　里斯、拜厄特与卡特……………………………………… 256
　　　第六节　伊恩·麦克尤恩…………………………………………… 265
　　　第七节　朱利安·巴恩斯…………………………………………… 270
第三章　法国文学………………………………………………………… 275
　　　第一节　概　述……………………………………………………… 275
　　　第二节　莫里斯·布朗肖…………………………………………… 281
　　　第三节　娜塔莉·萨洛特、阿兰·罗伯-格里耶与克洛德·西蒙…… 290
　　　第四节　勒克莱齐奥………………………………………………… 300
　　　第五节　戏剧家……………………………………………………… 305
第四章　美国文学………………………………………………………… 314
　　　第一节　概　述……………………………………………………… 314
　　　第二节　索尔·贝娄………………………………………………… 321
　　　第三节　约翰·厄普代克…………………………………………… 327
　　　第四节　约瑟夫·海勒……………………………………………… 333
　　　第五节　纳博科夫…………………………………………………… 338
　　　第六节　托妮·莫里森……………………………………………… 343
　　　第七节　汤亭亭与谭恩美…………………………………………… 349

第五章　俄罗斯文学···357
第一节　概　述···357
第二节　帕斯捷尔纳克·······································363
第三节　肖洛霍夫···375

第六章　拉丁美洲文学···382
第一节　概　述···382
第二节　博尔赫斯···393
第三节　马尔克斯···399

推荐阅读书目···409

编后记···415

上 编

20世纪上半叶的欧美文学

第一章 导 论

一

19世纪末20世纪初,资本主义在欧洲各主要国家和北美继续迅速地向前推进,并在与封建制度的较量中取得了决定性的胜利,各国生产力水平空前提高,科学技术日新月异。英国、法国、西班牙、葡萄牙、荷兰、俄国、德国、意大利,包括美洲新大陆上崛起的美国分别向帝国主义阶段过渡,并在海外侵占与瓜分殖民地。各帝国主义国家之间争夺世界霸权的矛盾日益激化,终至在1914年,以英国、法国为首的协约国军事集团与以德国、奥匈帝国为首的同盟国军事集团之间爆发了长达四年的第一次世界大战。一战的参战国有33个,15亿以上的人口被卷入这场战争之中。这次战争虽然以同盟国的失败而告终,但整个西方世界的资本主义体系均受到打击。老牌的殖民帝国英国,虽然在一战中是胜利者,但也元气大伤,从此一蹶不振,失去了金融资本的世界垄断地位。1917年,俄国爆发了十月社会主义革命,苏联社会主义国家宣告成立,世界历史呈现出新的发展趋势。

1929年到1933年间,资本主义世界爆发了全球性的经济危机,各种矛盾空前尖锐复杂。经济的萧条带来了悲观主义的盛行和人们普遍的精神恐慌,法西斯势力趁机兴起。此时,帝国主义国家之间又分别形成了以美国、英国、法国为一方和以德国、意大利、日本为另一方的两大军事政治集团。德国、意大利、日本等国对内实行法西斯专政,对外疯狂侵略扩张,企图再次瓜分世界,转嫁国内各种社会危机,终于在20世纪30年代末挑起了第二次世界大战。先后有60多个国家和地区,20亿以上的人口卷入了这场人类史无前例的浩劫之中。随着欧亚各国民族解放运动的发展和苏联的参战,第二次世界大战逐渐演变为世界人民共同反法西斯的正义战争,并于1945年以法西斯主义的失败而告终。二战结束后,一批社会主义国家纷纷崛起,以美国为首的资本主义和以苏联为首的社会主义两大不同的社会体制和意识形态阵营之间开始了长期的冷战,这一对峙局面一直延续到1991年苏联解体为止。

二

两次世界大战是人类历史上空前的浩劫,给数代人造成了严重的肉体与心灵创伤。20世纪又是人类历史上科学技术空前发展,各种哲学、社会思潮空前活跃的时期。随着传统的信仰与价值体系的土崩瓦解,各种崇尚直觉、本能的非理性主义思潮迅速传播。人们由对现实的失望、不满与悲观逐渐转向内省,而非理性的哲学社会思潮以及现代心理学的成果进一步强化了这一倾向。19世纪德国哲学家叔本华的唯意志论,成为现代西方非理性主义的发端。尼采的权力意志论发展了叔本华的学说。尼采对于具有坚强意志力的"超人"的呼唤,对于基督教市侩文化的抨击,都激励着20世纪的作家们对抗物质主义和市侩哲学,高扬人的本真精神,重新认识世界与人生。尼采的思想曾成为追求新的文学境界和人生境界的一种动力,但是也一度引发了盲目崇拜个人意志的倾向,并曾为法西斯主义所利用。

弗洛伊德的精神分析学说是20世纪对西方影响最大的思潮之一。这一学说的主要贡献在于率先揭示了人类心理结构中存在着一个过去远未被认识的无意识层次,并发现了这一层次在人类认识和行为中的作用。于是,作为"人学"的文学,便打开了一个前所未有的广阔探索领域。弗洛伊德的学说,不仅和法国哲学家柏格森的生命哲学与直觉主义、美国心理学家威廉·詹姆斯的学说,共同促进了欧美作家向探索人的深层意识的革命性转移,而且成为现代文学批评的重要理论和方法之一。

诞生于19世纪的马克思主义理论以及与之相联系的社会主义和革命民主思想,在20世纪的欧美各国同样产生过广泛的影响。特别是在20至30年代,西欧各国曾出现过一个左翼思潮空前高涨的时期。马克思关于社会生产力和生产关系、经济基础和上层建筑之间的辩证关系的学说,关于资本主义生产中的剩余价值和"异化"的理论,关于工人阶级的历史地位和历史使命的论述,关于人类理想的共产主义社会的描绘,都直接影响了20世纪欧美各国乃至整个人类的思想文化和历史进程。从30年代后期起,由于苏联个人崇拜和极左路线的盛行及其恶果,欧美知识分子中曾出现过严重的思想混乱。但是,在去伪存真的辨析澄清和痛苦的思考以后,欧美思想界、知识界的一些有识之士,依然把马克思主义学说作为自己观察和研究各种社会和文化问题的理论武器。

三

20世纪世界经济、政治与文化的特征,在文学中打下了深重的烙印。文学势必是时代精神最集中、最鲜明的反映。现代主义文学在各种非理性主义思潮的支撑下迅速发展起来，并很快成为20世纪上半叶最引人注目的文学现象，而现实主义文学由于上承前代特别是19世纪欧美现实主义文学思潮的余绪，依然获得了强劲的发展势头，并以骄人的成就成为足以与现代主义文学齐头并进的文学力量。

现实主义作为作家观照世界的一种人生态度和体验方式以及一种基本的艺术倾向，不绝如缕地存在于各个时代的文学之中，20世纪的文学也不例外。一方面，文学作为时代生活与精神风貌的反映，不可避免地要将五光十色的历史与现实生活场景摄入文学画面之中，呈现出或多或少的现实主义因素。另一方面，虽然非理性主义思潮对20世纪的思想文化以及人们的思维方式与价值观念均产生了深刻影响，但人们始终无法完全摆脱用理性的力量来观照与把握这个世界的过去、现在与将来，更何况西方社会有着历史悠久而影响深远的理性主义传统。理性主义要求作家们更加深入地观察与体验社会生活，并从中提炼出具有本质意义与价值的东西。这就使忠实地描摹世界与人生，依然成为相当多的作家自觉的艺术追求。当然，由于社会现实的发展、科学技术的进步、诸种非理性主义哲学社会思潮的影响、文学观念的嬗变以及现代主义文学的渗透，20世纪上半叶的欧美现实主义文学又呈现出一些新的特征。

19世纪的现实主义文学在自然科学发展与唯物主义哲学的影响下，明显地呈现出自然科学式的实证主义和科学主义的倾向，这一倾向在自然主义文学流派中表现得最为典型。以巴尔扎克和左拉等为代表的作家们，自觉把自己认同为历史的"书记员"，以逼真地模仿与忠实地再现客观的外部世界为基本的文学追求。当然，在19世纪欧美现实主义文学运动中并不乏以描绘人物微妙、复杂而具有动态特征的心理活动见长的大师，如法国的司汤达、福楼拜，俄国的托尔斯泰、陀思妥耶夫斯基等等，但忠实地摹写特定时代的典型环境，描写成长于其中的典型性格，把握富于特征性与表现力的细节等等，却无疑是其最基本的特征。

到了20世纪的现实主义作家那里，关于现实的观念发生了很大的变化。作家们越来越自觉地意识到文学与科学之间的巨大区别，意识到绝对逼真地再现历史的不可能性与不必要性。在普遍转向内省的文化与心理背景下，作家们更强调主体对世界的体验、发现与艺术表达，世界呈现为"我"所体验到的那个东西。法国新小说派的代表作家罗伯-格里耶指出："巴尔扎克的时代是稳定的，刚建立的新秩序是受欢迎的，当时的社会现实是一个完整体，因此巴尔扎克表现了它的整体性。但20世纪则不同了，它是不稳定的，是浮动的，令人捉摸不定，它有很多含义都难以捉摸，因此，要描写这样一个现实，就不能再用巴尔扎克时代的那种方法，而要从各个角度去写,要用辩证的方法去写,把现实的飘浮性、不可捉摸性表现出来。"①传统秩序的土崩瓦解、剧烈动荡的外部环境带给人们的惶惑与不安,现代心理学说为人们展现出的新的世界,以及艺术发展追求反叛、超越与创新的规律的作用等,均使传统现实主义的文学观念与创作方法在新的历史条件下显现出局限性。作家们更关注心理的现实,体现出对现实认识的进一步深化。罗伯-格里耶又说:"我们已知道,旧小说(以及塑造人物的一切陈旧手法)所设计的人物再也不能容纳今天的心理现实了。这些人物不但不能像过去那样展示这种心理现实,而且会使读者看不见它的存在。"②虽然罗伯-格里耶的上述分析是针对新小说的特征而言的,但对20世纪的现实主义文学来说无疑也是适用的。

在对外部真实的精确描摹让位于对心理真实的深刻表达的潮流之下,客观事物和外部世界的重要性降低了,除了被上升到象征的高度以外,它们显然已让位于展示人物意识活动,或用作意识活动发生过程的背景。当然,这只是一个总体趋势。在不同国家以及处于不同具体环境与拥有不同文学观念的作家身上,表现出来的特点又各有不同。有的更接近于19世纪的传统现实主义或自然主义,有的则不同程度地汲取了现代主义的艺术经验,更加注重表现人物的内心世界,广泛采用象征、隐喻、梦幻、怪诞、意识流等艺术手法,从而体现出熔现实主义与现代主义风格与技巧于一炉的创作特征。

总体来说,20世纪上半期欧美各国的现实主义文学普遍得到了较大的发展。在英国、法国、美国等拥有深厚的现实主义传统的国家,现实主义继续保持了良好的发展态势;德国、奥地利等国则一改原来的文学滞后状态,现实主义文学取得了前所未有的突出成就,德国在20世纪初甚至出现了现实主义文学发展的高潮;在东欧、北欧、南欧与拉丁美洲,一些具有世界影响的作家也纷纷涌现。

东欧各国在历史上苦难深重,备受强邻欺凌。20世纪以来,争取民族独立、推翻异族统治、唤醒民族意识,成为有良知的艺术家的共同使命。他们在作品中表达强烈的爱国主义激情,抒写对祖国母亲的眷恋,歌颂祖国壮丽的山川,表现不屈的反抗意志,如波兰作家亨里克·显克维奇(1846—1916)的长篇历史小说《你往何处去?》(1896)和《十字军骑士》(1900),均通过对古代侠义精神的颂扬,表现对异族侵略者不屈的斗争精神。前者描写古罗马早期基督教徒抗击暴君尼禄的故事,后者写波兰人民抗击十字军骑士团入侵的英雄事迹。1905年,显克维奇荣获诺贝尔文学奖。捷克作家雅罗斯拉夫·哈谢克(1883—1923)在其政治讽刺小说《好兵帅克》(1920—1923)中,抨击奥匈帝国穷兵黩武的行径,塑造了帅克这个善良乐观而又威武不屈的、表现出捷克民族精神的普通人形象。

---

① 柳鸣九:《巴黎对话录》,湖南文艺出版社,1983年版,第15页。
② 伍蠡甫、胡经之:《西方文艺理论名著选编》(下卷),北京大学出版社,1987年版,第148页。

在北欧,丹麦、挪威、瑞典、冰岛、芬兰五国历史上经济、政治和文化发展都比较滞后。但从19世纪后半叶开始,随着市民政治经济力量的发展,文坛鼎盛,人才辈出,丹麦的文学批评家和文学史家勃兰兑斯、挪威的社会问题剧作家易卜生、瑞典的戏剧家斯特林堡,不仅代表了本国文学的最高成就,也对世界文学发展做出了杰出贡献。20世纪以来,北欧现实主义文学中,描写古老家族盛衰的史诗性作品和表现反法西斯题材、歌颂抵抗运动的作品均获得了很大成功。挪威作家克努特·哈姆生(1859—1952)的《大地硕果》(1917)和西格里德·温塞特(1882—1949)的《克丽丝丁》(1920—1922)反映了广阔的历史背景下民族的生活和斗争历程。

在南欧,意大利现实主义文学中出现了杰出的剧作家兼小说家路易吉·皮兰德娄(1867—1936)。皮兰德娄的戏剧擅长以离奇怪诞的情节、夸张的手法和悲喜剧的形式,表现人的异化和寻找自我无望的主题,深刻揭示了现代人的可悲处境。其代表作有《六个寻找剧作家的角色》(1921)和《寻找自我》(1932)等。1934年,皮兰德娄荣获诺贝尔文学奖。

在拉美,智利出现了一位蜚声世界的著名诗人巴勃罗·聂鲁达(1904—1973)。他原名内夫塔利·里卡多·雷耶斯·巴索阿尔托,聂鲁达为其笔名。聂鲁达于学生时代即初获文名,并于1924年出版了成名诗集《20首情诗和1支绝望的歌》,其主题是对自然、爱情的讴歌和对人生的探索,引起智利诗坛瞩目。1928年后,他先后在亚洲、拉美与欧洲各国担任驻外使节,进一步丰富了人生阅历。1945年,聂鲁达当选为国会议员,同年获国家文学奖。1957年,他又当选为智利作家协会主席。

聂鲁达的诗歌创作大体分为三个时期:第一阶段自开始创作到1934年在西班牙担任领事期间,重要作品有《20首情诗和1支绝望的歌》、诗集《霞光》(1924)和《大地上的居所》第1卷等。第二阶段自西班牙内战爆发到20世纪60年代初,代表作有《大地上的居所》第2、3卷和《诗歌总集》(1950)等。前者主要是诗人在东南亚任职期间创作的诗歌,以超现实主义的笔法表达了孤独、苦闷的情绪,瑰丽神奇的东方文化亦在其中留下了深深的印记;后者则将题材转向拉美的历史与现实,讴歌了拉美人民反抗欧洲殖民者入侵的斗争,视野开阔,气势磅礴。第三阶段指60年代后直至他去世这段时期,是诗人创作的全盛期,代表作有自传体诗《内格拉岛的回忆》(1964)、《100首爱情十四行诗》(1965)等。聂鲁达的诗歌继承了智利民族诗歌与西班牙民族诗歌的传统,深受美国浪漫主义诗人惠特曼等的影响,同时汲取了欧陆现代主义诗人如波德莱尔、兰波等的风格与技巧。他的抒情诗长于抒写爱情与大自然,风格清新明朗;政治诗则以豪放的笔触讴歌了反法西斯主义的正义事业,赞美了受压迫民族的反抗精神,谴责了帝国主义的暴行,名作有收入《大地上的居所》第3卷的《西班牙在我心中》(1936—1937)和收入《诗歌总集》第9章的《伐木者醒来吧》等。1971年,聂鲁达因诗作"具有自然力般的作用,复苏了一个大陆的命运和梦想"而荣获诺贝尔文学奖。

四

  20世纪上半叶的欧美文学中最引人瞩目的文学现象是现代主义的兴起。这是一种以非理性主义哲学为理论基础,主张和传统彻底决裂,在文学观念、表现形式和艺术风格上追求新奇,具有先锋性和实验性的文学倾向和潮流。现代主义文学的某些重要特征,如对传统文学模式的突破和颠覆,对非理性的关注和追求,在表现形式上的一些大胆的革新和实验等,在19世纪文学中,特别是在波德莱尔、爱伦·坡、陀思妥耶夫斯基、斯特林堡等作家的作品中,就已经初现端倪。以波德莱尔为起点的法国象征主义诗潮,不仅成为以艾略特、叶芝为代表的后期象征主义文学的前阶,而且预示着整个现代主义文学潮流的兴起。后期象征主义和未来主义、超现实主义、表现主义、意识流小说等,共同造就了现代主义文学波谲云诡、蔚为大观的局面。虽然各家各派在规模大小、历史长短、思想深度和艺术成就上千差万别,但总的说来,还是体现出某些共同特征。

  在思想上,现代主义文学具有反理性的总体特征。中世纪后,含义不尽相同的理性贯穿着文艺复兴、古典主义和启蒙文学,浪漫主义以想象和情感颠覆了已经成为主流的理性主义传统,而现实主义又以真实和理性颠覆了浪漫主义。现代主义文学卷土重来,再一次反叛理性主义传统。现代主义文学风格流派众多,它们分别以不同的形式或者从不同的侧面反叛理性,如后期象征主义追求神秘,未来主义张扬自我,表现主义抒发激情,超现实主义强调创造,意识流小说探索无意识等。

  在形象塑造上,与传统现实主义文学中具体可感、性格饱满、复杂多面的人物不同,现代主义文学中的人物是逐渐非人化的。象征主义文学中的人物回归历史、神话、乡村或者异域,是虚幻缥缈的;表现主义、意识流文学专注于人的内心世界,特别是无意识心理;未来主义、超现实主义则不同程度地侧重于物的世界。西方现代文明带来了物质方面的巨大进步,但是物消磨、压倒、吞噬和支配了人,现代主义文学反映了人被异化也就是非人化的处境。人性既已消亡,以人性塑造为内容的传统文学也随之被抛弃,人物失去了外部形态、完整性格与正常情感,成为虚幻的人、机械的人、空心的人,或者变形的人。

  在艺术形式上,现代主义文学注重表现形式。与基本上是形式服务于内容的现实主义不同,现代主义是有机形式论的。现代主义者强调形式与内容的密不可分性,形式就是内容;在有些作品中,形式成为表现内容;在有些作品中,形式成为被玩弄的对象;在有些作品中,内容就是关于形式的美学声明。一般来说,现代主义文学是表现而非再现的,是想象而非写实的,是创新而非传统的。

总体上说,现代主义文学的风格是具有悲观主义色彩的。除了未来主义高歌物质文明和工业社会,超现实主义具有游戏特征和闹剧色彩,意象派诗歌是客观和中性的以外,后期象征主义、表现主义、意识流小说等流派的作品风格大都是阴郁悲观的。

象征主义是欧美现代主义文学中持续时间最久、影响最为广泛的文学流派。象征主义思潮从19世纪中叶的法国诗坛开始涌动,以第一次世界大战为界,先后形成早期象征派和后期象征主义两次创作高潮,产生了许多重要作家作品,对欧美现代诗歌、戏剧和美学观念都产生了决定性的影响,在20世纪几乎所有艺术门类中都留下了不可磨灭的印记。

19世纪下半叶到20世纪30年代是文学上的象征主义产生与风行的时代。作为一场针对传统的、有独创性的、自觉的文学反叛运动,象征主义在很多方面都与传统截然对立。传统文学家们相信人的理性认识能力有助于人认识事物的本质,艺术是表达认识和摹写基于自然的更本质的自然的一种方式。而19世纪以后的象征主义者们在一定程度上都是唯美主义者和哲学上的神秘主义者与不可知论者,他们认为人与世界都是神秘的,不可把握的。物质世界变动不居,其实都是虚幻的存在,美并不来自物质世界,只存在于以物质的形式暗示和象征的另一个更真实的世界。诗的目的就在于暗示这另一个更真实的神秘世界,从而创造和揭示美。因为另一个世界极端神秘,诗人不能靠理智,而只能依靠直觉去领悟。

在19世纪下半叶以前,文学无论是以反映日常生活的现实还是以表达理想和情感生活的真实为目的,创作的社会目的性都很明确。而象征主义诗人认为,诗之为诗,文学之为文学,全在于形式。除了美以外没有任何其他的目的,如马拉美所说:"人们并不是用思想来写诗的,而是用词语来写的。"[①]

象征主义具有特殊的美学观。波德莱尔说:"美是这样一种东西:带有热忱,也带有愁思,它有一点模糊不清,能引起人的揣摩猜想……神秘和悔恨也是美的一些特征……"[②]象征主义者认为一切都可以作为素材。因为美并不来自素材,而来自对素材的组织,所以波德莱尔提出了"恶之花"的基本思想。传统文学追求明晰、优雅、纯净的美学效果,而象征主义文学则认为神秘的美是不能用明晰的形象与语言再现的,所以主张朦胧与神秘感。象征主义作品并不追求晦涩,而是要在色调的搭配、旋律的组合中达到半明半暗、扑朔迷离的美的效果。象征主义诗歌还特别强调音乐的效果,力求通过语言的节奏和旋律来增强诗歌的音乐美。波德莱尔认为:"艺术越想达到哲学的明晰性,便越降低了自己……"[③]象征主义者尤其反对直述,

---

① 伍蠡甫主编:《现代西方文论选》,朱光潜译,上海译文出版社,1983年版,第32页。
② 波德莱尔:《随笔》,见伍蠡甫主编:《西方文论选》(下卷),上海译文出版社,1979年版,第225页。
③ 波德莱尔:《随笔》,见伍蠡甫主编:《西方文论选》(下卷),上海译文出版社,1979年版,第225页。

既反对浪漫主义者肤浅的直接抒情,也反对对客体事物的简单白描,他们强调含蓄,所以在语言文字上尽量避开词汇的日常生活意义,尽力去发掘词汇神奇的暗示性,调动语言的潜在表现力,以求别出心裁,达到出人意料的效果,唤起人们神秘的美感反应。它强调的是通过象征、隐喻、联想和暗示以及语言的音响效果去创造深远的意境。马拉美说:"诗写出来原就是叫人一点一点地去猜想,这就是暗示,即梦幻……象征就是由这种神秘性构成的:一点一点地把对象暗示出来,用以表现一种心灵状态。"①

古典文学中也大量存在各种象征手法,但象征主义者对于象征有自己独特的观点。他们认为象征不仅是一种加强作品感染力和使之生动化的手法,诗人们并不是象征的创造者,而只是象征的翻译者。他们认为现象世界本身是一个巨大的象征,诗人的使命是忠实地翻译和找到这些象征,通过各种客体事物的暗示、各种意象的联想、各种感官的共鸣,传达象征与美的境界。这个境界是不可言传、只能意会的。

象征主义的产生可以追溯到19世纪中叶的美国作家爱伦·坡(1809—1849)和法国诗人波德莱尔(1821—1867)。波德莱尔将爱伦·坡介绍给欧洲的作家。爱伦·坡的《诗歌原理》(1850)对波德莱尔的美学观念产生了很深的影响。1857年,波德莱尔的《恶之花》问世。它首先是在诗歌领域,紧接着在整个文学艺术界产生了爆炸般的效果。这部诗集后来被公认为欧洲文学的转折点。在此后的19世纪60年代,一些深受《恶之花》影响的年轻诗人陆续崭露头角。1886年左右,诗人勒内·吉尔(1862—1925)发表了一部《言词研究》,诗人马拉美为它写了前言,这部论著试图系统地肯定从波德莱尔以来法国诗歌艺术的新倾向和新成就。1886年9月15日,一位原籍希腊、笔名为让·莫里亚斯(1856—1910)的年轻诗人在《费加罗报》上发表了一篇名为《宣言》的文章,主张用"象征主义者"这个名称去称呼早已出现的反传统的诗人们,同时阐述了象征主义的基本原则。这篇《宣言》得到广泛热烈的响应,文学史通常认为这一《宣言》标志着象征主义流派的产生。从此以后,象征主义成为现代文学的起点和新文化的开端。

波德莱尔是象征主义的先驱。他不仅是才华出众的象征主义诗人,同时还是优秀的文艺评论家。其诗集《恶之花》在理论和创作上都奠定了象征主义的基本模式。从19世纪70年代到一战前,尤其是1886年至1891年是法国象征主义较为兴盛的时期,重要作家包括被称为前期象征派"三杰"的兰波(1854—1891)、魏尔兰(1844—1896)、马拉美(1842—1898),以及诗人拉弗格(1860—1887)、雷尼耶(1864—1936)等。

早期象征派有大量作品问世,模仿者甚多,以致泛滥成灾。1891年莫里亚斯

---

① 马拉美:《关于文学的发展》,见伍蠡甫主编:《西方文论选》(下卷),上海译文出版社,1979年版,第262页。

首先宣布退出象征派，许多象征派诗人纷纷效法，自寻方向，不再遵循象征派的标准。事实上，1891年早期象征派作为流派已经解体，但是象征派诗歌已经对文学观念和创作手法产生了不可磨灭的影响，并在文学艺术的其他门类中开花结果。由于早期象征派的努力和阿瑟·西蒙斯的著作《象征主义文学运动》的影响，原来局限于法国的象征派开始国际化，直至成为20世纪20年代现代主义文艺运动的一个重要组成部分。

一战之后，尤其是20世纪20年代到40年代，象征主义卷土重来，并形成多元化的国际文学运动。后期象征主义在许多方面都是早期象征派的继续和发展。不过，由于经历了第一次世界大战，以及战后国际形势和思想哲学上的冲击，后期象征主义在声势、规模上都更大。同时由于在不同国家，与不同传统相结合，后期象征主义呈现出多姿多彩的面貌，象征更为多层次和复杂。后期象征主义在体裁上越过了诗的疆界，同时也摆脱了早期象征派"象牙之塔"的嫌疑，直接而且深刻地反映了一战后西方世界的精神危机。后期象征主义运动的参与者包括世界各个国家的诗人和戏剧家。

在诗歌领域，保尔·瓦莱里（1871—1945）是后期象征主义在法国最主要的代表作家，其主要创作活动集中在一战以后。1920年瓦莱里发表《海滨墓园》，震动法国文坛，1922年出版的《幻美集》再度引起轰动。他的诗歌独具一格，基本采用古典形式。以后他也主要从事学术和评论工作，1927年当选为法兰西学院院士。1945年7月20日去世时，法国人民为他举行了国葬仪式。

瓦莱里基本继承了早期象征派尤其是马拉美的诗歌理念，并进一步提出自己的系统化理论。他提出了"纯诗"主张，认为诗歌的关键在于语言形式，"它应被理解为一种探索——探索词与词之间的关系所引起的效果，或者毋宁说是词语的各种联想之间的关系所引起的效果"①。"纯诗"的独特在于它同人类的感情和实用的目的没有关系，诗的世界与梦境和幻象相似。"纯诗"完全排除了非诗情的成分。"在这种诗里音乐之美一直持续不断，各种意义之间的关系一直近似谐音的关系，思想之间的相互演变显得比任何思想重要。"②因此他强调摆脱词汇的日常意义而将词汇从一种手段、工具变为目的，通过音乐化的方式使之表达纯粹的诗情。同时，他自己又认为这种"纯诗"是永远无法达到的，任何诗歌都只是一种企图接近这一纯理想境界的尝试。瓦莱里的诗歌非常重视语言的提炼、题材的配合以及意象的创造，尤其重视通过排列铺陈词汇句子而造成音乐效果，达到纯粹的诗的境界。

瓦莱里诗歌理念的另一个重要的特征是强调将创作的理智与象征主义的诗情相结合。所以，诗人选择非常富有思辨性的问题作为题材，如感性与理性，生与死，

---

① 瓦莱里：《纯诗》，见伍蠡甫主编：《现代西方文论选》，上海译文出版社，1983年版，第27页。
② 瓦莱里：《纯诗》，见伍蠡甫主编：《现代西方文论选》，上海译文出版社，1983年版，第29页。

永恒与变化,灵与肉等。但是他从不进行说教,而总是运用象征主义特有的思想知觉化的手段将非常抽象的题材化为美的意象,因此他的作品具有特殊的含义。其代表作品《海滨墓园》被翻译成多种文字。全诗 24 节,作者利用各种韵律和意象将人的思绪推向无限神秘的宇宙,广泛地使用各种象征手段创造富有神秘色彩的画面和意境,在客观上造成了动静结合,情景交融,明暗交替,声音、色彩、感觉互通的效果,尤其韵律的音乐效果突出。

里尔克(1875—1926)是现代德语文学中最为杰出的象征主义诗人。主要作品有《杜伊诺哀歌》十章,以及组诗《致奥尔弗斯的十四行诗》55 首等。

后期象征主义作家还包括比利时诗人兼剧作家和文艺评论家维尔哈伦(1855—1916)和梅特林克(1862—1949)。维尔哈伦同时也是一位现实主义作家。梅特林克不仅是象征主义诗人,而且创造了象征主义戏剧。他的戏剧代表作《青鸟》(1908),使其获得了 1911 年度诺贝尔文学奖。梅特林克把象征手法运用到戏剧中,给予抽象的事物以生命和个性,使得作品富于哲理性。《青鸟》通过两个孩子寻找青鸟的故事,反映了作者的人道主义和历史乐观主义思想。剧中运用了复杂而意味隽永的象征,对各种有形和无形的物质,各种动植物以及各种思想感情、抽象的概念和未来的事物都予以拟人化的表现,使这部戏剧具有童话的优美诗意和深邃的哲理。其中青鸟的象征意义最为丰富,它是人类幸福的象征,又是大自然奥秘的体现,与现实与未来都构成复杂的关系。梅特林克的创作对后来的现代派戏剧产生了一定的影响。

英语文学中后期象征主义的主要代表包括诗人阿瑟・西蒙斯(1865—1945)、T. S. 艾略特(1888—1965)与威廉・叶芝(1865—1939),以及剧作家约翰・沁孤(1871—1909)等。

未来主义产生于 20 世纪初的意大利,波及俄国和其他欧洲各国,与法国超现实主义交融,对德国表现主义的产生有直接影响。1909 年 2 月 20 日,意大利艺术家马里内蒂在法国《费加罗报》上发表《未来主义的创立和宣言》,提出了未来主义的"十一条纲领"。纲领内容概括起来,就是相辅相成的两个方面:反叛一切传统,歌颂工业文明。随着这篇宣言的发表,未来主义以排山倒海之势席卷意大利文化的各个领域,在短短的十年间,先后出现了绘画、音乐、雕塑、文学、建筑、戏剧、电影、舞蹈,以及政治、妇女,甚至服饰、烹调方面的未来主义宣言、声明和纲领性文件。一时之间,未来主义成为文化的时尚。一战爆发以后,未来主义逐渐分裂衰落。

菲利浦・托马佐・马里内蒂(1876—1944)是意大利小说家、诗人和戏剧家,未来主义的创始人。在《未来主义文学技巧宣言》一文中,马里内蒂要求消灭形容词、副词,甚至标点符号,主张使用名词和动词不定式,把名词成双重叠进行类比。他要在文学中引入被忽视的三个要素：声响（物体运动的表现）、重量（物体飞动的重力）和气味（物体分裂的能力）。这样的做法就是要突出物以及物的感性特征，归根结底还是未来主义的拜物教。马里内蒂的戏剧代表作《他们来了》（1915）表现总管和仆人们四次为并没有出现的"他们"准备桌椅，最后灯光熄灭，月光照进舞台，一盏看不见的聚光灯把座椅的影子投在地上，随着聚光灯的移动，影子仿佛在向门口走去。作品表现了对于物的关注和对于运动的好奇。物仿佛是有生命的，物的神秘力量甚至主宰了人。作品力图捕捉物运动的过程，对事物动态加以细心观察和形象记录。在结构方面，这部作品抛弃情节的逻辑性和人物的真实性，对行为、物体、灯光等感性材料进行"合成"。在风格方面，由于思想上的极端和表现上的反常，作品具有神秘性和荒诞性。这里的神秘性是对未来的盲目乐观，是在物质成果面前的幼稚惊喜；这里的荒诞性缺乏哲学的深度，偏重于形式。

弗拉基米尔·弗拉基米罗维奇·马雅可夫斯基（1893—1930）是诗人、戏剧家，俄国未来主义的代表人物。他的诗剧《宗教滑稽剧》（1918）、长诗《一亿五千万》（1920）等作品讴歌革命，诗歌《开会迷》（1922）、讽刺喜剧《臭虫》（1928）和《澡堂》（1929）则对官僚进行了抨击。

超现实主义是一场影响范围广阔的艺术运动，它的前驱是达达主义。1920年安德烈·布勒东和菲利普·苏波发表了第一部"纯粹的"超现实主义作品《磁场》，而1924年11月布勒东发表的《第一次超现实主义宣言》为这个运动下了定义。二战爆发之前，超现实主义运动达到了它的全盛时期。战争爆发之后，超现实主义团体开始解体，随着布勒东来到美国，运动的中心也相应转移，在整个战争期间，运动奇迹般地持续着。战后布勒东回到法国，以他为首，在超现实主义的旗号下重新聚集起一批老将新兵，运动波澜再起。超现实主义作为最大的真正有组织的国际性文艺运动，它的正式团体遍及五大洲的二十多个国家。布勒东于1966年去世。1969年10月4日，法国《世界报》发表了超现实主义的最后一个宣言《第四章》，宣告了团体的最终解散。

正如布勒东在《第一次超现实主义宣言》中所说，超现实主义就是精神自动性的记录，因此它的思想与艺术特征都与精神自动性密切相关，而所谓精神自动性，主要是指人不受理性控制的精神活动状态。在内容上，精神自动性主要表现为潜意识，包括梦幻、欲念、疯狂和想象；在形式上，精神自动性努力追求潜意识的结构，摆脱理性束缚，打破传统规则，做无常法，随心所欲。在创作中，超现实主义常常使用无意识写作和集体游戏这两种方法。超现实主义在诗歌和绘画这两个领域成就最高，在散文、电影和戏剧上也颇有建树。

阿尔弗雷德·雅里（1873—1907）是法国戏剧家，他的《愚比王》可以看作是超现实主义和各种先锋派开场的发令枪。《愚比王》共五幕三十二场，每幕四至八场不等,描写波兰贵族愚比在妻子愚比大婶的怂恿下弑君篡位,兵败后乘船逃离波兰的故事。愚比这个人物形象的特点就是他的第一句台词"臭屎",他是人类一切低级本能与卑劣品质——粗野,愚蠢,好吃,懦弱,残忍,爱财,卑鄙无耻、贪婪自私的化身。不难看出,雅里的《愚比王》是对莎士比亚悲剧《麦克白》的戏仿,然而莎士比亚笔下的麦克白虽然邪恶,但仍然是一位英雄。而雅里笔下的愚比几乎是一个动物,他只有本能,没有任何思维能力,遇到事情就匆忙做出反应,而所有的反应都是目光短浅的;他没有任何道德伦理,不仅自己没有良心,也不用良心去评价他人;他没有任何感情生活,追求仅限于食物与金钱,连稍微高层次一些的东西如爱情与地位也引不起他多大兴致;他没有任何心理深度,只看见眼前物质性的东西,他没有对他人的理解,没有对自我的分析,更没有对人生、世界和命运的看法;他似乎就没有人的一点点哪怕是最基本的东西。也许在人类文艺史上,人还是第一次完全以这种动物般、垃圾般的形象出现。

在《愚比王》中,一切都以喜剧性的方式展开,没有对消极因素的正面批判,也没有肯定任何东西。在这种"黑色幽默"的手法中,透出作者的深沉绝望:愚比的一切品质不仅是现代资产者的,也是现代普通人的,那么,人类还有前途吗?愚比这一形象的意义,已经超出了戏剧的范围,这是对人性的怀疑,是对文艺复兴以来的人道主义理想的怀疑。在《愚比王》中,不仅传统受到了粗暴践踏,甚至艺术本身也受到了轻蔑和嘲弄,这表现在它对《麦克白》所做的戏仿与大胆的窜改上。两部作品以英雄对小人,以深刻人性对浅薄欲念,以伟大哲理对情节游戏,两者截然对立。《愚比王》对传统的经典艺术作品的态度完全是虚无主义式的,从而也否定了艺术本身的崇高地位。这样的作品不仅嘲弄生活,也嘲弄艺术;而嘲弄艺术中的真善美,也就嘲弄了生活中的真善美。

纪尧姆·阿波利奈尔(1880—1918)是法国诗人、评论家和戏剧家,是威廉·阿波利纳里·德·科斯特罗维茨基的笔名。1913年,阿波利奈尔发表了诗集《醇酒集》,作品努力突破诗歌传统。1914年,阿波利奈尔在杂志《巴黎晚会》上发表了几首诗,后来收入诗集《图画诗》中。作品在诗歌形式上进行了大胆的革新,其中有些诗歌以作品所要表达的主题的形象来排列诗句,被称为"立体诗"。1917年发表的《蒂雷西亚的乳房》成为超现实主义戏剧的奠基之作。在作品序言中,阿波利奈尔第一次使用了"超现实主义"一词,并且详尽地提出了他关于超现实主义戏剧的主张。作为超现实主义戏剧的代表作品,《蒂雷西亚的乳房》在许多方面体现了它的美学原则。女主人公泰雷兹自称是女权主义者,要从事从战士到总统的各种职业。泰雷兹的脸上长出了胡子,她把衣服掀开,让两个气球做的乳房飞上天去,就这样变成了男人蒂雷西亚。她的丈夫一手抱着一个孩子上场,他说自己在一天之内就生下了40 049个孩子。作品在形式上的特征是采用闹剧手法、动作主义和拼贴结构。泰雷兹掀开衣服，放出气球，长出胡子，变成了男人；而丈夫在一天之内就生下了几万个孩子，其中一个孩子从摇篮里出来就已经长大成人。因此，人物的表演是闹剧式的。与此相关，作品突出人物动作，形体活动在演出中占据了主导地位，语言的重要性相对降低了。同时，演出过程中不断出现桑给巴尔人的各种音乐，最后，男女主人公把皮球抛向观众，载歌载舞，戏剧在热闹的视觉听觉场面中闭幕。作品许多部分由不相干的事件组合在一起，有很大随意性，情节进展迅速，有时是跳跃的。作品的风格特征是神奇、幽默和荒诞。

从整体上看，超现实主义戏剧反对物质对精神、社会对个人、现实对想象、理性对本能、传统对创新的压制，它试图通过超越反映现实的现实主义手法，即通过超现实主义艺术来获取自由。超现实主义戏剧进行了热情的形式创新，在破除传统的束缚、创造舞台形象方面为后来的荒诞派戏剧开辟了道路，但它缺乏深刻的哲理内涵，不具有荒诞派戏剧深沉的悲剧感，也没有创造出思想与艺术俱佳的经典作品。

意识流文学兴起于20世纪初，活跃于英、法、美等国文坛，并于20世纪20年代达到鼎盛，主要成就体现为小说的创作。各国代表作家与作品分别有法国马赛尔·普鲁斯特（1871—1922）的《追忆似水年华》（1913—1927），爱尔兰詹姆斯·乔伊斯（1882—1941）的《尤利西斯》（1922），英国弗吉尼亚·伍尔夫（1882—1941）的《达洛卫夫人》（1925）、《到灯塔去》（1927），美国威廉·福克纳（1897—1962）的《喧哗与骚动》（1929）等。

意识流文学的作家们虽然并未形成一个统一的流派，也没有组织过共同的文学团体或者发表过共同的文学宣言，但他们却在20世纪初不约而同地摒弃了传统的小说观念与结构，开始大胆尝试新的艺术技巧，以此来表达他们对现代人的处境与命运的更具深度的理解。概而言之，他们抛弃了传统写实主义将文学作为历史的副本的基本观念，拒绝外部世界纷繁表相的真实，而自觉将探索的焦点转向对现代人心理真实的挖掘。因此，他们以人物飘忽无定、流动不居的主观意识之流作为小说的基本内容，刻意表现个人精神生活隐秘幽微、瞬息万变的复杂特征，自觉使全知全能的作家退出小说，而将人物纷乱复杂的感觉、印象、直觉、联想、回忆等思绪逼真地记录下来，呈现在读者面前。

从艺术上看，意识流文学的作家们打破了传统小说忠实于外部物理时间的线性逻辑叙述方式，而依据心理时间的跳跃性特征，将过去、现在和将来相互穿插交叉，通过回忆、现实、幻想、梦境的组合使时空不断转换，使作品具有了纵横捭阖、自由舒展的空间，淡化了外部的故事情节而凸显了人物内在精神的丰富性。为了与作品中人物纷乱无序的心理结构相适应，作家们充分运用了内心独白等艺术手段，不断进行叙述视角的转换，此外，小说语言也飘忽、朦胧，具有象征色彩并充满了诗意。

具体来说,意识流文学强调对人物真实的心灵世界的描摹,由此来表现在机械文明戕害人性,传统价值观失落,战争与暴力摧毁了人们对未来理想的信念的背景下,现代西方人精神上的惶惑、孤独、焦虑与恐惧,反映他们日趋严重的与社会、与文明之间的疏离感、无力感。乔伊斯、伍尔夫等作家不约而同地将目光投向了现代社会中的芸芸众生,试图从一些平凡得近乎猥琐的小人物身上挖掘出现代生活的本质。于是,他们的作品中出现了一些现代商业社会中忙碌奔波的凡夫俗子和庸人的形象。这些人物既不是令人肃然起敬的英雄,也不是令人憎恶的恶棍。他们人格破碎,理想幻灭,家庭破裂。他们失去了和谐、融洽的生存环境,失去了英雄主义的追求,心灵受到严重创伤,渴望摆脱精神上的桎梏。这些形象真实地反映了现代资本主义文明的价值观念正走向土崩瓦解的历史趋势。乔伊斯的作品《尤利西斯》中的主人公、都柏林的小市民布卢姆,伍尔夫的作品《达洛卫夫人》中的主人公之一、一战退伍老兵赛普蒂默斯,都是这样的人物形象。"布卢姆的出现标志着二十世纪文学中非英雄的'现代人'的诞生,反映了现代小说有关'人'的观念的变化。"①

与此同时,在冷若冰霜的商品法则面前,在人性受到严重压抑、人与人之间隔着一道无法逾越的精神壁垒的环境中,意识流作家不仅展示了人物的孤独感和异化感,还从他们身上揭示出某些现代社会中最欠缺、最可贵的东西,即同情、谅解、人道主义和博爱精神。比如,乔伊斯既写出了布卢姆滑稽、庸俗与可笑的一面,也写出了他屈辱与辛酸、温厚与仁慈的一面。伍尔夫既写出了一战老兵病态的疯癫与狂想,又对他孤独无助的心灵寄了深切的理解与同情、控诉了战争暴力对他的摧残以及社会权力话语对他的压迫。

从艺术上看,首先,意识流文学推翻了传统文学中对时空关系的处理方式,根据再现人物心理真实的需要组建了新的时空秩序。作家们遵循柏格森的"心理时间"原则,在小说的谋篇布局上打破了以物理时间的先后顺序为基础的框架结构,跨越物理空间的界限,用有限的时间展示无限的空间,或在有限的空间内扩展心理时间的表现力,因此,时间、空间往往跳跃、多变,前后两个场景之间缺乏时间、空间上的逻辑联系,时间上常常是过去、现在、未来交叉重叠。作家往往以当时正在进行的活动或某种感觉、印象为中心,通过触发物的引发,追踪人物意识活动循环往复并向四面八方发散的流程,从而使小说具有了一种复杂的立体结构。普鲁斯特的《追忆似水年华》,伍尔夫的《墙上的斑点》《达洛卫夫人》等,均典型地体现了这一特征。其次,意识流小说频繁调整、转换叙述视角,使多位人物的意识杂然并呈,透过不同人物的眼光和思维的"滤镜"看待世界,突出被感受、被再现的图景中所包含

---

① 侯维瑞:《现代英国小说史》,上海外语教育出版社,1985年版,第274页。

的观察者的主观干预,同时也体现出每一个主观角度的局限性。乔伊斯、伍尔夫和福克纳均在视角的转换方面充分显示了自己的才华。在乔伊斯的作品中,作家时而从小说中撤离,让人物将自己最隐秘的内心世界和盘托出,时而又介入作品,用第三人称的角度展开叙述;伍尔夫常常使笔下不同人物的意识流交替出现,自由转换,却又丝毫不露斧凿痕迹,读者常常不知不觉就从这个人物的意识活动转到另一个人物的精神世界中;福克纳的《喧哗与骚动》更是一部被誉为视角转换的经典之作。福克纳将小说分成四大独立的部分,由四位人物从各自的角度分别叙述康普生家族的败落历史。福克纳成功地使人物之间的意识流,以及意识流与客观叙述互相映衬,从而大大增强了作品的层次感。再次,与上述两方面的艺术特征相联系的是,为了充分表现作家们心目中真实的人性与真实的生活本质,作家们忠实于主观世界的描摹而淡化外部故事情节的叙述,因而使作品缺乏对传统意义上完整的、遵从时间与空间上的逻辑顺序的故事与人物命运的交代。在作品中,"故事"往往成为诱发人物回忆与联想的一个外部契机,如《追忆似水年华》中"我"品尝小玛德兰点心的情节、《尤利西斯》中布卢姆参加朋友葬礼的情节、《达洛卫夫人》中克拉丽莎买花的情节均是如此。又次,意识流文学中人物的意识活动具有鲜明的流动性、非逻辑性与纷乱无序性。作家们自觉遵从人类意识活动的规律而退出小说,让小说里的人物越过小说家这位无所不知的叙述者与评论者,直接地、不受阻碍地向读者展示他(她)的全部精神世界,努力将主观世界的原初状态原原本本地呈现在读者面前,拒绝理性与逻辑的过滤、编排与整理,让读者直接深入角色的灵魂内部。因此,作家们常常表现人物的内心独白、自由联想、回忆、梦境与幻觉。最后,意识流作家亦常常采取象征、暗示、比喻等艺术手段,表现人物微妙的感受,以及由某一事件触发而产生的独特印象,并使作品产生浓郁的诗意。在《追忆似水年华》和《尤利西斯》中,普鲁斯特和乔伊斯的叙述笔法均具有明显的诗歌化倾向,伍尔夫的《到灯塔去》和《海浪》(1931)更是被誉为诗化的小说,"长期以来,西方不少评论家干脆将它(指《海浪》)视作一部朦胧、抽象的'诗小说'"①。意识流小说的诗化倾向进一步丰富了作品内涵,并使作品的艺术感染力大为增强。

严格意义上的意识流文学的产生,可以回溯到19世纪80年代后期。1888年,法国诗人艾杜阿·杜夏丹(1861—1949)出版了小说《月桂树被砍掉了》。这部作品首次运用了"内心独白"的写法,描写了一位巴黎青年与一位女演员的恋爱故事,表现了主人公在6个小时之内的主观情绪变化,完全由"我"来自白,让读者直接感受到人物隐秘细微的意识活动。文学史家将该作品的出现作为意识流文学的真正开端。

---

① 李维屏:《英美意识流小说》,上海外语教育出版社,1996年版,第240页。

表现主义亦是现代主义文学中的重要流派,产生于20世纪初的德国,盛行于1910年至20年代中期的德语国家、北欧和美国。表现主义最早出现在绘画领域。在法国画家塞尚和荷兰画家凡·高等的影响下,德国一些年轻的艺术家聚会结社,于1905年在德累斯顿成立了青年画家团体"桥";1911年,另一个画家团体"蓝色骑士"在慕尼黑成立。从此,表现主义绘画在德国开始繁荣。表现主义画家主张艺术要表现内在的灵魂,以夸张变形的手法揭示事物的本质。这一倾向引入文学界之后,瑞典作家奥古斯特·斯特林堡(1849—1912)率先写出了欧洲最早的表现主义三部曲戏剧《到大马士革去》(1897—1904),并因此成为该流派的先驱。

　　1910年和1911年,德国一些年轻的文学家先后创办了两家刊物——《冲击》(又名《狂飙》)和《行动》,推动了德国表现主义文学的发展。1911年,评论家威廉·沃林格尔(1881—1965)在柏林的《冲击》杂志第2期上发表了一篇评论,就塞尚、凡·高和法国画家亨利·马蒂斯的画作给表现主义下了一个定义,"表现主义"作为一个文学艺术流派的名称遂正式被人们广泛采用。到了二三十年代,表现主义已超出绘画与文学的范围,而成为一个波及范围广、遍涉艺术各门类的文艺运动。

　　表现主义者有一句著名的口号:"艺术是表现,而不是再现。"表现主义文学家反对把文学看成是自然和印象的再现,认为创作并不只是为了描写或安排现实,而应当解释现实,揭示人的本质和灵魂;由于将创作视为艺术家先于经验的自我表现和潜意识的表达,因而要求完全自由地描写不可见的事物,表现人的主观情绪,展示人的内心世界。在艺术形式上,表现主义通过夸张、变形和怪诞的手法来强化或外化作家的主观思想感情,或用象征的手法去表现某种抽象的观念,因而并不强调刻画形象、塑造人物,而只把人物作为某种思想和观念的类型或象征,在戏剧中尤其如此。因此,表现主义作家笔下的人物往往只是某些共性的象征和符号,他们通过内心独白、梦幻、假面具、潜台词等艺术手法来表现人物的内心世界。表现主义作品还常常充满狂热的激情和极度的夸张。

　　表现主义文学的代表作家有德国女诗人埃尔泽·拉斯克-许勒(1869—1945),瑞典剧作家斯特林堡,德国戏剧家格奥尔格·凯泽(1878—1945),奥地利小说家弗兰茨·卡夫卡(1883—1924),以及美国剧作家尤金·奥尼尔(1888—1953)等。

五

　　由于历史文化传统和现实社会环境等多方面的差异,20世纪俄罗斯文学走过了一条有别于西方各国文学的独特发展道路。现实主义和现代主义同样也是俄罗斯文学的两大基本潮流,但是它的发展演变却显示出特别清晰的阶段性。从19世纪90年代到1917年十月革命前,是一个现代主义崛起、现实主义向纵深进展、两者都取得巨大成就的文学时代,即所谓"白银时代"。自十月革命到20世纪20年代末,由于对历史变革的不同认识,一大批作家迁居国外,使得俄罗斯文学分为两大板块:国内俄罗斯文学(即后来苏联文学的主体)和侨民文学。其中,国内的文学生活打上了那个纷繁驳杂的变迁时代所特有的印记:新旧交替,前后过渡,多种风格和流派并存。侨居国外的作家则在另一种文化环境中,表现了第一代俄国侨民的生活、情感和心理体验,造成侨民文学的"第一浪潮"。这一时期的俄罗斯文学在深刻变动中依然取得了卓越的成就。20世纪30年代以后,随着个人崇拜的形成和泛滥,俄罗斯国内文学进入了一个从总体上看比较黯淡的时期。对文学进行一统化控制的结果,一是使相当一部分作家遭到批判、迫害和清洗,优秀作品率显著降低;二是导致伪现实主义和伪浪漫主义的流行。只有那些突破日丹诺夫主义制约的作品(其中大部分在当时未能发表或遭到猛烈批判),代表了这一时期文学的真正成就。因第二次世界大战爆发而兴起的俄罗斯侨民文学的"第二浪潮",也未能产生杰出的、有影响的作家和诗人。

第二章 英国文学

第一节 概 述

  20世纪上半叶英国文学的第一个重要成就是在戏剧创作上的突破。出生于爱尔兰首都都柏林的剧作家乔治·伯纳·萧(萧伯纳)(1856—1950)一生共创作了50多部剧本,为英国现代戏剧艺术的发展做出了重要贡献。受易卜生影响,萧伯纳用社会问题剧向当时充斥英国舞台的色情剧、颓废剧发起了挑战,主张艺术应当反映迫切的社会问题。他的作品辛辣地讽刺了伪善的英国资产阶级,特别对垄断资产阶级和帝国主义政府的侵略本质进行了无情鞭挞。由于他曾加入英国改良主义组织的"费边社",改良主义思想在其作品中亦表现得相当突出。前期主要作品包括剧本《鳏夫的房产》(1892)、《华伦夫人的职业》(1894)。两部戏剧揭露了资产阶级的虚伪,嘲讽了"体面"的资产者肮脏的财富来源。后期重要剧本包括《约翰牛的另一个岛屿》(1904)、《巴巴拉少校》(1905)、《伤心之家》(1919)、《圣女贞德》(1923)和《苹果车》(1929)等。萧伯纳以对机智幽默的语言、夸张的讽刺手法的娴熟运用而成为英国现代社会最辛辣的讽刺作家之一。

  20世纪初活跃在小说领域的作家主要是赫伯特·乔治·威尔斯(1866—1946)、阿诺德·本涅特(1867—1931)和约翰·高尔斯华绥(1867—1933),他们被弗吉尼亚·伍尔夫称为属于"爱德华时代的作家"。

  赫伯特·乔治·威尔斯既是小说家,又是政治家和社会活动家。他在长达半个世纪的文学生涯中先后创作了50部长篇小说,数部短篇小说集及其他作品,尤以科学幻想小说和描写城市小人物的小说著称。在科学幻想小说中,他通过离奇怪诞的情节,预言了科技发展与滥用将会造成的可怕后果,对现代社会的弊病进行了辛辣的讽刺。《时间机器》(1895)是他第一部成功的科学幻想小说,其优秀作品还有《莫洛医生的岛屿》(1896)、《隐身人》(1897)、《最先登上月球的人》(1901)等。他描摹的城市小人物既可笑又可悲的性格,显示出他对以萨克雷、狄更斯为代表的幽默讽刺的现实主义文学传统的继承。这类小说大多以日常生活为题材,摹写小职员、店员或学徒的喜怒哀乐。他笔下的主人公往往由于贫困乏味的生活而具有锱铢必较的性格特征,体现出现代社会中小人物的庸俗气质。作家借此表达了对维多利亚末世及其后社会道德与伦理的批判,这方面的代表作有《托诺-邦盖》(1909)等。

和威尔斯一样,阿诺德·本涅特也出身下层,靠个人奋斗成为作家。但本涅特不像威尔斯那样强调小说的社会改革作用,而主张艺术家要不偏不倚、精确而真实地描写生活,因而其创作更接近于法国自然主义文学创作风格。也正是由于他的这一满足于逼真记录、以文学作为历史的副本的艺术追求与创作特征,他受到了以弗吉尼亚·伍尔夫等为代表的年轻一代小说家的严厉批评,被斥为体现出"物质主义"的倾向。本涅特以描写英国工业小城镇的市民生活而闻名,创作了一系列脍炙人口的小说,反映了他的故乡斯塔福德郡五个盛产陶瓷器皿的小镇的中产阶级市民生活,因此被誉为"五镇"小说家。其中描写布店老板两个女儿命运的小说《老妇人的故事》(又译为《老妇谭》,1908),使其跻身于著名作家的行列,与威尔斯、E.M.福斯特、弗吉尼亚·伍尔夫、劳伦斯、康拉德、乔伊斯齐名,成为20世纪前半期英国最重要的七位小说家之一。小说以朴实无华的笔触描写了伯斯利镇上布店老板巴恩斯的两个曾经充满青春憧憬的女儿"从年轻的少女变成肥胖的老妇人"的悲剧,将两个姑娘放入中产阶级狭隘自私、平庸保守的生活环境中进行了刻画,逼真地再现了她们无可奈何地丧失了曾经有过的青春活力,逐渐变成平庸自满的老妪的过程,表现了岁月的无情,批判了摧残生命与青春的一潭死水般的社会结构。本涅特的创作在平凡中见真实,受巴尔扎克和左拉的影响较深,善于选择日常生活中并不引人注目的、平淡无奇的琐事,令人信服地表现出五镇居民既保守、自私、狭隘、固执,又有强烈的自尊和坚忍不拔的毅力的鲜明性格特征。

第三个"爱德华时代的作家"约翰·高尔斯华绥以巨著《福赛特家史》(1906—1921)三部曲,荣获1932年的诺贝尔文学奖。1924年至1928年间,高尔斯华绥又陆续出版了包括三部长篇小说和两部插曲在内的《现代喜剧》,构成《福赛特家史》的续篇。《福赛特家史》和《现代喜剧》这两组三部曲,通过对19世纪80年代维多利亚王朝后期至20世纪20年代乔治五世统治时期这段漫长岁月里福赛特家族四代人的变迁,抒写了一部英国资产阶级从产生、发展到逐步走向没落的艺术编年史,展现了英国资产阶级社会与家庭生活的广阔图景,生动地塑造出了一系列被"财产意识"浸透了全部存在的"福赛特人"的典型形象。《福赛特家史》包括三部小说及两部插曲,即《有产业的人》(1906)、《一个福尔赛人的暮秋》(1917,插曲)、《骑虎》(1920)、《觉醒》(1920,插曲)和《出租》(1921)。其中,《有产业的人》是其最优秀的作品。高尔斯华绥本人曾指出:小说的基本主题是表现对财产的占有欲与对艺术的美感之间的对立和冲突,揭露私有财产对人的感情的腐蚀作用。在小说前言中，作家这样写道："《福赛特家史》的原旨是美对私有世界的扰乱和自由对私有世界的控诉。"小说的主人公之一是作为"财产意识"的化身的索米斯。他是福赛特家族的第四代人、房地产经纪人，身上典型地体现了福赛特家族自私、贪婪、虚伪与暴虐的基本特征。在索米斯的生命中，最高冲动就是占有财富。他娶了教授美若"希腊女神"的女儿伊琳为妻，但从未真正尊重过她的人格与自由，只是把她当作自己的一件贵重宝贝来炫耀与秘藏。顽强的占有冲动和"财产意识"，使索米斯丧失了对美的感知和辨别是非的能力。而他的妻子伊琳和她后来爱上的穷建筑师波辛尼则是和索米斯形成对照的美与艺术的化身。他们热爱艺术，厌恶利欲的冷酷与暴虐，对美有着特殊的敏感，对美好生活充满了希望。小说最后，由于索米斯的报复与迫害，波辛尼惨遭车祸身亡，伊琳离家出走不成，最后不得不回到了她所痛恨而蔑视的家。作家通过波辛尼的死以及他与伊琳的爱情悲剧，揭露了福赛特人精神上的卑劣与堕落，控诉了私有制度的冷酷与不人道，感叹艺术与美在现代社会中的悲剧性命运。高尔斯华绥擅长塑造典型人物，语言简练生动，风格稳重文雅。他的创作使维多利亚时代的传统小说在艺术形式上得到了充实和发展。

较之本涅特，更多地表现出师承法国自然主义文学的是英国小说家、剧作家威廉·萨默赛特·毛姆（1874—1965）。毛姆深受法国文化熏陶，有着丰富的海外阅历，擅长写作长篇小说、短篇小说和戏剧。他的作品中常常弥漫着旖旎的热带风情和浓郁的异域情调，而学医的生涯又使他能以客观冷静的科学精神去观察与表现人生，其作品从本质上更加接近自然主义的文学传统。毛姆著名的长篇小说是具有一定自传性质的《人生的枷锁》（1915）、《月亮和六便士》（1919）和《刀锋》（1944）等。他的短篇小说也拥有广泛的读者群。

这一时期英国重要的小说家还有吉卜林等人。拉迪亚德·吉卜林（1865—1936）出生于印度，六岁回到英国接受教育。1892年，吉卜林去了美国，先后出版了《丛林故事》（1894）、《丛林故事续集》（1895）、《勇敢的船长》（1897）等作品，获得了极大成功。1897年，吉卜林回到英国，创作了《日常作品》（1898）和《吉姆》（1901）等。长篇小说《吉姆》是其最著名的作品，集中体现了帝国主义和东方元素对吉卜林创作的双重影响。作家通过描写西藏喇嘛和吉姆这师徒两人为追寻各自的理想横穿南亚次大陆的跋涉，将英属殖民地印度的风情与人物带入了小说，表现了佛教、基督教、伊斯兰教等各种教派之间的遇合与冲突，故事别致诱人。1907年，吉卜林获得诺贝尔文学奖，成为第一位获此殊荣的英语作家。

两次世界大战期间是英国现代主义文学的鼎盛时期，尤以20世纪20年代为现代主义小说的黄金时代。20年代的现代主义潮流深受弗洛伊德心理学说的影响，作家们纷纷在创作中运用精神分析的方法，挖掘人类精神中潜意识与无意识的广大领域。这股潮流在英国小说中主要体现为两种倾向：一种以劳伦斯的创作为代表，注重心理描写，揭示人的性心理活动，同时以性作为人的本能的象征来反抗机器文明对人性和自然的压抑，体现出融社会批判与心理探索于一体的思想特征；另一种是以乔伊斯和伍尔夫为代表的意识流小说。此外，熔现实主义与现代主义特征于一炉，体现出从现实主义向现代主义过渡性特征的作家还包括康拉德、E. M. 福斯特和曼斯菲尔德等。

E. M. 福斯特(1879—1970)毕业于剑桥大学国王学院，为"布鲁姆斯伯里团体"成员。1901年大学毕业后去希腊和意大利旅行。地中海沿岸国家农民自然淳朴的生活与英国中产阶级压抑狭小的生活形成鲜明对照，给他留下深刻印象，为他早期作品《天使不敢涉足的地方》(1905)、《一间可以看到风景的房间》(1908)提供了创作素材。两部小说均表现了令人窒息的英国中产阶级社会与意大利生气勃勃的生活的对立。《霍华兹别墅》(1910)为福斯特一战前最重要的作品。作家在其扉页上题写的警句"只有联结……"成为众多研究者考察福斯特试图在不同国家、种族、宗教、文化、阶级与性别之间建立"联结"的思想的依据。最后一部长篇小说《印度之行》(1924)通常被公认为作家最杰出的作品，他以丰富而含混的象征艺术表现了大英帝国殖民当局在印度的骄横跋扈与仗势欺人，反映了英国殖民政策和印度人民之间难以化解的矛盾。其早年创作的同性恋小说《莫里斯》则迟至1971年才得以出版。福斯特的《小说面面观》(1927)原是他为剑桥大学"克拉克讲座"所作的讲稿，含导言、故事、人物(上)、人物(下)、情节、幻想、预言、模式与节奏、结语九个部分，被誉为"20世纪世界文坛难得的一部小说评论著作"，其中关于"圆型人物"与"扁平人物"的定义，已成为20世纪文学评论的著名论断。

凯瑟琳·曼斯菲尔德(1888—1923)是出生于新西兰的英国籍女作家，以创作短篇小说而著称，深受俄国作家契诃夫的创作风格影响。其作品不以情节曲折见长，注重从看似平凡的小处发掘人物情绪的幽微变化，尤其着力捕捉孩童与女性的内心悸动，表现人物在对自我及人生的发现中获得的心灵成长。她的文笔简洁流畅，风格冷峻而富于诗意，代表了英国现代主义文学在短篇小说领域的主要成就。重要作品包括短篇小说集《在德国公寓里》(1911)、《幸福》(1920)、《园会集》(1922)及死后出版的《鸽巢》(1923)和《幼稚》(1924)。

女作家多萝西·理查森(1873—1957)是意识流小说在英国的重要先驱。1915年，她推出了长达十二卷的意识流小说《人生历程》的第一卷《尖尖的屋顶》，至1938年出版完成最后一卷。作品以作家本人的生活经历与心理体验为基础，逼真地再现了女主人公米丽安·亨特森在漫长岁月中的内心世界，尤其是她在德国当女教师时的所见所闻以及返回英国后的种种经历。作家摆脱了对传统意义上的故事情节的追求，着意表现主人公每天在各种生活事件的触发下纷至沓来的感触、对外部世界及周围人物的种种印象。在她的笔下,外部世界只是为人物的精神流程提供诱因的源泉,读者看到的,完全是以第三人称的叙述口吻表现出来的一位知识女性的内心独白。《人生历程》在英语意识流小说史上具有重要意义,它"标志着现代英语小说创作的一个重大转折","为意识流小说进入鼎盛期铺平了道路"。① 从其问世开始,一批具有现代主义倾向与艺术革新意识的作家,纷纷采取了抒写人物内心的艺术手段,终使意识流小说的发展在乔伊斯和伍尔夫那里走向了巅峰。

在诗歌领域,代表了英国现代主义诗歌创作最高成就的两位诗人,分别是爱尔兰的威廉·叶芝(1865—1939)和出生于美国、后加入英国籍的 T. S. 艾略特(1888—1965)。叶芝于 1923 年荣获诺贝尔文学奖,代表作品主要有《钟楼》(1928)、《驶向拜占庭》(1928)、《盘旋的楼梯》(1929)等;艾略特则是 1948 年诺贝尔文学奖得主,其长诗《荒原》被认为是"20 世纪英语诗坛的里程碑"。

20 世纪 30 年代之后崛起的年轻英国作家更加关注现实问题。以奥尔德斯·赫胥黎(1894—1963)和艾夫林·沃(1903—1966)等为代表创作的社会讽刺文学,继承和发展了英国文学中的讽刺传统,深刻揭露了社会生活的虚伪与丑恶。赫胥黎出生于一个既富科学精神又具有人文气质的书香门第。其祖父是《天演论》的作者托马斯·赫胥黎,父亲是著名文学期刊《康希尔杂志》的编辑,母亲则是维多利亚时期著名诗人兼批评家马修·阿诺德的侄女。得天独厚的家学渊源使得赫胥黎从小对科学与文学产生了双重兴趣,并在自己的创作生涯中将二者有机结合在一起。长篇小说《美丽新世界》(1931)是其最脍炙人口的作品。作品讲述了热爱莎士比亚作品的"野蛮人"约翰从"保留地"来到了令他倍感奇妙的新世界,但不久即发现这个科技高度发达的文明社会本质上是一个泯灭人性,缺乏亲情、爱与美的监狱,约翰最终绝望自杀。赫胥黎以不动声色的反讽笔法,通过对六百年之后未来世界黯淡图景的虚构,对滥用科技的未来做出了悲观主义的预言,揭示了物质主义与科技文明对人性的异化。

20 世纪 30 年代左翼文学在欧美各国蓬勃兴起,因而 30 年代有"红色的三十年代"之称。成立于 1920 年的英国共产党积极推动马列主义和本国不断高涨的工人运动的结合,英国左翼文学也随之兴起,其主要成就是小说,代表作家有肖恩·奥凯西(1880—1964)、路易斯·吉朋(1901—1935)等人。

本时期另一位体现出鲜明的政治色彩与社会批判倾向的著名小说家与散文家是乔治·奥威尔(1903—1950)。奥威尔出身于中产阶级,但家境并不富裕,靠奖学金接受了良好教育。他曾远走缅甸,为大英帝国警察部队效力,但始终与殖民政

---

① 李维屏:《英美意识流小说》,上海外语教育出版社,1996 年版,第 30 页。

策、殖民地生活格格不入。回国后,奥威尔开始写作,曾深入巴黎与伦敦的底层社会亲身体验穷人的疾苦,并在对英格兰北部工业区维冈码头工人生活的考察中树立了社会主义信念。参加西班牙的反法西斯主义战争构成了他人生中另一段重要经历,加深了他对极权主义与法西斯主义的认识与痛恨,为他日后写出《动物农场》(1945)和《一九八四》(1949)这两部杰出的政治讽喻作品奠定了基础。奥威尔一生给读者留下了十余部作品,包括三部纪实文学:《巴黎伦敦落魄记》(1933)、《通往维冈码头之路》(1937)、《向加泰隆尼亚致敬》(1938);两部评论集:《鲸腹之家》(1940)、《狮子与独角兽》(1941);以及六部小说:反思英国殖民主义制度的《缅甸岁月》(1934),反映私立学校教师生活的《教士的女儿》(1935),反映书店店员及流浪人生活经验的《让叶兰在风中飞舞》(1936),描写战争前夕英国社会混乱局势的《上来透口气》(1939),借助动物寓言展现人类极权统治的《动物农场》,呈现令人触目惊心的极权恐怖的《一九八四》等。《动物农场》和《一九八四》被译为多种文字,销量超数千万册,为作家带来巨大声誉。奥威尔敏锐的洞察力、犀利的文笔和深厚的人文关怀,被著名批评家欧文·豪誉为"在过去几十年中英语文学中最伟大的道德力量"[1],其传记作者杰弗里·迈耶斯也称赞奥威尔"在一个人心浮动、信仰不再的时代写作,为社会正义斗争过,并且相信最根本的,是要拥有个人及政治上的正直品质"[2]。奥威尔终其一生都在追求自由与民主,被称为"一代人的冷峻良心"。他在《我为什么要写作》一文中回顾自己的写作生涯时说:"我在一九三六年以后写的每一篇严肃的作品都是直接或间接地反对极权主义和拥护民主社会主义的,当然是根据我所理解的民主社会主义。在我们那个年代里,认为你能够避免写这种题材,在我看来几乎是胡说八道。"[3]

《一九八四》描写了未来社会处于恐怖的极权主义统治之下的伦敦。小说中战后大洋国的现状和经历了二次大战后的英国非常相似。其中很多伦敦的建筑物也是作家按现实情况来写的。"对于像奥威尔这样曾经在战时漫步于牛津街周围三四平方英里及其腹地的人来说,《一九八四》里的地形一下子就可以认出来。例如,从'真理部'这个'闪闪发光的金字塔式的巨大的白色混凝土建筑物'里可以看到伦敦议会大学,战时的'信息部'就在这里办公。它的内部结构则重现了英国广播公司在牛津街200号的演播室。'胜利广场'就是特拉法尔加广场,只是故事里'老大哥'的雕像取代了纳尔逊的罢了。"[4]通过这些真实可感的世界,读者仿佛置身其

---

[1] Dennis Poupard. *Twentieth Century Literary Criticism*. Vol. 6. Detroit: Gale Research Company, 1985, p.339.
[2] 杰弗里·迈耶斯:《奥威尔传》,孙仲旭译,东方出版社,2003年版,第452页。
[3] 乔治·奥威尔:《我为什么要写作》,董乐山译,上海译文出版社,2007年版,第102页。
[4] D.J.泰勒:《奥威尔传》,吴远恒、王治琴、刘彦娟译,文汇出版社,2007年版,409—410页。

中,感受到极权笼罩下扑面而来的压抑与窒息。极权主义掌握了现代政治的统治手段,包括政治组织、社会生活、舆论工具、艺术创作、历史编纂甚至个人思想与隐私,人们无不处在一个有形和无形的"老大哥"的全面严密控制之下。小说的主人公温斯顿·史密斯即处于这样的环境中并秘密地进行了抵抗。在大洋国里,到处都有监视器在监视着每个人的一举一动,监听着人们发出的每一个声音。警察巡逻队开着直升机在人们的窗户旁巡逻,随处潜伏的思想警察观察着人们的思想。父母和孩子之间没有亲情,夫妻之间没有爱情,所有人只有同一种感情,即对"老大哥"的爱。如果有谁的思想出现异动,便会被抓进深不可测的牢房,受尽酷刑折磨,直到意志被彻底摧垮,最后于人间蒸发。温斯顿作为异端被抓进"友爱部"后,受到了漫长的拷打和折磨,最后终于精神崩溃,背叛了自己的爱人和信念。作品因对极权统治鞭辟入里的洞见,而与苏联作家扎米亚京的《我们》(1924)、赫胥黎的《美丽新世界》并称为"反乌托邦"三部曲。从艺术上看,《一九八四》运用了大量黑色幽默般的讽刺手法,如在政府职能分工上,"真理部"负责修改历史事实,做假报道,去真存伪;"和平部"负责掀起战争;"仁爱部"专门施酷刑;"富裕部"令人饥饿。奥威尔运用讽刺的手法,旨在揭示全人类在现代社会中的存在状态以及极权主义的危害。

这一时期的英国诗坛出现了以 W. H. 奥登(1907—1973)为代表的"奥登一代"诗人,他们用诗歌反映社会和政治问题,并积极参加左翼运动,在青年中影响较大。代表作家除奥登外,还有塞西尔·戴-刘易斯(1904—1972)、斯蒂芬·斯本德(1909—1995)和路易斯·麦克尼斯(1907—1963)等。

W. H. 奥登还在牛津大学读书时,就已表现出在诗歌领域的出色才华。1928年,他发表了第一部作品《诗集》。20 世纪 30 年代的重要诗集有《雄辩家》(1932)和《看吧,陌生人》(1936)等。奥登的早期创作表现出鲜明的反法西斯倾向。在西班牙内战中,他写下长诗《西班牙》(1937),以此激励西班牙人民为自由和正义而战。根据访问中国、日本的经历,他与另一位诗人克里斯托弗·衣修伍德(1904—1986)合作,写下了游记《战地行》(1939),表达了对中国人民抗日战争的理解与同情。30 年代后期,奥登放弃了自己的左翼立场。1939 年定居美国,思想上逐渐转向信仰基督教,诗风也发生了很大变化。这类作品包括诗集《另一次》(1940)、《双重人》(1941)和《暂时》(1945)等。发表于 1948 年的《忧虑的年代》为他赢得了普利策文学奖。晚期诗歌作品还有《阿喀琉斯的盾牌》(1955)、《无墙之城》(1969)等。60 年代末,奥登修订了自己的诗作,出版了《1927—1957 年短诗诗集》(1967)和《长诗诗集》(1969)。奥登在艺术上深受 T. S. 艾略特的影响,作品体现出浓郁的现代主义特色。

第二节 康拉德

约瑟夫·康拉德(1857—1924)原名特奥多·约瑟夫·康拉德·科尔泽尼奥夫斯基,出生于沙俄统治下的波兰。因父亲参加争取民族独立的秘密组织,全家被流放到俄国。随后,他接连经历了母亲、父亲的离世。颠沛流离的生活和父母早丧的童年,使他形成了孤独忧郁的性格,也让他对沙皇的专制统治充满仇恨。1874年,在舅舅的帮助下,他移居法国马赛。在这里,他遭遇了事业上的失败,并一度自杀,使得他作品中的人物经常被死亡的阴影所笼罩。与此同时,他获得了法国文学的滋养,学习了福楼拜等人的创作技巧,为以后的创作奠定了基础。1876年,康拉德去往英国并找到了归属感,他从普通水手一直做到船长,其间航行至世界各地,这些经历大大拓宽了他的文化视野,并为他后来的创作提供了许多素材。1890年,非洲的刚果之行让他目睹了欧洲殖民者残酷的掠夺行径以及非洲人民的苦难生活,这也反映在他的多部作品中。

康拉德的创作与其个人经历是分不开的,出生地波兰培育了他的爱国情怀,流放地俄国激起了他对沙俄的仇恨,移居地法国增长了他的胆识和文学素养,航行地亚非地区构筑了他创作的背景,而定居地英国则锤炼了他的创作思想。游历多个地区的经历无形中开阔了他的文化视野,也为他创作提供了更为广阔的写作背景和丰富的写作素材,以及更为深刻的作品主题。也正是因为他的特殊经历和独特感受,他的作品突破了现实主义的桎梏,把传统小说对环境和人物的关注转移到人物的心理上,并拓展了传统小说的叙述技巧,采用多种叙事角度进行叙事,推动了现代主义文学的革新。除此之外,康拉德的小说还具有浓重的道德氛围,小说中人物大都具有极强的道德感。"康拉德式的英雄必定要遭遇社会传统形式终极无意义的考察,现实黑暗面的暴露驱使他走向毁灭,比如《吉姆爷》中的布赖尔利船长和《诺斯特罗莫》中的德科德。"①

在近三十年的文学创作生涯中,康拉德一共出版了31部中长篇小说以及短篇小说集和散文集。从作品的题材来看,其作品大致可分为三类:航海小说、海外丛林小说和社会政治小说。航海小说以海洋为故事背景,描写海员们在自然风暴下经历的道德和意志的考验,代表作品有《"水仙号"的黑水手》(1897)、《青春》(1902)、《台风》(1902)、《阴影线》(1917)等。海外丛林小说主要以亚非拉殖民地区为背景,反映了白人在殖民地区的攫取掠夺,以及白人在权力和财富的诱惑下所经

---

① George Stade, ed. *British Writers*. New York: Charles Scribner's Sons, 1983, p.137.

历的精神危机和道德幻灭,代表作品有《阿耳迈耶的愚蠢》(1895)、《海岛的放逐者》(1896)、《黑暗的心》(1899)、《吉姆爷》(1900)等。社会政治小说集中展示了作家对欧洲社会的思考,并且寄寓了自己的爱国热情,代表作品有《诺斯特罗莫》(1904)、《特务》(1907)、《在西方的眼睛下》(1911)等。

  在航海小说中,海洋作为一个主要的意象在康拉德的笔下变幻出无穷的模样。无论是《青春》中风暴接连的海洋,还是《阴影线》中静止的海洋,其小说中每一幕海洋的场景都是瑰丽雄壮的,海洋、船只、风浪还有水手动感地连接在一起,形成了一幅幅美丽的海上画卷。《"水仙号"的黑水手》和《阴影线》两部作品,分别代表了康拉德初期和后期的海洋主题创作成就。《"水仙号"的黑水手》讲述了"水仙号"在从孟买返航英国的旅程中,招募了一个黑人水手吉姆斯·惠特,他一上船就病倒了,还不停地散布自己将死的预言。水手们出于对他的怜悯,也出于对死亡预言的恐惧,主动承担了照顾惠特的职责。惠特将死的预言散播到船上的各个角落,加上飓风对航行的影响,海员们在心理上陷入恐慌,接连引发了船上的混乱。而后,船上的无赖唐庚揭穿了惠特的谎言,老辛格尔顿道出了惠特将死的事实,海员们的心理发生了微妙的逆转。终于,像谜一样的惠特死了,在船长阿里斯笃的指挥下,"水仙号"安全返航。小说没有详尽的故事情节,全篇围绕惠特的"死"描述人物的心理变化,进而铺陈"水仙号"航行中的遭遇。康拉德采取惯用的象征手法,把惠特的"死"与"水仙号"的正常航行联系到一起,探讨了人在极端条件下的境遇,吉姆斯·惠特代表的黑暗和海员代表的光明相互抗衡,最终光明取得了胜利。小说中,老辛格尔顿和阿里斯笃船长是故事的灵魂人物,当水手们被死亡的疑云笼罩并为了求生盲目地行动之时,他们始终保持内心的安定,忠于自己的职责,保护"水仙号"正常航行。康拉德在小说中竭力展现"忠诚"和"团结"两个核心观念,无论水手们怎样制造混乱,老辛格尔顿和船长这两面旗帜屹立不倒,他们用行动展示了康拉德的理想,也让作品人物有了崇高人性的光环。尤其是老辛格尔顿,当海员们被死亡迷惑、被言论煽动、被困难吓怕的时候,他一直忠诚地履行着职责,直至混乱结束、风暴过去。他用责任、忠诚和抗争展现了一个在海上勇猛进取的硬汉形象。

  不同于航海小说的浪漫冒险,海外丛林小说则更多展现了白人在殖民地的奋斗,以及殖民地人民的遭遇。基于多种文化的影响,作家在表现工业文明和殖民罪恶时始终是矛盾的,既有对工业文明的哀思,也有对文明扩张的赞赏,既有对殖民地人民的丑化,也有对殖民地人民的同情,《黑暗的心》和《吉姆爷》就是作家这种矛盾心理的例证。

  《黑暗的心》是一部自传性质的小说,取材自康拉德在非洲探险的亲身经历。小说由马洛展开叙述,马洛怀着好奇心来到憧憬的非洲腹地,希望探寻这片神秘的大陆，看到的却是黑暗、屠杀和死亡，和他心中所想形成巨大反差，失望之中他得知了库尔兹的事迹。库尔兹的名字频繁地从贸易站一带的白人口中传出，会计主任说他是第一流的公司代理人，总代理说他前程远大，造砖头的经理说他是纸糊的靡菲斯特……这个欧洲文明人的多重形象激起了马洛探寻的兴趣。马洛前往丛林深处寻找库尔兹，看到的却是一具形容枯槁的躯体，在文明和原始的矛盾中，他早已异化成一个面目可憎的魔鬼。而"可怕啊，可怕啊"这两句悲鸣则成为他生命的绝唱。面对殖民迫害的事实，作者的态度始终是矛盾的，一方面，他无法摆脱自身的文化烙印，在书写中扭曲了非洲；另一方面，他又保持着一种清醒的判断力，对殖民行为进行了道德的审判，真实地书写了黑人受到的迫害："他们不是敌人，他们也不是罪犯，他们现在已不属于尘世所有——他们只不过是疾病和饥饿的黑色影子，横七竖八地倒在青绿色的阴影中。"①库尔兹所代表的非洲腹地上欧洲文明人的形象反映了文明的悖论，在广袤的非洲大陆上，他依靠文明的智慧在白人中间站稳脚跟，还获得了当地土著的支持，康拉德赋予了库尔兹双重文化身份：一个是西方文明熏陶下理性的库尔茨，另一个是被非洲的"黑暗"所俘获堕落的库尔兹。② 马洛追寻的是一个受西方文化浸染的奋进的库尔兹，现实中找到的却是一个在财富的聚敛中渐渐迷失自我、被黑暗的丛林所吞噬而异化成暴力、贪婪的魔鬼的库尔兹。在世纪的末端，康拉德敏锐地嗅到了帝国文明的危机，借助库尔兹这一形象，探讨了白人在原始文明中的生存困境，以库尔兹为代表的白人在欧洲进步文明的掠夺中迷失自我，又逐渐在非洲原始文明神秘的召唤下发生异化。

《吉姆爷》是康拉德第一部成功的长篇小说。小说中主人公吉姆出生在一个牧师家庭，家中有四个兄弟，因受文学作品启迪，他决定以航海为业。吉姆身上富有浪漫主义的冒险精神，他常常幻想自己成为英雄，正是凭着英雄的精神，他成为"帕特纳号"上的大副。然而，在"帕特纳号"船发生事故的那个夜晚，他的纵身一"跳"，成了他以后所有不幸的来源。吉姆与船长一行人逃离后，"帕特纳号"得到了法国军舰的援救，吉姆因为违背海员的行为准则遭到了法律的裁决，他因此失去了海事执照和好名声。此后，他辗转于各地谋生，因为"帕特纳号"传言的出现，他一次次逃离，最终到了与世隔绝的帕图森岛。他运用西方文明的智慧，帮助当地的百姓摆脱了当地的两股邪恶势力古·阿郎酋长和阿里警长的控制，成为帕图森的保护神。然而，过去的回忆始终像一把达摩克利斯之剑悬在他的头顶。海盗头子布朗的到来打破了吉姆的幸福生活，布朗的话语唤醒了吉姆内心中沉睡的恐惧，他错过了歼敌的良机，致使酋长的儿子被杀。吉姆最终没能逃脱命运的诘责，为了赎罪，他在多拉明的枪下结束了生命。

---

① Joseph Conrad. *Heart of Darkness*. London：Penguin Books Ltd.，2007，p. 24.
② 岳峰：《康拉德非洲题材小说中欧洲"空心人"的道德救赎》，《文教资料》，2011年12月上旬刊.

小说依然由马洛担任叙述者，作品前四章马洛对吉姆的事迹知道得并不多。在马洛的叙述之外，几个参与吉姆生活的人物增补叙述，从而构成故事的全貌。多角度的叙述模糊了作者品评人物的态度，作者隐身幕后让人物轮流发声叙述吉姆的事迹，把评判吉姆的主动权交给读者，增添了作品的多义性。

小说的原罪主题也非常明显。吉姆出生在一个牧师家庭，内心极具道德感。那次在风暴中的逃生，成为他以后一切悲剧的源泉。吉姆虽然一再地躲避这种痛苦，但他的心灵始终难逃原罪的惩罚。康拉德将对人性的拷问置于风暴中的海洋，在极端的环境下，人的本性暴露无遗，即使是常年生活在海上的海员，也未能抵御心底的恐惧而纷纷选择逃生。不可否认的是，吉姆具有海员的忠诚和责任感，他对荣誉心驰神往，面临困难也敢于拼搏，但他也是芸芸众生中的一员，也有人性深处对死亡的恐惧和怯弱。因为背叛忠诚，吉姆内心的荣誉感失去了寄托，而荣誉的丧失对吉姆来说是致命的，即便是逃到与弃船事件毫不相干的帕图森，他的梦中依然会浮现当时所犯下的罪行，以致丹·瓦利斯死后，吉姆用死亡来救赎自己。康拉德声称"道德上的发现应该是每一个故事的目标"①，吉姆的死亡不仅是原罪的惩罚，在某种程度上，也是作家道德理想的表现。

社会政治小说也是康拉德创作的一个重要部分，寄寓了作家浓厚的爱国热情，展现了作家对欧洲社会的思考。在这些作品中，作家的创作技巧已非常纯熟，作品涉及的问题也更加深入，其中以《诺斯特罗莫》最为著名。著名评论家F.R.利维斯在著作《伟大的传统》中曾高度评价《诺斯特罗莫》"是康拉德最重要的著作，也是英语史上最伟大的小说之一"②。在作者后记中，康拉德提出他的写作线索源于南美火地岛闹革命时一个人单枪匹马偷走一船银锭的逸事。《诺斯特罗莫》中虚构了一个南美国家科斯塔瓦那，该国长期动荡，政权不断更迭。古尔德家族是来自英国的贵族，在这块土地上几经奋斗都以失败告终，继任者查尔斯·古尔德希望通过圣托梅银矿实现自己的理想，为国家带来和平稳定。诺斯特罗莫是来自意大利的青年，是平民中的英雄，他爱惜名誉、乐善好施，希望借助自我的奋斗实现个人的价值。圣托梅银矿的开采招致了各种势力的觊觎，科斯塔瓦那在一次次的政权变更中陷入更大的混乱。财富不仅引发了政治势力的斗争，也触发了个人的变化，古尔德为保住银矿一次次妥协，诺斯特罗莫受银锭利诱失去本真。

作为康拉德为数不多的政治题材小说，《诺斯特罗莫》展示了一个平民英雄的梦想及其失败。诺斯特罗莫是平民中的领袖，他有很强的荣誉感，然而这样一个人物最终还是死在了追逐财富的途中。作家站在人道主义的立场上反思文明，他看到了文明带来的物质利益，也看到了财富引发的争夺。

---

① Joseph Conrad. *Under Western Eyes*. New York: Penguin Books Ltd., 1980, p. 62.
② 李公昭主编：《20世纪英国文学导论》，西安交通大学出版社，1998年版，第49页。

康拉德的一生辗转于世界各地,获得了多种文化的滋养,形成了独特的创作风格。他着力推进小说创作技巧的革新,探索隐秘心理的书写,开辟了多种角度的叙事风格,为20世纪现代主义小说的发展和繁荣做出了贡献。

第三节　劳伦斯

D. H. 劳伦斯(1885—1930)是20世纪英国文坛最具有争议的作家之一。他生于英国诺丁汉的一个矿工家庭。父亲是一位脾气暴躁的矿工,经常在醉酒之后打骂妻儿;母亲受过良好的教育,曾做过小学教师,个性坚强。劳伦斯的父母亲婚后不久就因性格不合而导致婚姻生活的不幸。于是母亲把所有的感情都寄托在儿子身上,这造成了劳伦斯在年轻时对母亲的过分依恋和对父亲的排斥心理。这段典型的恋母情结经历在他的自传性作品《儿子和情人》(1913)中有详尽的描写。1906年,劳伦斯靠奖学金进入诺丁汉大学学习教师专修课程,在大学期间他开始进行文学创作。1912年,劳伦斯遇见了后来成为他妻子的弗里达,两人一见倾心。弗里达丢下自己的三个孩子,和他一起私奔了。从此,两人开始了频繁的旅行生活。1915年,《虹》出版不久后,即被加上"有伤风化"的罪名而遭到查禁。劳伦斯不甘屈服,以同样的笔调创作了《虹》的续篇《恋爱中的女人》,鞭挞工业化的危害。一战结束后,劳伦斯夫妇又开始了漂泊的旅行生活,行踪遍及锡兰(斯里兰卡旧称)、澳大利亚、新西兰与墨西哥等地,希望能在地球上发现那些未被现代工业文明玷污损害的地方。这段时期也是他创作的旺盛时期,除了完成《恋爱中的女人》等长篇小说外,还写了大量的短篇小说、诗歌、游记和文学评论文章。1928年,劳伦斯完成了长篇小说《查泰莱夫人的情人》。这本书因触犯有关淫秽出版物的管制条例,被禁止在英国出版。1930年3月2日,劳伦斯客死在法国的南部小城。

劳伦斯的一生是与资本主义工业化社会的现存秩序斗争的一生。19世纪中期以后,英国工业发展进程加快,实现了全国规模的工业化,连劳伦斯的家乡小镇也发生了变化。诺丁汉一带尽管一边依然是葱绿青翠的森林和农田,另一边却成了黑烟滚滚、井架林立的煤矿区。随着工业化和机器文明的迅速发展,农村经济濒临全面解体,残余的宗法感情也日益消失。森林和田野遭到污染和破坏,人们越来越沦为机器的奴隶,人的自然本能和人与人之间的和谐关系都受到金钱社会的腐蚀,人已经不再是身心统一的人。劳伦斯生来热爱自然,热爱英格兰乡村,为田园式古老英国的消失而叹息。这种工业化的英国和田园式的英国,在劳伦斯的全部创作之中几乎都处于对立冲突的地位。因此,劳伦斯的创作首先表达了对工业化现实的不满和憎恶。

对两性关系的探索是劳伦斯创作的另一个重要主题。他认为遭到压抑的欲望与本能并非罪恶,压抑行为本身才是罪恶的。他反对对性做任何建立在恐惧基础上的压抑,无论这种压抑是宗教的、道德的还是社会的。劳伦斯认为哲学中的精神至上、宗教里的禁欲主义、传统道德的偏见都鼓吹压抑人的自然力量,他提倡建立一种新的、健康和谐的两性关系以摆脱现代工业化社会对人的压抑。

劳伦斯的第一部长篇小说《白孔雀》(1911),以英格兰中部农村为背景,讲述了两对青年男女的爱情故事,田园生活与工业文明的对立主题已经在小说中有所表现。1913年出版的《儿子与情人》为劳伦斯赢得了广泛的声誉。小说围绕煤矿工人毛瑞尔一家的痛苦,通过主人公保罗的成长过程反映深刻的社会问题和心理问题。保罗的母亲因婚后生活不幸,而把自己的感情全部寄托在儿子身上。这种情感超越了正常的母爱,也直接导致了保罗第一次恋爱的失败。保罗的两次爱情经历说明纯粹的精神恋爱不能使他幸福,单纯的肉体满足也不能给他带来长久的欢乐。母亲的去世使他在精神和感情上摆脱了束缚,但通向未来生活的途径究竟在哪里?故事的结尾是一个现代小说中常见的开放式结局:保罗在神思恍惚中蹒跚而行,向神秘莫测的未来走去。

《儿子与情人》的前半部分带有很大的自传性,记述了劳伦斯早年的生活经历。作品以19世纪中叶英格兰中部诺丁汉郡、德贝郡一带煤矿区和水乡阡陌纵横交叉地带为背景,描绘了一幅煤矿工人的生活图景,真实而生动地传递了当时的历史和社会气息。小说表现了矿工们成天在黑暗、潮湿的坑道里干着非人的苦工,每时每刻都冒着生命的危险。他们逐渐变得粗暴、蛮横起来,只有酒才能使他们暂时忘却忧伤和疲劳,只有在家里粗声恶语才能发泄心头郁积的怒气。于是,从矿井到酒店,在地下开凿岩石,在家里打骂妻儿变成了矿工们特定的生活方式。劳伦斯认为,英国的工业生活给每一个社会成员都留下了如烙印一般难以洗刷的污垢,削弱了他们的人性。被机械奴役成为现代人的悲剧命运。

《儿子与情人》的另一个重要主题是描写青年保罗成长过程中精神和感情上的分裂和矛盾。许多评论家都认为这部小说为俄狄浦斯情结提供了一个典型的病例。它的完成使劳伦斯从恋母的阴影中解脱出来,从更广泛的角度去深入探讨社会和精神问题。

《虹》(1915)和《恋爱中的女人》(1920)是姊妹篇。一般认为,这两部小说代表了劳伦斯的最高成就。《虹》以史诗般的格局,一方面通过一家三代人的生活和心灵历程追述了英国从传统的乡村社会到工业社会的历史变迁,揭示了19世纪后半期巨大而深刻的社会变化;另一方面,又以英国小说史无前例的热情和深度探讨了有关建立新的两性关系的问题。小说的开头以田园牧歌式的笔调描绘了1840年前后英格兰中部水乡的优美风景。随着工业化的推进,这块古老的土地上出现了运河、铁路和煤矿的井架等工业文明的标志。与宁静、翠绿的乡村构成鲜明对比的是污浊、灰暗的矿区。在两种文明更迭交替之中,劳伦斯叙述了布兰文家族三代人的故事。第一代汤姆·布兰文是个忠厚诚实的农民,他与一位波兰流亡贵族后裔、波兰爱国者的遗孀莉迪娅结合,两颗不同世界的心经过激烈的冲突磨合,最终进入宁静、和谐、幸福的理想状态。但是不久,汤姆就被一场洪水冲走了。这象征着农业社会的消亡和工业社会到来的必然。莉迪娅的女儿安娜和汤姆的侄子威尔是布兰文家族的第二代。第二代人的婚姻生活是现代社会婚姻生活的缩影,是一场充满痛苦的失败婚姻。在工业社会中,人们丧失了与自然的和谐关系,失去了宗法制社会中宽容美好的人性而变得自私封闭,以自我为中心,这样的两性是无法建立和谐的两性关系的。于是,安娜在养儿育女中获得满足,威尔则在工作中逃避。第三代是威尔与安娜的长女厄秀拉,小说的重点就是描述了她的成长和追求。厄秀拉克服了重重困难完成了大学的师范课程,成了一名小学老师。借她之口,劳伦斯表达了对当时教育制度的强烈不满。厄秀拉的第一位恋人是一名英国军官,两人终因缺乏精神上的理解而分手。结尾处,对爱情深感失望的厄秀拉回到家里,不幸流产,大病一场。病后初愈的一天,她打开窗户,看见天空中悬挂着一轮美丽的彩虹。

  虹是小说中最重要的意象,它美丽灿烂,横跨天空的两端。在圣经中,虹象征洪水后上帝和所有生命的神圣契约。在劳伦斯看来,虹的这端是我们的尘欲世界,那端是天人合一的神圣境界,一个完美的婚姻就像一座虹,可以带领世俗男女跨越混乱的尘世,到达更高的境界,以感受生命的真正源泉和人与万物之间的神圣纽带。

  小说的主题是布兰文家族三代人的爱情生活。第一代人的幸福婚姻随着时代的变迁而不可复得。第二代人的婚姻是劳伦斯对现实婚姻的写照。威尔和安娜在蜜月生活之后面对的是两人信仰的分歧、性格的冲突和争夺家庭领导地位的激烈斗争。两人之间没有温柔和爱情,只有在欲望驱使下对肉体的追求。20世纪初的英国社会,普遍的工业化与精神生活领域内传统的道德规范之间的冲撞成为重要的社会问题。厄秀拉就生活在这一社会背景之下。作为劳伦斯理想的实践者,她的探索过程不仅充满了与外在环境的剧烈冲突,而且经历着灵魂的自我煎熬和痛苦的抉择。和前两代人相比,厄秀拉的精神境界和追求远远超过了她的父辈。为了追求个性和充分自由发展,她不屈不挠地和束缚、压制她的一切外部环境做抗争。对自我价值的不断追求使厄秀拉成为劳伦斯作品中最理想的女性形象之一。她的成长经历就是一段段走出狭隘、平庸的生活空间的斗争史。童年时,为了摆脱周围平庸的小伙伴和家庭的束缚,她每天乘火车到诺丁汉的文法学校学习。毕业后,她感到自己不能无意义或无价值地待在家里,于是离开家到外地做了一名小学老师。几年后,她又进入大学深造。厄秀拉不仅在生活空间上不断向外扩展,在思想认识上也不断走向成熟。从小她就对自我价值有清醒的认识,反感母亲整日沉醉于烦琐的日常家庭事务之中。在追求自我的过程中,厄秀拉的内心深处一直渴望着出现一个能够欣赏她的男子。年轻英俊的军官斯克里本斯基的出现立刻吸引了厄秀拉。在本能和激情的驱使下,两人相爱了。虽然一开始肉体带来的快乐使厄秀拉感到迷醉,但很快她就陷入痛苦之中,强烈地感到两人在精神上的格格不入。厄秀拉的生命与自然精神共存,她的身上保存着更多的自然本能。而斯克里本斯基从根本上属于厄秀拉眼里那个腐败、堕落的统治阶层的一员。他表面上看起来风度翩翩,富有魅力,但内心却是一片荒芜。他心甘情愿地服从所谓的国家利益,没有独立的自我意识。面对厄秀拉,他常常感到难以把握和理解。因此,两人关系的最后破裂实际上是不可避免的。

劳伦斯在小说中还对英国的社会生活进行了多方面的深刻批判。他以厄秀拉的一段教学经历和大学生活对英国的教育制度予以了全面否定。厄秀拉幻想在教学工作中找到自由,向孩子们献出自己最真挚的爱,但学校里冰冷的现实粉碎了她的想法。她发现学校就是一座可怕的监狱,那里用严厉的体罚来维持秩序,用强制的方式灌输无用的知识,靠滥施暴虐来维持教师的威信。她想与学生建立起亲密关系的想法竟被视为异端,无人理解。渐渐地,她也变得严厉、冷漠,成为一名"出色的教师",却为此在心灵上付出了巨大的代价。尽管如此,小学的情况和她后来所上的大学相比则算不得什么。英国教育制度的丑恶在后者身上暴露得更为充分。厄秀拉发现大学不过是"一间蹩脚的车间""一个蹩脚的商店",在这里,人们以追求物质利益为唯一目的,受教育的目标是为赚钱做准备。对大众而言,教育已经异化为一种否定自我的破坏力量。

《恋爱中的妇女》虽然是《虹》的续篇,但却到1920年才出版。第一次世界大战的爆发,以及《虹》发表后所受到的不公正待遇,都使劳伦斯的创作思想和创作风格产生了一些变化。无论劳伦斯对机械工业文明的态度如何,我们还是在《虹》的结尾看见了一道象征希望的彩虹,而在《恋爱中的妇女》中让人深深感到的则是作者对西方文明的失望情绪,作品表现了战争背景之下人们心中的绝望、孤独、破坏等负面情绪。

一战以后,劳伦斯一度创作了大量充满异域色彩的作品,如《袋鼠》(1923)、《羽蛇》(1926)等,充满了对领袖原则、原始宗教的浓厚兴趣,极富神秘色彩,反映了他对西方民主制度的失望情绪。劳伦斯最后一部重要的小说是《查泰莱夫人的情人》。1928年,劳伦斯自费在意大利出版该书,但作品随即遭禁,直到1960年才在英国正式出版。在很长一段时间里,《查泰莱夫人的情人》都被视为禁书、色情小说,但其实小说的主题是非常严肃的。劳伦斯认为人类文明的最终出路在于自然人性的真正复归，他以充满象征的笔法倡导恢复真爱、恢复自然本能，从而挽救西方业已堕落的文明。

在《查泰莱夫人的情人》中，查泰莱男爵在战争中受伤，导致下肢瘫痪，丧失了性功能，他否定肉体存在的价值和夫妻之间和谐性生活的必要性，并对他的妻子康妮进行潜移默化的影响，为了让康妮能生一个孩子以继承家业，他甚至主动暗示她去找情人。他对煤矿业产生兴趣以后，其冷酷、自私的本性更加充分地暴露出来。他严格地管理工人，狂热地研究采矿技术和化工工艺，迷醉于掌握无数矿工的命运、拥有巨大控制力的权威感。查泰莱男爵的形象从生理到人格都体现出丰富的象征意义。他下半身的瘫痪和生育力的丧失显示了他血性的干涸与生命力的枯竭，而他强壮的上半身和发达的脑力，则代表着文明社会精神意志的暴虐统治。他那残忍冷酷的机械性人格和强烈的功利欲望，则是现代资本主义工业文明的产物，既导致自身生命的异化，又仇恨和蹂躏着一切生命。

小说的女主人公查泰莱夫人康妮是个仍未丧失生命力的女子，在没有遇到看林人梅勒士之前，她过着一种空虚寂寞、死气沉沉的生活。康妮和梅勒士互相吸引的过程是以唤醒彼此的血肉意识为开端的。在树林里，康妮偶然窥见梅勒士的背影，唤醒了康妮枯萎的生命意识，给了她反抗查泰莱及其所代表的虚伪道德理论的勇气。看林人梅勒士的形象和查泰莱男爵形成了强烈的对比，他清醒地意识到人的自然本性在不知不觉中已被现代文明腐蚀。为了洁身自好，他过着一种远离现代文明和社会的孤独生活。当他和康妮在林中相遇，在彼此孤独的心中燃起一簇"交叉的火焰"，产生了"真正的生命之流"之时，文明才出现一丝希望。

除了长篇小说外，劳伦斯还创作了大量的中短篇小说。他也是20世纪英国最重要的中短篇小说家之一。他的中短篇小说题材多样、风格多变，在艺术上具有很高的成就。劳伦斯对矿工的生活非常熟悉。1911—1912年，他曾先后创作了一组反映诺丁汉一带矿工生活的短篇小说。这组小说中最著名的是短篇小说《菊馨》(1911)。在英国文学史上，英国矿工第一次作为独立而有尊严的形象出现。一战期间，劳伦斯创作的作品多涉及战争，如《英国，我的英国》(1921)。同时，劳伦斯也在短篇小说中表现两性关系的主题，如《马贩子的女儿》(1921)、《你抚摸了我》(1919)等。劳伦斯的中篇小说题材多变，有表现感情纠葛的《小甲虫》(1921)，有表现人物潜意识精神活动的非凡之作《狐》(1921)。《一个妇女驰马而去》(1924)和《烈马圣莫尔》(1924)表现了劳伦斯试图用一种原始宗教来替代堕落的欧洲文明的思想。1924年，劳伦斯又回到短篇小说的创作上，主要有《木马优胜者》(1926)、《母女》(1928)和《爱岛的人》(1926)等优秀作品。

第四节 乔伊斯

詹姆斯·乔伊斯(1882—1941)和现代小说的关系就像是爱因斯坦和现代物理或弗洛伊德和现代心理学的关系一样密切,可他的名声却与其所出版作品的数量没有关系。与那些19世纪的前代作家,如查尔斯·狄更斯、安东尼·特罗洛普、亨利·詹姆斯,抑或他的同时代作家,如阿诺德·本涅特、约瑟夫·康拉德、弗吉尼亚·伍尔夫相比,乔伊斯的作品数量是少之又少的。他首先尝试创作的是短篇小说,描写的是他从儿时开始就观察和倾听的都柏林人。在这部从1904年开始创作、到1914年才出版的短篇小说集《都柏林人》里,他把都柏林当成一个不断成长的人来看待,按照人生四个阶段的顺序来排列各篇小说。正如乔伊斯向出版商所介绍的那样:

> 我的愿望是写一章我国的道德史,我选都柏林做背景,因为这个城市在我看来是麻痹的中心。我试图从四个方面把它展示给麻木不仁的大众:童年、青年、成年和社会生活。小说就是按这个顺序安排的。①

各个短篇的安排如下:《姐妹》《偶遇》和《阿拉比》,这些是关于童年的故事;《伊芙琳》《车赛之后》《两个浪子》和《寄宿公寓》都是关于青年的故事;《一小片云》《无独有偶》《泥土》和《一桩惨案》,这些是关于成年的故事;《常春藤日的委员会办公室》《母亲》和《圣恩》是关于都柏林社会生活的故事;最后一篇《死者》是对生命和死亡的思考。在每篇小说里,乔伊斯表现了都柏林人如何受到和爱尔兰历史命运相似的折磨,以及社会、宗教和政治的萎缩如何使人的灵魂变得麻痹与瘫痪。在他笔下,爱尔兰是一个背叛自我的民族,一个不断重复着失败命运的国家。面对大英帝国的统治,爱尔兰真正的民族精神和自信心处于瘫痪状态。就像《常春藤日的委员会办公室》所描写的那样,大众的感伤情绪和自吹自擂的民族主义不过是遮掩精神瘫痪的手段。

批评家们详加分析了乔伊斯形容都柏林的关键词"瘫痪的中心"。《都柏林人》首篇小说《姐妹》里出现了一位瘫痪的神父,作为叙述者的小男孩也着迷于"瘫痪"这个词:"在我听来,它像是某种邪恶和负罪之物的名字。它让我心生恐惧,却又想

---

① 詹姆斯·乔伊斯:《乔伊斯书信集》,理查德·艾尔曼编,蒲隆译,上海译文出版社,2013年版,第98页。

靠近它，看看它致命的效用。"①《都柏林人》其余的短篇小说均以不同方式展开和表现同一主题：瘫痪。这种几乎可以触摸到的强大力量几乎挫败了小说里那些都柏林人精神和道德的任何一次潜在发展机会。"瘫痪"经常是由僵死的环境和人物自身的道德脆弱造成的，导致《都柏林人》里充满了只能梦想逃离爱尔兰却不敢付诸实践的人物。对《偶遇》和《阿拉比》里的小男孩来说，狂野西部或有着异域色彩名称的集市折射出他们逃离爱尔兰的愿望，但是对冒险的追求和爱情的渴望却以挫败与失望告终；《寄宿公寓》里的鲍勃·多兰渴望"升上屋顶，飞到另一个国家，在那里再也听不到他的烦恼"②，但是最后却落入婚姻的陷阱；《一小片云》里已婚的小钱德勒幻想逃到伦敦并成为诗人；《死者》里的加布利埃尔·康罗伊考虑着前往欧洲大陆以逃离爱尔兰狭隘的地方主义。然而，逃离爱尔兰的冲动每次都遭到挫败，作为爱尔兰文化环境特征的"瘫痪"却又一次得到彰显。

不过，乔伊斯对都柏林人生活和精神状况的批判与讽刺不应阻碍读者看到小说中所包含的理解和同情。例如，《伊芙琳》一向被视为乔伊斯鲜明地批判都柏林人精神状态瘫痪的佳作。小说结尾女主人公伊芙琳发现自己无法和男友弗兰克一起坐船私奔，这一幕无助至极的情景几乎可以看作是精神瘫痪的都柏林人的戏剧性写照。但是，读者不能把这个结局和小说前半部分截然分开来看。乔伊斯充满同情地描述了伊芙琳面临的生存压力。她所熟悉的都柏林生活或许不是令人愉悦的，但那是她唯一熟悉的生活，逃往异国意味着永远失去它。乔伊斯精心构思的这部小说不是为了表现伊芙琳在一次道德测试中的失败，而是揭示了那些所谓的自由对她来说其实并不存在。她的本性早已被每天简单重复的劳累生活所驯服了，局促和狭隘的生活使伊芙琳最终无法迈出逃离爱尔兰的脚步。乔伊斯让读者明白这一切，并使读者更同情女主人公而不是谴责她。可以说，《都柏林人》对都柏林人生活的态度并不是严厉批评的，而是饱含着同情和理解。

从乔伊斯对《都柏林人》中人物的物质生活和精神状态的态度来看，他对软弱和庸俗是包容的。他的眼光尖锐，很容易发现人的失败和堕落，但不会轻易批判这种行为。由于自幼接受教会学校的教育，他学到罪可以被宽恕。即便当乔伊斯不再对天主教抱有信仰，他仍然以宽容的眼光看待人的失败和堕落。失败堕落是重复发生且不可避免的，但它发生的时间和形式总让人感到意外与惊讶。因此，人的生活在本质上是喜剧性的，或者说生活总是为有幽默感的观察者呈现出一幅喜剧图景。就像乔伊斯在《巴黎笔记》里所写的："悲剧是不完美的手法，喜剧则相

---

① James Joyce. *Dubliners*. London: Penguin Books, 2000, p. 1.
② James Joyce. *Dubliners*. London: Penguin Books, 2000, p. 63.

反。"①尽管喜剧性在他的早期作品,比如《都柏林人》中表现得还不是很明显,却贯穿了他以后的所有小说。

如果说在《都柏林人》里乔伊斯将目光聚集在当代都柏林城市生活上,那么《一个青年艺术家的画像》(下文简称《画像》)则为他以后的创作增添了一个新的主题,即一个人如何成长为艺术家。《画像》将主人公斯蒂芬·代达勒斯成长为作家的过程作为小说焦点,集中描写了一位年轻人如何逐渐成长为作家的历程。为了凸显主人公斯蒂芬的精神成长史,乔伊斯在《画像》里尽量弱化了斯蒂芬的物质生活。因此,小说事件之间并不是通过因果关系联系起来的,将整部小说凝聚起来的是斯蒂芬这个人物。读者只能看到斯蒂芬所看到的,凡是斯蒂芬无法清晰地感知到的东西——事件、人物、场景和意识形态等,直至小说结尾都保持模糊朦胧的形态。通过这种方法所表现出的斯蒂芬形象是发展变化的,但变化前后又有一致的地方:骄傲、愤慨、敏感、自恋、孤独、惧怕爱、善于思考、羞怯又大胆、着迷于语言。这些性格特征在小说中有时是带有强烈反讽色彩的。读者在阅读过程中,如果忽视了反讽的可能性,就会将小说视作为艺术家辩护和正名的自白。只有将斯蒂芬看作一个时时犯错的普通人,读者才能明白《画像》实际上描写的是青年时代具备艺术家潜质的每个人。

斯蒂芬的成长历程和大多数人一样曲折。《画像》每一章的开头,斯蒂芬都处于某种令人苦恼的紧张情绪中,这种情绪会发展成一场危机,直到该章结尾危机才会获得解决。可是在下一章的开头又会产生新的紧张情绪,上一章的相同过程会以新的形式重复一遍。读者通过对比小说前后的情节会发现主人公在成长的过程中先后受到肉体和精神的召唤:第2章以妓女的舌吻结尾,第3章以他的舌头接受圣餐结尾。伴随斯蒂芬成长而时时发生的堕落和失败虽然很可怕,但它们渐渐地变成发现艺术和生命的必经之路。终于,在第4章中他听到了艺术与生命的召唤,而艺术与生命既包含了肉体和精神,又不局限于此。这样一来,成长的过程才是完整的。自此,乔伊斯已经基本形成了两大创作主题:以《都柏林人》为代表的都柏林普通市民生活和以《画像》为代表的艺术家的成长历程。在他之后的小说创作里,艺术家和市民的关系与艺术和生活的关系成了两大举足轻重的主题。

乔伊斯于1914到1921年间创作的现代史诗式小说《尤利西斯》同时包含了这两大主题。实际上他从1907年就开始为写《尤利西斯》做准备,按原计划它只是《都柏林人》里的一个短篇。可《尤利西斯》的规模越来越大,写作方法越来越复杂,最终成了一部洋洋洒洒的百科全书式小说。《尤利西斯》的情节发生于1904年6月16日的都柏林。现实中,正是在这一天乔伊斯第一次和之前在街上偶遇的女孩

---

① 詹姆斯·乔伊斯:《乔伊斯文论政论集》,埃尔斯沃思·梅森、理查德·艾尔曼编,姚君伟、郝素玲译,上海译文出版社,2013年版,第156页。

诺拉·巴纳克尔约会。后来乔伊斯认为自己从这一天才真正开始迈向成熟。不过,乔伊斯本人的这个经历没有在小说里得到明确表现。小说里的斯蒂芬并没遇见属于自己的恋人。而且,斯蒂芬并不是《尤利西斯》里唯一一个以乔伊斯本人为原型的人物,尽管布卢姆和斯蒂芬在性格上差异甚大,但仍是乔伊斯以自己——特别是当他成为丈夫和父亲之后——为原型塑造的人物。如果从自传的角度来看,《尤利西斯》的主要情节——1904年6月16日艺术家斯蒂芬和小市民布卢姆的相遇,讲述的是一位年轻人如何以自己的方式开始迈向成熟的故事,当然这个成长的过程直至小说结尾也尚未完成。

很明显,在斯蒂芬和布卢姆身上可以分别看到他们的创造者在两个年龄阶段——青年和中年的不同性格。但是,斯蒂芬和布卢姆之间还是有很多共同点:都穿着黑色衣服,都没有住处的钥匙,都厌恶暴力,都勤于思考,都由于丧亲之痛而悲伤着,都对词语的隐含义尤为敏感,都对音乐很感兴趣等。不仅如此,在两人真正相遇之前,其实两人的活动轨迹就已多次交叉。面对同样的认知客体,他们甚至还多次产生出了相同的想法。其他的都柏林人只能勉强容忍他们二人的存在,有时二人还会遭到驱逐。总之,让两位主人公感到彼此似曾相识的是他们意识深处所共有的漂泊感,也就是深层次上使他们成为漂泊者的那种无所归依的精神状态。

同时,读者越熟悉两位主人公,就越会发现他们思维方式的差异之大使得二人不可能有任何真正或持久的接触交流。斯蒂芬总试图将一种有意义的形式赋予自己的生活,从变动不居的现实生活里抽象出某种共性模式。他的头脑善于将各个感官接收到的大量离散生活细节做抽象化处理,但他还无法采取更加开放的态度对待现实世界。然而,布卢姆则完全投身并适应于多变的现实世界,他对于水的偏爱就象征着他的这一特点。显然,乔伊斯在这里用没有固定形态的水象征着同样多变的现象世界。所以读者看到,与布卢姆形成鲜明对照的斯蒂芬"患有恐水症,无论是部分身体还是全身浸水,他都很厌恶(他最后一次洗澡是去年10月);不喜欢玻璃和水晶等水状物质;同时质疑思维和语言的流动性"[①]。二人思维方式的差异使读者在阅读中始终期待看到他们相遇以及随后交流的场景,因为这样的两颗头脑一旦相遇就必然会碰撞出璀璨的火花。

二人的相遇既是艺术家和市民的相遇,也是艺术和生活的相遇,因为艺术只有接触生活才有成长发展的可能。为了强调这个观点,乔伊斯在《尤利西斯》里特别用整整一章的篇幅让斯蒂芬侃侃而谈莎士比亚的艺术与其生活的紧密联系。第9章的图书馆里,斯蒂芬巧妙地串联起一切和莎剧有关的莎士比亚生平片段,成为理解《尤利西斯》主题的关键。通过对《维纳斯和阿都尼斯》的解读,斯蒂芬认为是年

---

① James Joyce. *Ulysses*. London: Penguin Book, 2000, p. 785.

长且主动的安·哈撒威引诱了年轻的莎士比亚,不仅造成"他的自信心过早地被扼杀了"①,还继而迫使莎士比亚和她结了婚。由于貌合神离的婚姻生活,莎士比亚离开家乡斯特拉福来到伦敦,开始了他的戏剧创作生涯。之后当莎士比亚发现妻子安和他的兄弟艾德蒙、理查德有通奸行为时,昔日的隐痛再次发作,深化了夫妻之间的隔阂。孙女的出生在一定程度上促使莎士比亚和往日的生活进行和解,但他从未真正原谅妻子安。这些生活事件都被莎士比亚作为素材写入他的剧本里,比如,莎剧三大恶人中有两个就以他的兄弟的名字来命名:艾德蒙和理查德;孙女的出世给莎士比亚带来的慰藉反映在最后几部戏的情节中:少女——《配力克里斯》的玛丽娜、《暴风雨》的米兰达、《冬天的故事》的潘狄塔,给痛苦的老人带来安慰。

按照斯蒂芬的说法,《哈姆雷特》是所有莎剧里最关键的一部,因为在这部戏剧里莎士比亚用艺术的方式表达了对自我和人生的理解。莎士比亚通过艺术形式抚慰那些个人痛苦,使自己得到了一定程度上的自由。斯蒂芬有意强调了莎士比亚扮演哈姆雷特父王鬼魂的意义,否认了一个当时广泛接受的观点——莎士比亚将自己认同为哈姆雷特王子。斯蒂芬独辟蹊径地将莎士比亚和哈姆雷特父王的鬼魂紧密联系起来:

> 演员莎士比亚——这个不在场的鬼魂,穿着墓中丹麦国王——一个已死的鬼魂——的衣服,他会不会就是在对着自己儿子的名字(如果哈姆奈特·莎士比亚活着,他就会成为哈姆雷特王子的双胞胎兄弟)说着自己的台词呢?我想知道,会不会或有没有可能他并没有得出或预见到这些前提之下符合逻辑的结论:你是被废黜的儿子,我是被谋杀的父亲,你母亲是那罪恶的王后,娘家姓哈撒威的安·莎士比亚?②

读完《尤利西斯》的读者可以发现,这段话其实通过哈姆雷特父王的鬼魂很巧妙地将莎士比亚和布卢姆的共同点展现出来。布卢姆在强势的妻子莫莉面前是软弱的,莎士比亚在妻子安面前也是被动的一方。布卢姆和莎士比亚一样,忍受着妻子的出轨行为。莎士比亚失去了自己的儿子哈姆奈特,布卢姆同样承受着幼子鲁迪夭折的痛苦。斯蒂芬还强调了莎士比亚有着强烈的财产所有权意识。布卢姆同样善于理财,并且他的财政状况比小说所描写的其他都柏林人——典型代表是外表绅士、实则穷酸的西蒙·代达勒斯,都更宽裕。因此,斯蒂芬眼中的莎士比亚不仅仅是一位伟大的艺术家,还是一位遭妻子背叛的市民、失败的丈夫、丧子的父亲,

---

① James Joyce. *Ulysses*. London: Penguin Book, 2000, p. 251.
② James Joyce. *Ulysses*. London: Penguin Book, 2000, p. 241.

而正是这些普通人的痛苦让莎士比亚找到了艺术创作所需的一切原料。

读者无须把斯蒂芬的观点当作历史考据的结论从而全盘接受，实际上斯蒂芬也不相信自己的观点。但在更高的意义上，他宣扬了一个重要的真理：如莎士比亚这般伟大的艺术家在生活里也只是一个像布卢姆一样历经痛苦和坎坷的普通市民。换句话说，第9章斯蒂芬言论的中心含义在于艺术家的生活和作品有一种共生关系。艺术直接源于生活并直接反映生活，因为艺术家只有通过他的艺术才能理解自己，进而理解他和周围世界的关系。通过莎士比亚的隐喻，乔伊斯引导读者用同样的观点看待他本人和这部小说。

有趣的是，乔伊斯没有在《尤利西斯》里花费一整章谈论自己年轻时所崇拜的易卜生或但丁。他如此偏爱莎士比亚的原因在于莎士比亚戏剧艺术的丰富和广博，而这恰好也是乔伊斯在自己的创作中不断追求的艺术特征。乔伊斯喜欢用内涵丰富、角色多元的人物和自己创作的小说中的人物形成类比，描绘一个类似莎士比亚的布卢姆是这个原因，选择尤利西斯的故事做小说的类比物也是出于这个原因。"尤利西斯"是"奥德修斯"的拉丁文拼写名称。荷马史诗里，尤利西斯是莱耳忒斯的儿子，同时他也是忒勒马科斯的父亲，佩内洛普的丈夫，卡吕普索的情人，围攻特洛伊城的希腊战士们的战友，伊塔刻的国王。他在战争和归途中受过许多磨难，但每次都靠他的机智勇敢渡过了难关。史诗《奥德修纪》让乔伊斯感兴趣的另一个原因在于尤利西斯是一位现代意义上的主人公，而不是传统意义上靠武力取胜的英雄。阿喀琉斯、埃阿斯等武夫都是依靠自己的膂力，尤利西斯则是一个依靠智慧和言语力量取胜的人。他知道发动特洛伊战争的官方借口是捏造的，其实只是为了获取新的原料和市场。因此，尤利西斯曾试图躲避征兵，拒绝充当一个热衷军事和武力的英雄，即摆脱《伊利亚特》中英雄主义的主流价值观。在乔伊斯看来，《奥德修纪》教导了人们如何以平常人而非战士的身份去赢得最终的胜利。乔伊斯创作《尤利西斯》期间(1914—1921)，正是令人战栗的战争阴影笼罩着世界局势之时，乔伊斯看清并利用了《奥德修纪》的反战元素，尝试着破除当时一代人所崇拜的战争神话。这就是为什么《尤利西斯》是一部和平的现代史诗——和尤利西斯相似，乔伊斯把《尤利西斯》主人公布卢姆塑造为一个依靠智慧和言语获胜的英雄，而非热衷武力行动的英雄。

除了布卢姆和尤利西斯之间的类比之外，荷马史诗和《尤利西斯》的关系还体现乔伊斯对小说的布局计划里。乔伊斯原计划《尤利西斯》每章都有一个荷马史诗式的标题，对《奥德修纪》的指涉也遍布整部小说，比如奈斯托化身为小学校长，独眼巨人以民族主义者的面目出现，喀耳刻以妓院老板娘的身份出现，最后一章的莫莉暗示着佩内洛普，等等。诸如此类的许多影射，使人感到《尤利西斯》似乎是和荷马开的一个玩笑。

但在另一些时候,布卢姆和尤利西斯或者《尤利西斯》和《奥德修纪》的关系却被批评家认为并没有那么清晰明确。比如埃兹拉·庞德就坚持认为,利用《奥德修纪》仅仅是出于小说结构上的需要,使一部本来就没什么曲折情节的小说有个明显的框架。艾略特也提出过类似观点,他评价道:"通过运用神话,通过巧妙地在当代与古代之间设置一个持续的平行关系……它只是一种控制方法,一种整理方法,一种赋予当代历史那无益和无序的庞大万花筒以形态和意义的方法。"①乔伊斯为什么要在《尤利西斯》和《奥德修纪》等一系列经典的情节之间人为地建立一种平行关系?除了作为结构框架之外,神话方法背后隐藏的是乔伊斯独特的世界观。他认为每个人的生活实际上是对许多普世情节——离别、漂泊、背叛和回归的重复。由于无论人们如何设法操纵现实,现实终究只能以若干形态出现。如同轮盘赌的转盘,反反复复转出来的总是那些数字。每一个人、每一样东西都是在不停地变动,但整个世界既没有创造出什么完全新的东西,也没有什么东西是真正消失的。如果有人向乔伊斯提到一个新发生的事件,他会立刻指出历史上曾发生过类似的事件。按这种观点来看的话,意想不到的偶然巧合其实才是必然结果。在《尤利西斯》里,乔伊斯刻意揭示了现在和过去之间的巧合。只有写到了那部令人望而生畏的实验性多语小说《芬尼根的守灵夜》,他才把他的世界观推到了一个新的高度:没有一个人是独一无二的,没有一种情境是特殊的,无论是什么人、什么事,都免不了重复历史上的人和事。

出于这个原因,《尤利西斯》涉及经典之多,可能超出普通读者的知识储备,恐怕只有学者才能完全辨认得出来。幸运的是,《尤利西斯》包含的内容是无比驳杂的,特别是都柏林生活的细节方面,并非只有学者才能读懂它。在小说里,乔伊斯如此逼真细致地表现了全景式的现代城市生活,以至于一张1904年的都柏林地图成为读者阅读《尤利西斯》的必备参考材料,它可以帮助读者弄清小说人物所置身的街道、建筑和纪念碑的空间方位。《尤利西斯》不仅包含大量的真实细节,就连虚构的细节读起来也像是真实的文献记录。比如,第3章里装载着砖块的三桅船"罗塞文"在入港时被斯蒂芬瞥见;第8章布卢姆从奥康内尔桥上扔下一张宗教活动的传单,而第10章里这张传单恰好在水中漂过了停靠于码头的"罗塞文";在第16章里布卢姆和斯蒂芬又遇到了来自同一艘船的水手。《尤利西斯》里大量看似无关紧要的细节堆积在一起几乎让读者感到窒息,但它们无疑让小说最大限度地近似现实生活,并且深化读者对人物处境的理解。乔伊斯甚至会把自己其他作品的细节添加到《尤利西斯》里,将他的早期作品变为《尤利西斯》所互文的对象。因此,读过《都柏林人》和《画像》的读者再去阅读《尤利西斯》时,他们在理解上就会具有一定

---

① 王逢振编:《乔伊斯评论集——名家论乔伊斯》,周汶等译,上海译文出版社,2015年版,第12—13页。

的优势。如第6章开头,当布卢姆登上葬礼马车时,读者会迅速认出同乘一车的几个人:《圣恩》里的马丁·坎宁翰和杰克·鲍尔,以及《画像》里的西蒙·代达勒斯;第12章的酒吧角落里,坐着一个不时加入谈话的酒鬼,虽然他是个次要人物,但细心的读者会发现他就是《寄宿公寓》里被女房东及其女儿算计结婚的鲍勃·多兰。

《尤利西斯》里的大多数细节其实都和小说的主题与情节有关,只不过这种联系多半不会立即显现,需要读者进一步阅读之后的章节才能明白其间的联系。不过,大量细节有时加重了读者记忆的负担,以致继续阅读时却忘记了前文出现过的细节。所以说,《尤利西斯》是一本需要反复阅读的小说,毕竟它的全部精华就在于细节之中。

第五节 伍尔夫

弗吉尼亚·伍尔夫(1882—1941)是20世纪英国现代主义文学的重要代表,是与詹姆斯·乔伊斯、威廉·福克纳和马赛尔·普鲁斯特齐名的意识流小说大师,文学评论家,"现代小说"理论的倡导者,以及西方女性主义文化与文学思潮的先驱。伍尔夫出生于英国维多利亚时代的一个知识贵族之家。其父莱斯利·斯蒂芬是英国著名作家和编辑,曾主编《英国名人传记辞典》,著有21部文学批评、历史和哲学方面的著作,并于1902年被封为爵士。其母朱莉亚·帕特尔亦出身于艺术之家。尽管由于维多利亚时代男权文化的限制,弗吉尼亚失去了接受大学教育的机会,却在父亲的引导下,通过阅览家中藏书室内的丰富藏书完成了自我教育,为将来的天才创作打下了扎实基础。英国传记作家林德尔·戈登在《弗吉尼亚·伍尔夫——一个作家的生命历程》中写道:"如果说弗吉尼亚·伍尔夫被拒绝给予了正常教育的益处,那么她却按一种不规则的方式接受了成为一个作家的理想的训练。"[①]

母亲、父亲相继去世后,弗吉尼亚姐弟迁居伦敦东部的布卢姆斯伯里,家中逐渐聚集了一批才情卓越、具有自由精神的青年知识分子,形成了著名的"布卢姆斯伯里团体"。这个文学艺术团体以弗吉尼亚和她的画家姐姐文尼莎为中心,成员和座上客包括艺术鉴赏与批评家罗杰·弗莱、美学家克莱夫·贝尔、传记作家利顿·斯特拉奇、小说家E. M. 福斯特、作家与社会活动家伦纳德·伍尔夫、经济学家梅纳德·凯恩斯、画家邓肯·勃兰特等,主要由剑桥大学的精英知识分子组成,在20世纪西方思想界产生过重要影响。弗吉尼亚就是在"布卢姆斯伯里团体"充满思想的智慧与家庭式友情的氛围中,开始了小说与文学评论写作的。

[①] 林德尔·戈登:《弗吉尼亚·伍尔夫——一个作家的生命历程》,伍厚恺译,四川人民出版社,2000年版,第95页。

1905年，弗吉尼亚开始为《泰晤士报》文学副刊撰写评论。1912年，与伦纳德·伍尔夫结婚。1915年，出版了第一部长篇小说《出航》。1917年，夫妇共同创办了霍加斯出版社。该出版社不仅对伍尔夫文学事业的发展起到了关键的作用，正如八年后她在一篇日记中所说的，自己成为"英国唯一能够自由地写出自己所喜欢的东西的女人"，而且，它还分别出版过 E. M. 福斯特、T. S. 艾略特、凯瑟琳·曼斯菲尔德、格特露德·斯泰因、托尔斯泰、契诃夫、蒲宁、高尔基、弗洛伊德等的作品，为传播现代文化、推动现代主义文学的发展做出了重要贡献。

伍尔夫一生致力于对维多利亚时代陈腐的文学观念与技巧的挑战。1910年，她发表《论现代小说》一文，尖锐抨击了当时英国现实主义文学的代表人物威尔斯、高尔斯华绥、本涅特等人，认为他们编织坚实可靠与酷似生活的故事的做法只是模拟了生活表相的真实，主张要表现人物心理的幽暗区域从而达到对生命本质真实的把握。所以她崇尚乔伊斯等代表的"精神主义"而反对威尔斯等代表的"物质主义"。在《现代小说》中，她对创作小说的目的有过一段著名的论断："生活不是一系列对称的车灯，而是一圈光晕，一个半透明的罩子，它包围着我们，从意识开始直到意识终结。表达这种变化多端的、未知的、不受限制的精神（无论它表现出何种反常或复杂性），尽可能少混杂外部的东西，这难道不是小说家的任务吗？"①正是由于对表现变幻、未知和未加界定的精神状态的崇尚，伍尔夫写下了一篇篇、一部部精美的"现代小说"。1917年问世的短篇小说《墙上的斑点》，是一篇非常典型、通篇采用第一人称内心独白的意识流手法创作出来的作品。小说从主人公对墙上一个小小的斑点的回忆开始："也许是今年二月中旬，我第一次抬头一望，看见了墙上的斑点。为了确定具体的日期，有必要回忆一下看见的情景。我眼下想到的有炉火；有照在我的书页上的一片恒定的黄光；有壁炉台上圆玻璃钵里的三朵菊花。对了，时候一定是冬天，我们刚刚喝完茶，因为我记得我在抽一支烟；我抬头一望，第一次看见了墙上的斑点。"②为了表达对生活与生命本质的探索，伍尔夫有意淡化外部情节，甚至连主人公的身份、职业、年龄、容貌等一概不予交代，只使读者约略感觉到主人公是一个女性。女主人公也没有任何外部行动，只是静静地坐在壁炉前，但墙上的斑点却使她思绪万千，意识奔涌不息。那个像"小圆点、白墙上的黑点，在炉台上面六七英寸的地方"③的"斑点"，成为诱发主人公"我"产生联想与回忆的一个外部刺激物。"我"原来以为它是一枚钉子，由此推想当初上面也许挂过

---

① 弗吉尼亚·吴尔夫：《现代小说》，马爱新译，见《普通读者》（第1辑），人民文学出版社，2003年版，第128页。

② 弗吉尼亚·吴尔夫：《墙上的斑点》，见《雅各的房间·闹鬼的屋子及其他》，蒲隆译，人民文学出版社，2003年版，第31页。

③ 弗吉尼亚·吴尔夫：《墙上的斑点》，见《雅各的房间·闹鬼的屋子及其他》，蒲隆译，人民文学出版社，2003年版，第31页。

一幅画,并进而揣测房屋原主人的艺术趣味以及搬家的原因……"我"进一步浮想联翩,发出了关于生活、生命与人类的种种慨叹,"斑点"也先后变成了一片玫瑰花瓣、一个凸起的小古冢、一个木头上的裂口等等。主人公的思绪在莎士比亚、查理一世、古希腊人、特洛伊战争、自己在街头散步的种种情景等历史与现实人物及场景之间飘移不定,直到有两个人的对话打断了"我"的思绪,提到墙上爬着的原来是一只"蜗牛"!

关于《达洛卫夫人》的创作意图,伍尔夫在1922年10月14日的日记中曾表达过自己的构思:"在这本书里,我要进行精神错乱和自杀的研究;通过神志清醒者和精神错乱者的眼睛同时看世界。"①她在1923年6月19日的日记中又补充说:"在这本书中,我几乎有太多的想法。我想写出生与死,理性与疯狂;我想批评社会制度,以显示其最紧张的运行方式。……我预见它将是一场极其艰难的斗争。""设计当然是原创的,让我十分陶醉。我应当写下去,不停地往下写,又快又富于激情。"②

原题为《时光》(*The Hours*)的《达洛卫夫人》,其外部情节叙述了1923年6月中旬的一天从清晨到午夜15个小时内发生在伦敦的事情。作品的一条主要线索围绕出身名门、丈夫贵为国会议员的克拉丽莎·达洛卫大病初愈,决定外出散步,并为当晚要在家中举行的重要晚宴亲自挑选鲜花等经历展开;另一条主要线索的主人公是一战退伍老兵赛普蒂默斯·沃伦·史密斯。

小说开篇,6月清新的空气使步出家门的达洛卫夫人很自然地联想到了30多年前她还在老家伯尔顿时的一个同样清新明媚的早晨,进而又想起了她少女时代热恋的男友彼得·沃尔什,以及放浪不羁、思想独立的女友萨利·塞顿。小说以细腻的笔触写出了达洛卫夫人一路走向邦德大街时的所见所闻,伦敦街市的声音、气味、色彩等无一不被描摹得栩栩如生。伍尔夫充分展示了她对伦敦景致、风物的熟悉与热爱,将车水马龙、繁华喧嚣、充满活力的城市风貌展现在读者面前。与此同步展开的,则是达洛卫夫人触景生情而对过往生活的回忆。在她跳跃的意识流动中,读者能够感受到她对自己婚姻生活的不断审视,以及对彼得的不能忘情。

就在达洛卫夫人进入花店挑选鲜花的过程中,窗外突然传来了一声巨响,一辆小轿车的抛锚吸引了一众路人的猜测,出现了暂时的交通堵塞。汽车抛锚声不仅惊动了达洛卫夫人,也惊动了附近的一战退伍老兵史密斯夫妇。赛普蒂默斯曾出于保卫祖国、保卫莎士比亚的英格兰信念参加了一战,在战场上目睹了战友埃文斯上尉被炮弹击中、血肉横飞身亡的惨象,从此便沉浸在对死者的记忆和负罪感之

---

① Virginia Woolf. *A Writer's Diary*. Edited by Leonard Woolf. London: The Hogarth Press, 1954, p. 52.
② Virginia Woolf. *A Writer's Diary*. Edited by Leonard Woolf. London: The Hogarth Press, 1954, pp. 57—58.

中。战争给他造成的创伤使他产生了愤世嫉俗的人生观,精神陷于错乱之中,无法面对周围真实的和平世界,不愿和别人甚至自己的妻子进行交流。而他的妻子卢克丽西娅曾因对这位沉静的英国军人一见钟情而嫁给了他,并自愿跟随赛普蒂默斯从意大利来到陌生的英国。但赛普蒂默斯的疯狂和举目无亲的状态使她陷入孤独和绝望。随着小轿车迅速向白金汉宫驶去,众人的注意力又被天上一架施放烟雾做广告的飞机所吸引。这里,伍尔夫在抛锚的小汽车后再度以飞机为连接点,不着痕迹地写到了互不相干的路人面对同样情景的不同感受与状态。

达洛卫夫人回到家中,因贵妇布鲁顿夫人邀请了达洛卫先生共进午餐却未邀请她而感到不快。这时彼得意外造访,原来他刚刚从印度返回伦敦。小说随即在当年分手的这一对恋人的意识流之间不断往返穿梭。彼得当年在爱情失意后前往印度谋职,是一个具有流浪艺术家气质、感性冲动、离经叛道的人,人到中年还孑然一身,内心依然不能忘情于克拉丽莎。他从达洛卫家来到摄政公园整理心绪,伤感地回忆了当年对克拉丽莎疯狂而绝望的爱恋,两人之间曾有过的幸福时光,达洛卫先生对克拉丽莎的追求,克拉丽莎对自己的狠心拒绝,以及自己的不辞而别。

与此同时,史密斯夫妇也坐在摄政公园里。伍尔夫以诗意的笔触,描写了这一著名公园内的美丽景色和休闲散步的各色人等。赛普蒂默斯始终沉浸在幻听、幻觉与幻视之中。他觉得埃文斯就在对面的草丛深处,正向他走来,并与他说话。他苦恼、惊恐,对着空无喃喃自语的样子使卢克丽西娅陷入痛苦、羞耻与绝望之中。小说不断在赛普蒂默斯、卢克丽西娅、彼得以及公园内其他游客的意识之间流转,通过他们对彼此的观察,以及这些观察与判断在各自头脑中留下的印象,呈现了不同人物纷乱而又各具特色的心理世界。

在家庭医生霍姆斯的建议下,史密斯夫妇慕名拜访了名医布雷德肖爵士。一心追求"均衡感"的爵士不由分说,断言赛普蒂默斯的情况已十分严重,决定将其送至自己在乡下开设的一家疗养院去进行隔离治疗,这让卢克丽西娅伤心不已,也让赛普蒂默斯十分愤怒。这里,伍尔夫不仅辛辣地嘲讽了爵士作为社会名流的骄横、傲慢、自负,具有强烈的权力欲与操纵欲的特点,也将自己多年来因治疗精神疾患而对有交往的医生所产生的强烈不满与恼恨情绪,宣泄在了爵士这一漫画式人物形象身上:"威廉爵士靠崇拜均衡不仅自己发家致富,而且使英国繁荣昌盛,他隔离了英国的精神病人,禁止他们生育,宣传绝望也算犯罪,不让病人宣扬自己的观点,直到他们也获得了他的稳重感——如果病人是男子,得到的就是他的均衡感,如果病人是女子,得到的就是布雷德肖夫人的均衡感(她刺绣,织毛衣,每个礼拜有 4 天在家里陪伴儿子),因此不仅他的同事们敬重他,他的下级惧怕他,而且他的病人的亲朋好友最深切地感激他,因为他坚持让这些预言世界末日或上帝降临的男女耶稣们在床上喝牛奶……均衡感还有个妹妹,更不爱笑,更加可怕……她的名字叫劝饭,她吞噬弱者的意志,喜欢留下印记,喜欢强加于人,欣赏烙在公众脸上的她自己的面容……这个女神也在威廉爵士心中留有一席之地,尽管多数情况下她隐藏在一些冠冕堂皇的伪装下面,如某个值得崇敬的名字、爱情、责任、自我牺牲。"[①]在深深同情精神病人的伍尔夫看来,所谓的精神正常,即布雷德肖所谓的"均衡感",乃是一种专横的霸权。它将不健全的人隔离开来,禁止思想的传播,阻断他们与外界的联系,惩罚绝望情绪,直至他们的思想烙上自己的印记。由此,伍尔夫暴露了"疯狂"的意识形态特征。

从诊所回家之后,卢克丽西娅沉浸在制帽的宁静与快乐之中。赛普蒂默斯受到妻子情绪的感染,思维变得正常,并开始讲起了笑话。就在夫妇俩十分默契,沉浸在多时未有的满足与快乐之中时,霍姆斯医生再度前来,并不顾卢克丽西娅的阻挡,强行要闯进赛普蒂默斯所在的房间。面对自己即将被迫与妻子分开、进入疗养院隔离的处境,赛普蒂默斯决心誓死捍卫自己的意志与尊严,情急中从窗口纵身一跃,采取了惨烈的方式自杀身亡。

就在载着赛普蒂默斯的救护车呼啸着向医院驶去的同时,彼得正前往餐馆用晚餐。这里,以伦敦议会大厦大本钟的报时声为连接点与叙述转换的契机,小说再度回到了彼得的意识流之中,克拉丽莎、当年两人在伯尔顿相处与吵架的情景、自己目下的颓唐处境,以及与一位有夫之妇的尴尬关系依然处于彼得的意识中心。当夜,彼得前去参加克拉丽莎家的晚宴,意外地见到了当年克拉丽莎在伯尔顿时的闺蜜、如今已结婚生子的萨利。如彼得和萨利当年所预言和嘲笑的那样,多年后的克拉丽莎果然身着华丽的绿色晚礼服,扮演着"完美的女主人"的形象,正站在楼梯口欢迎贵宾。在衣香鬓影、觥筹交错之中,首相也亲自到场,达洛卫夫人的晚宴取得了巨大的成功。

布雷德肖爵士夫妇为姗姗来迟而道歉,并解释说是因为要处理一位年轻人的自杀事件所致。"死神闯进来了",这给了正沾沾自喜的达洛卫夫人当头一棒。震惊之余,她悄悄走进一间小屋以整理自己纷乱的思绪。在意识中,达洛卫夫人还原了赛普蒂默斯自杀时黑暗而恐怖的身体感受,觉得那位从未谋面的年轻人仿佛与自己心灵相通。她感觉自己完全理解这位年轻人,理解他为何要自杀,并本能地判断出他是被布雷德肖爵士这样的医学权威逼迫致死的。至此,小说中两条主要的意识流线索终于汇合到一起。

伍尔夫擅长描写聚谈与宴会场景。在这部小说中,她精心选择了克拉丽莎准备与主持晚宴这一生活中的典型场景,以此作为表达她内心激烈冲突的战场,展示她作为上流社会主妇的社会身份与具有独立人格的内在自我之间的冲突,呈现其

---

① 吴尔夫:《吴尔夫精选集》,黄梅编选,山东文艺出版社,2000年版,第225—226页。

不由自主的外在行为与真实的内心体验之间的矛盾性。就在晚宴成功地走向高潮的时刻，克拉丽莎意外听到赛普蒂默斯自杀的消息，"光华焕发的盛宴一败涂地了"。她意识到"生命有一个至关紧要的中心，而在她的生命中，它却被无聊的闲谈磨损了，湮没了，每天都在腐败、谎言与闲聊中虚度"。这一中心就是人格、尊严、自由选择的权利。她想象赛普蒂默斯正是"怀着宝贵的中心而纵身一跃的"，由此得出了"死亡乃是挑战"[1]的结论。由此，克拉丽莎与赛普蒂默斯之间产生了深刻的精神上的共鸣："不知怎的，她觉得自己和他像得很——那自杀了的年轻人。"[2]赛普蒂默斯的死亡为她打开了一扇门，使她悟出了自己和那位年轻人之间的神秘联系，窥见了自己过去生命的丰盈和现实生命在虚与委蛇间的虚度。在对生命和死亡的思考与感悟中，克拉丽莎获得了精神上的重生，"他干了，她觉得高兴；他抛掉了生命，而她们照样活下去。钟声还在响，滞重的音波消逝在空中。她得返回了。必须振作精神"。"必须找到萨利与彼得"[3]这两位青年时代的友伴，找回在他们的记忆中那个热爱生命、拥抱生活的克拉丽莎，那个真实而丰盈的自我。因此，达洛卫夫人听闻噩耗后独自在小屋内的自省，构成了她灵魂中一个"重要的时刻"。

由此可见，伍尔夫从克拉丽莎这一尚保留着生命热情与自省精神的贵妇的视角，从内部对社会体制与主流生活方式进行了批判。作为理性社会、主流社会的"他者"，疯狂老兵赛普蒂默斯则以一种另类的视角同样表现了对生活的感悟，象征了女主人公内心孤傲、高洁、厌世的情绪，在一定程度上成为了达洛卫夫人的"镜像"。与此同时，赛普蒂默斯这位在一战中身心受创的精神分裂者形象，其精神状态一定意义上也是伍尔夫本人的自画像。伍尔夫通过赛普蒂默斯的意识特点记录了自己在特殊状态下的生命体验，一方面表现了不健全的人眼中所见的外部世界，另一方面也向读者展示了精神病人自身的心理状况和他们在现实中的绝望处境。赛普蒂默斯有时会听见小鸟在用希腊语唱歌，有时与死去的战友埃文斯对话，有时又以先知的身份向世人宣示真理等，这些都能在伍尔夫的病史记录中找到相关依据。她在日记里承认："现在我就处在摄政公园里那疯狂场景的中心，我发现自己是尽可能紧紧抓住事实来进行写作的。"[4]

作为一部意识流小说，作品分别以克拉丽莎与赛普蒂默斯这两个从未谋面的人物的意识流作为结构的中心，构成了两条平行而又相互交错的意识流线索。作家自觉地以外部世界的声、光、色、味以及人与事作为激发主人公联想、回忆、感触

---

[1] 弗吉尼亚·伍尔夫：《达洛卫夫人》，孙梁、苏美译，上海译文出版社，1997年版，第187—188页。
[2] 弗吉尼亚·伍尔夫：《达洛卫夫人》，孙梁、苏美译，上海译文出版社，1997年版，第190页。
[3] 弗吉尼亚·伍尔夫：《达洛卫夫人》，孙梁、苏美译，上海译文出版社，1997年版，第190页。
[4] 林德尔·戈登：《弗吉尼亚·伍尔夫：一个作家的生命历程》，伍厚恺译，四川人民出版社，2000年版，第93页。

与想象的媒介,并巧妙地以大本钟定时敲响所代表的物理时间,来提醒读者注意其与人物心理时间之间的巨大差异,同时以大本钟报响的时间为契机,巧妙地实现了不同人物之间意识流叙述的自然转换,仿佛电影艺术中蒙太奇技巧的运用,使得作品在短暂有限的物理时空中,蕴含了人物纷纭繁复的人生体验,表达了深厚的精神内涵。

约翰·霍莱·罗伯茨在其专门研究伍尔夫小说中的"视觉""设计"即弗莱对她的影响的文章中,甚至还将弗莱对"关系"的重视运用到对《达洛卫夫人》中人物关系的分析上,即将达洛卫夫人和赛普蒂默斯视为构成形式的要素,而将他们之间的相互关系视为绘画艺术中的形式关系。作者认为:"如果我们根据这些特征来阅读《达洛卫夫人》,我们会发现,小说要求于我们的,是对肯定—否定关系、克拉丽莎·达洛卫与赛普蒂默斯·史密斯这两个处于两极的人物的反应……伍尔夫夫人告诉过我们,这两个人是'同一个人'。他们不是相互分离的、个体化的人物形象,而是一种有关生活本身的观念的两个对立阶段。他们的现实不是由他们作为个体而构成,而是由他们作为形式与彼此之间的关系所构成。"①

具体说来,达洛卫夫人和赛普蒂默斯之间构成一种对立同一的关系,也即克拉丽莎热爱生活的倾向和疯狂的退伍老兵对它的弃绝彼此对立,两种情感相互补充,从而形成一个整体。这种整体性通过多处细节、暗示与呼应在文本中体现出来。如在小说开始不久,达洛卫夫人首先想起了莎士比亚"再不怕太阳的炎热,也不怕寒冬的风暴"的诗句。而在被逼自杀前,赛普蒂默斯同样想到了这些诗句;在死亡前的瞬间,陪伴着妻子制帽的赛普蒂默斯与达洛卫夫人共享了对生活的依恋与热爱:"他不想死。生活是美好的。"伍尔夫随后又加上了一句:"阳光是火热的",与前面达洛卫夫人上街买花时的感受遥相呼应;对死亡问题的思考,亦使两人之间存在着微妙而紧密的联系。对此,罗伯茨认为,应理解克拉丽莎与赛普蒂默斯的关系,因为这一关系本身正是小说的意义所在。② 小说中这种由对立、对比之间的张力构成的稳固与平衡感,还可从彼得与达洛卫先生之间、克拉丽莎与萨利之间、霍姆斯医生与布雷德肖爵士之间,甚至布雷德肖爵士夫妇之间的关系中得以实现。由此,在总体的"网状结构"之中,各细部之间也实现了彼此呼应的联系。

总之,《达洛卫夫人》以独特的创作技巧与完美的艺术形式,表达了深刻的社会主题,对人物深层心理的探索也达到了相当的程度。

---

① John Hawley Roberts. "Vision and Design" in Virginia Woolf. "Publications of the Modern Language Association of America". ed. Percy Waldron Long. Vol. 61. 1946, p. 840.

② John Hawley Roberts. "Vision and Design" in Virginia Woolf. "Publications of the Modern Language Association of America". ed. Percy Waldron Long. Vol. 61. 1946, pp. 842—843.

《到灯塔去》采用了被小说家 E. M. 福斯特所称道的"奏鸣曲"式结构①。小说写作的直接动因,是伍尔夫对去世的父母难以消解的情结。它以女作家回忆童年时代与父母、家人在康沃尔海边的度假生活为基础,对父母、家庭和早年的生活体验进行了重新审视和反思,中心情节是迁延十年之久才得以实现的到灯塔去的航程。小说叙述时间跨度长达 10 年,被伍尔夫安排为 3 个部分展开:第一部《窗》近全书五分之三的篇幅,时间跨度从黄昏到夜晚;第三部《灯塔》篇幅为全书的三分之一,表现一个上午发生的事件,按两条线索安排时间:帆船驶向灯塔是向未来发展,而莉丽作画追忆拉姆齐夫人是向过去回溯;第二部《时光流逝》篇幅则不足全书十分之一,但叙述了长达 10 年的事件,以长夜为意象,将相距十年的首尾连接而获得了延续性与统一性。这恰好符合三段曲式奏鸣曲的"第一主题—第二主题—第一主题的变奏式再现"的结构。同时,小说第一部分是伍尔夫建立在童年时代全家在圣艾维斯度夏的美好记忆基础上,对拉姆齐一家及其宾客在海滨度假生活的写照,可谓第一层次的叙述。第三部分则围绕女画家莉丽·布里斯科接续已迁延十年之久的为拉姆齐夫人和小儿子詹姆斯所画的肖像画,在她的回忆中重现了当年的生活情景,并以莉丽完成画作实现了从现实转化为艺术的过程。这一部分可说是对第一部分的复沓呈现,一种诗意的变奏,第二层次的叙述,或有关小说的小说。所以 E. M. 福斯特感叹:"阅读这部作品时,我们感到一种同时居住在两个世界里的稀有的乐趣。"②从人物形象来看,拉姆齐夫人是爱、美、温情与仁慈的化身,她有着惊人的直觉、想象力与感受力,善于将混乱无序、碎片化的世界整合为一个有机和谐、富有诗意的整体。但伍尔夫没有将她塑造为一个完美的形象,而是通过班克斯先生的戒备心理和莉丽充满审视的目光,表现了拉姆齐夫人身上的独断、操纵欲以及强人所难的人性缺陷。同时,拉姆齐夫人喜欢幻想,过于推崇感情,因而有时也显得不切实际和不尊重严酷的事实。这也是拉姆齐先生对她不满的重要原因。她的一厢情愿最为典型地体现在自作主张地撮合保罗与敏泰的婚姻,而这桩婚姻事实上是以失败而告终的。由于伍尔夫对自己母亲的情感投入,她塑造了灯塔般发出温暖与柔和的光芒的拉姆齐夫人的形象,但同时也没有回避母亲身上的缺点。作家对拉姆齐先生的塑造同样凝聚了伍尔夫对父亲爱恨交织的复杂情感。他一味看重逻辑、智性、推理与严酷的真相,而忽视了日常生活中的美,因而缺乏想象与感受能力,缺乏美感与温情,以及对他人的包容与同情。伍尔夫也从这个意义层面上,暗示了拉姆齐先生无法在事业发展与功名成就上最终到达"Z",即辉煌的顶点的原因所在。所以在小说的结尾部分,作家通过"到灯塔去"的象征性行为,通过拉

---

① E. M. 福斯特在斯雷德讲座中,首度将《到灯塔去》称为"奏鸣曲式的小说"。
② 爱·摩·福斯特:《弗吉尼亚·伍尔夫》,见瞿世镜编选:《伍尔夫研究》,上海文艺出版社,1988 年版,第 9 页。

姆齐先生带着儿女追寻拉姆齐夫人的母性之光的旅程,呼唤情感与智性走向互补的理想境界,呼唤夫妇间、男女两性间建立理解、默契的良好关系。由此意义上看,画家莉丽最终完成画作,也可以理解为直觉、诗意、艺术的世界与现实客观世界达到平衡后的结果。

"生命三部曲"中情节最为淡化同时又最富有诗意的是《海浪》。小说由9个章节或片段构成。每一段的抒情引子的第一句均与太阳有关。从太阳尚未升起到完全沉落,来概括一昼夜的变化,同时表现不同时段的光照下大海的波涛以及一座花园的景色变化。小说以奔涌不息的海浪作为主导,主体内容则是自小一起长大的六个朋友伴随着日升日落,从在育儿室中的无邪嬉戏到走向沉沉暮年和面对死亡的全过程。在此,日出日落浓缩地象征了人物在无情流逝的时光中无可奈何地走向衰老的全部人生,各章则以或自语独白,或对话交流的形式,依次抒写了六个人物在生命不同阶段的独特感受。在此进程中,亘古不变的是海浪拍击沙滩与堤岸的轰鸣声。人生的短暂、生命的脆弱与无常的主题由此得以凸显。

小说中的六个朋友既可理解为代表了人性中的不同侧面,又可理解为部分人的代表,他们性格殊异,却以各具特色的独白与对白奏响了一部雄浑的人生交响曲。还有学者结合对"布卢姆斯伯里文化圈"的研究,挖掘出了伦纳德·伍尔夫、克莱夫·贝尔、E. M. 福斯特、文尼莎·贝尔、利顿·斯特拉齐,包括女作家本人与他们的隐在联系。路易人到中年,终于成为一个成功的远洋贸易商人,但内心依然向往着诗歌,并深爱着罗达;部分融入了伍尔夫本人精神气质的罗达是一个惧怕生活、内心充满奇异幻想和追求丰富的异域世界梦想的女孩,她与尘世生活格格不入,却酷爱自然与花草;有着部分文尼莎·贝尔影子的苏珊后来成为一个质朴的、有着充盈的母性、热爱乡野和家居生活的母亲,生儿育女并乐在其中;感性、活泼、虚荣、爱跳舞,怀有征服异性的强烈渴望的物质女郎珍妮,始终热爱城市与世俗生活,并在肉体满足的欢愉中寻求快感;奈维尔成为剑桥大学的著名学者与诗人,虽功成名就但难掩精神上的孤独;深沉的伯纳德则喜欢讲故事,搜集漂亮辞藻,并一心想当一名作家。

伍尔夫使六位主人公的意识流并行发展并相互交织,构成一个复杂的立体结构。值得注意的是,《海浪》中一个从未谋面的人物波西弗也构成了小说贯穿性的结构要素。他在上述六人的生命记忆中占据关键地位,在不同时刻、不同人物的独白中反复出现。伍尔夫在这部小说中,借着这位深受众人爱戴、最后客死印度的波西弗的形象,再度悼念了她早逝的哥哥托比。

作家其他的重要的作品,还有中篇小说《弗拉西》(1933),长篇小说《雅各的房间》(1922)、《奥兰多:一部传记》(1928)、《岁月》(1937)和《幕间》(1941)等。女性主义文化与文学研究论著《一间自己的房间》(1929)也是伍尔夫的名作。但伍尔夫长期以来一直遭受病痛的折磨,在1895年母亲去世后曾患上抑郁症,此后又数度精神崩溃,受到精神疾病的困扰和折磨。1941年初,在纳粹帝国进犯伦敦的危局中,她再度感觉到"疯狂"的征兆,遂于3月28日在萨塞克斯郡乡间寓所附近的乌斯河自溺身亡。

第六节 叶 芝

在20世纪早期英语文学世界的璀璨群星中,W. B. 叶芝(1865—1939)散发出了非常特别的光芒。他以英语思维、在英国文学传统中写作,却又致力于探索和实践属于他的母国爱尔兰的文学主题和表达;他意欲以写作在现世达至一定的目标,却又难以割舍对于神秘论的迷恋。在种种矛盾中他勉力前行,找到了声音、确立了风格,成为一位出色的文学家,在戏剧、散文、文学理论等领域都颇有建树,在诗坛更以令人难忘的特殊气质牢牢占据一隅。

在叶芝的数种头衔中,"诗人"无疑是最为光彩照人的一个。他的诗作中萦绕着浪漫神秘的出世气息,亦不乏对现实世界的理解和关切,音韵谐和、唯美真挚,具有相当高的辨识度。我们不妨沿着他创作的早期、中期、晚期三个阶段,结合他的一生历程来追溯他的诗歌之旅。

1865年,叶芝出生在爱尔兰都柏林。英格兰与爱尔兰,从人生之初就是叶芝不得不面对的一组矛盾。他的家庭说英语、奉新教,在爱尔兰属于亲英的优势上层阶级,他从小接受的也是传统英式教育;与此同时,伴随着他的成长岁月的,是英格兰与爱尔兰冲突的日益激烈。爱尔兰独立运动绵延数个世纪,至19、20世纪之交,发展为时代之潮;爱尔兰的有志之士们纷纷谈论着、实践着对英国统治的反抗之举。作为一位不乏远大志向的诗人,如何在英语文化传统中开拓自己的文学天地,以及如何为爱尔兰民族开发独属于它的声音,是困扰叶芝的一个重要问题。

叶芝的诗歌,首先不容否认的,是它们受英国诗歌影响、挥之不去的浪漫主义色彩。典型作品如1889年的诗集《十字路口》中的《快乐的牧人之歌》[①]。首句"阿卡狄的树林已经死去/它们远古的欢愉同样不复",揭开了一段浪漫感伤的序幕。叶芝沿袭早期浪漫主义对自然与城市工业的两分法,用作为田园乌托邦之象征的古希腊阿卡狄代表自然,它拥有完整、未遭破坏的森林,因而充满"欢愉",迥异于工业的、无趣的、"灰蒙蒙的"现世。第二组对比由"小学生"与"好战的国王"构成。小学生是"结结巴巴的",生动指向现代规训机制对个性的压抑。作为对比,古代的国

[①] 叶芝:《快乐的牧人之歌》,选自《叶芝抒情诗全集》,傅浩译,中国工人出版社,1994年版,第2—4页。

王们却生机勃勃、豪情满怀。自然与城市、古代与现代,呈现出鲜明的二元对立,充分展现出浪漫主义的人性解放吁求,以及因为不满现实对心灵的遏制而寄望于神秘古代或异域的倾向。最后,诚如叶芝自述的,"在我眼里……只有古代的事物和梦中的意象才是美丽的"①,诗歌将希望寄托于有别于惨淡现世的"梦境",以"梦吧,梦吧,这亦是真理"收尾,与开篇"世界靠梦想着古代过活"遥遥呼应。这是叶芝的早期试笔之作,从立意到笔法都略显稚嫩。叶芝本人也指出:"《十字路口》中的许多诗,当然是那些关于印度或牧人和牧神题材的诗,肯定作于我二十岁以前,因为从我在那个年纪开始写《乌辛的漫游》那一刻起,我相信,我的题材就变成爱尔兰的了。"②确实,直到开始大力开拓本土题材、努力以文学表达来定义爱尔兰,叶芝才真正找到属于自己的诗句。不过,这种最初即采纳的浪漫主义风格将绵延于他一生的创作中。

另一方面,长诗《乌辛的漫游》尽管是对爱尔兰神话叙事颇为成功的初步尝试,却大量折射出叶芝受到的另一股英国文艺思潮"拉斐尔前派"的影响。19世纪后半叶,拉斐尔前派掀起了一股艺术界的新风,以神秘唯美的气息,契合了囿于19世纪工业文明的人们的精神需求,在早期浪漫主义与后期浪漫主义之间承上启下,引导了世纪末唯美主义运动,在促成独具特色的维多利亚时代文化乃至推动文艺精神向现代发展方面均有贡献。③叶芝曾坦言,"我是在拉斐尔前派运动接近尾声时学会思考的"④。受拉斐尔前派影响,对唯美风格的偏爱、对象征手法的执着,都成为叶芝诗歌挥之不去的特征。比如《乌辛的漫游》中,乌辛与仙女定情之后策马飞驰于仙境:

> 我们飞驰;忽而一头无角鹿
> 掠过我们身边,一只鬼猎狗追在后头
> 浑身上下珍珠白,只有一只耳朵鲜红;
> 忽而一位仕女风般疾驰
> 手儿抛动,把玩着金苹果一枚;
> 身后跟着一位美貌的少年郎

---

① William H. O'Donnell and Douglas N. Archibald, eds. *The Collected Works of W. B. Yeats. Autobiographies*. New York: Scribner 1999, p. 92.
② 叶芝:《十字路口》,选自《叶芝抒情诗全集》,傅浩译,中国工人出版社,1994年版,第1页"注释"。
③ Elizabeth Prettejohn, ed. *After the Pre-Raphaelites: Art and Aestheticism in Victorian England*. Manchester: Manchester University Press, 1999, p. 4.
④ W. B. Yeats. "Art and Ideas". *The Collected Works of W. B. Yeats: Early Essays*. Richard J. Finneran and George Bornstein, eds. New York: Scribner, 2007, p. 250.

　　　　目光灼灼,长发飘飞①

　　诗中色彩纷呈,"珍珠白""鲜红""金"均鲜明浓烈,仿佛从拉斐尔前派绘画中直接裁出;玄妙意象迭出:"无角鹿"、"鬼猎狗"、抛动着金苹果的骑马女人,与拉斐尔前派画面中充满象征意味的繁杂细节并无二致,充分表现出叶芝"将他所欣赏的拉斐尔前派的装饰性色彩和花纹移入诗歌的尝试"②。

　　叶芝对爱尔兰主题的探索,正是在深受这类英国文学传统影响的前提下展开的。他以浪漫主义诗人的敏锐,捕捉到故乡的独特美感。他强调爱尔兰的质朴和灵性,将之描绘为一个山水静穆、仙歌缭绕,充盈着亘古不变的质朴神秘之美的仙境,截然不同于"驱逐了想象的传统的社会"③,也就是乏味无趣、功利主义的英格兰。他笔下的爱尔兰人作为一个族群,则信仰着万物有灵论,"与低等生物交流密切"④,质朴恬静、超凡脱俗,别的民族都无法与之媲美。这类渲染爱尔兰特色的努力,让叶芝在依赖英语思考和写作时找到了属于自己的话题,也让他为爱尔兰树立起身份标志,强调它的文化独立,为族人抵抗英国殖民的斗争寻找到合法性。

　　《偷来的孩子》⑤就是这一时期的代表作,这是一首满溢着神秘主义、浪漫唯美色彩的名诗,写于 1886 年,以诗人度过童年的斯莱戈为背景:

　　　　月光照拂的海浪,映耀
　　　　灰色昏暗的沙滩,
　　　　在人迹罕至的罗西斯海角
　　　　我们的双足彻夜难安。
　　　　古老的舞步交织着,
　　　　手儿拉着,眼儿对着,
　　　　跳到月亮也惊逃。
　　　　我们来回跳跃,

---

① W. B. Yeats. "The Wanderings of Oisin". *The Collected Poems of W. B. Yeats*. Richard J. Finneran, ed. New York: Macmillan Publishing Company, 1989, p. 359.

② Elizabeth Bergmann Loizeaux. *Yeats and the Visual Arts*. New York: Syracuse University Press, 2003, pp. 58—59.

③ W. B. 叶芝:《凯尔特的薄暮》,殷杲译,华东师范大学出版社,2014 年版,第 242 页.

④ W. B. Yeat. "The Celtic Element in Literature". *The Collected Works of W. B. Yeats: Early Essays*, Richard J. Finneran and George Bornstein, eds. New York: Scribner, 2007, p. 128.

⑤ W. B. Yeat. "The Stolen Child". *The Collected Poems of W. B. Yeats*. Richard J. Finneran, ed. New York: Macmillan Publishing Company, 1989, pp. 18—19.

追逐一串串水泡,
任烦忧的人间世界,
在焦灼的梦中安歇。
走吧,哦凡人的孩童!
朝湖边和荒野走,
拉住仙人的手。
人间哭声遍布,可不是你能听懂。

诗歌采用仙人视角展开叙述,将神秘的仙境世界栩栩如生地展现在我们眼前。这里没有功利计算,没有道德标准,只有岩石嶙峋的高地和湖水、白鹭、水鼠,轻盈的仙人们在草叶上舞步翩翩,尽情歌舞狂欢。在哭声不断的人间世界的衬托下,仙人们的歌声是一种无法抵御的诱惑。以此,叶芝解构了凯尔特神话中仙人掳掠孩童的故事,将孩童的被掳诠释为告别人间苦痛、进入神奇的美之天地。显然,这个唯美、单纯的仙人世界,就是叶芝心目中的爱尔兰。

在《湖中小岛依霓斯伏里》[①]中,叶芝故乡的小岛同样充任起传统爱尔兰的象征,强调着后者的静穆美丽、超凡出尘。诗歌前两节尽力渲染湖岛的自然之美,以及它的"宁静"。诗人希望在岛上独自生活:搭小棚、种豆子、养蜜蜂,用这种摒弃了现代技术的生活方式与自然融为一体,恢复到天人合一的理想境界。最后一节中,"马路"与"灰色人行道"两个充满现代感的意象凸显,与之前渲染的自然形成强烈对比,愈发强调只有回到爱尔兰故乡,才可能逃离城市,回到本真的存在:

这就动身吧,去往依霓斯伏里。
用泥土和树枝,搭一间小棚,
种下九排豆子,把蜂房修起,
独自打发时光,林间蜜蜂嗡嗡。

……
这就动身去吧,一天又一天,
我听到湖水轻拍湖岸。
马路上,灰色人行道边,
这水声总在心头回荡。

---

① W. B. Yeats. "The Lake Isle of Innisfree". *The Collected Poems of W. B. Yeats*. Richard J. Finneran, ed. New York: Macmillan Publishing Company, 1989, p. 39.

这些诗歌结合了唯美浪漫的风格和神秘迷人的爱尔兰神话传说,呈现出非同一般的美感,展示出初试莺啼的叶芝的天赋诗才。不过同时,这种流于简单、颇为一厢情愿的创作思路,仍然有着斧凿痕迹,有待于在现实的冲击锤炼中有所提高、臻于完善。

1899年,诗集《苇间风》问世,由此确立了叶芝成为爱尔兰一流诗人的地位。也大约在这个时期,他兴致勃勃地投入了爱尔兰文化复兴运动,大力推广富有爱尔兰特色的、"遥远的、灵性的、理想的"戏剧,还成立出版社,专门出版促进爱尔兰文学复兴的作品,"寻找创造着美的事物的爱尔兰人的双手"[1]。他希望借助这些努力,在爱尔兰民族复兴大业中充当一位"真兄弟"[2]。当然,这类温和的文化推动不足以促成真正的政治改变,爱尔兰人显然也并非与叶芝在诗歌中反复吟诵的唯美纯真、神游天外的质朴大众全然一致,而是难免时有愚昧与狭隘之举,因此叶芝不时有受挫之感。由于理想的屡屡破灭,他逐渐认识到现实的真相和压力:是直面现实,为此抛弃对唯美之境的信仰,抑或是投奔想象,一劳永逸地隐入神秘的仙人世界?这两组彼此对峙的拉力构成一对矛盾,横亘于叶芝的创作中,既令他烦恼丛生,却也非常有效地拓展了他的诗作内容和深度。

叶芝对现实的态度是颇为特别的。关注现实的同时,他并不曾放弃对唯美浪漫的审美理想的苦苦坚守,对"贵族"的强调便是一例。叶芝始终相信,爱尔兰人传统上有着高贵的气质,此方面的代表就是"贵族",他们由质朴的农民和卓越的高贵人士构成,超凡脱俗,不同于恶俗不堪、唯利是图的庸众。叶芝多处提及这种划分,如将"许多单纯的人,骨子里的苦行者,抛开一切常识的女子,在山中守着羊圈发梦的农人"和"属于现代文化的人"对比而论,尊重前者而批判后者[3]。创作中期,固然纳入了大量来自现实的题材,叶芝仍然不断表明对"贵族"的偏爱。在《一位爱尔兰飞行员预见自己的死》[4]中,叶芝借主人公罗伯特·格雷戈里少校之口,渲染出一种悠然的心态:"我对所抗击者并不仇恨/我对所保卫者也不爱慕",令他慷慨赴死的,仅仅是"一股寂寞的愉快冲动"。这种超乎世俗价值观的态度,正是叶芝所谓"所有最有价值的东西都是无用的"[5]一说的折射。叶芝认为这是"贵族"才会有的

---

[1] W. B. 叶芝:《凯尔特的薄暮》,殷杲译,华东师范大学出版社,2014年版,第248页。

[2] 叶芝:《致未来岁月里的爱尔兰》,选自《叶芝抒情诗全集》,傅浩译,中国工人出版社,1994年版,第78页。

[3] The Collected Works of W. B. Yeats: Early Essays. Richard J. Finneran and George Bornstein, eds. New York: Scribner, 2007, p. 88.

[4] 叶芝:《一位爱尔兰飞行员预见自己的死》,选自《叶芝抒情诗全集》,傅浩译,中国工人出版社,1994年版,第242页。

[5] The Collected Works of W. B. Yeats: Early Essays. Richard J. Finneran and George Bornstein, eds. New York: Scribner, 2007, p. 184.

态度。叶芝在审美上,也坚持着这种"贵族"式标准。他视过多的现实性、政治性为诗歌之大忌。评论现代诗歌时,他曾言:"一战之前我所读过的所有现代诗歌,都有着某些共同特征……我的迪尔德丽,我的库楚兰,都已被颂歌了几个世纪,我们的公众不需要别的东西。时不时,年轻的革命者会炫耀他的眼睛看到的是现在或者未来,或者甚至对一直到但丁的所有诗歌都不屑一顾,但我们却心满意足;我们像人类一直以来那般写作。"①以此为衡量标准,叶芝发现周围的人多为终日患得患失、动辄被政治口号煽动,却鲜能拥有"出色之物"的庸众。在《1913年9月》中,叶芝对这类庸人倍加辛辣嘲讽:"醒悟过来之后,你们需要什么/除了在一个油腻的钱柜里摸索。"他哀叹道,符合他理想的那个爱尔兰已经一去不返,"浪漫的爱尔兰已死亡消逝/与欧李尔瑞一起在坟墓中"。②

于是,叶芝试图以神秘论来解读混乱不堪的现实。19世纪、20世纪之交,一方面科学发现日益涌现,另一方面人们却又热衷于探索玄妙之物,降神会等秘术活动大行其道。叶芝就是一位秘术爱好者,他结合各方神秘论观点提出了独特的历史循环论:生命和历史是循环往复的,同时也存在一个超越轮回的"大记忆",运用象征的目的,就是为了唤起这个"大记忆",让我们一窥世界的秘密。③《第二次降临》便是叶芝运用神秘论的名作。20世纪初,一战、俄国战争和英爱战争等诸多战役,使得欧洲世界一派凌乱。叶芝因此感叹,"血污的潮水到处泛滥"。礼崩乐坏的现代社会,仿佛已走近大恶的极端。应和着叶芝的历史循环论,第二节中"世界灵魂"突然现身,给世人以启示:文明即将走进新一轮循环,恶兽正要去往耶稣诞生之地投生。这类诗作虽然基于叶芝不乏天真的神秘论思路,却因为从奇诡、充满诗意的角度描绘了现实而别具魅力。

对文化复兴的寄望、对贵族精神的呼唤和从神秘论中寻求的安慰,种种充满书生意气的坚持,在真正具有创伤意义的现实事件面前,都受到了深深的震撼;叶芝不得不重新审视曾一度排斥的价值观。1916年4月24日,爱尔兰共和兄弟会在都柏林发起武装起义,数千爱尔兰志愿军和市民占领都柏林的主要建筑物,宣布共和国成立。六天之后,起义就被英国军队镇压。令人震惊的结局在于,英国政府旋即枪决了十五位起义领导者,其中数位都是叶芝所熟悉之人。这就是爱尔兰独立史上标志性的事件"复活节起义"。无可回避的血腥现实,深深触动了叶芝。《1916

---

① W. B. Yeats. "Modern Poetry: A Broadcast". *The Collected Works of W. B. Yeats: Later Essays*. William H. O'Donnell, ed. New York: Scribner, 1994, pp. 94—95.

② 叶芝:《1913年9月》,选自《叶芝抒情诗全集》,傅浩译,中国工人出版社,1994年版,第191页。

③ W. B. Yeats. "Magic". *The Collected Works of W. B. Yeats: Early Essays*. Richard J. Finneran and George Bornstein, eds. New York: Scribner, 2007, p. 25.

年复活节》中"可怕的美"①概念的提出,便反映出叶芝反思对现实的态度的真诚努力。

诗歌头两节为实写,第一节回顾对起义者们的日常印象。他们都是寻常的店员、书记员,与诗人交换过"礼貌而无意义的闲话",诗人对他们难掩轻视之情,认为他们无非是些装腔作势度日的庸人,他们狂热的爱国热情或许还曾是诗人嘲弄的对象。末了,叠句突兀出现:"一切都变了,彻底改变/可怕的美已经诞生。"从平庸到美的转变,呈现为一种陡然的拔高、一种从日常到悲剧壮美的突变。

> 日暮时分我遇见过他们,
> 一张张生动活泼的脸
> 来自十八世纪的灰房中
> 办公桌或柜台的后面。
> 擦肩而过时我点了点头
> 或谈些无意义的闲话,
> 或偶尔稍事盘桓说几句
> 礼貌而无意义的闲话,
> 而话未说完我就想出了
> 一个讽刺故事或趣闻,
> 好去俱乐部里拥火而坐
> 讲给一个伙伴来开心,
> 因为,我确信他们和我
> 不过像丑角一样生活:
> 一切都变了,彻底变了:
> 一个可怕的美诞生了。②

然而,无论怎样设法认可"可怕的美",现实世界对叶芝来说,依旧是压力重重。作为对现实的一种应对,叶芝重拾早年曾考虑过的概念:面具。《面具》③一诗清晰地表明了叶芝对这个概念的定义:对话双方一个要求对方摘下面具,另一个坚持不摘,表示只要面具激发了双方心头的火焰,那么面具之下是什么并不重要。诗中的

---

① 叶芝:《1916年复活节》,选自《叶芝抒情诗全集》,傅浩译,中国工人出版社,1994年版,第323—326页。
② 叶芝:《1916年复活节》,选自《叶芝抒情诗全集》,傅浩译,中国工人出版社,1994年版,第323—326页。
③ 叶芝:《面具》,选自《叶芝抒情诗全集》,傅浩译,中国工人出版社,1994年版,第171页。

面具华丽无比,由"黄金""翡翠"制成,应当是远比真实自我更完美的一个形象,近乎弗洛伊德的"超我"概念。自我炮制出这样一个面具式完美"超我",既令外界社会满意,同时也满足对自身的理想期许,在它的帮助下,主体得以更好地直面现实,步入现实。同时,除了是理想自我的代名词之外,面具也是与自我形成矛盾对立关系的一个概念,意味着主体所欠缺之物,自我只有找到且自觉模仿这个更为高超的面具或"反自我","人格才有可能发展完善,而且在此过程中,还会有所创造"①。面具理论可以理解为叶芝面对现实压力做出的较为积极的一种反应。

不过,对于想象世界的向往,仍旧是叶芝思路的主体。理想中淳朴睿智的凯尔特农人,在现实世界中越来越难以寻觅,叶芝只得再度求助于神秘论:他撤回投向现实的目光,转而幻想出他的理想受众——一位符合神秘论信仰设定的、"智慧而单纯"的渔夫。这位仅仅留痕于叶芝诗歌中的渔夫,身上有着与自然密切交往的痕迹:"太阳晒出雀斑的脸"②,终日在水沫翻飞的岩石上辛勤捕鱼。这几乎是叶芝心目中的凯尔特农人的代表,远离城市,心胸坦荡,没有任何平庸的观念玷污心灵。但是叶芝也深知这并非现实中可能出现的爱尔兰农人,而是纯然出乎想象:一个"并不存在的人/一个只是一场梦的人"。

> 也许已有十二月之久,自从
> 我突然开始
> 在面对这样的读众的鄙视中
> 想象一个人,
> 和他被太阳晒出雀斑的脸,
> 还有灰色的康呐玛拉服装,
> 爬上一个水沫冲刷着
> 暗黑的岩石的地方,
> 以及钓饵坠入溪流时
> 他的手腕的向下转动;
> 一个并不存在的人,
> 一个只是一场梦的人;
> 并大喊:"在我衰老之前,
> 我将会为他写出一首
> 也许像黎明一般
> 寒冷而热情的诗。"

---

① 傅浩:《叶芝》,四川人民出版社,2003年版,第156页。
② 叶芝:《渔夫》,选自《叶芝抒情诗全集》,傅浩译,中国工人出版社,1994年版,第266页。

现实和想象的冲突,促使叶芝在创作中期推出了大量紧密围绕现实的诗作,其诗艺在矛盾中突飞猛进,语言和气度都日益成熟。不过,他的偏向仍然是朝向神秘的想象世界的。一方面设法应对现实,另一方面,他仍旧执着地追求着一个"关于爱尔兰民族性的浪漫概念……它完全建立在文学、我们的艺术和我们的爱尔兰批评之上"。①

1922年,爱尔兰自由邦成立。1923年,叶芝作为爱尔兰作家的优秀代表,荣获诺贝尔文学奖。此时叶芝年近六十岁,进入人生和创作的晚期阶段,这也是他的思想和诗艺全面升华的时期。与早期和中期阶段相比,此阶段从外部政治大环境到叶芝内心对生命的思考和领悟都发生了变化。曾经颠沛混乱、争斗不休的革命年代,随着爱尔兰一定意义上获取独立而暂告一段落。对叶芝而言,抗争的压力、血腥的杀戮都已成为历史。从《塔堡》等诗集开始,叶芝表现出对想象世界的坦然回归。

名诗《勒达与天鹅》,可以视为叶芝利用象征手法,清算令他纠结一生的现实和想象问题的诗作。诗歌开篇通过不断凝练词语而达成,极具震撼力,堪称关于现实打击骤然到来的一个上佳隐喻。然而,第二节笔锋一转,字里行间突然涌现出一种接纳、顺从的可能。"受惊"时的手指,用的形容词是"vague",可译为"柔弱",亦有"含糊不明、迟疑不决"之意,莫非暗指遭侵犯者勒达身上,突然间出现了妥协可能,两股力量已有望求同存异?以此,叶芝在两节诗歌之中,将最初充满对峙的态势转化为一种和谐共存,迅速完成了对暴力的化解与吸纳。而这种对现实的承认与容纳,是建立在叶芝的长期史观,也就是《勒达与天鹅》第三节的天道轮回主题基础上的。邂逅天鹅之后,勒达生下海伦与克吕泰涅斯特拉,引发特洛伊战争,催生了毁灭与杀戮,城池化为"断壁残垣",阿伽门农遭其妻手刃。按照叶芝的理论,战乱与和平必须交替出现,承受暴力之痛是无法推脱的命运,唯此历史方可继续前进,转入和平安定的阶段。因此,诗中的勒达,以其对残暴入侵之举的接纳,既带来了随后的战乱和毁灭,也象征着开启一段新历史的力量,应许着重生的希望。至此,这一形象已然由承受暴力的打击与企图接纳和消融暴力,转变为催动历史发展的积极因素。不过叶芝并未止步于用煞费苦心的循环论来抗衡暴力的毁灭之力、修复现实施加的打击。正如勒达"有否从他的力量中汲取知识/趁着无情的鸟喙尚未把她放开"这个奇怪转折所示,对于现实,还可以力图从中获得积极的力量。

现实中的叶芝,确实也如《勒达与天鹅》一诗的走向一样,设法应对化解了压力,而且有所贡献、有所得益:在遭遇种种挫折之余,他并没有沉溺于自怨自艾,而

---

① *The Collected Works of W. B. Yeats: Early Essays.* Richard J. Finneran and George Bornstein, eds. New York: Scribner, 2007, p. 180.

是考虑如何修正早期作品中的"温情夸张和感伤之美"①,直至褪去外衣,换上质朴坦诚的语言"赤身行走"②。由他担当主力的爱尔兰文学复兴运动,通过戏剧演出、文艺出版等手段,从精神上鼓励了爱尔兰同胞,确实也起到了一定的强调共性、统一民心的作用,最终帮助促成了民族独立。可以说,在现世人生中,在对理想之美的向往和对现实的责任感之间,叶芝设法维持了某种平衡,而且因之而蜕变、成熟,终成大家。

> 骤然的打击:巨翼尚且掀动
> 于踉跄的女子上方,她的大腿被黑暗的
> 脚蹼爱抚,后颈为他的鸟嘴衔住
> 他将她无助的胸怀紧贴自己。
>
> 受惊的柔弱手指如何才能
> 从她松动的大腿上将羽毛包裹的荣宠推开?
> 而身躯,深陷那团白色绒毛,
> 焉能不感受到陌生心脏之跳动?
>
> 腰部一阵战栗,由此导致
> 断壁残垣,燃烧的屋顶塔楼
> 阿伽门农死去。
> 如此身不由己,
> 如此为空中兽性的血液掌控,
> 她有否从他的力量中汲取知识
> 趁着无情的鸟喙尚未将她放开?

除了现实和想象的关系,叶芝从神秘论角度,对老年、自我与灵魂、人类历史等话题也做出了哲学思考,诸如《自性与灵魂的对话》《血和月》等大量诗作,便是这些思考的结果。正如叶芝最擅长的,这些玄妙的思绪大多是借助象征来传递的。值得一提的,在于叶芝从爱尔兰神话中寻找灵感,并与本土特点相结合,多年经营之后,营造出了一个包含玫瑰、天鹅、塔堡等一系列重大象征意象的、独特的、富含民族内涵的诗歌象征体系。"叶芝的神话世界……比诸如马拉美作品之类的法国象

---

① 傅浩:《叶芝》,四川人民出版社,2003年版,第111页。
② W. B. Yeats. "A Coat". *The Collected Poems of W. B. Yeats*. Richard J. Finneran, ed. New York: Macmillan Publishing Company, 1989, p. 127.

征主义神话更令人称心满意,因为叶芝的典故构成了一个一定程度上可以令人理解的世界。"[1]

其晚期名作《驶向拜占庭》中,则再度出现了对于现实的抑制和朝向与短暂人世相对应的想象天地的投奔。不同于创作中期的诗歌英雄们乃至叶芝本人都努力尝试投入现实、迎合现实的姿态,《驶向拜占庭》的主人公"老年人",一出场便直言"那绝非老年人适宜之乡",表明了对于现实人生的断然弃绝。诗歌列举了一组代表现实的意象:"彼此拥抱"的青年人、"歌吟"的鸟雀,并强调它们的现实属性——这些貌似繁衍不息、生机勃勃的意象,实际上都属于"濒死的世代",经历"萌发、出生和死亡",迅速走完生命过程、消亡无痕。作为对比,诗歌提出了唯有"理性"不朽。尽管为平庸的生命所"忽视",但"理性"远远超乎"肉感的音乐",在现实早已湮灭无存之时,唯有理性,也就是想象的世界可以长存不灭。这组对比重申了叶芝的观点:唯有放弃对现实的牵挂、摆脱其羁绊,才可以让心灵飞升,进入一个截然不同的世界,直抵神秘的"大记忆",达至抗拒衰亡、永恒存在的可能。在这种明确的取舍决断中,"老年人"对现实无暇多顾,直接"扬帆驶过波涛万顷",奔赴"神圣之城拜占庭"。

不过,经由中期阶段的冲击和锤炼,叶芝进一步成熟,这为他晚期诗歌中的英雄增添了有别于早期阶段的特征。首先是对于死亡等生命具体苦痛的直面态度。尽管以逃离现实来对抗衰亡,《驶向拜占庭》却并不曾绕过衰亡话题,而是对之做出独特诠释。"竹竿上的破旧衣裳"这样的比喻,极其生动地触及了生命衰亡、肉体朽败的具体现实。"垂死的动物肉身"也是对垂垂老矣的写实描绘。以这种对衰朽死亡现象的近乎自然主义的描写,叶芝前所未有地逼近了这个人类不可避免的共同结局。在直面苦痛的同时,叶芝更尝试对衰亡做出解释,将肉体之痛、衰朽灭亡视为灵魂解放的最佳途径。死亡被定义为从有死的现实世界去往永恒完美的彼世世界的必经关口,只有灵魂"拍手歌唱",诗歌中的主人公才能获取真正的生命。因而,躯体终有一死,正是诗歌主人公摆脱现实的契机所在,借此灵魂才能够挣脱束缚,进入天马行空的境界,畅饮自由和永生。以此,具体的死之痛苦得到消解,甚至充任了逃离的必要条件,成为令人期待和欢呼的事件,从而叶芝转换了衰亡关于"灭亡""终止"的规定含义,给它增添了可延续和可发展性,以此来对生命体的自然结局做出积极的解读。这是他对"衰亡"主题展开毕生思考之后提出的解答,其中不乏对此世生命的认可和悲悯,令人动容。

  呵,伫立在上帝的圣火之中

---

[1] 埃德蒙·威尔逊:《阿克瑟尔的城堡:1870年至1930年的想象文学研究》,黄念欣译,江苏教育出版社,2006年版,第23页。

一如在金镶壁画中的圣贤们,
走出圣火来吧,在旋锥中转动,
来教导我的灵魂练习歌吟。
耗尽我的心吧;它思欲成病,
紧附于一只垂死的动物肉身,
迷失了本性;请把我收集
到那永恒不朽的技艺里。①

叶芝的创作力并没有随其年迈而削减,相反,在获得诺贝尔文学奖的肯定之后,他笔力愈发纯熟,佳作迭出。《天青石雕》《库勒和巴里利,1931》《布尔本山下》等大量名诗均发表于这一时期。1939 年,叶芝病逝于法国。1948 年,遵照他的遗愿,人们将他移葬至爱尔兰故乡斯莱戈,墓志铭取自《布尔本山下》:

冷眼一瞥
生与死
骑者,且赶路!

叶芝之后的英语诗人如 T. S. 艾略特、W. H. 奥登,均表现出对现实世界更多的关注和投入,相比而言,叶芝可谓是延续早期浪漫主义传统的英语诗人,也就是他自己所谓的"最后的浪漫主义者"②。在充满冲突和磨难的现实中,叶芝对想象力万分依赖,后者成为他超脱尘世、寻求救赎的最大支撑,帮助他从现实之浅薄与粗陋中飞升到一个充满意义、完美绝伦的所在,得以与美相逢。正是这种基于想象的诗学理念,催生了叶芝诗作纯净、多彩的独特气息。纵然他的诗歌创作经历了想象和现实关系的几度变迁,在语言和意象上都有所变化,但是叶芝对想象世界的追寻始终初衷不改,充任着叶芝的诗歌和人生的基础。正如理查德·埃勒曼所言:"存在着季节性的变化,但并没有地震或海啸。他的主题和象征自从青年时期就固定了,在他生命接近尾声之时,又在力度上和锐度上得到更新。"③而叶芝的这种坚持,确实在现实中发挥了功用,归结了爱尔兰的文化特性,辅助了民族的独立事业。对于这位以妙笔在 20 世纪初的英语诗歌长卷中增添了一道绮丽痕迹的诗人,T. S. 艾略特的评价颇为到位:"生在一个普遍接受了'为艺术而艺术'的世界,继而赶上艺术被要求服务于社会目的的年代,他坚定地坚持了介于这二者之间的观点,同

---

① 叶芝:《驶向拜占庭》,选自《叶芝抒情诗全集》,傅浩译,中国工人出版社,1994 年版,348 页。
② 叶芝:《库勒和巴里利,1931》,《叶芝抒情诗全集》,傅浩译,中国工人出版社,1994 年版,第 439 页。
③ Richard Ellmann. *The Identity of Yeats*. Oxford: Oxford University Press, 1964, p. 1.

时又绝非在此二者之间妥协,他表明了,一位艺术家,如果能够一心一意地为他的艺术服务,那他同时就是在为他的民族和全世界做出最大的贡献。"①

第七节　T. S. 艾略特

T. S. 艾略特(1888—1965)是 20 世纪英语文学中最为重要的诗人和批评家之一。他出生于美国密苏里州的圣路易斯。其祖父是华盛顿大学的创办人,父亲祖籍英国,母亲是个博学多才的女诗人,家庭保持了新英格兰加尔文教的文化传统。艾略特于 1906 年至 1910 年间在哈佛大学攻读哲学和英法文学专业,后来赴巴黎学习,接触到早期象征派诗歌并深受感染。他从 1909 年开始发表作品。1914 年起在伦敦从事诗歌创作和理论批评活动。1914 年至 1915 年间曾在德国学习,后因为战争而中断。1915 年至 1916 年回到伦敦结婚定居并教授拉丁文和法文。1917 年至 1920 年间一度做过银行职员。1917 年任先锋派杂志《自我中心者》的副主编,并发表第一部诗集《普鲁弗洛克及其他》,其中《鲁鲁弗洛克的情歌》是他早期最重要的作品。该作品表现了一个资产阶级青年在前往求爱之路上的矛盾心理。主人公在黄昏的时候穿过冷清寂寞的街道,进入空虚无聊的社交客厅,脑子中出现一百种幻象。他虽然是去和情人约会,但脑子中全是怯懦、迟疑、病态的念头,幻灭中夹杂着自我嘲讽。诗歌新奇的比喻和联想引起文坛的关注。后来艾略特又陆续出版《诗集》(1919)等。1917 年他撰写了重要的评论文章《传统与个人才能》。1920 年发表论文集《圣林》。1922 年创办了文学评论刊物《准则》并担任该杂志的主编,直至 1939 年。在此期间,他与英国社会许多文坛精英人物如伍尔夫、赫胥黎、K. 曼斯菲尔德等过从甚密。1922 年发表《荒原》。1926 年他担任了牛津大学的讲师。1927 年加入英国国籍和英国教会。在此期间,他发表了《诗集》(1909—1925)、《空心人》(1925)等重要作品,声名鹊起,在诗歌和评论领域都享有盛名。从《荒原》到《空心人》是他创作的第二个重要阶段。这一时期他的作品突出地表现了荒原意识和绝望的情绪。

进入 20 世纪 30 年代后,艾略特作品中的悲观情绪和宗教意识明显加强。他陆续发表了诗作《圣灰星期三》(1930)、《诗集》(1909—1935)、《四个四重奏》(1944)、《诗集》(1909—1962)等。另外,他还创作了一些诗剧,如《大教堂谋杀案》(1935)、《全家重聚》(1939)、《机要秘书》(1954)等具有宗教色彩的作品。1932 年他曾回美国讲学,1952 年担任伦敦图书馆馆长,1965 年在伦敦去世。在艾略特创

---

① Michael Steinman. *Yeats's Heroic Figures*：*Wilde*，*Parnell*，*Swift*．*Casement*. Albany：State University of New York Press, 1984, p. 3.

作的最后阶段,诗人试图超越"荒原",寻求希望,但诗人找到的并非真正的希望,而是自我陶醉的幻想。由于《四个四重奏》的出版,1948年他"作为现代派的一个披荆斩棘的先驱者"而获得诺贝尔文学奖。《四个四重奏》由四首各自独立又紧密相关的长诗组成:《烧毁了的诺顿》《东艾克》《干燥的萨尔维奇斯》《小吉丁》,这四个部分分别借用与诗人祖先及本人生活有关的地点,通过对历史事迹、个人经历的追忆,对往昔时光的无望的追怀,思索时间与永恒的关系,表达对现象世界的失望,深思来世和自己的诗歌对现代世界的作用,这些思想在四首诗篇中反复呈现、发展、深化。各首长诗以所谓构成世界的四大要素气、土、水、火和四季之一为基调,各分为五个乐章,语言节奏性强,自然流畅,诗意深厚,表达明澈,因此《四个四重奏》被认为是艾略特最完美的杰作,但它的影响却似乎不如《荒原》。

艾略特评价自己说:"政治上,我是个保皇党;宗教上,我是个英国天主教徒;文学上,我是个古典主义者。"[①]他的社会政治立场和宗教意识都具有相当保守的一面。但在审美的范畴内,他将古典的美感与现代的形式相融合,独创性地提出了自己的文艺主张。在理论和批评方面,他是英美新批评派的奠基人。他的《传统与个人才能》(1919)、《批评的功能》(1923)、《诗歌的功能和批评的功能》(1933)等论著,为"新批评"奠定了基础。他的所谓新古典主义理论,旨在反对浪漫主义。他提出"非人格化"的主张,针对浪漫主义认为诗歌是诗人情感的表现,提出生活与艺术之间有绝对不可逾越的鸿沟,诗人的感情只是素材,要进入作品首先要经过"非人格化",将个人的情绪转化为普遍性的艺术情绪。他认为,诗歌并不是放纵感情,而是逃避感情;不是表现个性,而是逃避个性。针对浪漫主义的直接抒情,他提出了"思想知觉化"和"客观对应物"的理论。他认为,18世纪以后的诗歌趋于概念化,思想与形象脱节,浪漫主义诗歌则感情泛滥,思想模糊。他强调应当借鉴英国17世纪玄学派诗人的技巧,用"知觉来表现思想","把思想还原为知觉",以及"像你闻到玫瑰香味那样地感知思想"。他认为,特定的事物、情景、事件的组合造成特定的感性经验,可以唤起特定的情绪,因此主张寻找并描写这些能唤起情感体验的事物和经验,以这些"客观对应物"的象征意义来暗示和传达,从而避免直接的叙述和描写。这些主张基本上表达了后期象征主义的特征,对20世纪现代诗派影响巨大。

艾略特的诗歌创作是根据他自成系统的理论而进行的,并且正是处在英美诗歌发展的一个关键时期,他的创作使英美诗歌的面貌发生了根本性的变化。艾略特开始创作的时期,正是英美意象派诗人活跃的时期。意象派受到早期象征主义和唯美主义的深刻影响,同时汲取了东方诗歌创造意境的表现方式,特别强调诗歌

---

① 袁可嘉、董衡巽、郑克鲁选编:《外国现代派作品选》,第一册(上),上海文艺出版社,1980年版,第75页。

的意象,希望以此为现代诗歌开辟一条新路。但是意象派的影响虽大,其本身的局限性也很大,限制了诗人的创造力。艾略特受到意象派尤其是庞德本人的影响,但他避开意象派的极端,吸收其长处,并将17世纪玄学派的技巧和法国早期象征派的创作技巧熔为一炉。他强调内心独白,在诗歌中独创性地使用戏剧性的表现手法,并融合意象派的思想感性化手法,通过寻求"客观对应物"和大量使用典故等手法,使得诗歌在艺术上充满了新的生机,同时由于他对西方世界的历史与现实的深刻理解,他的诗歌又具有少见的哲学深度。

《荒原》被认为是20世纪诗坛的里程碑。到目前为止,《荒原》仍被认为是西方诗坛最重要的作品。该诗最初有800多行,后作者听取了意象派诗人庞德的意见,最终删减为433行。它可以被当作一组诗来读,每一部分都有不同的谈话者、场景、句法和韵律,但它们又组成一个整体。内容上共分五章。

第一章《死者葬仪》。这个标题来自于英国教会的出葬仪式,可能有两层含义,一指西方基督教文化中的葬仪形式,举行葬礼是为了确定死者"来于尘土,归于尘土",灵魂能够安息。按照宗教的意义,举行葬礼本意是为了使死者的灵魂得救,同时也是为了安慰幸存者。而在诗歌中显然具有另一层含义,与宗教的含义背道而驰的是现代人缺乏灵魂,虽生如死。春天本是万物复苏的美丽季节,但同人们心目中春回大地的期待形成对比的,是作者从春天大自然不应有的凄惨风光入手揭开荒原死气沉沉的真面目。英国的四月正是春天,但诗的第一句是"四月是最残忍的一个月"[①]。作者接着说,因为冬天用雪覆盖了荒原,使我们温暖,而春天反而使得荒原露出了本相,同时它还引起了一些痛苦和无望的回忆。从春天到夏天,日复一日,那些优游嬉戏的人们,过着空虚无聊的日子。基督教传统的信仰成了"一堆破碎的偶像,承受着太阳的鞭打"。紧接着是一个重要角色玛丽的戏剧性独白,她回忆往日无忧无虑的生活以及曾经有过的浪漫史,"一年前你先给我的是风信子;他们叫我做风信子的女郎,可是等我们回来,晚了,从风信子的园里来,你的臂膊饱满,你的头发湿漉",美的形象转瞬即逝,"我说不出话,眼睛看不见,我既不是活的,也未曾死,我什么都不知道,望着光亮的中心看时,是一片寂静。荒凉而空虚是那大海"。艾略特在这儿运用了从骑士文学题材改编的瓦格纳的歌剧《特利斯坦和伊瑟》中的诗句,用特利斯坦骑士和古代少女伊瑟的纯洁爱情作为现代人背信弃义、朝三暮四的对照。作品还运用各种古代典籍中的形象和意象,如:"淹死了的腓尼基水手""独眼商人""被绞死的人""水里的死亡"等来暗示或象征现实的不祥,并指出"成群的人,在绕着圈子走""并无实体的城,在冬日破晓时的黄雾下,一群人鱼贯地流过伦敦桥,人数是那么多,我没想到死亡毁坏了这许多人"。这些人虽生犹死,

---

① 艾略特:《荒原》,选自《外国现代派作品选》,第一册(上),上海文艺出版社,1980年版,第89页。

"人人的眼睛都盯住在自己的脚前"。作者将各种意象叠加合拢来构成一个总体的死亡与空虚的意境,这个死亡与空虚的象征是没有宗教的葬仪作为最终安慰的绝对的虚空。

第二章《对弈》的标题出自英国剧作家托马斯·密特尔顿(1570—1672)的同名剧本,但其内容却是另外一部戏剧《女人谨防女人》中的对弈。在《女人谨防女人》的剧本中,弗罗伦萨公爵爱上了一位美貌出众的姑娘,设法与她约会。一位邻居设计把姑娘的婆母请来下棋,同时又引姑娘去见公爵,姑娘受了财富的诱惑顺从了公爵。所以这里的对弈暗示"性"的游戏。这一章里有两个重要场景:一个是在自己的卧室中矫揉造作的上流社会妇女百无聊赖的生活场景;另一个是下层社会庸俗不堪的酒馆中的一幕——一个叫作丽儿的女人和她的女伴谈着私情、打胎以及如何对付退伍回家的丈夫。在这个部分,作品连续使用了古代典籍中三个与情欲有关的悲剧宫廷故事作为意象的构成:莎士比亚《安东尼与克里奥佩特拉》中埃及女王的悲剧爱情,维吉尔史诗《埃涅阿斯纪》中狄多女王的不幸命运,以及奥维德《变形记》中铁卢欧斯的妻子和妹妹不畏强权反抗暴虐的遭遇。诗人将古代的悲剧和忠贞的爱情故事与现代人有欲无情的私人生活作为对照,从结构的对位暗示道德上的鲜明反差。这个部分的最后引用了莎士比亚《哈姆雷特》中奥菲丽娅发疯溺死前向人们告别的话,使人产生特殊的联想,象征现代文明几乎是与生活告别的一种形式。

第三章题为《火诫》。火诫是佛教用语。这个部分的最后诗句引用了佛陀对门徒解释人生的苦恼,宣讲禁绝情欲过一种神圣的生活最终达到涅槃的告诫。这一章先写泰晤士河畔的风光——"可爱的泰晤士,轻轻地流",但是过去泰晤士河上的诗情画意已经烟消云散,留下来的是"饮泣"、荒凉与破败,现代的泰晤士河交织着白骨、老鼠和汽车喇叭的声响。对于古代国王的回忆联想同现代嫖客以及卖笑女人的现实形象形成鲜明的对照,以此突出现代伦敦各种人物的庸俗和猥琐的生活。接着"我"——铁瑞西斯出现。铁瑞西斯是古希腊神话中一个具有两性功能的人:"虽然瞎了眼",却可以"看见"。他看见一个戏剧化的场景:年轻的女打字员和一个长疙瘩的青年的有欲无情的关系。事情完结后,她"没大意识到"他的离去,"她机械地用手抚平了头发,又随手在留声机上放上一张片子"。这音乐声同酒店里鼎沸的人声、卖鱼贩子和商船的交易混杂,而这一切将古代宫廷和莱茵河女儿的歌声淹没。这一章诗句的最后,是以火烧的祈祷渴求拯救。

在第四章《水里的死亡》中,水是情欲的象征,意指情欲横流必然导致人的毁灭。这个部分只有几行诗句,作品用一个腓尼基商人的死亡,青春年华如梦般消逝,一切利益皆成虚空,来暗示死亡的终结、人生的虚无。

第五章为《雷霆的话》。这一部分又回到了一片干涸的荒原形象。诗人自己注解说利用三个"客观对应物"来写荒原的主题,一是耶稣被出卖后钉死在十字架上,然后复活后重新在他的门徒中行走;二是寻找圣杯的骑士进入凶险的教堂,以及女巫试图使他陷入绝境的最后的诱惑;三是写东欧各国的衰微,同时表达了诗人对当时席卷俄国和东欧的社会主义浪潮的恐惧。"死了的山满口都是龋齿吐不出一滴水,这里的人既不能站也不能躺也不能坐,山上甚至连静默也不存在,只有枯干的雷没有雨,山上甚至连寂寞也不存在,只有绛红阴沉的脸在冷笑咆哮"①,最后雷霆说话了:舍予、同情、克制。诗人暗示,现代人只有加强道德修炼,听从上帝,忏悔和祈祷,大地才会恢复生机。诗人在最后部分,又扼要地重复了主题,并引用了一段古典经文,意思是"出人意料的平安"。作品似乎是在诉说,改变荒原命运的关键就在人们的内心,人心向善,追求节制,甘霖就会降落,天下才会太平。

《荒原》的五章内容,在思想感情上都有内在的联系。例如《死者葬仪》中提到的被溺死的腓尼基水手,就是第四章《水里的死亡》的主题。全诗内容丰富,题材来源众多,作者广征博引,作品涉及五种语言及五十六部前人典籍,但其主题明确。《荒原》象征了现代文明崩溃的情景,概括了一战时期的时代特征。诗人将以伦敦为代表的现代文明视为荒原,在这个荒原上,信仰泯灭,理性崩溃,爱情堕落为兽欲,诗情画意荡然无存,人们虽生犹死。荒原的形象反映了普遍的幻灭感,成为一个经典的象征。

《荒原》在艺术上也实践了艾略特的诗歌理论。很显然,艾略特似乎将前人的许多作品进行了重新组合,许多直接引用使人议论纷纷,完全不同于一般的诗歌创作。他的独创性就表现在这种大胆的引用与组合中。这一点也正好体现了后期象征主义"非人格化"与理智的特征。这些引用还同时达到了"思想知觉化"和"客观对应物"的效果。另外,艾略特大量运用内心独白及戏剧手法,使得这部作品成为象征主义各种艺术技巧的集大成之作,也使得诗歌具有绘画和音乐的特征。所以自《荒原》后,西方诗歌的面貌发生了根本的变化。艾略特的创作成为象征主义诗歌一个不可企及的丰碑,也给了象征主义一个完美的终结。

---

① 艾略特:《荒原》,《外国现代派作品选》,第一册(上),上海文艺出版社,1980年版,第114页。

第三章　法国文学

第一节　概　述

时间点 1900年,距象征主义承前启后的灵魂式人物马拉美去世已有两年,原本每周二在他家聚会的作家、诗人和画家们早已风流云散。马拉美的门徒保罗·瓦莱里这一年29岁,四年前出版了第一本小说的普鲁斯特也是29岁,而自然主义的旗手左拉已经60岁,但显而易见的是自然主义文学早已不复当年盛况。与左拉在德雷福斯案中并肩作战但拒绝自然主义写作方式的阿纳托尔·法朗士56岁,还处于创作旺盛期,他在四年前被选为法兰西学院院士,并且还会在21年后获得诺贝尔文学奖,但他肯定想象不到自己死去时(1924年10月12日),一场违背他意愿的国葬级仪式引发了超现实主义者们对他的公开嘲讽和蔑视。这种对法朗士作品的敌视态度迅速蔓延并持续多年,但在某种程度上说,法朗士是即将逝去时代的替罪羊;1924年10月15日发表的《超现实主义宣言》宣告了20世纪最有影响力的反理性文艺流派登上历史舞台,而继承18世纪启蒙理性主义遗产,善用唯美文风和嘲讽语言写作、崇尚人道主义的法朗士正是他们最好的靶子。新的文学一代已成长:四年前在巴黎剧场上演惊世骇俗的《愚比王》的剧作者阿尔弗雷德·雅里已经27岁;三年前发表《地粮》的纪德31岁;四海为家的保罗·克洛岱尔在这一年32岁,他希望结束自己的外交官生涯转向宗教,却因阴差阳错地成为法国在福州的副领事,而成就了他写作生涯的辉煌期。更年轻的先锋诗人纪尧姆·阿波利奈尔20岁,深刻影响了20世纪下半叶写作方式的塞利纳6岁,日后的超现实主义核心人物安德烈·布勒东4岁,路易·阿拉贡3岁,而新小说的主将娜塔莉·萨洛特则刚刚出生。

1900年是在充满革新的自由精神里开始的。在这一年的巴黎万国博览会上,有声电影第一次在公众面前放映。两年后,乔治·梅里埃以新技术拍了第一部科幻电影《月球旅行》。电影作为"第七艺术"迅速成为20世纪新文艺的标志,极大丰富了文学的表现方式。也是在这一年的万国博览会上,毕加索代表西班牙展出他的绘画,从此在巴黎定居,几年后看到了被称为"现代艺术之父"的保罗·塞尚的画。塞尚把物体从写实中剥离出来聚焦在颜色和构成上,尤其在描绘普罗旺斯乡村和故乡圣维克多山的绘画作品中,不再将世界画成经典透视法所表现的那个世界,而是画出自己真正感受到的世界。也正是从塞尚开始,绘画开始关注如何表现本质。年轻的毕加索颇受启发,1907年,他的立体主义油画横空出世,开辟了抽象艺术的新道路,而立体主义对20世纪文学的影响非常深远。

1900年,被称为印象派音乐家以及20世纪初先锋音乐代表的阿希尔-克鲁德·德彪西已经38岁,被视为其继承者的莫里斯·拉威尔在这一年首次参加罗马奖的角逐却无缘资格赛。之后拉威尔又连续四年参加该竞赛,一次都没能得到冠军。这引发了社会各界为他鸣不平的"拉威尔事件",最后以巴黎音乐学院校长的请辞而告终。

同样在1900年,哲学家弗里德里希·尼采去世,他的哲学影响力在他死后迅猛蔓延,尤其是对法国1930年之后的文学而言。也是在这一年,哲学家亨利·柏格森成为法兰西学院教授,登堂授课,广收门徒。社会学创始人埃米尔·涂尔干在两年后即1902年被任命为巴黎大学文学院的教授;而另一位对整个20世纪西方文学艺术影响至深的精神分析学家西格蒙德·弗洛伊德,四年前即1896年在一篇用法语发表的文章《神经症的遗传和病因》和另一篇德语文章中首次提出了"精神分析"这一术语。

这一切都预示着20世纪的法国文学与其他社会人文领域一样,将同时呈现多元和异质性,文学创作将以更彻底更激进的方式继承和反思19世纪以来的传统。而让文学与时代能够同频共振的振源之一是科学以科学的方式来质疑理性本身(比如弗洛伊德以实证的方式发现非理性的潜意识,爱因斯坦以数学和物理的方式得出相对论);振源之二是最早感受到时代之激荡的艺术和哲学对文学的启示;振源之三是社会政治的各种剧烈变革和两次世界大战所造成的社会和心理的双重动荡。

如果将20世纪法国文学划分为现实主义和现代主义,即前者指的是继承19世纪以来的传统的写实文学,后者则指锐意创新的反传统文学,那么这一划分通常是以现代主义和现实主义对立为前提的,划分者试图以此对20世纪法国文学脉络做一个大致梳理。但实际上,与其说现实主义推崇理性而现代主义推崇非理性以致两者看似完全对立,不如说这是从一种文学主张向另一种文学主张的反叛式过渡:没有现实主义,就不会有现代主义。理性主义源起于18世纪的启蒙主张,目的是要用知识唤醒世界,使人摆脱因无知造成的恐惧,以对抗基督教的反智主义。基督教反智主义宣扬神权,赞美神性,认为神是一切的起源,是永恒,是超验,是绝对的善和绝对的爱;而理性主义则倡导人权,以人为本,与人道主义同生共长。但挑战理性主义的现代主义并不等同于基督教的反智主义,恰恰相反,现代主义在普遍意义上是反对宗教的。所以无论是现实主义还是现代主义,思考的都是"人"的问题,只不过现实主义着眼于"人的生存",将人放置在社会生活的维度中来描写,以理性肯定人的生存意义,以科学视角来认识世界;现代主义着眼于"人的存在",从对宏大外部世界的观察转向对个体内部世界的反思,强调感觉的真实,甚至将之上升到本体论意义。

现实主义文学,尤其是自然主义文学推崇科学实证,是19世纪以来工业社会的迅猛发展和科学技术的全速进步在文学创作上的投射:既然科学和实证主义是认识世界的主要方法,那么也必定是文学再现社会人生的重要方式。实证主义将不同社会现象归入彼此相关的不断发展的整体里,社会里的人、人的作品以及人的历史都遵循经验事实的准则,成为制定推动社会进步规则的基础。然而到了19世纪末,已经占领法国社会科学人文各领域的实证主义却越来越陷入在自身思维模式中,日益成为一种僵化的认知方式。以开启心智、追求自由为己任的理性在被绝对化后悖论式地成为束缚思想和自由的樊篱。在整体论视野下,个体的感受总是趋向等同,情节的发展总是遵循某种"客观规律",人物的行动趋向遵循某种前提:这一从自然科学翻版而来的"科学"结构对文学尤其是小说而言可能是一条越走越窄的路。

更何况,作为一场肇始于19世纪中期的文学运动,现实主义到20世纪初期已经式微。以客观冷静的叙述奠定写作风格的福楼拜早就意识到要到达现实主义文学所期待的"如一面镜子映照现实"几乎没有可能,因为小说即虚构,在小说中寻找完全客观的现实,这本身就是一个悖论。他在1875年12月给乔治·桑的一封信中说自己不但没有归属任何流派,而且要把关于流派之说都推掉,因为"技巧细节、当地风土人情、历史性以及对事物的真实描绘"都是第二位的,他要越过这些去寻找文学之美。到了20世纪,对现实主义的祛魅更为尖锐,罗兰·巴特说:"任何写作只有在企图尽可能逼真地去描绘自然时才是更具人为性的。"[①]这也是为什么20世纪20年代的超现实主义者们所反对的并不是现实主义流派或运动,而是"现实主义态度",即一种"集平庸、仇恨以及自负于一身的混合物"的,"过于理性"和太"讲究技巧"的写作方式。而通常被我们归类在现实主义之列的作家如纪德和塞利纳,恰恰都对新的文学表达感兴趣并在此深掘,都善于在写作中追寻新的语言,擅长心理分析:在很大程度上,他们代表了现代主义文学的先声。纪德早期描写巴黎文学圈的《帕吕德》就是一部颠覆传统写作技巧的作品,娜塔莉·萨洛特称其为真正意义上的新小说,罗兰·巴尔特则认为它是一部伟大的现代主义作品。而塞利纳一出版就引起文坛震惊的《长夜行》则以解构性语言、看似散乱实则有着内部紧

[①] 罗兰·巴尔特:《写作的零度》,李幼蒸译,中国人民大学出版社,2008年版,第42页。

密关联性的情节以及对人生虚无和绝望的展示，影响了几乎所有20世纪下半叶法国重要作家的写作，如萨特、朱利安·格拉克和帕特里克·莫迪亚诺。或许20世纪上半叶作家中最接近现实主义的就是一生始终皈依天主教信仰、与存在主义和新小说派作家都有过论战的莫里亚克。他的代表作如《给麻风病人的吻》和《爱的荒漠》在语言、情节和人物刻画上都并未远离现实主义的写作方式，但他没有将自己设定在现实主义框架中，他在通过对欲望的描写来展现人性的丰富性之外，从未停止对新写作技巧的追寻和思考。而作家罗曼·罗兰在其代表作《约翰·克利斯朵夫》中不仅以心理分析和现实主义相结合的方式描写了天才音乐家约翰·克利斯朵夫与命运奋斗的一生，并将音乐引入写作：音乐不仅是贯穿主人公一生的主题，而且小说结构本身就与交响乐结构暗合，其语言本身也具有音乐性，因此《约翰·克利斯朵夫》也被称为"音乐小说"。

因此，如果说在20世纪法国文学里还有现实主义的存在，那也并非指现实主义流派或运动，而更多是一种写实技巧的存在。正如现实主义是一个难以界定的流派，现代主义也不是一个有着清晰定义的概念。按照法国学界比较普遍的观点，现代主义开始于19世纪中后期，以象征主义为代表。至于结束的时间则颇多争议，有认为是在20世纪初期即一战前后结束的；有认为是在50年代结束的，比如剧作家贝克特就被称为是最后的现代主义者，最早的后现代主义者；还有人认为现代主义至今尚未完结。

如果将20世纪以来所有创新的和挑战现实主义的文学都归入现代主义，那么现代主义是20世纪法国毋庸置疑的主流文学：从20年代的超现实主义，到40年代萨特的存在主义，到二战后的荒诞戏剧，再到50年代开始的新小说和60年代的乌立波派，还有40—80年代涌现的一大批极具原创性又难以归类的作品，比如莫里斯·布朗肖的《黑暗托马》（1941），米歇尔·莱里斯的《游戏规则》（1948—1976），玛格丽特·尤瑟纳尔的《哈德良回忆录》（1951），与新小说运动有千丝万缕关系的玛格丽特·杜拉斯的《琴声如诉》（1958）和《情人》（1984），阿尔伯特·科恩的《外交官爱人》（1968），米歇尔·图尔尼埃的《礼拜五或太平洋上的虚无缥缈境》（1967）和《桤木王》（1970），还有勒克莱齐奥的《诉讼笔录》（1963）和《沙漠》（1980）。因此，现代主义掀起了一场横贯整个20世纪的文学创新实验：它不仅是对浪漫主义和现实主义的反叛，更是对当下现实的反叛。现代主义文学反思社会科学以及人本身的危机，不断颠覆挑战已有思维与表达方式，这又反过来使文学语言和叙述主体本身陷入危机，因此会有布朗肖所提出的"文学的消失"，罗兰·巴尔特断言的"作者已死"，福柯宣称的"主体死亡"。

文学和哲学：柏格森和普鲁斯特 如果说现代主义文学被社会经济、政治、哲学和科学技术的剧变所震动和引导，那么法国上半叶文学面貌则被柏格森哲学、弗洛伊德精神分析学和第一次世界大战所改变。柏格森不是第一位质疑西方传统时间观的哲学家,但无疑是当时对文学影响最大的哲学家,他本人也于1927年获得诺贝尔文学奖。柏格森认为康德混淆了时间与空间的概念,后者所谓"真正的时间"在他看来只是一种"时间象征"。但康德把时间视为均匀同质的纯一整体,是由他的思维方式(先验的认识论)所决定的,他将科学的方法用于哲学推导,把时间看成像空间一样可以量化的参照系,反而达不到对时间本质与实在的真正认识。因此柏格森提出了"绵延"概念,认为生命和意识都是流动的,也是绵延的,更可以是被我们直觉感受到的。绵延是一种不断更新的创造和变化,而时间的特质也在于绵延,总在流变、创新和不断整合中。换句话说,时间和生命以及意识的本质是在绵延和流动的意义上一致,而并不是在确定的、量化的和不变的意义上一致。真正的绵延由各个互相渗透的瞬间构成,把握时间的关键在于把握每一瞬间所体验到的感觉,而这种感觉又常常被我们本能地凝固化,以便使用语言来表达。柏格森举例说,我搬到一个地方居住,每天看到同样的房屋,总是使用同样的名称去称呼它们,而且会觉得它们的样子对我来说没有变化,但如果我在很久之后回忆自己在头几年得到的印象,会发现有很多值得注意又不可言状的变化:好像这些印象由于不断被我看见又不断在我心中产生印象,终于跟我的意识生活一脉相承,并像我自己一样活了,又像我自己一样衰老了。之所以我们会忽略这些变化,是因为感觉是被固化了的对象,尤其是用来表达感觉的语言(同样的名称)掩盖了实际的变化。

  柏格森的观点对当时的文学产生了极大的影响,或者说,文学里有理解绵延时间的最好场所:不被量化的、绵延的时间以及对绵延的直觉在现实中难以表达,或许只有通过同样无法被固化的文字才能被深刻诠释。曾经在索邦听过柏格森课的普鲁斯特一度想做哲学家,他的小说《追忆似水年华》里的时间从很大程度上说是延续拓展了柏格森的时间概念:如果时间的本质和意识一样是绵延,而绵延则由无数互相渗透的瞬间构成,那么在绵延的过程中将某些瞬间拉出,重构时间的样貌,也是对生命的重塑。叙述者"我"对过往的回忆是不自主的,甚至是直觉出来的,回忆中的时间也并非现实时间,他将自己放逐在时间的流逝中,但这流逝与其说是以钟表方式计数的流逝,不如说是一种心理时间的流逝、重回、反复和跳跃。小说中从一个场景到另一个场景的方式通常也不遵循因果关系,而是以感觉为连接。比如那段著名的关于不自主回忆的意识流式的描写:当带着玛德莲娜糕点的茶水碰到"我"的上颚,一种由味道、颜色、香气和非同寻常的触感所引发的奇异的感觉让"我"突然感到超凡脱俗,当年在贡布雷的岁月一点点浮现在眼前。因为当下品味到的感受,是一种超乎现实时间之外的东西,是"一个只有借助于现在和过去的那些相同处之一到达它能够生存的唯一界域、享有那些事物的精华后才显现的生命,也即在与时间无关的时候才显现的生命"①。而解绑现实时间的同时也解绑了被语言固化的感觉,必然性不再连接着因果,恰恰是偶然性触动了真实:"因为不管是模糊的回忆,诸如餐叉的碰击声或者马德莱娜点心的滋味,或者借助我力求探索其含义的那些外形,在我的头脑里组成一部绚丽复杂的天书的钟楼、野草之类的外形书写下的那条条真理,它们的首要特性都是我没有选择它们的自由,它们全部以本来面目呈现在我眼前。而我感到这大概就是它们确实性的戳记。我没有到那个大院里去寻找那两块绊过我脚的高低不平的铺路石板。然而,使我们不可避免地遭遇这种感觉的偶然方式恰恰检验着由它使之起死回生的过去和被它展开的一幅幅图像的真实性,因为我们感觉到它向光明上溯的努力,感觉到重新找到现实的欢乐。"②

文学与精神分析:超现实主义　　如果说柏格森对 20 世纪法国文学影响巨大,那么弗洛伊德甚至改变了法国文学的面貌。受未来主义、达达主义尤其是弗洛伊德精神分析的启发,超现实主义于 1924 年在巴黎发表《超现实主义宣言》并宣告成立,成为 20 世纪一个重要的文艺流派。它不仅影响了法国文学和艺术(尤其是绘画和电影),而且对欧洲其他国家(尤其是比利时)和美国都有深远影响。"超现实主义"一词来自诗人阿波利奈尔在 1917 年 3 月与曾参加达达主义和立体主义的作家保罗·德尔通信中所说:他起先想用"超自然主义",后来觉得用"超现实主义"会更好,因为"超现实主义"这个词从来没有在词典里出现过,而"超自然主义"已经被"那些哲学先生们"用过了。三个月后,阿波利奈尔的戏剧《蒂雷西亚的乳房》在巴黎上演,他在序言里又提出"超现实主义",目的是不让别人将这出戏与象征主义建立起关系,虽然剧中借用了象征主义的各种手法。这出戏上演时,一战正酣,戏里的荒诞情节如泰雷兹变性投身政治和她丈夫无性繁殖众多后代都是对当时的战争以及由于战争引起人口危机的辛辣讽刺。同年 5 月,另一位剧作家让·柯克多极具先锋实验性的芭蕾剧《游行》也在巴黎上演,为此剧写节目单说明的阿波利奈尔使用了"超-现实主义的"(sur-réaliste)形容词。

超现实主义运动的创始人,当时还是年轻学生的安德烈·布勒东被阿波利奈尔的作品深深吸引,早在 1915 年他已经向阿波利奈尔毛遂自荐诗作,之后更是常常去其寓所拜访。为了纪念阿波利奈尔,1924 年布勒东和他的同伴用"超现实主义"一词为自己的文学运动命名,但同时他也指出阿波利奈尔并未为超现实主义概念提供理论框架。布勒东在第一次《超现实主义宣言》里模仿百科全书的方式将超现实主义归在哲学条目下,并下了定义:"超现实主义,阳性名词。纯粹的精神无意

---

①　普鲁斯特:《追忆似水年华(7)·重现的时光》,徐和瑾等译,译林出版社,2012 年版,第 175 页。
②　普鲁斯特:《追忆似水年华(7)·重现的时光》,徐和瑾等译,译林出版社,2012 年版,第 182—183 页。文中的"马德莱娜"又译为"玛德莲娜"。

识活动。通过这种活动，人们以口头或书面形式，或以其他方式来表达思想的真正作用。在排除所有审美或道德成见之后，人们在不受理性控制时，则受思想的支配。"①如果说阿波利奈尔的《蒂雷西亚的乳房》还只是一部用荒诞来嘲讽现实和理性的闹剧，在布勒东的宣言里，超现实主义已有了明确的理论基础，即以无意识精神活动作为支点来对抗并翻转理性："超现实主义建立在相信忽略了现实中某些关联形式的超级现实、梦的无所不能和无意义的思想游戏基础上。"②很明显，这一理论烙刻着弗洛伊德精神分析学的深深印记。事实上，布勒东和同是超现实主义创始人的路易·阿拉贡都曾是医学院学生，都是法国最早接触到弗洛伊德精神分析的一批人。弗洛伊德理论尤其是对梦的解析让超现实主义者们看到了将想象和经验放出被理性和逻辑所囚禁的笼子的可能。

因此，超现实主义所要倚仗的比现实更真实更自由的"超级现实"指的是人的本能、梦幻、下意识甚至是神经错乱的状态：他们认为这些才是文艺创作的源泉。具体到写作中，就是布勒东和菲利普·苏波最初进行的自动写作的实验，即驱逐理性和逻辑的介入，放松身体和放空大脑，在最接近梦境的状态下写出连作者自己也无意去追究意义，但有连续性的文字。这被称为"自动写作法"，后来成为超现实主义文学的重要创作方法。布勒东和菲利普·苏波合作的《磁场》可视为"自动写作法"作品的代表。

此外，超现实主义者对疯狂和通灵也很感兴趣。布勒东在1926年出版的自传体作品《娜嘉》中描述了"我"与一位有通灵倾向女子的交往，这位从俄语中为自己取名娜嘉的年轻女子生活极为拮据，却有着各种奇思妙想，行事超出一般思维，她在很多意想不到的事上启发了叙述者"我"。他们偶然在巴黎街头相遇相识相知，又偶然中断联系。后来娜嘉被送入疯人院，"我"知道后非常愤怒："在疯狂与非疯狂之间缺乏边界，所以，我对来自疯狂或者非疯狂的感觉或者想法并不作价值上的区分……至少幸亏它们，我才能够对我自己，对从最遥远地方来与我本人相遇的那个我，喊出那声总是那么悲怆的：'是谁，站住！'是谁？是您吗，娜嘉？"③娜嘉对"我"来说已经不只是启发"我"用非理性来创作从而逃离理性与逻辑的灵感缪斯，而是像"雷电一样闪耀，并致命地击下"，是对"我"生命本质的击打，让存在自身在"我"面前猛然显现。而另一位早期超现实主义的成员安托南·阿尔托本身就患有精神分裂症，他所有的作品，无论是剧本、诗歌、评论还是理论，都有一种内在的颠覆性，然而这种痉挛与癫狂却让他成为法国20世纪戏剧最重要的实践者和理论开

---

① 安德烈·布勒东：《超现实主义宣言》，袁俊生译，重庆大学出版社，2010年版，第32页。
② 直接译自法文原版，中文版可参照安德烈·布勒东：《超现实主义宣言》，袁俊生译，重庆大学出版社，2010年版，第32页。
③ 安德烈·布勒东：《娜嘉》，董强译，上海人民出版社，2009年版，第154页。

拓者之一,也深刻影响了让·热内和荒诞派戏剧。

超现实主义也是一个非常政治化的运动,他们的口号之一就是要通过艺术解放人类,而他们的运作也是如此:从成立之初就有自己的宣言和刊物,并在巴黎设有超现实主义研究的中央办公室。后来发起人之一阿拉贡与苏共关系密切,并因为同意将政治置于文学之上而与其他成员比如布勒东决裂。

承前启后的存在主义 如果说超现实主义的运作趋于政治化,创作趋于非理性和自动写作,那么之后的存在主义不仅深化了这两点,即介入文学和无意识,还让文学与哲学前所未有地紧密联系在一起。如果说超现实主义还在热烈拥抱非理性,那么存在主义所要表达的已经是人自我驱逐后对自身所处荒谬境地的思考了。正如加缪在《西西弗的神话》里所说:"一个哪怕可以用极不像样的理由解释的世界也是人们感到熟悉的世界。然而,一旦世界失去幻想与光明,人就会觉得自己是陌路人。他就成为无所依托的流放者,因为他被剥夺了对失去家乡的记忆,而且丧失了对未来世界的希望。这种人与他的生活之间的分离,演员与舞台之间的分离,真正构成荒谬感。"①

法国的存在主义文学源头承自尼采、克尔凯克尔、胡塞尔和海德格尔等人的哲学。萨特在20世纪30年代末40年代初将存在主义哲学和现象学一起引入法国,并于1943年出版他最著名的哲学作品《存在与虚无》,引发了持续20多年的法国存在主义哲学和文学的热潮。这期间的重要作品有萨特的小说《恶心》(1938),《墙》(1939),戏剧《苍蝇》(1943)和《禁闭》(1944),波伏瓦的小说《女宾》(1943)、理论《第二性》(1949)和《为了一种模糊的道德》(1947),加缪出版于1942年的小说《局外人》和文论《西西弗的神话》。

虽然萨特身边聚集了很多同道,也拥有自己创办的刊物《现代》,但与超现实主义不同的是,存在主义不是一个有纲领有组织的流派,更没有明确的"指导思想"。萨特和加缪对存在本质的解释就不尽相同。萨特的思考围绕着存在、自由和选择展开。他说"存在先于本质",所以无法用某种既定的人性来解释人的行为;而他说人是自由的,是因为人被抛入世界,被判定为自由。在这个意义上说,存在和自由一样,并不是天赐礼物,而是人无可选择和必须面对的责任与重负。如果说存在是使虚无成为可能的存在,那么自由是指人有选择的自由,或者说,人必须有所选择,即便不选择,实际上还是"选择了不选择"。

人做出选择,却无法决定结果,然而人又必须为自己的选择行为负责。萨特小说《墙》的叙述者"我"(主人公伊比埃塔),是抗击德军的抵抗运动成员,在行刑前夜和两个同伴被关在同一间狱房,他几乎全程以旁观者视角和漠然的态度观察死亡

---

① 加缪:《西西弗的神话》,杜小真译,生活·读书·新知三联书店,1987年版,第6页。

的恐惧如何折磨两个同伴,虽然自己也将和他们有同样的命运。天亮后,两个同伴遭到枪决,他却被带到审讯室要求供出战友格里斯以保命。伊比埃塔无意求生也无意求死,随口说出公墓想戏弄德军,没想到格里斯选择的新藏身之所正是公墓,伊比埃塔的无心选择让自己活了下来,格里斯的精心选择让自己丧了命。从这个角度看,荒谬似乎是存在的本质。

萨特还认为,当人遇到他者,他的自由就会受限,因为主体在他者目光的注视下被客体化了。确切说,人与他者是互相客体化的。萨特尤其喜欢在作品中将人物置于极端情境来思考哲学概念。他的戏剧《禁闭》里,三个已经去世的人在没有镜子也没有窗户的地狱里互相纠缠:女同性恋者伊奈斯喜欢艾斯泰勒,而色情狂艾斯泰勒因为想勾引加尔森而拒绝伊奈斯,而一心想扮演英雄以掩盖自己因为临阵脱逃而被处决的懦夫加尔森厌恶艾斯泰勒,却又无法让伊奈斯做他的盟友,因为他被后者所憎恶。这三人各自追逐所欲而不得,各自的欲望投射在他人身上又让他们彼此折磨以致无法忍受,最终喊出了那句名言:"他人即地狱。"

而加缪《局外人》中的主人公默尔索是另一种反英雄式人物,也是另一种对存在荒谬性的观察与表达。默尔索对什么都无所谓(包括对母亲的死亡、爱情、工作等),也从没有主动做选择,恰恰是一次下意识的行动(因阳光晃眼开枪)造成了他人的死亡也判决了自己的死亡。对加缪来说,荒谬不存在于人之中,也不存在于世界之中,而是存在于二者共同的表现之中。人与世界的关系无论透过古典主义、浪漫主义还是现实主义视角来看,都是可解释的:无论是理性的、夸张的还是再现真实的;而局外人默尔索和他身边世界的脱节没有原因,也不期待某个结果,只是以一种极其清醒理智的态度审视自己所处的荒谬之境。因此死亡对他来说反而是一种解脱,早已不期待明天,不存在幻想,也不想逃避。默尔索在狱中唯一一次愤怒是神父来劝他皈依宗教,以期死后得救。神父以为自己手握十字,就有了确定的把握,"然而,他的任何确信无疑,都抵不上一根女人的头发。他甚至连活着不活着都没有把握,因为他活着就如同死了一样。而我,我好像是两手空空。但是我对我自己有把握,对一切都有把握,比他有把握,对我的生命和那即将到来的死亡有把握。是的,我只有这么一点儿把握。但是至少,我抓住了这个真理,正如这个真理抓住了我一样。我从前有理,我现在还有理,我永远有理"。①萨特注意到这部小说不仅在内容和结构上,而且小说的语言本身就是一种对荒诞的表达:"每一个句子只为自身而存在,把其余句子都抛入虚无之中;于是除了极少几处作者背离他的原则去制造诗意,每一个句子都在逃离其他句子的底色。对话也被纳入叙述……以致人物说出的话好像是与其他事件相似的事件,在一瞬间闪耀随即消失,如一股热风,

---

① 加缪:《局外人》,柳鸣九译,上海译文出版社,2015年版,第125—126页。

一个声音,一股气味。所以,当人们开始阅读这本书时,人们面对的似乎不是一部小说,而是一个单调的旋律,一首阿拉伯人用浓重鼻音唱出的歌曲。"①

第二节 纪德和莫里亚克

安德烈·纪德和弗朗索瓦·莫里亚克是20世纪上半叶法国文学中绕不开的两位大师,双双获诺贝尔文学奖,获奖原因都包含对人类生活敏锐的洞察力。莫里亚克年轻时就读过纪德的小说,并深受影响。两人截然相反,在某种层面上又惊人相似:都对灵与肉的冲突进行了最诚实的观察和最真诚的反思,着意于发掘人心中的恶意,触及灵魂深处,作品都以心理描写见长。两人都具有现代性:纪德革新了传统小说手法,而莫里亚克在某种程度上成了存在主义作家的前驱。然而,纪德是一位自我中心主义者,追求快乐、自由和变化,热衷于自我书写,莫里亚克更关注社会现实;纪德批判宗教对人的束缚和对精神的戕害,而莫里亚克是虔诚的天主教徒,作品中呈现明显的基督教善恶二元之分。

安德烈·纪德(1869—1951)是20世纪法国重要作家,其创作活跃而独特,思想复杂又多变,饱受争议。1869年11月22日,纪德生于巴黎,父亲是法学教授,母亲出身于鲁昂的名门望族。作为家中独子,加上身体羸弱,他从小体验孤独,家庭浓厚的宗教氛围对他内向而矛盾性格的形成也有较大影响。11岁那年,宽容随和的父亲去世,崇尚道德的母亲对他严加管束,反而激发了他的逆反心理。一方面,他反抗母亲,要求保持自己的天性;另一方面,从小接受的资产阶级和新教教育根深蒂固。要想自由地发展天性,让"种子不死"并且发芽成长,就必须摆脱裹住自己的层层外壳,冲破束缚。在阿尔萨斯小学就读期间,纪德因"不良习惯"被开除。在亨利四世中学,他接触到叔本华、巴尔扎克、福楼拜和左拉的作品。富裕的家境使他从青年时代起就可以全身心投入文学创作,很早便崭露头角。20岁出头,纪德结识了象征主义大师马拉美和保尔·瓦莱里等诗人,并受他们影响,发表了阐述象征主义文学理论的专论《论纳喀索斯》(1892)、诗集《安德烈·瓦尔特诗抄》(1892)和幻想小说《乌连之旅》(1893)。

纪德15岁爱上表姐玛德莱娜。1891年自费出版的处女作《安德烈·瓦尔特手记》表达了对表姐的爱慕之情,但其时写作技法尚未成熟。同年,他在巴黎的文化沙龙中结识了英国唯美主义作家奥斯卡·王尔德,被其深深吸引。言行不羁、蔑视传统道德的王尔德带给他很多转变。1893年10月,纪德第一次到北非旅行,沉

---

① 萨特:《境遇种种·第一卷》(法文),伽利玛出版社,1947年版,第8页。

浸在热爱的大自然中,身心发生变化,沾染了同性恋癖好。1895年,母亲病逝,对纪德而言,既是痛苦又是解放,他开始抛弃传统道德,追求崭新的独立与自由。不久,与青梅竹马的表姐结婚。蜜月旅行中,写成《帕吕德》,暗讽19世纪末象征派沙龙和文学界百态。故事中的人物作家于贝尔正在写一部题为《帕吕德》的小说,讲述"一个单身汉住在沼泽地中间塔楼上的故事"。故事中心主动空缺情节,打破传统线性叙事,代之以自我反射和重复的环形效果。故事结尾,叙述者于贝尔又开始新作《波尔德》。这部"反小说"开启了纪德所谓的"傻剧",打开了传统小说所不允许的自由和喜剧空间,逃脱了决定论和无法改变的因果关系,被法国新小说派奉为现代派文学的开山之作。

1897年,散文诗《人间食粮》问世。在1927年版序言中,纪德写道:"我写这本书的时候,正值文坛矫揉造作之风盛行,气氛沉闷不堪之际,因而觉得文学亟须重新接触大地,赤足扎实地踏在地面上。"①该书以一位叫纳塔纳埃尔的年轻人诉说的形式展开,赞美鲜花、果实、欲望、热情和爱,洋溢着原始冲动。作者鼓励这位青年开放自己的感官,去接触大地、追寻欢乐、离经叛道。最后又嘱咐他:"抛掉这本书吧,须知生活有千姿百态,这只是其中的一种,去寻求你自己独特的生活方式吧。"②这部作品承袭了16世纪人文主义传统,讴歌自由的生命状态和理想的人,其昂扬饱满的激情受到青少年读者的狂热追捧,被誉为"不安的一代人的《圣经》",蒙泰朗和加缪也受其影响。1935年,又抛出《新食粮》:"朋友,你再也不肯从这传统的、由人提纯过滤的奶水中吸取营养了。你已经长出牙齿,能咬食并咀嚼了,就应当到现实生活中去寻求食粮。你勇敢点儿,赤条条地挺立起来,冲破外壳,推开你的保护者;你只需自身汁液的冲腾和阳光的召唤,就能挺直地生长。"③这些令人战栗的语句至今振聋发聩。

在与妻子的关系上,纪德更注重精神层面的交流,而无肉体之实。1916年妻子发现他的同性恋癖好,痛苦万分。1902年出版的《背德者》有相当的自传色彩。作品以第一人称展开叙述,主人公米歇尔出身清教徒家庭,从小受到新教戒律和家庭的禁锢,遵奉父命娶了玛丝琳为妻,但对她并无感情。米歇尔在北非蜜月旅行中染上结核病,奄奄一息。妻子无微不至的照顾也无济于事,使之痊愈的是生生不息的大自然和"活下去!我要活下去"的生之本能。"被死神的羽翼拂过的"米歇尔获得了新生,开始尽情享受绝对自由和放纵,渐渐成了"背德者"。后来妻子患病,他带她重返非洲,在妻子重病期间,置她于不顾,接近阿拉伯少年以满足自己的癖好。最终妻子客死异乡,米歇尔摆脱了爱情和真诚的羁绊,转而落入自身欲望的陷

---

① 安德烈·纪德:《1927年版序言》,见《人间食粮》,李玉民译,江西教育出版社,2016年版,第5页。
② 安德烈·纪德:《人间食粮》,李玉民译,江西教育出版社,2016年版,第133页。
③ 安德烈·纪德:《新食粮》,见《人间食粮》,李玉民译,江西教育出版社,2016年版,第192页。

阱,直到呼唤朋友来解救他。纪德借主人公之口宣扬强者取代弱者的思想:"强者自有强烈的快乐,而弱者适于文弱的快乐,容易受强烈快乐的伤害。"①

1907年出版《浪子归来》,篇幅虽短,寓意深刻。作品讲述浪子回到父母身边,但并没有痛改前非,反而帮助小弟离家出走。加缪将其改编为剧本,搬上舞台。

1908年,纪德和雅克·科波等几位朋友一起创建了《新法兰西评论》杂志。1909年2月发行了创刊号。该杂志在20世纪法国文学史上占据重要位置。1911年创建自己的出版社,即后来发展成法国第一大出版社的伽利玛出版社。1912年,纪德拒绝了普鲁斯特《追忆似水年华》的手稿,与巨著擦肩而过。但很快发现自己的失误,并尽力弥补。

1909年出版的《窄门》讲述了一个年轻女子因为虔诚的信仰而放弃尘世爱情的故事。主人公杰罗姆与表姐阿莉莎相爱,但后者坚信天国的窄门只能一人通过,不容二人并行。因而千方百计斩断情丝,最终在自我矛盾的痛苦中香消玉殒。这是纪德第一部世俗意义上的成功之作,得到评论家和读者的喜爱。阿莉莎的形象与"背德者"米歇尔截然相反,反映了作者矛盾的内心。

1919年的日记体小说《田园交响曲》是纪德与一名少年旅居英国时写成的,内容与这一时期作者的日记有相似之处。故事的叙述者是一名新教牧师,收养了盲眼孤女热特律德,并对其萌生了爱情。儿子雅克也爱上了女孩,但受到父亲的阻挠。女孩经过手术恢复了视力,发现自己爱的不是牧师而是雅克,应当皈依的是天主教而非新教,还给牧师的妻子带来了痛苦,于是在绝望中投水自尽。牧师在道德和欲望之间徘徊,试图调和上帝之爱与尘世之爱,终究酿成悲剧。这个艺术形象折射出作者本人的复杂心理:"我的爱,在世人眼里无论显得多么有罪,请告诉我哟,在您看来是神圣的。"②

如果说《人间食粮》是作家追求快乐的宣言,《背德者》《窄门》和《田园交响曲》三部曲则是作家追求快乐的旅程,充满了矛盾和挣扎。

纪德称为"傻剧"的《梵蒂冈的地窖》(1914)是一部讽刺之作,以虚构的形式实践了"无动机行为"理论。情节相当繁复,核心是一桩毫无犯罪动机的谋杀案。一伙骗子谎称教皇被囚禁在梵蒂冈地窖里,以营救为名诈骗钱财,阿梅代前往罗马调查,拉夫卡迪奥毫无理由地把他从火车上推了下去。令人不解的是,这位杀人犯甘冒生命危险从火灾中救出了两个孩子,也同样没有任何动机。纯粹的无动机行为是对现实伦理的蔑视。无动机谋杀引发了一系列事件,遵循的却是开放的、不受拘束的因果关系,作者的讽刺正在于此。

纪德的创作是多方位的,他不断蜕变,从不重复自己或他人的思想。《伪币制

---

① 安德烈·纪德:《背德者》,李玉民译,江西教育出版社,2016年版,第96页。
② 安德烈·纪德:《田园交响曲》,见《背德者》,李玉民译,江西教育出版社,2016年版,第267页。

造者》(1925)突破传统小说技法,采取了多线条多视角叙事、多层次空间、"纹心"结构,不啻为一场小说创作的革命,并因此跻身"反小说"行列。这部小说情节复杂,人物众多,每条线索构成一幅法国社会图景:中学生裴奈尔发现自己是私生子,离家出走,经过生活的磨砺认识了自我,最终回归家庭;法官普罗费当第经办一桩贩卖伪币案,涉案的是一群出身中上层家庭的青少年;浮台尔一家艰辛困顿地勉强开办寄宿学校;作家爱德华爱上了外甥俄理维,却聘用他的朋友裴奈尔当秘书,造成误会;投机文人巴萨房以办刊物为名,诱骗青少年,俄理维受骗,误会消除后重回爱德华身边;萝拉在感情上遭到爱德华拒绝,嫁给了她不爱的杜维哀,后失身于文桑,怀孕后惨遭抛弃,与裴奈尔有了一场精神恋爱,最后获丈夫谅解,违心地回到丈夫身边;格里菲斯夫人是海难幸存者,生活放荡,引诱了文桑;拉贝鲁斯老人晚年潦倒,希望昔日的学生爱德华帮他寻找远在异国的孙子小波利;斯托洛维鲁为首的一伙伪币制造者利用寄宿学校学生使用假币,被警方追查,不得已收手,后成立"壮士同盟会",借吸收小波利之名捉弄他,导致他开枪自尽。

纪德将纷繁复杂的线索和人物糅合得不着痕迹,显示出高超的叙事技巧。各条线索的连接者爱德华在写一本名为《伪币制造者》的小说,而占全书近三分之一的日记所记录的都是为小说搜集的素材。这就是纪德所谓的"纹心",如同在一个纹章中再镌刻一个同样图案的微型纹章,一直刻下去,就成了"纯小说"。作家借爱德华之口表达他理想中的小说创作:"不离开现实,同时可又不是现实;是特殊的,同时却又是普遍的;很近人情,实际却是虚拟的。"①作家标榜的"纯小说"要"取消小说中一切不专属于小说的原素"。描写、引用的对话、外部事件都不在小说家掌控范围内,相反,日记、书信与小说艺术同质。在纪德看来,作家自己的内心冲突或者与读者的讨论(指引阅读方向和对人物的看法)才是小说的根本所在。但爱德华的日记清楚地表明作家本人也陷入僵局。内心独白的艺术形式在作家的笔下仍然是自我中心主义的表现。

《伪币制造者》的书名极具象征意味:不仅实指小说中贩卖伪币的犯罪团伙,还扩展至虚伪专横的资产阶级新教家庭和"人人欺蒙的社会"。寄宿学校的创始人雅善斯老人和女婿浮台尔牧师是新教家庭的代表人物,"灵魂深陷在虔信中,逐渐失去了对现实的意义、趣味、需要和爱好"②,他们自认为信仰坚定、德行高尚,终生向他人灌输信仰和德行,逼得别人在他们面前演戏;法院院长莫里尼哀表面上是个完美丈夫,却多年来与一名舞女关系暧昧,甚至"把自己失检的责任归罪于他太太的

---

① 安德烈·纪德:《伪币制造者》,盛澄华译,江西教育出版社,2016年版,第154页。
② 安德烈·纪德:《伪币制造者》,盛澄华译,江西教育出版社,2016年版,第86页。

德行"①;萝拉红杏出墙,珠胎暗结,却让家人误以为是"上帝对他们夫妇的恩赐"②;莫里尼哀的儿子乔治参与贩卖假币,却让人相信他参加的是一个光荣组织;文学也变成了"伪币"制造厂,以巴萨房为代表的卑鄙文人剽窃他人思想,趋炎附势,使词语变成"伪币"。小说中各色人物或多或少都在使用"伪币"。纪德认为家庭阻挠个人自由,使人变得虚伪,因而"前途是属于私生子的……只有私生子是自然的产物"③。作为私生子的裴奈尔本能地反抗家庭和社会,以真诚对抗虚伪。他向萝拉坦诚道:"我愿在自己的一生中遇到任何打击,都不失纯洁、诚实、可信。几乎所有我知道的人都是假的。"④然而,以裴奈尔为代表的青年人的挣扎和反抗终究是徒劳。虚伪如同瘟疫般蔓延,家庭、学校、社会、宗教、道德、艺术,一一沦陷,资本主义理性和社会价值贬值为"伪币",折射出纪德对西方价值观的深刻反思。

　　1924年出版的《柯里东》采用纯文学的对话形式阐述他的同性恋理论,激起强烈反响。残酷的第一次世界大战震动了纪德的内心,他寻求信仰,最终决定抛开内疚,成为真正的自我,彻底清算过去。因此写了自传《如果种子不死》(1926),时间跨度从童年到26岁结婚时。书名出自《新约全书·约翰福音》,耶稣说:"我实实在在地告诉你们:一粒麦子落在地里如若不死,仍旧是一粒;若是死了,就会结出许多籽粒来。"这句话还被陀思妥耶夫斯基引作《卡拉马佐夫兄弟》的卷首题词。回忆录以第一人称记叙如何发现自己的同性恋癖,这在法国文学史上前无古人,并且作为视文学为最高价值的纯粹的人,叙述了他成为作家的使命和学习过程。这部露骨的作品招致多方批评,纪德的所有朋友都不同程度地反对他的极度真诚。

　　二三十年代,纪德逐渐从追求个人自由和快乐过渡到关心社会政治问题。1925年,他去刚果和乍得旅行,回国后猛烈抨击殖民制度和大公司对当地土著的残酷剥削,发表了《刚果之行》(1927)和《乍得归来》(1928),还被政府请去参加殖民部的会议,讨论殖民地问题。纪德的这些行为带有浓厚的左派色彩,引起了左派的注意。但他本人并非想借此表达政治立场,只是听从自己的内心,因为接触到的现实与自己的正义观念发生冲突,才振臂高呼。1932年他开始关心苏联政治和社会进步,同情和接近共产主义。1936年6月,应苏联作协盛情邀请,由五位左翼作家陪同访问苏联,历时两个多月,却打破了原先对苏联的好感。归国不久发表《访苏归来》(1936),引发了左翼的强烈谴责。纪德作为一个真诚的艺术家、知识分子,坚持讲真话:"谎言,哪怕是默认的谎言,看上去倒可能显得很合时宜。坚持谎言也同样如此;但是,这正中敌人的下怀。而真话,讲出来再怎么令人痛心,刺伤也只能是

---

① 安德烈·纪德:《伪币制造者》,盛澄华译,江西教育出版社,2016年版,第194页。
② 安德烈·纪德:《伪币制造者》,盛澄华译,江西教育出版社,2016年版,第201页。
③ 安德烈·纪德:《伪币制造者》,盛澄华译,江西教育出版社,2016年版,第92页。
④ 安德烈·纪德:《伪币制造者》,盛澄华译,江西教育出版社,2016年版,第167页。

为了治病。"①他认为,有比他自己,比苏联更重要的事情:"这就是人类,这就是人类的命运、人类的文化。"②

《忒修斯》(1946)是作家一生的自我总结,遗嘱式的作品:"在我之后,人类多亏了我,将承认自己更幸福,更善良,也更自由。我所做的事业,是为了未来人类的幸福。我不枉此生。"1947年,纪德"以对真理的大无畏的热爱,以敏锐的心理洞察力表现人类的种种问题与处境"获诺贝尔文学奖。晚年的纪德很遗憾地看到人们总是从道德角度而非艺术角度看待他的作品。1951年,纪德病逝于巴黎,享年82岁。

弗朗索瓦·莫里亚克(1885—1970)是20世纪法国杰出的社会小说家和心理小说家。他超越了传统的心理分析,用诗一般的语言揭示"人物心灵中最隐秘的底蕴",形成了独特的风格。

1885年10月11日,莫里亚克出生在波尔多大庄园主兼商人家庭,不到两岁时父亲便去世了,他由笃信天主教的母亲抚养长大。受肃穆的宗教气氛熏陶,他一生都是虔诚的天主教徒。中学时如饥似渴地阅读,尤其喜爱拉辛的悲剧,波德莱尔、马拉美、魏尔伦的诗也给他留下了深刻印象,还深受纪德的作品,如《背德者》和《人间食粮》的影响。和纪德一样,殷实的家境使他无须为生计奔波,完全投身文学创作。1906年,这个外省青年来到巴黎求学,常出入文学沙龙。1909年,自费出版了第一本诗集《双手合十》,获著名作家、评论家莫里·巴莱斯的赞许,更坚定了他走文学道路的决心。1913年,出版第一部小说《身戴镣铐的孩子》。第一次世界大战爆发,莫里亚克因身体羸弱,免服兵役,但他还是积极参与救护工作,直至染上疟疾。战争和战后的残酷现实给他的内心造成很大冲击,也激发了他的创作欲望。

莫里亚克的小说大多以他的家乡波尔多为背景,反映外省资产阶级家庭悲剧。1922年因出版《给麻风病人的吻》,声名鹊起。故事写的是年轻貌美的穷姑娘诺埃米被迫嫁给有生理缺陷的富人佩罗埃尔,婚后,双方都极为痛苦。丈夫发现妻子与他亲热时的态度就像"给麻风病人的吻"。于是,佩罗埃尔故意染上绝症,好让妻子重获自由。守寡后的诺埃米却出于宗教信仰拒绝了意中人的求婚。小说以细腻的心理分析和诗意的语言赢得普遍赞誉。

1925年莫里亚克出版《爱的荒漠》,获法兰西学院小说大奖。小说讲述了在巴黎一间酒吧,雷蒙与玛利娅不期而遇,回忆起在波尔多度过的青春岁月。当年雷蒙与父亲库雷热医生同时爱上了寡妇玛利娅,并发生冲突。最终玛利娅给有钱人当了情妇。库雷热医生与妻子貌合神离,与子女相处也有隔膜,处于"爱的

---

① 安德烈·纪德:《访苏归来》,李玉民译,东方出版社,2015年版,第8页。
② 安德烈·纪德:《访苏归来》,李玉民译,东方出版社,2015年版,第5页。

荒漠"之中。

　　1927年他发表的《苔蕾丝·德斯盖鲁》取材于真实事件,讲述的是年轻女子苔蕾丝被控下毒谋杀亲夫,当议员的父亲为了不耽误自己的仕途奔走斡旋,丈夫贝尔纳为家族声誉,一起合谋做假证,最终法院判处此案"不予起诉"。苔蕾丝原是个聪明迷人、富有想象力的女子,一桩所谓门当户对的婚姻让她"像梦游症患者一样走进了牢笼"。丈夫沉溺肉欲,自私庸俗,让她感到窒息。终于,一次意外事件让她迈出了罪恶的一步:松林发生大火,贝尔纳惊恐万分,心脏不适,一边听人汇报情况,一边服药,慌乱中喝了双倍的剂量。苔蕾丝看在眼里,却选择了沉默,之后更伺机在丈夫的水杯里下药,并篡改药方。虽然她逃脱了法律的惩罚,但却被丈夫软禁,身心俱废,自杀未遂,日益憔悴。最后,丈夫怕她死在家里,不得不让她去巴黎独自隐居,过着生不如死的日子。莫里亚克深入挖掘人物的内心,剖析人物的灵魂,从天主教伦理道德出发,表现了善与恶、灵与肉的冲突。作者同情苔蕾丝,因为他深刻地了解外省资产阶级家庭封闭沉闷的气氛。他想竭力描绘的是"受厄运压迫最深重的人所迸发出来的力量,对压得他们喘不过气来的法则表示否定的力量"。再者,他从天主教信仰出发,认为只要真心忏悔,就应当得到宽恕,而苔蕾丝没有被宽恕。这部小说继承了法国文学传统的艺术美,从中可以看到拉辛的《费德尔》、福楼拜的《包法利夫人》、波德莱尔的《恶之花》的影响。莫里亚克和拉辛一样文风简洁优美;和福楼拜一样从真实案件中取材,描绘外省资产阶级风俗,语言精雕细琢;受波德莱尔影响,善于从恶中发掘美。

　　1933年,莫里亚克又创作了两个短篇小说《苔蕾丝在诊所》和《苔蕾丝在旅馆》,1935年又发表长篇小说《黑夜的终止》,续完了这个不幸女人的故事。这几部作品中的主人公是同一个人,情节既有联系又各自独立,构成了"苔蕾丝系列"。

　　莫里亚克一直探索小说的本质和创作手法,发表了《论小说》(1928)和《小说家及其人物》(1933),提出"创造物的自由和创造者的自由"。他认为小说家是"上帝拙劣的模仿者",不能决定人物的命运。他和纪德一样,充当作品展开过程的旁观者,对作品中的一些内容显示出惊讶。他巧妙地运用第一人称"我",时而以内部视角叙事,时而转入外部视角,以此探索小说的各种可能性。但正是在这一点上,遭到新生代作家萨特的猛烈批评。1939年2月,萨特在《新法兰西评论》上发表《弗朗索瓦·莫里亚克先生及自由》一文,批评他采用上帝全知全能的视角,指责他将苔蕾丝转化成了物,宣称:"《黑夜的终止》并不是一本小说,充其量只是一些符号和意向的总和。莫里亚克先生不是一位小说家。"[①]当然,这只是因为文学开始出现根本性的变化,小说的概念也随之改变。作为新小说派产生之前法国文学史上"最

[①] 萨特:《弗朗索瓦·莫里亚克先生及自由》,冯汉津译,见《文艺理论译丛(2)》,中国文联出版公司,1984年版,第318页。

后一朵传统文学之花",莫里亚克面临挑战。面对当时籍籍无名的萨特,尽管自尊心受到很大伤害,但他表现出高尚的人格,认真思考并在一定程度上接受了年轻人的批评。

1932年出版的《蛇结》是莫里亚克的代表作,也是他本人最满意的作品。小说以主人公忏悔的形式开场,起初像一封书信,渐渐扩展为日记,然后是以第一人称叙述的小说,结合了各种场景、对话,直到书的结尾,主人公去世,才转入他人的视角。然而,主人公已经如此清晰地剖析了自身的悭吝、自负和冷酷,使得所有外部的目光显得多余。小说背景仍是波尔多一带,描写的是主人公路易及其子女围绕财产继承问题展开的搏斗。路易是个老守财奴,虽然事业有成,却从未享受过人间的温情,生活在自己营造的"蛇窟"里。妻子对他没什么感情,子女都在等着争夺遗产。他自知死期将至,给妻子儿女写了一封旨在报复的信。信中把妻儿当成敌人,把自己的心喻为"蛇结"。他计划剥夺儿女的继承权,把财产留给从未谋面的私生子。最终,妻子中风,猝然去世,他打消了复仇的欲望,并开始忏悔一生的过错。"蛇结"终于被斩断,他找到了"爱"。家庭,这个被纪德猛烈抨击的社会单元,却为主人公游荡的灵魂提供了休憩之所。

莫里亚克认为自己不是"天主教小说家",而是"写小说的天主教徒"。因为他的世界观并不完全是宗教的图式,他相信"永恒的人生",以及"信仰上帝就是信仰爱"。他笔下的人物也都在追寻"爱",无论成功还是失败。正如《蛇结》中的老人,临死前感到窒息:"心脏痛得好像就要裂开的那个东西,那就是爱,我终于知道了它动人的名……"[①]此外,莫里亚克并没有一味沉浸在天主教信仰里,而是积极介入社会政治。尤其二战期间,他毅然站在反法西斯的法国人民一边,支持戴高乐,参加抵抗运动。莫里亚克从40年代起发表的小说日渐稀少,更多地投身新闻事业,写了不少政论、杂文。与纪德相比,莫里亚克更关注社会,他的《备忘录》是对二战之后法国社会的忠实记录和思考。

从1909年的第一部诗集,到1969年具有自传色彩的小说《昔日一少年》,莫里亚克的创作生涯长达60多年,其间发表了26部小说、5部诗集、4部剧本,以及散文、评论、回忆录、书信、日记,共上百卷。1933年,莫里亚克当选为法兰西学院院士,成为"不朽者"。1952年,他因"深入刻画人类生活的戏剧时所展示的精神洞察力和艺术激情"获诺贝尔文学奖。1970年9月1日,莫里亚克病逝于巴黎。

---

① 弗朗索瓦·莫里亚克:《蛇结》,金志平、施康强译,上海文艺出版社,2013年版,第268页。

第三节　普鲁斯特

　　马塞尔·普鲁斯特(1871—1922)的父亲来自一个至少可追溯到16世纪的伊利耶小镇上的古老家族；他的母亲则来自阿尔萨斯的犹太人家庭，属于金融资产阶级。此外，普鲁斯特还是阿道夫·克莱米约的侄孙，后者在七月王朝、第二和第三共和国时期曾数次担任部长。因此，普鲁斯特有着既来自金融资产阶层又很布尔乔亚，既信仰天主教又信仰犹太教的家庭背景。

　　普鲁斯特从小体弱多病，中学时代对自己的同性恋倾向有所察觉。他在孔多塞中学学习时认识了著名作曲家乔治·比才的儿子雅克·比才，并成为好友。雅克的母亲将普鲁斯特带入了上流社会的社交场所——巴黎沙龙。因此他虽然只是出生于富裕的资产阶级家庭，却与当时的政要以及知识界的精英颇多往来。1889年，他遇到了阿纳托尔·法朗士和阿尔芒·德·卡亚维夫人，后者拥有自己的沙龙，是《追忆似水年华》里维尔迪兰夫人的原型。1891年他遇见了奥斯卡·王尔德。

　　服完兵役后，普鲁斯特注册了巴黎自由政治学堂的法律专业并在索邦大学旁听亨利·柏格森的课。1892年，当他在诺曼底的海滨城市特鲁维尔逗留时，写下了《暴力或贪恋名利》，后被收录于《欢乐与时日》中。当时他的哮喘已经日渐严重，但在病情缓和时还是能够享受丰富多彩的上流社会生活。也是在1892年，他在高中同学新创的杂志《宴会》上发表了多篇文章，并同时攻读文学学士。第二年，普鲁斯特在玛德莱娜·勒梅尔夫人的沙龙中认识了罗贝尔·德·孟德斯基乌伯爵，后者是当时最重要的上流社会人士之一，也是《追忆似水年华》中夏吕斯男爵的原型。普鲁斯特的父亲曾苦口婆心地劝他正经工作，可他却始终不愿选择一份职业。他生活轻浮浪荡，先是出入勒梅尔夫人的沙龙，很快又跻身玛蒂尔达公主和德·波利尼亚克公主举办的沙龙；在整个19世纪90年代，他从沙龙到音乐会，从巴黎的戏院到外省的城堡里流连，为他未来的小说收集着材料。

　　之后几年中，普鲁斯特在杂志上发表了一些文章，1896年出版了《欢乐与时日》，阿纳托尔·法朗士为这本书写了前言，勒梅尔夫人画了插图，他当时的情人和后来的忠实朋友雷纳尔多·哈恩为这部作品中提供了一些新乐章。这部作品的调子属于颓废派，风格极为精致，这就是早期的普鲁斯特，完全符合世纪末流行的美学风格：承自象征主义的颓废美学。颓废美学与第二帝国的倾覆、工业化及其导致的焦虑，以及对以往社会形态没落的感伤情感有关，以一种贵族式忧郁和从现实向艺术撤退的形式呈现，甚至以病态的方式助长艺术家的极度敏感。然而这时期的普鲁斯特只是个无足轻重的小作家,刊文寥寥,唯一出版的作品虽说文笔优雅,却绝非创新之作。

迫于父亲的压力,普鲁斯特在1895年获得文学学士学位后进入马萨林图书馆工作。但他一入职便请假,最终辞职。事实上他从未真正做过图书管理员的工作,一生中也从未从事过任何职业。一直到1899年,普鲁斯特都在写作他的第一本小说,就是最终并未完成、长达千页的《让·桑德伊》(1952年)。这是他小说计划的雏形。这期间,德雷福斯事件席卷和分裂了法国,这在《让·桑德伊》中就有明显的体现,而后来的《追忆似水年华》则更为全面复杂地呈现了这一事件对他的巨大影响。

处在世纪之交的普鲁斯特对艺术很有兴趣。1900年,他两次来到威尼斯旅行;1902年,他来到荷兰参观弗拉芒绘画中的杰作;除了建筑和绘画,他对音乐也颇有研究。正如《追忆似水年华》中所描述的那样,"梵提尔奏鸣曲"是最让他入迷的艺术形式。他当时对英国艺术史学家约翰·拉斯金(1819—1900)的作品很感兴趣:1904年,他翻译、作序并注解的拉斯金的《亚眠的圣经》面世。20世纪初的《费加罗报》留下了普鲁斯特在当时上流社会生活的踪迹:从父亲去世的1903年开始,他在该报上连载了一些"沙龙纪事",记录巴黎上流阶层和知识分子的生活。1905年,普鲁斯特的母亲病逝,他深受打击。这让他在很长一段时间里都卧床不起。1906年,他翻译的拉斯金的《芝麻与百合》出版。之后几年中,《费加罗报》刊登了他的多篇文章,后于1919年被收录于《戏仿与混合》,其中包括那篇著名的《驳圣伯夫》。在文中普鲁斯特批判了著名评论家圣伯夫所使用的文学分析法,即借助作者的生平来解释作品,但这样只呈现了一个表面的、社会的和文献中的"我",而不是深层的自我——这一自我只能在作品深处触及。正是在撰写这些文章的过程中,普鲁斯特构思了《追忆似水年华》的写作计划:个体的内在历史。因为全身心地投入到了这部小说的撰写中,普鲁斯特渐渐远离上流社会,将自己关在房间里。一直到他的生命终点,普鲁斯特都保持着长时间隐居和短暂外出的交替生活节奏;外出多是因为友人邀请或资料搜集,而隐居也并非是与外部世界痛绝,他仍然与外界保持着大量通信,有时甚至一天会写二十多封信。

1913年11月13日,普鲁斯特在格拉斯出版社自费出版了《追忆似水年华》的第一部《在斯万家那边》。出版后仅有几篇文章和访谈提到了这部作品,直到1914年初评论家亨利·盖翁在《新法兰西评论》上发表了一篇褒赞的文章,分析小说的独到之处。1914年普鲁斯特的秘书兼密友阿尔弗雷德·阿戈斯蒂内利的离世又深深打击到了他,这在小说中体现为阿尔贝蒂娜这一人物的出现:她是糅合了普鲁斯特的各位女性情人和男性情人的理想化身。1919年,龚古尔学院以六票对罗兰·多热莱斯的《木十字架》的四票,将文学奖颁给了普鲁斯特刚出版的《在少女们身旁》。1920年,当普鲁斯特获得了法国荣誉军团勋章,并出版了《在盖尔芒特家那边》的第一部分,次年又出版了第二卷和《索多姆和戈摩尔》的第一部分。1921年1月11日,普鲁斯特在国立网球场美术馆看荷兰画展览时突然感到不适:这启发了他对作家贝戈特之死的描写,关于这个人物另一部分的灵感来源于法郎士。《索多姆和戈摩尔》的第二部分出版于1922年,当年秋天,普鲁斯特的健康状况急剧下滑,最终于11月18日病逝,终年51岁。

《追忆似水年华》共七卷,是一部宏大的作品,在世界文化史中亦极为罕见。作品中诸多情节时而互相叠加,时而彼此穿插,生动塑造了两千五百多个人物。不同于巴尔扎克的《人间喜剧》和左拉的《卢贡-马卡尔家族》,《追忆似水年华》的独特性首先体现在小说仅着眼于无名叙述者"我"一人的命运;其次,以"我"的亲密关系为线索,以时间空间为脉络,聚焦了一代人的生活;再次,还具有极高的内在互文性。

第一卷《在斯万家那边》 失眠的叙述者"我"回想起他曾经睡过的不同卧室,"追忆"由此开始。第一部分《贡布雷》表现的是对法国旧贵族盖尔芒特家族的迷恋。通过对家族中的核心人物、仆人以及贡布雷地区周边的描写,众多人物形象慢慢浮现并丰满呈现。"我们"的日常散步划分了两个具有象征性的地理区域:天气晴朗时到盖尔芒特家这边散步,天气差的时候就去梅塞格利丝那边散步。梅塞格利丝这一区域还和一位重要人物,犹太资产阶级的斯万关系紧密:这一边的人关系亲密、充满肉欲而鲜少追寻意义。而与之对应的盖尔芒特一边则是天气晴好,人们过着上流社会的生活,机智灵巧又敏感。

第二部分《斯万之恋》是一部小说中的小说,用倒叙法讲述了夏尔·斯万的一生,详细描述了他在维尔迪兰家与奥黛特的邂逅。在与未来妻子奥黛特的恋爱中,斯万表现出强烈的爱情占有欲和嫉妒心。从整部作品的延续性来说,这里涉及了很多重要的主题,比如贫困与富裕、忠诚与背叛、爱与性等,为小说后续的深入打下基础。

第三部分《地名:那个姓氏》着重讲述了体弱多病因而行动不便的"我",将所有时间都用来幻想。他在脑海中规划自己的旅行,最终多亏了铁路指南的指引得以逃离闭塞的生活。第二卷《在少女们身旁》中的《地名:地方》与这一部分遥相呼应,都是在幻想和令人沮丧的现实的双重刺激下,诞生了梦幻般的新视角,但在回忆与艺术的巧妙结合中,幻想的破灭又重现。

第二卷《在少女们身旁》 "我"在第一部分《斯万夫人周围》中回忆了他的巴黎生活,以及他结识的人比如外交官诺布瓦、著名作家贝戈特、著名喜剧演员拉贝玛。他被引荐到斯万家,迷恋上了斯万的女儿吉尔贝特,获得了斯万夫妇的赏识。第二部分《地名:地方》中,"我"和外祖母一起,来到诺曼底沿岸一个名为巴尔贝克的海滨浴场度假。面对这个陌生的新环境,他既腼腆又想要快速认识别人。一个名叫圣卢的青年贵族和他成为好友,他是夏吕斯男爵和盖尔芒特公爵的外甥,喜欢阅读尼采和蒲鲁东的作品,正在为就读骑兵军校做准备。"我"还结识了斯万的音乐家朋友埃尔斯特尔以及一些年轻姑娘,其中就有他为之倾倒的阿尔贝蒂娜。

第三卷《盖尔芒特家那边》 这一卷篇幅繁多,分为两个部分。"我"和家人搬进了盖尔芒特家在巴黎的公寓里。一个名叫朱比安的织补匠也住在这里,女佣弗朗索瓦兹和他关系密切。"我"为了见拉贝玛,去剧院看她演拉辛的悲剧《费德尔》,在被她精彩表演所震撼的同时也被盖尔芒特公爵夫人那隐晦的微笑所吸引。他发现自己对公爵夫人非常钦慕和痴迷。从那以后,他想方设法窥探她并等候在她经常散步的地方制造邂逅。这种做法让公爵夫人非常恼火,虽然最后连"我"自己也感到厌倦,但是他无法控制这怪癖。

应好友圣卢的邀请,"我"到了东斯埃这个有大批军队驻扎的城市。但圣卢事务繁多,无暇照顾好友。叙述者看到圣卢对一个年轻军官关怀备至,不由心生嫉妒。他重返巴黎后发现盖尔芒特夫人变得遥不可及,外祖母突然变得苍老、病态和庸俗。他在巴黎又重遇圣卢,在其情妇蕾切尔的影响下,圣卢主张重新调查德雷福斯一案,这和大多数军官的观点是相悖的。"我"常去维尔巴里西斯夫人的沙龙,在那儿又见到了斯万夫人和圣卢的母亲,并逐渐接近夏吕斯男爵。男爵反复无常,人们对他褒贬不一。"我"发现夏吕斯男爵既粗鲁又心细如丝,同时他还是盖尔芒特公爵的兄弟,上流社会的秘密被"我"一点点看透。同时,外祖母的病情在加重,她在香榭丽舍大街散步时,突然发病,很快去世。"我"惊异地发现在病榻上逝世的外祖母看起来是那么年轻。

丧期结束后,"我"又继续过着懒散、无所事事的生活。当他重新见到阿尔贝蒂娜时,努力说服自己对她已没有任何感情,但是他明白自己一直都渴望得到她。在他的浓情蜜意前,阿尔贝蒂娜投降了。盖尔芒特家经常邀他去做客,并把他介绍给了几个门第更高的贵族。某些贵族外表或者才智上的庸俗常会令他失望,真正让他欣赏的是贵族家壮观宏伟的房子。但"我"已经不再迷恋盖尔芒特公爵夫人了,虽然被贵族们的家世所吸引,但最终也厌烦了他们的捕风捉影和诽谤中伤。在盖尔芒特家,"我"再次见到斯万,但后者没有认出他来。斯万病得很重并知道自己时日无多。"我"也去了夏吕斯家,夏吕斯尝试着诱惑他,但"我"并不明白他为什么这么做。

第四卷《索多姆和戈摩尔》 这一卷名隐喻着《圣经·创世纪》中索多姆和戈摩尔两座淫腐的城市。叙述者试图超越这些表象去探究其深层次的东西。他目睹了夏吕斯男爵和织补匠朱比安的眉目传情,意识到他们是同性恋。之后朱比安成了男爵的秘书,照顾他的日常起居。叙述者经常去维尔迪兰家,在这个与众不同的上流阶层中,他觉得惬意又幸福。因为与盖尔芒特旧贵族相比,维尔迪兰家呈现出一番新的资产阶级景象。"我"第二次来到巴尔贝克小住，但这次已没有了外祖母的陪伴。他脱鞋时想起之前和外祖母一起来时，她曾坚持要帮他脱鞋。他突然意识到外祖母已永远离开他，再也不可能回来了。和她一起消逝的，还有他们之间的亲密关系，于是一种无边的哀愁涌上他的心头。而对于重回的阿尔贝蒂娜，他不清楚自己是否还爱她。他很容易嫉妒，当他看到阿尔贝蒂娜和她的女性朋友安德烈跳舞时，感到很不安，甚至怀疑他们之间有超越友情的亲密关系。即使他对阿尔贝蒂娜的情感和习惯都不甚了解，但还是决心要娶她。

第五卷《女囚》 叙述者回到巴黎后，发现自己对同居的阿尔贝蒂娜有着强烈的爱并掺杂着包含极度嫉妒心的占有欲。他不仅监视阿尔贝蒂娜的一举一动，还一直怀疑她是个同性恋，想将她关在家里。他的嫉妒和第一卷中斯万对奥黛特的占有欲如出一辙。因此爱情并没能使"我"感到幸福，还带来了难以忍受的痛苦，成为永无止境的担忧和焦虑的源头。他们之间的争吵越来越多，阿尔贝蒂娜终于带着行李离开了，没有留下一句话。

第六卷《女逃亡者》 这一卷主要是分析爱情带来的心理苦痛。只有时间才能让痛苦在遗忘中减轻。阿尔贝蒂娜一离开，"我"马上就又对她充满了渴望：离开使她变得珍贵。觉得她依旧在自己身边的错觉一直缠绕着"我"。为了让阿尔贝蒂娜重回，"我"做出种种极端又令人绝望的尝试，直到他得知阿尔贝蒂娜意外坠马而死。随后他又获悉在坠马之前，阿尔贝蒂娜已经决定重新回到他的身边，而她也确实是同性恋者。叙述者又来到盖尔芒特女公爵吉尔贝特家，自从吉尔贝特的母亲改嫁之后，她便成了福什维尔小姐。时光流逝，从前萦绕"我"的阿尔贝蒂娜的影子已经逐渐散去，他也慢慢从这种束缚中解放出来。他决定去威尼斯，在那儿，不同时代的各种艺术相互影响、彼此共存，和谐发展，给人带来的感官体验也十分丰富。此外，叙述者喜欢漫步在小巷里，被充满魅力的年轻平民姑娘所吸引。从威尼斯回来后，他得知吉尔贝特和圣卢结婚了，这是犹太资产阶级和旧天主教贵族的联合，宣告了一个旧世界的消亡和一个新世界的初生，同时也反映了工业大革命以后社会结构的重组。但与其说这是一个家庭取代了另一个家庭，倒不如说是之前彼此不和的盖尔芒特和梅塞格利丝两个家庭的重组。但当"我"去参观离贡布雷不远的当松维尔时，得知这桩婚姻并不幸福：吉尔贝特察觉到丈夫背叛了她，但还不知道圣卢是同性恋。

第七卷《重现的时光》 贯穿了第一次世界大战，和之前的几卷有很长的时间间隔。许多年过去了，多病的叙述者去外省疗养也是很久前的事了。但是糟糕的健康状况一直让他绝望，影响了他的文学创作。在当松维尔的圣卢家，"我"读到了龚古尔兄弟在报纸上的一段文章，这让他怀疑自己是否有能力写作。此外，"我"熟悉的巴黎也发生了改变：资产阶级已经站稳了脚跟，至少在表面上和旧贵族势均力敌。一战后,"我"收到了盖尔芒特王妃聚会的邀请(即维尔迪兰夫人,两任丈夫之后,她有幸变成了王妃),他再一次感到无力写作。但当他被庭院里不平的石子路绊到的时候,突然感到一种莫名的幸福:这让他想起在威尼斯也曾被类似的石板绊过。盖尔芒特王妃的聚会给他一种化装舞会的感觉。一些年长的客人们乔装打扮,甚至男扮女装,看起来既滑稽可笑又粗俗可鄙。但当他从他们身上看到过去的影子时,不由被感动。勺子在嘴边发出的叮叮当当声和整洁的餐巾带给他一种过去从未体验过的乐趣。他开始明白为什么一些表面上看起来无足轻重的事会给他带来如此大的欢乐。他还发现在场客人总让他有一种似曾相识的感觉。也因此他肯定以文学重构过去时光的必要性。这种重构只能通过记忆实现,尤其是不自主的回忆才能使过去瞬间"重活"。艺术的目的就是使时间暂停、将可塑性赋予时间并以此来重构时间,而这种可塑性是留在人类生活的时间中的。这让"我"意识到自己已经做好了创作文学作品的准备,就是时间。叙述者决定隔绝外界以便专注进行文学写作。虽然疾病的再一次发作让他更加虚弱,对生活也失去了兴趣,但斯万离开或他母亲到时总是响个不停的贡布雷花园里的铃铛声一直在他脑中回响,让他继续自己的写作。

作品分析 从某种角度而言,未完成的《让·桑德伊》是《追忆似水年华》之前的试笔,是矗立大楼下隐匿的地基。它是普鲁斯特自我审视和进行写作尝试的平台。从他的首部作品《欢乐与时日》起,普鲁斯特就开始绘制一幅将会耗时长久的草图。通过描绘富有画面感的场景、人物的姿势和服饰以及装饰品味,他展示了世纪末的精致华丽又过度考究的审美。他笔下的人物不再仅徘徊于花园或厅堂,还现身于狩猎、捕鱼甚至是乡村生活的场景。巴黎上流社会附庸风雅的生活失去了其精神性的主导地位,却在作品中保留了中心位置,成为其他场景的主题对位。普鲁斯特在作品中还直接涉及了政治。他用既明显又隐晦的方式提及了众议院中的种种争论,震惊全法的数件丑闻,尤其是德雷福斯案,就此与近现代政治产生联系。事实上,普鲁斯特的文学追求之一在于对真相的探索,这与个人回忆一样,都是《追忆似水年华》的重要主题。

如果说《让·桑德伊》还是一部可窥见原型的自传式小说,那么《追忆似水年华》则是一部真正的小说:通过重组事件和大幅度虚构人物生活的方式,甚至重构了作者的真实生活。小说中的世界具有二重性,一方面它忠实反映了现实,书中种种好似确有其事;另一方面它又是完全虚构的,是对现实的艺术升华。书中的人物给自身赋予价值,拥有独立的身份,并非为了小说的内容而戴上面具。作品塑造了形形色色的人物,他们随着情节的发展出现或消失,丰富了作品的内涵。人物的身体、心灵、性格随着时间的流逝而发生变化,令人震惊地立体化,也赋予整部作品深刻的内在统一性。有些人物仅仅是在叙述者的回忆或幻想里生活、离去又回返；有些又会像真人一般生老病死。而且物总是在不断变动，互相呼应：在阿尔贝蒂娜的背后，是吉尔贝蒂，而在她们身上折射的是斯万所爱的奥黛特的影子。

这部巨著展现了主人公和作者本人对人类命运的关注。作为人类的观察家和回忆录作者，普鲁斯特呈现了社会的多样性，尤为着力刻画了他眼中的艺术家。对他而言，不仅作家是艺术家，画师或演奏者，贵妇或女佣，施虐者或受虐者都可以是艺术家，因为他们的欲望、激情或是怪癖使他们的生活不至于沦入沉闷的日常，就好像一抹颜色，不仅使画作变得更为夺目还改变了画作的意义。他们使生活更加精彩，跨越了过去与现在的差距，或者至少征服了现在：这正是普鲁斯特最重视的。

谁是叙述者？普鲁斯特既是又不是叙述者，"我"随处可见又难以捕捉。从这点来讲，《追忆似水年华》的叙述设置非常奇妙，主人公即叙述者无处不在而又仿佛从不存在，因为他无影也无形。常有人将叙述者等同于作者，但如果说其他角色都有名字，都有鲜活的形象风格和鲜明的言行举止，这个叙述者却反其道而行，避免留下踪迹。所以"我"既在讲述故事又躲避读者，这种隐匿反而激起了读者更深的兴趣。普鲁斯特希望透过《追忆似水年华》呈现自己与世界的关系，通过表象来呈现深层现实。阿尔贝蒂娜的确在小说中有两次称呼他为"马塞尔"，但这称呼并不明确，而且没有其他证据可以证明叙述者就是作者。这种模棱两可是故意还是无意？我们无从知晓，但透过这部巨著，普鲁斯特告诉我们：身份不是一种恒定的状态，而是一种过程，只有死亡可以使其终结。

事实上，叙述者无法成为他者：为了让小说实现其效果，这种身份的涂抹能让叙述者置于群体中而不被个人化。叙述者因此成为第一感受者，他看见、触摸、呼吸、体会和回忆，然后记录了所有经历，他同时是研究者和研究对象。他的身份非常矛盾，既是实体又是话语，既处在边缘地位又游走于内外之间，在抹除中显形，在隐匿的蛛丝马迹中浮出水面。叙述者不仅仅只是一个"我"：他没有面容、没有年龄、没有别人对他的注视，所以既不可能毫无变化，也不可能彻底变成另一个存在。个体复杂性的呈现也正是普鲁斯特的文学目标之一。生活必然有一个主体，这个主体既是中心，又不断偏离。此外，叙述者不总是"我"，以"斯万的爱"为例，叙述者有时是故事的直接主人公，有时仅仅是故事中的次要角色；叙述者身份的困扰构成了另一种丰富性。因此，这部作品也是一个循环投影：这是一个人为讲述生活而成长为作家的故事，而他所讲述的故事正是成为作家的这个人的故事。故事不断循环，表面看来有开头和结尾，但始终无法找到真正的起始和终点。

从路易十四时期的回忆录作家圣西蒙公爵到雄心勃勃创作复调的巴尔扎克和左拉、擅长探究真实的福楼拜、笔触细腻的马拉美和提倡"整体艺术观"的瓦格纳，普鲁斯特都受到过他们的启发，此外还有和他同时代的詹姆斯·乔伊斯。但普鲁斯特不属于任何流派,也不创立任何流派。他的作品兼具深刻的私密性与普世性,立志要探寻个体在世间的存在。《追忆似水年华》连接了19和20世纪,并传递出全新的人类学意图。如同他所欣赏的大仲马和巴尔扎克,普鲁斯特为小说制订了计划:整个阐释过程只能是渐进式的,不断推进的和更新的。虽然从严格的戏剧化角度来说,普鲁斯特并没有那么创新:作品中的情势突变、意料之外和诡谲铺陈都是继承传统文学而来,但一旦作家参与到笔下人物的追寻中,与之共同开辟新的道路,创新就显现了。

小说在向前推进,同时也在朝过去折返。时间的进程通过叙述者的意识,犹如翻阅一卷漫长的回忆史,在意识深处挖掘出愈加丰富的双重空间:首先是梦境,其次是回忆。《追忆似水年华》不仅可以看作是教育式小说,同时也是启蒙式小说。作者一方面探寻世界的语义层次与可塑性,另一方面也在寻找自我身份。只是这一过程没能使他发现时间循环的形式,反而让他进入到永恒连绵的人类时间,而时间又通过意识剥离了原本的悲剧性。整部《追忆似水年华》好似一座大教堂,各种回响从四处聚集,共同形成绵密的整体。小说的整体性不仅源自叙事与风格的一致,还在于循环所带来的效果(如关于上流社会的描绘:各种宵夜,各种舞会,各类海滨度假地),更得益于多个主题共处的和谐。人类时间在此留下了如此多记忆的烙印:欲望、不安、喜悦、嫉妒、分离、消逝。

属于过去的可触及的痕迹留存于世上,但更为强烈属于过去的感知却掩埋于记忆的层层垒土中。只有不断从当下出发、朝往过去不倦往返,生命的完整性才能渐渐呈现。在这一不断外扩的往返中,"不自主回忆"发挥了至关重要的作用,将隐匿的感官体验中的情景以特殊方式显现。"就像日本人爱玩的那种游戏一样:他们抓一把起先没有明显区别的碎纸片,扔进一只盛满清水的大碗里,碎纸片着水之后便伸展开来,出现不同的轮廓,泛起不同的颜色,千姿百态,变成花,变成楼阁,变成人物,而且人物都五官可辨,须眉毕现"[①]。

> 母亲差人拿来一块点心,是那种又矮又胖名叫"小玛德莲娜"的点心,看来像是用扇贝壳那样的点心模子做的。那天天色阴沉,而且第二天也不见得会晴朗,我的心情很压抑,无意中舀了一勺茶送到嘴边。起先我已掰了一块"小玛德莲娜"放进茶水准备泡软后食用。带着点心渣的那一勺茶碰到我的上腭,顿时使我浑身一震,我注意到我身上发生了非同小可的变化。一种舒坦的快感传遍全身,我感到超尘脱俗,却不知出自何因。……
>
> 然而,回忆却突然出现了:那点心的滋味就是我在贡布雷时某一个星期天

---

① 普鲁斯特:《追忆似水年华 I·贡布雷》,李恒基等译,译林出版社,2016年版,第50页。

早晨吃到过的"小玛德莲娜"的滋味（因为那天我在做弥撒前没有出门），我到莱奥妮姨妈的房内去请安，她把一块"小玛德莲娜"放到不知是茶叶泡的还是椴花泡的茶水中去浸过之后送给我吃。见到那种点心，我还想不起这件往事，等我尝到味道，往事才浮上心头；也许因为那种点心我常在点心盘中见过，并没有拿来尝尝，它们的形象早已与贡布雷的日日夜夜脱离，倒是与眼下的日子更关系密切；也许因为贡布雷的往事被抛却在记忆之外太久，已经陈迹依稀，影消形散；凡形状，一旦消褪或者一旦黯然，便失去足以与意识会合的扩张能力，连扇贝形的小点心也不例外，虽然它的模样丰满肥腴，令人垂涎，虽然点心的四周还有那么规整，那么一丝不苟的绉褶。但是气味和滋味却会在形销之后长期存在，即使人亡物毁，久远的往事了无陈迹，唯独气味和滋味虽说更脆弱却更有生命力；虽说更虚幻却更经久不散，更忠贞不矢，它们仍然对依稀往事寄托着回忆，期待和希望，它们以几乎无从辨认的蛛丝马迹，坚强不屈地支撑起整座回忆的巨厦。[①]

　　记忆中看似最脆弱实则最强烈持久的，是关于感知的记忆。这段"普鲁斯特的小玛德莲娜"脍炙人口，已经变成法语的固定表达。品尝小玛德莲娜是一段记忆再现的开关：回忆的浮现是如此强烈却又如此短暂。过去的显现如同底片所发生的化学反应：隐匿的图像显影出来，但立刻就变得模糊，在出现的那一刻随即消失。在禁锢我们的时空中，这一瞬间却复活了一个已消逝的世界。

　　因此，人物所开展的探寻是《追忆似水年华》的关键之一。通过细小、专注而缓慢的操练，表面的破碎便具有了真实性；借着无法预期的各类体验，又衍生出其他含义，即这一过程既产生出导向，又带出意义。每个意识的状态只能从摄取的感知那里寻找源头，或显或潜在地从中获得真实的片段。看似不连续的片段中，隐藏着内部绵密的统一体，唯有以内省的方式才能将之显露。世界是等待被阅读和被破解的自身：通过模糊的记忆、通感、隐喻与象征，人的思想渐渐被勾勒出来。

　　人类赋予时间精确严格性，而事实上时间是和人一样有"人性"的："人是一种没有固定年龄的生物，他具有在几秒钟内突然年轻好多岁的功能，他被围在他经历过的时间所筑成的四壁之内，并在其间漂浮，如同漂浮在一只水池里，池里的水位会不断变化，一会儿把他托到这个时代，一会儿又把他托到另一个时代。"[②]普鲁斯特并非把"过去"视为会逐渐蚀化最终消失的，而认为"过去"被我们的内部体验所充满，只是等待被揭示。这成功抵抗住了遗忘的侵蚀，实现了在艺术中对过去的召唤。因此，《追忆似水年华》所抵达的不是宗教的救赎而是诗意的救赎。就如作品

---

① 普鲁斯特：《追忆似水年华Ⅰ·贡布雷》，李恒基等译，译林出版社，2016年版，第47—50页。
② 普鲁斯特：《追忆似水年华Ⅳ·女逃亡者》，李恒基等译，译林出版社，2016年版，第186页。

隐喻着普鲁斯特的生活,作家本人又被作品裹挟,在艺术中得到升华。普鲁斯特在似水年华中的追寻让他摆脱了精神桎梏,获得自身的解脱与自由,因此他的时间体验充满着喜悦。虽然回忆必定是个人的,但艺术能超越时间,具有感染力并能使之升华。《追忆似水年华》既可以看成是一部艺术作品,又是关于艺术的一部随笔和理论:不仅作品实践着创作过程,同时也在思考探究创作本身。这种创作方式不仅是全新的,也蕴藏着崇高的目标:"唯一的真正旅行,唯一的青春之浴,不是去观赏新的景物,而是获得新的目光,用另一个人,另外成千上百人的眼睛来观察宇宙,来观察成千上百人眼中的成千上百个宇宙,成千上百人所体现的成千上百个宇宙。"①

这就是艺术家所扮演的角色。普鲁斯特进一步拓宽了小说的极限。作品对于他而言并不是终点,而是工具。以这样的方法寻回纯粹的感知,既可经历深刻的体验,又于存在的最深之处产生回响。《追忆似水年华》是一部关于意义的作品,也是一部关于感知的作品,作家所赋予的节奏和难以模仿的风格都将留存其中。"这句深沉的乐句模模糊糊,几乎是发自肺腑、带有器质性的内心呼声,它每次重现,我们都不知道它究竟是某一主题的表现还是神经痛的表现。"②

第四节 塞利纳

塞利纳本名路易-费迪南·德图什(1894—1961),是一位富有争议的作家,给20世纪法国文学留下了不可估量却难以定论的文学遗产。德图什,1894年5月27日出生于巴黎郊区的库尔布瓦镇,是一个诺曼底籍小资产阶级家庭的独生子,父亲是一家保险公司小职员,母亲在巴黎歌剧院附近开了一家女性时尚用品店。这对夫妻常常争吵却还要在外人面前保持过得还不错的体面,这种受地位低下之苦却又不断劝慰自己总会时来运转的小资产阶级家庭的压抑气氛深深影响了塞利纳,成为他作品中重复描绘的主题。1912年,塞利纳入伍服役三年。两年后塞利纳第一次参加战斗,手臂严重受伤。当时还有一枚炮弹在他身边爆炸,给他身体造成一系列后遗症,却奇迹般未伤到他头部。疗伤期间,他被授予军事奖章和十字军功章。战争经历在他心中种下了激进悲观主义与和平主义的种子。

塞利纳康复后被调往伦敦,在使馆负责办理签证及护照。在远离战事的英国,他娶了一个名叫苏珊娜·内布的舞女,但未在领事馆登记,塞利纳后来有意抹掉了这段经历。随后他又返回法国,找到了一份在法属殖民地喀麦隆的新职位——在一家森林开发公司任商业代理人,于是乘船前往。但一年后他因患病又回到法国。

---

① 普鲁斯特:《追忆似水年华Ⅴ·女囚》,张寅德等译,译林出版社,2016年版,第241页。
② 普鲁斯特:《追忆似水年华Ⅴ·女囚》,张寅德等译,译林出版社,2016年,第243页。

在回欧洲的航行途中,他创作了短篇小说《海浪》。塞利纳到巴黎后干了各种零散活,1918年,他参加洛克菲勒基金支持结核病预防工作,周游布列塔尼区。之后他居住在雷恩,有了第二次婚姻,妻子艾迪斯·福莱特是医学院院长的女儿。1919年,他以自由考生的身份通过了高中毕业会考,得以继续接受高等教育。次年,他的独女柯莱特出生。自1920年至1924年,他在布列塔尼学习医学。他的博士论文是研究现代卫生医疗的创始人,题为《菲利普·伊格纳斯·赛美维斯的生平及作品》。他很快成为日内瓦国立社会卫生所的一名医生,爱上了一名美国舞蹈演员伊丽莎白·克雷格(1902—1989),他后来的作品《长夜行》就是题献给她的。这段时期塞利纳对舞蹈表现出狂热的爱好,写了数本关于芭蕾的册子,也着手写《长夜行》。与第二任妻子离婚后,他和伊丽莎白回到巴黎,但在1933年分手。意志消沉的塞利纳在1934年一直追随伊丽莎白到加利福尼亚,才发现她原来已经与一名犹太人结婚。他之前就受父亲的排犹思想影响,这场失意的旅程使他的排犹主义情绪更加强烈。在日内瓦国立社会卫生所工作时,他多次前往非洲和美洲旅行,1925年第一次到达美国,发现这里工业化高度发达,福特汽车风靡全国,但工人的境遇却十分凄苦。

1932年,路易-费迪南·德图什完成了他的第一部小说《长夜行》,以笔名L.F.塞利纳出版。这部惊世骇俗的书一经问世就大获成功,差点获得龚古尔文学奖,但有评委在最后几分钟改变了主意。尽管如此,他还是荣获了当年的勒诺多文学奖。当时最有名望的文学批评家之一卡艾坦·皮肯(1915—1976)评价这本书是"人类从未发出过的令人无法承受的呐喊"。全新的写作风格让这本书一时毁誉参半:有评论家认为他使用的是反文学语言,另有评论家则认为他把文学的边界又往前推了一步。值得注意的是,这本书没有统一情节,全书循着叙述者的人生不断向前推进,但在这些片段之间又有内在联系,构成了一个个连续的独立故事。此外,《长夜行》的主题使得当时激进的左派知识分子极力推崇这本小说,并将它视为自然主义的传承之作:作品中流露出的反军国主义思想,对底层人民艰难生活的写照,以及毫不避讳地对贫穷的刻画,无一不使人觉得塞利纳应该是一名为人民发声的伟大作家以及新人道主义的代言人。塞利纳拒绝这一归类,但他在1934年接受了纪念左拉的邀请,并做了较为合乎传统的演讲,这可能是他一生中唯一发表的赞美词,也是唯一一次在公众场合下发表讲话。演讲词揭露了社会中一直存在的谎言与假象,人们重又看到了《长夜行》对工业资本主义社会的批判。但塞利纳并非呼吁要革命,他认为社会组织本身就是将人与人之间的冲突持续化,并不能指望通过竞争改变少数人压迫多数人的社会现实。因此人们发现,在加诸他的"社会人物"头衔下,塞利纳实则是一名愤世嫉俗的自由无政府主义者。这次活动在文学界引起了轰动,人们开始觉察出这位作家的政治倾向。1932年,他将自己有明显排犹情绪的小说《教堂》(1926)搬上舞台,那时候他还未与伊丽莎白分手,这一倾向也体现在他日后的作品中。

1936年,塞利纳出版了第二部小说《死缓》,但远不及第一部小说《长夜行》成功,书中的激进思想使作者愈加边缘化。如果说第一部小说的灵感来源于作者从军以来的生活,那么第二部则是大量汲取了青少年时期的回忆。书中人物费迪南·巴达缪和现实生活里的路易-费迪南·德图什博士以及小说家塞利纳,是同一个人的三种分身,是塞利纳在文学中的自我再造,是他对存在的欲望、执念和焦虑的表达。就如慵懒生活的第欧根尼谴责同胞们追名逐利,给人以自由不羁、玩世不恭印象的塞利纳揭露人们习以为常,以致无法辨明的社会本质。出版《死缓》的同年,塞利纳遇见了他的最后一任妻子吕塞特·阿尔曼索尔,并访问了苏联。如果说工业时代的美国资本主义加深了他对社会组织的悲观看法,苏联之行所见的官僚风气则更让他失望。回国后,他随即出版了一本抨击册子——《我的罪》,书中有一种人类自取灭亡的末世观点。塞利纳指出,由于人类自我膨胀的持续存在,各种形式的哲学乐观主义或政治进步主义都隐藏着骗局。

塞利纳作品中的观点有含糊矛盾、模棱两可的特性,他对工业化的态度也是前后矛盾的:20世纪30年代他揭露批判蓬勃发展的工业,而恰恰在10年前他还自称是其倡导者。1928年他在《医学杂志》上发表了两篇关于福特主义的文章,在5月发表的第一篇文章中,他认为欧洲在经济和社会的结构上极大地落后于美国,其原因就是面对光芒四射的新时代,旧世界的力量衰落了。事实上,塞利纳时时被这种失去社会地位、血统衰亡、身份解体和消失的念头所萦绕。如果他的文章中涉及的是文明的衰落,而现实中他自己所属的小资产阶级的地位也同样如此:这个阶层形成于19世纪,到20世纪逐渐丧失其优势,并被新出现的中产阶级所取代。在同年11月发表的第二篇文章中,塞利纳自称是社会结构的保健医生,并提出要建立起一个"医疗卫生警察机构"来负责一项"需要耐心的矫正精神智力的事业",不仅为了消除工人的消极怠工,也要确保他们服从于雇主的权威。

塞利纳的作品体现出深刻的悲观主义色彩。他不像无政府主义者一样质疑国家机器的存在,但对所有社会组织的虚伪有所批评。他不是政客,作品却带有政治性,是对被夺去了个体和集体重要性的人类生存状况的反思和记录。第一次世界大战是让塞利纳把之前散乱思考转化成观点的催化剂,所以塞利纳式的绝望有着普遍性,从中可以看到他对叔本华的古典犬儒主义观点的继承和翻新。而且这绝望与塞利纳本人作为医生对人类的生存境遇遭受持续破坏的清醒认识有关:污秽、疾病、死亡、垃圾是人类生存状况的日常,这些词也成为了他作品中不断出现的关键词。塞利纳的医生身份从未因其作家身份而消失,和拉伯雷一样,他对生物和有机物质着迷,同时也对狂热生活、堕落和极度污秽着迷。如果说塞利纳怀旧,那是因为他的绝望来源于一种悲剧性怀旧：其人其作品都是由对一去不复返的旧时光的惋惜来推动——这在作品中表现为寄托着希望的幻想总是会把人物带回到苦涩的现实。不存在塞利纳式的乌托邦，文学本身也无法为他提供理想的避难所：人没有自我升华的可能，无论是身体还是精神，都不断被反向拉回自身。于是他笔下的人物被空间、时间以及自我能力框住而无力改变自己。塞利纳作品中不存在任何对更美好社会的幻想、任何重塑命运和重构社会架构的愿望：他不寻求通过摧毁现存的社会来创造一个新社会。相反，他从内在性角度考虑，提出一种反人文主义，一种没有高尚理念和人类进步的"人文主义"，在他看来，科技发展只会让世界变得更糟。塞利纳带着强烈的悲观主义，表露了一种可能在修辞而非哲学意义上的更真实的犬儒主义。

巴黎文化界对《死缓》的批评不止针对作品内容，还涉及作者的语言风格：小说中口头的、松散的和随意的语言（短句、缺少连词、感叹句、多处中断），再加上时而市井时而专业的用词以及语言本身对句子的破坏，让人震惊。而这种语言出自一个情感丰富的作家，因此体现了一种深刻的反差和悲怆，塞利纳借此向读者提出一系列问题：语言是什么？语言的功能是什么？语言的文学性有什么特征？语言的结构界限、句法界限和道德界限是什么？他在作品中探索出了一种异于从19世纪起已定型的学院派法语的新语言，这种新语言是一种被认为过度大众化的来自郊区的粗俗下流的语言。但这种看似反智、反文化的语言恰恰是塞利纳精心设置的阅读陷阱：它并不是对纯口语的复制，而是在反思后对市井语言通俗性的精湛再现。塞利纳的文法创新与来自瑞士的法语小说家查理斯·菲迪南德·拉缪兹（1878—1947）的文学实验不无联系。拉缪兹被认为是第一个将不高雅和口头日常的市井语言文学化并运用到作品中的作家。塞利纳很受拉缪兹的启发，但他使用的语言更加独特一些，因这是其通过个人体验以及对现实中对话的观察得到，他的创新同时涵盖了词汇、句法和音律。对于塞利纳来说，句子的节奏、韵律和重音在叙事过程中是至关重要的：他称之为语言的音乐性。这一观点在今天看来并不新鲜，但是在塞利纳之前尚未有人这样写作过：他作品里让人惊叹的极端创新在于他消解了人们对法语严肃、优雅的刻板印象。左拉虽然有心通过新的写作形式来抨击社会的不公平，但他使用的仍然是很传统的语言。

30年代末，塞利纳向法国极右翼势力靠近，这时期他发表了两篇有明显反犹思想的时评，分别是1937年的《屠杀琐事》和1938年的《尸体学园》。《屠杀琐事》发表后，他失去了在诊所的工作。塞利纳继承了战前的资产阶级排犹主义和民族主义偏见，深受约瑟夫·阿瑟·戈宾诺（1816—1882）的种族主义和本质主义观念影响，变得越来越偏执，最终发展成为极端种族主义者。

塞利纳第三部小说《木偶剧团》中第一部分的灵感源自一战期间他旅居英国时

的经历,他在1944年春出版了这部作品,而同年6月6日诺曼底登陆的消息迫使他和妻子匆忙离开法国。穿越边境时他带上了为防被捕而准备的毒药——这既是他极度恐惧的表现,也显示出他个性中深刻的浪漫性,他从此患上了被害妄想症。塞利纳一开始前往德国,最终的目的地是丹麦,他很久以前就在当地银行里存放了黄金。然而由于没有签证,两人从德国南部向北部漂泊(他们在科兰兹林的短暂停留给了他后来的小说《北方》以灵感),随后又重新前往南德的西格马林根。流亡的维希政府被纳粹软禁在那里,塞利纳就成了流亡政府的官方医生。这段居无定所的旅程成了其作品《里戈东》的灵感之源。他被安置在西格马林根城堡中,跟傀儡政权的流亡者们一起生活了近六个月,他们在不断追忆过去好日子的同时对未来只剩下恐惧,《从一个城堡到另一个》讲述的就是这段经历。1945年3月27日,在取得苦苦等来的通行许可后,他和妻子抵达了哥本哈根,在塞利纳的旧情人凯伦·玛丽·詹森那儿安顿下来。然而丹麦很快就解放了,他们于1945年12月被逮捕,其妻子阿尔曼索尔被关押了两个月,而塞利纳则在监狱里待了将近十八个月。他于1947年2月得到释放,6月诉讼程序结束之后他免于被丹麦司法机关起诉,随后在一座小茅屋中住了三年。二战后的法国没有任何人再谈论他:在当时肃清叛徒的背景下,他在政治和知识精英圈中被认为是不可触碰的话题。他的作品不再以任何形式出版和出售。

塞利纳在流亡斯堪的纳维亚期间再次拾笔:盟军登陆前他在巴黎完成了《木偶剧团》第二部,并写了一些新的故事,其中包括《为了另一次的仙境》。他的早期小说当中的虚构越来越多地让位于自传。他与朋友们保持着大量的通信。在科瑟,塞利纳与弥尔顿·印第斯联系频繁,印第斯是一位信仰犹太教的美国大学教师,他被塞利纳的作品吸引,甚至还前去拜访塞利纳。印第斯后来成为首位对塞利纳有深度研究的学者,他在1950年出版了《残废巨人》,该书在次年被译成法语(书名改为《我所见的塞利纳》),这部专著大大推动了塞利纳的第二次文学生涯。塞利纳与法国最负盛名的伽利玛出版社建立了联系。1948年,杂志《七星文库手册》上发表了塞利纳新小说的一个片段,之后他小说的出版工作得以重新开展,此前的作品获得再版发行。流亡期间,法国司法机构将他认定为通敌合作者。因此在1950年2月,他被缺席审判,罪名是"有危害国家安全的行为"。后来塞利纳的律师利用其残疾军人的身份在一年后为他争取到了赦免。

塞利纳和妻子最终回到了法国,居住在巴黎郊区默东。他在1952年出版了《为了另一次的仙境》。自50年代末起,塞利纳连续出版了德国三部曲,即《从一个城堡到另一个》(1957),《北方》(1960),以及在他去世后出版的《里戈东》(1969)。这三部作品以小说的形式再现了他与妻子连续六年的流亡生活。塞利纳于1961年7月1日去世,享年67岁。他的遗孀仍然在世,至2017年已经105岁。

塞利纳的作品很难一言以蔽之,小说通常取材于作者自己的亲身经历,或多或少带有自传色彩,其共同点在于小说中皆有一个贯穿全文的内在叙述者——往往是以第一人称视角引导故事发展的某个人物。他的作品里没有叙述主体的悬置,也没有客观叙述,但有达到人类极限的极富表现力的主体性表达。正是这种主体性在作品中所占据的中心位置,缔造了塞利纳在法国文学史上的独特地位。此外,小说语言深深扎根于真实的历史进程,而不是建立于虚构的事实上,即每一段叙事都从德图什医生的生平经历中吸取了养分。因此作者的心灵状态转而成为小说重建现实的途径,其展现出的真实性和现实性使得作品中现实与虚构之间的界线变得不易觉察。但这其中的悖论在于:自创作《长夜行》起,塞利纳从未真正接受过他自己制造出的自我分身,小说中的"我"同时是自己和他者。他也很快意识到《长夜行》和《死缓》逐渐改变了自己,由于这两部小说,他的社会归属发生了变化,原属于小资产阶级阶层的他被视为巴黎世界主义阵营中的一员,成为自己曾经痛恨的存在。对于一个对原本生活感到满意并不愿承认违背自身命运的人而言,没有比这更糟糕的事了——这意味着失去原来的社会地位,受到道德上的谴责,被社会进步和富足的生活拒之门外。此外,他还持有某种文人身上特有的虚情假意,假装自己并非社会精英团体中的一员,却又暗中因被归入自己这代人中最杰出的群体而感到自命不凡。他甚至还对自己从事写作公开表达了蔑视,相比医生,对他而言作家显然是次等的职业。

　　起初,塞利纳这个形象并不存在——这不过是个笔名,是一个空壳;真正存在的是《长夜行》中费迪南·巴尔达米(Ferdinand Bardamu)这个人物。这是一个前所未有的创作过程中顺序颠倒的例子:作者通过人物而诞生。巴尔达米是塞利纳作品中的中心人物,他的名字费迪南取自作者原来名字的一半,而 barda 原指士兵的背包,也暗指《长夜行》中的人物最初是作为重骑兵登场的。但 barda mû(移动的背包)不仅同时隐喻着多重身份和多样性格的人物本身,更是喻指了其肩上背负着人类命运的重担。因而,费迪南·巴尔达米是普通人的代表,这类人并非聪明绝顶,但也绝不平庸无奇,道德上称不上好却也不算太坏。事实上,对道德的批判在塞利纳的文学世界中有着一席之地:他拒绝相信人生来便非善即恶。而他的观点中更具原创性也更为偏激的是:他也拒绝相信是个体的行为决定了他的本质。在其作品中,人本身具有的品质只有他的人性,所有一切的道德标准,都是视具体情况而定的。所以塞利纳排除了一切简单意义上的二元论,比如《长夜行》中另一个人物,中士阿尔西德是个花天酒地的好色之徒,还在黑市干非法勾当,可当巴尔达米发现他把自己的全部家当都花到了在法国的侄女身上,为供这个失去双亲的孤儿上学而自己流亡非洲时,便无法对其行为多加指责和批判。

　　第一次世界大战是塞利纳真正意义上个人意识的起点。几十年以来他对自己的思想进行武装,使之不断更新,而这场人类历史上前所未有的浩劫为他提供了契机,使他在宽广深邃的思考中摧毁了一切传统意义上的英雄主义。大规模的战争和重炮部队使个体的所作所为可以产生积极作用的想法变成了空洞的无稽之谈:勇气和自我牺牲的精神不再有任何意义。人不过是另一些人掌中的玩物,是人肉炮弹,是另一些个体制定的宏伟蓝图下的人力资源。虽然塞利纳本人在战场上表现出了骁勇无畏的一面,但他清楚意识到个人的行为无法对总体局势的走向产生任何影响。经历了战争的摧残后,塞利纳作品中的主人公不再是一个荒谬的英雄,其微不足道的个人行为也因而失去了意义——他们成了反传统式的主角:他们并不与体现了刻板印象的正面英雄相对立,也不具有与之相反的道德标准,他们只是失去了成为英雄人物的一切可能。如此看来,塞利纳的作品或有堂吉诃德式的特质:他笔下的人物并不恶劣至极,也称不上平庸无奇,然而这些人物没有任何需要完成的使命和追求,或者说其追求将永远是一种徒劳,与现实产生错位。此外,这些人物身上缺少使自己从普罗大众中脱颖而出的品质,塞利纳早期作品中的人物都过着普通人的生活,带有小资产阶级阶层的社会特征,却几乎都体现了反社会的价值观,甚至成了社会边缘人:他们往往成为社会底层的一部分并身陷孤独,他们在世界边缘处苟且偷生,成了自己身份的囚徒,并在小说章节构筑而成的蜂窝状宇宙中逐渐演变,但他们无心摆脱自己的现状和所处的环境。塞利纳描绘的世界正是他自己亲身经历过的现实,是城市郊区的世界,是社会中下层群体的世界,是破败不堪、日渐衰落,同时为了抵抗自身的崩坍而与自身进行永无止境斗争的世界。

基于此,塞利纳创作的人物显示出滑稽可笑、流氓无赖的特征,甚至具有一定的悲剧性,往往借鉴并取材于几个世纪以来欧洲文学传统中那些已经成为刻板印象的人物。巴尔达米身上就具有西班牙文艺复兴时期小说中主人公的种种特征,他既悲惨不幸,却又外表憨厚实则狡诈,总是想办法找到权宜之计对付生活中的厄运。流浪汉文学中的人物,普遍由孤儿、边缘群体和一些从社会底层走出来一步步为自己开辟道路的人构成:要么是些失去社会地位的可怜人,要么是流氓痞子,要么是出于自己的意愿、或是被逼无奈而与社会道德规范背道而驰的无足轻重的普通人。对他们而言,个人的需求才是王法。这种相似性也许是出于偶然,然而塞利纳赋予了这种文体不一样的面貌:16世纪作家笔下的小癞子自己渴望冲出自身境况的桎梏,即便命运往往使他重蹈覆辙;然而塞利纳笔下的人物没有任何追求和目标,因为一切值得追求的东西都已消散了。在西班牙文艺复兴时期的通俗小说和19世纪流行的冒险小说中,我们依旧可以寻找到线性时间、特定时空背景下以章回叙事结构自主展开的冒险故事、内在的逻辑以及两场冒险之间重复出现的连续性。而塞利纳式的人物没有任何追求,他们的成长是在时间的驱动下完成的,他们的遭际则富有某种真实性:他们的生命中没有神秘莫测或不可思议的事件。塞利纳作品中呈现的世界不具有任何奇幻色彩,却是他反照自身和自己所处时代的一面镜子。塞利纳试图在作品中体现出偶然性原则,对他而言,是偶然性决定了人的生存状态。所以他的小说是一种不连贯的叙事,而唯有平凡生活中偶然产生的突发状况,才会激发出意外,缔造出叙事层次感,不管这些突发状况对主人公来说是幸运还是不幸。作为一个聚焦日常生活的作家,塞利纳对"无意义"的痴迷重构了现实生活的平常琐碎,无论这些日常是平凡无奇还是庸俗粗鄙,其内涵都是缺失的。需要注意的是,从《长夜行》到《从一个城堡到另一个》,都是反映当下的小说,是人物经历和作者写作行为的双重再现。直到二战后,这个被摒弃的天才开始重建现在与过去之间的联系,逐渐调整自己叙事的方式并采用了一种全新的、更为复杂的追溯视角。这无疑是一种审视,但并不是自我批评。

塞利纳的书写姿态具有深层次的创新性。文学传统往往要求作家采取一种单一的视角,这种视角要么是被悬置的,要么就需要作者与作为其文学对象的世界保持距离。从19世纪抽身而出的作家们采取了一种双重边缘化的姿态:一方面进行自我隔离,立身于主流思潮之外;另一方面又试图凌驾于人性之上以提升作品的高度。然而塞利纳走出了这种文学象牙塔,并且摒弃了作者的种种特权,以便将自己置身于人类精神高度的对立面。没有任何迹象表明他想要成为一个虚构世界的造世主,相反,他竭尽可能地把自己视为芸芸众生中的一个见证者,并有意识地采取一种并不全面甚至偏袒徇私的角度和观点从内在来反映现实。巴尔达米是一个跨越生命的人物,在世界的颠簸起伏中时而主动,时而被动。肉体和感性,反应与即时,成为塞利纳写作的脉搏:其叙事时间性就如心跳一般,在脉动的间隙中,在接二连三的扩张和收缩中有力进行着。

塞利纳的作品是一幅不停重复的自画像,或者说是一连串不断重叠、错位、衍射的自画像。塞利纳不仅能感受到这个以"我"自称的叙述者所经历的一切,这个"我"标志着作为人类总体普遍性范式的个体性,而且还能感受人物的极度感性,他视笔下每一个人物为人性展示的某种独特现象。如果说塞利纳在作品中以一种近乎使人不适的阿谀态度来描写自我的话,那么他同样也把这面反射现实的镜子转向我们以加强其作品的镜像功能,他把自己的内心赤裸裸地呈现在众人面前,并邀请我们进入他的世界并站在他的立场上看待问题。塞利纳坦率而又不真诚,谎话连篇而又实话实说,感性却又漠然,温柔却又冷酷,亲切和蔼同时满怀恶意,时常令人憎恶到难以原谅。在他的一生中,每当人们把他归类于某一边时,他就会主动挪到另一边去。如今无论是拥护还是反对他的作家,都不再也无法用塞利纳之前的作家使用的那种法语进行写作。对语言的革新也是塞利纳留给法国的伟大遗产之一。

第四章 美国文学

第一节 概 述

南北战争结束以后,美国资本主义在全国范围内快速发展。奴隶制的解除和黑人劳动力的"解放"、向西部的扩张与开发、先进技术的采用、矿藏的开发、铁路干线的建成以及大批移民的涌入,从劳动力、资源、市场和技术等方面为资本主义的发展创造了条件。美国工业生产总值由1860年的世界第四跃居到1894年的世界第一,美国的综合实力已经为世界所瞩目。

20世纪初期,美国垄断资本主义经济发展迅速,整个社会的城市化、商业化进程加速,新的技术不断涌现,生产率不断提高,国内消费和对外贸易扩大,这一切繁荣景象都似乎预示着20世纪"美国时代"的来临。然而,在整个社会飞速发展的同时,也出现了种种社会问题。社会财富越来越集中在少数人手中,资本家巧取豪夺,工人劳动条件差,女工、童工的报酬微薄,而政府官员对此熟视无睹,甚至官商勾结,窃取国家财富和资源,加上司法界的腐败、社会治安的恶化,引起民众的强烈不满。特别是黑人、来自亚洲和欧洲南部及东部的新移民,生活境况极为窘困。与此同时,新旧思想的交替、冲突和整合,也摆在了美国人面前。传统的清教主义信条消解淡化了,新的力量和价值观念如自由主义宗教观、社会达尔文主义、自然主义、享乐主义、弗洛伊德学说和马克思主义等思想,开始影响乃至主宰着现代生活。在这种社会背景下,美国的现实主义文学增加了反映社会层面的广度和批判的力度,开始从高雅精致向豪放质朴过渡,甚至产生了大量表达抗议、揭露社会丑恶、带有自然主义倾向的"暴露文学"。

亨利·詹姆斯(1843—1916)是一位不仅年龄横跨两个世纪,而且跨越国界的小说家。他出生在纽约的资产阶级家庭,家境优渥,自幼受欧洲文化熏陶,他认为美国文化太讲究物质利益,缺乏悠久的文化传统,因而不利于艺术创作。他开始从事文学活动后,长期定居于英国,1915年加入英国国籍。詹姆斯的小说着力刻画美国文明与欧洲文明的冲突与融合,带有心理分析倾向。其前期小说的代表作是

《贵妇人的画像》(1881),该作品细致地反映了女主人公伊莎贝拉的心理历程,刻画了她作为一笔巨额遗产的继承人,在瑞士、意大利、法国和英国等地与人交往中的感情纠葛与道德冲突,人物心理刻画细腻、生动。20世纪初,詹姆斯接连出版了三部长篇小说——《鸽翼》(1902)、《专使》(1903)和《金碗》(1904),被称为后期的"三大杰作"。这些小说仍以人物微妙的内心活动为主,大多颂扬美国资产阶级人物身上单纯、忠诚无私和慷慨大度等美德和修养。詹姆斯的作品还有《波士顿人》(1886)、《卡萨玛西玛公主》(1886)、《悲剧的缪斯》(1889)等。除小说外,他还写过一些重要的文学评论以及剧本、游记等。詹姆斯被誉为西方现代心理分析小说的开拓者。

伊迪斯·华顿(1862—1937)是当时直接受亨利·詹姆斯创作方法影响的小说家,她同詹姆斯一样,也出生于美国东部的富裕家庭,居住在纽约,后来侨居欧洲,熟悉美国上层社会。其作品主要描写贵族资产阶级人物及其心理活动,与詹姆斯不同的是,她贬斥美国上流社会的庸俗和虚伪,创作出《快乐之家》(1905)、《伊坦·弗洛美》(1911)和《天真年代》(1920)等优秀的现实主义小说,讽刺了美国东部上流社会金钱至上的风气。

美国文学中自然主义的先驱是斯蒂芬·克莱恩(1871—1900),他受左拉的影响较大。他的《红色英勇勋章》(1895)是美国文学史上的经典之作,强调战争对人心理的影响。他的作品多强调环境对人的主宰地位。弗兰克·诺里斯(1870—1902)被称为"美国自然主义之父",他自觉将左拉的技巧运用到美国小说创作中。他的《章鱼》(1901),展现了加利福尼亚州农民联合起来反对"章鱼"太平洋与西南铁路公司的斗争和失败过程,揭示出"小麦"文明不敌垄断势力,弱肉强食的自然规律开始控制人类。

从1902年至1912年,美国社会掀起了历时约十年的"揭丑派运动"。揭丑派运动从新闻界开始,涉及文学界并扩展至学术界和政治界。在文学上,它从纪实文学发展到暴露文学,使现实主义在美国得到进一步发展。有一批作家常常到贫民窟的厂矿调查之后再进行创作,他们写的小说被称为"黑幕揭发小说",其中最著名的作家是厄普顿·辛克莱(1878—1968)。辛克莱出生于马里兰州巴尔的摩的一个穷困家庭,小时候随全家迁往纽约,12岁入文法学校,15岁时开始试写10美分小说,以维持生计,后来到哥伦比亚大学攻读研究生,并继续创作长篇小说。他十分关注社会问题,1902年就加入了社会党,1906年他参加了对芝加哥屠宰场现状的社会调查,在此基础上写成的长篇小说《屠场》(1906),成为"黑幕揭发小说"的代表性力作。因为这部作品的影响,美国政府颁布了食品卫生法案,屠宰场工人成立了工会。辛克莱的另一部作品《煤炭王》(1917)以富家子弟赫尔·华纳去北谷矿井体验矿工生活为线索,再现了当时矿工们的恶劣生活状况,写出了像玛丽·柏克这样的女矿工成长为女罢工领袖的过程,揭发出了矿、警、媒体和司法部门如何勾结、共同压榨工人的黑幕。所以,辛克莱这批作家被罗斯福总统称为"清粪夫"。

真正大胆撕破文学中的"斯文传统"的是西奥多·德莱塞,他创作了真正地道的美国小说,深化了美国现实主义文学传统,深刻反映了自身的经历和时代的历史。

西奥多·德莱塞(1871—1945)生于美国印第安纳州的特累乌特。其父亲是位编织工,母亲是农家女,兄弟姐妹众多,经济拮据。德莱塞的童年生活很穷苦,15岁时他便独自干各种零活谋生,几乎没受什么正规的教育,一位中学老师资助他在印第安纳大学学习了一年,所受教育主要靠自学和实际经历。他能够取得日后的文学成就,确实因为他是天才,正如评论家门肯所说的,"除了天才,他什么都没有"。所以,他带给美国文坛的是伟大的力量和笨拙的文体之混合,他通常被称为美国的巴尔扎克。

1894年德莱赛迁往纽约,向一些杂志和小报投稿。1898年结婚,但没过几年便和妻子分居,1944年在妻子死后与多年的伴侣海伦正式结婚。1900年出版《嘉莉妹妹》之后,他发生过一次精神危机,借着到铁路上干重活才避免崩溃。《珍妮姑娘》(1911)、《天才》(1915)等作品出版之后,他继续写作并陆续出版了"欲望三部曲"——《金融家》(1912)、《巨人》(1914)和《斯多葛》(1947)。这期间,他还出版了著名的《美国的悲剧》(1925)。20世纪30年代,他已经成为享有盛誉的社会活动家,思想上一度"左"倾,甚至在逝世前夕还加入了美国共产党。不过,他自己的思想是比较矛盾的,晚年也有神秘主义倾向。1945年12月18日,他在好莱坞的家中去世。

德莱塞较多地受到达尔文和斯宾塞学说的影响,这在他最早的作品《嘉莉妹妹》中有生动的体现。嘉莉妹妹从乡下来到芝加哥,迅速抛弃了自己所谓没有用的诚实善良,利用姿色在这个优胜劣汰的社会中成为一个"强者",成了一个走红的戏剧演员。她越是无耻,爬得也越快;越是堕落,就越能享受生活的快感。而另一个人物,酒吧经理赫斯伍德和嘉莉通奸,甚至撇弃妻子与嘉莉私奔,最后穷困潦倒,他之所以失败不是因为道德原因,而是因为在生存竞争中成了弱者。在《嘉莉妹妹》中,道德和良心成了多余的摆设,在赤裸裸的生存法则面前,成功的就是合理的。这也是这本书受到争议的一个重要原因。

德莱塞以大胆的笔触写出了一种新的生存哲学和新的生存方式,这一点最为充分地体现在"欲望三部曲"中。作者精心塑造了一个"巨人"弗兰克·考伯伍德的形象,这个人物和巴尔扎克笔下的人物极其相似,都有强烈的追逐金钱的"情欲",都丧失了道德感而不择手段往上爬,以致作者把这个人物形象塑造成了一个芝加哥金融界的怪物。三部曲中的每一部都是以考伯伍德成功之后的失败而结束,最后，他孤零零一个人在旅馆中死去。

在《珍妮姑娘》中，德莱塞通过塑造"美国苔丝"——葛哈德家的珍妮姑娘这一形象来说明她的堕落是善良、无知之故，甚至还因为珍妮姑娘特别有自我牺牲精神，所以她的每一次堕落都是为了别人，但她受到的对待却是不公平的。然而这样的事例并不典型，该作品在艺术上也不及《嘉莉妹妹》成功。其实，早在嘉莉妹妹和珍妮姑娘的意识中，就有了对贫穷生活的恐惧和对豪华生活的向往，物质主义已经深入到人物的骨髓里去了。这也就是德莱塞最深刻的发现——"美国梦"，而这正是《美国的悲剧》的主题。

《美国的悲剧》是一部激动人心的小说，有一股生动鲜活的力量，塑造的克莱德的形象非常具有典型性。克莱德出生在"宗教世家"，但是他很早就对"宗教"产生反感。与其说是出于教义的原因，不如说是自己纵欲和堕落的需要。他离家到堪萨斯城一家旅馆做听差，马上就被豪华的生活方式和低级娱乐所吸引，在与朋友们驾车出游的归途中，他们一伙轧死了一个小女孩，克莱德逃之夭夭，到了芝加哥。几年后遇见了叔叔——一位衬衫制造商，不久便到他的工厂里边做工，并开始和一个漂亮的乡下女工罗伯塔同居，但不久他又喜欢上了当地一个上流社会的富家女桑德拉。桑德拉故意勾引克莱德，二人迅速坠入"情"网。但这时罗伯塔已有身孕，克莱德却想着怎样摆脱她。在罗伯塔多次堕胎未果后，克莱德动了杀机，准备领着罗伯塔去旅游。在湖中，他始终下不了手把罗伯塔淹死。结果，罗伯塔很惊慌，从船的那一边向他走来的时候，克莱德竟无意之中用照相机把她打下了河，船翻了，罗伯塔被淹死。他自以为手段很巧妙，但不久就在和桑德拉游玩时被捕。地方法官很希望在自己任期内能破获此案，不惜制造假证据，把克莱德送上了电椅。

我们在小说中可以看到，克莱德怎样一步步走向堕落：为了给自己的女友买奢侈品，完全可以置连饭钱都没有的母亲于不顾；撞死人之后竟然溜之大吉；为了自己往上爬，极力想除掉罗伯塔这眼中钉。作品中对于罗伯塔堕胎和克莱德湖上谋杀这两部分写得尤其好，写出了人物复杂的内心活动。克莱德并不是完全没有良心和道德，只是另外的一种力量，那种享乐主义、纵欲主义和向往豪华生活的力量太强大了，这正是他心目中的"美国梦"。通过刻画这个形象，德莱塞抨击了美国的宗教、司法制度，抨击了上流社会对下层阶级的引诱和腐化。所以，他给作品起名"美国的悲剧"。1925年《美国的悲剧》正式出版后，立即轰动全国。许多名家，诸如亨利·门肯、舍伍德·安德森、H. G. 威尔斯、阿诺德·本涅特等人，都纷纷撰文称赞这部作品。

德莱塞的作品有着天才的力量，他对那个时代有着敏锐的观察和批判，在作品中虽然基本沿袭了现实主义手法，但也大胆采用了意识流等现代手法。当然，限于他自己所受的教育和哲学思想的混乱，他对英语的运用常常受人诟病，他笨重的文体和巴尔扎克的文体一样,是文坛的一大遗憾。

杰克·伦敦(1876—1916),1876年1月12日出生在旧金山,是一位古怪的占星术家的私生子,母亲后来嫁给了一个失败的商人,杰克·伦敦的童年生活十分困苦。他的经历和德莱塞相似,都是没有受过正规教育的平民作家,都不是从书斋中而是带着自己一生的流浪经历和底层社会经验进入文坛的天才,这正是美国文学中难能可贵的平民精神的体现。在20世纪前十年,杰克·伦敦对美国文学的冲击是巨大的,但他未能达到德莱赛的文学成就。

杰克·伦敦所吸收的流行思潮有斯宾塞的进化论、尼采的超人学说、弗洛伊德的精神分析学说、马克思主义等等,一生留下19部长篇小说、150多部短篇小说和故事、3部剧本以及许多论文和特写,他在作品中主要揭示本能冲动和赤裸裸的竞争法则在人类社会的运用。杰克·伦敦最出色的代表作是长篇小说《马丁·伊登》(1909),该小说讲述的是一个作家的故事,小说中主人公马丁·伊登与作家自己的一生极其相似。水手马丁·伊登因打抱不平救了银行家的儿子阿瑟,因此结识了阿瑟的姐姐、大学生罗丝。罗丝的贵族气质和美丽高雅使马丁入了迷,而马丁的野性和健康朝气也对罗丝有所吸引。马丁感到被罗丝唤醒了对灵魂和一切美与爱的信仰,决定从此改变生活习惯,戒了酒,并勤学上进。他虚心向罗斯学习英语语法,开始写作投稿,虽然屡遭退稿,负债,生病,但他仍旧勤奋创作。渐渐地,马丁的作品开始赚钱,但他与罗斯之间思想追求上的矛盾却在加深。在马丁被报纸说成是最激进的社会主义者、受人打压的时候,罗丝选择离开了马丁。最后,马丁终于时来运转,稿件被大量采用,成了名利双收的知名作家,但马丁此时只觉得滑稽,因为他已经不太需要金钱了。罗丝来找马丁企图重修旧好,但只是让马丁觉得厌恶。马丁帮助了房东太太、姐姐和乔后,在去塔希提岛的船上读了史文朋的诗歌,他决定自杀。于是跳海自杀——生命如此邪恶,只有"长眠一去不复归"。这部小说有着杰克·伦敦自身遭遇的影子,有大量真切生动的描写,所以读来激动人心,尤其前半部分充满着青春的朝气和奋斗的热情。小说中马丁认真读书,精神上得到启蒙,顽强不屈地进行写作的部分最为精彩。小说有着对资产阶级苍白伪善的价值体系的猛烈批判,马丁的自杀正是对整个社会的否定和与整个伪善的文明决裂的声明,也反映了20世纪初期美国青年人对"美国梦"的追求和希望的破灭。《马丁·伊登》亦体现出作家的思想局限性,尤其是当他力图将简单的生物法则用于研究复杂的社会问题时,不免显得捉襟见肘。小说后半部分就没有前半部分那么凝练有力,对于马丁的精神转折刻画不够深入。

杰克·伦敦的创作,主题深刻突出,选材新颖;情节简单集中,凝练紧凑;语言清新有力,鲜明生动。除了代表作之外,其优秀的作品还有《荒野的呼唤》(1903)、《海狼》(1904)、《白牙》(1906)和《铁蹄》(1907)等,此外还有大量的短篇小说,比如深受读者喜爱的《热爱生命》,写的是一个淘金者在北极圈冰雪荒原里七天七夜的求生经历。最后,他与一只也饿得奄奄一息的病狼展开了殊死搏斗。他终于咬住了狼的咽喉,喝了狼的血,最后被捕鲸船救起。这个故事有着深刻的人生哲理,讴歌了人在绝境中不屈不挠的奋斗精神和伟大顽强的求生意志。《荒野的呼唤》和《白牙》相映成趣,前者写一条狗野性复苏变成狼的故事,后者却写在忠诚与友爱的感召下,一只狼变成狗的故事。这些故事往往超出了杰克·伦敦设定的适者生存等进化论模式,传达出人生的某种意味。

随着美国中西部地区工农业飞速发展,文学界新人辈出,其杰出代表就是女作家薇拉·凯瑟(1873—1947)。凯瑟以擅长描绘内布拉斯加大草原上移民的生活著称,她的"边疆现实主义"饱含着浪漫的激情,生动地表现了草原生活对各种性格不同的人的影响。长篇小说《啊,拓荒者!》(1913)、《我的安东妮亚》(1918)是薇拉·凯瑟最负盛名的作品,奠定了她作为美国现代地域文学先驱者的地位。

舍伍德·安德森(1876—1941)是另一位具有地域文化渊源的作家,他的"小镇现实主义"结合了现代技法,达到了很高的艺术成就。安德森生于美国中东部的俄亥俄州,后来定居克莱德镇,因为家境贫寒,他只上过一年高中,多年之后才得以在威登堡学院学习过一年。安德森曾经做过工人、军人、公司职员,还曾开过油漆厂,但他最终还是走上了文学创作的道路,陆续创作了《饶舌的麦克斐逊的儿子》(1916)、《前进中的人们》(1917)、《美国中部之歌》(1918)、《俄亥俄州的温斯堡》(又译为《小城畸人》,1919)、《穷苦的白人》(1920)、《鸡蛋的胜利》(1921)、《多次结婚》(1923)、《马与男人》(1923)等作品。之后,他在弗吉尼亚买了一块地定居下来,又创作了《讲故事者的故事》(1924)和《林中之死》(1933)等。1941年3月8日,他因误吞异物,患腹膜炎死于南美洲。

安德森的代表作是《小城畸人》,作品中的人物就像安德森的一生,总是充满了焦灼和不安,渴望实现生活的意义和价值,他们忠于自己的真理,但和周围环境似乎又格格不入。他的这些作品更像是关于人生的寓言,作者通过片段的感悟传达出普遍的焦虑和不安,作品中的人物内心有着浪漫的激情和灼热的欲望,人与人之间无法交流和理解,对周围的现实深刻不满。正是这一点使他的探索超越了单纯反映社会的模式,更加真切关注人的生存状态。《小城畸人》是世界级的短篇小说精品,安德森也被威廉·福克纳称赞为"文明一代美国作家之父,开创了即使是我们后人也必将承袭的美国式的写作传统"。他是第一位深刻揭示出美国工业文明造成的"异化",从哲理高度描写了人与人之间疏离的作家,又是第一位为伟大的现实主义传统引进现代主义思维方式和创作手法的作家。安德森的艺术特色在海明威和福克纳身上得到继承。

1914年至1918年,欧洲爆发了由英国、法国、俄国组成的协约国与由德国和奥匈帝国结成的同盟国之间的第一次世界大战,美国在战争前期宣布保持中立,而美国垄断财团则向交战双方出售军火和战用物资,大发横财。所以,这场战争不仅没有阻断,而且极大地刺激了美国的经济发展。一战结束后,美国进入了所谓的太平盛世,也就是进入了"喧哗的20年代"。在政府经济政策的鼓励下,工业制造如汽车、收音机、家用电器等产业,以及爵士乐、电影与舞厅等娱乐行业,疯狂地"喧哗"起来。美国经济迅速发展,从1922年到1929年,居民收入增加了40%。经济的高速增长带来的却是道德的沦丧,"裙子越穿越短,宴会越开越晚,口红越擦越艳"。有人甚至认为,正是小汽车的普及带来了未婚同居、婚外偷情和家庭解体。达尔文主义与弗洛伊德学说被新一代所推崇。这个时期,也是由古典物理进入现代物理的时期,"原子物理、量子力学、相对论、核子分裂等理论与实验的成功;麻醉术、X光、器官移植等,将医学带入新的里程;高科技电器取代了劳力;民众生活改善;精神享受提升;真是'科学万岁'!"① 这种新的面貌,在辛克莱·路易斯的小说《巴比特》中有充分反映。在这种氛围下成长的一代人被马尔科姆·考利称为是"流放的一代"和"无根的一代","我们就像在夏日沃土中萌芽的一株风滚草,我们的叶子伸展开来,可是我们的根却慢慢地干枯,变得脆了"②。于是,幻灭和放纵成为这一代的特征。

新一代作家似乎再也不必像老一代作家(如德莱塞)那样生活贫困,他们却依然要担负起反映时代生活、写出有分量的作品的重任。许多人去巴黎吸取欧洲现代主义的创作方法,大胆地试验新的艺术技巧,将政治上的激进主义、文化上的批判意识和艺术上的先锋派结合在一起,从而创作出许多划时代的杰作。这一阶段的文学表现出前所未有的独创性和丰富性,在题材内容、思想深度和艺术技巧方面都达到了新的高度,不仅深刻反映了时代的精神,也有深度地探索了现代社会人类的命运。评论家罗伯特·斯皮勒称这一时期为美国的"第二次文艺复兴"。

辛克莱·路易斯(1885—1951)是美国20世纪20年代最出色的讽刺小说家。他塑造了典型的美国人形象和典型的美国环境,使得现实主义文学在这块年轻的土地上大放异彩,并于1930年成为美国第一位获得诺贝尔文学奖的作家,标志着美国文学不仅形成了自己的面貌,而且得到了欧洲的承认。

辛克莱·路易斯出生于明尼苏达州索克新特镇,父亲是位医生,6岁时母亲去世。他从小就落落寡合,叛逆性极强,对家庭、对故乡索克新特镇有着刻骨的鄙夷。这也就是《大街》(1920)之所以引起轰动的原因——作品的批判性太强了。小说以他的故乡为原型,虚构了一个美国中西部小镇"格佛草原",通过一个嫁到小镇的新

---

① 陈庆真:《世界观的交锋》,(台北)校园书房出版社,2002年版,第143—144页。
② 马尔科姆·考利:《流放者的归来》,张承谟译,上海外语教育出版社,1986年版,第31页。

娘卡罗尔·肯尼特的眼光对平庸守旧的小镇展开了尖刻的批判，作品思想激进，言辞犀利。这部小说虽受到保守派的攻击，但它还是受到了广大读者的欢迎。

《巴比特》(1922)是路易斯的代表作。故事发生在一个虚构的城市泽尼斯，主人公巴比特是该市一个"公正诚实"的房地产经纪人。他精明能干，事业蒸蒸日上，但其实骨子里浅薄、庸俗、自私。他的一切活动只有一个目的：赚钱。他精通投机，并采取一切手段来达到自己的目的。他是一切保守、体面和传统事物的支持者，是所谓的长老教会会员、共和党党员、爱克斯会会员和援助者俱乐部成员等。他思想激进，偶尔不满意自己的生活，和一个寡妇通奸，在俱乐部受到众人侧目。最后，妻子的一场病使他趁势回到过去生活的既定轨道。小说中最精彩的是关于他戒烟的描写，他总是在戒烟，但又总是欺骗自己重新开始抽烟，这正是他性格的典型特征。路易斯把他写成了美国人中的一个典型，以至于字典中将"巴比特"(Babbitt)作为新词收入，用来形容当代美国那些自以为是、夸夸其谈、虚荣势利、偏私狭隘的商业市侩。这部小说从商业开始切入，更加"美国化"。不过，《巴比特》的缺点也比较严重，情节涣散，通篇多是一些漫画式的片段。

路易斯比较重要的作品还有《艾罗史密斯》(1925)、《艾尔默·甘特立》(1927)等。他的创作一直持续到20世纪40年代，但后期作品比前期作品逊色。路易斯给美国文坛带来了一股冲劲和朝气，尤其是他所塑造的典型环境和典型人物、提出的尖锐问题，还有作家本身真诚的勇气，这些都令美国文坛熠熠生辉。

菲茨杰拉德、海明威和托马斯·沃尔夫是20年代涌现的"迷惘的一代"的代表作家。"迷惘的一代"一语出自侨居巴黎的美国女作家格特鲁德·斯泰因，她曾评价海明威等人："你们都是迷惘的一代。"海明威将这句话题写在其第一部长篇小说《太阳照常升起》(1926)的扉页上，随着这部小说的出版和流传，"迷惘的一代"便成为当时涌现出的一批青年作家的共同的称号。"迷惘的一代"作家不满一战后美国社会价值观混乱、物欲横流的现实，又找不到新的生活准则，他们作品中的主人公多依照自己的本能或意志行事，用叛逆的思想和行为来表达对现实的不满。在艺术形式上，"迷惘的一代"作家在继承马克·吐温以来的美国现实主义文学传统的同时，又借鉴了欧洲尤其是法国的现代主义创作手法。

在"迷惘的一代"作家中，最能代表20年代文化特征的是菲茨杰拉德(1896—1940)。他敏于体察生活，善于感受和捕捉时代的氛围，正是他将这个时代命名为"爵士乐时代"(The Jazz Age)。他的第一部小说《人间天堂》(1920)被认为是标志着"爵士乐时代"开始的里程碑，写出了美国20世纪20年代奢华享乐和虚无狂放的时代特征。菲茨杰拉德既是"爵士乐时代"的代言人，又是"美国梦"的讽刺家，他最优秀的代表作《了不起的盖茨比》(1925)即以完美的艺术形式展现了美国梦幻灭的主题。小说的主人公盖茨比是美国梦的实践者，金钱和爱情是他的激情所在，但无论是靠走私赚来的大笔财富还是爱慕虚荣享乐的美女黛西,都没有给他带来真正的幸福,相反,却使他迅速地走向毁灭。这一幻灭主题在菲茨杰拉德后期的小说《夜色温柔》(1934)中表现得更加凄凉和感伤。

虽说同为"迷惘的一代"代表作家,海明威的创作与菲茨杰拉德又有很大不同:如果说菲茨杰拉德描写的是欲望,塑造的是某种脆弱性格的典型,那么海明威则更加着眼于描写人的意志,刻画的是典型的硬汉性格;如果说菲茨杰拉德写的是人的尊严如何最终走向虚无和毁灭,那么海明威写的就是人面对虚无和毁灭时怎样才能保持最后的尊严。继《太阳照常升起》之后,海明威又先后写出《永别了,武器》(1929)、《丧钟为谁而鸣》(1940)等优秀长篇小说,这两部作品都是关于战争题材的,其主题则是反战与反法西斯主义。海明威原本就注重小说艺术的锤炼,他的叙事艺术在后期发表的中篇小说《老人与海》(1952)中,达到了炉火纯青的境界,该小说还以成功地塑造了老渔民圣地亚哥的硬汉形象而著称。1954年,他由于"直面现实的勇气、对严肃主题的客观观察和精通现代叙事艺术"而获得诺贝尔文学奖。

托马斯·沃尔夫(1900—1938)则是一位杰出的抒情小说家,他的《天使,望故乡》(1929)是一部描写美国南方青年一代精神成长历程的名著,将抒情气息和现实主义结合得很紧密。

20年代,美国黑人文化迎来了"哈莱姆文艺复兴"。哈莱姆区是纽约的一个城区,这里也是美国最大的黑人居住区。来自全国各地的优秀黑人文学家和艺术家纷纷集中至此。为了重新发现黑人的本色、强化种族团结的意识,一些黑人领袖主张重视对黑人历史文化的研究,描写和表现黑人自己的生活。哈莱姆文艺复兴运动产生了一批新的黑人诗人、小说家,其中有被称为"哈莱姆桂冠诗人"的兰斯顿·休斯(1902—1967)以及具有国际影响的黑人小说家理查德·赖特(1908—1960)等,哈莱姆文艺复兴运动大大推动了20世纪美国黑人文学的发展。

20年代的繁荣富足同时也孕育着危机。1929年10月29日,纽约华尔街股市的崩盘结束了美国历史上最疯狂的投机狂热,也结束了20年代的兴旺,接下来就是连续数年的经济衰退,美国进入大萧条时代:连续几年的经济衰退,大批银行倒闭,股票贬值,城市失业率上涨,居民收入大幅度下降。人们对未来失去了信心:结婚率下降,出生率降低,自杀率升高。同时,人口的两种转移方式开始逆转,1932年,从这片"充满机会的国土"向国外移居的人超出了入境移民的1/3;同时,从乡村移居城市的人减少,一部分人甚至从城市移居乡村,因为人们对城市和工业文明的前景已经失去了信心,转而重新回归土地。从迷惘到愤激,美国文学进入了左翼文学运动阶段,涌现出了约翰·里德(John Reed)、麦克尔·高尔德、亨利·罗思、考德威尔、詹姆斯·法雷尔以及约翰·斯坦贝克等一批左翼作家,因此30年代也被称为"红色年代"。

约翰·多斯·帕索斯(1896—1970)是美国30年代作家的优秀代表。他出生于芝加哥一个西班牙裔的小康家庭,曾在哈佛大学读书,并有一战参战经历。后从事记者工作,并坚持文学创作。多斯·帕索斯思想激进,相信马克思主义对资本主义经济危机的评析,同情下层小人物的遭遇,热心参加各项激进的政治斗争。他的代表作是"美国三部曲",包括:《北纬四十二度》(1930)、《一九一九年》(1932)和《赚大钱》(1936)。在三部曲中,作者借鉴了欧洲现代派小说的技巧,充分运用了"摄影机镜头""人物传记"和"新闻短片"等新的叙述方法,大胆改进叙事艺术,集中刻画了十二个人物,描绘了从20世纪初到30年代的美国社会生活画卷。作者立志要写成美国的"民族史诗",试图运用阶级斗争的观点去观察社会现实。

如果说多斯·帕索斯已经将目光转向大城市的劳资冲突以及知识分子的精神崩溃,那么约翰·斯坦贝克(1902—1968)则对美国文化的城市化十分反感,流露出对质朴自然的留恋,其最重要的代表作是长篇小说《愤怒的葡萄》(1939)。《愤怒的葡萄》描写了30年代俄克拉荷马"尘埃盆"的佃农乔德一家大小十二人和牧师吉姆·凯西向加州逃荒、到达加州后却无以立足的故事,真实地反映了美国佃农和农工受天灾人祸的折磨、在困境和逆境中顽强斗争的生活境况,揭露了资本家与大农场主对广大劳工的剥削和压迫,从另一个侧面展现了大萧条时期农业方面的凄惨景象,从而成为30年代最具影响力的杰作之一。主要因为《愤怒的葡萄》的成就和影响,斯坦贝克分别获1940年的普利策奖和1962年的诺贝尔文学奖。斯坦贝克创作中最可贵的就是怀有对穷苦人的深厚同情和对美国土地的深深眷恋之情,他善于用形象性的语言来表达自己的立场,在作品中制造出一种抒情性的粗犷和雄浑的风格,语言清新有力,富有诗意。他是一位带有自然主义倾向的现实主义作家。

南北战争之后,南方虽然在某种意义上与北方实现了统一,但经济上仍以农业为主,文化差异也非常明显,而且许多南方人思想上存在战败的耻辱感,财产遭受损失,心理上也处于劣势。20世纪初,联邦政府才开始采取措施促进南北方经济平衡发展和思想文化的融合。美国南方文学向来具有自己的特色,20世纪初,艾伦·格拉斯哥和詹姆斯·卡贝尔开创了南方的新文学。二三十年代,南方文坛更是名家辈出,涌现了杜波斯·海沃德、杰西·斯图尔特、伊丽莎白·M. 罗伯茨、威廉·福克纳、凯瑟琳·安妮·波特、卡森·麦卡勒斯和尤多拉·韦尔蒂等一大批优秀的小说家。他们描写南方的历史文化、社会风俗、生活模式,批评过去的落后与保守,大胆探索南方的新生活,反映迈入新时期的南方人的理想和希望。他们所创作的一些优秀作品已超越了南方的区域范围,获得了更加普遍的意义与更广泛的认同。尤其是福克纳运用意识流手法,从不同的侧面描绘了从一战到大萧条时期,南方人所经历的经济困难和精神危机,同时也深刻地反映了现代人所面临的情感、道德、信仰等一系列问题。福克纳(1897—1962)一生勤奋笔耕,著作宏富,创作了史诗般的约克纳帕塔法世系小说,其中被誉为意识流小说经典的长篇著作就有《喧哗与骚动》(1929)、《我弥留之际》(1930)、《圣殿》(1931)、《八月之光》(1932)、《押沙龙,押沙龙!》(1936)和《去吧,摩西》(1942)等,这些作品无论是内容还是形式,均体现出深刻的现代性,不仅成为南方小说的高峰,而且在美国文学史与世界文学史上,也具有举足轻重的地位和广泛的影响。1949年,福克纳因其对当代美国小说的无与伦比的贡献而获得诺贝尔文学奖。

这个时期,女作家玛格丽特·米切尔(1900—1949)的《飘》(1936)以美国南北战争和战后重建时期的佐治亚州为背景,塑造了一个奋斗不屈的理想主人公郝思佳的形象,作品更因真诚、坦率地揭露美国个人主义和功利主义的思想实质而大受欢迎。另一位女作家赛珍珠(1892—1973)因描写中国农民苦难生活的《大地三部曲》(1936)而荣获1938年的诺贝尔文学奖。身为传教士的女儿,赛珍珠在中国长大,寄居中国近40年,熟谙中国人的生活与中国文化,她的主要作品题材都是关于中国的。在小说中,她力图以真诚而公正的态度写出二三十年代中国社会的真相,也主要是"由于她对中国农民生活丰富而真实的、真正史诗般的描述"①而获得诺贝尔文学奖。这是诺贝尔文学奖第一次授予美国女作家,而她的代表作不仅内容是关于异国他乡的题材,而且采用了中国传统小说的章回体结构和白描的叙事手法,因而赛珍珠的获奖在美国文坛引起了许多争议。尽管如此,赛珍珠的作品无论在美国文学史还是在中美文化交流史上,都具有独特的重要意义。

20世纪上半叶,美国的诗歌艺术,尤其是现代派诗歌艺术也取得了辉煌的成就。在这个时期,出现了美国诗坛公认的五位杰出诗人,他们是罗伯特·弗罗斯特(1874—1963)、埃兹拉·庞德(1885—1972)、T. S. 艾略特(1888—1965)、华莱士·史蒂文斯(1879—1955)和W. C. 威廉斯(1883—1963),他们的诗歌创作不仅为美国诗坛带来了新元素,也代表了现代英语诗歌的新发展,尤其是庞德和艾略特的创作,作为西方现代派诗歌的杰出代表,在世界范围内都产生了深刻的影响。

与小说和诗歌相比,美国戏剧创作起步较晚。20世纪初,一些有志于献身戏剧的艺术家在芝加哥、纽约、波士顿等几个大城市组建了小型剧场,上演当代欧洲优秀的剧作,以此与商业化的演出公司分庭抗礼,并寻求民族化的戏剧道路,这些小剧场运动得到大学艺术教育和戏剧评论界的支持。它们吸收了现实主义、自然主义、表现主义、象征主义等不同戏剧流派的艺术技巧,大胆进行戏剧实验,吸引了

---

① 杨仁敬:《20世纪美国文学史》,青岛出版社,2014年版,第297页。

越来越多的美国观众。30 年代，美国戏剧开始繁荣，涌现出一批思想激进、艺术技巧卓越的戏剧家：约翰·霍华德·劳森（1895—1977）、克利福德·奥德茨（1906—1963）、丽莲·赫尔曼（1905—1984）、马克斯韦尔·安德森（1888—1959）、罗伯特·舍伍德（1896—1955）、西德尼·金斯利（1906—1995）等。当然，其中最优秀的是 1936 年度诺贝尔文学奖得主尤金·奥尼尔。

尤金·奥尼尔（1888—1953），出生于纽约一个戏剧之家，父亲是来自爱尔兰的演员和导演，他从小就跟随父母过着漂泊不定的生活。他在寄宿学校接受了初等教育，1906 年至 1907 年，在普林斯顿大学接受了一年教育。之后，奥尼尔曾至南美洲、非洲各地流浪，淘过金，做过水手、小职员、无业游民和临时演员等。后因患肺病住院，疗养期间阅读了希腊悲剧和莎士比亚、易卜生、斯特林堡等众多名家的剧作，开始习作戏剧。1914 年，他有幸参加了哈佛大学的乔治·贝克教授举办的"第 47 号戏剧研习班"，获益良多，提高了写作水平。1916 年，奥尼尔结识了普罗文斯顿剧社的演员和作家，他的作品最初就由这个剧社上演，他的影响也随着剧本的成功上演而越来越大。1920 年，奥尼尔的《天边外》在百老汇上演，并获普利策奖，由此奠定了他在美国戏剧界的地位。1929 年，耶鲁大学授予他名誉文学博士学位。此后他居住在美国佐治亚州一个远离海岸的岛上专心写作，1953 年 11 月 27 日，奥尼尔逝世于波士顿。尤金·奥尼尔的创作道路大致可以分为三个阶段：前期以现实主义为主；中期以表现主义为主；后期则体现为独创而成熟的现实主义风格。他的《天边外》(1918)、《榆树下的欲望》(1924)等作品领导美国戏剧走出了"市侩的埃及"，进入了现实主义阶段；他的《琼斯皇》(1920)、《毛猿》(1921)等作品大胆创新，开创了美国戏剧的表现主义时期；随后，他的《冰人来兮》(1939)、《休矣》(1941)体现了作家独树一帜的风格，并预示了美国戏剧向存在主义、荒诞派的转向。他的《悲悼》(1929)、《进入黑夜的漫长旅程》(1939)等，已跻身于现代戏剧的经典之列。奥尼尔四次获得普利策奖，并于 1936 年获得了诺贝尔文学奖。

奥尼尔的第一部表现主义作品是《琼斯皇》，该作品描写了西印度群岛上的黑人臣民联合起来造反，皇帝布鲁斯特·琼斯狼狈出逃，最后被打死。全剧共分八幕，头尾两幕是写实的，分别描写暴乱前琼斯的活动以及琼斯之死，其余六幕是梦幻的，反映他在热带丛林里逃亡时的恐惧心理。琼斯既是个人，也是集体，他的幻象其中部分是他自己的经历，部分是黑人种族的经历。黑人原居非洲，有自己的文化，被殖民主义者掠夺贩卖到新大陆为黑奴，他们进行反抗，但也有些人最终被殖民主义者所腐蚀。作品通过琼斯个人的回忆与幻觉，呈现了黑人种族的心理积淀与现实情绪。在一定意义上说，琼斯的悲剧既是他个人的悲剧，也是黑人种族的悲剧；琼斯的逃亡，象征着当时美国黑人受压抑的处境，琼斯的恐惧，代表着在受压抑环境中的美国黑人在意识或潜意识中始终存在的某种焦虑；黑人的这种痛苦呻吟，始终是美国艺术交响乐中一段悲伤的旋律。

作为表现主义的代表作品之一，《琼斯皇》运用了多种创新手法。首先是结构，首尾两个现实场面互相呼应，中间六幕逐渐深入，从个人的当下现实倒退回个人的过去，再从个人的过去倒退回种族的过去，按照内容精心设计，形成从序曲、发展、高潮到尾声的效果曲线；其次是时空，八幕中有六幕既是现实的又是梦幻的，琼斯虽身在丛林中乱窜，神却云游四方，从非洲黑人的巫术仪式，到美国早年的奴隶市场，从劳改营到海船上，作品大胆地把现实与想象糅合在一起，创造出特定情境中人物心理的外化形象，时间与地点没有限制，听任人物想象与回忆的引导；再次是舞台处理，在表现主义戏剧中，鬼魂是司空见惯的东西，然而奥尼尔别出心裁地把"恐惧"作为角色搬上了舞台。此外，还有移动合拢而来的森林、丑陋而庞大的鳄鱼，以及著名的鼓声："鼓声低沉、颤抖，开始时鼓点如正常的脉搏——每分钟七十二次，而后逐渐加快，直到幕落，从不间断。"作品选择了鼓声作为主导音响，给予观众一种原始生活的气氛，它又是琼斯恐惧中的心跳声，直接打击在观众的心上；最后是动作语言，在一定意义上说，作品是独角戏，是主人公琼斯一个人的活动与独白。琼斯从傲慢的皇帝，变为恐惧的逃亡者，他一件件地脱去了衣服，一次次地打出了子弹，文明给予他的一切层层剥落，赖以生存的手段逐渐丧失，他大段大段地倾诉自己心中的恐惧，对周围的一切用惊叫、设问、呼喊与喘息来回应。生而为黑人的心灵痛苦，被鲜明而强烈地表现了出来。这一切都指向人物的心理，特别是无意识心理。

奥尼尔的作品中，可以与《琼斯皇》相媲美的是《毛猿》。《毛猿》戏剧开始发生在一艘海轮上，工人们用一种奇特的机械动作，把燃煤投向炉膛。这群工人都像野兽，而绰号为扬克的罗伯特·史密斯则是他们当中最强壮、最粗野的。轮船公司董事长的女儿米尔德里德被扬克狰狞可怕的外貌吓坏了，大叫一声，"哎唷，这个肮脏的畜生"，紧接着晕倒在地。扬克感到受了巨大的侮辱，原来那种自视为轮船主人、因而也自感有所归属的信念开始动摇了。他决心对资产者进行报复，于是在上流社会人士出入的纽约第五大街寻衅滋事。他冲撞资产者，自己反而倒下，最后被警察抓去。获释之后，他来到一个工会组织，但是由于言论过激引起怀疑，又被赶了出去。走投无路的扬克来到动物园，想与大猩猩为伍，猩猩却挤伤了他，把他抛进空笼子里，最后扬克死去，"也许毛猿最终有了归属"。作品的副题是"关于古代与现代生活的八场喜剧"，指明了作品的含义。

毛猿是人的象征，这种人已经失去了原有的与自然相处的和谐。水手派迪怀念自己青年时代的美妙日子，那时他在桅杆高耸入云的快船上当水手，唱着劳动号子乘风破浪——个人是快船的一部分，快船是大海的一部分，大海又是大自然的一部分，大自然中的一切和谐地联系在一起。这是工业化以前的劳动与生活方式，人与自然是和谐的。现在工人们在火轮上干活，这个钢铁的庞然大物是工业技术社会中劳动与生活环境的象征，世界缩小成了一台机器，工人被困在这台机器里，也被异化成了机器，他们用一种奇怪笨拙的节奏——机器的节奏——把煤送进炉膛。锅炉间里没有阳光，炉灰充满了工人们的肺部，工人们在这地狱般的炉膛口服着苦役，人成了机器的一部分，甚至成了机器的奴隶。水手勒昂代表有一定政治觉悟的工人，他懂得人生来是自由平等的，可是那些该死的资产者压迫工人，把工人变成了工资奴隶，这里已经有了阶级斗争的气味。但是扬克既不同于满心浪漫怀旧情绪的派迪，也不同于具有激进政治思想的勒昂，他是"现代生活"中普通人的象征。

扬克原以为自己与现代工业技术社会——海轮就是它的象征——是和谐的，用他的话说，他归属于这个钢铁怪物，他就是钢！他就是钢里面的肌肉，钢背后的力量，他是基础，他是一切。然而米尔德里德的一句话，"哎唷，这个肮脏的畜生"改变了他的信念。粗鲁的烧火工转而成了"思想者"，他发现钢铁轮船不再是他的归属之地了。向有产者的进攻失败了，与无产者的联合破产了，扬克失去了归属。本是他开动了轮船，他却变成了船上的一个部件，本是他炼就了钢铁，他却死在了钢铁的笼子里；是他的劳动创造了这个工业技术社会的一切，但他反而被这个社会压迫、役使，直至毁灭。现代人征服了自然，成为自然的主人翁，科学与唯物主义的胜利带来了巨大的物质财富，然而这一胜利掏空了人的灵魂，人的本体论意义仍未得到解决，在现存社会中，人外部占有的越多，内部拥有的就越少。人类无法沿着这条道路前进，那么后退是否可行呢？扬克与大猩猩握手意味着这一企图，但是后退也无出路，大猩猩杀死了他，意味着倒退也非人的归属。在作品中，扬克除了死亡外，已然没有了归属。

奥尼尔的表现主义作品内容十分广泛，除了对社会问题的关注外，他还倾向于研究更为抽象、更具精神意义的种种问题，如艺术受到金钱排斥，两性间的矛盾冲突，科学技术的局限性，宗教信仰的影响等。

第二节　薇拉·凯瑟

薇拉·凯瑟(1873—1947)是20世纪初美国转型时期的女作家，以擅长描绘内布拉斯加大草原上的移民生活著称。1873年，凯瑟出生于弗吉尼亚州外祖母的家中，9岁时跟随父母迁居到内布拉斯加大草原，后来定居红云镇。凯瑟成长于文学氛围浓厚的家庭，自幼便由外祖母带领着阅读《圣经》《天路历程》，同时熟读莎士比亚、蒲柏、霍桑等作家的经典作品，拥有自己的藏书。红云镇移民中的知识分子也对凯瑟起到了良好的启蒙作用。

1890年,凯瑟以优异的成绩考上内布拉斯加大学。她大学时便开始创作,1892年发表处女作《彼得》,并担任《红木树》的文学编辑。此后,凯瑟陆续创作出了《先知先觉的洛》《法庭的宽大》《分水岭上》等短篇小说。这些作品取材于美国中西部地区的移民生活,讲述作家熟悉的边疆拓荒者的故事。

大学毕业后,凯瑟前往匹兹堡担任杂志《家庭月刊》的编辑,从此开始了在东部的文学事业。1897年,凯瑟担任《匹兹堡先驱报》的编辑,她也为林肯市的报纸撰写戏剧评论专栏,并融入当地的戏剧圈和音乐圈,积极参加社交活动。后辞去编辑一职,先后在匹兹堡两家中学担任教师。凯瑟教学之余出版了诗集《四月的霞光》(1903)和短篇小说集《精灵花园》(1905),后者收录了7篇小说。这些作品主要关注艺术家们的生活,这些艺术家大多怀才不遇、晚景凄凉。艺术家的成长,以及他们与现实之间的矛盾也成为凯瑟写作的重要题材。

1906年,凯瑟应邀担任《麦克卢尔杂志》的编辑,在纽约结识了女作家萨拉·奥恩·朱厄特(1849—1909),两人建立起深厚的友谊。朱厄特当时已经是美国一流的乡土作家。她擅长描写缅因州南部的乡镇生活,展现丰富细致的女性世界和优美的自然风光,代表作有《尖尖的枞树之乡》(1896)。而那时薇拉·凯瑟正因文学才华未能得到外界的认可而陷于焦灼、疲惫的状态。朱厄特称赞凯瑟的天赋,同时提醒凯瑟:"你拥有内布拉斯加的生活——一个孩童记忆中的弗吉尼亚州,以及现在我们乐于亲昵地称之为'波西米亚'杂志的办公室生活。这些都是非凡的创作财富,但你从外部并不能真切体会它们——当你写作时,你应当站在它们的正中间,而不是以旁观者的立场将它们呈现在世界面前。"①而且朱厄特建议凯瑟:"你必须找到自己宁静的生活中心,并以此为出发点,创作出一个广阔的世界,这其中包括整个波西米亚、所有的办公室、全社会、所有城市和乡村——简言之,你必须为人类的心灵写作。"②薇拉·凯瑟听取朱厄特的建议,逐渐减少工作量,最终辞去杂志主编一职,潜心创作。

1912年,凯瑟的第一部长篇小说《亚历山大之桥》在《麦克卢尔》杂志上连载,作品深受亨利·詹姆斯的影响。随后《啊,拓荒者!》(1913)、《云雀之歌》(1915)、《我的安东妮亚》(1918)陆续问世,奠定了她在美国文学史上的地位。长篇小说《我们中的一员》(1922)获得了普利策小说奖。除此以外,凯瑟还写出了《一个迷途的女人》(1923)、《教授的房子》(1925)、《大主教之死》(1927)、《岩石上的阴影》

---

① Annie Fields, ed. *Letters Of Sarah Orne Jewett*. Boston: Houghton Mifflin Company, 1911, p. 144.

② Annie Fields, ed. *Letters Of Sarah Orne Jewett*. Boston: Houghton Mifflin Company, 1911, p. 144.

(1931)、《模糊的命运》(1932)、《莎菲拉和女奴》(1940)等作品。内布拉斯加大学、普林斯顿大学、耶鲁大学、哥伦比亚大学等美国著名高等学府纷纷授予她文学博士的荣誉称号,她也获得美国文学艺术研究院授予的霍威尔斯奖、法国颁发的美洲女作家奖等,并被选入美国文学艺术研究院。1947年,薇拉·凯瑟在纽约家中因脑溢血去世,享年74岁。

《啊,拓荒者!》与《我的安东妮亚》是薇拉·凯瑟最负盛名的作品。《啊,拓荒者!》的书名取自惠特曼的诗歌《拓荒者!啊,拓荒者!》,讲述了女主人公亚历山德拉开拓边疆并自我成长的故事。小说伊始,约翰·柏格森在与荒野的搏斗中落败,临终前将家庭的重担托付给长女亚历山德拉。亚历山德拉不负所托,以坚忍不拔的毅力和非凡的经营才能带领母亲与三个弟弟成功度过灾荒,并发家致富。但两位弟弟觊觎姐姐的财产,千方百计阻挠她与恋人卡尔结合,导致姐弟反目。最小的弟弟艾米爱上邻居麦丽,两人在一次幽会中被麦丽的丈夫弗兰克双双击毙。亚历山德拉痛不欲生,然而她最终原谅了弗兰克。卡尔从报纸上看到这出悲剧后,再次回到亚历山德拉的身边,两人终成眷属。

《我的安东妮亚》是由叙述者吉姆·伯丹以第一人称回忆邻居安东妮亚的成长故事。波西米亚姑娘安东妮亚·雪默尔达从小随父母移民到美国中西部地区。父亲因为适应不了当地的生活而自杀,安东妮亚与家人在邻居的帮衬下艰难度日。"我"后来随祖父母搬到黑鹰镇定居,祖母为安东妮亚在镇上谋到一份女佣的工作。与此同时,一批农场少女步入黑鹰镇打工,开启了各自的人生。安东妮亚、莉娜·林加德、蒂妮·索特鲍尔是其中的翘楚。这些帮工少女健康美丽、朝气蓬勃,但也受到各种流言蜚语的纷扰。安东妮亚因热爱跳舞而与东家起了龃龉,跳槽到声名狼藉的卡特家当管家,险些遭受侵犯,"我"与祖母及时保护了她。

"我"从黑鹰镇到林肯市读大学,失去了与安东妮亚的联系。莉娜凭借出色的裁缝手艺也在林肯市站稳了脚跟,并对"我"产生了暧昧的情愫。"我"为了学业离开林肯市。从哈佛大学毕业后,"我"回到黑鹰镇度假,听说了女拓荒者们的传奇故事。蒂妮远赴阿拉斯加淘金,历经凶险后获得一笔可观的财富,如今定居旧金山。莉娜也从林肯市搬到旧金山与蒂妮相伴,她的裁缝店经营得风生水起。安东妮亚谈过一次伤筋动骨的恋爱,眼下正在农场独自抚养私生女。"我"前去看望安东妮亚,与她一起回忆了两人的金色童年。小说最后,"我"事隔二十年后又一次拜访安东妮亚。她组建了幸福的大家庭,丈夫温和敦厚,子女成群。虽然时光流逝,但安东妮亚仍旧富有旺盛的生命力。

两部作品都清晰地展露了女性意识。《啊,拓荒者!》《我的安东妮亚》中主人公都是女性,且都具有披荆斩棘、积极进取的开拓精神。《啊,拓荒者!》中的亚历山德拉仿佛从希腊神话中走出来的女英雄,冷静睿智,富有远见,她的父亲、弟弟们,甚至恋人卡尔与她相比都黯然失色。《我的安东妮亚》中,安东妮亚百折不挠,拥有如同大地女神般源源不断的繁殖力和生命力:"她只要站在果园里,手扶着一棵小小的酸苹果树,仰望着那些苹果,就会使你感觉到种植、培育和终于得到收获的好处。她心里一切强有力的东西来自她那曾经那么不知疲倦地提供丰富感情的身体。"①小说中次要的女性人物也熠熠生辉。老一代家庭主妇如亚历山德拉的母亲柏格森太太、叙述者吉姆·伯丹的祖母,她们在操持家务中传递家庭成员之间的温暖,形成家庭内在的凝聚力。吉姆多年后依然怀念祖母的厨房,"地下室里的厨房像天堂一样的安全和温暖——像冬天的大海上一只密不透风的小船"②。新一代女拓荒者也拥有各自的精彩生活,"火红的野玫瑰"式的女性麦丽一生追逐爱情;蒂妮出生入死积累了属于自己的财富;莉娜凭借出色的裁缝手艺在旧金山闯出一片天地。凯瑟认为:"每一个国家的历史都是从一个男人或一个女人的心里开始的。"③但从她的作品中来看,历史毋宁说是从女人们的心里开始的。

两部作品同时散发着浓郁的乡土气息。薇拉·凯瑟在朱厄特的指引下发掘自己最为熟悉的题材,小说都是以作家自小生活的内布拉斯加大草原为背景。这是由春天波光潋滟的河塘、芦苇丛中的野鸭,夏天迎着朝露的樱桃园、芬芳四溢的玫瑰,秋天金黄色的麦田、成群的牛羊,冬天狂暴的风雪、温暖的厨房,以及各国移民参差百态的风俗人情组合而成的世界,也是构筑在物欲横流的东部世界之外的精神家园。从这里离开的人们会像候鸟一样飞回来汲取精神上的力量,《啊,拓荒者!》中亚历山德拉的弟弟艾米、恋人卡尔,《我的安东妮亚》中的吉姆·伯丹、安东妮亚、莉娜,包括作家本人,都在重复着"出走"与"回归"的古老主题。

从艺术上看,两部作品都取得了相当高的成就,尤其是《我的安东妮亚》,叙事技巧高超、圆融。首先,凯瑟选用小说中的人物吉姆·伯丹充当叙述者,作家可以藏在吉姆背后抒发内心的情感,而不会流于放纵;其次,凯瑟不擅长描写扣人心弦的戏剧冲突和天人交战的内心矛盾,她通过吉姆的视角讲述女主人公的生平,不必卷入主人公的故事以及情绪的旋涡中心,从而成功避免了短板;以吉姆的行踪为支撑点,作家可以随时进入主人公的生活,截取重要的片段,避免了流水账式的记叙。最后,回顾式的叙述带有浓厚的怀旧色彩,也与凯瑟的抒情风格相得益彰。除此以外,两部作品都具有简洁、洗练的特点。凯瑟戏称那种追求在小说中纤毫毕现地还原客观环境的作家为"室内装修匠",她也反感与人物性格无关的情节描写,提倡"不带家具的小说"。她认为小说"必须从丰富、闪光的'现在'的长河中撷取永恒艺

---

① 薇拉·凯瑟:《我的安东妮亚》,周微林译,外国文学出版社,1998年版,第222页。
② 薇拉·凯瑟:《我的安东妮亚》,周微林译,外国文学出版社,1998年版,第44页。
③ 薇拉·凯瑟:《啊,拓荒者!我的安东妮亚》,资中筠、周微林译,外国文学出版社,1983年版,第38页。

术的素材"①,作家应有提炼素材的眼光,清楚"应在什么时候尽弃前功、什么时候使它从属于更高的、更真实的效果"②。在凯瑟看来,"艺术的更高发展总是一个简化的过程"③。整体而言,薇拉·凯瑟的小说不以精致灵动取胜,表面粗糙的结构、荒芜苍凉的抒情色彩,以及深层蕴含着的《圣经》、古希腊神话原型,这些特征共同赋予凯瑟的作品大巧若拙、端庄厚重的艺术风格。

薇拉·凯瑟曾说过,"世界在1922年前后断裂成了两半"④,而她属于前一半。1922年出版的《我们中的一员》标志着凯瑟的创作进入了中期。该小说以凯瑟的堂弟为主人公原型,讲述了成长于美国中西部农场的青年克劳德·惠勒奔赴法国参加第一次世界大战并壮烈牺牲的故事。作品获得了普利策小说奖,然而作家有关克劳德在法国战场上的描写常被诟病为缺乏真实感以及美化战争。值得注意的是,凯瑟在这部作品中虽然也描绘了农场的生活场景,但较之先前的作品,作家花了更多的笔墨去抨击以各种机械为代表的冷漠和市侩的工业文明日渐侵蚀质朴、淳厚的乡村的现象,作品的基调也由早期的浪漫、乐观转向悲观、阴郁。

《一个迷途的女人》(1923)是凯瑟小说中的精品。它讲述了上尉夫人玛丽恩在时代的洪流中跌宕起伏的一生。夫人年轻貌美且拥有情人,她在上尉破产、去世后,以美色为资本追逐优裕的物质生活,最后嫁到英国度过余生。小说塑造了具有"自相矛盾的魅力"⑤的上尉夫人玛丽恩·福瑞斯特的形象。她身处上流社会,但能以亲切和蔼的态度善待甜水镇底层的穷孩子们,乐于帮他们排忧解难。同时,她也是宴会和舞会上的焦点人物,一举一动都引人入胜:"她笑得那么悦耳,那么迷人,好似你在开门关门之间从远处舞会上传来的音乐。"⑥然而另一面,玛丽恩不忠于婚姻和伟大的拓荒时代。她不甘心以拓荒者未亡人的身份潦倒而终,而是不屈不挠地追求理想的生活。与玛丽恩·福瑞斯特的矛盾形象相匹配的是小说第三人称叙述与配角尼尔的双重叙事视角。小说的主体部分贯穿于尼尔的意识之中,作家通过他的眼睛去观察,通过他的内心来分析评判,玛丽恩最后的结局也是通过他听到的来进行介绍,这种处理方式成功规避了作者直接的道德审判,也更增添了主人公经历的传奇色彩。同时,尼尔也从懵懂无知的少年成长为走南闯北、见多识广的中年人,他的叙述也更为客观、理性和成熟。少年时期,尼尔以骑士的浪漫情怀仰慕着夫人,将她视为美的理想与化身;青年时期,尼尔发现了上尉夫人不尽如人

---

① 苏玲选编:《不带家具的小说》,上海文艺出版社,2013年版,第62页。
② 苏玲选编:《不带家具的小说》,上海文艺出版社,2013年版,第63页。
③ 苏玲选编:《不带家具的小说》,上海文艺出版社,2013年版,第63页。
④ 沙伦·奥布赖恩编:《威拉·凯瑟集:早期长篇及短篇小说(下卷)》,曹明伦译,生活·读书·新知三联书店,1997年版,第1474页。
⑤ 朱炯强编选:《薇拉·凯瑟精选集》,董衡巽等译,北京燕山出版社,2004年版,第254页。
⑥ 朱炯强编选:《薇拉·凯瑟精选集》,董衡巽等译,北京燕山出版社,2004年版,第236页。

意之处，信仰坍塌，甚至产生了怨恨；中年时期，他历经人世之后，以豁达的态度与这段陈年往事中的故人和解，从侧面表现了作家悲天悯人的情怀，也再次证明了伟大的作品从来不会仅仅是苍白的道德文章。

小说中的丹尼尔·福瑞斯特上尉是拓荒时代的象征。他年轻时勇于开拓进取，为人高尚正直，然而却与尔虞我诈的新世界格格不入。在凯瑟的笔下，这些开天辟地的神祇一般的人物注定会被猥琐卑劣的艾维·彼得斯之流所取代。小说是为老一代拓荒者以及他们所代表的拓荒时代吟唱的一曲挽歌，字里行间充溢着对即将逝去的美好岁月的敬仰和眷恋，以及对已经到来的商业化社会的反感和失望。作品结构玲珑，叙事手法高超，基调沉郁悲凉且富于诗意，隐约可见另一部优秀小说《了不起的盖茨比》的身影。

凯瑟创作后期更为关注宗教题材，《大主教之死》便是她这一时期的代表作品。19世纪50年代，法国天主教神甫吉恩·马利·拉都受命前往新墨西哥州担任主教。他穿越荒漠，历经艰难险阻到达教区却不被承认，但他仍然风餐露宿，走遍所管辖的教区，免费为教徒们祈祷、做弥撒，举行婚礼和洗礼，以虔诚的信仰、简朴高尚的作风赢得了当地墨西哥人和印第安人的信任。与此同时，拉都主教与辖区内贪财好色、尸位素餐的神甫们展开了斗争，起用了一批年轻且虔诚的神甫，将前者取而代之。这些年轻神甫协助主教在蛮荒之地建立起正常的宗教秩序，并建造了宏伟的圣菲大教堂。小说结尾，众望所归的大主教从容离世。作品高度颂扬了宗教上的"拓荒精神"，拉都主教与助手约瑟·瓦扬神甫在愚昧落后、危险复杂的环境中传播文明，其不屈不挠的毅力、积极进取的精神与凯瑟早期作品中的拓荒者如出一辙。然而，凯瑟对早期传教士"拓荒精神"的大力颂扬，也从侧面反映了作家对现实的失望和逃避之情。同时，作品中的"西方中心"意识也极为明显。

除宗教题材之外，凯瑟没有离开她最擅长的领域，她依然在讲述自己童年时代朝夕相处的移民们的故事。小说集《模糊的命运》共收录3篇作品，其中《邻居罗西基》和《哈里斯老太太》便属于这一类。这两部小说中的主人公罗西基和哈里斯老太太都是老一代的拓荒者，他们身上仍保留着勤劳善良、体贴无私的高尚品格，甘愿为家人默默奉献。胸襟开阔的拓荒者与他们蝇营狗苟的子孙后辈形成对照，作家的取舍一目了然，从中也可以看出凯瑟对远逝的中西部地区的拓荒精神的缅怀，以及对当下东部商业社会的批判和逃避。

20世纪前30年主宰美国文坛的作家大部分来自中西部地区，如德莱塞、斯泰因、安德森、艾略特、刘易斯、海明威、菲茨杰拉德以及凯瑟。他们恰逢美国社会的转型时期，参与创作了现代主义文学。这批作家中唯有薇拉·凯瑟从始至终保持着对大自然、土地、田园的强烈兴趣和深厚情感，她热情讴歌边疆风光以及拓荒者们筚路蓝缕的创业精神。同时她和她笔下的人物也敏感而又无奈地觉察到资本对这些美好事物的冲击与戕害，从而不可抑制地流露出胜地不常、盛筵难再的怀旧情绪。

第三节　赛珍珠

美国作家赛珍珠①(1892—1973)，在美国乃至整个西方社会皆以积极弘扬中国文化而闻名。1938年，瑞典皇家学院将该年度的诺贝尔文学奖授予她，以表彰她用理想主义与宽大心灵，"为西方世界打开了一条路，使西方人用更深的人性洞察力去了解一个陌生而遥远的世界——中国"。由此赛珍珠成为首位将中国、中国人推向世界最高文坛和世界人民视野中的小说家。

赛珍珠出生于美国西弗吉尼亚州希尔斯伯勒地区。其父母为美国基督教会南长老会传教士，他们于1880年结婚后双双抵华传教。1891年，在接连失去3个子女后，为缓解精神创痛，夫妇二人返回故土休养一年，并在此生下女儿赛珍珠，这是他们7个子女中唯一出生于美国的孩子。出生3个多月后，赛珍珠即被父母带回中国，在江苏镇江度过了童年和少年的大部分时光。敬业的父亲为便于传教，选择在传教士集中居住的大院之外的中国家庭中卜居，为赛珍珠创造了与中国普通百姓亲密接触的现实环境，她儿时的玩伴大多是中国孩子，这在她早期精神园地里播种下最初把中国当作"母国"的基因。开明的母亲在亲授美国函授课程体系的同时，又为她聘请了一位中国秀才孔先生做家庭教师，教她说官话，读儒家经典，了解中国历史，还教会她弹扬琴，为她铺设了一条通向中国传统文化和价值体系这座宏伟殿堂的道路。地道的美国身份和在中国的经历，父母为其选择的与众不同的成长路径，汉英两种语言的双语教育，西方文化、基督教精神和中国文化、儒家思想的双重沃灌和启迪，注定了她终身坚守跨文化的写作立场以及超越狭隘民族主义的世界主义价值观，她与中国人民结下了不解情缘，对中国文化情有独钟，并自觉担当起促进中美交流、沟通、互助的使者，最终成为以书写中国和亚洲、弘扬中国乃至整个东方文化而享誉世界的著名作家。

1910年，赛珍珠赴美国弗吉尼亚州林奇堡伦道-梅肯女子学院攻读心理学。1914年，她毕业后返回父母身边，边照顾生病的母亲，边在镇江教会中学任教。1916年，她在庐山结识美国农业传教士约翰·洛辛·布克(1890—1975)，于1917年5月结为夫妇，之后移居到布克工作的皖北宿县(现安徽宿州)生活了两年半。这段生活对于赛珍珠意义非凡，她得以与生活在中国社会最底层的农民有了亲密

---

① "赛珍珠"这个中文名，姓得之于其父Absalom Sydenstricker(1852—1931)的中文名"赛兆祥"，名则是她本人英文名"Pearl"的汉译。

交往的机会,亲历了他们的喜乐悲辛,探测到他们生命的脉搏。这段生活为她日后创作《大地三部曲》《母亲》《龙子》和《元配夫人》中的部分篇目等以中国农民生活为主体的小说准备了素材。

1919年,赛珍珠随夫调至南京金陵大学任教。她在南京生活了至少12年,并在金陵大学一座小洋楼的阁楼上,创作了后来为她赢得诺贝尔文学奖的大部分作品。1930年,她的第一部长篇小说《东风·西风》问世,受到美国读者的关注和好评。第二年,长篇小说《大地》出版,立刻引起轰动,并入选每月图书俱乐部推荐书目,连续两年雄踞畅销书排行榜榜首,赛珍珠因此名噪一时,又一鼓作气地推出了短篇小说集《元配夫人》(或译《结发妻》,1932)、长篇小说《青年革命者》(1932)、还在中文助手龙墨芗先生帮助下翻译出版了70回本古典章回体小说《水浒传》(1932),这是《水浒传》首部英文全译本,赛珍珠为之花费了5年心血,终使之成为在西方发行量最大、流传最广的英译本。从1933年开始,她又接连出版了《大地三部曲》的第二部《儿子们》(1933)、长篇小说《母亲》(1934)、《大地三部曲》的最后一部《分家》(1935)。她的长、短篇小说很快有了中译本,引起中国文坛的广泛关注和激烈争议,赛珍珠也与部分中国现代作家有了交往,并密切关注中国文坛现状。1934年,赛珍珠告别生活了近40年的中国回美国定居,并于次年同布克离婚,嫁给自己的出版商理查德·沃尔什(1886—1960)。从此她再也没能回到魂牵梦绕的中国,但她却始终牵挂中国,书写中国。

回美国后,她首先推出了叙述父母在中国传教经历的传记《异邦客》(或译《放逐》,1936)和《战斗的天使》(1936),这两本书被赞誉为书写传教士生活的最优秀的作品,也是传记文学中的上乘之作。1937年爆发的中国抗日战争引起了赛珍珠的热切关注,她依据从报刊上获取的信息资料以及以往在中国积累的生活经验,创作出一组抗战题材的长、短篇小说——长篇小说《爱国者》(1939)、《龙子》(1942)、《中国天空》(1942)、《诺言》(1943)和《中国飞行》(1945),短篇小说集《今天和永远》(1941),谴责日军暴行,为中国人民反抗侵略、保家卫国的正义行为摇旗呐喊。与此同时,在1940年11月,赛珍珠还和丈夫沃尔什一道成立了紧急援华委员会,募捐100万美元寄往中国,对抗战进行人道主义救援。她还组织了50多次演讲、访谈和新闻发布会,为中国和亚洲其他国家的民族解放运动呼吁、呐喊。除抗战题材外,从40年代至60年代末,她还推出了几部其他中国题材的长篇力作,如《群芳亭》(又译《闺阁》《女子亭》,1946)、《牡丹》(1948)、《同胞》(1949),以及反映爱国知识分子在反右运动和"文革"中的困难处境和悲剧命运的长篇小说《北京来信》(1957)和《梁太太的三个女儿》(1969)等。

赛珍珠于1973年5月6日与世长辞。她被葬在宾夕法尼亚州故居青山农场的一棵白蜡树下,墓碑是作家亲自设计的,只有"赛珍珠"3个小篆体汉字。自称是赛珍珠长期崇拜者的尼克松总统在悼词中称她是"一座沟通东西方文明的桥梁","一位伟大的艺术家,一位敏感而富于同情心的人"。

在赛珍珠题材众多的文学创作中,中国题材创作成就最高,《大地三部曲》《龙子》《群芳亭》《牡丹》《同胞》都是重要作品。《大地三部曲》既是赛珍珠的成名作,也是她的代表作。小说依据她在安徽宿县和江苏南京的生活经历写成,描写了农民王龙和妻子阿兰一家三代人与土地的故事,从而展示出几千年农业文明和封建文化整合而成的中国农民近乎静止状态的封闭、循环、自足而完整的传统生态圈,以及这个生态圈在裂变的现代社会如何被打破,并开始向新的方向发展。第一代人贴着泥土,在土地上从事艰苦卓绝的劳作,耕耘着他们对幸福生活的追求;第二代人逐渐远离土地,成为地主、商人、军阀,在生命形态上走向了父辈的对立面,但他们的精神实质并无变化。王龙的理想就是生子买地,暴富以后,逐渐堕入地主阶级的老路,嫖妓纳妾,住进黄家大院,过上垂涎已久的富贵生活。王龙的三儿子投奔土匪,最终当了军阀,他的梦想就是扩充军队,成为一方诸侯,然后不断扩大地盘。他的两个哥哥愿意出资充作弟弟的军费,为的是有朝一日弟弟做了皇帝,他们便可当皇亲国戚。赵家璧评价《大地》中人物的生活时说,王龙父子的生活形态带有明显的世代相袭的原始性,即抱着单纯的信仰,过着单纯的生活,信着单纯的命运观,"这一种落在现代文化背后富于初民性的人,欧美诸国不容易找,而中国就有一半以上可以出来充做代表"①。这个以沿袭为主要样态的循环圈在第三部《分家》中有了变化。王龙之孙、王虎之子王源拒绝父亲为他设计的从军之路,而像祖父一样眷恋土地,但他走的不是简单的回归之路。像多数青年一样,王源在成长中遭遇的第一大难题就是包办婚姻的旧传统和恋爱自由的新风尚二者间的碰撞。经过痛苦挣扎,他终于选择了个人的自由意志而抛弃了对家族血脉的承祧,勇敢地冲出以"孝道"为核心的封建伦理罗网,走向个性解放。在美国留学期间,他一方面被先进的西方文明吸引,另一方面又在种族歧视的偏见中激发起强烈的民族自尊心,立志捍卫本国文化传统。回国后,在经历了种种精神幻灭的痛苦后,他终于在爱人梅琳身上找到了东西方文明达到适度平衡的理想模式,并坚定了把西方农业知识传播到祖父土地上的信念。西方文明的引入,导致东方古老文明发生裂变和分化。当作者在东方传统文明和西方现代文明之间铺设起一条通道后,循环、封闭的古老家族生态圈终于有了突破的希望,摆脱了"富不过三代"的宿命般的诅咒。中西融合,古今贯通,新旧交汇,包容、互通、吸收,这是赛珍珠为中国社会设计的一条出路。这一主题在她第一部长篇小说《东风·西风》中便通过一个混血儿的诞生做了明确表达,在以后的作品中还将反复出现。

---

① 赵家璧:《勃克夫人与黄龙》,见郭英剑编:《赛珍珠评论集》,漓江出版社,1999年版,第77页。

《大地》为我们塑造了一系列性格多面、内涵丰富的人物形象,尤以王龙和阿兰最为典型。王龙性格丰富复杂,他初次走进黄家大院接阿兰时,显得谦卑自抑;当决定买下黄家的土地时,又显得坚定执着;最后终于成为黄家旧宅的主人时,内心充满狂喜满足。他面对懒惰成性、总想不劳而获的叔父时,内心充满愤恨无奈,听说叔父参加匪帮,又变得怯懦猥琐,设计让叔父抽鸦片以慢慢摆脱他时,又显示出他的精明诡诈。他贪恋荷花美色时,欲望让他变得愚不可及;为讨好荷花逼阿兰拿出珍珠时,他又显得冷酷无情;面对身染沉疴的阿兰,愧悔又使他变得柔软仁厚。初为人父时,他激动狂喜;待发现儿子与小妾关系暧昧以及打算出卖土地时,他又变得愤怒伤心。贫穷时,他对神灵崇拜敬畏;变得富有后,对神灵则公然鄙视亵渎。保罗·多伊尔评价王龙"具有人类的全部情感","他首先是个人,是一个具有幻想、感情、怪癖和反复无常、自相矛盾心态的人",①分析评价得十分到位。王龙的妻子阿兰是小说中感人至深的形象,这个黄姓地主家的厨房丫头长得一点也不美,嘴巴"就像她脸上的一条又深又长的伤口",眼睛细小,"充满了某种没有清楚地表现出来的悲凄"②。因其不漂亮,直到临死前,她也未得到过丈夫的关注和爱意,她清楚地了解这一点,内心是寂寞苦楚的,但她却出色地承担并完成了为妻为母的职责。她忍辱负重,不仅承担起所有家务,还是丈夫在农田里的好帮手。她心思单纯,却有极强的自尊,阿兰身着新衣,带着头生子回老主人家时,是她最扬眉吐气的时刻。她沉默寡言,却刚强坚韧,在饥荒来袭时坚决阻止丈夫的卖地行为,妥善地把一家人安顿在城墙根下,机敏地寻得大户人家壁藏的珠宝,帮助丈夫脱贫致富。她逆来顺受,默然忍受丈夫的移情别恋,但也用独特的方式表达抗争,让丈夫深感歉疚羞愧。她一生从未为自己谋求过享受和快乐,临终前的愿望也不过是想亲眼看到大儿子娶亲,好让丈夫早点抱上孙子。阿兰是辜鸿铭所说的一生信奉"无我教"的传统中国妇女中的一员,也是作家竭力推崇的体现妇女传统美德的典型。在美国米高梅公司改编的电影中,干脆直接把阿兰唤作"大地"。赛珍珠的其他作品中的人物,如《儿子们》中的梨花,《母亲》中的母亲,都是阿兰的衣钵传人。

《大地三部曲》展示了近代中国波澜壮阔的社会画卷,因而被称为史诗级作品。同时,小说用诗意的语言,书写了中国农民强烈的"恋土情结",又可被视作寓言体作品。

在赛珍珠创作的反映中国抗战的小说中,《龙子》是最出色的一部。小说《龙子》用对比手法,反映了侵华日军在南京大屠杀中的种种暴行给人们的生活尤其是精神造成的巨大创伤,并探索拯救遭受战争蹂躏的灵魂的途径。小说在取材上受到教会学校金陵女子文理学院教务处长魏特琳女士所著的《魏特琳日记》的启发,

---

① 保罗·A.多伊尔:《赛珍珠》,张晓胜、耿德本、史国强译,春风文艺出版社,1991年版,第28—29页。
② 赛珍珠:《大地三部曲》,王逢振等译,漓江出版社,1998年版,第16页。

揭露了侵华日军在南京施行的烧、杀、抢、奸等暴行,尤其着重写日军对中国妇女施行的灭绝人性的强奸兽行。居住在南京城外的农民林郯一家人的遭遇堪为代表:从南京城遭蹂躏开始,先期抵达乡村的日军强奸并杀害了从城里逃难到乡下来的林郯的亲家母———一个肥胖得连路都走不动的老太婆吴嫂;接着是躲在国际安全区的大儿媳兰花出门时遭5个日本兵轮奸致死;最后,一队日本兵闯入林郯家时,因找不到女人,竟在他长相俊美的三儿子身上发泄兽欲。在这里,"强奸"已不仅仅是满足兽性的行为,而是暴力的象征:"强奸像瘟疫一样导致世界堕落",象征日本对中国人民的欺辱。[①]《龙子》的焦点不流于对日本暴行的揭露,更有对一切暴力的反思。战争就是摧残人性,它以轰炸、焚烧、屠杀、抢掠直至强奸等各种暴力形式激活人性中潜藏的幽暗和罪性,在原本善良、平和的心灵中注入仇恨、凶残,人性因此变得复杂、圆滑、坚硬和冷酷,这是人类精神的集体沦陷,比国破城碎、家毁人亡造成的损失更具负面影响,且更为持久,难以消除。林郯的大儿子原本温和腼腆,现在杀人以后连手都不洗就接着吃饭,他那正处于青春期的小儿子在遭受过敌人的凌辱后变得只知恨不懂得爱。对暴力的恐惧甚至令林郯的二儿媳玉儿在勇敢地给日本人送去毒鸭子之后担心丈夫不再爱她了。作家借林郯的内心活动表达了对暴行的深深忧虑,并在小说最后不无突兀地安排了一个中国外交官的女儿梅丽生硬出场,让她用女性的爱去唤回林家老三被障蔽的人性。这在小说结构中是个毋庸置疑的败笔,但却彰显了作家苦苦探寻拯救沉沦人性之路的良苦用心,她对战争的反思深邃而缜密。

《群芳亭》是赛珍珠描写中国贵族家庭尤其是贵族女性生活的长篇小说。吴太太的原型是赛珍珠在宿县生活时认识的一个贵妇人,同时作家也把阅读《红楼梦》和《浮生六记》等中国古典名著的记忆糅进了作品。小说描写了大户人家的女主人吴太太在40岁生日时,宣布将要结束前半生侍奉丈夫的生活,搬出与丈夫共居的牡丹园,搬进兰园独居,而给丈夫娶了年轻的小妾秋明,"我要在剩下的岁月里集合自己的精神和灵魂,我将细心保护我的身体,不是为了再去让男人喜欢,而是因为我住在里面,我要依靠它"[②]。她将主要精力和时间投入了听儿子的家庭教师、意大利传教士安德鲁授课上,走进了一个全新的世界。但丈夫不爱秋明,大儿子、大儿媳掌控不了大家庭局面,二儿子、二儿媳争吵不断,家里乱成一锅粥,这让吴太太十分烦恼。吴太太的幸福观是在尽了为妻为母的责任后,飞出吴家小天地,寻找实现个人价值的大世界。作家在此思考的是在传统社会向现代社会转型的时期一个中国女性如何寻求独立自主,吴太太苦心经营的是在不破坏传统道德规范的前提下,如何实现女性的人生价值,但吴太太的这种探索受到了阻碍。传教士安德鲁及

[①] 彼德·康:《赛珍珠传》,刘海平、张玉兰、方柏林、江皓云译,漓江出版社,1998年版,第286页。
[②] 赛珍珠:《群芳亭》,张子清等译,漓江出版社,1998年版,第49页。

时指出了她的问题所在,批评她以自我为中心,缺少对他人的理解和尊重,只按自己的意旨独断专行,并未走出小我的窠臼。这位传教士宣称他信奉的是没有固定教义、没有固定的祷告方式、不排斥其他宗教、以关心现世人生代替来世信仰的宗教,这使吴太太深受启发。她改变了行为方式,真心关心起每个家庭成员,让他们按照自己的心愿行事,不仅大度地还秋明自由,容留风尘女子茉莉为三姨太,同意三儿子、三儿媳下乡办学,且在安德鲁死后,继续抚养、训导他留下的孤儿,直至他们成人、出嫁,找到可靠的归宿。至此,吴太太终于在完成家庭义务后真正找到了自我,这个"自我"就是要集东西方文化精华于一身,在东西方文化间找到恰当的契合点。吴太太的前半生是东方伦理道德的完美化身,后半生是西方人道主义博爱精神的理想传人,完美嫁接了东西方文化。

提倡东西方文化兼容并包直至相互融合的思想,在《牡丹》和《同胞》中再次得到强化。

跨文化书写是赛珍珠文学创作的最重要特征,这不仅体现在取材和主题方面,也体现在创作手法上。保罗·A. 多伊尔认为,《大地》采用了节奏缓慢、庄重严肃的圣经文体和中国传奇小说遣词朴素的原则。[①] 熊玉鹏认为,《大地三部曲》采用的是中国小说的网状结构,而非西方小说的线型结构,它更像中国小说那样是众多人物的合传,而非西方小说那样是一两个主要人物的性格发展史;它更像中国小说那样故事多,节奏快,而不像注重心理分析、抒情独白、哲理议论的西方小说那样节奏滞重;《大地三部曲》师法中国小说还体现在潜心于以行为与语言来塑造人物,如阿兰和梨花,王大媳妇和王二媳妇,两两相近的人物,又体现出截然不同的性格特征。[②] 姚君伟认为,赛珍珠习惯于像中国街头说书艺人那样,采用全知全能的第三人称"自然"叙事视角,讲述一个有头有尾的完整故事。[③] 在现代主义思潮日益受到追捧的20世纪,赛珍珠却自觉采用了与小说现实主义主题相吻合的中国传统小说创作方法,在向西方读者介绍中国文化和中国人民的同时,也把中国古老的艺术形式展示在读者面前。这位跨文化交流的使者在承担自己的使命时是立体的、全方位的。

[①] 保罗·A. 多伊尔:《赛珍珠》,张晓胜、耿德本、史国强等译,春风文艺出版社,1991年版,第26页。

[②] 熊玉鹏:《赛珍珠与中国小说——读〈大地上的房子〉》,《文艺理论研究》1991年第5期,第42—43页。

[③] 姚君伟:《论中国小说对赛珍珠小说观形成的决定性作用》,《中国比较文学》1995年第1期,第90页。

第四节　菲茨杰拉德

弗朗西斯·司各特·菲茨杰拉德(1896—1940)以其诗意的作品为一个时代命名。他的《了不起的盖茨比》(1925)被 T. S. 艾略特称为"自亨利·詹姆斯以来美国文学跨出的第一步",更被后来的美国文学界推选为 20 世纪百部最佳英语小说的前两名,和《尤利西斯》等世界名著一争高下。他本人也当之无愧地跻身为美国最杰出的小说家之列。

菲茨杰拉德非常像果戈理名篇《肖像》中的那位画家,当那位画家抵制不住名利的诱惑时便走捷径,在赚取金钱、名声的"捷径"中挥霍着自己的才华,最后成为一场悲剧的主人公。菲茨杰拉德一生的创作就是这样的悲剧。

菲茨杰拉德的一生是典型的浪漫主义的美国梦式的一生,在虚幻的成功中充斥着失败的阴影。他生于美国中西部的明尼苏达州圣保罗市,外祖父是很富有的商人,但父亲经商不力导致家庭拮据,是位无所作为的绅士,所以菲茨杰拉德虽从小混迹于富人阶层,但却自认为没有贵族基础。靠着家庭资助,菲茨杰拉德进入学费高昂的私立学校和普林斯顿大学读书。他制订了雄心勃勃的读书计划,但却没有能够做好功课,导致不能正式从大学毕业,被他引为终生憾事。他 1917 年应征入伍,在美国军训营服务十五个月却没有能够到达梦寐以求的欧洲战场。此后不久,他开始追求南方都市蒙哥马利的名媛珊尔达·赛瑞,这是一位美丽、可爱而又非常任性的 18 岁女郎,是菲茨杰拉德心目中的"顶尖儿女郎"。1920 年,《人间天堂》正式出版,菲茨杰拉德一举成名。1921 年 4 月,他和珊尔达在纽约举行了盛大的婚礼,《人间天堂》也第二次印刷,好评如潮。菲茨杰拉德成了那个时代的"黄金男儿"。1925 年,《了不起的盖茨比》出版,艺术上极为成功。菲茨杰拉德成了一个美国梦的象征。菲茨杰拉德夫妇一度极尽奢华之能事。但不久,伴随着吵架和外遇,珊尔达精神几度失常,1934 年住进精神病院之后就再也没有出来过,直到 1947 年在大火中被烧死。菲茨杰拉德债台高筑,靠给好莱坞写电影剧本还债。1934 年,《夜色温柔》出版,依旧产生了轰动但并没有恢复菲茨杰拉德渐趋衰落的名声。1940 年 12 月 21 日,菲茨杰拉德因心脏病猝发去世,年仅 44 岁。

菲茨杰拉德在一篇小说中写道:"从一个个人开始写,你会不知不觉地发觉,你已经塑造了一个典型;从一个典型开始写,你会发觉你塑造的是——什么也谈不上的人物。那是因为我们全都是古怪的人,在我们的声音和容貌后面,古怪得超过了我们想让任何人了解的程度,或者超过了解自己的程度。每当我听见一个人声称自己是个'普通的、老实的、坦率的人',我敢说定,他准有一些肯定的、或许很糟的反常之处,那是他想隐蔽起来的——而他之所以声称自己是个普通的、老实的、坦率的人,那是他提醒自己在隐瞒真情的一种方法。"①这段话体现了菲茨杰拉德的创作观,是"从一个个人开始写",不是以类型的方式,而是以个体的方式;不是以理性的方式,而是以非理性的方式;不是以理智的方式,而是以感觉的方式来触摸一个人的欲望和时代的精神脉搏。可以说,海明威是以冷静的观察表达出无所谓和不在乎的态度,但是菲茨杰拉德却是以强烈的感觉感受到有所谓和很在乎的情境。海明威写的是某种"硬的"虚无感,而菲茨杰拉德写的却是某种"软的"幻灭感。

幻灭正是菲茨杰拉德创作的主题。巴尔扎克写外省青年进入巴黎的幻灭,是借着人的幻灭描写一个时代,写经济与环境如何影响了人。菲茨杰拉德对这一类哲学主题不感兴趣,他所处理的幻灭故事是与一种情绪有关,借着那个狂欢时代写一个个体的人的情绪和忧伤,带着一种浪漫主义的感伤气息,是欢宴之后的无可奈何和青春记忆里的莫名惆怅,早慧而又幼稚,狂放而又羞涩。

《人间天堂》已经被一致认为是一块里程碑,标志着"爵士乐时代"的开始。菲茨杰拉德敏感地写出美国20世纪20年代奢华享乐和虚无狂放的时代特征,读者几乎可以从菲茨杰拉德的作品来认识这个时代青春而感伤的特点。同时代的格兰威·魏士考形容《人间天堂》说:"十年来余音袅袅,绕梁不绝,虽然只像一首流行歌曲,但它是完美的。"②这部作品的意义就在于菲茨杰拉德借着作品主人公阿莫瑞·布赖恩的求学经历和情感历程,写出了那个时代的某种氛围。作品主要是围绕阿莫瑞·布赖恩在进出普林斯顿大学前后的生活展开描述,写了他的友谊和恋爱,写了那个时代的青年人如何调情和社交,写出了一种迥异于他们父母维多利亚时代道德观和清教倾向的新的生活方式。我们至今还不能确认是那个时代催生了这样的作品,还是这样的作品催生了那个时代的这种生活方式。作品畅销之后,几乎20年代的每一位大学生人手一册,都似乎一下子被传染了这种浪漫和感伤的情绪,以及某种道德沦亡后兴奋和不安混合在一起的情绪。在三次恋爱中,阿莫瑞已经越来越不能投入,他的第二位恋人因他贫穷而抛弃了他,使他深受伤害,他连着三个星期酗酒。之后,财产的失去,使他挣扎着谋生。最后,他无私地帮助自己的朋友,渴望自己振作起来,重新开始自己的人生。作品敢于从内部、从道德核心来暴露道德现状和成长心理,撤去了一切道德规条限制,从而深刻有力地写出了一种新的生活方式和年轻人的趋新从众心理。

20年代初,菲茨杰拉德的第一部短篇小说集《时髦少女和哲学家》(1921)、第

---

① 弗·司各特·菲茨杰拉德:《阔少爷》,文光译,见《菲茨杰拉德小说选》,巫宁坤等译,上海译文出版社,1983年版,第224页。
② 查尔斯·显恩:《斯葛特·菲茨杰尔德》,林以亮译,见威廉·范·俄康纳编:《美国现代七大小说家》,张爱玲等译,生活·读书·新知三联书店,1988年版,第111页。

二部长篇小说《美丽与毁灭》(1922)和第二部短篇小说集《爵士乐时代的故事》(1922)相继问世。两部短篇小说集共有19篇作品,内容包罗万象,第一次非常明确地将那个时代命名为"爵士乐时代",写出了那个时代的颓废、绝望和享乐主义,带有鲜明的时代特点。这些短篇故事往往着眼于人物的欲望的满足与挫折,写在欲望刺激之下人物的小小虚荣心。《豆形糖》写一位男子被一位无情的美妇一吻唤醒的"空洞的感觉"和"隐约的痛苦";《冰宫》和《离岸的女盗》都写少女向往奢华生活的故事;《幸福的渣滓》与《雕花玻璃缸》写美国家庭的悲剧等。这方面最为出色的应该算是《一颗像里茨饭店那么大的钻石》。这部小说写了一位抱有"一个人越是有钱,我就越是喜欢他"理念的大学生约翰,到自己的同学帕西家里去做客,竟发现帕西家里真有一颗大钻石,是整个一座山。帕西家族为了钻石的秘密不惜杀害无辜,瞒天过海,金钱已经扭曲和侵袭了他们的灵魂。更可悲的是约翰目睹了因着金钱引起的谋杀、残杀,但是最后约翰却被这种奢华的生活深深吸引住了,竟至不管怎样,要先享受和挥霍,先做梦和试一试"一种神圣的喝醉了酒的形式"再说。①

《美丽与毁灭》讲述了一个颇有前途的美国青年安东尼走向毁灭的过程。安东尼本来每年有七千美元的收入,后来爱上了一个女孩,不久与之结婚。但是婚后,两个人奢华无度,最终落得生活无着、价值观失落的悲惨结局。这多少是把菲茨杰拉德自己的婚姻曲折生活写了进去。当时这本书之所以畅销也正是因为这一点。

菲茨杰拉德最完美的作品《了不起的盖茨比》主题也是幻灭。这部作品是关于最为典型的美国梦的故事,讲述了一个默默无闻的、出身于美国中西部农村的青年少尉盖茨比,爱上了一位名媛黛西。两个人情投意合,不久黛西便委身于盖茨比。而盖茨比后被调往法国,从而离开了黛西。已经过惯了奢华生活的黛西,不愿意等待一个看来没有经济基础的青年人回来,就嫁给了一个芝加哥的大富翁、耶鲁大学出身的汤姆·布坎南。黛西婚后极不幸福,因为汤姆·布坎南非常专横苛刻、自以为是,而且有外遇。而盖茨比后来则结识了一个大亨,在他的帮助下,默默苦斗,成了一个有钱的大富翁。他听说黛西改嫁,但是决不死心,认为黛西爱的是自己,一定要把她夺回来。于是他就在能远远望见黛西家附近港口绿灯的西卵购置了豪华的别墅,一直等待机会接近黛西,等了足足有五年。等到终于有机会见到了黛西,两人旧梦重温后,黛西却并不愿意离开自己的丈夫。盖茨比和布坎南当面引发了冲突,随后黛西和盖茨比驾车回家,黛西撞死了人,而盖茨比却被误当成肇事凶手,作为替罪羊被死者丈夫暗杀。冷冷清清的葬礼上,黛西和布坎南连来都没有来。

为什么这部小说的题目叫"了不起的盖茨比"? 盖茨比有什么了不起? 不在于他成为那个时代的大富翁,能够天天奢华宴乐;也不在于他的坦诚直爽、敢做敢为

---

① 菲茨杰拉德:《一颗像里茨饭店那么大的钻石》,汤永宽译,见《菲茨杰拉德小说选》,巫宁坤等译,上海译文出版社,1983年版,第175、222页。

130

的性格。他的"了不起"在于他所有奢华背后那个美丽的梦想：能够与情人旧梦重温。他的奢华原来都是受这个美丽梦境刺激。这个梦已经不单单关乎爱情，而成了那个时代的一种特征，是敢于追求梦想和敢于实现梦想的激情。爱情已经成了盖茨比的宗教。为了与黛西相见而在她的家旁边购置豪宅苦苦等待五年，为了吸引她的注意而每周都笙歌豪宴，见到黛西之后手足无措像个孩子般莫名兴奋，甚至硬拉着她欣赏自己的豪宅内室，把自己的高级衬衫扔了一桌子……这一切，都可以看出这位动了情的盖茨比的幼稚和单纯，有一股动人的意味。从这里我们不是可以看出作家对爵士乐时代的揶揄？在狂欢和享乐的背后原来是无尽的绝望和哀伤。其实盖茨比未必就不知道黛西是什么样的人，他们的感情到底是怎样，他的梦到底又如何，只是他宁可欺骗自己，也不愿意从梦中醒来罢了。

之后，菲茨杰拉德一度陷入了婚姻和生活的危机之中，他的创作开始走下坡路，在此之后他所有的作品都没有超越前期作品，甚至水平大为下降。他选出自己写的短篇故事，编了两部集子《一切悲哀的青年》(1926)和《起身的军号》(1935)，其中一些故事是盖茨比和黛西故事的翻版。当作者安排他们两个结合的时候，发现梦想失落之后连激情也没有了。这些故事中最为精彩的是《阔少爷》(1926)，描写金钱对一位青年人安森·亨特的巨大腐蚀作用，写出了有钱人内心的荒凉和虚无。

菲茨杰拉德晚期的名作《夜色温柔》(1934)更是讲述了一个人毁灭的故事。迪克·戴弗是一位年轻有才华的精神病医生，一战后期他在苏黎世求学，结识了一位精神分裂症患者尼科尔·沃伦。迪克知道她的病因之后便对她产生了兴趣，明白只有真正的感情才能挽救她，于是和她结婚。婚后两人幸福美满，过着悠闲自在的生活，也有了自己的孩子。谁知这些都是表面的，一位年轻漂亮的电影明星罗斯玛丽出现，她爱上了迪克，表面平静的家庭生活被搅乱了。尼科尔旧病又有复发的症状，甚至开车时故意撞车，所幸他们的孩子和他们夫妇都没有受伤。这给了迪克很大的刺激。后来他在罗马邂逅罗斯玛丽，发现旧情不在，他怅惘不已，卷入打斗被关进监狱，出狱后染上了酗酒的恶习。尼科尔也跟别的男人通奸。最后二人离婚，迪克的"医学实验"彻底失败。最后他在一个不知名的小镇上潦倒度日。

写《夜色温柔》的时候，菲茨杰拉德已经穷困潦倒。妻子进入精神病院无法治愈，家不成其为家。该小说正是他自己的家庭生活和精神生活的写照。此时的菲茨杰拉德更为绝望，笔下的故事更加凄凉。在《人间天堂》中，阿莫瑞还有自新的希望，还有振作的青春力量；在《了不起的盖茨比》中，盖茨比还可以做梦，还可以为了梦想而奋斗，虽然时有幻灭，但是梦想还是受到尊重；到了《夜色温柔》中却只剩下了通奸和绝望，只剩下了凄凉和感伤。爵士乐时代已经彻底被判处了死刑。

菲茨杰拉德是美国最善感的社会小说家。他用自己的全部生活和才华陪伴着一个时代的成长与毁灭,所以在他的作品中细腻地传达出年轻人在那个时代的成长历程。他的描写不是外在的观察,而从来都是内在的感觉。他自己是美国梦的实践者,金钱和爱情是他的激情所在,也是他走向毁灭的主因。所以,当他拿起笔来的时候,他写的正是自己。他所有的作品几乎都是他自己某种感觉和心境的流露。他写得最好的两个部分就是金钱和爱情对人的巨大的刺激和毁灭作用,这正是作家现身说法。海明威始终对菲茨杰拉德这一点不以为然,殊不知这正是菲茨杰拉德的可贵之处。菲茨杰拉德在给女儿写信总结自己的一生时说:"我不是个伟大的人,但是我的天才有一种无私的客观性质,我一小块一小块地牺牲它,为了保存它的基本价值。这有一种史诗式的庄严。"①

菲茨杰拉德也是最为杰出的小说叙述艺术作家之一。他师从康拉德学习叙述艺术,常常安排一个康拉德式的人物来叙述故事,这一点最为突出的是《了不起的盖茨比》。盖茨比的故事是通过一个第三者——黛西的表弟"我"来观察和叙述的,这样就连接了黛西和盖茨比双方的故事。而"我"同样来自中西部,对于盖茨比有着深深的理解和同情,但是因为"我"只是置身局外,也总能微微嘲笑盖茨比的狂热,也能批判黛西夫妇的自私与刻毒。而这样的叙述,又加深了对盖茨比的距离和好奇之感,一点一点来揭示盖茨比的内在梦幻,叙述得张弛有度,节制有序。

这样的叙述方式使菲茨杰拉德的小说别有一种回头话沧桑的感觉。追忆,是菲茨杰拉德最为钟爱的叙述视角。他的短篇《最后一个南方女郎》和《重访巴比伦》都是追忆爵士乐时代,"他不由自主地回忆起那些往事,那简直像是一场梦魇";"男人们把他们的妻子锁在门外,因为1929年的雪不是真正的雪。你要是想不算它是雪的话,付点钱就行"。② 而他比较知名的长篇小说也几乎都有追忆的部分。这就有一种"物是人非事事休,欲语泪先流"的沧桑感。菲茨杰拉德小说的时间性很强,在时间的洪流中时光不再、韶华消逝的怅惘和感伤,他把握得很好。这就铸就了菲茨杰拉德的小说有一种独特的抒情风格,带有浓烈的诗意。连他的语言都是诗意的语言,"他从来不凭借细节的铺陈和堆砌,而善于抒发每一个特定细节内在的感情和诗意,这在现代美国小说家中是自成一格的"③

---

① 查尔斯·显恩:《斯葛特·菲茨杰拉尔德》,林以亮译,见威廉·范·俄康纳编:《美国现代七大小说家》,张爱玲等译,生活·读书·新知三联书店,1988年版,第131页。

② 菲茨杰拉德:《重访巴比伦》,鹿金译,见《菲茨杰拉德小说选》,巫宁坤等译,上海译文出版社,1983年版,第455—456页。

③ 巫宁坤:《菲茨杰拉德小说选》前言,上海译文出版社,1983年版,第7页。

第五节　海明威

厄内斯特·海明威(1899—1961)也许不是美国最伟大的作家,却称得上是最为"美国式"的作家;也许不是美国文学史上地位最高的作家,却是拥有青年读者最多的作家。海明威有自己鲜明的艺术风格,他不仅把自己的个性熔铸进作品人物身上,也使美国文学语言焕然一新,锻造出干净利落的"电报体风格"。由于对美国20世纪20年代精神特质的深刻把握与表达,他成为"迷惘的一代"当之无愧的代表,并荣获1954年度诺贝尔文学奖。

美国最伟大的作家往往不是从书斋中走出来的,海明威就是其中之一。1917年,中学毕业的海明威,拒绝了父亲要他上大学的建议,离开了家乡芝加哥附近的橡胶园来到堪萨斯城,成了《星报》的记者。他一洗自己习作语言的夸张和矫饰,力争准确、鲜明地报道事件。这位18岁的记者,虽然没有受过大学教育,却早已从父亲身上学会了热爱生活和向生活学习的能力,从母亲身上继承了对艺术的敏感和颖悟能力。这时,他更积极向人学习写稿技巧。不久,他便志愿参加美国红十字会的医疗队,当了一名救护车司机,奔赴一战时期的意大利战场前线。对新的生活方式和对冒险的渴望使他参战,结果是换回了227块弹片镶嵌在腿部和一个机枪弹头钻入脑部。战后作为英雄返乡的他却与家人更格格不入。1922年,海明威作为多伦多《星报》记者重返欧洲,与20年代旅居巴黎的著名文人交往,其中有舍伍德·安德森、埃兹拉·庞德、格特鲁德·斯坦恩、司各特·菲茨杰拉德等。这段生活经历成了他第一部重要作品《太阳照常升起》(1926)的背景,这是海明威的成名作。他的第二部重要作品《永别了,武器》(1929),追忆他在意奥战场前线的经历,一般认为是他的代表作。20年代末,海明威回美国弗罗里达州定居。他喜欢到世界各地旅行:去西班牙看斗牛,去非洲猎狮,去古巴钓马林鱼等。这个时期的作品主要有短篇小说集《胜者无所获》(1933)和描写斗牛的《午后之死》(1932)、描写非洲打猎的《非洲的青山》(1935),此时期的长篇小说《有的和没有的》(1937)则表明海明威对社会和政治问题感兴趣。1936年西班牙内战爆发,他几次赴西班牙担任战争观察员以报道战事,并热情支持西班牙共和政府的反法西斯斗争。剧本《第五纵队》(1938)和《丧钟为谁而鸣》(1940)便以此为素材,后者甚至被人一度认为是其代表作。二战期间,海明威反法西斯的热情空前高涨,他曾为西班牙战事筹款募捐,也曾在古巴创立了一个反法西斯情报中心,甚至曾用自己的游艇来诱捕德国潜艇。他还作为随军记者去欧洲参加了不少军事行动,例如解放巴黎之战。1940年战争期间海明威来中国访问,报道了中国的抗日战争。

西班牙战争结束后,他定居古巴,距上部作品出版十年后推出了《过河入林》(1950),作品贯穿着对1918年战争的回忆。他的最后一部重要的小说《老人与海》(1952),与他在古巴钓鱼的生活有关联。可以这样说,没有打猎、滑雪、战争、伤痛、斗牛、酗酒、捕鱼、爱情和拳击,也就没有海明威的作品。海明威首先是一位热爱生活、享受生命的人,虽然他面对的是缺乏永恒的虚无现实和迷惘的时代。当感到不能勇敢地生,他便不失勇敢地选择了死亡。1961年他用猎枪开枪击碎自己的头颅,选择不失风度地谢幕,这和他的作品中的人物的举止惊人地相似。我们可以这样认为,海明威在作品中不是以作家的身份在创作,而是以真正主人公的身份在生活。1946年,德国诺贝尔文学奖获奖作家赫尔曼·黑塞说:我已经成为一个作家,但是还没有成为一个人。恰好相反,海明威的一生都在表明:我已经成为一个人,却还没有成为一个作家。海明威一生都在小心翼翼地学习写作,总是渴望在艺术上超越自己。这种艺术上的焦灼和生活上的享乐贯穿他的一生。

海明威几乎所有作品的主人公都带有其本人的烙印,所有作品的题材都紧紧围绕着一个焦点——人在创伤之中,甚至在死亡面前的反应而展开。海明威自己一生伤痕累累:童年时心灵受到创伤,与父亲关系不合;年轻时与人拳击眼睛受伤,影响终生;一战时在前线腿受重创;晚年更是伤痕累累,多次遭遇飞机、船只失事。同时健康状况急剧恶化,除了早年身患高血压之外,后来还患有糖尿病、肝肿大和类偏执狂等精神疾病。最后,他开枪自杀。如此创伤人生、悲剧人生、缺陷人生,甚至空虚人生,构成了海明威作品的底色。

从1925年出版的《在我们的时代里》,海明威就已经确立了自己的作品所要面对的是什么。《在我们的时代里》的开篇《印第安人营地》中的尼克·亚当斯是海明威许多短篇小说中一贯的主人公,他一直在成长着并学习人生。学习的过程就是面对人生的伤痛、残缺、虚无与死亡的过程。所以,几乎在每一篇故事里,海明威都安排了不如意的甚至残酷和暴戾的场面,如《战斗者》写尼克挨打,《医生与医生的太太》写尼克怀疑爸爸没有勇气并为此苦恼,《大二心河》(1925)写尼克在战争创伤之下孤寂的钓鱼活动等。

《太阳照常升起》中的杰克·巴恩斯在一战中致残,失去性功能。《没有女人的男人》(1927)和《胜者无所获》(1933)这两部短篇小说集,涉及死亡、畸恋、仇杀、疯狂和失眠症等。其中最出名的《杀人者》,依旧写尼克艰难地学习成长,两名杀手在尼克做工的餐馆要暗杀一个退休的职业拳击家,仅仅因为拳击家没来吃饭而作罢。尼克要去给拳击家通风报信,厨子骂他小孩子不懂事。当尼克告诉了拳击家消息之后,没想到那人居然漠然待之。这种令人窒息的恐怖氛围,令尼克决定离开这个城市。至于长篇小说《永别了,武器》更是直接写亨利的腿伤、爱人的难产与致死,

《午后之死》《非洲的青山》《有的和没有的》《丧钟为谁而鸣》《过河入林》等大多都涉及主人公的死亡,直至他最后的作品《老人与海》仍旧是写马林鱼之死与老人之伤、之败、之一无所有。

海明威在诺贝尔文学奖领奖演说辞中写道:"写作,在最成功的时候,是一种孤寂的生涯。作家的组织固然可以排遣他们的孤独,但是我怀疑它们未必能够促进作家的创作。一个在稠人广众之中成长起来的作家,自然可以免除孤苦寂寥之虑,但他的作品往往流于平庸。而一个在岑寂中独立工作的作家,假若他确实不同凡响,就必须天天面对永恒的东西,或者面对缺乏永恒的状况。"[①]海明威自己的作品所面对的就是一种"缺乏永恒的状况",他以其独特的个人视角,写出了20世纪初人本思潮对清教美国的冲击,触及了神圣不再、何以为生的深刻命题。

一战前后,美国社会的精神面貌发生了翻天覆地的变化,达尔文主义和弗洛伊德学说极为庸俗化地流行开来,20年代爵士乐时代的灯红酒绿,神圣的价值观、传统与权威受到挑战。新一代青年和过去一代已经大大不同了,他们流浪、酗酒,在太平喧嚣的社会环境中追忆战争的历险。这是一种全新的体验。这种时代氛围更加剧了海明威的反叛意识与虚无倾向。海明威以其独特的个性捕捉住这个爵士乐时代的享乐与虚无气息,使那个时代找到了自己迷惘的歌手来歌唱自己的迷惘。海明威本人一贯对别人的伤害极为敏感,迫不及待地渴望成为真正的男子汉,同时又极端地以自我为中心,所以和父母、朋友及四任妻子的关系并不融洽,甚至闹得很僵。他身上的累累伤痕,既成为他自夸的资本,又成为与人平等交流的障碍,这更使他体会到孤独和空虚。他用自己的体验来感受生活,感受到的是人生的受限和残缺,人无时不生活在失败与死亡的压力与阴影之中。海明威拒绝了母亲的基督教信仰,面对自由陷入了迷惘,注定要承受人总是要死这一沉重压力。战争题材只不过恰好可以完美表达这一压力与焦虑而已。

最为深刻地刻画出人物精神蜕变的是长篇小说《永别了,武器》。该小说中的美国青年"我"——弗雷德里克·亨利,志愿参加一战时意大利军队的救护队。然而,整个军队风气败坏,霍乱流行。大家酗酒、嫖娼,亵渎神圣宗教,被战争齿轮挤压得精神濒临崩溃,个个昏昏沉沉,甚至不知是进是退,辨不清是敌是友。"我"在吃面条的时候被炮弹击中负伤,战友帕西尼的两条腿活生生给炸烂,高喊着要人打死自己。战争似乎处于无休止的僵持状态。冒雨撤退中,士兵又吃不饱肚子。这时的"我","每逢听到神圣、光荣、牺牲等字眼和徒劳这一说法,总觉得局促不安。这些字眼我们早已听过,有时还是站在雨中听,只听到一些大声喊出来的字眼;况

[①] 赵平凡编:《诺贝尔文学奖文库授奖词与授奖演说卷(上)》第八卷,浙江文艺出版社,1998年版,第371—372页。

且,我们也读过这些字眼,从人们贴在层层旧公告上的新公告上读到过。但是到了现在,我观察了好久,可没看到什么神圣的事,而那些所谓光荣的事,并没有什么光荣,而所谓牺牲,那就像芝加哥的屠场,只不过这里屠宰好的肉不是装进罐头,而是掩埋掉罢了"[1]。撤退途中,"我"差点被当成德国奸细被自己为之服役的意大利人枪毙掉,这是何等荒唐的事。发现战争只不过是严肃的滑稽和神圣的闹剧,"我"跳河逃走,找到女友去瑞士山区同居、钓鱼、嬉戏,连报纸都拒绝看。"那与荣誉无关。我并不反对他们。我只是洗手不干了。""这已经不是我的战争。"[2]即便如此,苦难还是躲不开的,女友怀孕,孩子难产,结果居然是死胎。"我"坐在医院走廊上想:人就像是火中木柴尾段聚集的蚂蚁,只不过或迟或早给烧死罢了。在医院外边吃饭的时候,"我"看对座客人的报纸,"那人发觉我在读那份报纸的反面,就把报纸折了起来"[3]。这个细节何等悲凉。小说中的女主人公凯瑟琳的结局还是死亡。"世界上没有什么侥幸的事,绝对没有!""我"从她的房间赶出了护士们,单独和她在一起。"但是我赶出了她们,关了门,灭了灯,也没有什么好处。那简直像是在跟石像告别。过了一会儿,我走出去,离开医院,在雨中走回旅馆。"[4]这是海明威写了29遍的结尾。这部作品一直笼罩着一种宿命思想:凯瑟琳最害怕下雨,因为她看见自己会在雨中死去,果然如此。雨,在小说中一直下个不停,更加重了作品的悲剧氛围。

  海明威的深刻不在于写的是战争题材和美国青年在战争中的觉醒,而是借着这一题材写出了一种人生况味。亨利的虚无思想和宿命思想其实一直潜伏于内,不过借着战时冷酷的审判场面激发于外而已。他其实一直游离在爱国主义、和平主义与民族主义之外。这一点哪怕在他最为明朗和积极的《丧钟为谁而鸣》中也有体现。罗伯特·乔丹,美国蒙大拿大学西班牙语系讲师,过去常常到西班牙参观访问。1936年西班牙内战爆发,他特意向校方请假一年,自愿奔赴西班牙反法西斯前线,投入到马德里保卫战中,后来又到反法西斯战场的后方,奉命炸毁一座桥。终于完成了任务,在撤退途中,他不幸受伤,大腿骨折,于是他留下来狙击敌人,把生的希望留给了别人。作品与其说表现了乔丹对共和军的支持、对法西斯分子的憎恨,不如说乔丹是以极为个人的方式参与到这场战争中去的,那就是他对西班牙大地的一往情深,对欧洲大陆的无比热爱,对西班牙女性的生命活力与奔放热情的敬佩。他在政治上是幼稚的,对于共和军、对于游击队也始终比较游离。以他眼中的游击队长巴勃罗为例,这家伙任性、自私、残忍,对逮住的俘虏和站在法西斯一面

---

[1] 海明威:《永别了,武器》,林疑今译,上海译文出版社,1991年版,第203页。
[2] 海明威:《永别了,武器》,林疑今译,上海译文出版社,1991年版,第252页。
[3] 海明威:《永别了,武器》,林疑今译,上海译文出版社,1991年版,第355页。
[4] 海明威:《永别了,武器》,林疑今译,上海译文出版社,1991年版,第358页。

的百姓大批屠杀,为了得到马匹,居然杀死新来的游击队员。若不是为了炸桥任务,乔丹绝不可能和他走到一起。还有共和军其他的黑暗内幕,作品中都有揭露。当然揭露之外,也暴露出乔丹其实不是为了政治信念,而是出于人道的同情才去参战的。他自觉把自己和欧洲人民联系在一起,但在精神深处,他依旧是孤独和绝望的。

这种模式的最好总结体现在《老人与海》中。这部根据真人真事创作的作品,讲述了一位古巴渔夫桑地亚哥连续84天没有打到鱼,被人家认为是"倒了血霉"。但是他仍旧有勇气到远处捕鱼,结果钓到一条比他的小船还长的大马林鱼,老人与它搏斗了三天三夜,终于把它弄死,但后来马林鱼的肉却被鲨鱼追来撕扯。老人又和鲨鱼搏斗,连舵把都用上了,最终他带着巨大的马林鱼骨架回到了岸边。这正是人的一生,偶有所得却仍旧一无所获,偶有胜利却仍旧最终失败。这个世界的黑暗已经成了海明威的内伤,遥远的死亡结局已经成了海明威摆脱不了的即刻焦虑。

海明威不仅承受了这种伤害、虚无与焦虑,传达了这种人生信念;更重要的是他写出了这样一种生活方式,作为"圈内人"写出了这个圈子的游戏规则,写出了活生生的时代体验。这一点最好的体现是在他早期作品《太阳照常升起》中。这部作品,写的无非是一战后一群青年男女的酗酒、聊天、钓鱼、做爱、斗牛、旅行、交友、打架、争风吃醋等生活琐事,通篇没有连贯一致的情节和值得一写的大事件。但是,正是在这些非常具体、非常琐碎的小事中,生命在没有意义地流失。海明威写出了这群人物对一切不在乎背后的焦虑和烦躁,写出了他们这种独具特色的生活方式。这种生活方式俨然已经成为他们的生存方式。失去性能力的杰克,人皆可夫、不能自控但最终离开了年轻英俊的斗牛士罗梅罗的勃莱特,多次被拳头揍倒又多次爬起来的斗牛士罗梅罗……每个人都有某种残缺和遗憾,偏偏又总被某种激情所吞噬,对一切又无所谓,于无所谓中又有某种持守。对他们来说,重要的是在刺激中活着,哪怕以生命为代价。因此可以说,这里的酗酒、斗牛、打架都有着成为某种生活方式的使命:提供生活所需的刺激。否则,没有刺激的人生岂不是更可怕?这篇小说中的人物不自我辩护,不进行道德申辩,他们只是不失真诚地敞开,只是活着与孤独着,叙说与寂寞着。这篇小说的精彩结尾表明:人生真正的快乐只是想一想或者说一说那样聊以自慰,但聊以自慰中又有某种解脱与执着。海明威展示了透视这种人生的勇气。

然而,海明威真正的独特不仅在于他的透视方式,更在于他提供的某种超越方式。他笔下的杰克觉得世界是一个市场,重要的是在其间用自己的知识、经验、机缘或钱财来交换自己喜欢的东西,享受生活的乐趣就是把钱花得合算。当然,重要的不是生活哲学而是生活本身,"也许随着年华的流逝,你会学到一点东西。世界到底怎么回事,这我并不在意。我只想弄懂如何在其中生活"①。杰克在被剥夺性能力之后依然渴望享受爱情的欢娱和生命的激情。他的武器就是能够控制自己,能够面对,能够不在乎,能够不轻言后悔,能够面对苦难默然承受,同时不忘记压力之下不失热情的叙述。

控制自己意味着成熟,不能控制自己意味着丧失风度。海明威的作品经常会区分两种世界:成熟的世界与幼稚的世界。在《太阳照常升起》中前者竟然往往是儿子尼克所代表的世界,后者往往是尼克的爸爸所代表的世界。可见年龄不是最重要的,重要的是面对和体验。尼克是在学会面对人生的真相,面对死亡的恐惧中成长的。最终,尼克成长为杰克。杰克面对人生的残缺却依然有生活的热情和爱的渴望。到了《永别了,武器》中的亨利,他与死亡擦肩而过,最后在死亡之雨中仍旧挺住走回了旅馆。"永别了,武器"这一题目有两重意思:一是告别武器,一是告别怀抱。离开了战场,离开了爱情,亨利还能挺得住吗? 挺住意味着一切。《丧钟为谁而鸣》中的乔丹,就已经能坦然面对死亡。《老人与海》中的名言便是:人不是为失败而生;一个人可以被毁灭,但是不能给打败。② 老人的忍耐与自制到了一个可以说是成熟与圆融的境界。孩子马诺林在他的影响下成长,这是又一个"尼克"在成长。纵观这一系列人物,我们可以看出:自制就是压力下的风度。生活中百分之十在于发生了什么,百分之九十取决于你面对的态度。到了《老人与海》竟然成了:生活中百分之零在于发生了什么,百分之百取决于你面对的态度。面对压力、失败甚至死亡,永不言放弃与妥协,在奋斗的过程中经受住考验,这样的人才是男子汉,否则就是幼稚的、不成熟的人,也就是海明威所塑造的人物中的"圈外人"。这种"圈内精神"也就是海明威的"硬汉精神"。不怕死,靠原始的生命活力而活,依靠自我的意志,在死亡和苦难面前保持风度,这正是海明威借着他的创作题材告诉我们的人生哲理。可以说,写战争也好,写爱情也好,海明威最终写的还是这种人生况味和人生哲理,这种向死而生,面对虚无时能不失尊严地退场的能力。

文学不仅在于说什么,还在于怎么说。首先,海明威的作品独特的艺术风格和他的思想内蕴是分不开的。读海明威的作品,最强烈的感受就是作品中有活生生的生活体验,体验的强度如此深刻,以至于读者觉得自己也在目击生活和体验生活。他的作品中那些独特的战争、打猎和捕鱼的体验描写,干净利落,结实饱满,若是没有这方面的经历,作家是没有办法凭空虚构出来的。绝对不要让发表的冲动代替了真实的感受,"对自己所尽力要说的事情是真的有感而发有感要写"③,这正是海明威对自己写作的首要要求,"抓住你真正感受到的东西,而不是你以为感受

---

① 海明威:《太阳照常升起》,赵静男译,上海译文出版社,1995年版,第163页。
② 海明威:《老人与海》,吴劳译,上海译文出版社,1999年版,第84页。
③ 肯尼斯·S.林恩:《海明威》,任晓晋等译,中央编译出版社,1997年版,第76页。

到的东西"①。

其次,海明威的作品体现了他所提出的"冰山原则"。他认为,冰山在海面上移动非常雄伟壮观,是因为只有八分之一露在上面,所以作家应该略去八分之七自己所知道的部分,只写出那八分之一就够了。作家应该有能力要读者感受到所要写的部分,而不是直接写出来。遵循这一原则,便造成了海明威作品的一种特殊效果:清晰性的含混。看起来清清楚楚,但是言近旨远,意在象中。这非常像中国古典美学中含蓄之为美的追求。这样的例子可以举出很多,如海明威的短篇小说《雨中的猫》(1925),写一对夫妇和一只雨中的猫的故事,妻子看到雨中的猫,想把它抱回家,结果猫不见了。故事清清楚楚,但背后却有深意,其实是讲夫妇之间婚姻的危机和人与人之间沟通的困难。又如《大二心河》,通篇写尼克扎营、钓鱼,内涵却是战争对尼克造成的精神创伤,他是在通过细致的动作来避免自己的思想和行为变得疯狂而已。海明威对此也很得意,说自己这部作品好就好在通篇不着"战争"字眼,却尽得"反战"之风流。

这种清晰的含混使得海明威的作品带有某种象征意味。虽然海明威讨厌人说他在《老人与海》中用了象征,但是不可否认他这部作品确实是受了麦尔维尔《白鲸》的影响,如作品中人和鱼的搏斗暗喻人和大自然的搏斗或者人和人生中对手的搏斗、人和人生中的逆境搏斗等;取消了这层意思,这篇小说的艺术价值会大大降低。海明威的短篇小说《乞力马扎罗的雪》和《白象似的群山》更具有这种象征色彩。

这种清晰的含混还体现在海明威作品中的人物对话上。海明威是世界上写人物对白最好的作家之一。因为他笔下的人物对白有很多言外之意,许多的潜台词,最经典的例子应算《白象似的群山》。海明威省略人物对白之外有关人物心理活动和对话语气的任何描写,全靠读者通过上下文猜出来、读进去。人物的口气可能是讥讽,但也可能是实话,不同的揣测会有完全相反的理解。米兰·昆德拉就极为推崇这一点。

再次,海明威的作品具有电报体风格。英国作家赫·欧·贝兹曾形象地说,海明威初入文坛之前,文坛上盛行的是受亨利·詹姆斯那样复杂曲折文风影响的作品,海明威"是一个拿着板斧的人","以谁也不曾有过的勇气把英语中附于文学的乱毛剪了个干净",也抡起板斧"斩伐了整座森林的冗言赘词,还原了基本枝干的清爽面目。他删去了解释、探讨,甚至于议论;砍掉了一切花花绿绿的比喻;清除了古老神圣、毫无生气的文章俗套;直到最后,通过疏疏落落、经受了锤炼的文字,眼前才豁然开朗,能有所见"②。这种说法非常形象和地道。海明威早年就受到《星报》

---

① 斯坦利·瓦格尔:《美国文学纲要》,(波士顿)教学概要出版公司,1961年版,第283页。
② 赫·欧·贝兹:《现代短篇小说》,见董衡巽主编:《海明威研究》,中国社会科学出版社,1980年版。

简洁文风的训练,后来他的小说又多次当面被斯泰因大加砍斫过,这使海明威明白了作品是写出来的,更是改出来的,而修改的过程其实就是删繁就简的过程。那么,剩下来的就是疏朗清爽的句子了:"那年晚夏,我们住在乡村一幢房子里,望得见隔着河流和平原的那些高山。河床里有鹅卵石和大圆石头,在阳光下又干又白,河水清澈,河流湍急,深处一泓蔚蓝。"①这是《永别了,武器》的开头,行文优美而富有质感,使读者觉得似乎伸手就能摸到那些石头,似乎那些高山河流就在眼前。

第六节 福克纳

威廉·福克纳(1897—1962)是美国现代主义文学大师,南方文艺复兴的代表人物。现代拉美文学,法国新小说、新浪潮电影以及黑人作家托尼·莫里森等,中国作家莫言、余华等人的创作都受到过他的启发,其影响力在美国现代作家中最为突出。

福克纳的家乡奥克斯福位于密西西比州,该州是南方腹地。历史上的种植园经济在这里形成了以家庭罗曼司为核心的独特文化传统。其中包括对个人英雄主义的白人父亲的崇拜,对家中贞洁女性成员的颂扬和保护,对具有"孩子气"的黑人仆役兼具管教与照顾的家长责任等。② 这套自我想象所形成的价值体系在奴隶制被废除之后仍然具有影响力,但是其经济基础却早已瓦解。自南北战争后,南方面临被北方事实上殖民的窘迫现状,造成南方的社会现实与固有意识形态之间的严重矛盾,这构成了福克纳成长和创作的思想背景。

福克纳出生于旧庄园主家庭,威廉的名字来自于其被称为"老上校"的曾祖父。曾祖父白手起家,靠自我奋斗成为当地名流,其事迹成为福克纳自小聆听的家族传奇。成年后,与父亲不睦的福克纳直接称自己为"老上校"的曾孙,并将姓氏Falkner改为Faulkner,这样发音上更具有"英国腔"。这一举动有利于理解传统在他创作中的复杂作用。传统既是一种神话,一种权威,但同时也是可供利用的资源,用于与现实保持距离,并使作家个人的想象世界获得不容置疑的真实性。由此,他对传统的理解超越了其他南方文学所呈现出的怀旧,转而成为新世界建构的起点之一。虽然难以确知这一理念产生于何时,但其却是福克纳创作的精华所在。

对幼年的福克纳影响最大的是两位女性,一位是他的母亲莫德,另一位是他的黑人保姆卡罗琳·巴尔。莫德沉默寡言,但却远比丈夫坚毅果断。日后福克纳在

---

① 海明威:《永别了,武器》,林疑今译,上海译文出版社,1991年版,第5页。
② Richard H. King. *A Southern Renaissance*: *The Cultural Awakening of the American South*, 1930—1955. New York: Oxford University Press, 1980, pp. 0—38.

作品中多次将中老年白人妇女描写为家族中的中流砥柱,即可看出母亲在他心中的地位。卡罗琳大妈带大了福克纳兄弟,"老上校"的故事大多是由她口耳相传给了福克纳。她忠诚、慈爱,又喋喋不休,从与莫德不同的角度给予福克纳慈母的温暖,福克纳对黑人的同情心便萌发于此。父亲默里虽然性格平庸,但他喜欢携福克纳参加打猎、钓鱼、野营等户外活动,这帮助福克纳在自我意识的成长中,建立起了诸如欢乐、自由、平等、男子气概等最重要的人生认知与大自然之间密不可分的联系。密西西比三角洲的自然风物,日后更逐渐被他领悟成某种永恒的宏大力量,用以平衡对人类可朽的悲剧命运的感伤。

福克纳的学校生涯到高中即告结束,但在母亲的教育下,他很早就熟读经典文学作品,特别是对莎士比亚、威廉·布莱克、华兹华斯、济慈等人创作的英国浪漫诗歌怀有浓厚的偏好。17岁时,他的家乡好友,耶鲁大学兼密西西比大学学生菲尔·斯通,向他介绍了法国象征派诗歌和叶芝、T. S. 艾略特等现代诗人。这一帮助使得福克纳了解到世界文学中的最新趋势,进而奠定了其写作风格的基础。他是以诗歌为渠道接触到现代主义的,立志成为诗人的福克纳也始终在创作中保留了诗化的风格和思考方式。

福克纳的早期创作基本都是诗歌,汇集成了《春色》(1921)和《大理石牧神》(1924)两部诗集。福克纳早期的这些诗歌创作大多是对庞德、艾略特、马拉美等大家的模仿,如克林斯·布鲁克斯所指出的,其问题在于追求造作,缺乏对真实性的深刻把握。[①] 但是诗歌写作却为福克纳提供了很好的艺术形式训练与积累。

1924年起,福克纳经常去新奥尔良小住,那里是当时美国南方艺术氛围非常活跃的城市。其间他结识了舍伍德·安德森等成名作家,并很快发现,对年轻作者而言,小说比诗歌容易发表。约翰·马修指出,当时新奥尔良和纽约的部分杂志喜爱偏于欧洲实验风格和华丽文风的消费性文学产品,这促成了福克纳前两部小说《士兵的报酬》(1926)和《蚊群》(1927)的创作。[②] 这两部小说的共同之处在于描绘了一战后青年人的生活状态。其中涉及的主要题材是对性和与之相关的男女关系,以及女性身体与魅力等问题的思考。这些内容具有明显的迷惘一代的色彩,看得出福克纳对当时现代主义文学中反对旧道德束缚这一时髦风气的迎合。

但是,欧化的题材并没有帮助福克纳解决布鲁克斯所提出的真实性的问题,直到他得到舍伍德·安德森的点拨:"你是个乡下小伙子;你所知道的一切也就是你

---

① Cleanth Brooks. *Toward Yoknapatawpha and Beyond*. Baton Rouge and London: Louisiana State University Press, 1990, p. 17.
② John T. Matthews. *William Faulkner: Seeing Through the South*. Oxford: Wiley-Blackwell Publishing, 2009, p. 25.

开始你的事业的密西西比州的那一小块地方。不过这也可以了，它也是美国。"①自此，福克纳开始转向以家乡为原型的约克纳帕塔法县的建构，他所有重要的作品几乎都是以此为背景构思的。家乡熟悉的历史、文化、人物、风景为福克纳的创作提供了坚实的基点，他的创作开始走向成熟。容易被忽视的是，欧化题材的创作在福克纳的创作生涯中从未断绝。福克纳在每完成了几部约克纳帕塔法小说后，总是会再去尝试欧化题材，《标塔》(1935)、《寓言》(1954)都是这样的作品。"斯诺普斯三部曲"的后两部《小镇》(1957)、《大宅》(1959)也包含这样的成分。这一交替的节律存在于其创作始终，尽管后者常常不太成功，但却为前者提供了对现代性的深入理解。

《沙多里斯》(1929)是关于约克纳帕塔法县的第一部小说。该作品刻画了沙多里斯家族三代人的鲜活形象。其中参加过内战，回乡建铁路，后死于竞争对手之手的老上校，有福克纳曾祖父的影子。这部小说因故事性不足曾被退稿，出版时又被大幅删减，但其中人物描写却生动且富有地方特色。这些被删减的片段后来作为材料又被修改并运用到《没有被征服的》(1938)等其他作品之中。1973年小说的原稿才得以出版，名为《坟墓里的旗帜》。

同年稍晚一些出版的《喧哗与骚动》(1929)则是他的代表作。1949年，诺贝尔文学奖对福克纳的授奖评语是"他对当代美国小说做出了强有力的和艺术上无与伦比的贡献"，这说明他的成就首先来自于他在艺术上的创新。《喧哗与骚动》就体现了这些创新的基本面貌。这部小说探索了一种全新的文本结构和语言风格。小说分成四个部分，讲述了旧种植园主康普生家的衰败。第一章的叙述者是白痴班吉，他是康普生家的小弟弟，他混乱的意识流折射出家人间的冷漠和对姐姐凯蒂离去的不舍。第二章是大哥昆丁自杀前的独白，他在经济衰朽的环境中难以保持敏感的尊严，最终投水自尽。居于其思绪核心的，是对妹妹带有乱伦色彩的珍视。第三章是老三杰生的自白，其中充斥着对凯蒂刻薄的愤怒。因凯蒂跟前男友怀孕，导致他失去了姐夫许诺的银行职务，所以他一直想尽办法折磨漂泊在外的凯蒂。第四章则以传统小说的全知视角讲述了黑人老保姆迪尔西温和而坚韧地照料着班吉，陪伴这个注定要灭亡家族的最后岁月。

以凯蒂为中心，小说的四个部分形成了"四重奏"的对位结构。小说第一章班吉部分的意识流时空错乱，体现出受柏格森影响的全新时间意识。其不以模仿物理时间的流动为目的，而是着重塑造融合了过去、现在和未来多个时刻的心理瞬间，以这样的瞬间去体现出生命的全部意义。小说第二章昆丁部分的意识流包含了福克纳以往的很多诗歌片段，形成了华丽的诗化风格。这是福克纳对乔伊斯偏

---

① 威廉·福克纳:《记舍伍德·安德森》，李文俊译，见李文俊编译:《福克纳随笔》，上海译文出版社，2008年版，第8页。

于写实的意识流最重要的语体革新。前两部分的语言都具有强烈的印象主义色彩,但在节奏上却偏于《麦克白》式的紧张,同杰生部分的理性明了形成对位。第三章杰生这部分的语言充满过分的逻辑性,看似理性精明的话语中却隐藏着过度的功利主义所带来的呆板和机械,这又反过来成为对其"理性"的事实反讽。这种反讽使得杰生这部分内容看似写实的叙述,实际上仍处于一种高度形式化的现代主义风格之中。第四章迪尔西部分的全知视角讲述,节奏非常舒缓,同前三部分形成对位。该部分虽然补充了前三部分缺失的某些信息,但是这些信息却缺乏前三位讲述者的认可,因而仍旧处于"独语"的状态。处于叙述核心地位的凯蒂,却从没出面说过一句话,她的形象只存在于其他人的述说之中。正如福克纳自己所言:"最高明的办法,不如截取树枝的姿态与阴影,让心灵去创造那棵树。"①

这一文本的精髓在于,其将约瑟夫·康拉德的多角度叙事、陀思妥耶夫斯基人物的内部对话性、乔伊斯的意识流手法等实验技巧,同来自于英国浪漫主义和法国象征派的诗歌传统结合起来,在结构与语言层面形成了不以故事为旨归的叙事"姿态"。这种叙事方式体现了现代主义文学的部分本质特征,相比19世纪批判现实主义文学记录历史的宏伟,它更侧重于体验历史的感受,由此衍生出作品意义的不确定性和相对自由的解释空间,"以浓墨重彩,具体可见的场面特写景象和语言为基础,同时尽力在有限范围内创造出多元意义"②。

经典作品是内容与形式统一的有机体,形式的创新本身需要和内容的真实性相融。从题材来看,相较《沙多里斯》中对旧贵族的传奇态度,福克纳在《喧哗与骚动》中引入了更多的批判和讽刺色彩,不无同情地揭示了这一群体的真实生存状态。就小说的叙事形式而言,其本身即来源于当时南方的社会状态。理查德·金指出,20世纪30年代的南方缺乏出现以中产阶级为基础的民主社会的先决条件,整个地区经济停滞而且无意于社会结构变革。从整体上看,南方矛盾地处在新旧世界之间,在文化价值观上分裂为对过时的传统的执着以及对"永远处于诞生之中"的新秩序的狂热。③ 当核心意识形态处于封闭、停滞、分裂之中时,文学作品回避营造超出其思想基础所能支撑的故事结局,这也是一种诚实的态度。因此《喧哗与骚动》的艺术创新,来源于南方的社会生活,又融入了外部世界的新元素,获得了兼具艺术与真实的典型性。福克纳日后的创作基本上是对这些创新的修正与发展。

---

① Michael Millgate. *The Achievement of William Faulkner*. Athens and London: The University of Georgia Press, 1989, p. 99.

② 埃默里·埃利奥特主编:《哥伦比亚美国文学史》,朱通伯等译,四川辞书出版社,1994年版,第748页。

③ Richard H. King. *A Southern Renaissance: The Cultural Awakening of the American South*, 1930—1955. New York: Oxford University Press, 1980, pp. 22—24.

1929年福克纳完成的《我弥留之际》也是佳作。这部中篇小说讲述了本德伦家的主妇安迪死后,安迪的家人把她送葬到杰夫生镇的历程。一方面这些家庭成员各怀鬼胎,互相伤害,在送葬过程中愚昧,蛮干;但另一方面他们信守诺言,用了十天时间不顾烈日暴雨,还搭上了家里最值钱的两头骡子,完成了安迪的遗愿。福克纳既嘲笑他们的愚蠢,但是也尊重他们的坚韧。

这部小说是一次对多角度叙事技巧极限的尝试。取自下层社会的题材要求文本可以表达更为嘈杂的声音,福克纳对此的解决方法是让尽可能多的人说话,小说分成59个部分,有15位讲述者,这使得作品内容多少过于松散。此后,福克纳再未尝试过如此极端的多角度叙事。

对1929年的图书市场而言,《喧哗与骚动》和《我弥留之际》的革新走得实在太远了。在爵士乐时代末期,整个社会重消费、重享受的风气下,这两部小说作品注定销售不佳。鉴于此,福克纳写了一部"纯粹为了挣钱"的《圣殿》(1931),该小说讲述了法官之女谭波尔误入匪穴被强奸,而后彻底堕落,甚至在法庭上为了维护家族荣誉,把罪行推给无辜者的邪恶故事。这部小说其实反映了福克纳对南方社会在商业化大潮冲击下的阴暗面的观察,但当他把这些阴暗面对人的扭曲表现为人物形象的心理活动时,比以往加入了更多色情和惊悚元素。这种对大众通俗趣味的迎合,给他招致了批评,但也带来了可观的图书销量。马尔科姆·考利后来在编撰令福克纳声名鹊起的《袖珍本福克纳》(1946)时,就发现当时市场上能找到的福克纳作品只有《圣殿》。

1932年起,福克纳为了生计,开始去好莱坞写剧本。这些剧本并非文学佳作,但是在好莱坞的经历以及对北方商业社会的仔细观察,无疑扩大了福克纳的眼界,使他更多地能够从传统的南方世界以外的视角看待自己的家乡。越来越多的批判性和现实性被引入到他的创作中。

在作品《八月之光》(1932)中,乔·克里斯默斯和琳娜·格罗夫构成两个独立的线索,形成对照。这种结构为福克纳中后期作品所常用。乔因自小被告知可能有黑人血统,因而不能建立正常的自我身份认知。在不断的自我怀疑和折磨中,他漂泊各地,以各种犯罪活动缓解内心深处的恐慌。最终因杀害了逼迫他去黑人学校的白人情人而被私刑处死。琳娜未婚先孕,但她从容而又随遇而安,在寻夫路上受到乡邻的各种帮助,最后与一直照料他的拜伦·邦奇走到了一起。在乔的部分,福克纳将古希腊悲剧式的可怕宿命复制在南方小镇上,揭示造成这命运的种族主义是多么阴暗偏执。在琳娜的部分,福克纳又将乡土式的温情描绘成温和古老的田园诗。两者的对照,凸显了作者心中对故乡恐惧与希望的纠葛。

《押沙龙,押沙龙!》(1936)是福克纳长篇小说中历史性最强的一部。作品以不同的视角讲述了贫穷的白人萨德本的奋斗史。萨德本少年时在弗吉尼亚被富人怠慢,于是一心建立自己的事业。在闯荡海地获得了黑奴之后,他从印第安人手上骗来了土地,建立了当地最大的种植园萨德本百里地。他意志坚定,无论对艰苦的创业,还是南北战争,都英勇无畏。但是萨德本指使儿子亨利打死了可能有黑人血统的异母哥哥邦,因为后者希望得到父亲的承认未果后,转而追求异母妹妹来进行报复,这导致了其家破人亡的结局。

这部小说与《喧哗与骚动》有深刻的内在联系,从一定意义上讲是同一部作品的上下集。约翰·艾尔文指出,轻佻的姐妹,兄妹乱伦,对诱奸者的惩罚,兄弟相残的情节重复出现于两部作品,表明两者来源于同样的创作动因,即弗洛伊德意义上的乱伦、自恋、阉割焦虑和死亡本能等内在冲动在福克纳的文学想象中的不断涌动。[1] 这些阴暗的心理和情节,来自于福克纳对旧庄园主家庭的熟悉和深刻观察。如果说《喧哗与骚动》是以抒情视角同情这些人物内心世界的扭曲与痛苦,《押沙龙,押沙龙!》则是追问其原因,并且正确地将庄园主阶层的覆灭归结到种植园经济和种族主义,以及这些奴隶主自身的残暴不仁。正如在小说中昆丁所认识到的:"那时南方真的明白过来它如今在付出代价,因为它的经济大厦并非建立在严酷道德的磐石上,而是建立在机会主义和道德掠夺的沙土之上。"[2]福克纳对本阶层的自我批判,在这部作品中达到了高峰。其意义,如1930年诺贝尔文学奖首次颁给美国作家辛克莱·刘易斯时的授奖辞所言,"伟大的美国新文学是和民族自我批评一起开始的。它是一种健康的标志"。

值得一提的是小说杰出的艺术结构。这部作品的布局延续了《喧哗与骚动》中那个现代主义风格的叙事"姿态",但叙事的动力要更强一些。《押沙龙,押沙龙!》中四位讲述者罗莎小姐、康普生先生、昆丁和施里夫都试图去寻找萨德本家族兴亡的原因。从这个意义上讲,这也是在讲故事,只是方向不是结局而是起点。然而,每位叙述者的讲述都成为下一位叙述者的否定对象。罗莎小姐认为萨德本是恶魔,康普生先生则认为他英勇坚韧地"从虚无中拉出了大宅和百里地"。昆丁则将萨德本的悲剧解释为他天真地认为种植园制度是他实现人生理想的唯一途径。加拿大人施里夫与昆丁一起推测出了亨利和邦的兄弟关系,以及后者的黑人血统,他认定萨德本才是这场可怕悲剧的根源。如此,福克纳创造了一个拟叙事的姿态,叙述者们探究这段历史,但又都不能验证这段历史,他们互相嘲讽,获得的是无风险地想象这段历史的自由。在这份艺术自由中,福克纳小心地保持了艺术作品的想象性和现实性之间的平衡,既进行了探索、表明了态度,但又回避了下结论。

《押沙龙,押沙龙!》是福克纳艺术创新的顶峰,其在意识形态探索方面的最高

---

[1] John T. Irwin. *Doubling and Incest/Repetition and Revenge: A Speculative Reading of Faulkner*. Baltimore: Johns Hopkins University Press, 1975, pp. 1—56.

[2] 威廉·福克纳:《押沙龙,押沙龙!》,李文俊译,上海译文出版社,2000年版,第263页。

峰则是 1942 年出版的《去吧，摩西》。这部小说是由从 20 世纪 30 年代初陆续发表的短篇小说改编连缀而来的，因而体现了福克纳十多年来的思考。

《去吧，摩西》这部小说依旧分为对照的两部分。前半部分叙述了混血黑人路喀斯·布钱普挖宝藏失败的故事，但在其滑稽的情节中却用闪回手法穿插着这个家族近一百年的历史。路喀斯是福克纳笔下第一位有种族自觉意识的黑人。对于自己混血的身份，他非常从容，在白人面前不卑不亢。他与麦卡斯林庄园的继承者扎克的搏斗是这部分故事的核心。因为扎克把路喀斯的妻子留在庄园帮助育儿六个月，路喀斯觉得受到了莫大的侮辱，所以前去决斗。福克纳在此把黑人和白人的打斗放在了平等的位置上，并且让扎克在以为自己要被打死的时候认识到"是我错了"，"但是太迟了"。这种对黑人身份的自我尊重和对白人错误的自我反思，在 1941 年之前的南方作家中是很少见的。

后半部分的主人公是艾萨克·麦卡斯林。艾萨克发现了路喀斯身世的阴暗。原来当年第一代庄园主老麦卡斯林强奸了自己和女黑奴生下的混血女儿，之后生下了路喀斯的父亲，不堪羞辱的女黑奴投水自尽。福克纳突破了以往作品的局限，诚恳地正视了南方的这段不光彩历史，并且将问题的责任严肃地归结到白人奴隶主的身上，这体现了作家思想上所达到的高度。其后，艾萨克拒绝继承祖先罪恶的遗产，隐居荒野，并且给予了包括路喀斯在内的黑人亲属尽可能多的经济补偿。

《去吧，摩西》这部小说对大自然和狩猎的描写也极为精彩。福克纳让艾萨克在象征主义的气氛中观察到荒野中的各种存在。代表古老部族的印第安混血儿山姆·法则斯，体现大自然自在力量的大熊老班，英勇却只有儿童智力的猎人布恩，硕大无比的猎狗狮子，这些高度类型化的形象所参与的搏斗构成了现代主义的神话。大自然的宏伟和人在其间的渺小与无害，帮助艾萨克从祖先的罪恶中获得解脱，并且最终得出了"土地不属于任何人"的结论。

这个结论寄托了福克纳本人的思索：回到荒野、森林这样的大自然环境，让不同族群甚至人与动物恢复最原初的关系，在道德良知的改善中实现族群间的历史和解。可以说，这是约克纳帕塔法世系的思想总结。这一思想显然受到"回归自然"的浪漫主义传统的影响，作为社会改革的方案虽然行不通，但是其中包含的对自然和生命的尊重，对道德净化和族群和解的期望均体现出人道主义的价值。

从 1929 年到 1942 年，这十三年是福克纳创作的鼎盛时期，这一时期恰好与美国的经济大萧条同步。他为生活奔波，处于巨大的经济压力之下，然而无论是在艺术创新还是思想探索上，他写就的数量丰富的作品都体现出深刻的现代性，在美国文学中具有难以企及的地位。

《去吧，摩西》出版之后，福克纳的创作进入了后期。这一时期他声望日隆，1948 年他的小说《坟墓闯入者》以 5 万美元价格卖给了美高美公司拍电影，经济上由此摆脱了窘迫。在家庭生活中,他也结束了过去十几年与妻子埃斯特尔的不和。埃斯特尔虽然是福克纳少年时代的女友,但是却因种种原因嫁给了一位律师,又于1928年离婚并再嫁给福克纳。获得1949年度诺贝尔文学奖后,福克纳成为社会名人,经常受美国国务院的邀请长时间出访国外。生活状况的变化,使得他开始更多关注"当下"南方的社会变化。

他后期的创作主要有《修女安魂曲》(1951)、《寓言》、《小镇》、《大宅》、《掠夺者》(1962),短篇小说集《让马》(1949)、《威廉·福克纳短篇精选集》(1950)等。其中《小镇》《大宅》与1940年出版的《村子》合称"斯诺普斯三部曲",是福克纳后期最重要的作品。这些作品上接《我弥留之际》所开拓的乡村白人题材,讲述了贫穷的白人斯诺普斯家族的崛起。以弗赖姆·斯诺普斯为代表,福克纳将他们描述为贪婪而不择手段的攫取者。弗赖姆完全被商业利益驱动,他为了金钱不惜利用包括妻子的贞操在内的所有一切,完全背弃了南方传统中原本被作家福克纳所珍视的乡土关系。最终,弗赖姆牢牢控制了杰夫生小镇,却又被自己曾陷害过的族人明克打死。

"斯诺普斯三部曲"是福克纳不自觉地为约克纳帕塔法故事书写的结局,即原先的旧庄园主阶层被追逐暴富的白人所替代的历史过程。但是当他的视野离开了南方历史同现状间的交互关系,离开了对他们之间的纠缠、斗争与和解的体察,其创作实际上进入了一个需要对南方社会当代问题进行总结甚至预测的领域,这并非其所擅长。这三部小说对人物心理的刻画依旧出色,但是对讲述一个新阶级的崛起,福克纳则缺少巴尔扎克那样的对商业社会内在运作机制的洞悉。尽管他把故事的背景地设在熟悉的杰夫生小镇,但是这样的南方小镇却缺乏体现城市化进程的典型性。

从艺术特点上看,福克纳始终不是以编排故事情节见长的作家。他的艺术成就在于创造了独一无二的叙事姿态,并以这样的姿态成功勾连起传统与变革。但当他要为自己的约克纳帕塔法世系安排结局的时候,1928年将该世系第一部小说退稿的利夫莱特编辑的复信,便具有某种预言性质:"现在在这本《坟墓里的旗帜》,坦率地说,我们感到非常失望。无论是情节还是人物,都发展得散漫无稽,缺乏起码的整体性。我们认为这部小说缺乏情节、维度和诉求。这个故事不知要向哪个方向发展,以至于有1 000个松散的结尾……我的基本看法是,你似乎并不想说什么故事。"①福克纳的创新与成就、局限与不足,也俱在于此。

---

① 杰伊·帕里尼:《福克纳传》,吴海云译,中信出版社,2007年版,第96页。

第五章　俄罗斯文学

第一节　概　述

20世纪俄罗斯文学起始于19世纪90年代。俄罗斯民族现代意识的觉醒，以及一批具有现代特色的作品的出现，也是从那时开始的。在民粹派运动失败，晚期封建制危机加深，民众探索民族发展道路和前途的热情高涨的时代条件下，知识界开始大量引入以"重估一切价值"为特点的现代西方社会哲学思潮，以及象征主义、唯美主义、自然主义等文艺思潮，同时重新解读本民族的古典作家，重新审视民族历史与文化，在思想文化和文学艺术领域大胆探索，积极创新，推出了一批具有开拓意义的成果。文学是这一密集型文化高涨时代的成就突出的领域，它又与哲学、宗教、艺术等彼此渗透，互相影响。俄国象征主义、"阿克梅派"、未来主义及具有自然主义倾向的作家先后出现，一批不属于任何流派的诗人和作家则坚持独立的艺术探索，同变化发展了的现实主义一起，构成一个多种思潮和流派并存发展的文坛新格局。这个时代后来被人们称为俄罗斯文学的"白银时代"(1890—1917)。

象征主义是白银时代最先出现的文学新流派。俄国象征主义者把哲学家和诗人弗·索洛维约夫(1853—1900)尊为"精神导师"，他们强调艺术的宗教底蕴，坚信艺术具有改造尘世生活的作用。梅列日科夫斯基(1865—1941)的论著《论现代俄罗斯文学衰落的原因与若干新流派》(1893)第一次从理论上确认了俄国现代主义是一种艺术潮流，他认为未来俄罗斯文学的基本要素是"神秘的内容、象征的手法和艺术感染力的扩张"[①]。其诗集《象征》(1892)是俄国象征派诗歌出现的标志之一，历史小说《基督与反基督》三部曲(1896—1905)则表达了作家的"新宗教意识"。巴尔蒙特(1867—1942)的诗集《燃烧的大厦》(1900)、《我们将像太阳一样》(1903)，勃留索夫(1873—1924)的诗集《第三守备队》(1900)、《致城市与世界》(1903)，索洛古勃(1863—1927)的长篇小说《卑下的魔鬼》(1902)，勃洛克(1880—1921)的组诗

[①] 德·谢·梅列日科夫斯基：《论现代俄罗斯文学衰落的原因与若干新流派》，见《列·托尔斯泰与陀思妥耶夫斯基：永远的旅伴》，莫斯科：共和国出版社，1993年版，第538、539页。

《在库里克沃原野》(1908)、长诗《报应》(1910—1921),别雷(1880—1934)的长篇小说《彼得堡》(1914)等,都是俄国象征主义文学的代表性成果。其中,《彼得堡》因其现代性视角下的对俄罗斯历史命运的深邃思考,创作手法上新颖奇特的艺术形式和不拘一格的语言运用而被认为是欧美现代主义文学的经典作品之一。

"阿克梅派"("阿克梅"一词来自希腊文,意为"顶峰")诗人追求艺术表现的明朗化和清晰度,主张恢复词的原始意义,认为最高的"自我价值"在尘世,显示出与象征派对立的艺术观。古米廖夫(1886—1921)是这一派理论的主要阐释者,写有《象征主义的遗产和阿克梅主义》(1911)。诗人阿赫玛托娃(1889—1966)和曼德尔施塔姆(1891—1938)是阿克梅派的双璧。前者的《黄昏》(1912)、《念珠》(1914)和《白色的鸟群》(1917),后者的《岩石》(1913)等诗集,代表了这一派别的诗歌成就。

俄国未来主义诗人声称抛弃一切文化传统,反对社会对个性的束缚。他们在诗歌创作上大胆表现现代生活的高速度、强节奏以及人对外界迅速变换的事物的瞬间感受,甚至任意破坏语言规则,追求诗歌形式的奇、险、怪,如大卫·布尔柳克(1882—1967)、克鲁乔内赫(1886—1968)等人的诗作。赫列勃尼科夫的《笑的咒语》(1910)一诗,在新词的构造和使用上开风气之先,但又表明了对普希金传统的某些继承。马雅可夫斯基的未来主义诗作,有收入《给社会趣味一记耳光》(1912)中的《夜》和《晨》等诗以及诗集《我!》(1913)。

现实主义文学在这一时期仍获得重大进展。高尔基是这一时期现实主义文学的杰出代表。他和布宁、安德列耶夫、库普林、魏列萨耶夫等作家一起,在继承前人的基础上锐意创新,借鉴多种新的艺术表现手法,把现实主义文学带入更广阔的境地。库普林(1870—1938)的中篇小说《决斗》(1905)通过讲述一位诚实的军官罗马绍夫的命运,暴露军队生活的可怕和无聊,表现了20世纪初人们个性意识的复苏。他的另一中篇小说《亚玛》(1915)以妓女生活为题材,写尽她们的不幸与痛苦,具有催人泪下的艺术力量。魏列萨耶夫(1867—1945)的作品,大都在社会政治思潮的交替变化中表现俄国知识分子的精神探索,如中篇小说《走投无路》(1895)、《在转弯处》(1902)等。安德列耶夫(1871—1919)的短篇小说《红笑》(1905)经由在主人公的病态幻觉中反复出现"红笑"这一奇特意象,以及战争中血肉横飞的场面,揭示一切战争都是"丧失理智的、可怕的"。这篇小说的富于刺激性的色调、怪诞的形象、大反差的对比、现实主义与表现主义结合等特点,为安德列耶夫的大部分作品所共有。《背叛者犹大及其他》(1907)、《七个绞刑犯的故事》(1908)等,也是安德列耶夫的著名作品。

这一时期俄罗斯文学中具有自然主义倾向的代表作家是阿尔志跋绥夫(1878—1927),其长篇小说《萨宁》(1907)曾受到批评界的否定性评价,但有的评论者也把萨宁的人生哲学视为对扭曲人性的旧传统道德信条的一种挑战。

1917年的十月革命在20世纪俄罗斯文学史上划出了前后迥然不同的两个时代。对历史变革的不同认识，导致作家队伍的剧烈分化和重新组合，俄罗斯文学分为两大板块：苏维埃俄罗斯文学（苏联文学的主体部分）和俄罗斯域外文学（侨民文学）。这两大板块都是俄罗斯文学的组成部分，彼此之间有着天然的血肉联系，却呈现出不同的特色。

　　十月革命后至20世纪20年代末，苏联国内文学团体林立，出现了"无产阶级文化协会"（1917—1932）、"西徐亚人"（1917—1918）、"意象派"（1919—1927）、"谢拉皮翁兄弟"（1921—1926）、"列夫"（1922—1929）、"拉普"（1925—1932）等不同倾向的派别。在文学理论与批评领域，马克思主义批评、庸俗社会学、现实主义批评、心理学派和形式主义理论等纷然并立。在创作领域，思想倾向与艺术风格各异的作品同时存在。勃洛克的长诗《十二个》（1918）在黑与白、新与旧、光明与阴暗的强烈反差中，显示出十月革命胜利初期彼得格勒的独特生活氛围，也表现了诗人理解历史巨变的宗教眼光。曼德尔什塔姆的诗集《悲痛》（1922）和《第二本书》（1923），表达了对于俄罗斯命运和前途的一种深深的忧虑。在白银时代进入诗坛的诗人叶赛宁（1895—1925），一开始就以《白桦》（1914）、《罗斯》（1914）等散发着"俄罗斯田野的惆怅"的诗作引起批评界的注意。十月革命后，诗人在《歌者的召唤》（1917）、《约旦河的鸽子》（1918）等诗作中，讴歌"风暴中的罗斯"，赞美"红色的夏天"。在《四十日祭》（1920）等诗中，诗人通过俄罗斯土地、农舍、河流和白桦树等意象，表现了农村的现实生活和农民的忧伤，提供了"逝去的俄罗斯"的鲜明形象。抒情组诗《波斯曲》（1925）深情地赞美东方国家"蔚蓝色的、美丽的"土地，也唱出了对俄罗斯的依恋与忧思。马雅可夫斯基的长诗《一亿五千万》（1921）以夸张和诙谐的笔法，描写了代表俄国革命的一亿五千万个"伊凡"说服美国倒向共产主义。长诗《列宁》（1924）把列宁看成"未来的人"的理想化身予以热情歌颂，具有强烈的历史感和磅礴的气势。短诗《开会迷》（1922）讽刺苏维埃政府中那些整天淹没在各种会议里的官僚主义者，成为传诵一时的名作。帕斯捷尔纳克的诗歌则在俄罗斯诗坛上别开生面（详见下编第二节）。

　　20年代俄罗斯的小说创作也取得了多方面的成就。绥拉菲莫维奇（1863—1949）的《铁流》（1924）、富尔曼诺夫（1891—1926）的《恰巴耶夫》（1923）、法捷耶夫（1901—1956）的《毁灭》（1927）是较早描写国内战争、歌颂革命英雄人物的三部小说。扎米亚京（1884—1937）的长篇日记体幻想小说《我们》（1924），运用象征、荒诞、幻觉、梦境、意识流等艺术手段，表达了反对过于强调集中统一、维护个性自由独立的意向，显示出一种透视历史生活的远见卓识。皮里尼亚克（1894—1938）的长篇小说《荒年》（1922）描写了自十月革命前夕到内战时期俄国外省城市的生活，再现了那个沉渣泛起的时代所特有的社会生活氛围；中篇小说《红木》（1929）通过投机商人从莫斯科专程来到一个古风犹存的乡间小镇大肆收购红木家具的故事,展示了小镇居民亚细亚式的生存方式、"上层人士"的营私舞弊和新经济政策时期出现的要猎取一切的社会风气,呈露出锐利的批判锋芒。普拉东诺夫(1899—1951)的长篇小说《切文古尔镇》(1929)经由20年代中期某草原小城"自发地"提前实现共产主义的故事,揭示了当时现实中存在的脱离实际的狂热和荒谬现象,暴露了乌托邦思想的荒唐及其所造成的灾难性后果,也写出了人们的疑虑和不安。该作品以写实为主,风格朴实无华,又运用了夸张、幽默、怪诞等多样化的表现手法。

从20年代中期开始,以十月革命和国内战争为背景的剧本陆续问世,如弗·伊万诺夫的《铁甲列车》(1927)、拉夫列尼奥夫的《决裂》(1927)等。布尔加科夫的《土尔宾一家的命运》(1926)和《逃亡》(1927)两剧,前者写一群主观上希望效忠于祖国、客观上却陷入绝路的俄国知识分子的悲剧,后者则在贯穿全剧的"往事如梦"的幻灭感中表现了白卫运动的历史终结,构思奇特,演出后曾引起轩然大波。马雅可夫斯基的《臭虫》(1928)和《澡堂》(1929)等,嘲笑旧政权的残余分子,谴责目空一切的官僚,揭露政权机构的种种弊端,是一部出色的讽刺喜剧。

1932年,联共(布)中央决定撤销各种文学团体,筹备建立统一的苏联作家协会,"社会主义现实主义"被确立为苏联文学创作和文学批评的基本方法,许多作家遭到批判或惩处,文学创作受到严重束缚。但这一时期仍出现了一些优秀作品,如高尔基的《克里姆·萨姆金的一生》,阿·托尔斯泰(1882—1945)的《苦难的历程》(1922—1941)三部曲,肖洛霍夫的《静静的顿河》,普里什文(1873—1954)的中篇小说《人参》(1933)、《叶芹草》(1940)等。阿赫玛托娃在发表诗集《车前草》(1921)和《公元1921年》(1922)之后,其创作曾出现了长达十几年之久的中断。她暗中创作的长诗《安魂曲》(1935—1940),写出了一位母亲在儿子遭到不公正的监禁时所产生的绝望感,把深切的个人不幸与人民的灾难融合为一体,具有惊人的艺术力量。《没有主人公的叙事诗》(1940—1962)是一部意境高远、内涵丰富、结构复杂的长诗。诗人站在20世纪俄罗斯历史见证人的高度,在对几十年中个人生涯、俄罗斯文学和文化乃至民族命运的回顾中,进行着与时代的对话,以充满沧桑感的沉郁旋律吟唱出对这个世纪的忧思,在艺术上也呈现出多样化的风格。米·布尔加科夫(1891—1940)的长篇小说《大师与玛格丽特》(1928—1940)借助三条彼此交错的情节线索,熔写实、荒诞、象征、"黑色幽默"于一炉,把宗教故事、历史传奇、梦幻世界和现实生活编织在一起,描写了众多的历史人物、虚幻形象和现代人,作者既传达出对30年代现实的困惑与沉思,又提出了对人类生活的某些本质和规律所做的哲理与道德的追问。左琴科(1895—1958)的小说《一本浅蓝色的书》(1935)是一部类似于"幽默文明史"的作品,陈述从历史到现实中的种种趣事,从文化心理和道德角度探问人类的本性。他的短篇小说《猴子奇遇记》(1946)通过战时从动物园中跑出来的一只长尾猴的奇遇,揭示了现实生活中种种不如人意的现象,对民族文化心理陋习进行了暴露性勾画。

卫国战争爆发后,在民族危亡的历史年代,国家从行政上对文学创作进行干预的行为有所收敛,文坛氛围稍显宽松。在爱国主义这一基本主题之下,作家和诗人们的创作曾被允许有一定的自由度。整个战时文学虽然以纪实性、宣传鼓动性和群体情感表现为主,但仍然出现了一些较好的作品,小说方面有格罗斯曼的中篇《人民是不朽的》(1942),西蒙诺夫(1915—1979)的中篇《日日夜夜》(1944),法捷耶夫在战后初年发表的长篇《青年近卫军》(1946)等。一些在30年代不得不沉默的老作家此时也能够发表他们的新作了。这一切似乎让人们透过硝烟弥漫的战时生活,看到了未来文学复兴的希望。然而,这一短暂的文学史间隙并没有能够使极左文艺思想得以根除。1946年,联共(布)中央发布《关于〈星〉和〈列宁格勒〉两杂志的决议》,决议中指责两刊发表阿赫玛托娃和左琴科的"在思想上背道而驰的作品",下令两刊停刊整顿。同年,日丹诺夫就这一决议发表长篇报告,对阿赫玛托娃和左琴科进行了猛烈的抨击。随后,这两位作家被开除出苏联作家协会。在此之后,联共(布)还发布了关于戏剧、电影、歌剧、音乐等方面的一系列决议。这一切都使战后苏联文学的发展受到了严重阻碍。

十月革命后迁居国外的俄罗斯作家掀起了俄罗斯域外文学的"第一浪潮",其间出现的作品,在主题选择上偏重于对刚刚过去的革命事件和国内战争进行回顾与评价,或在对于民族历史文化传统的"寻根"中表达对个人命运和民族前途的探测,或在对往昔的回忆中抒发浓郁的乡愁。小说家什梅廖夫(1873—1950)的自传性作品《朝圣》(1931)和《上帝的恩年》(1948),以主人公瓦尼亚幼小心灵的变化为主线,描写了莫斯科河南岸市区社会各阶层人物的生活,再现了19世纪70—80年代俄罗斯生活中无数珍贵的场景和细节。作品对乡愁的强有力表现,对故土热爱之情的抒发,体现出整整一代流亡作家的共同感情。列米佐夫(1877—1957)的关于俄国侨民生活的长篇小说《音乐教师》(1949)和自传体小说《用稍加矫正的眼睛看》(1951),以新的语言表达方式,把富有诗意的幻想带入散文创作,对20世纪俄罗斯散文的发展产生过较大影响。女作家苔菲(1872—1952)在出国后30余年中共有《静静的小河湾》(1921)、《女巫》(1936)和《冬天的虹》(1952)等10部小说故事集出版,成为"第一浪潮"中的一位多产作家。扎伊采夫(1881—1972)的自传体四部曲《格列勃的游历》(1934—1953),在半个世纪的时间跨度上,勾画出主人公的心灵历程,力图在这一形象身上概括他所属的那一代知识分子的典型特征。出国后才真正走上文学道路的作家阿尔丹诺夫(1886—1957),从20年代到40年代,创作了《圣赫勒拿,一个小岛》(1923)、《锁钥》(1929)、《起源》(1945)等9部长篇历史小说,其内容囊括自18世纪60年代到20世纪中叶俄罗斯的历史,渗透着深深的悲剧意识和怀疑论思想。他的历史小说曾被译为25种语言,有着广泛的影响。

"第一浪潮"诗歌创作领域中成就最突出的是女诗人茨维塔耶娃(1892—1941)。1922年5月,她为寻找丈夫而离开俄罗斯,其诗歌创作也出现了高潮,陆续出版《离别》(1921)、《普叙赫:浪漫作品》(1923)和《手艺》(1923)等诗集。迁居布拉格之后,她创作了长诗《山岳之歌》(1926)和《终结之歌》(1926),抒写爱情的美好与错综复杂,比照与品味不同的情感,表现分手时的惆怅与离别的痛苦,表达了对俄罗斯的热爱与思念。1925年迁居法国后,她又发表了长诗《捕鼠者》(1925)、《阶梯》(1926)、《大气之歌》(1927)和诗集《离别俄罗斯之后》(1928)等。1939年6月茨维塔耶娃回到苏联,1941年8月自杀。50年代中期以后,新一代俄罗斯读者才开始读到她的诗歌,并逐渐认识到她的诗歌艺术成就。另一诗人霍达谢维奇(1886—1939)于1922年侨居国外后,除出版《沉重的竖琴》(1923)、《诗歌集》(含《欧罗巴之夜》,1927)等诗集外,还写有大量文学论文及文学回忆录《名人陵墓》(1939),为后人了解白银时代文学提供了珍贵的资料。

弗·纳博科夫(1899—1977)是"第一浪潮"中年轻一代的杰出代表。1919年出国之初,他先入剑桥大学学习,毕业后居于柏林和巴黎,1940年后迁往美国。赴美之前,他写有《玛申卡》(1926)、《请君赴死》(1938)等6部长篇小说和一系列中短篇小说。到美国后,他开始用英语写作,创作了为他带来极大文学声誉的长篇小说《洛丽塔》(1955)。纳博科夫从开始文学生涯时就受到西方现代主义文学的影响,他自1940年以后的文学活动,事实上已融入西方文学之中。

在二战爆发后形成的域外俄罗斯文学"第二浪潮"中,重要的诗人有叶拉金(1918—1987)、克列诺夫斯基(1893—1976)等。叶拉金的诗集主要有《沿着从那里过来的路》(1947)、《你,我的世纪》(1948)、《夜的折光》(1963)、《歪斜的飞行》(1967)、《屋顶的龙》(1973)、《斧钺星座》(1976)和《沉重的星星》(1986)等。他的诗中大量出现漂泊流浪的画面、异国的城市和逃难的人群,充满着痛苦的倾诉、爱的渴望和对人世间良心的呼唤,这一切使他的诗歌成为那场把他推向"彼岸"的战争的独特回声。长期在国外生活的处境和感受,使叶拉金后来的诗作渐渐集中到对现代文明的恐怖、以美来克服现代人的心灵分裂的主题上。

"第二浪潮"中的小说家们着重描写战前和战争初期的苏联人民的生活,表现第二代流亡者在苏联个人崇拜和德国法西斯战俘营之间做出痛苦抉择的主题,普遍具有一种悲剧色彩。如鲍·希里亚耶夫(1889—1959)的长篇小说《长明灯》(1954)以沉静的笔调描写了索洛维茨劳改营的情景,努力发掘遭遇苦难的人们心灵中隐藏的善良因素,成为20世纪俄罗斯文学中较早的"集中营文学"作品。谢·马克西莫夫(1916—1967)的长篇小说《丹尼斯·布舒耶夫》(1949)具有和肖洛霍夫的《被开垦的处女地》进行论争的性质,两部作品中的重要角色彼此形成对照。《丹尼斯·布舒耶夫》展开了伏尔加河沿岸的日常生活画幅，显示出肖像刻画、景色描绘和揭示悲剧性冲突的卓越技巧。"第二浪潮"的流亡作家通过艺术渠道把关于祖国的新近信息带到身在异邦的同胞中，架设起连接"第一浪潮"和"第三浪潮"的桥梁。

第二节　高尔基

一、生平与创作

马克西姆·高尔基(1868—1936)是20世纪俄罗斯文学的伟大代表，也是20世纪世界文学中最杰出的作家之一。他的近半个世纪的创作，可以说是现代俄罗斯民族之命运的一种独特的回声。

高尔基原名阿列克塞·马克西莫维奇·彼什科夫，1868年3月28日(俄历16日)生于伏尔加河畔下诺夫戈罗德市一个木工家庭。他幼年丧父，在开染坊的外祖父家度过童年，仅上过两年小学。1878年秋季开始独立谋生，先后当过鞋店学徒、帮厨、装卸工、烤面包工人、杂货店伙计和车站守夜人等，主要依靠刻苦自学、漫游俄罗斯和在社会"大学"中学习而获得丰富的知识，为日后的创作积累了丰富的素材。1892年，高尔基发表第一篇短篇小说《马卡尔·楚德拉》，由此走上文学道路，并逐渐成为享誉俄罗斯和欧洲文坛的大作家。

高尔基的创作道路，大致可分为三个阶段。早期创作(1892—1907)包括浪漫主义和现实主义两类作品。处女作《马卡尔·楚德拉》即显示出浓烈的浪漫主义色彩。该作品通过一对热情相爱的青年男女左巴尔和拉达为了自由和独立不惜舍弃爱情乃至生命的故事，表现了"不自由，毋宁死"、自由高于一切的主题。《鹰之歌》(1894)和《伊则吉尔老婆子》(1895)也是高尔基浪漫主义的代表作。在作品《鹰之歌》中，那只追求自由、搏击长空的鹰，虽身负重伤却壮心不已，在向着天空的最后一次飞翔中悲壮牺牲。作家借助这一象征性的勇士形象，肯定生活的意义就在于对自由的执着追求本身。作品中与鹰对立的黄颔蛇的形象，则是那种卑琐庸俗、苟且偷安者的写照。《伊则吉尔老婆子》由三个故事组成，其中丹柯的故事最为动人。丹柯是传说中的勇士，当同胞们在黑暗的森林中迷了路，他毅然撕开自己的胸膛，掏出燃烧的心，为人们照亮走出困境的道路。在很多作品中，高尔基热情颂扬人追求自由的天性，讴歌人的价值、力量及牺牲精神，这成为高尔基早期浪漫主义作品的共同特色。

现实主义小说在高尔基的早期创作中占有更大的比重,其中又以"流浪汉小说"最为引人注目。流浪汉是俄国资本主义发展时期的畸形产物。高尔基凭借着对这个社会阶层的生活与心理的熟知,喊出了流浪汉们的屈辱与挣扎,苦闷与希求,既未隐瞒他们的弱点和旧习,又显示出他们那掩藏在生活实践的粗糙外壳下的珍珠般的品格。在短篇小说《切尔卡什》(1892)中,作者描写了流浪汉切尔卡什和农民加弗里拉这两个彼此对立的形象:前者向往自由,落拓不羁,颇讲义气;后者则目光短浅,自私自利,胆小怕事。在二人合伙偷盗后瓜分所得时,加弗里拉企图杀害同伙,独占赃款。切尔卡什虽遭暗算受伤,但还是饶恕了加弗里拉,并把全部钱财轻蔑地扔给了他。中篇小说《沦落的人们》(1897)中的流浪汉领袖库瓦尔达,则痛恨所有掠夺别人生活的商人,朦胧地感到需要"一种新的东西",需要"另外一些生活观点,另外一些感情"。他相信只要时机一到,他们那群人也会像罗马奠基者罗慕洛那样,创造出一个新罗马来。当然,高尔基并未一味美化流浪汉,而是真实地显露出铅样沉重的生活在他们心灵上打下的不幸印记(如《草原上》《骗子》等);他之所以一度把创作激情倾注到流浪汉身上,是由于他认为这些人在精神个性上要远远高于那些浑浑噩噩、逆来顺受、贪婪庸俗的小市民。

高尔基早期的现实主义作品还反映了俄罗斯下层民众反抗意识的增强和抗争行动的出现。短篇小说《好闹事的人》(1897)中的排字工人格沃兹杰夫公然指责报纸上"全是些无耻的谎话",并大胆擅自改动欺骗舆论的报纸社论;《基里卡尔》(1899)中的农民以故意说些笨嘴拙舌的话语表示出对地方官和商人的讥讽、蔑视与抗议;《沦落的人们》中的流浪汉们同商人佩通尼科夫父子展开直接较量等,都表明下层人民对现存社会秩序的不满和反抗已成为一种普遍的现象。高尔基在对这类现象的描写中,倾注了自己的社会批判激情,这也成为作家处理"人与社会的冲突"这一传统主题的新方式。

《福马·高尔杰耶夫》(1899)是高尔基的第一部长篇小说。作品的主人公福马是他父亲的百万家财的法定继承人。父亲死后,福马的教父、另一工厂主马亚金,企图通过把女儿嫁给福马的方式,将两家财产合并,并把福马培养成掌管全部财产和经营的新厂主。但福马拒绝追随马亚金,他所希望的是一种摆脱金钱桎梏的、自由的生活。可是他的正常情感和希求,却被认为是不可理解的。他用各种形式反抗过、挣扎过,却被以马亚金为首的商人集团一次次击败。最后,福马这个完全正常的人被关进了疯人院。这是"黑暗王国"的统治者们对本营垒内部的正直灵魂的扼杀,作品从这一特定角度揭示了旧俄社会的反人性特征。

20世纪初,高尔基在彼得堡知识出版社和莫斯科"星期三"文学小组的活动,使他成为俄国现实主义文学的核心人物。他还积极参与反对沙皇专制、争取民主自由的斗争,并及时地对这一斗争做出艺术反应,虽几经搜捕放逐仍矢志不移。长篇小说《三人》(1900)以三个年轻人的不同生活道路为情节线索,在更为复杂的矛盾纠葛中表现"人与社会的冲突",集中反映了作家对于世纪之交的一代青年的生活与命运的思考,并对影响颇广的"忍耐哲学"进行了有力的抨击。散文诗《海燕之歌》(1901)以象征和寓意的手法传达出"山雨欲来风满楼"的时代气氛,表现了人民群众要推翻沙皇专制、变革社会的强烈愿望。剧本《底层》(1902)是高尔基对流浪汉世界"将近20年的观察的总结"。构成剧本主干的,是聚集在一家"夜店"里的一群持有不同人生态度的流浪汉的对立和矛盾。通过他们之间的一系列对话、争论和冲突,作品把观众和读者的注意力吸引到一个根本问题上:人究竟应当怎样面对不合理、不公正的生活。围绕对这一问题的不同回答,作品突出了游方僧鲁卡和流浪汉沙金各自所信奉的人生哲学。鲁卡信奉并宣扬"忍耐"哲学,鼓吹"忍受"现存的一切,要人们听天由命地顺从于"上帝的安排"。沙金则揭穿了鲁卡的"居心不良",强调"一切在于人,一切为了人!",他有着明显的抗争意识且无所牵挂,认为人人都有争得自身自由幸福的权利和力量。高尔基借沙金之口,以明确有力的舞台语言集中表达了流浪汉们不同于小市民的人生哲学,力求唤起人们对于生活的积极态度。从艺术上看,该剧没有曲折离奇的情节,不追求带刺激性的廉价效果,主要通过饱含激情和哲理的对话和独白展示人物的心理特点及彼此之间的精神冲突,语言生动凝练,形象可感可闻,充分显示出社会哲理剧的特点。《底层》也因此成为高尔基全部剧作中的上乘之作。

第一次俄国革命爆发后不久,高尔基离开俄罗斯,1906年秋季定居于意大利卡普里岛。在国外,他完成了著名长篇小说《母亲》(1906—1907)。作家试图以这部作品从艺术上揭示人改变自身命运、改造社会环境的现实可能性和历史前景。小说《母亲》主人公之一巴维尔,其父亲是一位被现存社会扭曲了个性,并因遭受长期折磨而灵魂变形的工人。历史大变动前的时代气氛,使巴维尔没有沿着父辈的悲惨道路滑下去。从阅读"禁书"、接触先进知识分子开始,巴维尔的生活道路发生了根本性的转折。于是,一个本来也会像父辈祖辈一样被扭曲、被吞噬的灵魂开始觉醒。巴维尔投身到由无数久被压抑的觉悟工人组成的队伍中,要以群体的力量动摇"生活的主人们"的地位,重建一种新的社会秩序。高尔基的社会批判激情和对人的崇拜,在特定的时代条件下,合乎逻辑地孕育出了巴维尔这一叛逆性格。

但贯穿小说始终的形象并非巴维尔,而是他的母亲尼洛夫娜。整部作品是以她的心理变化和精神发展为情节主线的。小说所着重描写的,是这位备受精神欺压、软弱柔顺的普通劳动妇女如何在时代的感召和先进分子的影响下逐步觉醒、投入社会斗争的过程。在作品所反映的第一次俄国革命的准备阶段,这样的下层妇女为数尚少。作家顺应时代的思想潮流和审美要求,以生活现实为基础,运用现实主义和浪漫主义相结合的方法,创造出尼洛夫娜这一具有先进性的艺术形象,意在鼓舞那些尚未摆脱各种心理重负的人们,促进他们的精神自觉。

高尔基的早期创作,风格多样,色彩绚丽,激情充溢,现实主义与浪漫主义交融,呈现出以力度与气势取胜的基本格调和刚健明快、激越高亢的总体美感特征,而其基本思想倾向则是社会批判,并以唤起人们对于生活的积极态度为旨归。

第一次俄国革命(1905—1907)失败后,身在卡普里的高尔基所集中思考的,是这次革命失败的原因,是俄罗斯的命运与前途。1913年,他回到阔别多年的俄罗斯。他热情欢呼1917年推翻沙皇政权的二月革命,却不能理解和接受十月革命。这一历史巨变使他又把革命与文化的关系问题注入自己的思索中。其政论文集《不合时宜的思想:关于革命与文化的札记》(1917—1918)就是这一思索的成果。其中,作家对于提高民族精神文化素质问题的忧心关注,对知识和知识分子的历史作用的高度重视,对政治与文化之关系的卓越见解,对民族文化心理条件与民族命运之关系的深邃思考,对于思想文化领域中矛盾的特殊性、规律性的深刻洞察等,不仅显示出一种思想家的目力,而且具有显而易见的现代意义。高尔基写道:"不理解或没有充分估计知识的力量,这是通往文明之路上的一个最大障碍";"思想是不能以强力的方式战胜的";"哪里政治太多,哪里就没有文化的位置"。[①]《不合时宜的思想:关于革命与文化的札记》不仅体现了高尔基这位忧国忧民的正直知识分子的强烈社会使命感,而且已成为关于那个历史转折时期的一部独特编年史,一部关于革命与文化的忧思录。在高尔基的随笔《论俄国农民》(1922)以及致列宁、致罗曼·罗兰等人的一系列书信中,同样可以看到一位忧国忧民的思想家的形象。在革命后极为复杂和困难的条件下,他为拯救文化、保护知识分子付出了极大努力,他本人却常常处于痛苦的精神矛盾之中。1921年秋,他再度离开俄罗斯,1924年定居于意大利索伦托。

这一时期(1908—1924)高尔基的创作与早期创作相比,无论在思想指向还是在艺术风格上都发生了明显的变化。第一次革命失败之初,高尔基仍然通过自己的作品鞭挞专制黑暗势力(《没用人的一生》,1907—1908),讴歌民众意识的觉醒(《夏天》,1909),并积极寻找新的精神武器,企图经由高扬人民群众的巨大创造性给他们以充分的自信心(《忏悔》,1908),以求将他们的意志和情绪保持在进行一场新的革命所需要的高度上。然而,对革命失败的经验的沉痛反思,却使高尔基意识到自己的任务并不在于继续进行这种悲壮的努力,而在于深入揭示俄罗斯民族性格、民族文化心理的基本特征及其与历史发展之间的内在联系,发现民族历史发展滞缓的原因,探测未来历史的动向。在这一主导意向的统辖下,高尔基在这一时期共完成了六大系列作品,即"奥库罗夫三部曲"、自传体三部曲、《罗斯记游》、《俄罗

[①] 高尔基:《不合时宜的思想:关于革命与文化的札记》,莫斯科:苏联作家出版社,1990年版,第100、145、159页。

斯童话》、《日记片断》和《1922至1924年短篇小说集》。

"奥库罗夫三部曲"是高尔基系统考察和揭示民族文化心理特征的最初成果，包括中篇小说《奥库罗夫镇》(1910)、长篇小说《马特维·科热米亚金的一生》(1911)和《崇高的爱》(1912，未完成)。其中，《奥库罗夫镇》以1905年革命事件为背景，描写奥库罗夫镇上的人们在革命的消息传来时的种种反应，勾画出参加"闹事"和反对"闹事"的两部分小市民所共有的昏聩、愚昧和凶残，从而提供了了解俄国小市民生活和精神心理特点的一个横剖面。《马特维·科热米亚金的一生》则以同名主人公一生的经历为主线，在自1861年农奴制改革以后近半个世纪的时间跨度上，致力于对奥库罗夫人的日常生活和文化心态做一番历史的追寻与思索，完成了对于俄国小市民阶层的纵向剖析。主人公科热米亚金心地善良，向往正义，厌恶小镇的可怕生活环境，但是，"奥库罗夫习气"却逐渐熄灭了他心中的那些有生气的思想、感情和愿望，把他推进充满污秽的小市民生活泥潭中，迫使他和周围人一样走完无意义的人生之路。这部长篇小说是高尔基进行民族文化心态批判的扛鼎之作之一。作家以深邃的艺术洞察力，在对主人公悲惨、忧郁、无为的一生的描述中，透过奥库罗夫人平静无波的生活的表层，展露出它的巨大腐蚀性和毒害性。小说由此揭示了俄国城市小镇的小市民生活秩序和传统，怎样经由一代代人而繁衍、延续，表明了千百个奥库罗夫式城镇如何卧伏在俄罗斯土地上，成为决定其基本面貌与存在方式的沉重砝码，从而触及了本民族历史发展滞缓的某些根由，给人以诸多启示。

《童年》(1913)、《在人间》(1916)和《我的大学》(1923)三部中篇小说，是高尔基根据自己的亲身经历写成的自传体作品。贯穿于三部曲始终的是自传主人公阿辽沙。其中，《童年》描述了阿辽沙从1871年父亲去世到1879年母亲去世八年间在下诺夫戈罗德市外祖父家的生活，包括他短暂的学校生活和1878年秋辍学后"到街头去找生活"的情景，刻画了外祖父一家人以及这个家庭染坊的工人、房客、邻居等众多的人物形象，呈露出童年生活给阿辽沙留下的鲜明印象。《在人间》以阿辽沙1879年秋至1884年夏在社会上独自谋生的坎坷经历为线索，记述了他先后在下诺夫戈罗德鞋店、绘图师家和圣像作坊当学徒，在伏尔加河上的"善良号"和"彼尔姆号"轮船上当洗碗工的所见所闻，提供了俄罗斯外省市民生活的生动画幅。《我的大学》则是对主人公1884年秋至1888年在喀山生活时期的印象与感受的艺术记录，其中展示了伏尔加河的码头、"马鲁索夫卡"大杂院、捷林科夫面包店、谢苗诺夫面包作坊、民粹派革命家罗马斯在附近村庄上开的小杂货铺及村民的生活图景，最后以主人公漂泊到里海岸边卡尔梅克人的一个肮脏渔场作为结尾，描写了各阶层人物的众生相。自传体三部曲所描述的内容在时间上彼此衔接，不仅是作家本人早年生活的形象化录影，更是表现俄罗斯民族风情、俄罗斯民族文化心理的艺术长卷。作品那浓烈的生活气息,那些情、景、意浑然一体的篇幅,那些由作者直接倾吐心曲、抒发情怀的段落,与其说是散文,毋宁说是诗行,令人不禁想起屠格涅夫笔下的一些充满魅力的篇章。

与"奥库罗夫三部曲"和自传体三部曲这两个三部曲不同的是,高尔基写于这个时期的其他几组作品均为短篇小说系列。其中,《罗斯记游》(1912—1917)包含29个短篇。收入其中的各篇作品,从形式上看,接近高尔基早期的流浪汉小说;但在内容上,却显示出新的特色。首先,这些作品的主人公不再是单一的流浪汉,而是包括小市民、手工业者、小铺老板、教堂执事、退役军官、破产商人、外省知识分子、破落贵族、菜园主各色人等,涉及社会各阶层;其次,这些作品的意义不在于社会批判,而在于从各个不同侧面揭示俄罗斯人的精神文化特征,但在总体上彼此呼应,互为补充,共同构成一部表现民情风格、世态人心的著作。与《罗斯记游》几乎同时完成的《俄罗斯童话》(1911—1917),则为俄罗斯国民劣根性及其在斯托雷平反动年代的显现,提供了一组绝妙的讽刺性写照,如这部作品的中译者鲁迅所说:"虽说童话,其实是从各方面描写俄罗斯国民性的种种相"[①],"短短的十六篇,用漫画的笔法,写出了老俄国人的生态与病情"[②]。创作于十月革命后的《日记片断》(1924)和《1922至1924年短篇小说集》(1925),或取材于革命年代的现实生活,或向记忆、向不堪回首的往事汲取诗情,均成为对民族生活和文化心态的"直接的研究"和"如实的写生"。通过以上几组作品,高尔基以开阔的艺术视野,绘制了一幅幅令人目不暇接的俄罗斯生活风情画,展示了根植于这种生活土壤之上的民族精神风貌,描画了一系列个性鲜明的人物,为世人认识俄罗斯人特别是其文化心理特征,提供了不可多得的形象化资料。

高尔基的中期作品,共同记录了作家在民族文化心态研究这一总体方向上艰难跋涉的足印。这是高尔基一生创作中最辉煌的时期。清醒的现实主义笔法,纯熟洗练的描写艺术,行云流水般优美自如的叙述语调,体现着作家忧患意识的沉郁风格,共同显示着作家新的美学追求与杰出的艺术才华。

高尔基的晚期创作(1925—1936)主要是两部长篇小说:《阿尔塔莫诺夫家的事业》和《克里姆·萨姆金的一生》。《阿尔塔莫诺夫家的事业》(1925)以农奴出身的麻纺厂主阿尔塔莫诺夫一家三代人对待"事业"的态度和心理的变化为基本线索,揭示俄国资产阶级的精神特点和俄国资本主义的历史命运。这个家族的事业创始人伊利亚,精力充沛、信心十足地开展经营活动,显露出俄国农民从农奴制下被解放出来后所释放的潜力、能量和热情。一方面,他贪婪、凶狠、雄心勃勃,带有资本原始积累时期的残酷性;另一方面,他又勤奋,自身不脱离劳动,与工人相处关系甚

---

① 鲁迅:《鲁迅全集(第10卷)》,人民文学出版社,1981年版,第399页。
② 鲁迅:《鲁迅全集(第8卷)》,人民文学出版社,1981年版,第457页。

好。这一形象事实上是俄国资本主义"工场手工业"形成时期的过渡性人物,在他身上兼有农民和新兴资产者的特点。

在这个家族的第二代中,长子彼得对"事业"毫无兴趣,其人生观念、心理特征和生活情趣,都烙下了农奴制影响的深深印痕。这显然是一个"先天不足"的资产者,实质上是一个前资本主义时代的人物。彼得的弟弟尼基塔则连形式上的资产者也算不上,他了解父兄的罪恶,并为自己对嫂子的单恋而感到难堪和屈辱,在自杀未遂后躲进了修道院,但内心痛苦始终折磨着他。他的悲剧是深受东正教影响的俄国农民无法理解和接受资本主义现实的悲剧。老伊利亚死后,阿尔塔莫诺夫家事业的实际继承人是其养子阿列克谢。阿列克谢具有新兴资产者的冒险精神和要创业、要发展、要占有的特征。他注意及时了解行情,吸取经营经验,打通各方面的关系,还不时给工人一些恩惠,并热衷于出资修饰城市。更重要的是,他有明显的政治意识,竭力维护俄国民族资本主义的利益。这是在俄国资本主义迅速发展的年代中一个有着代表性的人物。如果说,彼得的形象充分显露了俄国资产阶级的一部分不同于西欧资产阶级的独特面貌,那么可以说,阿列克谢则接近于一般的资产者。

在这个家族的第三代中,阿列克谢的儿子米龙比父亲更有头脑,经营事业更有办法,对待工人更有心计,同时他也更为冷酷自私,不择手段,政治欲念更为强烈,还主张全面欧化。这一形象是阿列克谢形象的逻辑延伸,又折射出20世纪初期俄国资产阶级的某些新特点。彼得的儿子亚科夫在动物式的享乐之外便一无所求。亚科夫的空虚、麻木和堕落,他的寄生性和孱弱症,既显示出俄国资产阶级早衰的特征,又透露了俄国资本主义早衰的内在原因。

可见,《阿尔塔莫诺夫家的事业》通过这个家族三代人所构成的形象系列,揭示了俄国资产阶级的先天不足、发育不全的特点,勾画出俄国资本主义尚未真正站稳脚跟便很快日薄西山的命运。作品同时还使人们注意到:这一切既是由俄罗斯的独特历史文化传统所决定的,又从一个特定角度昭示着这个民族未来的历史行程。

高尔基晚期的两部长篇小说的基本特色,是开阔的艺术视野结合着深邃的哲理思考,强烈的历史感伴随着缜密的心理分析,叙述风格上则显示出一种史诗般的宏阔与稳健。在人物形象刻画上,作家还借鉴了西方现代主义文学在心理描写方面的某些新鲜经验,如通过人物的梦境、幻觉、联想、潜意识,或以象征、隐喻、荒诞的手法来揭示人物的内心分裂、精神危机和意识流程。这既表明高尔基在创作方法的运用上是不拘一格的,又显示出20世纪现实主义文学的新特色。

上述这两部长篇作品的主要部分,都是高尔基在国外完成的。身处国外期间,作家一直关注着国内的文学与社会生活。1924年列宁的逝世,曾给他以强烈的思想震动。1928年5月,他曾回到阔别七年的国内小住,10月返回意大利,以后每年

（除1930年未回国外）几乎都在相同的时间内往返一次，直至1933年最后回国定居。面对国内的现实，他既为经济建设的某些成就而高兴，又为"极左"思潮的泛滥成灾而忧虑和痛心。为了给受到不公正对待的知识分子和干部伸张正义，为了文学和文化事业的发展，他同"极左"势力进行了不懈的斗争，终于力不从心，于1936年6月18日逝世。英国思想家以赛亚·伯林后来写道："高尔基直到1936年才逝世；而只要他还健在，就会利用其巨大的个人权威和声望保护一些杰出的引人注目的作家免受过分的监管与迫害；他自觉地扮演着'俄国人民的良心'的角色，延续了卢那察尔斯基（甚至是托洛茨基）的传统，保护着有前途的艺术家免受官僚统治机构的毒手。""高尔基的逝世使知识分子失去了他们唯一强有力的保护者，同时也失去了与早先相对比较自由的革命艺术传统的最后一丝联系。"①

二、《克里姆·萨姆金的一生》

高尔基的最后一部作品、四卷本长篇小说《克里姆·萨姆金的一生》（1925—1936），既是一部思考俄罗斯民族历史、现实和未来的史诗性巨著，又是作家长期进行民族文化心态研究的总结性成果。

作品的中心人物克里姆·萨姆金，于19世纪70年代出生于俄罗斯外省某城市的一个"中等"家庭，其父亲是一个曾被逮捕和监禁的民粹派知识分子。萨姆金在家乡读完中学后，便到彼得堡某大学的法律专业学习，不久即因躲避学潮而休学回家，曾担任过一家报馆的编辑。这期间，由于同革命党人的接近，他曾被宪兵队传讯。后来，他又到莫斯科续读法律专业，在那里也由于同样的原因两次受到宪兵队审讯。大学毕业后，他与一位名叫瓦尔瓦拉的女子正式结婚，并开始给一名律师当助手。在1905年革命期间，他曾目睹一些重要事件和场面，也一度"被推进"起义者的行列，又"无意中"当过告密者。在革命高潮中，他曾避居故乡，却再次被捕，旋又获释。革命失败后，萨姆金与瓦尔瓦拉分手，迁居下诺夫戈罗德，并短期旅居德国、瑞士和法国，回国后不久即迁往彼得堡。他曾设想自己在文学界与新闻界取得成功的可能性，也尝试过以自己的某些"不平凡"的见解引起人们的注意。第一次世界大战期间，他曾作为"地方与城市自治联合会"的成员前往里加了解难民情况，又到前线调查过军队给养遗失之事。二月革命时期，萨姆金曾希望有所行动，但始终只是作为一名旁观者存在。1917年4月列宁返回彼得堡时，他被密集的人群挤倒，被践踏而死。

这部作品的副标题是"四十年间"。的确，沿着萨姆金的生活轨道，小说生动地

---

① 以赛亚·伯林：《苏联的心灵》，潘永强、刘北城译，译林出版社，2010年版，第5、8页。

记录了自19世纪70年代到十月革命前约四十年间俄罗斯生活中的一系列重大事件，表现了各种思潮、学说、流派之间的纠葛与冲突，塑造了几乎无所不包的社会各阶层人物的众生相，描绘了从城市到乡村、从首都到外省、从国内到国外的五光十色的生活图画，多方位、多层次地表征出俄罗斯人的人生态度、思维模式、情感方式和价值观念。其中，在整部作品中占有很大比重的，是通过萨姆金观察、听取或参与各种场合、各个层次、各色人等的谈话和争论而表现出来的形形色色的思潮、学说、主张和见解。这些思想见解之间的矛盾，其内容的庞杂性、交错性和不确定性，其存在方式的别具特色，都反映出俄罗斯人精神生活的丰富与贫乏，信仰的执着与危机，文化上的认同心理与排拒心理、习惯心理与探究心理等诸多方面的对立统一。美国实用主义哲学家威廉·詹姆斯说过：俄罗斯人总是力求发现"一切原因的原因"，总是将智慧用于紧张的分析与探索上。这一文化心理特征鲜明地体现在高尔基的这部长篇作品对四十年间俄国社会精神生活史的描述与勾画之中。正是在这一意义上，西方学者认为这部巨著是"1917年革命前四十年间俄国社会、政治和文学生活的缩影"，它"堪称20世纪的精神史"，"作为思想小说，达到最高成就"。

当然，萨姆金绝不只是作品结构意义上的一位观察者。四十年间变动着的俄国现实，既是他的观察对象，又是他的性格和心理赖以形成的环境。他在各方面都是中等水平，却要竭力表明自己的不平凡；他希望得到人们的尊重与崇拜，却不愿受任何拘束，不愿尽任何社会义务。他对什么都不相信、不入迷，总是给自己披上一件超越于一切思想分歧的"怀疑论者"的服装。每当人们争论一些重要问题的时候，萨姆金总是既不说"是"，也不说"非"，而是显得"稳重而又沉着，颇像一个亲切地注视着一切，严格地衡量所看到和所听到的一切事物的人"，为的是既保持自己的独立自由，又能使别人把他看得比一切人都更高尚、更优越。其实，他本身的思想有着明显的破碎性、庞杂性。他缺乏独到的见解和明确的思想，但又不愿承认自己思想上的贫乏与空虚，还要以一个思想深刻、见解独特的人自居，因而只能用别人的思想和言论的碎片来拼合成自己的"思想体系"，久而久之，他就变成了一只收藏着各种流行思想的百宝箱。他缺乏对人的信任、尊重和爱，往往较为冷漠，常常隐含着一种敌意；即便是对妻子瓦尔瓦拉，他也从来没有真正地爱过。他具有强烈的嫉妒心，无论在哪一方面，他都不愿让别人专美于前，常为别人的失败和痛苦而幸灾乐祸。他曾标榜自己对革命采取"不偏不倚"的态度，其实并非如此。在大学时代，他曾装成"像是一个革命者的样子"，觉得这样可以提高自己的身价。但是他又说学生运动"纯粹是感情用事"，工人运动具有"无政府主义性质"，认为自己采取这种态度可以令人尊敬。1905年革命期间，他"既没有决心，也没有勇气置身事外"，革命失败后他又说自己参与莫斯科起义的事"只能用地形学的原因来解释"。他始终没有任何坚定的政治信仰，没有任何明确的社会政治理想，更不会为任何一种革命而奋斗和献身。

萨姆金的性格特征、思维方式、文化心理和命运归宿,在很大程度上具有可据以认识俄罗斯、了解俄罗斯人灵魂的意义。他的精神文化性格,既从一个侧面体现了俄罗斯民族文化心理的某些消极特征,又是这一民族文化环境的必然产物。他的空虚无为的一生,既表征出横跨两个世纪四十年间俄国部分知识分子的沉浮起落,又显示了这一部分知识分子无可回避的命运轨迹。借助萨姆金这一形象,高尔基艺术地揭示了部分俄国知识分子市侩化、小市民化的历史真实,对俄罗斯民族文化心理弱点、对俄罗斯国民性进行了痛切的批判。在这一文化批判意义之外,从作品中还可品味出作者关于提高民族文化心理素质、创造良好的社会文化环境和发挥知识分子历史作用等几个方面互为条件、互为因果的思考,聆听到一代忧国忧民的知识分子的真诚心声。

《克里姆·萨姆金的一生》具有庞大复杂而又有条不紊的结构,纵横俄国外省和首都、乡村和城市的广阔背景,展现了前后四十年间光怪陆离的历史事件和日常生活细节,令人眼花缭乱的社会各阶层人物和色彩斑斓的活动场景。19世纪后期至20世纪初期俄罗斯生活中发生的一系列重大事件,人们精神文化生活中出现的一系列重要现象,都被巧妙地编织进主人公萨姆金的"灵魂史"中,通过他的眼光和思维而得到了特殊形式的映现。作品中出现了贵族、官僚、地主、商人、企业家、政治活动家、思想家、教师、医生、作家、演员、报刊编辑、记者、大学生、工人、农民、渔民、手工业者、马车夫、扫院人、小市民、流浪汉、妓女、教派分子、律师、法官、警察、士兵、军官、哥萨克人、犹太人等俄国社会各阶层、各种身份与职业的人物,几乎包举无遗。同时,众多真实的历史人物也出现在作品的巨大艺术画幅中。这些历史人物与艺术形象的并存,大量的历史场景与艺术画面的叠合,鲜明的编年史意识与深广的民族历史生活内容,使得这部作品有了一种长河滔滔般的气势和厚重的分量,一种波澜壮阔的史诗风范。

作为"思想小说",在这部作品中,构成作品情节的基本因素的并非人物的行为、人物与人物之间在行动上的冲突,而是人物的意识活动、精神世界,人物与人物之间的思想矛盾、精神冲突。在诸多人物之间的复杂精神纠葛中,小说表现了近半个世纪中俄国社会政治、哲学、宗教、美学、道德伦理等领域的各种思潮、学说、流派的交嬗演变,揭示出那个时代俄国社会思想和精神生活的基本面貌。即便是主人公萨姆金这个贯穿作品始终的人物,读者也很少看见他的行动。这固然是由于他缺乏"行动意识"和行动能力的特点所决定的,但更主要的还是作家的艺术构思使然:高尔基所要表现的是主人公"灵魂的历史",且要通过这一灵魂去观照形形色色的社会思潮及其消长变化。作家的这一构思既增加了作品的思想含量和理性色彩,又使得作品中出现了大量议论和谈话,造成读者一般审美接受上的某种障碍。

在人物形象刻画上，作家广泛借鉴了西方现代主义文学在心理描写、心理分析方面的某些成功经验，通过人物的梦境、幻觉、联想、潜意识，或以象征、隐喻、荒诞的手法来描写人物的内心分裂、精神危机和意识流程，如作品中多次通过主人公的梦境或幻觉来刻画其内心状态。在这种梦幻情境中，萨姆金往往被分成三个、四个或者更多的"他"，这些"他"之间往往展开激烈的争论，其中每一个"他"都显示出这个人物内心面貌的某一侧面，并从总体上表现出他的意识结构的支离破碎，他的性格和心理的深刻内在矛盾。这种手法的运用，往往给读者以强烈的印象，远胜过一般冗长的心理分析，也显示出20世纪现实主义文学的包容性和新动向。

善于运用对照的方法，在人物与人物的相互比照中显示形象的性格特征，是高尔基在人物塑造方面的一个重要特色。在《克里姆·萨姆金的一生》中，这一常用手法发展为"镜子般的结构原则"，即中心主人公萨姆金处在众人当中，好似站在多面镜子中间一样，每个人物（每面"镜子"）都把萨姆金性格的某一侧面映照出来，同时又在萨姆金面前显露出自己的某些性格特点。作品中萨姆金的同辈人物，如贵族遗少图罗博叶夫，资产阶级的"浪子"柳托夫，妇女问题研究者马卡罗夫，流浪汉、无政府主义者伊诺科夫，小市民型的人物德罗诺夫，色情狂莉吉雅，商人兼宗教团体头目玛琳娜，布尔什维克革命者库图佐夫等，都如同一面面放置在不同角度的镜子，环绕在萨姆金周围，分别映现出他的某一精神特点，共同参与对这位中心主人公进行"立体摄影"的任务，使他的性格特征充分地、全方位地表现出来。

作品中的诸多人物对萨姆金的评价，也具有类似的作用，如图罗博叶夫说萨姆金对一切问题都想"发明第三种答案"；柳托夫称萨姆金为"冒号"，在它之后"不晓得是什么东西"；德罗诺夫说他"不过是一个空子弹壳，只能吓唬吓唬乌鸦罢了"；玛琳娜则断言他"渴求信仰，又害怕信仰"等等，这些人物以各自的眼光对萨姆金所做的评价，往往一针见血，颇为深刻地揭示出其性格的某一本质特点；合而观之，则可见出萨姆金性格的多面性。在《克里姆·萨姆金的一生》的庞大艺术形象体系中，众多的人物都是作为独立的社会心理形象而存在的，具有艺术上的不可重复性；这些形象又在总体上构成主人公萨姆金的灵魂史得以展开的广阔背景，有力地烘托出萨姆金作为"这一个"的心理个性。凡此种种，均表明高尔基的这最后一部长篇小说取得了多方面的艺术成就。

第三节 布 宁

一、生平与创作

伊凡·布宁(1870—1953)在白银时代就是一位成就突出的现实主义小说家,曾与高尔基一起,作为"星期三"文学小组和知识出版社的同人活跃于文坛,其创作倾向与艺术风格却明显地区别于高尔基。后来,他与高尔基的分歧日益加深,但高尔基却一再号召文学青年像学习19世纪古典小说家那样向布宁学习。1920年迁居国外后,布宁不断有新作问世,成为俄罗斯域外文学"第一浪潮"中最有成就的作家之一,并于1933年获得诺贝尔文学奖,成为第一位获得这一奖项的俄罗斯作家。

布宁生于一个古老的贵族之家,其父是奥廖尔和图拉省的地主,在把家产挥霍殆尽后,不得不带领全家从沃罗涅日迁往奥廖尔省叶列茨县乡下的庄园。布宁就是在美丽辽阔的奥廖尔草原上成长起来的。布宁在和农民的接触中,熟悉了民间语言。由于拖欠学费并流露出对学校教育方式的厌恶,他在中学四年级时即被学校除名。在获得副博士学位的哥哥尤里的帮助下,他阅读了普希金、莱蒙托夫和果戈理的作品,逐渐爱上了文学。19岁时,布宁外出谋生,先后当过报社校对员、采访人、图书管理员、地方自治局的统计员,还摆过书摊。1887年,他的两首诗作发表于彼得堡的《祖国》周刊,由此走上文学创作道路。

同样是在1887年,布宁发表了他最初的两部短篇小说:《两个香客》和《涅费德卡》。到90年代,他的《塔妮卡》(1893)、《山口》(1892—1898)、《在田庄上》(1895)、《天涯海角》(1895)、《来自故乡的消息》(1893)、《深夜》(1899)等短篇小说陆续发表,他的艺术才华才开始呈露出来。这些作品继承了19世纪现实主义文学的传统,以严峻、真实的笔调描写了俄国农村和农民的世界,讲述了知识分子——无产者的生活和他们的精神骚动,揭示了许多无家可归的人们那种无意义的、苟且偷安的生活的可怕。这些短篇小说呈现出情节弱化、近似随笔或特写等特点,大都采用照相式的写作方法,并体现出布宁的美学信条:随着生活的"美"的丧失,生活的"意义"的丧失将是不可避免的。

20世纪最初十年,是布宁创作的一个新阶段。他的短篇小说《安东诺夫卡苹果》(1900)标志着这个阶段的开始。这部作品的抒情诗般优美的文笔,通篇散发出的浓烈的乡愁气息,以及精雅考究的语言和印象主义色彩,被批评界认为是布宁作品的风格特征。这种风格同样体现在他陆续推出的《秋天》(1901)、《雾》(1901)、

《在八月》(1901)、《松树》(1902)、《孤独》(1903)、《梦》(1903)等作品中。布宁的这些作品不追求引人入胜的情节,也无意于典型人物的塑造,而是注重于传达瞬间的主观印象,表现人物情感、情绪的细微变化,往往具有一种音乐般的韵味和魅力。由于这些小说大都是哀悼处于衰微中的贵族之家,似乎是在为贵族阶级黄金时代的消逝吟唱一曲曲挽歌,带有浓厚的感伤情调,所以当时批评界不少人把布宁称为屠格涅夫的追随者。另外,布宁的创作和他的思想一样,都具有某种形而上性质(如对"生命之源"、对"祖辈之根"的追问等),这也就在一定程度上决定了作家对于文学作品要反映"当前社会政治迫切问题"持一种怀疑主义态度。

1910至1917年间,布宁连续推出《乡村》(1910)、《苏霍多尔》(1912)、《伊格纳特》(1912)、《败草》(1913)、《从旧金山来的先生》(1915)等重要作品。其中,《乡村》的出版曾被认为是当时俄国文学生活中的一件大事。小说的主人公克拉索夫兄弟俩(季洪和库济马)是当年被地主杜尔诺沃老爷的猎狗咬死的一个农奴的曾孙。到了20世纪初年,季洪已经成为地主庄园杜尔诺夫卡的主人,库济马则是一位漂流不居、悲观厌世、梦想成名的作家。作品经由这两个主要形象以及他们的所见所闻,广泛地描写了1905年革命期间的俄国乡村生活,多角度地传达出那个深刻变动的历史时代的社会气氛。但作者并未驻足于此,而是抵达农民生活和心灵的深处,严肃地揭示了他们物质上的贫困和精神上的愚昧,显示出作者观照俄国乡村和农民生活的一种新目光,在文学史上具有开风气之先的意义。《乡村》在艺术上的出色之处,在于它没有贯穿作品的完整的故事情节,也不着意勾画主人公的性格发展轨迹,主要由一幅幅动态生活图画和人物剪影组接而成,在结构形式上显示出开放性的特点,行文过程中则始终伴有一种沧桑感、命运感。

中篇小说《从旧金山来的先生》也是布宁的名作。该作品的主人公是美国一位年近花甲的大富翁,他雇用着数以千计的华工,腰缠万贯,现正带着妻子和女儿漫游欧洲大陆,还准备去英伦三岛、埃及和日本等地,总之是要尽情地挥霍、享受一番。但是,过度的放纵和寻欢作乐,却使死亡突然降临到他头上。这位不可一世的巨富猝死于意大利卡普里岛。作者把他的主人公比作以淫欲为荣的古罗马皇帝提庇留,而小说中的场面则更令人想起圣经传说中巴尔塔萨"灭亡前的狂宴"。在这里,作家通过揭示有产者拼命聚敛财富的毫无意义,对资本主义文明做出了批判;同时,又在对主人公乐极生悲、命运突变的描写中,传达出关于生与死、贫与富、幸福与痛苦之关系的哲理思考。

在20世纪头十年中,布宁创造了一种把"叙事体"时间和"抒情体"空间结合起来的新的小说类型。这个时期他的作品所描写的往往是生活片段、日常琐事、平凡的瞬间或偶遇,而且故事大都发生在庄园、别墅、旅馆、公寓、餐馆、火车包厢或轮船客舱内,但总是具有一种浓郁的抒情氛围。从这些作品结构和叙事风格上看,不难发现布宁对于普希金式的简洁、准确和深刻性的追求。他的许多作品所揭示的尖锐冲突,归根结底是悲剧性的、不可解决的,最终往往只能以人物的死亡作为结束,这也正是作家悲剧意识的表现。在他的不少小说中出现的无边无际的海洋、神秘莫测的天空、一望无垠的草原和田野以及遥远的旅途,大都是作为生活中的神秘因素的象征性场景而存在的。作家同时认为,对这些宽阔、巨大、永恒的事物的静观直感,对俄罗斯人的心理和世界观起着重要的制约作用。虽然这个时期是俄罗斯历史上的一个重要的变动时代,但布宁的小说依旧是远离当代具体现实问题的,他的目光所注向的仍然是生与死、命运与爱情、大自然与美、人的纠缠不清的记忆等等以及这一切的秘密。但这并没有使布宁成为完全脱离现实的小说家,如在他的作品中所显示的对当代人的某些意识的彻底怀疑,便是对现实的一种严峻审视。

1920年,布宁迁居法国。在此后30余年间,他不断有新的作品问世。如果说,20年代前半期,他曾在《疯狂的画家》(1921)、《遥远的事情》(1922)和《晚来的春天》(1923)等短篇小说中,曲折地表达了自己对刚刚过去的战争和革命的沉思,对已然逝去的旧俄罗斯的追念,那么,从20年代中期起,他便越来越偏重于表现爱情主题。他的《米佳的爱情》(1925)、《叶拉京骑兵少尉案件》(1925)和《中暑》(1927)等中短篇小说,均通过带有一定悲剧色彩的男女悲欢离合的故事,传达出关于爱情的某些独特见解:真正的爱情必然是灵与肉的美好而和谐的结合,也是命运所能给予人的最高的恩惠;然而,这种恩惠越充分,往往就越短暂;美好的爱情常常由于种种原因无法持续下去而带有悲剧性。作家以清丽流畅的语言将男女主人公的爱情经历娓娓道来,且程度不同地穿插使用了梦境、幻觉、意识流等表现手法,使得这些作品犹如一篇篇倾诉爱情幸福与痛苦的抒情长诗。

短篇小说集《幽暗的林间小径》(1937—1944),是布宁继其代表作《阿尔谢尼耶夫的一生》之后贡献给读者的又一部最重要的作品。在这部收有38篇爱情题材小说的作品集中,作家成功地刻画了一系列个性鲜明的女性形象,她们有的心地单纯,对恋人一往情深(《塔尼雅》《斯捷潘》);有的大胆泼辣,娇纵任性(《缪斯》《安提戈涅》);有的情思专注,一旦涉足爱河便全身心地投入其中(《露霞》等);也有的变化莫测,令人难以捉摸(《纯真的星期一》等)。作家善于以细节描写来揭示人物的性格,往往通过女主人公的一颦一笑、一举手一投足,来生动地传达出她们的内心隐秘。经由她们的爱情故事,布宁进一步深化了自己以往同类题材小说的主题,以充满诗意的笔触表现了自己对于爱情之谜的思索。他不赞同托尔斯泰晚年把男女之爱归结为"魔鬼的诱惑""道德的堕落"甚至是"罪孽"的偏激观点,而是着力描写了美好崇高的爱情,同时并不讳言它和悲剧乃至死亡的关联。爱情是人间真情的自然流露,本应是一种巨大的幸福,但是在现实中,它却可能昙花一现,瞬间即逝;也可能无限美好,却可望而不可即;还可能好事多磨,痛苦往往多于欢乐。无数人为追求爱情幸福而耗尽心血,最终饮得的不过是一杯苦酒。尽管如此,人们却始终没有放弃对于美好爱情的向往和追求,情感经历也总是人们心中最刻骨铭心的记忆。《寒冷的秋天》《在巴黎》《幽暗的林间小径》和《晚间》等,都是这部小说集中脍炙人口的名篇。整部小说集以"幽暗的林间小径"为名,意在以这一具有俄罗斯乡间特色的景观作为祖国的象征,同时还传达出久离故土的布宁在晚年的一种深深的乡愁。

30年代末,布宁日益感觉到远离祖国这一状况本身的悲剧性。二战爆发后,他越来越为一种浓郁的乡愁所缠绕。1941年,他曾给身处苏联境内的文学界老友捷列绍夫写信,表达了对祖国的思念。在晚年,布宁还曾多次向一度寄居在他家中的流亡女诗人伊·奥多耶夫采娃表达了自己希望返回俄罗斯的冀愿。后来,只是因为另一女诗人茨维塔耶娃回国后的不幸遭遇,以及一直留在本土的阿赫玛托娃和左琴科等人所遭受的不公正对待,布宁才没能最终实现叶落归根的愿望。

二、《阿尔谢尼耶夫的一生》

《阿尔谢尼耶夫的一生》是布宁在国外完成的最重要的作品,也是他唯一的一部长篇小说。作品开始创作于1927年夏,当年秋天就有一些片段在巴黎报纸上刊出。1930年,小说的单行本出版。1933年11月,瑞典皇家科学院宣布授予布宁诺贝尔文学奖。授奖词中称,布宁在《阿尔谢尼耶夫的一生》中,"以比从前更为广阔的气势,再现了俄罗斯的生活。……他继承了十九世纪以来的光荣传统并加以发扬光大。至于他那周密、逼真的写实主义笔调,更是独一无二"[①]。

这部作品以主人公阿列克谢·阿尔谢尼耶夫的童年、少年和青年时代的生活经历为基本线索,以第一人称展开叙述,着重表达"我"对大自然、故乡、亲人、爱情和周围世界的感受。作品中含有作家本人的大量传记材料,如主人公阿列克谢童年生活过的卡缅卡庄园的风景,"冬天是一望无际的雪海,夏天——则到处是庄稼、野草和鲜花……还有这些田野永远的宁静,它们的神秘的沉默……"[②]这分明就是布宁童年时代生活过的叶列茨县布特尔卡庄园的景象。透过作品中关于阿列克谢的外婆家巴图林诺庄园的描写,则不难见出布宁的外婆家奥泽尔基庄园的轮廓。阿列克谢的幼年和童年生活,考入贵族中学后的学习生活以及寄宿于一个市民之

[①] 宋兆霖主编:《诺贝尔文学奖文库:授奖词与受奖演说卷(上)》,浙江文艺出版社,1998年版,第240页。

[②] 伊万·布宁:《阿尔谢尼耶夫的一生》,靳戈译,译林出版社,2004年版,第5页。以下凡引用此作品,均引自这一版本,不另加注。

家的情景,中途辍学后重返巴图林诺,不久后即得悉自己的作品首次发表时的喜悦,他前往奥廖尔市、哈尔科夫和克里米亚的最初几次旅行,他在奥廖尔一家报纸当编辑的经历,他那难以忘怀的浪漫史等,无一不映现出布宁本人早年生活的踪迹。阿列克谢周围的一些主要人物,从目睹家道中落而无力回天的父亲亚历山大,曾因参加民粹派活动而被捕的哥哥格奥尔基,到性情古怪的家庭教师巴斯卡科夫,他寄宿其中的那一家之主罗斯托夫采夫,再到他倾心和爱恋的莉卡等,都可以在布宁青少年时代的生活中寻得与之对应的原型。然而,《阿尔谢尼耶夫的一生》绝不是布宁早年生活的简单复现,而是一部反映了19世纪晚期包括作家在内的俄罗斯部分青年知识者的成长和心路历程的自传体小说,同时又是作家以小说的形式对已逝年华的一种深情回望。

占据小说主要篇幅的,不是主人公的经历和事件,而是主人公的印象与感受。早在少年时代,阿列克谢"对事关心灵和生命的诗歌"创作的天赋就已经被父辈发现并确认了。对于"生活",他的理解也是独特的:"它是一些不连贯的感觉和思考,关于过去的杂乱回忆和对未来的模糊猜测的不停顿的流淌。"当他在痛苦地思考着如何写作时,曾在大街上侦探似地尾随着一个个行人,盯着他们的背影,努力想在他们身上捕获点什么,努力深入到他们的内心。阿列克谢确认,自己的写作绝不是为了"同专制和暴力进行斗争,保卫被压迫者和贫穷的人们,提供新鲜的典型,描绘社会生活、现代生活及其情绪和潮流的广阔图景!"他还曾这样自问:"为什么我非得要完全彻底地知道某一个人和某一件事,而不写我现在所知道和感觉到的人和事呢?"这一切既是阿列克谢的创作思想形成过程中闪现的火花,也是布宁创作宗旨的表露。

爱情经历无疑是作品主人公最重要的生活体验。从阿列克谢少年时代对德国小姑娘安海茵的带孩子气的初恋,对邻居家的亲戚丽莎的"符合古老情调"的富有诗意的钟情,到他对女仆托妮卡的贵族少爷式的冲动,再到他与奥廖尔《呼声报》编辑阿维诺娃的亲近,最后是他和女主人公莉卡的充满欢乐与悲伤的恋情等,都构成了他青春时代最难忘的生活篇章。读完全书,读者印象最深刻的,不是人物缠绵悱恻的爱情故事,而是主人公的复杂体验,原因就在于作者所注重传达的始终是"我"的感受。这一特色同样显示于作品对"我"的浓厚亲情的表现中。对于母亲,阿列克谢感到:"和母亲联系在一起的,有我整个一生最痛苦的爱";而"在回忆父亲的时候,我总有一种悔恨的感觉——总觉得不够尊重他,爱戴他"。若干年后返回故乡前,主人公感叹道:"在巴图林诺等着我的是一座什么样的坟墓啊!父母已经年迈,不幸的妹妹容颜渐减,破败的庄园,破旧的房屋,凋落的花园,只有寒风在那里呼啸,冬日的犬吠声在这寒风中显得特别多余和凄凉……"字里行间,处处可以体味出主人公对亲人、对家庭、对故园的沦肌浃髓的关爱和留恋之情。

当然，布宁并没有把自己的艺术激情全部倾注到对于男女爱情和亲情的卓越表现上，他还同时吟唱出对俄罗斯的爱恋和忧思，表达了和祖国忧喜与共、休戚相关的情感。作品描写了俄罗斯那些僻静而又美丽的边区，一望无垠的庄稼的海洋，过着原始俭朴生活的村民，展示出遍布各地的大小教堂的奇特建筑风格和做弥撒的神秘场面，再现了奥廖尔、哈尔科夫、斯摩棱斯克、维捷布斯克、彼得堡、莫斯科、库尔斯克、克里米亚等城市的不同风貌，提供了无数酒馆、客栈、贵族俱乐部、车夫茶馆、理发店、马戏团、游艺会、舞会的活生生的场景，刻画了包括庄稼汉、牧童、保姆、医生、家庭教师、中学校长、报纸编辑、粮食收购商、皮革商、小市民、哥萨克人和茨冈人等在内的人物众生相。捧读这部作品，读者就会感到浓烈的俄罗斯生活气息扑面而来，就会领略到纯粹的俄罗斯风情。

透过俄罗斯日常生活的生动画幅，布宁还对"谜一般的俄罗斯灵魂"进行了探究。作品主人公很小就注意到：俄罗斯心灵不知为什么对于"荒芜、偏僻和衰落"感到特别亲切。在主人公阿列克谢所寄宿的那家房主罗斯托夫采夫的话语中，他则发现有一种自豪感经常表现出来：自豪自己一家是"真正的俄罗斯人"，过着"真正的俄罗斯生活"。"我"后来发现，许多俄罗斯人都具有这种自豪感，它甚至已成为"时代的象征"。在自己的嫂嫂、一位民粹派革命者身上，"我"还看到了有教养的俄罗斯人的另一些美好特征：在她整个和蔼与朴实的待人接物的态度中，透露出她出身于高贵的门第，受过良好的教育，而且有一颗善良的心，一种腼腆的、落落大方的美。这位女英雄为自己在全体苦难的人民大众中能过着幸福的生活而万分痛苦，甚至为自己长得美而感到羞愧。作家同时也揭示了俄罗斯民族性格的弱点，如普遍的酗酒现象。对于那些"一心要从活人和死人身上剥下一层皮来"的"买卖人"，布宁同样进行了无情的抨击。作品中纵横俄国城乡的广阔生活画幅，五光十色的民族历史和民情风俗内容，几乎囊括社会各阶层的鲜明人物形象，使得这部以表现个人思绪和情感历程为主的自传体小说同时具备了一种史诗风范。

作为作家晚年的一部作品，《阿尔谢尼耶夫的一生》的整个叙述，几乎全由主人公阿列克谢在其晚年对自己早年生活的回溯构成。小说开篇就把读者带入回忆录的语境中，但作品中的回忆并不都是主人公对半个世纪前往事的追述，而是"回忆之中有回忆"。这就使作品中往往同时出现三重时间：其一是"叙述时间"，即主人公在半个世纪后对往事进行回忆的时间；其二是"情节演进时间"，即他所回忆的事情发生的时间。由于主人公在"情节演进时间"内也常常回忆往事，于是便出现了第三种时间，可称为"往事发生时间"。整个作品鲜明的回忆录色彩，特别是其中"回忆之中有回忆"的现象以及三重时间的出现，显示出和普鲁斯特《追忆似水年华》的相似性。布宁本人后来也承认他的这部作品确实"有不少地方完全是普鲁斯特那样的"①。

如同一般自传体小说一样,《阿尔谢尼耶夫的一生》中的"我"既是作品情节的主体,又是故事叙述者。作品中对过往时代的无数场景的回忆,对一系列人物的追怀,对众多事件的讲述,以及对这一切的感受与体验的表达,都是从"我"的角度来展开的。但作品并非全是"我"的直接叙述,而是同时插入了其他形式,如"我"的笔记、诗作、沉思、自言自语,还引用了诸多文学作品中的片段。早在少年时代,"我"就以稚嫩的诗作抒发了自己对大自然的热爱和初恋的体验。在和莉卡相处的日子里,给她读诗成为两人对话和交流的一种独特方式。在担任报纸编辑期间,"我"特地购买了一本厚厚的笔记本,把它命名为"阿列克谢·阿尔谢尼耶夫:札记",为的是记下各种思想、感受和见闻。作品的许多内容,就是从这本笔记中"摘录"下来的。笔记里所记载的内容和作品讲述的内容融为一体,以至于读者觉得全部作品仿佛就是笔记内容的展现。

这部作品中还有对文学名著内容的大量引用。主人公摘引普希金、莱蒙托夫等人的作品内容和《浮士德》中的诗句来倾诉对大自然的依恋和自己的忧伤,联系普希金、莱蒙托夫和托尔斯泰的时代与命运思考自己的前程,引用歌德和托尔斯泰的言论说明自己的志向和追求,援引拉吉舍夫的名句"我举目四望,人类的苦难挫疼着我的心"表达自己类似的情感,引用果戈理、谢甫琴科的作品畅谈对于小俄罗斯的印象,还大段大段地吟诵《伊戈尔远征记》中的诗句来抒发自己漫游波洛威茨草原、顿涅茨河、第聂伯河、基辅、赫尔松和整个南部俄罗斯的舒阔胸怀。这些涉及面颇宽的引文,使《阿尔谢尼耶夫的一生》不仅具备了现代作品所常有的"互文性",而且呈现出帕乌斯托夫斯基所说的"诗歌与散文融为一体"的特色,这一特色当然同时也是由作品浓郁的诗意和抒情诗般优美的语言所决定的。

伴随着作品主人公心路历程的呈露,"我"对自然景物、社会现象、命运之谜、人生意义等问题的沉思,常常以探问的形式表现出来,这也是布宁这部小说的特色之一。作品中有很多问句,如:"为什么遥远、开阔、深邃、高峻以及陌生、危险的东西……从童年时代起就吸引一个人?"这是童年的"我"对未知世界和未来命运的一种独特追问。青年时代面对光怪陆离的社会现实,主人公阿列克谢更时时产生一些困惑和迷惘:"在维捷布斯克车站上,当开往波洛茨克的火车久等不到的时候,我经受了与周围的一切相隔绝的可怕感觉。我感到惊愕,感到不理解:我面前的一切都是些什么?目的何在?我为什么在这一切之中?"在"我"生活的不同时期,还发出过"什么叫生活、爱情、离别、损失、回忆和希望","我的生活到底是什么"等疑问。透过这些探问,可以一窥作家布宁对作品中主人公内心生活表现的深度。

---

① 柳·阿·斯米尔诺娃:《伊万·阿列克谢耶维奇·布宁:生平与创作》,莫斯科:教育出版社,1991年版,第160页。

和这些问句相映成趣的,是作品中的一些议论。这些议论语句显示出警句、铭文般的睿智和精湛,如"生活就是一种永恒的等待""我们所爱的一切,所爱的人,就是我们的苦难"等等。这些议论从主人公的经历、感受和体验中提炼而出,几乎是诗化了"我"对生活的沉思果实,赋予了这部以浓郁的诗意见长的作品一种哲理色彩。抒情性与哲理性的统一,诗歌与散文的融汇,自传因素与艺术虚构的共存,个人感受的表达与民族精神风貌勾画的并重,思虑具体问题与探究"永恒主题"的结合,古典语言艺术与现代表现手法的兼用,以及在栩栩如生的生活画面中始终伴有的历史感、命运感和沧桑感,使得《阿尔谢尼耶夫的一生》同时具备了自传体小说、诗化散文、哲理性长诗和史诗等多种文体品格,成为一部在雄浑壮阔的乐声中不乏柔和细腻的抒情旋律的大型交响曲。

第六章 德语文学

第一节 概 述

19世纪末至二战结束这短短半个世纪,可以说是德语国家历史上最动荡不安的时期之一。半个世纪中,德国的政权几经更迭,1914年德意志帝国皇帝威廉二世挑起第一次世界大战,1918年11月革命爆发,德意志帝国崩溃,1919年魏玛共和国成立,1933年希特勒上台,共和国结束,德国进入了纳粹执政的第三帝国时期,对内实行法西斯独裁,对外进行侵略扩张,并大肆迫害犹太人。1939年德军入侵波兰,第二次世界大战爆发,各国人民深受其害,1945年德国战败,纳粹政权终告覆灭。另一个主要的德语文学国家奥地利情况相似,1918年一战战败后,奥匈帝国解体,奥地利独立,宣布成为共和国,但尚未从一战战败的困境中复苏,又被纳粹政权裹挟入第二次世界大战。瑞士虽然因为中立的政治立场,在两次大战中幸免,但也在一定程度上受到了波及。与政局的动荡互为因果的是这一时期经济、社会、生活及人们的思想等领域的变动与矛盾的积累。工业革命改变了生产方式和生活方式,机械文明压抑了自然的人性,资本主义的金钱伦理冲击着旧有的道德秩序,反人道的战争给人们带来深重的苦难,信仰的失落引发种种精神危机,各种非理性的哲学和社会思潮应运而生。在这样的背景下,德语文学打破了19世纪的保守局面,在世界文坛上异军突起,迎来了繁荣期。整体来看,20世纪上半叶的德语文学流派纷呈,成就斐然,呈现出一些鲜明的特征:回归传统与现代主义思潮并行,文学版图南移,维也纳和布拉格成为现代主义文学的中心,犹太作家大放异彩,德国第三帝国时期大批作家流亡国外,等等。

自20世纪初期开始,德语现实主义文学迎来了蓬勃发展,一大批优秀作家继承了19世纪批判现实主义的传统,对复杂的社会政治生活状况进行了准确的描述和生动的呈现。他们大都秉持独立的人道主义思想,以作品为载体,表达了对现实问题的批判与思考。其中反映社会现实的时代小说、批判战争罪恶的反战小说和揭示个体精神危机的心理与哲学小说在这一时期尤其引人注目。在艺术上,这一时期的作品既坚守了传统现实主义文学的美学特点和德国文学重视哲理思辨的倾向,又在时代思潮的影响下引入了许多现代主义的表现技巧,不断求新求变。

德国20世纪上半叶的现实主义文学大致可划分为三个阶段:威廉帝国后期(20世纪初至1918年)、魏玛共和国时期(1919—1933)和第三帝国时期(1933—1945)。一战前,德国已经完成了向垄断资本主义的过渡,一跃而成为欧洲强国,但资本主义的飞速发展也产生了许多弊端,在社会生活和家庭伦理方面引发了诸多问题。这一时期的主要作家有赫尔曼·苏德尔曼(1857—1928)、雅各布·瓦塞尔曼(1873—1934)、里卡达·胡赫(1864—1947)以及亨利希·曼(1871—1950)和托马斯·曼(1875—1955)兄弟等,他们大都偏爱"没落"的主题,其作品着眼于描绘时代的变迁、人性的善恶、新旧价值观的冲突、资产阶级的命运沉浮等。这些作家中,曼兄弟二人的成就尤为突出。

亨利希·曼是一位坚守传统的现实主义作家,其作品以杰出的时代洞察力、鲜明的批判性以及出色的讽刺艺术著称。他的代表作是长篇小说《臣仆》(1914)。小说描写了一个小造纸厂老板的儿子赫斯林发迹的故事。赫斯林欺软怕硬,见风使舵,不择手段,对弱者颐指气使,在金钱和权势面前却奴颜婢膝,终于利用城内的党派矛盾当上了参议员。作者通过这一形象讽刺了德意志帝国时期资产阶级的贪婪与道德的堕落,也揭露了德意志民族精神上的病态和性格上的劣根性。1933年希特勒上台后,亨利希·曼流亡法国,仍坚持不懈地和法西斯进行斗争,创作了历史小说《亨利四世的青年时代》(1935)和《亨利四世的完成时代》(1938),作品借古讽今,以法国国王亨利四世为蓝本,塑造了一位以民众利益为重的开明君主形象,来与希特勒做对比,表达了对纳粹政权的批判。法国沦陷后,亨利希·曼流亡美国,1950年因脑溢血突发而病逝,终其一生都坚守着人道主义者立场。托马斯·曼则是20世纪上半叶德语现实主义文学的最重要代表,著有长篇小说《布登勃洛克一家》《魔山》《浮士德博士》等。

一战结束后,魏玛共和国统治下的德国政局动荡,经济凋敝,通货膨胀严重,国内各种矛盾日益突出,直到1924年才进入相对稳定的阶段,但好景不长,1929年的资本主义经济危机带来了经济大萧条,也使政局重新动荡,矛盾又起,沙文主义、反犹太主义思潮高涨,为纳粹政权的崛起埋下了伏笔。这一时期的现实主义文学领域中,"新实际主义"[①]、反战文学、无产阶级文学成就突出。

"新实际主义"文学兴起于1925年,是对1910到1925年间盛行的政治上与艺术上都十分激进的表现主义文学思潮的反拨。此时德国社会相对稳定,一些作家

[①] 英文通常译为New Objectivity,这一运动于20世纪20年代兴起于绘画、建筑和文学领域,在我国有多种译法,在文学领域常被译为"新实际主义"、新写实派,在绘画、建筑领域也被译为新客观主义、新即物主义等。

从表现主义的反叛与激情中冷静下来,转向关注现实与理性。他们主张客观、实际、具体、准确地反映现实生活,通过描写小人物的生活来揭示时代的弊端,流行在作品中引用文献资料、新闻报道等来增加现实性。埃里希·凯斯特纳(1899—1974)是"新实际主义"的代表人物,主要作品有"实用诗"《心在腰间》(1928)、诗集《男人的回答》(1930)、儿童文学作品《埃米尔擒贼记》(1928)及长篇小说《法比安,一个道德家的故事》(1931—1932)。除凯斯特纳之外,"新实际主义"的主要作家还有赫尔曼·克斯滕(1900—1996)、库尔特·图霍尔斯基(1890—1935)以及剧作家卡尔·楚克迈耶(1896—1977)等。

一战给德国民众带来灾难和创伤,也促使他们对战争进行反思,因此反战文学大量涌现,引起强烈反响。反战文学中最负盛名的作品是艾利希·马利亚·雷马克(1898—1970)的《西线无战事》(1929)。小说取材于作者的真实经历,主人公保尔·包默在一战爆发时被老师煽动,和同学一起报名参军,经过短训,被派往西线战场。战场对这群学生来说犹如一个笼子,他们穿梭在枪林弹雨之中,唯一的愿望就是活下去。但战争毫无怜悯之情,保尔的战友们一个个死去,他自己也在1918年10月的某天死在战场上,然而具有讽刺意味的是这天司令部的战报只有简略的一句话:"西线无战事。"在这部作品中,雷马克并没有对战争做直接的评价,而是细致、客观地描绘了西线战场上普通士兵的生活和情感,通过八个年轻生命的死亡,让读者自己感受到战争的残酷。该书一出版,在德国的发行量就达120万册。此外较有影响力的作品还有路德维希·雷恩(1898—1979)的长篇小说《战争》(1928)、《战后》(1930),阿诺德·茨威格(1887—1968)的《军曹格里沙的案件》(1927)等。这些作品大都问世于魏玛共和国后期,此时法西斯势力日益壮大,新的战争危机又在酝酿,这些作品的出现意义重大。

也在同一时期,随着无产阶级革命运动的日益高涨,与之相关的文学也因此繁荣起来,在诗歌、小说、戏剧等方面均取得了一定的成就。贝托尔特·布莱希特是这一时期作家中文学成就最为突出的一位。

布莱希特(1898—1956)出生于一个工厂主家庭,1917年进入慕尼黑大学学习哲学和医学,一战中曾被征入伍。布莱希特在中学时期就有作品在地方报纸发表,1918年创作了剧本《巴尔》,开始了戏剧创作生涯。1922年,以德国十一月革命为背景的戏剧《夜半鼓声》在慕尼黑成功上演,使他一举成名,并获得了克莱斯特奖。他的这些早期作品在一定程度上受到了表现主义的影响。20年代中期,布莱希特受到马克思主义的影响,创作理念发生变化,"叙事剧"理论开始形成,这一时期创作了《马哈哥尼城的兴衰》(1927)、《人就是人》(1928)、《三分钱的歌剧》(1928)以及"教育剧"《措施》(1930)、《屠宰场上的圣约翰娜》(1930)等一系列实验性的戏剧作品。在这些作品中,布莱希特打破了亚里士多德以来的戏剧传统,转而追求一种

"间离效果"。"间离效果"又称陌生化效果，即在戏剧表演与欣赏中，演员与角色、观众与演员之间应当拉开一定的距离，演员要能意识到自己在演戏，观众要能意识到自己在看戏，以陌生的惊愕、理性的思考和批判的意识代替情感的共鸣。布莱希特的这一戏剧理念最早于《中国戏剧表演艺术中的陌生化效果》一文中提出，明显受到了中国传统戏剧表演艺术的影响。

1933年布莱希特被迫流亡，1941年取道苏联去了美国，1947年返回欧洲，1948年定居东柏林。这段辗转流亡的岁月也是布莱希特戏剧创作的成熟期和高峰期，主要作品有《第三帝国的恐惧和灾难》(1935—1937)、《卡拉尔大娘的枪》(1937)、《大胆妈妈和她的孩子们》(1939)、《潘蒂拉老爷和他的男仆马狄》(1940)、《四川好人》(1942)以及《高加索灰阑记》(1945)等。其中《大胆妈妈和她的孩子们》最为我国读者熟悉，"大胆妈妈"是个随军女商贩，她靠战争做买卖，三个孩子都在战争中丧生，但她仍不醒悟，继续随军做生意。布莱希特通过"大胆妈妈"的悲剧，表明战争是统治者的大买卖，小人物只是它的牺牲品。除了戏剧创作之外，这一时期他的"叙事剧"理论也通过不断的实践日趋完善并产生了一定的影响，1949年布莱希特出版了戏剧理论著作《戏剧小工具篇》。除了出版戏剧作品和戏剧理论著作之外，布莱希特还创作了大量的诗歌作品。

1933年到1945年的"第三帝国"时期是德国历史上最黑暗的时期之一。这一时期，德国国内纳粹文学大行其道，鼓吹种族主义和"生存空间"论。大批犹太作家、左翼作家和坚持人道主义、民主主义的作家都被迫流亡国外。在极端艰难的境况下，他们仍坚持写作，12年里一共出版了约2 000种图书，向全世界人民真实再现了法西斯专政的暴行、人民在战争中的不幸以及他们对国家和自身命运的担忧与思考，代表作品有托马斯·曼的《约瑟和他的兄弟们》四部曲(1933—1943)、亨利希·曼的《亨利四世的青年时代》(1935)和《亨利四世的完成时代》(1938)、安娜·西格斯的《第七个十字架》(1939)等。还有一些作家虽然留在国内，但与纳粹保持了距离，以沉默或十分隐晦的方式表达对纳粹统治的不满，创作了一系列被称为"内心流亡文学"的作品。

在奥地利，20世纪上半叶也出现了大批优秀的现实主义作家。在小说领域，斯特凡·茨威格(1881—1942)、优塞福·罗特(1894—1939)等人成就突出。斯特凡·茨威格于1881年11月28日出生于维也纳一个富裕的犹太人家庭，从中学时期就开始诗歌创作，大学攻读文学与哲学，毕业后成为《新自由报》的编辑，同时也进行文学创作。为开阔视野，青年时期的茨威格还曾在世界各地漫游，结识了罗曼·罗兰和雕塑家罗丹等人。茨威格主要的文学成就在人物传记和中短篇小说领域，《焦躁的心》(1927)是他唯一一部长篇小说。1920年至1938年是茨威格的创作高峰期。在此期间，他完成了人物传记《三大师》(包括《巴尔扎克传》《狄更斯传》

和《陀思妥耶夫斯基传》,1920)、《罗曼·罗兰》(1921)、《精神疗法》(1932)等,同时还创作了大量的中短篇小说,如《恐惧》(1920)、《一个陌生女人的来信》(1922)等等。纳粹上台后,茨威格由于自身的犹太人身份和反战立场,也未能幸免于难,于1934年被驱逐,流亡英国、巴西等地。1941年,茨威格完成了他的中篇小说力作《象棋的故事》(1941)。小说的故事发生在从纽约开往布宜诺斯艾利斯的一艘船上,叙述者"我"遇到一位象棋世界冠军,于是"我"设计使船上的其他人与之对弈。然而半打棋手被世界冠军轻易地就击溃了,直到一位神秘的B博士的中途加入才使形势大为扭转,并反败为胜。经过一番攀谈,"我"得知B博士原是维也纳的一名律师,纳粹统治时期曾被监禁。监禁期间,他得到了一本棋谱,为打发孤独并使自己避免麻木,他把棋谱全部背下,并一直在头脑中和自己对弈,最后精神分裂,得了所谓的"象棋中毒症"。次日,B博士应邀和世界冠军对弈,赢了第一盘,在准备下第二盘的时候,"象棋中毒症"被诱发,不得不中途离席而去。茨威格通过B博士的遭遇,反映了纳粹对人性的摧残。这种精神上的痛苦令作者本人也备受折磨,1942年,在完成自传小说《昨日的世界》后,他和妻子在巴西里约热内卢近郊的寓所自杀。

优塞福·罗特也是一位犹太作家,常被视为"新实际主义"的代表。一战中,罗特应征入伍,曾被俄军俘虏。战后他成为一名记者,开始小说创作。1933年,罗特被迫流亡法国,1939年5月在巴黎一家贫民医院去世。他早期的小说多表现奥匈帝国在战败解体后动荡的社会政治情况和人们精神上的彷徨无望,批判当时社会上的一些丑恶现象。罗特这一时期的主要作品有《蜘蛛网》(1923)、《萨沃伊饭店》(1924)等。20年代末期,罗特在对现实愈感绝望的情况下转向宗教领域,并逃遁到对哈根斯堡王朝时期的怀旧当中,想从对往昔的悼念中寻求突破现实困境的答案。这一时期,罗特创作了著名长篇小说《拉德茨基进行曲》(1932)及其续篇《先王墓室》(1938)。

在大众戏剧领域,匈牙利籍德语作家霍尔瓦特(1901—1938)也创作出许多优秀作品,如《意大利之夜》(1931)、《维也纳森林的故事》(1931)、《卡西米尔和卡洛琳》(1932)、《信念、爱情、希望》(1932)等。他的作品以描写当时小市民的生活为主,既有对小市民阶层弱点与缺陷的揭露、对世态人情的褒贬,也有对法西斯的批判。除此之外,卡尔·克劳斯(1874—1936)的政论、杂文、文学批评及戏剧创作也在当时产生了很大影响。他在文章中针砭时弊,抨击社会上种种堕落、丑恶现象,是当时有名的社会批评家。此外,克劳斯还创作了大型悲剧《人类的末日》(1918—1919)。

20世纪上半叶,瑞士德语文学呈现出相对保守的局面。20世纪初,瑞士文学的主流是乡土文学,作品主要反映农村生活,表现远离尘嚣的乡村人情风俗和纯朴的伦理、信仰,代表作家有雅各布·克里斯托夫·黑尔(1859—1925)、恩斯特·察恩(1867—1952)、亨利希·费德勒(1866—1928)等。在这些作家中,成就最高的是卡尔·施皮特勒(1845—1924)。施皮特勒的代表作是史诗《普罗米修斯与埃庇米修斯》(1881)和《奥林匹斯之春》(1905)。其中《奥林匹斯之春》篇幅长达两万行,融神话与宗教主题、幻想与自然主义手法于一体,通过奥林匹斯诸神的生活和争斗,表现人与生活、人与世界之间的冲突,反映时代的弊病。这部作品为他赢得了1919年的诺贝尔文学奖。一战后,瑞士文学开始更多地表现和干预现实,主要作品有雅各布·比雷尔(1882—1975)的《在红色的土地上》三部曲,迈因拉德·英格林(1893—1971)的《瑞士之镜》(1938)等。这些作品涉及当时动荡的社会政治状况,体现出了一定的批判精神。此外还有一些以表现社会边缘人和艺术家生活为主要题材的作品,如弗里德里希·格劳泽尔(1896—1938)的犯罪小说《警长施图德》(1936)、《中国人》(1939),阿尔宾·措林格尔(1895—1941)的长篇小说《惶恐》(1939)等,这些作品向我们展示了瑞士社会生活的另一层面。德裔作家赫尔曼·黑塞,是20世纪文学成就最为突出的德语作家之一,于1923年加入瑞士国籍。他早年受到德国文学浪漫主义的影响,创作了一系列诗歌和富于抒情性的小说,其后期创作融入了更多的现实主义成分,但他又始终坚守典型的德国文化传统和浪漫主义特色。他始终关注现代人的心灵孤寂与精神危机,在瑞士乡间创作了小说《荒原狼》(1927)、《玻璃球游戏》(1943)等影响巨大的作品,于1946年荣膺诺贝尔文学奖。

19世纪末20世纪初,在哲学、艺术领域的交互影响下,现代主义文学思潮在欧洲兴起,德国、奥地利、瑞士诸国也被席卷其中。在世纪之交的维也纳,以咖啡馆沙龙的组织形式出现了一个松散的现代派文学团体"青年维也纳派"(也称"维也纳现代派")。这一团体以作家、批评家赫尔曼·巴尔(1863—1934)为中心,聚集了阿图尔·施尼茨勒(1862—1931)、霍夫曼斯塔尔(1874—1929)、理查德·贝尔-霍夫曼(1866—1945)、彼得·阿尔滕贝格(1859—1919)、卡尔·克劳斯(1874—1936)等人。他们受到法国印象主义、象征主义、马赫主义哲学以及弗洛伊德心理学的影响,向当时文坛盛行的自然主义文学发起挑战,反对自然主义提倡的精确、客观、事无巨细地描摹和反映现实的做法,将"主观性"重新引入文学创作。1890年,巴尔在《现代评论》杂志上发表了纲领性的文章《论现代派》,此后又陆续发表了《反叛自然主义》等文,为"青年维也纳派"的作品创作奠定了理论基础。

阿图尔·施尼茨勒是"青年维也纳派"的重要人物,主要作品有戏剧《阿纳托尔》(1892)、《轮舞》(1897)、《遥远的国度》(1911),小说《古斯特少尉》(1900)、《通往自由之路》(1908)、《埃尔泽小姐》(1924)等。他的作品大多形式短小,主要围绕爱情与死亡这两个主题,反映世纪之交奥地利社会特别是高等社交圈中道德沦丧、精神空虚、纵情享乐的颓废没落图景。在表现手法方面,他精于刻画人物的心理活动,擅长表现环境、人物心理和事物给人的瞬间印象,因此通常被视为一位印象主义作家。此外,他早年行医,有医学博士学位,且与心理学家弗洛伊德交往甚密,受其影响,他将心理分析和内心独白引入文学创作,是最早采用这一方法的德语作家。

霍夫曼斯塔尔常被视为一位新浪漫主义和象征主义流派的诗人、剧作家,也是"青年维也纳派"的最重要代表。他出生于维也纳上层社会的一个犹太人家庭,父亲是银行家。霍夫曼斯塔尔很早就显露出非凡的文学才能,16岁即以笔名发表作品,风格成熟,在当时有"新浪漫主义神童"之称。他的早期创作以诗歌和诗体短剧为主,主要有诗剧《昨日》(1891)、《提香之死》(1892)、《傻子与死神》(1893)以及小说《第672夜的童话》(1895)等。这些作品受到唯美主义的影响,追求形式和语言的优美典雅,富有寓意色彩和象征意味,常常抽象地探讨生命与死亡等问题,充满了世纪末的感伤情绪。其中独幕剧《傻子与死神》是他早期最为著名的代表作。该剧场景设置在一个黄昏,唯美主义者克劳迪奥在哀叹人生、无奈痛苦之际,死神化作小提琴手突然降临,并逐一召唤出克劳迪奥的母亲、情人和朋友的亡魂,从他们的诉说中我们可以看到,克劳迪奥沉迷艺术,脱离真正的生活,全然忽视和背叛了自己生命中出现过的亲情、爱情和友情。当克劳迪奥终于幡然醒悟,决定弥补过失,去过真正有价值的生活时,死亡已经不可避免,一切都悔之已晚。在这部作品中,作者对唯美主义的困境进行了批判性反思。

1899年至1901年间是霍夫曼斯塔尔的创作停滞期,1902年,霍夫曼斯塔尔以这一时期的思想经历为蓝本创作了短篇小说《一封信》,成为他创作生涯的一个转折点。此后,霍夫曼斯塔尔告别了唯美主义和诗体短剧,转向了对话体的大型戏剧,对社会现实的关注也明显加强。1903年,取材于古希腊神话的悲剧《厄勒克特拉》在柏林上演,并取得巨大成功。这部作品对索福克勒斯的同名悲剧进行了现代性改写,通过厄勒克特拉的形象表现了世纪之交的现代女性在身心两方面隐而不现的痛苦和牺牲。1904年,霍夫曼斯塔尔又创作了悲剧《俄狄浦斯和斯芬克斯》,不过反响较为平淡。此剧是他的"俄狄浦斯三部曲"创作计划中的首部,该计划后被放弃。这期间,霍夫曼斯塔尔对弗洛伊德的精神分析产生了浓厚的兴趣,其创作也表现出受其影响的痕迹。

1911年,霍夫曼斯塔尔创作了宗教神秘剧《耶德曼》(在德语中意思为"每一个人"),该剧叙述了富翁耶德曼为富不仁,上帝派死神将他带去审判,临行前,耶德曼找不到任何愿意和他同去见上帝的人,只能带上钱箱上路。然而途中金钱从箱子里飞了出来,并嘲笑他自以为占有了金钱,事实却被金钱主宰。这时,他过去做过的一点儿"好事"出来安慰他,并表示会在审判时为他作证,他认识到"信仰"的重要,"信仰"也出来帮助他。最后,他在"好事"和"信仰"的陪同下,逃脱了魔鬼的惩罚,死前得到了上帝的宽恕。这部剧充满象征意味,批判了现代资本主义社会金钱对人的异化,同时在艺术上对中世纪宗教剧进行了革新,是霍夫曼斯塔尔最有影响力的剧作之一。

一战后,霍夫曼斯塔尔创作了一系列喜剧作品,包括《惹麻烦的人》(1921)、《刚正不阿》(1923)等。其中《惹麻烦的人》是他创作后期最受欢迎的作品。1925年,他又写了政治剧《钟楼》,探讨政治中的暴力问题,流露出对欧洲文明危机的恐惧与焦虑。

在戏剧创作的同时,霍夫曼斯塔尔还与戏剧导演马克思·赖因哈特和作曲家理查·施特劳斯合作,创作了《玫瑰骑士》(1911)、《没有影子的女人》(1919)、《埃及的海伦》(1928)等歌剧名篇,并于1920年和赖因哈特共同创办了著名的萨尔茨堡艺术节。1929年7月15日,霍夫曼斯塔尔在维也纳病逝。

在德国,与"青年维也纳派"几乎同时,围绕着象征主义诗人斯特凡·格奥尔格(1868—1933)形成了"格奥尔格派"。格奥尔格深受法国象征主义诗歌影响,在创作上高举"为艺术而艺术"的唯美主义美学旗帜,与当时盛行的自然主义相对抗。1892年,他在柏林创办了富有青春风格的现代派文学杂志《艺术之页》,主要刊登唯美主义和象征主义作品。"格奥尔格派"并非一个正式的文学团体,其成员多是一些与他志趣相投、为其才华与人格魅力所吸引的青年作家、艺术家和人文学者,成员变动性也较大。霍夫曼斯塔尔曾是其中一员,在《艺术之页》上发表了许多作品,后因文学观念的转变而与之分道扬镳。著名的奥地利象征主义诗人里尔克青年时期也与其有过交集。

在创作上,格奥尔格拒绝以诗歌反映现实生活,而是将之视为纯粹的艺术领域,以形式与技巧的完美为主要追求。他的诗歌语言优美,形式精巧,格调优雅,既有象征主义、印象主义的色彩,又继承了德国诗歌的抒情传统,主要作品有诗集《心灵之年》(1897)、《第七环》(1907)、《联盟之星》(1914)、《新帝国》(1928)等。

20世纪初,德国还出现了一个具有强烈反叛色彩的现代文艺流派——表现主义。这一流派从绘画艺术领域兴起,很快影响到文学领域。一战后至20年代初,表现主义文学在德国、奥地利达到鼎盛局面,德国成为欧洲各国表现主义运动的中心。戏剧是德国表现主义文学最为繁荣,也是成就最大的一个领域。剧作家布莱希特、格奥尔格·凯泽、恩斯特·托勒(1893—1939)等人的作品在当时即产生了广泛的影响。

格奥尔格·凯泽(1878—1945)是德国表现主义戏剧的领袖作家,他一生共创作了74部剧作,仅在1917年至1923年的创作高峰期,就有20余部作品上演。其主要作品有《从清晨到午夜》(1912)、《加来市民》(1914)、"瓦斯三部曲"[包括《珊瑚》(1917)、《瓦斯Ⅰ》(1918)、《瓦斯Ⅱ》(1920)]、《地狱·道路·大地》(1919)等。其中,《从清晨到午夜》是凯泽最著名的作品,描写了一个银行小出纳员一心希望摆脱现状、寻求新的生活,于是从银行偷了六万马克,想和一位美貌的夫人私奔而未遂的故事。由此,他开始了一场荒诞的从清晨到午夜,从银行到荒野,从家庭到赌场、夜总会乃至救世军布道厅的无目的的漫游。在每一处,他所见的都是人们对金钱的贪婪和由此产生的人性的丑陋与罪恶。最后,出纳员在绝望中自杀。在这出戏剧中,凯泽对资本主义社会中金钱对人性的异化进行了毫不留情的抨击,也在出纳员这一"新人"形象中寄托了对新的生存意义的思索。塑造"新人"是凯泽在戏剧创作中的主要追求,然而从《加来市民》到《地狱·道路·大地》,由于对社会现实的日渐失望,凯泽在戏剧中的悲观主义情绪也愈发强烈。这一时期,凯泽的作品呈现出表现主义戏剧的典型特点,即批判意识鲜明,语言风格冷峻精练,不追求典型人物形象的塑造,而是让人物变成某种观念、思想的象征和传声筒。20年代中期以后,随着表现主义运动的衰退,凯泽的创作也发生了变化,社会批判意识弱化而艺术性增强,如《逃往威尼斯》(1923)、《两条领带》(1930)、《图卢兹的园丁》(1938)等。纳粹上台后,凯泽被迫流亡,流亡期间的作品在主题上以反战、反法西斯为主,主要有《士兵田中》(1940)、《八音盒》(1943),以及《皮格马利翁》《两个安菲特律翁》《柏勒洛丰》(1943—1944)等取材于古希腊神话的剧作。

在表现主义文学运动中,和戏剧相比,小说的创作在当时并不十分突出,但却对后世产生了深远的影响,不仅出现了阿尔弗雷德·德布林(1878—1957)、马克斯·布罗德①(1884—1968)、弗兰茨·威尔弗(1890—1945)等优秀作家,奥地利德语作家弗兰茨·卡夫卡(1883—1924)更是对后世产生了深远的影响。卡夫卡堪称20世纪现代主义文学的一座高峰,现代主义文学常见的主题,如父子冲突,人的内在精神与外在世界的冲突,人的孤独感、陌生感和恐惧感,资本主义社会中人的"异化"等,都在卡夫卡的作品中得到了独特而精妙的表达。他最重要的作品有小说《变形记》《城堡》《审判》等。

除此之外,这一时期重要的现代派作家还有奥地利的罗伯特·穆齐尔(1880—1942)。穆齐尔出身名门,少年时就读于军事学校,大学曾学过机械制造,做过斯图加特工学院的助教,后又转学哲学,获得哲学博士学位。此后他还做过图书管理员、《新评论》杂志的编辑,参加过一战,做过国防部的专业顾问,直到1922年才成为专职作家。他1906年就发表了长篇处女作《学生特尔莱斯的困惑》,受到好评,但之后很多年都没有长篇作品问世,而是创作了大量的散文、杂文和短篇小说,出版了短篇小说集《统一》(1911)、《三个女人》(1924)和剧本《幻想的人》(1921)。从

---

① 又译马克斯·勃罗德,本章节全部采用马克斯·布罗德这一更通行的译法。

20年代起,穆齐尔开始创作长篇小说《没有个性的人》(1930—1943),这是一部情节薄弱、思想深刻、结构庞大的鸿篇巨制,共出版了两卷三部,包括第一部《一种序言》(1930)、第二部《如出一辙》(1933)和第三部《进入千年王国》(1943),创作时间跨十余年之久,直到1942年穆齐尔去世也没能完成。穆齐尔对作品思想性的重视远大于对时代性的追求,在1926年《没有个性的人》的写作预告中,他曾说:"我写的不是一部历史小说……我感兴趣的是精神上典型的东西。"小说开篇将背景设置在1913年的维也纳,以主人公乌尔里希为中心,围绕着他所参与的"平行行动"筹备活动,描绘出一战前奥匈帝国政局动荡、社会病态、人们精神空虚颓废的图景。与此同时,小说以"没有个性的人"乌尔里希的精神探索为主线,对社会上弥漫的种种非理性情绪进行了揭露与批判,对现代知识分子精神结构中的虚无主义进行了剖析与对抗。小说在艺术形式上也极具独创性,以"杂文式的风格、科学分析式的语言、单元结构式的叙述,开辟了小说创作的新途径"①。这部作品即便是一部未竟之作,也在现代文学史上确立了举足轻重的地位,自20世纪50年代重版以来,受到了越来越多的读者与研究者的青睐,穆齐尔由此也被视为一位可以与卡夫卡、乔伊斯等人并肩的重要现代派作家。

第二节　托马斯·曼

托马斯·曼(1875—1955)是20世纪德国文坛的现实主义小说巨匠。1875年6月6日,出生于德国北部古城吕贝克的一个名门望族,父亲是当地的大商人和参议员,精明练达,母亲出生在巴西,有葡萄牙血统,生性热情,多才多艺。他在五个兄弟姐妹中排行第二,哥哥亨利希·曼后来也成为蜚声国际的著名作家。托马斯·曼有一个幸福的童年,他受到喜爱文学和音乐的父母,特别是母亲的影响,很早就对文学创作产生了兴趣,中学时还担任过校园杂志的编辑。

1891年10月,托马斯·曼的父亲去世,遗嘱中并未要求两个注定要去追逐自己的艺术家梦想的儿子继承家业,而是将公司转手他人。1892年,母亲带着托马斯的三个弟妹迁到了慕尼黑,次年,托马斯在吕贝克完成中学学业后也前往家人身边,在当地一家火灾保险公司当见习生,同时进行文学创作。1894年,他的第一篇小说《堕落》完成,在母亲的支持下他辞去了保险公司的工作,以每月从父亲的遗产中获取的收入为支撑,开始专职写作。之后,他在大学旁听过历史、美学的课程,做了一段时间记者,为兄长亨利希·曼的杂志撰写了一些文章,并于1898年出版了

---

① 韩瑞祥、马文韬:《20世纪奥地利瑞士德语文学史》,青岛出版社,1998年版,第63页。

第一部作品——短篇小说集《矮个子弗里德曼先生》。

不过,真正使他一举成名的是1901年出版的长篇小说《布登勃洛克一家》。这是他的第一部长篇巨著,也是他最有影响力、最受欢迎的一部小说。小说的副标题是"一个家庭的没落",叙述了1835年到1877年间德国商业城市吕贝克的布登勃洛克家族四代人的兴衰变迁。第一代老约翰·布登勃洛克靠在拿破仑战争中赶着马车为普鲁士军队提供粮食起家,凭借自己的商业头脑和锐意进取的意志一步步把买卖做大,建立起一个颇具规模的商贸公司,成为吕贝克市顶尖的名门望族。小说开篇,布登勃洛克家刚刚购进一栋精美古朴的大宅,家中宾客往来不断,门庭若市,盛极一时。老约翰去世后,家族的第二代当家小约翰并未继承父亲白手起家时的冒险和进取精神,转而奉行保守的、小心谨慎的经营策略,故步自封,优柔寡断,错失了许多让公司发展的良机,公司业务"平稳得几乎停滞不前"①,为后面的经营危机埋下了隐患。小约翰不但在生意上缺乏远见卓识,在政治和社会观念上也保守、落伍,毫未察觉时代的潮流正在发生变化。小约翰去世后,他的长子托马斯成为家族的第三代当家,一开始的时候,托马斯踌躇满志,表现出非凡的才干和胆量,一反父亲的保守,采取了一些"大胆的行动"②。在他的努力下,布登勃洛克家的生意再次蒸蒸日上,托马斯当选议员,儿子出生,乔迁新宅,布登勃洛克一家又恢复了往日的兴盛甚至更胜一筹。但这种盛况只是表面现象,衰亡的危机正在这个家族的内外酝酿。在外,公司经营上有强劲的对手,托马斯应对起来已经力不从心;在家庭内部,有弟弟妹妹生活、情感、财务上的诸种问题,他本人牺牲少年时的恋爱所换取的婚姻也不美满,与妻子充满隔阂,与儿子关系疏离,他自身精神上的衰退也逐渐显露,开始沉迷于叔本华的哲学,"对一切事物失掉兴趣"。这个家庭另一个不可忽视的危机还体现在第四代身上。托马斯的儿子汉诺生来柔弱纤细,热衷于音乐,对经商毫无兴趣和热情,更没有任何继承和重振家业的能力。托马斯去世不久之后,年仅15岁的汉诺就被一场伤寒夺去了生命。最后,公司清算停业,家宅拍卖,这个一度鼎盛、延续四代的布登勃洛克家族到底还是迎来了无可逃避的没落与终结。

在主题上,《布登勃洛克一家》继承了19世纪现实主义小说的传统,以布登勃洛克家族的命运辐射出当时德国社会广阔而丰富的生活图景,呈现出时代变迁中政治、经济、社会、伦理以及人的内在精神种种的变化。在社会层面,小说反映了19世纪中叶以后依靠诚信经营、注重声誉、不牟暴利的自由资本主义经营者逐渐被追逐暴利、不守道德约束的资本主义暴发户所排挤,无法适应残酷的竞争而逐渐退出历史舞台的现实。在家庭伦理方面,也掀开了覆盖在布登勃洛克家族成员间

---

① 托马斯·曼:《布登勃洛克一家》,傅惟慈译,人民文学出版社,1962年版,第173页。
② 托马斯·曼:《布登勃洛克一家》,傅惟慈译,人民文学出版社,1962年版,第264页。

的温情脉脉的亲情面纱,揭示出当时典型的以金钱为主导的家庭关系。为了金钱和家族的生意,老约翰将与小商贩女儿结婚的长子赶出了家门;小约翰阻止大女儿冬妮与贫穷的大学生相恋,软硬兼施地说服她嫁给了商人格伦利希,后来这个女婿破产之时又拒绝伸出援手,还让冬妮离婚;而从老约翰到托马斯,三代当家者的婚姻都建立在财势门第而不是感情之上,对于他们来说,家族和生意大于一切,婚姻的体面大于个人的幸福。在对这个家族每个成员的悲剧命运的描绘中,作者的批判之意显而易见。

除了对现实做如实的描绘之外,在这部小说中,托马斯·曼还意图表现生活与艺术之间互相矛盾的关系。布登勃洛克家族的四代人中,第一代老约翰身上体现出的旺盛的生活意志和勤恳、节俭、务实、进取的市民精神在后代们身上逐渐衰退,继承人们一代比一代更具有艺术气质,更无力驾驭生活,到最后一代的汉诺身上达到极致。汉诺在精神和体魄上表现为双重的孱弱无力,不管是学业还是家业都无法承担,还未成年就已经对生活心灰意冷,只能沉迷于音乐中寻求庇护。艺术和资产阶级生活的不相容在他的身上最鲜明地体现出来,艺术的一面将他生活的一面完全打败,最后与其说他是死于外来的疾病,不如说他是死于内在生命力的衰竭。这也使得布登勃洛克家族衰亡的悲剧具有了一层叔本华式的悲观主义情调。

从艺术手法上来看,《布登勃洛克一家》体现出传统现实主义小说的主要特色,叙事框架宏大,布局严谨,注重典型环境与细节的描绘,塑造了托马斯、冬妮、汉诺等众多性格鲜明的典型人物,同时也不乏对独白、议论和抒情等诸多手法的合理运用,对音乐的运用和表现也精妙无比。无论从思想上还是从艺术上,这部作品都堪称杰作。1929年,托马斯·曼荣获诺贝尔文学奖,这部作品功不可没,授奖词褒扬它是"第一部且是迄今最卓越的德国现实主义小说"①。

《布登勃洛克一家》完成后,托马斯·曼在长篇小说创作方面进入一个相对停滞的阶段。1901年至1912年间,他的小说创作以中篇和短篇为主,主题上也多是探讨艺术的价值、艺术家与生活、艺术和社会的关系等问题。这一时期比较有代表性的作品有《托里奥·克吕格尔》(1903)、《特里斯坦》(1903)、《死于威尼斯》(1913)。唯一一部可以称之为长篇的是讽刺小说《王爷》(1909)。1905年,托马斯·曼和慕尼黑大学数学教授之女卡佳·普林斯海姆结婚,这部小说即是在婚后的喜悦中动笔的。遗憾的是,它在思想内涵和艺术上都逊色于其他作品。

1912年,夫人卡佳因为肺病住进了瑞士达沃斯的一家疗养院,托马斯·曼前去探望,在那里居住了三个星期,从一些见闻和体验中萌发出了写作小说《魔山》(1924)的念头。但是不久后爆发的第一次世界大战使他的创作一度搁置。战争带

---

① 弗雷德里克·比克:《授奖词》,见托马斯·曼:《魔山》,杨武能等译,漓江出版社,1990年版,第938页。

来的问题和干扰使他无法专心于创作。对于德国的战争政策他一开始是支持的，还写了几篇为德国参战辩护的文章，并且因此受到了兄长亨利希·曼的公开批评。1918年，他发表了长文《一个不问政治者的看法》，和兄长展开了论战。在文章中他坚持保守的民族主义观点，将艺术与政治分开，认为精神生活与国家生活分离、知识分子与政治保持一定的距离是德国固有的传统。所幸，随着战争的发展和社会局势的变动，他对一战的性质有了更深的认识，精神上也进行了痛苦的自我反省。1922年，他发表了题为《论德意志共和国》的演讲，推翻了自己原来持有的观点，声明了反战立场，提倡人道主义和民主。这样，他终于与兄长言归于好。而《魔山》这部小说，经过漫长的搁置，终于在1924年出版，在这12年间，小说的主题一再变更和丰富，最终成为一部具有教育和政治意图的作品，篇幅也从最初计划的中篇扩展成一部规模宏大的长篇。

《魔山》的发表，标志着托马斯·曼进入了一个新的创作阶段。这部小说不以情节取胜，相对于这个大部头本身，小说的情节概括起来可以说是出奇的简单：年轻人汉斯·卡斯托普从家乡汉堡前往瑞士达沃斯的一家肺病疗养院看望在那里养病的表兄约阿希姆，本来只打算待三个星期，却没想到身陷疗养院病态的环境和氛围中，一住就是七年。在这里，汉斯见到了形形色色的病人，他们大都过着一种"没有时间的生活，无忧无虑而又毫无希望的生活，停滞的、忙碌的放荡生活，死的生活"①，精神空虚，行动力丧失，笼罩在爱欲和死亡的双重阴影之下，精神的病态远大于肉体的疾病。通过对这些"病人"的描写，作者将一个没落的社会濒临死亡边缘的诸种奇景异状不遗余力地呈现出来。作为一部教育小说的主人公，这个年轻人还遇到了两位精神导师，一位是塞特姆布里尼，另一位是学校教师纳夫塔。塞特姆布里尼是位百科全书式的人物，是欧洲传统的人文思想的代表，他试图用理性主义和人道主义的思想引导汉斯；而纳夫塔却又相反，这个人集犹太人、耶稣会教士和共产主义思想者等身份于一身，本来就是一个自相矛盾者，他敌视自然和人的生活，向汉斯这个年轻人宣讲宗教上的顺应时势和政治上的极权与暴力革命。正是因为二者的互相对立和互相消解，汉斯并没有向任何一种思想靠拢，而仅仅是了解它们，并从中立的角度在庞杂纷乱的生活和思想观念中寻找道德与生活、精神与现实的平衡与协调。这种"折中"立场其实也是托马斯·曼当时面对各种社会问题时所采取的立场。直到在《雪》这一小节中，汉斯从一个极富象征意味的梦境中醒来，领悟到，"为了善和爱的缘故，人不应让死主宰支配自己的思想"②，全书的主旨才终于显形，托马斯·曼的人道主义立场也由此显露出来。在最后，这个年轻人终于在重重迷阵中突围，离开疗养院，回归到生活之中，但具有讽刺意味的是，这个满怀

---

① 托马斯·曼：《魔山》，杨武能等译，漓江出版社，1990年版，第826页。
② 托马斯·曼：《魔山》，杨武能等译，漓江出版社，1990年版，第653页。

生活之希望的青年不久就被送上了战场,生死不知。

托马斯·曼称《魔山》是《布登勃洛克一家》的姊妹篇,是对后者"在另外一个生活层次上的重复"。这部小说虽然像《布登勃洛克一家》那样沿袭了批判现实主义的传统,客观地反映出了一部分时代风貌,但它的主要意图却是向我们呈现当时欧洲社会精神和思想领域的真实状况,在主题上具有鲜明的内倾性和思辨性。小说中,人道主义、理性主义、悲观主义、享乐主义、神秘主义、极端的宗教狂热、无神论、精神分析等当时盛行的思想在人物的活动与言语的交锋中纷然杂陈,互相矛盾,不断变动,相互抵消,呈现出一幅现代欧洲人在精神上动乱、分裂、迷茫的图景。在写作手法上,托马斯·曼自言这是一部"故意卖弄写作技巧的作品"[①]。在作者的有意求变之下,这部作品脱离了欧洲叙事艺术的许多既定传统,运用了一些超出一般现实主义小说的写作技巧,如象征手法、精神分析、梦境与幻觉等。在人物形象的塑造方面,作者也用连篇累牍的独白、对话、心理描写替代了外在的行动描写,削弱了小说的叙事性,以换取对人物精神世界的深度解剖。

1930年,作者根据自身的经历创作了反法西斯主题的中篇小说《马里奥和魔术师》(1930),小说描写了魔术师齐波拉催眠了老实的咖啡馆侍者马里奥,令他做出种种荒唐举动,马里奥醒来后发现自己被愚弄,于是开枪将魔术师打死。作者通过这个故事,暗示法西斯的宣传政策不过是愚弄民众的催眠术,一旦民众觉醒,必将愤而反抗。

1933年,希特勒上台,托马斯·曼因为坚持自己的政治立场被迫开始了长达20多年的流亡生活。他先是流亡到瑞士的苏黎世,后于1936年被纳粹政府剥夺德国国籍,1938年从瑞士迁居美国。在流亡瑞士期间,托马斯·曼完成了他的鸿篇巨制《约瑟和他的兄弟们》四部曲(1933—1943)的前三部——《雅各的故事》(1933)、《约瑟的青年时代》(1934)、《约瑟在埃及》(1936),迁居美国之后于1943年续完了最后一部《赡养者约瑟》(1943)。小说取材于《圣经》中约瑟的故事,将关注的视线从市民生活转向了历史和传说的领域,以宏大开阔的笔法讲述了约瑟历经磨难成为贤人的故事,也以古喻今,含蓄地表达了自己对时代、社会的一些看法,暗示饱受灾难的犹太人终会走出不幸,展示出作家一如既往的人道主义立场。迁居美国的第二年,托马斯·曼还出版了长篇小说《绿蒂在魏玛》(1939)。这部作品可以说是托马斯·曼和歌德穿越时空的精神对话。流亡中的托马斯·曼在精神上是惶然不安的,通过这部作品,他回到歌德所代表的德国文化传统中来确认自己的精神根基,汲取力量,以巩固自己对理性和人道主义的信念。

1947年,托马斯·曼发表了后期最重要的长篇小说《浮士德博士》。小说的副

---

① 托马斯·曼:《魔山·附录·托马斯·曼自传》,杨武能等译,漓江出版社,1990年版,第947页。

标题是"由一位友人讲述的德国作曲家阿德里安·莱弗金的一生",以虚构的传记形式,记述了莱弗金这个现代浮士德一生的故事。年轻的作曲家莱弗金对旧有的音乐形式感到不满,意图创新求变,却不能创作出令自己满意的作品。一次在意大利旅行时,他的偏头痛复发,因发烧产生幻觉,幻觉中,他和魔鬼约定,在接下来的24年里,魔鬼将不断地给他提供创作的灵感,但他必须为此舍弃一切爱的情感,他的灵魂最终也将归魔鬼所有。这之后,他返回德国,潜心进行音乐创作。当时正值第一次世界大战前夕,灾难就在眼前,但他不问世事,沉迷于自己的艺术梦想中,周围发生的种种不幸都无法令他完全动容。这期间,他有两次向他人表达了爱的情感,但所爱之人都受到了魔鬼的惩罚而死去。在经历了这些痛苦的打击之后,莱弗金灰心绝望,全心投入到大型清唱剧《浮士德博士的悲歌》的创作之中。这是一部意图对贝多芬第九交响曲第四章《欢乐颂》实施"回收"的作品,充满了弃绝人间一切爱与希望的悲观色彩,是一部用以终结自己的音乐创作的"悲哀颂"。作品完成之后,他召集了一些朋友来听他演奏,向他们袒露了自己和魔鬼订约的秘密,忏悔了自己的"罪孽"。在演奏的过程中,莱弗金突然晕厥,被送进医院,醒来后变成了痴呆,维持痴呆状态又活了10年,最后在乡下病死。

浮士德是德国民间传说中一个与魔鬼交易灵魂的人物,歌德在其著名诗剧《浮士德》中将之塑造为资产阶级上升时期不断进取、勇于探索的知识分子典型。一个多世纪后,托马斯·曼又以此为基础,结合哲学家尼采的生平经历,塑造出一个傲慢自负、不断求索,但最后却没有得到上帝的帮助,灵魂却被"魔鬼"夺取的现代浮士德。小说创作伊始,作者的意图就十分明确:"这次我知道我要干什么,知道给自己设定了一个什么样的任务。它是一部描写陷入窘迫的艺术家和其罪孽的生活,反映我这个时代的小说。"作为一部"艺术家小说",这部作品延续并深化了作者在以往作品中对艺术的现状、出路与价值,以及艺术与社会、艺术家与生活等问题的思考,对现代艺术做了批判性的反思。作为一部"时代小说",作品从主人公莱弗金的个人生活辐射开来,通过描绘他的好友采特布洛姆等人的经历反映了19世纪末20世纪初德国社会的动荡不安以及两次世界大战带来的深重灾难,并尝试去反思德国民族灾难产生的根源。此外,作者也称这部作品是自己的"最后一本书",是"一生的忏悔",是对自己一生中"罪过、负债与责任"的自我反思和自我批判。

50年代以后,70多岁的托马斯·曼依旧保持着鲜活的创作力,出版了长篇小说《神圣的罪人》(1951)等作品,并且一直在创作他从年轻时就开始动笔的具有流浪汉小说风格的作品《大骗子菲利克斯·克鲁尔的自白》(1954)。在创作的同时,托马斯·曼还秉持着知识分子的社会责任感,积极参与各种社会活动。1952年,他因不满美国右倾的政治环境和舆论攻讦而离开美国,移居瑞士。1955年8月12日,在苏黎世与世长辞。

托马斯·曼以其毕生的创作奠定了他在20世纪德国文学史上举足轻重的地位。他继承了19世纪的人道主义传统,积极地通过写作来揭示、批判当时德国社会的种种问题和弊病,用文学干预现实,试图寻找能够将德国人民从因时代剧变而产生的孤独、焦虑、绝望、信仰失落等精神困境中拯救出来的方法。他还受到了叔本华、尼采等人的非理性哲学的影响,认为西方文化已经到了要重估一切价值的时候。对于这种没落,他的态度又是矛盾的,就像他在《布登勃洛克一家》中表露出来的那样,既认为它是必然的,又为之感到悲哀和惋惜,对"新世界"的出现也始终持一种保留态度。托马斯·曼在艺术上表现出双重性,一方面,他继承了德国文学的现实主义传统,作品结构精致,情节巧妙,场景生动,人物性格鲜明;另一方面,他的作品中又融合了许多现代派的手法,如意识流、梦幻、反讽等,后期作品尤其重视人物内在意识的表现和形而上的探索,而不是对外部世界的精细的模仿。

第三节　里尔克

勒内·马利亚·里尔克(1875—1926)是现代德语文学中象征主义诗人的杰出代表,也是一位气质独特的天才诗人。1875年12月4日,里尔克出生于布拉格。他的父亲约瑟夫·里尔克曾是一名军官,后因健康问题退役,成为铁路公司的小官员。母亲菲亚·里尔克出身世家,在布拉格贵族区长大,有很强的虚荣心和贵族情结,但也不乏才气。里尔克从小被母亲当作女孩抚养,性格中保留了许多女性的细腻、敏感和善良。1884年,里尔克的父母离婚,他跟随母亲在维也纳生活,1886年遵从父亲的意志进入圣波尔滕军事初中,1890年又转入一所军事高中。对于他来说,军事中学的生活不啻一场无休止的痛苦磨难。1891年他因身体问题被退学,进入林茨的一所商业学校,第二年又回到布拉格,在叔父的资助下准备大学入学考试,并于1895年考入卡尔·费迪南德大学,学习哲学和法律,1897年中途肄业,挣脱家庭的束缚,只身前往慕尼黑,开始了漂泊辗转的文学生涯。

里尔克的诗歌创作在他的军事中学时期就开始了,在他离开故乡前往慕尼黑之前,已有两本诗集出版,即《生活与颂歌》[①](1894)和《宅神祭品》(1896)。后者所收录的诗歌在内容上集中表现故乡布拉格的历史风韵和四时风光,是他在离开故乡之前,用游子的目光对故乡所做的最后的审视和凝望。这些早期诗歌大多受到浪漫主义和印象主义影响,模仿痕迹较重,质量参差不齐,但已经初步显露出他在

---

① 出版这部诗集的经费主要来自里尔克的初恋女友瓦蕾丽·封·大卫罗费尔德,或因其笔法幼稚,又或因其与这段早年岁月及恋情的关联,里尔克后来曾表示不应过早地发表作品,并拒绝以任何形式将其再版。

诗歌领域的才华。

1897年，23岁的里尔克结识了露·安德烈亚斯-莎乐美。莎乐美是一位俄国将军的女儿，才情出众，见识广博，她的出现对里尔克产生了极大的影响，是他生命中非常重要的对话者，二人的友谊维持了一生。同年10月，里尔克从慕尼黑移居柏林，在莎乐美的影响下，他接触到当时柏林象征主义诗歌圈子"格奥尔格派"的核心人物斯特凡·格奥尔格的作品，并在一次沙龙上见到了其本人。1899年，里尔克出版了诗集《为我庆祝》(1899)，这部诗集较前两部风格发生了变化，呈现出鲜明的青春风格，在手法和主题上也逐渐向象征主义靠拢。

1899年至1900年间，里尔克曾携同莎乐美两度前往俄罗斯游历，见识了俄国历史文化的丰厚和东正教信徒的虔诚，结识了许多文学艺术家，并两次拜访了托尔斯泰。基于这两次游历，里尔克在1899年到1903年间创作出三卷诗集，并于1905年以《定时祈祷文》为题出版。这本诗集在主题上体现出非常强的内倾化倾向，侧重于对宗教和上帝问题的思考，对人和神的关系做了颠覆性解读，其中可以看到里尔克独特的宗教观。

俄国之行结束后，里尔克在当时艺术家云集的小镇沃尔普斯韦德度过了两年时光。在此期间，他结识了许多青年先锋派艺术家，并于1901年和女雕塑家克拉拉·维斯特霍弗结婚。婚后二人定居在小镇维斯特韦德，同年，女儿露特出生。然而，这对青年夫妻谁都无法长期负担稳定的家庭生活，1902年秋，他们把女儿托付给克拉拉的父母，双双离开，各自去追寻自己的艺术事业，继续过漂泊的生活。1899年至1902年间，里尔克创作了大量作品，包括诗歌、散文及艺术评论，其中许多未能立即出版，如创作于1899年的散文诗《旗手》，这部充满唯美主义和新浪漫主义特色的小册子1906年才正式付梓，后来成为里尔克在商业上最成功的作品。

由于从出版社得到一个为雕塑家罗丹撰写评论的工作，里尔克在1902年8月离开维斯特韦德后，只身前往法国巴黎。之后的十余年，巴黎这座艺术之都成为里尔克生活和创作的中心。到巴黎后，他一边为罗丹撰写艺术评论，一边进行文学创作，也不时受到邀请，离开巴黎前往别处旅行或暂住，结识了许多朋友和热心艺术的赞助人。巴黎生活与欧洲各国漫游生活的交织，对诗人的创作产生了很大影响。

巴黎时期，里尔克的诗歌逐渐摆脱了早期作品中的模仿痕迹，形成了独特的风格和创作理念。法国象征主义诗人波德莱尔、马拉美等人的作品，罗丹的雕塑及艺术观念，后印象派特别是塞尚的绘画以及当时艺术界关于视觉艺术和语言艺术关系的讨论，都对里尔克的创作产生了影响。在罗丹的影响下，里尔克形成了"物诗"的理念。他认识到创作的客体本身即有一种不为人的情感所左右的自足性，因此，应排除创作者的主观情绪，精确地观察客观物，用隐喻和象征的意象把所获的直觉形象呈现出来。这样一来，主体既消融于客体，又被客体所展现，从而形成强烈的艺术张力。为我国读者所熟悉的短诗《豹》(1903)即是作者在罗丹建议下于巴黎植物园亲自观察后写就的一首"物诗"。

这一时期里尔克出版的主要作品有《图像集》(1902—1906)、《定时祈祷文》(1905)、《新诗集》(1907)、《新诗集续编》(1908)等。其中《图像集》中既收入了里尔克1898年至1901年间的早期作品,也收入了他巴黎时期的一些作品,是里尔克从带有模仿痕迹的青春风格向"物诗"方向转变的标志之作。《定时祈祷文》是里尔克献给女友莎乐美的作品,由《修士的生活》(1899)、《朝圣》(1901)、《贫穷与死亡》(1903)三篇组诗构成,创作时间跨度较大,主要完成于巴黎时期之前,故一般被视为里尔克早期创作阶段的收束之作。

两卷《新诗集》则是里尔克这一时期的代表作,亦堪称诗人在技巧上精雕细琢的结晶。在这两部作品中,里尔克秉持着"物诗"的理念,对诗歌的形式和语言进行了创新性的实验。其中大部分诗作在风格上体现出鲜明的视觉艺术的特点,充满绘画与雕塑之美。在语言和修辞上,这两部作品对隐喻、象征、联想、典故的运用技艺精纯,独具匠心;在形式与用韵上,里尔克也敢于突破陈规,大胆求变;在内容上,这些诗歌涉及艺术、历史、宗教等方方面面,虽然大多是作为他思考艺术与美之问题、构建美学体系的载体,但也反映出普遍的生存的悲剧与苦难,以及世纪之交欧洲人精神上的困境与诉求。

在诗歌创作的同时,里尔克还创作了长篇小说《马尔特手记》(1910)。这部小说以日记体的方式记述了主人公丹麦贵族后裔、28岁的大学生马尔特·布里格在巴黎拉丁区的困窘生活和精神漫游。在成为诗人的梦想破灭后,马尔特最终返回故乡,成为一个牧人,寻求到了心灵的平静与满足。这部风格独特的作品颇具自传色彩,既有现实主义的描写,又大胆进行了许多创新:形式上打破了散文、小说和诗歌的界限;叙事也打破了传统的线性结构,令现实与幻想、过去与未来交织;表现内容充满多义性和不确定性;小说中不乏弗洛伊德式的心理描写、对象征和隐喻的精妙运用等等。这些创新使得该部小说体现出鲜明的现代主义风格。

《新诗集》和《马尔特手记》完成后,里尔克的创作进入了一段危机期。与罗丹分道扬镳后,他不再满足于诗歌的技巧,而是转向抒情诗传统,渴望灵感的降临,又对灵感充满疑虑。他不停地变换处所,甚至像小说中的马尔特一样担忧自己患上了精神疾病,试图用弗洛伊德的精神分析法来进行自我治疗。这一创作危机持续到1912年,经过近两年的矛盾与求索,诗人终于从困境中破茧而出,开始创作《杜伊诺哀歌》(1922)。

1909年,里尔克结识了奥地利贵族塔克席斯侯爵夫人,并受到她的赞助,多次受邀前往她位于亚得里亚海滨的杜伊诺城堡做客。在这座悬筑在面朝地中海的山岩上、有数百年漫长历史的古老城堡中,里尔克的创作欲望再次萌生,完成了组诗

《玛利亚生平》(1912)。不久,更伟大的灵感震撼性地降临在诗人身上:一天,他外出散步,"爬到高出亚得里亚海的波涛约二百英尺的地方,蓦然间觉得在这呼啸的狂风中似乎有一个声音在向他叫喊,'是谁在天使的行列中倾听我的怒吼?'他立刻记下了这句话……到了晚上,第一首哀歌就诞生了"①。

这就是《杜伊诺哀歌》写作的开端。在灵感的摧撼下,里尔克在1912年2月创作出了前两首哀歌,但整部作品的完成却是在十年后。在此期间,里尔克的创作被战争与服役、糟糕的境遇和灵感的枯竭等诸多因素打断。特别是1915年12月,里尔克尽管体检不合格却还是被征入伍,派入战争档案室工作,直到次年6月才在朋友的帮助下拿到退伍许可证。战争年代的遭遇对于里尔克不仅意味着创作的停滞,也导致他精神上陷入了一段晦暗痛苦的时期。战争令他感到"不能理解"、毫无意义,在这场战争中,一度成为诗人的庇护所的杜伊诺城堡也未能幸免。

一战结束后,里尔克的生活回归到了战前的常态,他四处旅行,进行巡回演讲,结识了不少朋友和赞助人,之前一度曾受到阻抑的创作力也逐渐复苏。1921年,漫游中的里尔克在瑞士瓦莱的穆佐城堡驻足栖身下来。在这座与世隔绝的中世纪小城堡中,里尔克经过了几个月的酝酿与等待,在1922年初迎来了自己人生后半段最令人惊叹的创作高峰:1922年2月2日到23日,短短的二十几天中,里尔克完成了延宕十年之久的《杜伊诺哀歌》全篇,并同时创作出前后两部共55首的《致奥尔弗斯的十四行诗》(1922)。这两部作品共同成为他创作后期最重要的杰作。

《杜伊诺哀歌》由10篇长诗构成,在形式上仿照古代的哀歌,不押韵,具有长短格的节奏。其中,前两篇哀歌完成于1912年的杜伊诺城堡,第一篇哀歌以揭示人世的无常、人类生存状况的局限性起笔,哀叹"每一个天使都是可怕的"②,"在这个被人阐释的世界,我们的栖居/不太可靠",以恋人、年轻的死者的命运阐释生与死,并试图弥合生与死之间由世俗、由"一切生者"所划分开的裂隙,将二者合而为一:"据说天使常常不知道,他们行走在/生者之间,抑或在死者之间/永恒的潮流始终席卷着一切在者/穿越两个领域,并在其间湮没它们。"第二篇哀歌以重复"每一个天使都是可怕的"这一令人震颤的诗句起首,继续第一篇哀歌哀悼人之有限性的主题,悲叹生命如朝露般的短暂易逝:"看呀,树在,我们栖居的房屋还在/我们只是路过万物,像一阵风吹过",即使是恋人们,也无法于爱情中真正触摸永恒,于是诗人

---

① 汉斯·埃贡·霍尔特胡森:《里尔克传》,魏育青译,生活·读书·新知三联书店,1988年版,第170页。

② 里尔克:《杜伊诺哀歌》,林克译,同济大学出版社,2009年版,第40页。以下对本诗内容的引用皆出自此译本40—76页。

只好祈求能于短暂易逝中找到一种"人的存在"："纯粹,隐忍,菲薄,一片自己的沃土/在激流与峭壁之间。"

第三篇哀歌起笔于杜伊诺城堡,但完成于1913年的巴黎,彼时里尔克接受了心理治疗,深受弗洛伊德精神分析理论的影响,并尝试进行自我分析。这首哀歌在与原始情欲的对照中叙述人对自我本原的追溯以及对本原之爱："我们在体内爱,不是爱一个物/一个未来之物,而是无数汹涌之物;不是爱一个单独的孩子,而是一代代父亲,/他们像群山的残骸垫在我们的根基;/而是一代代母亲的干枯的河床——/而是整个沉寂的风景,在阴晴变幻的/厄运之下——少女,这已先你而存在。"此外,本篇也提及了里尔克的童年,在阴暗的童年场景的复现中呈示出诗人与生俱来的、连母爱也无法驱散的原始恐惧。

第四篇哀歌完成于1915年深秋的慕尼黑,此时一战已经爆发,里尔克内心正笼罩在即将应征入伍的阴霾中,诗歌的主题也因之变得愈加痛苦和消极。这首哀歌言说人类心灵的分裂："我们不和谐","我们同时意识到开花与枯萎",而"当我们瞩目于一个,就已经察觉另一个的耗蚀"。在心灵的戏台之前,我们所见的自己不过是个"半虚半实的假面",即使是一个木偶也好过我们,因为我们无法像木偶将自身完全交托于"天使"的牵引一样,完全地将自身交托给那不可见的力量,作为它的工具,获得生活的意义。而在结尾,诗人转而歌颂童年,认为我们倘若能够重新获得儿童那种敞开的、完整的意识,不再割裂生与死,不再区分过去和未来,就能够以完满的方式扮演好我们的角色。第四篇哀歌完成不久,诗人就接到入伍通知,直到1922年,其余六篇才终于在穆佐完成。

第五篇哀歌描绘的对象是毕加索的画作《江湖艺人》,以"漂泊无依略胜于我们"、被"一个意志"不停折腾、扭曲的江湖艺人的处境来象征人类的处境,象征艺术家的处境。第六篇哀歌是一篇英雄的颂歌,以无花果树为喻,颂扬英雄不像普通世人那般惜生畏死,而是以一种行动的紧迫感,赋予自己短暂的一生以最大的活力。他们"强烈地渴望行动","他们蓄势待发,充盈的心炽烈燃烧","不为勾留所惑","但突然激奋的命运,对我们阴沉缄默/却把他咏入他那喧腾宇宙的风暴"。如果说前六篇一再强调生死的同一,肯定死,那么到了第七篇哀歌,里尔克开始转入对生存的歌颂,高歌"此间是美好的",在有形的生的世界,人也能在某些时刻拥有存在。但随即诗人又提出,若想将之彰显,离不开"转化"——由外向内,由有形到无形,由生到死。第八篇哀歌的基调从上一篇的歌颂转回哀悼,继续悲叹人的有限性与矛盾,里尔克发现了一种"敞开"的生命状态,但遗憾的是人从童年时期目光便被颠倒,不向前看上帝与永恒,而是向后注视死亡;无法摆脱时间,进入纯粹的空间;无法在瞬间的永恒、在对绝对存在的感知中驻留,只能始终持"行者的姿势","永远在告别"。而第九篇哀歌在延续前一首主题的基础上,回答了"为什么必有人的存在"

这个问题,在与死亡的互为观照中,阐释人于此间之存在的意义:"因为此间的万物/似乎需要我们,这些逝者/跟我们奇特相关","或许我们在此,为了言说",为了作证,为了向天使赞美尘世,颂扬那些"靠逝去谋生的事物",并且将它们转化入无限,那里存在与非存在合二为一。诗人接受了人之有限,并肯定了这种有限的价值。第十篇哀歌更是以高昂的赞颂起笔:"愿我有朝一日,在严酷的认识的终端,/向赞许的天使高歌大捷和荣耀。"在第九篇哀歌肯定了人的有限性之后,诗人又肯定和颂扬了人间的苦难与悲伤,认为穿越了苦难的图景之后,悲伤终会引向欢乐与幸福。十篇哀歌,创作历时十年,以悲悼人类生存状况的局限性发端,以肯定和歌颂人类,特别是诗人的存在与使命而告终,构成一个浑圆的诗与思合一的宇宙。哀歌完成后,里尔克甚至感到自己已然完成一个诗人的至高使命。

在《杜伊诺哀歌》完成之前,里尔克先完成的却是另一部作品——《致奥尔弗斯的十四行诗》的第一部,共 26 首。哀歌完成后不久,第二部 29 首也顺利完成。当时他正在准备续写《杜伊诺哀歌》,但灵感迟迟不来,当灵感突然降临之时,首先落笔的反而不是哀歌,而是一系列十四行诗。这些诗歌在三天内写就,被里尔克称为"被赐予"的作品,其灵感之源是一位名叫薇拉·克诺普的少女死亡的消息。薇拉曾是里尔克的女儿露特的玩伴,有舞蹈与音乐天分,她生病与早逝的事情对里尔克产生了很大的触动。里尔克在给薇拉母亲的信中写道,尽管在第一部中只有一首诗是直接为她而写,但她的灵魂贯穿着全部作品,"控制并推动着整体的运行"①。薇拉就像希腊神话中凭借美妙的歌声而行走于阴阳两界的奥尔弗斯,死亡使她超越了现世生命,获得了"整全"②,尤其适合作为一个象征的形象,传达里尔克对生、死、存在等问题的思考。

在这 55 首十四行诗中,里尔克以象征的笔法和奔涌的热情继续表达了他一直在书写的主题:爱、死亡、童年、自然、尘世生命的喜悦、痛苦与缺憾、诗人的使命。尽管它们篇目众多,涵括广泛,在内容与思想上都未表现出明显的一致性和系统性,也没有明显的和《杜伊诺哀歌》相关联的地方,以至于里尔克的一位波兰语译者认为它对理解《哀歌》没有太大帮助,但里尔克认为,二者其实"充满了同样的实质",出自同样的"血统"。③ 尽管《杜伊诺哀歌》以悲悼为主调,《致奥尔弗斯的十四行诗》以赞美为主调,但在对生与死、爱、人之存在与使命,尤其是诗人之使命等主题的探讨上,二者一脉相承。

在生与死的命题上,里尔克从不认为二者是对立和割裂的。在给上述波兰语译者的回信中,里尔克写道:"肯定生与肯定死在《哀歌》中被证明为一件事……生

---

① 里尔克:《穆佐书简》,林克、袁洪敏译,华夏出版社,2012 年版,第 60 页。
② 里尔克:《穆佐书简》,林克、袁洪敏译,华夏出版社,2012 年版,第 50 页。
③ 里尔克:《穆佐书简》,林克、袁洪敏译,华夏出版社,2012 年版,第 214 页。

与死,认可一个而不认可另一个,乃是一种终将排除一切无限物的局限。死是生的另一面……我们的此在以两个没有界限的领域为家……真实的生命形态穿越两个领域,最宏大的循环之血涌过二者:既无此岸也无彼岸,唯有宏大的统一,其中栖居着超于我们的实体——天使。"正是在这种生与死的统一中,人才能够摒弃现世与现时,进入被里尔克称为"敞开的"世界中,抵达真正的存在。也是在生与死的统一中,此在的生命所获取的内在经验、所感受到的爱与痛苦才能获得真正的意义。爱也是里尔克在诗中常表达的主题,但他对爱的阐释也是非常独特的。在《哀歌》中,诗人常将恋人与早逝者并举,爱使恋人们与一般的世人区分开,使他们能够跨越生死的界限,使他们在某一刻触摸到永恒。除此之外,里尔克还在这些作品中探讨了人,特别是诗人的使命:将现世的短暂之物"转化"到无限之中,把可见之物转化成不可见之物——通过言说,通过我们的心灵,"把这个短暂而羸弱的大地深深地、悲悯地、痴情地铭刻在心,好让它的本质在我们心中不可见地复活"[1]。在对生、死、爱、人的使命(或者说价值)这些主题的交互阐释中,里尔克作为一个诗人,在他所身处的被视为众神隐匿、价值失落的时代,唱出了一个时代的精神困惑,也体现出他寻求价值重建与精神救赎的努力。

《杜伊诺哀歌》和《致奥尔弗斯的十四行诗》完成后,里尔克深感自己作为诗人的最重要的使命已经完成,创作热情一度大为减退。他翻译了法国象征主义诗人瓦莱里的诗歌作品,并且对用法语写诗产生了浓厚兴趣,创作了诗集《瓦莱四行体》(1926)、《果园》(1926)。1923年左右,里尔克开始受到疾病的困扰,反复治疗却找不到病因,身体日益衰弱,直到1926年12月9日才确诊患上了一种恶性白血病。12月29日,51岁的里尔克在一个寒冷的冬夜与世长辞。

里尔克的一生,是一个孤独的漫游者的一生,也是一个纯粹的诗人的一生。从急于崭露锋芒的青年时代,到致力于艺术探索的中年时期,再到厚积薄发的晚年,终其一生,里尔克都在孜孜不倦地履行一个诗人的使命,将一切个人的生命体验转化成诗意的表达,使之流传于世。整体来看,他的作品时代色彩和社会性不明显,后期的诗作更是体现出鲜明的形而上的疏离感,但他对人的内在世界的探索达到了无与伦比的深度,这种探索不但忠于现实,而且超越时代。在艺术上,他有天才般的创造力和高超的匠心,不断开掘诗歌语言所能言说的领域,拓宽了象征主义诗歌的美学空间,为后人提供了典范。

---

[1] 里尔克:《穆佐书简》,林克、袁洪敏译,华夏出版社,2012年版,第215页。

第四节 黑 塞

赫尔曼·黑塞(1877—1962)是一位风格独特的作家,也是最受西方青年欢迎的现代作家之一。黑塞出生于德国南部小城卡尔夫的一个传教士家庭,从小受到了良好的家庭教育。黑塞聪颖早慧,有艺术天分,富于幻想和叛逆精神。进入学校后,黑塞也是一个思想独立、"坚决抵制任何附庸与服从"的学生。1891年,以成为神职人员为目标,黑塞考入毛尔布隆神学校。神学校枯燥乏味、规条森严的教育与黑塞的诗人气质形成强烈冲突,他在入学七个月后就做出了大胆出逃的举动,没多久就辍学回家了,还因精神状况不佳接受了治疗。此后,黑塞告别了学校教育。1895年,黑塞离开父母,前往大学城图宾根,一边做书店店员,一边读书写作。

1899年,黑塞自费出版诗集《浪漫主义之歌》(1899)登上文坛,同年又出版了散文集《午夜后一小时》(1899)。1901年,黑塞的第一部小说《赫尔曼·劳歇尔》(1901)出版,小说充满自传色彩和抒情风格,黑塞称之为"美丽的、真挚的但并非容易的青年时代的文献","一个给我和我的朋友们的忏悔录"[①]。1904年,成长小说《彼得·卡门青》(1904)出版,黑塞一举成名。小说的主人公彼得·卡门青出生于瑞士阿尔卑斯山区,生性亲近自然,热爱文学。母亲去世后,卡门青为了追逐理想前往苏黎世求学。在大学里他结识了好友理查德和其他一些追求艺术梦想的年轻人,也在写作上取得了一定的成功,但他内心并不快乐,时常为爱情徒然烦恼。后来,理查德在一次旅行中意外离世,他所爱慕的女孩伊丽莎白也同别人订婚。在失意的痛苦和迷惘之中,卡门青回到了故乡,重新寻找人生的意义。他努力缓和与父亲的关系,帮忙照料驼背的病人博比,为乡民的事情奔走出力,在这样的生活中渐渐治愈了精神的伤痛,寻求到生命的立足点。卡门青由离家到返乡,由一个寻求自我满足的唯美主义艺术青年转变为一个秉承圣方济格"爱一切人"思想的现实派和行动者,这一成长历程可以说也是黑塞自身探索生活意义的思想历程。在艺术上,小说文辞细腻优美,对自然之美的描写充满情感和诗意,抒情色彩鲜明,在风格上体现出对德国19世纪浪漫派的继承。

在《彼得·卡门青》出版的同年,27岁的黑塞与年长自己9岁的钢琴家玛丽亚·贝尔奴依结婚,婚后居住在博登湖畔的盖恩霍芬村,专事创作。除了中篇小说《在轮下》(1906),还出版了短篇小说集《今生今世》(1907)、《邻居》(1908),小说《盖特露德》(1910),为报刊撰写了大量的书评和文学批评,并于1907年参与创办了杂

---

① 王滨滨:《黑塞传》,华东师范大学出版社,2007年版,第23页。

志《三月》。1911年,黑塞实现了人生中第一次东方之旅,游历了印度和东南亚诸国,旅途见闻收录于散文集《印度记行》(1913)中。

1919年,一战结束后,黑塞与妻子分居,孤身迁至蒙太格诺拉村。同年,黑塞以笔名埃米尔·辛克莱发表了小说《德米安》(1919),引起了很大的反响。小说讲述了一个名叫辛克莱的少年在成长的过程中逐渐深入内在世界,寻找自我的故事。这部情节薄弱、内倾性鲜明的心理和哲学小说,常被视为黑塞摆脱精神危机,告别前期创作的印象主义和浪漫主义,进入探索"通往内心之路"的后期创作阶段的标志之作。小说将外在真实与内在真实交织,将精神分析与神秘宗教哲学融汇,借辛克莱的寻找自我之旅,为一战后精神苦闷、迷惘的年轻人开了一剂有别于西方思想传统的、带有异教色彩的精神药方,出版后大受欢迎。

黑塞1923年加入了瑞士国籍,1926年被选为普鲁士艺术科学院院士,但1931年即因为不满该机构的政治立场而退出。作为一个始终坚持人道主义和反战立场、有强烈的社会责任感的作家,黑塞对于二战前德国国内日益高涨的民族主义和反犹思潮十分忧虑,不仅撰文批评,在小说作品中也时时对战争进行反思,这使他在德国越发受到排斥与攻击。1933年希特勒上台后,黑塞曾凭借自己移民瑞士的便利,对许多流亡的德国作家伸出了援手。在创作方面,黑塞笔耕不辍,相继出版了长篇小说《荒原狼》(1927)、《纳尔齐斯与歌尔德蒙》(1930),中篇小说《东方之旅》(1932)以及后期最重要的长篇巨著《玻璃球游戏》(1943)。

《荒原狼》的主人公哈里·哈勒尔出身于中产阶级,是一位受过系统人文教育的知识分子,然而,年过半百之际却从家庭生活中被放逐,孤身在现代都市中漫游。他以"荒原狼"自称,认为自己是一个"半人半狼"的人,他身上有"人"的部分,有一个"有思想、感情、文化,具有熏陶和升华的属性"的世界,同时也有"狼"的部分,有"一个晦暗的世界,这里有本能、野性、残忍、未升华的粗鲁天性"。① 哈里在这种二重性中饱受煎熬,既对自己所属的市民阶级的文化和价值观充满憎恶,又享受其中的舒适与趣味;既渴望回归自然天性,拒斥机械的、商业化的现代文明,又无法摆脱其吸引。在群体中,哈里深感孤独,无处可归,不时与自杀的念头拉锯。这时,赫尔米娜作为他的另一个自我出现,将他带入了与市民生活对立的另一个世界。在这个由夜晚、酒吧、爵士乐、假面舞会构成的世界中,哈里抛开了市民阶级的道德标准,放弃了理性与克制,在狐步舞、性爱和麻醉品中放纵感官欲望。然而感官的愉悦并不能令他满足,在这个世界中他也无法安身,正如赫尔米娜所言,"一个人如果不要听刺耳的哼唱而要音乐,不要娱乐而要快乐,不要钱而要灵魂,不要工厂而要真正的工作,不要玩耍而要真正的激情,那么我们这个美好的世界对他来说就不是

---

① 黑塞:《荒原狼》,王滨滨译,译林出版社,2015年版,第67页。

故乡"①。在两个世界都是异乡人的哈勒尔究竟属于何处？赫尔米娜给出了答案——超越时间与表象的"永恒"的王国，一个只能从哈勒尔的内在世界中寻找到的不朽之人的领域。在神秘的爵士乐手帕伯罗的引领下，哈勒尔来到"魔幻剧场"，在这里，他多元化的自我、精神的矛盾和挣扎通过镜子，以一出出荒诞不经的魔幻剧的形式表现出来。在映像中，哈勒尔杀死了赫尔米娜，并且妄图自杀，因此受到审判。最后，在作为处罚的嘲笑声中，在由帕伯罗幻化成的莫扎特的开悟下，哈勒尔终于意识到自己的症结所在，找到了自我救赎的方向，小说也戛然而止。

就主题而言，这部作品依然是黑塞探索"通往内心之路"的记录，且相较于《德米安》更进了一步，将个人的困境置于时代的大背景中，对西方文化的弊病和知识分子的精神生活做了深刻的剖析。黑塞认为在新旧两个时代交替下生活的人们在精神上是最痛苦的，"每个时代，每种文化，每样习俗和传统都各有风格，都有与其相适配的温顺与强悍，美好与残暴，都认为某些痛苦是天经地义的……只有两个时代、两种文化和两种宗教彼此交错时人的生活才成为真正的苦难与地狱……在有的历史时期，整个一代人会深陷两个时代与两种生活方式的中间地带，以至于这一代人丧失了各种理所当然的概念、各个习俗、各种安全感和无辜感"。哈里·哈勒尔的精神疾患就源于此，不单单是个人精神的妄念，"而是时代本身的疾病"②。这部作品之所以能引发人的共鸣，就在于从普遍的意义上揭示出了这一点。

在艺术上，这部小说采用了文本嵌套式的叙述结构，整部作品仿照书的结构，由编者前言、哈里·哈勒尔的笔记两部分构成，而作为主体部分的笔记中又有其他文本嵌入，先有小册子《论荒原狼》，后有魔幻剧。这些文本互相补充、互相阐释，通过多重、交错的叙述视角，将主人公复杂分裂、矛盾重重的内外两种生活呈现出来。在人物塑造上，小说淡化情节，着重表现哈里·哈勒尔的精神世界，有鲜明的内倾化倾向。在表现手法上，黑塞受到精神分析学和表现主义的影响，使用了大量意识流、荒诞和梦幻手法，如深夜小巷中变幻不定的灯光广告，哈里和玛利亚的性爱体验，魔幻剧场中上演的"猎取汽车"之类光怪陆离的短剧，等等。

《玻璃球游戏》是黑塞最后一部长篇小说，创作于1931年至1942年间，是黑塞在纳粹当政期间，隐居于瑞士乡下，为抵御黑暗残酷的外部世界而构建的一座精神的堡垒，也是他以笔为刃，对纳粹的残暴统治做出的来自一位作家的抵抗。小说将视线投射到遥远的未来，构建了一个名为卡斯塔利亚的乌托邦，杜撰了一个名为约瑟夫·克内希特的"玻璃球游戏"大师的生平。卡斯塔利亚是一个类似教育区的精神王国，聚集着众多选拔来的精英，被教团精心培养，以备学成后投身于各个领域

---

① 黑塞：《荒原狼》，王滨滨译，译林出版社，2015年版，第188页。
② 黑塞：《荒原狼》，王滨滨译，译林出版社，2015年版，第22页。

的学术研究之中。玻璃球游戏则是这些知识精英们研习的一个精神游戏,是"一种高度发展的秘密语言,由许多种科学和艺术——尤其是数学和音乐(确切地说是音乐科学)——综合而成,因而不仅能够表达一切,还能够在几乎所有学科之间建立起从内容到结果互相联系的关系"①。在精神王国卡斯塔利亚之外,还有一个世俗的生活世界,为其提供一切物质需求。二者构成互相对立的二元空间。整部作品即是在这样一个框架内展开。在形式上,小说与《荒原狼》类似,由三个部分组成:第一部分是一位虚构的历史学者所作的引言,介绍玻璃球游戏;第二部分是克内希特的传记,记述这位虚构的玻璃球游戏大师的生平经历和思想历程;第三部分则是克内希特学生时代创作的诗歌和三个虚构的自传。三部分互相补充,呈现出主人公在精神王国中不断求索的一生。克内希特童年时期被一位音乐大师发现,进入卡斯塔利亚学习玻璃球游戏,表现出非凡的才能。一开始他和卡斯塔利亚的其他人一样,将玻璃球游戏视为终生的追求,但又不同于其他的玻璃球游戏者,不满足于游戏本身,而是不断追问它的价值与意义,甚至试图将其从头复核一遍,以判断其正确与否。他以开放的态度学习和吸纳东西方不同的文化与思想,也去接触和了解卡斯塔利亚之外的世俗世界。渐渐地,他对卡斯塔利亚本身的封闭、脱离现实和妄自尊大,对大多数卡斯塔利亚精英沉浸于自己的精神世界、缺乏服务民众和干预现实的愿望感到忧虑,甚至从中看到了玻璃球游戏必将衰亡的命运。克内希特希图辞去玻璃球大师的职务,回归世俗世界,从事对青年一代的教育工作,将卡斯塔利亚崇尚真理、敬畏思想的精神注入世俗青年的内心,以此将卡斯塔利亚和外部广阔的世俗世界打通。但就在新的道路即将铺开的时候,克内希特和学生铁托一同出游,在高山湖泊中溺水而亡。

这部小说同样是黑塞为欧洲文化危机寻找出路的一部作品。小说对"副刊文字"文化所代表的现代资本主义社会市民文化的庸俗、虚假和精神空虚进行了批判,也对与之对立的卡斯塔利亚脱离现实的精英教育进行了反思,同时还表达了到东方文化中寻求帮助的意图。此外,个人的价值追求、个人与群体的矛盾也是这部小说致力于表现的一个主题。黑塞是一个重视个体大于群体的作家,在一篇文章中他写道,"在我的发展过程中,我从来没有逃避过现实问题,也从来没有……生活在象牙塔里——但是,我的问题中占首要位置和最迫切的从来都不是国家、社会或者教会,而是个人、个性、唯一的独特的个体"②。在一个被国家主义、民族主义狂热所淹没的时代,黑塞执着于确立个体在团体中所体现出的独立性与价值。小说的序言中,黑塞表达了自己对团体的看法,认为它并非"一架用许多一文不值的无

---

① 黑塞:《玻璃球游戏》,张佩芬译,上海文艺出版社,2014 年版,第 4—5 页。
② 黑塞:《关于〈彼得·卡门青〉》,见马剑:《黑塞与中国文化》,首都师范大学出版社,2010 年版,第 1 页。

生命力的零件拼凑成的机器,而是一个活生生的血肉之躯,虽然由各部分组装而成,却各有特性和行动自由,各自参与了生命的奇迹"①。小说的主人公克内希特即是一个既能将自己融入团体职能之中,又没有丧失个体活力的人物,是一个在个人与团体发生矛盾时能坚持维护个体独立性的悲剧性的献身者。此外,这部作品虽然将黑塞后期"通往内心之路"的追求贯彻其中,但也在主人公身上投射出一种贯通内外两个世界的意图,出现了一种浮士德式的干预现实的努力。在艺术上,这部作品也独具特色,对现实主义小说的各种表现手法运用自如,同时又杂糅传记、论文、政治评论、文化研究、诗歌等多种体裁为一体,手法圆融。在叙述中,作者着力模糊虚构与真实的边界,使小说成为一部乌托邦寓言,将讽刺和批判性贯穿始终。

《玻璃球游戏》之后,黑塞晚年还创作了一些短篇小说和散文,并将大量精力投注在绘画方面。1946年,黑塞获得诺贝尔文学奖,此后又有诸多荣誉加身。1962年,85岁的黑塞病逝于家中。

第五节 卡夫卡

奥地利小说家弗兰茨·卡夫卡(1883—1924),1883年7月3日出生于布拉格一个犹太人家庭,父亲赫尔曼·卡夫卡是个白手起家的商人,外表强壮,精力充沛,善于经营,凭借自己的勤劳、干练和谨慎,从乡村贫民跻身于城市中产阶级。然而赫尔曼对待子女的方式却是粗暴乃至于专横的,在卡夫卡眼里,他堪称一个"以力量、噪音和暴怒对待"子女的、"坐在靠背椅上统治着世界"的暴君②。相较于父亲家族"生活、经商和占领的意愿",卡夫卡更多地继承了来自母亲家族的精神气质:"固执、敏感、正义、焦虑"。③这使他自幼便和强势的父亲之间产生了一种悲剧性的对立与冲突。

由于父母忙于商店的经营,加上两个弟弟相继夭折,卡夫卡在孤独中度过了自己的童年时代。1889年,卡夫卡被送入一所德语小学就读,后又进入一所主要接收中产阶级和公职人员子弟的德语九年制高级中学。1901年,卡夫卡中学毕业,进入卡尔斯大学,先是学化学,后转学法律,不过他对法学缺乏兴趣,曾想转学自己真正热爱的文学,但最终因为父亲反对而放弃。大学期间,卡夫卡结识了终身的挚友马克斯·布罗德。布罗德在当时的布拉格文学圈中已经颇有名气,对卡夫卡的

---

① 黑塞:《玻璃球游戏》,张佩芬译,上海文艺出版社,2014年版,第4页。
② 马克斯·勃罗德:《卡夫卡传》,叶廷芳、黎奇译,河北教育出版社,1997年版,第18—19页。
③ 马克斯·勃罗德:《卡夫卡传》,叶廷芳、黎奇译,河北教育出版社,1997年版,第16页。

文学才能十分欣赏,经常督促他写作并发表作品。1906 年,卡夫卡大学毕业,获得法学博士学位,于 1908 年在相对轻松的国有机构"国家劳工工伤保险公司"谋求到一个职位,成为一名公务员兼业余作家。

1912 年底,在布罗德的张罗下,卡夫卡的第一部作品,一本名为《观察》(1912)的小册子终于正式出版,收入了他早期的 18 篇小型散文,体现出卡夫卡早年对作为一个暗中观察者的兴趣及其对世界的感受力与洞察力,其中一些文章被认为带有印象主义的痕迹。1912 年至 1913 年,卡夫卡的写作生涯迎来了第一个爆发期,创作了短篇小说《判决》(1912)、《变形记》(1912)。

《判决》以平淡无奇的方式开始。青年商人格奥尔格·本德曼在自己的房间内给一位远在俄国的朋友写信,告知他自己订婚的消息。写完后,他到隔壁房间去看望父亲,把写信的事告诉了他。至此,小说开始呈现出一种怪诞、非现实的气氛。父亲的问题"难道你在彼得堡真有这样一个朋友?"使得整个叙事变得不确定起来。格奥尔格则在这种不确定的氛围中忽略父亲的质疑,转而关心他的身体,像照顾孩子一样把年老的父亲抱上床休息。父亲一开始十分地虚弱和顺从,但突然恢复了权威和力量,巨人般站在床上开始指责格奥尔格,谴责他是一个"没有人性的人",并判他去投河淹死。于是,故事最荒诞的地方出现了,格奥尔格乖乖地服从了父亲的判决,立刻出门,跑向河边,真的投河自杀了。

小说描写了一场父子之间的斗争。这场斗争中,父亲年老体衰,妻子逝世,能干的儿子剥夺了他在生意上的主导权,儿子年华正盛,即将和一个富有家庭的姑娘订婚,建立自己的家庭。父亲起先失败了,弱小得像一个孩子,轻易就能被儿子抱起,而长大成人的儿子则急于继承父亲一家之主的身份,通过微小的试探,比如和父亲更换房间,来确认自己的地位。然而,儿子还没得意多久,就被打回了原形,虚弱的父亲一跃而起,又恢复成一个"用一只手轻巧地撑在天花板上"的巨人,将儿子从自己的王国驱逐而出。在这场充满荒诞色彩的父子对峙中,儿子最终还是被父权摧毁了。

中篇小说《变形记》开篇用不动声色的语调诉说了一个荒诞离奇的事件:"一天早晨,格里高尔·萨姆沙从不安的睡眠中醒来,发现自己躺在床上变成了一只巨大的甲虫。"随之,这个平静的家庭发生了翻天覆地的变化。格里高尔变成了怪物,吓坏了所有人,也失去了用以养家糊口的工作。为了维持生活,父亲只得重新外出工作,母亲也不得不亲自操持家务,还把家里的房间出租以增加收入。格里高尔对此深感愧疚,并不知道在他深爱的家人那里,他已经变成了负担和耻辱,就连一开始用心照料他的妹妹最后也说:"我们必须设法摆脱它。"最后,格里高尔在一个凌晨静悄悄地死去,这一家人像清理垃圾一样清理了他的尸体,心情愉快地开始了新生活。

《变形记》常被视为一篇揭示异化现象的经典之作。在这个"变形"主题的荒诞故事里，卡夫卡将资本主义社会中人的异化现象表现得不动声色又触目惊心。按照马克思的说法，所谓异化就是"物对人的统治，死劳动对活劳动的统治，产品对生产者的统治"①，即人被物化，失去自我，变成了工具，变成了非人的存在。格里高尔就是这样的典型，在变成甲虫前，他被工作压得喘不过气来，毫无自我，在老板那里，他是赚钱的工具；在家人那里，他是养家的工具，没人关心他真正的需求，包括他自己。就连自己变成了甲虫，他也漠不关心，比起这个，更令他担忧的反而是不能及时赶上火车，被上司斥责。可以说，格里高尔作为人的"自我"已经被挤压到几乎消失的地步。具有讽刺意味的是，他变成甲虫之后，才对自己的身体、自己的情感需求有了感知，但这种感知依然是迟钝的，即使变成了甲虫，他也在用那套被异化的标准要求自己，为自己不能继续支撑家庭感到愧疚，并且因着这种愧疚最后心甘情愿地消失。除了个人，被异化的还有人与人之间的关系，在这部变形记中，变形的不只是格里高尔，还有其他家庭成员，在格里高尔失去赚钱的能力后，母亲和妹妹很快将对格里高尔的爱与信赖转移到了有养家能力的父亲身上，亲情的面纱被无情地撕裂，露出了掩盖在下面的被金钱异化的家庭关系。

　　这部小说也涉及父子冲突的主题。小说中对父子关系的描写交叉在对母子、兄妹关系的描写之中，显得不如《判决》中那么剑拔弩张。在变成甲虫之前，格里高尔在表面上是这个家庭的主导者，年迈失业的父亲处于劣势，全靠他养活，但格里高尔变成甲虫后，父亲对儿子毫无怜悯，并逐渐摆脱了年老体衰的状态，凭借瞒着儿子存下的财产重新在家庭中获得了主导权。在格里高尔死后，父亲出场时"一只胳膊挽着妻子，另一只胳膊挽着女儿"，二者像先前对待格里高尔那样依靠他，顺从他。他终于打败了儿子，重新成为一个强壮有力的家庭主宰。

　　在创作《变形记》的同时，卡夫卡还着手创作了长篇小说《失踪者》，但次年4月这部作品就被搁浅了。同年5月，小说的第一章以《司炉》(1913)为题单独发表，其余部分皆未付梓，直到卡夫卡去世三年后，布罗德将遗稿进行整理，改名为《美国》(1927)出版。小说描写的是十六岁的青年卡尔·罗斯曼被父母赶出家门，前往美国谋生。在船上，他和富有的舅舅相认，不久又被赶走。随后他开始了流浪的生活，被结识的两个流浪者"朋友"勒索，在一家饭店找到工作又被开除，在街上被警察审问，甚至沦为那两个流浪者的奴仆……最后，卡尔在一种梦幻的氛围中坐上地铁，前往俄克拉荷马剧场应聘。小说到此便中断了，虽然卡夫卡曾多次尝试续写，但最终也没能完成。卡夫卡一生从未到过美国，却想象了一个以"美国"为象征的普遍化了的资本主义世界。在这个光怪陆离的世界里，主人公卡尔一反传统教育

---

① 马克思、恩格斯：《马克思恩格斯全集》第49卷，中央编译局、人民出版社，1982年版，第48页。

小说主人公的成长轨迹,从一个有梦想的青年逐步沦落、迷失,最终甚至可能从这个世界上消失,成为一个"失踪者"。他的整个经历就像一个恐怖的噩梦,这个噩梦向我们呈现了在一个功利、冷漠、充满敌意的资本主义社会中,个人无法掌控自己命运的绝望和孤独。

此外,值得我们留意的是这三部作品之间微妙的关联。在1913年4月11日卡夫卡给出版商沃尔夫的信中写道:"《司炉》《变形记》……和《判决》就其外部形式和内部精神来说都是一个整体,在它们之间存在着一种公开的、更多是隐藏的联系,我不太愿意放弃在一本大致可以题名为《儿子们》的书里做一个归纳,以说明他们的联系。"①虽然这一出版计划未能实现,但卡夫卡本人的意见向我们指出了一个走进这三部作品的通道,即父子冲突主题。这个主题在西方文学史上有着深厚的传统,也是表现主义文学着力表现的一个方面。尽管卡夫卡常被视为一个表现主义作家,但他对这一主题的表达和当时的表现主义并不相同。表现主义式的父子冲突通常以儿子打败父亲、"新人"的胜利为结局,借此表达青年一代对现实的反叛与抵抗,但卡夫卡笔下的儿子总是成为被父权压垮、驱逐的失败者。与一般表现主义作家不同,卡夫卡的作品并非某个观念的传声筒,而更像是自己的"精神自传"。和他作品中或者被惩罚,或者被摒弃,或者被驱逐的儿子一样,卡夫卡也长期笼罩在一个巨大的父亲的阴影之下,他终其一生都在试图反抗父亲,摆脱迟迟不能成年的"儿子"角色,但又因种种原因失败。对于父亲赫尔曼,卡夫卡的感情是十分复杂的,既有对英雄的崇敬和对强者的畏惧,又对他充满了歉疚。在那封写于1919年的著名的长信《致父亲的信》中,卡夫卡对他们的父子关系做了详尽而难解的解读,在自己的控诉之后,在信的结尾处虚构了父亲对他的反驳:"我承认,我们在互相斗争,但是有两种斗争形式。一种是骑士式的斗争,与自立的对手较量,各归各,胜败自负。还有一种是虫豸式的斗争,虫豸不仅蜇人,而且为了生存还要吸血。这是职业战士,这就是你。你缺乏生活能力,可是又要过得舒服、无忧无虑、不须自责,于是你便证明,是我夺去了你的一切生活能力并将之揣入口袋。"②这一段话通常被研究者视为卡夫卡创作《判决》等作品的根源所在。这种复杂的父子冲突不但影响着他的写作活动和恋爱婚姻,也被他持久不断地投射到自己的作品中,不仅这几部小说中,在后期的《诉讼》《城堡》等小说中也有体现。有人称卡夫卡是一个"永远的儿子",卡夫卡的传记作家彼得-安德烈·阿尔特认为,儿子的身份构成了卡夫卡写作的前提。布罗德在《卡夫卡传》中也认为,"卡夫卡将他自己的生活虚

---

① 卡夫卡:《卡夫卡文集(增订版)第四卷·书简》,高年生主编,祝彦、张荣昌等译,作家出版社,2011年版,第31页。

② 马克斯·勃罗德:《卡夫卡传》,叶廷芳、黎奇译,河北教育出版社,1997年版,第15页。

构成一系列突破父亲的势力范围、进入脱离父亲影响的区域的尝试"[1]。

影响卡夫卡创作的除了和父亲的关系,还有他和女性的关系。卡夫卡和多名女性有过交往,但一生未婚。在处理与女性的关系时,卡夫卡经常犹豫不决,畏惧不前。一方面他急迫地想通过结婚来挣脱儿子的角色,摆脱父亲的控制,另一方面又害怕脱离儿子的身份获得独立,同时更担心婚姻会让他失去自我,并妨碍他的写作。1912 年到 1917 年,他与职业女性菲莉丝·鲍尔保持了长达 5 年的恋爱关系,两次订婚又都解除婚约。1919 年他又和养病时结识的尤丽叶·沃吕察克订婚,但因为女方出身低微,遭到父亲的强烈反对,最终作罢。1923 年 7 月,卡夫卡因病提早退休,在疗养时认识了 25 岁的波兰姑娘多拉·迪芒。在卡夫卡生命的最后一年里,多拉陪伴在他身边,既是他的恋人和知己,也像一个保护、照料他的母亲。至此,卡夫卡第一次和女性建立起真正亲密无间的关系,但因为经济问题和双方家庭的反对,二人一直没能正式结婚。

1914 年 8 月,卡夫卡开始动笔写作他的第二部长篇小说《诉讼》(1918)。小说主人公约瑟夫·K 30 岁生日的早晨,两个陌生人闯入他的卧室,对刚从睡梦中醒来的 K 宣布他被捕了。这两名看守无法说出他的罪名,也没有任何证据,K 依然行动自由,照常去银行上班。为证明自己无罪,K 四处奔走,但根本找不到地方受理自己的申诉。后来,K 从一个画家那里得知关于无罪判决的形式有三种,一种是真正宣判无罪,一种是表面宣判无罪,第三种是无限期延期审判,只有最高法院有权做出彻底无罪的判决。然而虽然法院的办公室无处不在,但能决定 K 的案子的审判结果的最高法院却仿佛一个无形的存在,让他无法企及。最后,在 K 31 岁生日的前一天晚上,两名穿着礼服的刽子手突然来到他的房间,将他带到一个荒无人烟的采石场执行了死刑。

这是一部关于罪与法的小说,但和卡夫卡之前的作品相比更具多义性,越读越令人感到复杂难解。单从社会批判的层面来看,卡夫卡似乎是在通过对肮脏的法庭、可笑的审判、散发着愚蠢官僚气息的小官员的不遗余力的嘲笑来抨击当时奥匈帝国腐朽的司法机构和官僚体系,讽刺荒谬虚伪的权力体制,表达对受其摆布与戕害的弱者的同情。从精神批判的层面来看,这场原告成谜的诉讼乃是 K 的自我控告,是卡夫卡借 K 这一角色对自我的审判,K 既是被告者,也是原告人,既意识到自己有罪,又在激烈地抗拒这份罪责感。推而广之,K 亦不仅仅是卡夫卡本人,更是现代社会中普遍个体的代表,他们处境荒诞,孤独无助,求告无门,完全失去了对自我命运的掌控。从宗教的层面看,这部作品亦是卡夫卡对上帝及其律法的个人化解读,法是上帝的化身,法庭是法的化身,最高法庭的遥不可及象征着上帝的隐

---

[1] 马克斯·勃罗德:《卡夫卡传》,叶廷芳、黎奇译,河北教育出版社,1997 年版,第 21 页。

而不现,人与上帝之间横亘着一道无法跨越的鸿沟,就像卡夫卡和他父亲之间一样,永远无法靠近,永远无法互相理解。然而,尽管研究者对小说中的罪与法主题有层出不穷的解读,卡夫卡在作品中却始终刻意营造一种模棱两可之感,拒不提供任何最终的结论——这种摇摆不定和自相矛盾也是其作品的魅力所在。

在创作《诉讼》的同时,卡夫卡还于1914年10月创作了中篇小说《在流放地》(1919),这部作品围绕着一台精密而恐怖的处刑机器继续阐释法与罪的主题。

1920年,短篇小说集《乡村医生》出版。这部作品主题多样,涉及对人的处境、宗教信仰、犹太人的命运、被压抑的人的心理等多方面的思考,多采用梦幻手法,充满寓言色彩。其中最为著名的是《乡村医生》,写的是一名年老的乡村医生在雪夜出诊,病人无药可救死去了,乡村医生跳上马车逃走,马却无法奔驰起来,他赤身裸体,"坐着尘间的车子,驾着非人间的马,到处流浪"[①],可能永远也回不到家了。梦境般的氛围和隐喻性的语言是这篇作品最为突出的两个特点。

1922年1月,39岁的卡夫卡开始动笔写作他最后一部,同样也是最具代表性的长篇小说《城堡》(1922)。到了8月底,《城堡》的写作计划彻底夭折。这一时期,他将写作称为"为魔鬼效劳的报酬"和"解开天生被捆绑住的精神"。[②]

《城堡》的故事在一个黑暗阴冷的冬夜开始,主人公K长途跋涉来到城堡下的村子里,声称自己是被聘请的土地测量员,却被告知好像并没有这么一回事。之后,K想尽一切办法证实自己是被聘请的,想尽一切办法接近城堡,但始终无法成功。城堡高高在上,神秘莫测,总是可望而不可即。在K试图接近城堡的过程中,一个反常的、噩梦般摇摆不定的小说世界在我们面前铺开:阴沉压抑的村子,庞大冗余而又森严的官僚体系,行为怪诞的大小官员,群众演员和布景般的村民,小丑般如影随形的助手和监视者,流逝得极快、只有一两个小时的白天……而关于K的最终结局,尽管小说没完成,我们还是有幸从其好友布罗德那里得知:"那个名义上的土地测量员至少得到部分满足。他不放松斗争,但却终因心力衰竭而死去。在弥留之际,村民们聚集在他周围,这时总算下达了城堡的决定,这决定虽然没有给予K在村中居住的合法权利,——但考虑到某些其他情况,准许他在村里生活和工作。"[③]

这是一部和《诉讼》一样多义的、充满悖谬的作品,在卡夫卡式的陌生化法则之下,这个世界的一切——人、物、时间、空间都被扭曲,"外部现实"都不动声色地转化成了对"心理真实"的隐喻式表达,甚至整部作品都变成了一个寓言。这使得《城堡》变成了一个极具开放性的文本,一部千人千解的"哈姆莱特"。它是

---

① 卡夫卡:《卡夫卡集》,叶廷芳选编,叶廷芳、黎奇译,上海远东出版社,2002年版,第141页。
② 卡夫卡:《卡夫卡集》,叶廷芳选编,叶廷芳、黎奇译,上海远东出版社,2002年版,第616页。
③ 卡夫卡:《卡夫卡全集》第4卷,叶廷芳主编,洪天富等译,河北教育出版社,1996年版,第408页。

一则关于寻找上帝的宗教寓言,人带着原罪被逐出伊甸园或者作为异乡者被放逐到一个陌生的世界,像K竭尽全力接近城堡一样,竭尽全力地想要接近上帝,却永远无法跨越两个世界之间不可逾越的鸿沟;它是一则关于"父子冲突"的寓言,是一则弗洛伊德式的现代神话,城堡是卡夫卡父亲的象征,K接近城堡,其实是卡夫卡在冲突与矛盾中寻求与父亲的和解;它是一则犹太民族命运的寓言,K被冷落、被排斥、无处安身的处境与命运即是犹太民族在历史上的处境与命运的缩影;它是一则关于权力的寓言,城堡是卡夫卡时代奥匈帝国的代表,是当时腐朽、专横、暴虐的国家机构的缩影,也是历史上一切统治机构的缩影,K在其中,不过是一个在由层层权力机构组成的社会中寻找合法地位的普通人。存在主义者在其中看到了存在主义;精神分析派在其中看到了弗洛伊德;马克思主义者在其中发现了资本主义的劳资关系和人的异化;甚至后现代主义者也从中发现了后现代的元素……然而对于大部分读者来说,它更是一则关于现代人生存困境的寓言,这种困境既是形而下的,但更多的是形而上的。K流落异乡的孤独与不安、虚弱与恐惧、反抗与寻找是现代人普遍的生存境况;K对于自身处境的陌生感是人类普遍的陌生感;K的命运中体现出的个体有限性之绝望以及他对这种绝望所做的抗争是人类普遍的绝望与抗争。布罗德称《城堡》是"世界的一个缩影",是"一部对每个人都适合的认识自我的作品"①,单从这一点来看,《城堡》已足够成为一部现代主义文学的典范。

在生命的最后两年,卡夫卡还创作了一些优秀的短篇小说,如《最初的痛苦》(1922)、《饥饿艺术家》(1922)、《一条狗的研究》(1922)、《地洞》(1923)、《女歌手约瑟芬或耗子民族》(1923)等。1924年6月3日,卡夫卡在基林疗养院去世。

从整体来看,卡夫卡的作品有着鲜明的精神自传色彩,文学创作之于卡夫卡是"逃离父亲的尝试",是自我剖析的研究报告,是精神的避难所。他的作品具有明显的想象文学的特征,并非着眼于对客观世界的如实呈现,但对于心理之真实、存在之真实的表现直击人心。同时,他也并非一个对外界无动于衷的遁世者,更像是一个波德莱尔式的时代观察者和描绘者。19世纪末20世纪初的欧洲处在现代化转型时期,资本主义迅速发展与扩张,在政治、经济、社会等方面都动荡不安,同时代人的生存困境和精神矛盾在卡夫卡的笔下以冷峻、陌生、无情的方式呈现了出来。尽管他一生并未加入任何文学团体,始终保持着创作上的独立性和个性,但也不可避免地受到了当时盛行的表现主义运动思潮的影响,作品在主题与艺术手法上都呈现出表现主义文学的风格,他也因此被后世的研究者视为表现主义小说的先驱和重要作家。卡夫卡有一套独特的、将现实"变形"的陌生化法则,即将荒诞和梦幻

---

① 布罗德:《无家可归的异乡人》,见叶廷芳编:《论卡夫卡》,中国社会科学出版社,1988年版,第80页。

的笔法与客观而冷峻的语言巧妙地熔为一炉,营造出悖谬而神秘的叙事氛围,人物和情节的寓言性与象征色彩更是使得其文本呈现出复杂的多义性和不确定性。这一风格被后人称为"卡夫卡式"的美学风格。除了想象性作品,卡夫卡还留下了大量的日记、书信和随笔,和他的文学创作互相呼应,为我们走进他迷宫般的文学世界提供了地图和钥匙。

卡夫卡生前籍籍无名,只有很少数的作品发表,最主要的三部长篇皆是未完成的状态。在临终的遗嘱中,卡夫卡要求挚友马克斯·布罗德焚毁自己所有的作品,幸而布罗德一直对好友的文学才华深信不疑,认为他的作品有着非同寻常的价值,没有执行这一遗嘱,反而不遗余力地对卡夫卡的作品进行了整理与出版。正是由于布罗德的努力,我们才没有错失这位独特的作家为世界留下的丰厚的文学遗产。卡夫卡之后,许多文学流派和作家都受到了他的影响,如法国存在主义文学、荒诞派戏剧、黑色幽默、法国新小说派等,我国20世纪80年代的先锋派作家,如余华、残雪等也曾受惠于他。

下 编

20世纪下半叶的欧美文学

第一章 导 论

第二次世界大战结束后,人类并没有迎来永久的和平,世界很快陷入新的纷乱局面。英、法等老牌资本主义国家在战争中遭受重创,国力受损,国际地位下降;德国由于战败分裂为东西两部分;在东欧出现了波兰、捷克斯洛伐克、匈牙利、罗马尼亚、南斯拉夫等社会主义国家。战后,美国和苏联成为超级大国,并且以它们为首分别形成了资本主义和社会主义两大对峙阵营,因意识形态和社会制度的巨大差异,开始了新一轮的世界争霸战争。不同于第二次世界大战中的枪炮"热战",两大阵营对抗通过局部代理人战争、科技和军备竞赛、外交竞争等"冷"方式进行,相互遏制,却又不诉诸武力,因此称之为"冷战"。这一对峙局面一直延续到1991年苏联解体为止。这个时期内,除了全球性的冷战,局部地区先后有朝鲜战争、越南战争、阿富汗战争等;此外,亚洲、非洲、拉丁美洲地区的许多殖民地在二战后纷纷通过武力斗争或和平的方式宣告独立,这些新独立的国家与经济尚在发展中的国家,形成了"第三世界"。冷战结束后,以"9·11"事件为转折点,恐怖主义取代19世纪和20世纪初的大规模战争,成为当今人类的主要安全威胁。

动荡不安的20世纪,同时又是人类在科学技术领域取得巨大进步的世纪。核原子、电子计算机、航空航天等技术的进一步发展,史蒂芬·霍金的"黑洞理论"的提出,超导、激光等发明创造,生命科学中的遗传基因研究的展开,等等,不仅改变了人们的生活方式和人类的社会结构,也改变了人们的思维方式和人们对自然界、对人本身的认识。科技进步、科学成果被广泛应用,一方面改善了人们的物质生活条件,另一方面又带来了生态失衡、环境污染、失业人口增加、贫富不均等普遍性的问题。人类对自然资源的掠夺性开采和利用,迫使大自然对人类开始了惩罚性报复。物质文明的畸形发展造成了物质与精神之间日趋严重的对立,使得理性与感性的分裂达到了难以愈合的地步。现代社会中的种种"有组织的疯狂"和"有计划的混乱",更给人以荒唐无稽、神秘莫测之感。现代化所付出的人文精神普遍失落的代价,不能不引起有识之士的深重关切和严峻思考。于是,在科学技术高速增长、物质日益繁荣的乐观氛围中,人们就难免有一种始终挥之不去的忧虑、怀疑、恐惧的情绪和心理。

在文学创作领域,二战后的头20年里欧美文学延续着现代主义文学的发展势头,但在 70 年代之后,现代主义文学思潮逐渐被后现代主义所取代;此外,现实主义文学在二战后得到复苏,成为 20 世纪重要的文学创作流派。20 世纪的现实主义既继承了 19 世纪现实主义文学的现实精神和批判力量,又在创作手法上表现出更多的超越传统的创新之处。西方各国的现实主义小说创作的兴盛以及拉美大陆魔幻现实主义文学的繁荣,反映了二战后现实主义文学思潮的回归。

现代主义文学

现代主义思潮肇始于 19 世纪末期,是哲学领域内的非理性主义思潮在文学上的投射。现代主义文学是 20 世纪上半叶欧美文坛中最引人注目的文学现象,后期象征主义、未来主义、表现主义、超现实主义、意识流小说等是这一时期重要的现代主义文学流派。20 世纪后期欧美文坛又相继出现了存在主义文学、荒诞派戏剧、新小说、黑色幽默等文学流派,它们共同造就了现代主义文学波谲云诡、蔚为大观的局面。

存在主义文学是二战后最有影响力的现代主义文学流派,它形成于存在主义哲学思想的基础上。存在主义哲学的先驱是 19 世纪丹麦哲学家克尔凯郭尔,第一次世界大战后,雅斯贝尔斯和海德格尔的存在主义哲学曾经在德国盛行。法国哲学家萨特继承和发展了他们的学说,形成了自己的无神论的存在主义哲学体系。这一哲学提出了存在先于本质、存在的荒诞性、人的自由选择的意义等基本命题,反映了西方现代人对存在的困惑,同时还试图赋予处于荒诞世界中的人以崇高的意义。以萨特为代表的法国存在主义,更偏重于伦理学和政治学,重视黑格尔和马克思,崇尚历史辩证法,注重探讨人的痛苦、存在的偶然性和人的自由等问题,适应了二战后人们摆脱日益加深的危机感和失落感的普遍需要,因此引起了强烈的共鸣和反响。

存在主义哲学对当代西方文学影响巨大,有些存在主义哲学家本身就是文学家。存在主义文学在二战前后首先在法国文坛产生。以让·保尔·萨特(1905—1980)和阿尔贝·加缪(1913—1960)为代表的法国存在主义者参加了二战期间反法西斯主义的抵抗运动,他们的作品使得作为文学流派的存在主义文学在四五十年代达到鼎盛。这一文学流派中还涌现了许多重要的哲学、文学作家,包括法国作家西蒙娜·德·波伏瓦(1908—1986)以及存在主义"边缘作家"雷蒙·盖夫(1905—1954)、莫里斯·梅洛-庞蒂(1908—1961),英国作家戈尔丁(1911—1993)、美国作家诺曼·梅勒(1923—2010)和索尔·贝娄(1915—2005)等。存在主义文学的主题就是传达其哲学命题,如存在先于本质,世界与人的处境的荒诞性等;并通过描述恐惧、厌恶、孤独、失落等现代人的主观心理特征,揭示人的荒诞处境,表现

"自由选择"的行动。为了表达哲学思考,作者总是从哲学观念出发,将许多主观心理感受作为哲学命题并完全借助于具体的文学感受来传达。存在主义作家主观上把文学作为哲学读本,所以并不像其他20世纪现代主义派别那样醉心于艺术形式的实验。存在主义文学在形式上接近于传统,比如存在主义小说和戏剧并不回避明确的人物、事件和故事情节,有的作品有清晰的时间顺序等;同时它又兼收并蓄,灵活运用各种现代手法,并力图打破传统的结构形式。存在主义文学的主要成就是小说、戏剧和散文,以法国存在主义文学成就最高。萨特、加缪和西蒙娜·德·波伏瓦各自从不同的角度写作:萨特从政治哲学的立场出发,加缪更多从文学家的角度,西蒙娜则从女性觉醒的意识入手,三位作家形成了三足鼎立之势。

《局外人》是加缪的成名作,也是存在主义的名篇,表达了存在主义的基本观点。作品描写的是40年代的阿尔及尔,主人公为莫尔索。作品以第一人称展开叙述,主人公以看似无动于衷的冷漠口吻讲述自己的生活。莫尔索的形象,同一切传统小说中的英雄和小丑都没有共同之处。他的行为看起来不可理解,他没有动机,没有热情,没有信念,也没有恐惧,在他眼中一切都无所谓。这是一位"意识到一切都是荒谬的人"。他对客观世界的一切都感到杂乱荒谬,因而时时处处感到孤独和苦恼,对一切都冷漠。《局外人》体现了二战前后西方世界的精神状态,表达了人们巨大的心理创伤和意欲弥补这种创伤的存在主义哲学观。其艺术特色很明显,作品是现实主义手法和现代主义技巧的结合:抛弃了传统小说中的情节,叙述了一个琐屑的、带有偶然因素的故事,主人公所做的一切之间没有任何必然因果关系;采用了刻板拘谨、不带感情色彩的语言;对自然景物的描写不是传统的情景交融的写法,而是重在体现人物对世界的陌生感、人物的孤独感。

20世纪50年代产生于法国的荒诞派戏剧同样以存在主义哲学为思想基础。"荒诞派戏剧"又称"反戏剧",是由第二次世界大战后旅居法国巴黎的一批剧作家开创的一种反传统戏剧流派。1950年5月11日,巴黎的梦游者剧院上演了尤金·尤内斯库(1912—1994)的《秃头歌女》,感到莫名其妙的观众纷纷离去,最后只剩下三位观众;同年11月,梦游者剧院上演了阿尔图尔·阿达莫夫(1908—1970)的《大小演习》,香榭丽舍剧院上演了他的另外一部剧作《侵犯》;1952年4月22日,新朗克雷剧院上演尤内斯库的《椅子》。然而这些戏剧没有造成什么影响。直至1953年1月5日,巴比伦剧院上演萨缪尔·贝克特(1906—1989)的《等待戈多》,获得巨大成功,此类戏剧才逐渐被人们理解和接受。50年代后期,除尤内斯库、阿达莫夫和贝克特的创作外,让·热奈(1910—1986)又接连写出几部类似作品,紧接着出现了英国剧作家哈罗德·品特(1930—2008)、美国作家爱德华·阿尔比(1928—2016)的一系列剧作,这些作家的作品一时在欧美成为戏剧主潮。1961年,英国戏剧理论家马丁·艾斯林在《荒诞派戏剧》一书中首次使用这一术语对此戏剧潮流进行了理论分析与概括,"荒诞派戏剧"的名称正式诞生。60年代后期,荒诞派戏剧运动逐渐式微,但是,它的影响始终持续着。

荒诞派戏剧极大地吸收并发展了存在主义哲学中关于荒诞的思想。基于存在主义把人生和世界看作是荒诞的理念,荒诞派戏剧家一反传统的戏剧模式,不再重视戏剧的主题和情节,而是想方设法把人类生存的荒诞状态呈现在观众面前。这类剧作利用支离破碎的呓语、离奇古怪的背景、没有意义的行为,把人的存在集中表现为永恒的荒诞。剧中人物不再观察、评论和反抗世界,因为他们本身就是异化世界的构成部分。荒诞派戏剧的代表作品有:尤内斯库的《秃头歌女》《椅子》《犀牛》《国王之死》,贝克特的《等待戈多》《美好的日子》《终局》,阿达莫夫的《滑稽模仿》《塔拉纳教授》《弹子球机器》,热奈的《死牢》《女仆》《阳台》等。这些戏剧具有明显的共同点。首先,这些作品都表现了人类生存条件的非人性、反人性特征,甚至进而表现人的存在的无意义。其次,荒诞剧打破了情节中心论,一般没有完整的故事情节,只有一种情势。因此,剧中没有贵为戏剧生命的戏剧冲突,只有一种无形的焦虑折磨着台上台下的人们。再次,剧中人是一些无性格更谈不上个性鲜明的人物形象,人物多是干瘪、枯萎的木偶式的角色,是某种类型人物的抽象代表,而不是具体的"这一个"。这些人物通常没有国籍、身份模糊、职业不明、过去暧昧,有些或者几个人共用一个名字,或者用符号或关系称谓代替名字,这种身份上的模糊和抽象使人物形象极富象征意味,他们往往成了整个人类的象征,他们的处境代表了人类的生存境遇,他们的尴尬和失落成了人类异化的最好表征。最后,荒诞剧没有连贯的语言,戏剧道白常常是陈词滥调,唠叨絮语,表现为思维混乱、语无伦次的杂凑,常出现不合语法结构的句子。

荒诞派戏剧诞生于法国并非偶然,除了二战后人们对荒诞感的接受和认同之外,巴黎的自由创作环境也是重要的原因。巴黎为作家提供了自由实践的条件和在剧院上演的机会,因此吸引着世界各地的艺术家。

荒诞派戏剧在英国的代表人物是哈罗德·品特(1930—2008),他的作品富于英国特色。在法国文学艺术中,有一种幽默反讽的喜剧风格,这种风格延伸于拉伯雷、莫里哀、博马舍和狄德罗等人的作品,又进入贝克特、尤内斯库、阿达莫夫与热奈等人的荒诞派戏剧中;而在英国文学艺术中,有一种神秘恐怖的哥特传统,一直贯穿在托马斯·基德、休·沃尔波尔、瓦尔特·司各特以及勃朗蒂姐妹等人的作品中,又为品特所继承,因此有人把品特的戏剧称之为"威胁的喜剧"。

品特,1930年10月10日生于伦敦。父亲是位犹太裔的裁缝。少年时代的品特经历过英国的反犹运动和德国的飞弹袭击,对暴力与威胁有着较为深刻的切身体验。1948年品特进入皇家戏剧艺术学院学习表演,次年离校并以大卫·巴隆的艺名成为职业演员。13岁时他开始写诗,从艺之后又写小说。一件偶然的事情使品特开始了戏剧创作。在一次晚会上，品特走进一个房间，看见两个男人，一个人正在准备食物，他滔滔不绝地边说边干；另一位坐在桌前，却一言不发。此事给品特留下了深刻印象，他把这件事情告诉了一位朋友，并说自己将来要写一部两个人在一个房间里的剧本。不久这位朋友打电话给他，要他一周之内拿出这个剧本；他先是拒绝了朋友的要求，但接着又在四天之内写出了剧本。这就是《房间》(1957)，它成为品特的第一部剧作，促使他从此走上了戏剧创作的道路。

在剧作《房间》中，房间外寒风刺骨，杳无人迹，房间里炉火融融，温暖舒适，波特·哈德一言不发地在看杂志，他的妻子罗斯一边为他准备食物，一边谈论着天气的恶劣与室内的安逸。波特开始吃东西，但是仍然一言不发。看门人基德来访，他和罗斯谈起这栋房子。基德走后，波特也外出了。罗斯在空荡荡的房间里坐立不安，她猛然打开大门，有两个人站在门外，原来是年轻的桑兹夫妇在找房主。桑兹夫妇走后，基德又来找罗斯，说有人找她。来的是位黑人盲人，他告诉罗斯她父亲要她回家。这时波特回到家中，他把黑人推翻在地，痛打一顿，直至不能动弹，这时罗斯突然蒙住了双眼，她也瞎了。

这部作品预示了品特后来许多戏剧的一大基本特点，即环境是一个房间。一个房间构成一个物质环境，它抗拒着外面的寒风与黑暗，保持着温暖与光明；同时，房间又是一个社会环境。在家庭中，存在着一种相互依赖、相互慰藉的关系，抵御着陌生外界的入侵。因此罗斯在说话中不断强调的，一是室外寒冷的天气，二是地下室里陌生的住户。显然她在物质与精神方面都有不安全感。当独处一室时，她就惶惶不安，仿佛有预感似地打开门，果然室外有陌生人！罗斯感到了威胁，事实上，这种感觉来自于人对世界上某些日益增强的、自己无法控制的自然与社会力量的恐惧；在现代社会中，许多机器设备、组织机构对于普通人来说都是陌生的，人们不知道它们的原理、原则、构成或作用，不知道它们如何产生，更难以预料它们向何处去，正如作品中那座建筑物，地下室里住的是谁？楼房究竟有多少层？基德住在哪里？他究竟是门房还是房主？黑人雷利是什么人？罗斯是否真的又叫索尔？波特为什么要击倒雷利？罗斯又为什么失明？对于这些疑点，作品没有提供任何答案或者线索，有意地把观众留在疑问之中，并使观众产生恐惧感。作品要观众体验的，是自然与社会中存在的不可知的事物对人们造成的心理压力，它威胁到家庭，而家庭是社会组织形式的基本细胞。有两个人居住的房间既是家庭的具体存在，也是家庭的象征形象，它对抗着茫茫寒夜，对抗着陌生的人。当房间的舒适平静被陌生人打破时，波特反抗了，于是暴力冲突发生。显然，暴力无法保住房间，于是罗斯的眼睛瞎了；波特的努力与其结果背道而驰，这同时暗示了生活的荒诞。

在《升降机》(1957)中，上述主题有了新的发展。职业杀手班与格斯在地下室的房间里等待上司的命令，他们无事可做，神经质地处于紧张状态。他们不时从门缝下塞进来的信、墙里的升降机以及通话管得到指示,但是他们显然既不知道为谁干活,也不清楚该干什么。最后,格斯出去喝水时,班得到指示,要他消灭进来的人。进来的人正是格斯,他的上衣和枪已经被剥去。

两部作品中的人物在环境中处于分离的状态。在《房间》的开头,罗斯不停地说话,而波特一言不发,作品取自生活的这一情景具有普遍意义,它是人与人无法交流的典型画面。罗斯感到不安,她要求交流,尽管对方不说话,但是她的独白可以自我安慰;波特则对交流不感兴趣,他是强者,后来对雷利施行攻击也正说明了这一点,因此他不想掩饰相互之间业已存在的隔阂,罗斯的话是餐桌上那种可有可无的话,并无多大意义,而且交谈并不能改变双方的关系,因此波特不愿加入罗斯的独唱中。在《升降机》的开头,格斯与班处于与罗斯和波特相同的情形中,格斯东摸西碰地找事情做,而班却躺在床上看报纸。格斯企图使班更关心他们的现实状况,班却只对新闻有兴趣;在这里,报纸一方面是班用以回避格斯的屏障,另一方面也是班内心活动的象征,班所提到的有关死亡的新闻暗示了他的真实心境,暴露了他对自身处境的高度关心,尽管他不愿意与格斯谈论这个问题。

在《生日宴会》(1958)中,《房间》与《升降机》中的人物似乎聚集到了一起。老夫妻皮得与麦格开了一所公寓,他们与波特和罗斯的身份相似;不速之客戈德伯格与麦肯来访,他们像班与格斯那样属于某一非法组织。剧中主人公是青年斯坦利,还有一位名叫鲁鲁的姑娘。戈德伯格与麦肯参加皮得与麦格为斯坦利举办的生日晚会,但是他们显然负有追击斯坦利的使命,他们在晚会上捉弄斯坦利,最后把他带走了。与《房间》相似,公寓里原有的安宁受到了威胁,发生了暴力事件;与《升降机》相同,威胁来自某一组织,而且这一组织内的成员相互之间也是威胁。但是斯坦利究竟为什么对陌生人感到害怕,他是否确实背叛了某一组织,戈德伯格为什么不许麦肯叫他西梅,还有许多细节,都令人疑惑不解。作品根本就不打算再现某一事件的逻辑发展,而是要建立各种不同意象的组合效果。

从斯坦利感到紧张不安到他最后被人带走,观众不必问为什么,而应该看怎么了,并且体验他的感觉。这是因为,首先,对于生活中的不合理,是难以找到最终解释的。在当今时代,人的认识能力相对地退化了,社会在进步中,然而一些基本方面仿佛倒成了问题。其次,找到解释并不意味着找到解决办法,许多问题正是时代发展所带来的,生活不可能不变化,问题也不可能不产生;许多问题的解决,必须由时代的进一步发展来实现。因此作品想要达到的戏剧效果,就是使人感到,在威胁面前人无能为力,人们自己仿佛也像斯坦利那样,被某种力量、某个组织带走了。

在三幕三人剧《看管人》(1960)中,围绕着房间进行的斗争以另一种形式出现。在第一幕中,阿斯顿把老流浪汉戴维斯带回自己屋里,让他暂时歇息;第二幕,阿斯顿的弟弟、屋子的主人米克回来了,他让戴维斯当房屋看管人;第三幕,戴维斯得寸进尺,想把阿斯顿排挤出去,阿斯顿早已对他心怀不满,于是和米克一起把戴维斯赶了出去。

在《房间》《升降机》和《生日宴会》中,外来的威胁是神秘的;在《看管人》中,外来的威胁则是明确的。阿斯顿出于人道,把戴维斯带回自己的屋里,戴维斯却恩将仇报,阿斯顿被理所当然地赶了出去;好心而精神有病的阿斯顿与精明强干的米克在保护自身利益上是一致的,必要的时候,他们会抛开道德的考虑。同时,屋里的家具十分寒酸,但都是必需品,仿佛人的物质生活条件在本质上是微不足道的,但是人为了生存还需保有它们;而人们为了这种基本生存条件进行的斗争虽然并不高尚,但也是无可奈何的。

戴维斯是令人厌恶的,他懒惰,不愿工作,爱发火,还有偏见,歧视有色人种。他撒谎,喜欢自我吹嘘,并恩将仇报,企图赶走阿斯顿,甚至不惜诉诸暴力。用米克的话说,他不是别的,"不过是一头没有进化的野兽!"文明的人类并不那么高尚、伟大、纯洁,而是充满邪恶的,戴维斯是人类的典型,人性的象征。作品表明,对人类安宁造成威胁的东西其实并不神秘,它就是人性中的黑暗部分。但戴维斯又是令人同情的,他年老力衰,受人欺凌,无家可归,到处流浪,没有工作,仰人鼻息;他亦没有尊严,总是低三下四地求助于他人。他甚至没有身份,连真实的姓名也不能用,从物质财产到社会地位,从个人能力到精神品质,他都一无所有。从这个意义上说,他也是人类的象征。房间是人的物质与社会存在的保障,是人的舒适与宁静生活的象征,而戴维斯为得到一个房间付出了努力却最终失败了。

在《地下室》(1966)与《昔日时光》(1971)这两部作品中,入侵的主题仍然是支配性的,不过,暴力这一因素已由性的因素所取代。

在《地下室》中,司脱特带着女友简来找洛,洛热情地让他们住进了自己的屋子,司脱特与简反客为主,像在自己家中一样上床做爱。随着时间的推移,三者之间的关系逐渐变化,洛逐渐取代了司脱特,而简把自己的爱转向了洛。同时,司脱特逐渐成为屋子的主人,最后,洛带着简来到了屋前,现在这里已经是司脱特的家,司脱特热情地欢迎洛与简。人物转换后又开始了戏剧开头的故事。

在《昔日时光》中,具有三角关系的成员变成了两女一男。安娜来到迪雷与凯特这对夫妻家中,她是凯特从前的女友,安娜回忆起过去自己与凯特同住一室时度过的美好时光,迪雷则针锋相对地谈起了她和凯特认识的过程。结果,安娜与迪雷各自企图通过与凯特建立更密切的关系来取得支配权的斗争都失败了,凯特则利用他们二人想要争取自己的有利地位,最终成为三者关系中的主宰者。

在《地下室》里,司脱特与洛互换了角色,似乎是洛通过让出房间而得到了女人,司脱特则以女人为代价得到了房间。作品在财产与爱情之间建立起矛盾,暗示着二者不可兼得的思想;不过,将《地下室》与品特以前的作品联系起来看,应该把它理解为入侵这一主题的发展。司脱特把女人带进洛的家中,洛为他们的性爱所引诱,最后放弃了自己的屋子,在这里,性代替了品特以前作品中的暴力,从而成为一种威胁,最后破坏了主人公的安宁,而司脱特与洛在最后互换了角色,暗示着人的处境的永恒不变,获得安宁的司脱特又面临着洛曾经面临的威胁,洛带着女人来了,性的威胁再次来临。

品特是一位喜爱反复使用某种意象的剧作家,其最主要的意象就是"房间",它代表着社会的单元、人类的庇护。他的作品分析了可能破坏"房间"的种种因素,特别是暴力和性的作用,并对这几乎是西方社会中人的最后阵地的逐渐陷落发出感叹。

新小说派是20世纪50至60年代流行于法国的一种现代派文学,是小说领域的一种极端探索。20世纪40年代末,娜塔莉·萨洛特(1902—1999)、克洛德·西蒙(1913—2005)开始运用新的手法创作小说,但是没有产生反响;50年代后,阿兰·罗伯-格里耶(1922—2008)的《橡皮》《窥视者》,米歇尔·布托尔(1926—2016)的《变》,先后创作发表,逐渐引起了社会上的注意。在1971年巴黎召开的一次会议上,这些作家被定名为"新小说派"。同意站在这面旗帜下的共有7人,他们是阿兰·罗伯-格里耶、米歇尔·布托尔、克洛德·西蒙、克洛德·奥利埃、罗贝尔·潘热、让·里卡尔杜和娜塔莉·萨洛特。还有一些公认的新小说派作家,如玛格丽特·杜拉斯和萨缪尔·贝克特,因为没有参加这个会议,所以没有被列入新小说派名单,但是,他们都应属于这个流派。70年代以后,新小说派已经衰落,但是克洛德·西蒙于1985年获得了诺贝尔文学奖,又一次确认了新小说派的地位。

罗伯-格里耶是新小说派最重要的理论家和作家。他在《新小说》一文中提出,新小说不是一种理论,而是一种探索,是为了在新的时代里继续小说创新,它要追求的是完全的主观性,它不遵循时间空间顺序也不关心人物身份,它不提出什么现成的意义,它本身就是意义。其作品《橡皮》叙述了密探瓦拉斯奉命侦察经济学家杜邦被杀一案,经过一系列扑朔迷离的过程,瓦拉斯竟然在不知情的情况下,将并未死去的杜邦击毙。全书模仿侦探小说,但是并不真正描写探案过程,而是精密细致地反映瓦拉斯的浅层感觉,特别是他对于自己始终在玩弄的橡皮的感觉。《窥视者》表现马弟雅思对于岛上生活的窥视,于连对于马弟雅思犯罪的窥视,以及岛上人们对于外来人的窥视,重点则是表现马弟雅思的视觉感受。米歇尔·布托尔的《变》讲述某公司经理台尔蒙从巴黎乘火车前往罗马,他一路上考虑着要离开妻子去和情妇生活,但是随着火车越来越离开巴黎接近罗马,他却又逐渐倾向于放弃情妇,继续和妻子生活在一起。小说以第二人称写成,仿佛是作者或者读者在与台尔蒙对话,始终追随着台尔蒙的思绪,以及他的所见所闻。

新小说并无共同宣言和纲领,但"新小说派"的作家们不约而同地放弃传统的现实主义小说形式，进行新的写作尝试。他们在写作中致力于打破故事的线性情节和时间顺序，力求淡化人物的心理感觉，与巴尔扎克、司汤达等传统小说大师的创作途径相背离，强调小说是文字与形式的探索冒险。新小说尽量对所有细节进行无差别叙述，不夹杂任何主观性。新小说关心的是人和人在世界中的处境。在"新小说"作家的眼中，世界本质的真实不在于它自身是什么，也不在于人们从客观世界中获得什么样的思想感情，认为世界的有序性只是一种虚假的编造。"新小说派"作家接受了存在主义关于现实世界是荒诞的这一思想，认为传统的人们认识世界的方式只符合19世纪之前的情况，而不再适用于20世纪的社会实际。从关注人是社会环境产物的处境观发展到人处在与社会环境相互矛盾中的境遇观，是新小说认识世界和反映世界的最根本的变化。

　　黑色幽默是20世纪六七十年代流行于美国的重要文学派别，可以看作是存在主义哲学在美国本土的文学表达。60年代开始，美国经历了古巴导弹危机、肯尼迪总统被刺、越南战争失败、黑人与学生运动等社会动荡，幻灭之感普遍弥漫。1965年3月，美国作家弗里德曼编辑了12位当代美国作家的作品片段文集，取名《黑色幽默》，这一流派因此得名。黑色幽默吸收了存在主义文学有关世界荒诞和人生孤独的主题，并在创作中融入欧美传统文化中的幽默感，特别是马克·吐温式的幽默讽刺，用喜剧性的文学风格传递作者对于社会人生的悲剧性看法，在绝望的笑声中缓解胸中深沉的恼怒与悲痛。一般认为黑色幽默作家主要包括库尔特·冯尼古特（1922—2007）、约瑟夫·海勒（1923—1999）、约翰·巴思（1930—　）、托马斯·品钦（1937—　）等人。他们的作品是悲剧性与喜剧性的奇妙混合，在保持这两种风格各自特点的基础上，创造了一种新的风格。

　　海勒的《第二十二条军规》是黑色幽默的代表作品，故事以二战为背景。一支美国空军部队驻扎在地中海的一个小岛上，不断奉命出击轰炸德军。部队里有的军官为了升官晋级把操练变成了地狱，有的军官利用战争大发交战双方之财，而许多飞行员阵亡了，大家都对战争感到厌倦。主人公约塞连看穿了政府所鼓吹的爱国主义谎言，看清了战争带来的对生命财产的破坏和精神道德的堕落，他不敢正面反抗上级，但是想方设法保住自己的性命。第二十二条军规规定，疯子可以不执行飞行任务。但是第二十二条军规又规定，要想停止执行飞行任务，就必须本人写出书面报告。但是如果写出书面报告，那就证明此人不是疯子，因此必须执行飞行任务。没有人看见过第二十二条军规，因为它规定不必拿给人看。第二十二条军规就是这样一个怪圈，把人束缚在看不见的大罗地网中。"第二十二条军规"已经进入美国语言，成为一切蛮不讲理的官僚主义和专制主义的代名词。冯尼古特的《第五号屠场》（1969）是一部反战小说，作品勾勒了人类生存的地球成为"屠宰场"的黑暗图景。小说以回忆录的方式开始，叙述者冯尼古特是二战老兵，被德军俘虏，关押在德累斯顿战俘营,他亲身经历了来自盟军的毁灭性轰炸。但是,现实主义叙事很快被加入科幻小说的成分,讲述虚构人物比利·皮尔格林的时空穿梭故事。1945年,盟军轰炸德累斯顿时,比利从未来穿梭回来,躲在"第五号屠场"地下室,幸免于难。冯尼古特将现实与虚构融为一体,抨击以战争正义为借口的人类屠杀行为。作品对于战争的残酷进行了深刻揭露,故意不谈战争的性质问题,而是站在和平主义立场上,表现了明显的反战情绪。

黑色幽默对于丑恶生活的批判不是通过合乎逻辑的论证,而是把丑恶生活加以夸张变形,将其不合理加以放大,从而使人们得到某种警示。在对丑恶生活进行讽刺的同时,作家又加入某种喜剧成分,一方面表达了对于这种生活的轻蔑,另一方面表现了对于这种生活的无奈。这种新的风格给予人们新的美学感受,这是美国文学对现代主义文学做出的独特贡献。

后现代主义文学

后现代主义是当代西方最重要的思想文化运动之一。其中后结构主义是后现代主义理论的核心基础,以雅克·德里达的解构思想、米歇尔·福柯的话语理论、利奥塔的元叙事和"宏大叙事"理论、罗兰·巴特的"作者已死"理论为代表。如果说现代主义文学是近代理性主义价值体系受到普遍怀疑之下的新尝试,后现代主义文学则放弃了现代主义的终极价值追求,不再对重大的社会、政治、经济、道德、伦理、美学等诸种问题进行严肃而认真的探究,不再试图赋予世界以意义。学界对于后现代主义文学与现代主义文学之间的关系看法并不一致,一种观点认为并不存在后现代主义文学,它只是现代主义的"极端发展"。[①] 很多后现代小说家也拒绝自己身上的"后现代主义"标签,认为自己是"晚期现代主义作家"。[②] 另一种观点则认为后现代主义文学是对现代主义文学的取代。后现代主义极力反对现代主义关于深度的"神话",拒绝孤独感、焦灼感之类的意识,将其消解或平面化。后现代主义文学抹平了历史、深度、主题、情感和距离,着力于碎片堆积和平面化展示。

美国于20世纪60年代开始兴起后现代主义文学,它是西方社会进入后工业化时代的产物。冷战期间,东西方两大阵营战略上的对峙和竞争对美国的社会变迁和文化建设产生了深远影响。麦卡锡主义引发的文化清剿运动一度令美国社会上下人人自危,许多人在这场运动中选择沉默,社会上的享乐主义开始盛行。20世纪60年代,当美国社会进入"后工业时代"之后,首先遭遇的是民权运动和越南

---

① Frank Kermode. *Continuities*. London: Routledge. 1968, p. 23.
② Eberhard Alsen. *Romantic Postmodernism in American Fiction*. Amsterdam: Atlanta GA. 1996, p. 11.

战争。60年代各类社会运动引起人们思想激荡,一种强烈的怀疑主义甚至是虚无主义心态占据了人们思考的中心。①

美国的后现代小说以约翰·巴思、唐纳德·巴塞尔姆(1931—1989)、托马斯·品钦、库尔特·冯尼古特等人的实验小说为代表。实验小说构建的是独立于客观真实的"语言现实",它"不要求读者去破译文本的代码,而是参与语言游戏",小说文本不再有意义指涉,呈现为平面无深度状态。②

巴塞尔姆的长篇小说《白雪公主》(1967)是对家喻户晓的同名格林童话的戏仿。作家用戏仿、支离破碎的语言、淡化情节、拼贴等手法,表现在空虚无聊、浑浑噩噩并充满失败、琐碎和恐怖的现实生活中人的卑琐的生存状态和精神流浪。巴塞尔姆笔下的白雪公主与七个侏儒男人生活在一起,她厌倦了"当家庭主妇"的日子,希望她的王子来拯救她。当她的王子保罗出现之后,白雪公主才发现他只是一只纯粹的青蛙,"我生活在一个错误的时代。……这个世界本身也出了毛病,因为它提供不出一位王子"③。在语言与形式的实验方面最为成功的作家当属托马斯·品钦。他运用混乱而不相关的事物、不知所终的故事情节和语言上的重复、不关联等手法,说明科技进步造成的信息过剩正在对现代生活形成威胁。品钦的长篇小说《第四十九批的拍卖》(1966)、《万有引力之虹》(1973)充满了不确定性、混乱和无序。《万有引力之虹》借鉴了科幻小说的手法,情节设置在二战期间,内容涉及现代自然科学与人文科学。小说讲述了德国的Ⅴ-2火箭不断袭击伦敦,人们发现火箭落点都是某位美国情报军官的性活动地点。情欲与死亡联系在一起,人类的生命能量的狂热释放,加速了人类走向死亡,这就是所谓"热寂说"。作家通过没有结局的结尾展示他对世界的认识:世界在他心目中不是理智的、有秩序的而是混乱的,所以问题不应该得到解决。④

与美国的实验小说形成呼应的是60年代英国现实主义小说一统天下的格局也发生了变化,作家们开始致力于小说技巧的革新,或多或少地都带有实验性特征。约翰·福尔斯(1926—2005)、多丽丝·莱辛(1919—2013)、艾丽丝·默多克(1919—1999)等人积极响应小说的实验性革新。他们广泛运用戏仿、拼贴、开放性结局、文体杂糅等后现代技巧,但是小说呈现出的效果不同于同时代美国作家的无序、混乱,更多是延续现代主义创作思想,对人类生存进行存在主义探索。《法国中尉的女人》(1969)是福尔斯最能体现技巧革新的小说,他为女主人公萨拉提供了三

---

① 江宁康:《美国当代文化阐释:全球视野中的美国社会与文化变迁》,辽宁教育出版社,2005年版,第15页。
② 刘海平、王守仁:《新编美国文学史》,上海外语教育出版社,2002年版,第4页。
③ 唐纳德·巴塞尔姆:《白雪公主》,周荣胜、王柏华译,哈尔滨出版社,1994年版,第118页。
④ 吴元迈:《20世纪外国文学史》(第五卷),译林出版社,2004年版,第35页。

种不同结局,以此来解释自己对生活的看法:"真实生活本身充满了各种解释,有不同的发展趋势。生活并不是从一开始便固定了的故事,它不像铁道那样只能有一个固定的旅程。"①这部小说的元小说叙事特征非常明显,作者时而扮演叙述者的角色,将自己认同于作品中的一员,时而又跳出作品,以作者的身份将读者从虚构的迷境中拽出。这种打破真实与虚构的做法是后现代文学常用的技法。

现实主义文学

二战期间法西斯对主权国家的肆意侵略,希特勒对犹太民族的大规模屠杀,以及二战后的"冷战"对峙等诸多事件,大大改变了西方世界知识分子的思想观念、价值取向、思维模式和历史意识。他们开始反思二三十年代现代主义赖以生存的非理性主义思潮与20世纪的各种暴行、无序和异化的关系,发出恢复人道主义、道德主义的呼声。伴随社会道德意识恢复的是文学创作精神的现实主义回归。

在美国,随着二战的结束,文学创作出现了首次的现实主义回归,战争小说、犹太小说、南方小说、黑人小说以及"垮掉派文学"是美国四五十年代现实主义文学创作的主要表现。60年代起,受到各类激进思想的影响,实验小说在美国盛行一时。一些小说家不再关心现实,转而关注小说在形式和技巧上的实验,然而20世纪70年代之后,随着美国社会进入相对平稳期,欧美思想界和文化界相继告别"解构",恢复理性思维和历史意识,美国的实验主义也开始退潮,文学创作的主潮再一次向现实主义转向,并且这一创作态势持续至今。应该看到,二战后美国现实主义文学思潮的复兴不是对19世纪批判现实主义的简单重复,而是在继承传统现实主义基础上的一次超越。首先,受新历史主义文学批评、新新闻主义文学创作以及后现代文学思潮等多方面的影响,二战后的现实主义作家偏好将现实与虚构糅为一体的创作方法,将历史事件和历史人物注入虚构文本之中,以此模糊虚构和真实的界限,打破历史与文学对立的传统批评和创作观念。以E. L. 多克特罗的《拉格泰姆时代》为例,小说沿用了传统现实主义的写实手法,赋予小说中的人物和环境以时代气息,以三个虚构的普通家庭为历史缩影,再现了20世纪初期美国社会的历史变迁。与此同时,作家在创作中引入历史真实人物,如脱身术大师哈里·胡尼克、银行家皮尔庞特·摩根、汽车发明人亨利·福特、心理学家弗洛伊德、无政府主义者埃玛·戈德曼等历史上真实的公众人物。这些人物充当的不是简单背景,他们与虚构的富裕白人、哈莱姆区的黑人以及犹太移民三个不同家庭发生交集,参与到故事发展进程中。小说既有历史重现又有虚构描写,真实与虚构交织,作者借此来

---

① 约翰·福尔斯:《法国中尉的女人》前言,刘宪之、蔺延梓译,百花文艺出版社,1996年版。

表达对历史建构性和虚构真实性等问题的思考。

其次,20世纪的美国现实主义在继承传统道德关怀的基础上将现代主义和后现代主义的各种表现手法糅入现实观照中,意识流、表现主义、存在主义、黑色幽默、元小说等现代主义和后现代主义的特质在美国当代现实主义作品中均有呈现。约翰·厄普代克(1932—2009)被视为二战后美国小说家中最富有现实主义特色的作家,他擅长描写白人中产阶级生活,被称为社会历史变化的准确记录者。创作于60年代的《马人》(1963)体现了厄普代克对实验手法的借鉴。在《马人》中,厄普代克采用了现实与神话的对照结构,将希腊神话中的喀戎故事与奥林格镇公立中学教师乔治·卡德威尔的故事交叉并置,喀戎与卡德威尔的命运穿越时空的隔阂,有机地对接起来,以远古形象对照现实人物,让小说具有了普遍的寓意:苦难永远伴随着人类,而面对苦难的方式将决定人类能否从苦难中得到解脱。此外,作品的多重视角叙述方式将父亲卡德威尔的形象多角度地并置呈现在画布上,最终构成一幅抽象的表现主义画作,赋予小说以绘画艺术的美学效果。

再次,20世纪的现实主义文学创作普遍转向对内省的注重,它由19世纪对社会的批判转向对自我深层意识的探讨。美国当代作家对现实的理解显然不再囿于传统的外部现实,他们更多地转向人物的内心世界,探讨人物的心理现实,把人物的无意识世界看作是真实世界的一部分,强调主体对世界的体验和发现。美国女作家乔伊斯·卡罗尔·欧茨(1938—)是公认的心理现实主义作家,其小说创作的一个明显特征是具有大量的心理描写。欧茨的小说《他们》以温德尔一家的生活经历反映美国下层人民的命运,作者运用了意识流的手法,通过刻画人物的心灵感受,塑造人物的形象。索尔·贝娄(1915—2005)的《晃来晃去的人》也是一部注重心理表现的作品,主人公约瑟夫通过日记进行内心的自我分析,日记记录了随着他所熟悉的世界的土崩瓦解,其逃避现实和内心世界分裂的过程。

J. D. 塞林格(1919—2010)的《麦田里的守望者》(1951)是一部典型的二战后美国现实主义小说。作品刻画了被社会忽略者的精神内核,突出现代人个人性的重要价值。小说写出了一种与污浊不堪的成人世界相对抗的美丽的孩童世界,主人公霍尔顿对妹妹的热爱和对死去的弟弟的追念都表现了他对儿童世界的纯洁美好的向往,他在妹妹的学校忙着擦去写在墙上的脏字,正是表现了他对孩童世界的维护。尤其是他美好的理想"做一个麦田里的守望者",正体现了对一切稚纯、永恒、美好天性的守望。

拉尔夫·埃里森(1914—1994)是一位作品风格独特的黑人作家,他的代表作《看不见的人》(1952)被誉为"美国黑人生活的史诗"[①]。"我们读《看不见的人》时,

---

① 罗伯特·欧·麦利编:《〈看不见的人〉新论》,剑桥大学出版社,1988年版,第3页。

最感到满足的是它使我们仿佛完全置身于美国黑人的实际经验之中。"[1]同时,它又超越了黑人题材的限制,对群体社会中个人的自由和个人对民主的道德责任十分关注,正如作品结尾时的反问:"谁能说我不是替你说话,尽管我用的调门比较低?"[2]《看不见的人》讲述的是一个不谙世故、有理想主义倾向的黑人学生,在美国社会的生活经历使他感到,在白人主宰的社会中,黑人被忽视,没有任何地位。对于他的遭遇,白人社会视而不见,仿佛看不见他作为一个人的存在,他感到自己是个看不见的人。"看不见的人"这个名字一语道破美国黑人的生存境遇。《看不见的人》在美国文坛引起一场激烈论争,赞扬者从作品的主题、写作技巧、对西方文艺思想的继承和发扬等方面分析,称它标志着黑人作家以成熟的姿态走上美国文坛;但也有一些黑人知识分子认为小说没有对种族歧视与压迫的激烈抗议,缺乏黑人作家应有的种族使命感。

诺曼·梅勒(1923—2007)是美国当代著名作家,是最多产、体裁最多样的犹太裔作家。1948年梅勒出版了成名作和代表作《裸者与死者》,这部小说使其一夜成名。这部小说讲述驻守在太平洋某岛屿上的一支美军侦察小队的故事。作品基调是自然主义风格,即个人与无法理解、无法战胜的力量在对垒。此外,梅勒写了大量的"非小说""新新闻小说",比如《夜幕下的大军》(1968)就是梅勒根据1967年10月21日为了反越战而向五角大楼进军示威的亲身经历而写成;《刽子手之歌》(1979)是根据杀人犯加里·吉尔摩的真实事迹而写。这两部作品的真实性和艺术性都有比较好的结合,均获得了普利策奖。

欧洲的现实主义文学精神在20世纪50年代之后,由19世纪对社会的批判转向对自我深层意识的探讨,体现了对伦理道德的沉思。英国作家乔治·奥威尔(1903—1950)在二战后首先发出回归真实的呼唤,他在战后创作的具有深远影响的政治小说,如《动物庄园》(1945)、《1984》(1949)等,反映了作家对社会问题的揭露和思考。奥威尔在作品中传递出一种对人类未来普遍、深刻的悲观情绪,这种情绪在后来的三十年里一直是西方文学最显著的特征。到了50年代,"愤怒的青年"紧步奥威尔之后,延续了英国的现实主义文学创作精神。"愤怒的青年"是一批具有反抗精神的小说家,他们对现代主义的晦涩朦胧极为反感,主张文学作品应该清晰易懂。金斯利·艾米斯(1922—1995)是"愤怒的青年"中的杰出代表。在异化感日趋严重的时代,20世纪的欧洲现实主义文学力图展示人类共通的命运,挖掘人类共同的本质。F. R. 利维斯在《伟大的传统》一书中指出贯穿英国小说传统的主线是社会和道德的现实主义,文学是一种不可替代的道德思考形式。英国作家格雷厄姆·格林(1904—1991)和威廉·戈尔丁(1911—1993)在某种意义上传承了英

---

[1] 拉尔夫·埃里森:《看不见的人》(英文版)前言,外语教学与研究出版社,2000年版。
[2] 拉尔夫·埃里森:《看不见的人》,任绍曾、张德中等译,外国文学出版社,1984年版,第592页。

国小说的这种传统风格。作为一个天主教徒,格林十分关注善与恶的问题,但他没有将自己的创作拘囿于宗教题材,机械地进行天主教教义的阐释,相反,格林对当代的政治和社会问题非常关注,因此,他的作品与生活贴得很近,作品取材多来自国际政治热点和大事件。例如,《沉静的美国人》(1955)以越南抗法斗争为题材,《病毒发尽的病例》(1961)的背景是刚果原始森林,《荣誉领事》(1973)描写的是南非的政治绑架案件。威廉·戈尔丁的小说多聚焦于文明面纱掩盖下的人性邪恶,旨在揭示现代人类凶恶的本质,流露出与奥威尔一脉相承的悲观主义色彩。1983年,戈尔丁因"以现实主义的直观手法,叙述了一个当代普遍存在的荒诞神话,以阐明人类生活的本质"[①]而获得诺贝尔文学奖。

英国的现实主义文学创作中,女性作家是中坚力量。多丽丝·莱辛(1919—2013)是20世纪英国众多女作家中的佼佼者,由于深受19世纪现实主义的影响,她作品包含了表现种族关系、分析当时政治问题和剖析人物心理的内容。《金色笔记》是莱辛最著名的一部作品,小说对妇女生存和两性问题做了深层次的剖析和探讨,揭示现代社会中知识妇女的尴尬处境。新一代英国女作家的杰出代表是 A. S. 拜厄特(1936—)和玛格丽特·德拉布尔(1939—)姐妹。小说《占有》(1990)是拜厄特迄今为止最为成功的作品,获1990年英国布克奖。《占有》以现实主义手法讲述了19世纪维多利亚时代和20世纪英国伦敦两个时空内的两段爱情故事:一段是19世纪维多利亚时代的诗人艾什和兰蒙特,另一段是虚构人物20世纪80年代的罗兰和莫德博士。历史上和虚构中的两段恋情相互交织,写实与虚幻相辅相成,维多利亚时代的诗歌和后工业社会中现代人的颓废彼此映照,引发了世人对现代文明内核进行深层次的思考。小说题为"占有",意在指明人们容易被某种欲望所驱使,总想在这个世上占有些什么,他们因此而走向歧途,做出一些蠢事和错事。

玛格丽特·德拉布尔是拜厄特的妹妹,F. R. 利维斯的学生。德拉布尔深受利维斯的影响,主张作家应该通过文学干预生活,履行社会责任,声称自己属于简·奥斯丁、乔治·艾略特以降的英国小说的伟大传统。德拉布尔既努力发扬现实主义的长处,但又不恪守陈旧的传统手法,将平实明晰的叙事与复杂的构思、开放的结局融为一体,令作品读起来清晰明了,又不乏新颖妙趣。德拉布尔后期的创作超越了狭窄的个人生活经验,对当今西方社会的政治、经济及文化诸方面进行了全面的观照和剖析,准确地再现了当代英国社会的时弊和现代人的苦难,其作品风格被戴维·洛奇(1935—)戏称为"后现实主义"。

意大利新现实主义作家把抵抗运动的激情和理想注入了文学。他们以反法西

[①] 建钢、宋喜等编译:《诺贝尔文学奖颁奖获奖演说全集》,中国广播电视出版社,1993年版,第691—698页。

斯斗争、"南方问题"或战后初期劳动群众日常的生活为题材，予以真切的描写，力求使文学作品成为记述历史的真实和战后严峻现实的艺术文献。意大利新现实主义继承了真实主义的文学传统，为意大利文学开辟了新的蹊径。意大利当代最著名的作家当推阿尔贝托·莫拉维亚(1907—1990)。莫拉维亚在60年代之后的作品集中描写异化主题，表现物质享受没能给人们带来精神上的愉悦，这是发达资本主义社会不可两全的悖论。其《愁闷》(1960)展现了战后意大利创造经济奇迹期间，知识分子与新的社会现实之间的冲突以及由此导致的精神危机。

奥地利女作家埃尔弗丽德·耶利内克(1946—　)是德语文学界最重要的作家之一，也是一位非常有争议的作家。耶利内克的创作类型非常广泛，包括诗歌、小说、散文、戏剧、广播剧、电影剧本等多种体裁。70年代，她出版了长篇小说《我们是诱鸟，宝贝！》(1970)、《米夏埃尔》(1972)、《逐爱的女人》(1975)。1983年她出版了带有自传色彩的长篇小说《女钢琴教师》，后被拍成电影。长篇小说《情欲》(1989)揭露和抨击了男权社会对女性施行的性暴力。耶利内克在接受采访时说，她写这部作品"主要是想让性的隐私性浮出水面……在生活中，在职场中，性只是权力关系的映像"。90年代以来，耶利内克的创作重点转向戏剧，德国的著名导演几乎都曾排演过她的作品。耶利内克获得过许多文学奖项，如海因里希·伯尔奖(1986)、彼得·魏斯奖(1994)、柏林戏剧奖(2002)、拉斯克—许勒剧作奖(2003)和德语文学的最高荣誉奖项——毕希纳奖(1998)，2004年获得诺贝尔文学奖。

20世纪下半叶捷克最著名的作家是米兰·昆德拉(1929—　)。他以一系列风格独特的小说，表现了捷克人民在丧失生存自由、丧失国家主权之后的极度悲哀与痛苦。昆德拉生于捷克斯洛伐克的布尔诺，他的主要作品有长篇小说《玩笑》(1967)、《生活在别处》(1973)、《笑忘录》(1976)、《为了告别的聚会》(1980)、《生命中不能承受之轻》(1984)、《不朽》(1990)、《身份》(1998)等。《生命中不能承受之轻》是昆德拉最有影响的一部小说。作品以1968年捷克爆发的"布拉格之春"事件为历史背景，讲述了外科医生托马斯的生活经历。小说通过主人公托马斯的经历，他在生命之"重"与"轻"的反复交换中体悟到的人生困惑，探讨了人类生存的意义问题。托马斯一直徘徊在自由与束缚、灵与肉的两难中。他原本认为，神圣之"爱"是重负，令人压抑，为了保持自由、避免陷入"非如此不可"的境地，他选择以生命中"轻"的方式生存。他热衷于简单、轻松的性爱关系，在这种肉体关系中，没有伦理、道德和责任的负担。但是，当他遇到特丽莎，与她相爱并一起生活后，托马斯对生命的存在做出重新反思。特丽莎对爱的"忠诚"令他感到"重负"，可是当特丽莎离开后，托马斯却感到这种轻飘飘的生活令人难以忍受。事实上，人的生命存在无法脱离轻与重，无论是世俗责任、神圣使命、美好希望，还是空虚无聊、逃避现实，都出现于生命存在的诸多瞬间,只要有所选择就必然遭遇轻与重的难题,或者说"轻"与"重"本身就构成了人类存在的基本处境。这部小说凝聚了昆德拉对人类生存境遇中的各种形态和现象的思考,作家以一系列具有二元对立色彩的编码和关键词予以涵盖,譬如:轻与重、肉体与灵魂、忠诚与背叛、黑暗与光明、软弱与力量、反抗与妥协、媚俗与脱俗等。

昆德拉的小说中拥有哲理、政治、色情与幽默讽刺等多重色彩。他擅长以一种看似轻松、随意的风格来表达深沉、严肃的内容,对人生的境遇,乃至对人的存在本身进行探究,透露出浓郁的悲剧气氛;从艺术上看,昆德拉的小说长于将幽默作为表现荒诞的一种形式,以反讽作为解剖人生的有力武器,他的作品常常出现引人发笑的描写。他也常常在松散的情节中广征博引,透过生活细节表达他对人生哲理的独特思考。他的小说曾在20世纪90年代初引起了世界范围内的普遍关注,当时的文坛出现了被称为"昆德拉现象"的热潮。

魔幻现实主义文学是20世纪50年代前后在拉丁美洲兴盛起来的一种文学流派。魔幻现实主义将"魔幻"与"现实"这组具有悖论特质的概念完美、神奇地融为一体,具有现实与超现实的双重视角。魔幻现实主义以理性社会为基础,但同时也视超自然现象为正常,任何有悖于经验主义的事物,如宗教信仰、迷信、神话、传说、巫术等在魔幻现实主义中都是社会的正常构成。以魔幻的手法捕捉现实是魔幻现实主义不同于传统现实主义的表现社会的方法。魔幻现实主义不同于单纯的幻想,它根植于现实的世界,是对现实世界中的人类和社会的真实描写,读者能够通过幻象感受到本质意义上的真实。事实上,魔幻现实主义中的超自然成分,在拉丁美洲土著印第安人的观念中是完全真实的,在印第安人的传统观念中,生与死、梦幻与现实之间没有明确的界限。因此,许多评论家将魔幻现实主义描述为"结合了欧洲理性文明和美洲非理性原始文化的新大陆"对现实的一种观照方式。

在拉丁美洲文学界,第一个使用"魔幻现实主义"术语的是委内瑞拉著名作家阿图罗·乌斯拉尔·彼特里(1906—2001),他在《委内瑞拉的文学与人》(1948)一文中说,"在故事情节中一直占主导地位并给人以深刻印象的东西,就是人们对现实生活中的神秘的看法。对现实抑或是富有诗意的猜测,抑或是富有诗意的否定,在没有找到更确切的表达之前,姑且可称之为魔幻现实主义"[1]。此后,古巴作家阿莱霍·卡彭铁尔(1904—1980)又从小说创作的角度,进一步对魔幻现实主义做了理论阐述,他认为魔幻现实主义是用丰富的想象和艺术夸张的手法,对现实生活进行"特殊表现",从而把现实变成一种"神奇现实"。

作为一种表现手法,魔幻现实主义最终在拉美文坛爆发,与20世纪拉美民族

---

[1] 乌斯拉尔·彼特里:《委内瑞拉的文学与人》,墨西哥:FCE,1948年版,第11页。

意识高涨、拉美大陆诡谲的自然地貌、神秘的民族文化传统以及复杂的种族构成都有着密切联系。此外，西方现代主义文学众多流派对拉美魔幻现实主义的影响颇深。当代拉美的不少杰出作家都有旅居欧洲的经历，20世纪上半叶的表现主义、象征主义、意识流、超现实主义等现代主义文学流派都成为拉美作家借鉴的对象，其中超现实主义对拉美魔幻现实主义作家的创作影响最大。20世纪20年代，超现实主义曾经风靡一时，卡彭铁尔、米格尔·安赫尔·阿斯图里亚斯（1899—1974）等作家远涉重洋受其熏陶，在后来的创作中，他们吸收超现实主义描写潜意识活动，特别注重表现梦境、幻觉、儿童和精神病人心理活动的创作特点，并结合拉丁美洲土著印第安人和非洲黑人亦梦亦觉、人神相通、生死轮回等认识世界的方法，创建了小说中独特的魔幻世界。《总统先生》《玉米人》《这个世界的王国》《光明世纪》等优秀的文学作品都是两位作家借鉴超现实主义理论，并使之与创作实践相结合的丰硕成果。一般认为，委内瑞拉的乌斯拉尔·彼特里、危地马拉的阿斯图里亚斯、古巴的卡彭铁尔、墨西哥的胡安·鲁尔福（1918—1986）、哥伦比亚的加西亚·马尔克斯（1927—2014）等，这些作家对于魔幻现实主义文学的发展做出了巨大的贡献。其中加西亚·马尔克斯的《百年孤独》（1967）是拉美魔幻现实主义的集大成之作，1982年加西亚·马尔克斯荣获诺贝尔文学奖。

在过去的几十年中，魔幻现实主义作为一种创作手法在世界文坛广为传播，为许多作家接受和借鉴。无论是在拉美大陆还是在北美洲抑或是大洋洲等地，种族和文化的多元性是滋生魔幻现实主义的前提，后殖民主义情结也是魔幻现实主义的催生剂，魔幻现实主义成为这些国家摆脱欧洲大陆影响，建立独立的民族文化和文学的有效手段之一。魔幻现实主义不仅是一种文学创作手法，同时也成为很多民族表达独立民族文化诉求的重要途径。

50年代初苏联社会政治生活的变动，使20世纪俄罗斯文学进入了一个新阶段。文学中的现实主义、人道主义传统得以回归。然而，现实主义已不再是作家们的唯一选择。由50年代初到80年代中期，俄罗斯国内文学总的发展趋势是多元化，各种思潮、流派和风格的作家作品争妍斗艳，并存发展。从70年代初开始逐渐形成的侨民文学的"第三浪潮"，也取得了令人瞩目的成就。80年代中期以后，随着苏联社会政治—经济改革的实行，文学也发生了全方位的变化。多年来被禁止、被搁置的作品破土而出，几代侨民作家的作品纷纷第一次同本民族的广大读者见面。对20世纪的历史生活进行反思成为文学的一大热点。新出现的"另一种文学"呈现出现代主义或后现代主义特征，而一些反顾历史、逼视现实的作品，则仍然显露出现实主义的锋芒。1991年苏联解体后，俄罗斯国内文学和侨民文学之间的界限被最终打破，两大文学板块的区分不复存在。一些老作家依旧没有放弃对历史的思考和对现实的关注，其作品仍洋溢着批判的激情。前一时期出现的"另一种文学",进一步演化为后现代主义思潮。宗教对文学的广泛渗透,成为引人注目的文化现象。通俗文学作品则以其量的优势存在,拥有人数可观的读者群。这种驳杂的文坛格局,或许正是俄罗斯文学从20世纪向21世纪过渡时期所必然出现的特点。

第二章　英国文学

第一节　概　述

　　1945年,第二次世界大战以盟军的胜利宣告结束,为战争付出沉重代价的英国人民终于迎来了和平。战后的英国举步维艰、困难重重,经济实力的下滑和战争造成的破坏给帝国蒙上了灰色的阴影,社会矛盾尖锐和民众的不满情绪迫使政府做出改革。1945年7月,在二战结束的当年,带领英国人民抵抗法西斯侵略、获得巨大声望的丘吉尔败选,工党在大选中胜出。为尽快恢复经济、改善民生,工党政府上台后采取一系列大刀阔斧的改革,推行基础设施、煤矿、铁路、电力等企业国有化,推进国民公费医疗改革,建立失业与养老保险体系,完善社会保障,普及教育,等等。这些政治经济举措使英国经济复苏,民众收入水平提高,"福利国家"俨然已经实现。进入60年代后,受到殖民地解放运动及美苏冷战的冲击,英国国内政治局势转入保守和紧张,核武器及生化武器的发展引起民众的不安,摇滚乐和嬉皮士运动在青年人中风行,表达了他们反对战争、反对核竞赛,追求自由与和平的立场。总体来说,战后英国社会经历了巨大变化和动荡,新形势下社会生活与精神面貌的改观对文化和艺术产生一定影响,引起作家们的注意,文学也做出自觉回应。

　　20世纪上半期,受现代主义风潮的影响,英国文学中出现了诸多杰出的现代主义诗人、小说家和理论家,进入50年代后,英国文学在风格和追求上却显露出对现代主义潮流的反拨,这尤其表现在小说领域中现实主义风格的复归,出现了一批"新现实主义"作家,他们有C. P. 斯诺(1905—1980)、安东尼·鲍威尔(1905—2000)、艾夫林·沃、威廉·戈尔丁、"愤怒的青年"、玛格丽特·德拉布尔、多丽丝·莱辛等。"新现实主义"小说家关注社会现实问题,致力于揭示各种社会弊病,探索并挖掘人性和经验的深度,以写实主义精神表达人道主义情怀。

　　艾夫林·沃(1903—1966)的创作风格轻松、优雅,继承了英国文学的讽刺传统,是20世纪英国杰出的讽刺作家。他的第一部小说《衰落与瓦解》(1928)以犀利的笔调,将现代生活中的荒诞可笑与悲哀痛切糅合在一起,揭示了衰微和沉沦的时代特征。之后发表的《罪恶的躯体》(1930)、《一捧尘土》(1934)等六部作品,使艾夫林·沃成为英国当代文坛最重要的讽刺小说家之一。1932年艾夫林·沃发表的《恶作剧》和1938年发表的《独家新闻:一本关于新闻记者的小说》都是以非洲为背景的小说,作品反映了非洲殖民地人民和欧洲殖民者之间的冲突,流露出作者的一些种族偏见。

艾夫林·沃创作的第二个阶段是二战后的20年。军队生活的经历使他创作了许多与战争有关的作品。同时战争的亲身体验也使他作品的思想更加严肃深沉,作品的规模更加宏伟博大。他将自己一贯的讽刺技巧和现实主义手法结合起来处理历史、社会和宗教等重大问题。战争三部曲"荣誉之剑"(1965)是他第二阶段创作的最重要的作品。"荣誉之剑"描述了一位天主教徒在二战中的经历,包括《军旅生涯》(1952)、《军官与绅士》(1955)和《无条件投降》(1961)。作品主人公盖伊是个古老的天主教家族的最后一代。故事开始的时候他正处于感情和精神上的低潮。他抱着堂吉诃德式的豪情从意大利返回英国投入战争,但在军队里,由于他虔诚的信仰,坚持做一名绅士,却不断地被妻子、同事和上级利用、欺骗,甚至是抛弃。最终,他意识到他的从军所追求的荣誉只不过是一种虚无缥缈的东西。三部曲结构庞大、情节复杂,每部都有滑稽的反英雄角色来仿效、嘲弄英雄气概,每部都以高潮突降的手法处理结尾,烘托人物信仰的动摇和理想的丧失。

到了50年代,英国文坛上又有一批青年作家崛起,他们在二战后动荡不安的社会背景下,以"愤怒"和"不满"作为文学创作的共同主题,表达了对社会普遍的愤懑情绪以及对命运无能为力的失落感,并擅长塑造具有"愤怒"气质的反英雄形象。这批青年作家群体被称为"愤怒的青年"。其命名来自于作家莱利·艾伦·保罗的同名自传体小说《愤怒的青年》(1951)。"愤怒的青年"作家们在大战之后普遍感到理想与社会现实的格格不入,对现实感到失望,对未来缺乏希望。在愤怒心情的驱使下,他们用笔向社会进行抗议。1956年,约翰·奥斯本(1929—1994)的名剧《愤怒的回顾》(1956)在伦敦首演,取得巨大成功。剧本通过主人公吉米的形象,表达了50年代青年人迷惘而又激越的情绪,成为"50年代愤怒的一代的戏剧性宣泄"。"愤怒的青年"代表作家还有金斯利·艾米斯、约翰·布莱恩(1922—1986)等人。他们笔下的主人公都是一些愤世嫉俗、反对传统道德观念、追求个性自由的"反英雄"形象。60年代后期,这批作家群体因内部分化而解体。

金斯利·艾米斯(1922—1995)是"愤怒的青年"作家群中的一员。他的第一部小说《幸运的吉姆》(1954)被很多评论家视为最具有50年代特色的作品。《幸运的吉姆》是一部喜剧式的作品,生动地反映了二战后普通英国人的不满情绪,尤其表达了年轻一代对文化传统的幻灭之感,用神来之笔成功地为英国高等学府勾勒了一幅讽刺画。主人公吉姆是外省某大学历史系的贫穷讲师,他对文化和社会中的虚伪造作十分反感,但为了生计却不得不时时逢迎。他低微的出身使他不得不在学院里那些傲慢的资深人士尤其是威尔奇教授面前忍气吞声。后来,他逐步走上了反抗的道路,以牺牲自己的清高与个性为代价,摆脱了清寒的教师生涯,在庸俗的世界里觅得了一个舒适的角落。吉姆满腹牢骚、郁郁寡欢、玩世不恭的性格,使其成为"愤怒的青年"作家群笔下的典型形象。这部作品涉及了广泛的社会问题,如阶级对立、精英与大众的矛盾等,意蕴十分丰富。艾米斯的其他重要作品还有《拿不准的感觉》(1955)、《我喜欢这里》(1958)等。在这些作品中,他仍用喜剧性的笔调,塑造了"愤怒的青年"的形象,表现自己的一贯主题。

从艺术上看,"愤怒的青年"作家群继承和发扬了英国文学的写实传统,并出色地运用讽刺艺术,入木三分地揭露了社会环境的可笑、人物命运的可悲、生活的庸俗和人们前途的黯淡,其作品一般具有活泼生动、嬉笑怒骂的语言风格。

第二次世界大战结束后,英国虽然取得了胜利,但国力大损,经济发展遭到巨大的破坏,帝国往昔的强盛成为记忆。战争中暴露出来的人性问题、战后艰苦的生活促使人们的道德反省。其中,威廉·戈尔丁创作了一系列"寓言小说",以现实主义的叙述方式来探讨人性的善恶问题。

威廉·戈尔丁(1911—1993)是1983年度诺贝尔文学奖获得者。1954年,戈尔丁发表了他的第一部小说《蝇王》,一举奠定了他在英国当代文坛的地位。《蝇王》将故事背景置于一场未来的原子战争中,构想了一个在远离人类文明的背景下关于人性的黑色寓言。在该作品中,作者将一架被炮火击中的飞机上的一群孩子放逐到一个荒凉的孤岛上。这群从四五岁到十二三岁大小不等的儿童起初想模仿文明社会,建立起一个有秩序的民主社会,但在远离文明的险恶环境中,孩子们心中潜伏的黑暗与丑陋被释放出来。他们表现出暴力的倾向,自相残杀,葬送了一次次获救的机会,最终在火并中使小岛成为一片火海。关于这部小说的题旨,戈尔丁本人说道:"该书旨在表明社会的弊病可以直接归因于人性的缺陷。"作品展示给读者的是,人在失去一切约束之后,所表现出来的兽性因素具有多么大的破坏力量。人性黑暗导致了成人世界的野蛮、兽性与战争,而这些又构成了成人世界文明的一部分。即便在较少受到文明污染的儿童身上,天性中的邪恶在特殊背景下依然会流露出来,并表现出令人触目惊心的破坏力。从这个意义上说,儿童们在岛上建立秩序而这一秩序又最终崩溃的历史,几乎可以被当作一卷悲观的人类文明史来解读。戈尔丁通过这一现代寓言,深刻地抨击了导致种种暴力与邪恶的现代文明。但他抽掉社会历史条件,将人性的恶上升到一种本体论的高度,将世界的恶揭示为人性恶的基本观点,却又体现出明显的悲观主义色彩。

戈尔丁的第二部小说是《继承者》(1955)。作品描写在一个远离现代文明的孤岛上,居住着智商不高、思维能力低下的低等原始人尼安德特人。他们性格温柔、笃信宗教,过着简单而幸福的生活。但不久,现代人的祖先——智人出现了。他们已掌握了较为先进的原始技术。虽然智人比尼安德特人智商高,但他们邪恶奸诈、嗜杀成性。为了争夺生存空间,两个部落的人展开了斗争,但尼安德特人根本不是智人的对手,不久被迫离开了小岛。《继承者》以寓言的形式揭示了人类文明和进步的历史不过是一部血腥史。读者从这部作品中可以感受到作者对世界大战成因的反思。1956年,戈尔丁发表了他的第三部小说《品彻·马丁》,也是描写人性恶的。

60年代后,戈尔丁还创作了《塔尖》(1964)、《金字塔》(1967)和《黑暗昭昭》(1979)等作品,但这些作品水平都没能超越他早期的作品。戈尔丁在二次大战中的亲身体验促使他在创作中探求人性恶的原因,并以之为其作品的主题,反映出作家强烈的社会责任感和道德感。

"校园小说"也是二战后在英国文坛出现的一种类型化小说,这类作品多描写大学校园中知识分子的生活经历,是"通常具有喜剧性和讽刺性的小说,其场景设定在封闭的大学校园(或类似的学术场所),并突出学界生活的昏昧"。① 写作这类小说的杰出代表有马尔科姆·布雷德伯里(1932—2000)和戴维·洛奇。

戴维·洛奇(1935—)属于学院派小说家,他自60年代起就在英国大学里担任教职,从事英语文学的教学和研究工作,同时也进行小说创作,出版了十余部长篇小说。戴维·洛奇的主要代表作是被称为"校园三部曲"的《换位》(1975)、《小世界》(1984)和《好工作》(1988),这三部小说都是以大学校园为背景,描写知识分子的生活世相和精神百态。《换位》讲述了来自英国和美国的两个大学教授,因为工作原因交换了教职,到对方所在的学校做访问学者,环境的变化给他们的事业、心理和感情生活带来不同的结果,引人深思。《小世界》通过大学青年教师珀斯的情感纠葛,讽刺学术界小圈子中的追名逐利,弄虚作假。《好工作》描写了年轻女教师罗宾和工厂厂长维克从有矛盾冲突到相知相恋的过程,从大学校园"象牙塔"的小世界辐射到了校园外广阔的社会生活。"校园三部曲"将现实主义写实与现代主义、后现代主义技巧相融合,赋予作品以幽默犀利、诙谐讽刺的喜剧色彩,流露出对知识分子灰色生活的无奈和嘲弄。

现实主义写实风格一度成为二战后英国小说家青睐的风格,但是经历现代主义冲刷后遗留下的文学遗产,同时期后现代主义风潮在美、法诸国的风行,无不对英国文学界产生震动。戴维·洛奇说,在50年代,对现实主义在美学与认识论上的怀疑主义正在激烈地影响着现实主义小说家们,他们不再继续坚定前进,而是开始徘徊在小说的十字路口,开始思考面前的那两条分叉路:一条通向非虚构小说,

---

① 刘文荣:《当代英国小说史》,文汇出版社,2010年版,第312页。

一条通向罗伯特·斯科尔斯所宣称的"寓言式想象虚构"(Fabulation)[①]。戴维·洛奇所说的这两条路前者指写实主义,后者指"先锋派"。

60年代后,以B.S.约翰逊和克丽斯廷·布鲁克-罗斯为代表的"先锋派"(Avant-garde)小说家以叛逆者的姿态在文坛出现。这些作家认为,19世纪现实主义传统是一种死去的信仰,"小说的形式已经走到了尽头、精疲力竭了"[②]。因此,他们在小说形式上追求标新立异,进行文体游戏、语言游戏等创新,彻底抛弃情节和故事,内容难懂,更多的是一种姿态彰显。先锋派小说引起一时轰动,持续的时间和生命力却很短暂,不过先锋派作家的反传统实验精神,打破小说僵化的创作方式的观念却在当时影响深远。一些"新现实主义"作家和实验小说家在创作中吸收先锋派的一些艺术技巧,追求小说形式和叙述技巧的革新,他们在形式实验的同时又承续了传统小说的讲故事方式,影响力更深远,深受文学界和大众读者的好评。可见,小说形式的实验、创新与文学传统之间并非截然对立。

安东尼·伯吉斯(1917—1993)是英国当代著名小说家和评论家,他最具知名度的小说是《发条橙》(1962)。小说《发条橙》讲述了一个恶行累累的少年犯接受"改造"后成为"守法公民"的故事。主人公亚历克斯是一个少年犯罪团伙的头目,他打架斗殴、寻衅滋事、杀人抢劫、无恶不作。被警方抓捕入狱后,亚历克斯接受了特殊的精神治疗,使他日后一旦想作恶就会产生剧烈的厌恶感。出狱后,亚历克斯成了一个循规蹈矩,打不还手、骂不还口,对社会"无害"的良民。小说中所描写的亚历克斯入狱前后的经历令人震惊,无论是他入狱前无底线的作恶,还是他出狱后机械的麻木和顺从,都反映了这个人物身上道德的缺失和人性的泯灭。安东尼·伯吉斯在小说中说,"彻底善与彻底恶一样没有人性,重要的是道德选择权"。[③] 所谓"发条橙"指的正是没有自由意志,听凭社会或他人来摆弄的一种"自动玩具"人格,终将会走向自我毁灭。《发条橙》整体上采用了现实主义叙述方式,但是在局部上体现了实验色彩,这主要反映在小说的语言上。伯吉斯特别发明了一种名为"纳查奇"(nadsat)的俄式英语作为团伙成员的黑话,以凸显少年犯罪团伙的破坏性与罪恶。

约翰·福尔斯(1926—2005)是20世纪下半叶英国实验小说家中的佼佼者,他的作品吸收了后现代主义的诸多艺术技巧,但保留了写实主义的叙述方式和讲故事的传统,故事情节带有悬念色彩和趣味性,可读性强,具有雅俗共赏的特点。福

[①] David Lodge. "The Novelist at the Crossroads". *The Novel Today*. Malcolm Bradbury, ed. Manchester: Manchester University Press, 1977, pp. 100—102.

[②] B. S. Johnson. "Aren't you Rather Young to be Writing Your Memoirs?" *The Novel Today*. Malcolm Bradbury, ed. Manchester: Manchester University Press, 1977, p. 153.

[③] 安东尼·伯吉斯:《发条橙》引言,王之光译,译林出版社,2016年版,第5页。

尔斯的代表作是出版于60年代的三部长篇小说:《收藏家》(1963)、《魔术师》(1966)和《法国中尉的女人》(1969)。

《法国中尉的女人》是福尔斯最著名的一部长篇小说,艺术成就极高。故事背景是1867年的英国,男主人公查尔斯·史密森出身贵族,是一位富有的继承人,他陪同未婚妻欧内丝蒂娜来海滨小镇莱姆·雷吉斯家做客。在海边寻找化石标本时,查尔斯认识了被当地人称为"法国中尉的女人"的萨拉。偶然的相遇激发了两人情感的火花,查尔斯被萨拉身上的神秘色彩和特立独行的气质所吸引,坠入了情网。然而,就在查尔斯决意与未婚妻解除婚约、承受舆论羞辱谴责的时候,萨拉却不告而别、消失无踪。小说中的萨拉是维多利亚时代的叛逆者,一个特立独行、追求自由生活的新女性。她虽然生活在保守的维多利亚时代,身上却洋溢着新时代女性的自主精神。她蔑视维多利亚陈规与道德伪善,追求自由与独立,甚至不惜伪造经历,扮演了一个被社会所抛弃的"堕落"女人。萨拉的性格深深吸引了查尔斯,并促使他反思本阶级道德观念对人的压迫。

这部小说艺术特色鲜明。首先,从故事内容和形式上看,福尔斯在作品中对维多利亚小说进行了全方位模仿,小说的景观描写、全知全能视角的使用,语言对话、人物塑造,详尽的历史资料和数据,场景细节等,处处有着维多利亚时代的影子。然而,福尔斯并非是要写"历史小说",或向维多利亚小说"致意",他是以戏仿维多利亚的时代风貌和小说特征,达到对维多利亚时代道德观念的嘲讽和解构,其艺术技巧中包含了强烈的实验主义因素。比如,他时常在描写中插入20世纪的文明景观或现代物品,以叙述者身份告诉读者小说情节和人物的虚构性,破除故事"幻觉",提示读者以当代眼光重审维多利亚时代价值和道德风尚中的虚伪性。

其次,小说结尾的开放性是另一创新之处。福尔斯为小说设置了三种不同结局,以供读者选择。第一种结局是查尔斯找到了萨拉,有情人终成眷属。第二种结局是萨拉再也没有出现,查尔斯和欧内丝蒂娜结婚。第三种是当查尔斯找到萨拉后,萨拉却拒绝同他结婚。开放式小说结局的设置反映了福尔斯的小说观,即放弃传统小说全知叙述者对作品和读者的控制权,让读者凭个人阅读经验和理解参与小说中人物的命运。总之,这部小说以高超精妙的叙述技巧将传统小说的故事形式和后现代主义的艺术风格糅合在一起,充分传达出福尔斯的思想观念和艺术追求。

在相当长的一段时期内,或者说在20世纪之前的英国文坛,文学的话语权主要为白人男性作家掌握,女性作家相对边缘化的地位是女性在社会生活中长久以来的亚文化处境的一种折射。二战后,随着女权运动的深入发展,女性社会地位、政治经济权利和受教育程度得到改善与提高,而女性主义思潮的传播也催化了女性意识的觉醒,振奋了女性探索世界和人性、表现自我的信心。50年代后,英国文坛活跃着一批杰出的女性作家,其中有多丽丝·莱辛、艾丽丝·默多克、缪里尔·斯帕克、玛格丽特·德拉布尔、A. S. 拜厄特和安吉拉·卡特等。女作家们频频斩获各类文学大奖,为当代英国文学的繁荣做出了重要贡献。本章将在后文对英国当代女作家进行专门介绍。

在经济全球化和倡导文化多元主义的今天,英国文学的格局也悄然发生了变化,越发呈现出兼收并蓄的多样化发展,除了有朱利安·巴恩斯(1946—)、伊恩·麦克尤恩(1948—)、马丁·艾米斯(1949—)等文坛后起之秀,女性作家群体成为创作主潮中的一支,移民文学、少数族裔作家和后殖民小说也异军突起,成为当代英国文学的新生力量。

V. S. 奈保尔(1932—2018)出生于特立尼达的一个印度裔家庭,18 岁时获得全额奖学金进入牛津大学求学,以优异的成绩毕业后在英国定居。奈保尔从 50 年代就开始小说创作,其文学作品数量庞大、内容丰富,多取材于前殖民地国家与地区的社会景观,以写实笔法表现这些国家在后殖民时代动荡、暴力、混乱的社会状态,以及现代人孤独、疏离和无处归依的生存状态。

奈保尔早期的小说多描写家乡特立尼达印度裔移民的生活,譬如处女作《通灵的按摩师》(1957)和获得毛姆奖的《米格尔大街》(1959)。1961 年出版的长篇小说《毕司沃斯先生的房子》被视为其早期代表作之一。这部作品取材于奈保尔父亲的经历,作者以朴实的笔调描写了生活在特立尼达的印度裔移民毕司沃斯先生为了摆脱寄人篱下的处境、拥有一处属于自己的住房而饱经患难、艰难奋斗的人生经历。作品的语言质朴流畅,风格平实而不乏幽默,再现了特立尼达当地独特的生活风俗与人情世态。

从 60 年代末至 70 年代末,奈保尔的写作视野扩大,目光投向整个"后殖民时代"的世界。《模仿者》(1967)和《河湾》(1979)是这一时期的代表性作品。《河湾》被视为奈保尔的一部杰作。故事发生在非洲某个刚刚独立的国家,主人公萨林姆是印度裔移民,他在河湾镇经营一个小店铺,准备在此经商定居。小镇是当地贸易中心,又恰逢战后重建,经济活动繁荣,萨林姆的生意也很顺利。但是河湾镇却并不太平,随着政治局势紧张,人民没有了自由,生命和财产都没有保障。萨林姆的店铺后来被政府强行"国有化",他也身陷囹圄,后在朋友的帮助下逃离了河湾镇。在这部作品中,奈保尔对"后殖民时代"获得独立与解放的第三世界国家进行了反思和批判。在他看来,独立后的殖民地充斥着权力腐败、独裁统治和各种政治暴力,社会常陷入动荡和无序,处境比以前还要糟糕,究其原因,在于这些国家和地区在漫长的殖民统治岁月中失去了本民族文化的根基,人们在思想上仍处于蒙昧和晦暗中,又遭到经济掠夺和文化侵蚀,他们虽然想建立先进的政治制度,但总是会因权力腐败陷入更糟糕的境地。

1987年奈保尔发表了《抵达之谜》,这部作品为他赢得了2001年度诺贝尔文学奖。《抵达之谜》取材于奈保尔自身经历,颇有自传色彩,但在艺术手法上又抛弃了纪实,带有回忆和沉思的随想录性质,是对个人心路历程的探索。《抵达之谜》从少数族裔移民的视角来看待英国文化,因此瑞典皇家学院称奈保尔"像一位研究丛林深处某个迄今尚未探索的自然部落的人类学家一样探访英国的现实"。

除虚构类小说外,奈保尔文学成就中的另一板块是非虚构类散文。从60年代起,奈保尔就经常去世界各地旅行,包括南美洲、北美洲、非洲、西印度群岛、中东、东南亚和印度等地。旅行扩展了他的见闻,加深了他对世界的理解,他撰写了大量游记、回忆录和政论文集,其中知名度最高的是游记"印度三部曲",包括《幽暗国度》(1964)、《印度:受伤的文明》(1977)和《印度:百万叛变的今天》(1990)。

萨尔曼·拉什迪(1947—)是20世纪80年代成名的印度裔作家,他的成名作是《午夜诞生的孩子》(1981),这部小说在出版当年获得布克奖。1983年,其第三部小说《羞耻》出版后又获得布克奖提名。拉什迪最受争议的小说是《撒旦诗篇》(1988),这部小说因为出现对伊斯兰教不敬的内容,引起了穆斯林世界的抗议,也为他本人带来巨大的麻烦与困扰。

拉什迪的代表作《午夜诞生的孩子》是一部鸿篇巨制,小说共分三个部分,通过主人公的个人经历与家族历史,反映了印度次大陆在独立前后近半个世纪的风雨历程。主人公萨利姆是在印度宣布独立时出生的,这是1947年8月15日的零点,作为小说的叙述人,31岁时的萨利姆在一家酸辣酱工厂里打工,他向女工帕德玛讲述从1917年到1977年间祖辈、父辈及他自己家族三代人的坎坷经历。通过萨利姆的家族史,拉什迪将个人命运与社会历史相融合,展示了从印度到巴基斯坦和孟加拉国的整个印度次大陆从20世纪初期到70年代所经历的一系列重大社会历史事件和国际冲突纷争,涉及政治、民族、宗教、文化等多方面复杂问题,形成一部内容广阔、包罗万象的小说编年史。作品在艺术上融合了印度民间文学、拉美魔幻现实主义和欧洲文学传统,想象奇特,具有浓郁的地域色彩和民族风情,显示出多元文化杂糅的特征。

石黑一雄(1954—)是享誉英国文坛的日裔作家,他与奈保尔、拉什迪一起并称为当代"英国移民文学三杰"。石黑一雄出生于日本长崎,6岁时随家人来英国生活。虽然是具有少数族裔背景的作家,但石黑一雄在创作中却并不愿突出自己的族裔身份,他更愿意以国际化小说家自居。

石黑一雄初涉文坛时创作的小说多以日本题材为主。第一部长篇小说《群山淡景》(1982)讲述了一个移居英国的日本女性悦子,对二战后在长崎生活的一段往事的追怀。小说情节不疾不徐,弥漫着一种感伤凄凉的基调,主人公的记忆在跳跃的片段中闪回,往昔的悲苦与当下的孤独交织重叠,含蓄地表达了作者对日本二战历史的反思。第二部长篇小说《浮世画家》(1986)写一位老艺术家对过往的回忆。主人公大野增次年轻时受军国主义思想蛊惑,认为日本政府发动的侵略战争是"圣战",他用艺术和绘画来宣扬战争荣耀,认为这是爱国主义精神的体现。日本战败后,在战后社会民主化进程中,大野名声败落,遭到众人指责,失去了艺术地位。他幡然悔悟,大梦初醒,认识到自己和整个日本民族的历史错误。

真正为石黑一雄带来巨大声誉的是他的第三部长篇小说《长日留痕》(1989),小说在出版当年即获得布克奖。从这部作品开始,石黑一雄在小说题材上趋向多元,不再局限于日本故事,力求在超越本民族题材的写作中体现国际化写作者的身份。《长日留痕》是一个地道的英国故事。主人公史蒂文斯是一个老派的英国男管家,他在达林顿勋爵的庄园里工作了30年,一直恪尽职守、兢兢业业,忠诚于主人。二战结束,勋爵死去,庄园转卖给了一个美国人。史蒂文斯获得新东家的优待,获得一周假期去探望庄园曾经的女管家肯顿小姐。在驱车前往康沃尔郡的路上,沿途景观和风土人情触发了史蒂文斯对达林顿府往昔生活的回忆。史蒂文斯一直为自己能服务于达林顿勋爵这样的杰出人物而骄傲,然而浮现在琐碎往事中的勋爵却变得面目可疑。他是英国绥靖政策的支持者,协助过德国法西斯分子,被纳粹党徒利用,也利用个人权势和地位干预英国政府的外交政策,但史蒂文斯却一再为勋爵辩护,认为这是其绅士精神使然。与其说史蒂文斯对勋爵"愚忠",不如说他是盲目效忠于保守的英国文化传统。他将绅士做派和服务于贵族文化的职业精神看作最高尊严,可这种所谓的"尊严"却令他情感受到禁锢、内心变得封闭、思维变得狭隘。出于"敬业",父亲临终时他没有陪伴;出于"体面",他放弃了肯顿小姐的爱情。他甚至否定了个人自由思想的权利,宣称平民百姓"绝不可能处于能理解当今世界重大事件的地位,我们的最佳方针永远是信任我们所判断出的明智而又值得崇敬的雇主,而且将我们的全部精力奉献给为他服务之上"[①]。然而,勋爵的死和他的历史性错误使得史蒂文斯的敬业精神和个人牺牲变得毫无价值。通过史蒂文斯这一典型形象,石黑一雄揭示了英国绅士文化的保守、狭隘与虚荣,等级制度对人性的扭曲,以及在某种程度上造就的奴性。《长日留痕》虽然是英国题材小说,却又与石黑一雄的日本题材小说形成共鸣,不同民族文化中滋生的人性"弊病"虽有具体差异,却又有共性。

20世纪末以来,石黑一雄不断有新作推出,其中《无可慰藉》(1995)和《上海孤儿》(2000)体现了他在多国题材小说领域的不断尝试。2005年出版的《别让我走》是石黑一雄首次尝试科幻题材小说。2017年,石黑一雄荣膺诺贝尔文学奖。

---

① 石黑一雄:《长日留痕》,冒国安译,译林出版社,2014年版,第191页。

第二节 多丽丝·莱辛

多丽丝·莱辛(1919—2013)是英国当代著名女作家,2007年度诺贝尔文学奖获得者。莱辛富有文学才华,勤奋而高产,在长达半个多世纪的写作生涯中共出版长篇小说26部、短篇小说10余部,还有散文、自传、诗歌等。她的小说涉及不同的思想命题,涵盖了当代社会生活的各个方面,呈现出多样化的风格,体现出极高的社会敏感度和对人性经验的深刻探索。哈罗德·布鲁姆曾这样评价说:"莱辛是我们时代的一个非常具有代表性的作家。即使她不具有这个时代的风格,也具有一种时代精神。"[①]

多丽丝·莱辛,1919年出生于伊朗,她的父母是地地道道的英国公民。父亲阿尔弗雷德·泰勒曾参加第一次世界大战,母亲是战时医院的护士。一战结束后,莱辛的父亲被银行派驻波斯,夫妇二人在那儿生活数年后,于1925年带着子女前往非洲南罗德西亚(即今天的津巴布韦),以经营农场为生。莱辛的童年是在非洲农场度过的。18岁时,她离家独自到索尔兹伯里生活工作,在那里开始接触马克思主义理论,逐渐成了一名共产主义信仰者。青年时期的莱辛曾有过两段短暂的婚姻。1949年,结束第二段婚姻后,莱辛离开非洲回到英国,成为一名职业作家。50年代时,莱辛参与了英国共产党的一些活动,但在1956年退党。脱离政治生活后的莱辛倾力于小说创作,以表达对社会现实、当代生活和人类命运的关注。

莱辛的成名作是1950年出版的长篇小说《野草在歌唱》,这是她第一部正式发表的作品。小说描写南罗德西亚农场上贫穷的白人妇女的不幸经历,反映了殖民地女性的生存困境和种族歧视制度、殖民主义活动对人性的扭曲。女主人公玛丽·特纳出生于白人家庭,儿时家境贫困、父母不和,玛丽从学校毕业后进入社会,成为职业女性。但由于她30岁还迟迟未婚,引来闲言碎语。迫于社会压力,她未经深思熟虑便仓促与农场主迪克·特纳成婚。迪克不善经营,农场连年歉收,经济拮据,夫妻关系紧张,玛丽对生活感到绝望。迪克雇来黑人摩西料理家务,摩西对玛丽的悉心体贴和照顾打动了玛丽的心。但是,这种感情关系触犯了种族禁忌、不为社会见容,私情被发现后,为阻止丑闻爆发,农场被强行买走,在离开农场的前一晚,玛丽被摩西杀害。

这部作品因对殖民地的种族压迫和经济矛盾进行了大胆揭露而被视为"抗议小说"。揭示种族歧视制度的罪恶性是小说中的一个重要主题,但是,莱辛却将它

---

① Harold Bloom, ed. *Doris Lessing*. New York: Chelsea House Publishers, 1986, p.7.

放在女性生命的悲剧体验这一层次进行表达,透视了妇女精神生活中的迷茫和困顿。女主人公玛丽·特纳在短促的一生中不断遭遇社会冲突和家庭困境,她感到痛苦、矛盾和迷惘,却无法反抗。她愿意做职业女性,保持经济独立、生活自由,可生活方式得不到社会认同,女性的身份和归宿还是被捆绑在家庭上。她迫于舆论压力结婚,可丈夫软弱无能,婚姻生活失败,前途尽失。她试图逃离,职场却已不向已婚妇女开放。她不得已回家,只能在贫穷中苦熬,却成为当地农场主敌视和排斥的异类。从玛丽生活过的城市到偏远乡村,男权社会的"监视"无处不在,她朦胧意识到舆论偏见和性别歧视对女性生活的压迫与不公,却仍然以屈服的姿态迎合社会需要,这造成了她内在人格的分裂。

作品中对玛丽性格分裂的描写尤其体现在她和黑人土著的关系中。她憎恶黑人、恐惧黑人,时常监视、训斥和鞭打黑人,将暴力的皮鞭运用得得心应手,父亲说过的套话,不假思索地就从她嘴里流淌出来。可是暴虐过后,她又深陷恐惧和痛苦。暴力与她从小接受的种族歧视教育相契合,但暴力违背了人性良知。在她和摩西的关系中,种族歧视和人性渴求的矛盾越发撕裂了她的人格。莱辛通过对女性梦境和幻觉等潜意识描写,展现了人物的焦虑。在玛丽的梦中,摩西高大伟岸,温和亲切,像是慈祥的父亲,但又迫使她做出身体接触,散发出猥亵下流的意味。梦境反映了玛丽的内在分裂。她童年父爱缺失,亲生父亲卑贱无能,婚姻中丈夫软弱,因此她渴望可以依赖的男性伴侣。现实中的摩西正是可靠的男性,他体格健壮、亲切自尊、行动果断。但玛丽脑中的种族禁忌却不断警告她和黑人发生关系会产生灾难性的道德恶果,其恶劣程度不亚于父女间的乱伦。对情欲和温暖的渴望使玛丽最终冲破了种族观念的钳制,可悖论是,她已是失智的疯女人,一个失去理智和思维的人又何谈真正的独立与觉醒?所以当私情被发现,遭到呵斥后,玛丽迅速站到了摩西的对立面,她未能挣脱种族歧视的思想束缚,也未能去反抗和反思生活的不公。直到临死前,她依然把不幸归咎于非洲的无情。这部小说既有浓郁的现实主义写实风格,又运用意识流手法对人物心理做出细腻展现,呈现了莱辛早期小说创作的一些基本特征:作者关注社会现实与政治问题,对妇女的生活与处境有敏感体验和深入思考,长于刻画女性的心理世界,对人的非理性精神有极大的兴趣。

从50年代到70年代,莱辛继续创作了一些反映20世纪上半期非洲殖民地生活的小说。这些"非洲小说"以现实主义手法描写殖民地社会的一些特有生活现象和人情世态,有的还有明显的自传色彩,较有代表性的是《暴力的孩子们》"五部曲"(1952—1969),包括《玛莎·奎斯特》(1952)、《良缘》(1954)、《风暴余波》(1958)、《壅域之中》(1965)和《四门城》(1969)。"五部曲"以玛莎·奎斯特的成长经历为主线,展现女主人公寻找人生意义、探寻自我的精神历程,同时,也以编年史的写实笔法再现了20世纪30年代至60年代从非洲殖民地到英国伦敦的社会氛围与时代风气。

《玛莎·奎斯特》讲述了青年玛莎离开农场的家,进入社会后开始独立生活。她在城市中结识了来自社会不同阶层的年轻人,接触到形形色色的思想观念,视野得到开阔,并决心与父辈的旧观念、旧生活决裂。在《良缘》中,玛莎和公务员道格拉斯·诺威尔结婚,但是双方在人格追求、价值观念上缺乏共鸣。玛莎感受到女性在家庭生活、社会生活中遭遇的不平等和习俗偏见,也意识到面对生育、养育和"母性"身份时的矛盾挣扎,她决心不重蹈母亲生活的覆辙,离开丈夫,恢复单身。《风暴余波》写离异后的玛莎参与当地共产党小组和左翼团体的一些政治活动。她是社会主义苏联的支持者,希望马克思主义思想能破除殖民地的陈规陋习,打破种族、阶级的不平等。玛莎认识了来自德国的共产党员、流亡者安东·休斯,为帮助他取得合法身份留在殖民地,她与安东开始了第二段婚姻。《壅域之中》写玛莎政治生活和婚姻生活的幻灭。左派组织内部纷争不断,人们陷入虚无、浮躁和沮丧中。与此同时,玛莎也经历了个人生活的多重危机。她的父亲去世了,第二次婚姻破裂;她与波兰流亡者托马斯相爱,但是短暂的结合与共鸣却不能长久维系,托马斯死于非洲部落。小说结尾,玛莎与安东离婚,她准备离开殖民地前往英国。"五部曲"中的最后一部《四门城》写玛莎回到伦敦后的经历,反映二战后英国经历的各种社会危机和政治冲突,包括物资紧缺、冷战时期的美苏对抗、迫害共产党人、民间的反核武器运动以及嬉皮士文化等。玛莎经历了个人精神危机后,最终从"疯女人"琳达那里获得启示。小说最后的附录部分则带有科幻色彩,时间跳跃到1997年,作家虚构了在第三次世界大战后,地球上的主要国家在核战争后化为废墟,玛莎和一群具有通灵能力的孩子生活在一起,她即将走向生命终点。《四门城》最后部分的科幻想象完全超越了莱辛此前作品的写实主义、历史主义的态度,预示了她70年代小说写作的新方向。

《暴力的孩子们》"五部曲"探讨了家庭、情感、婚姻和政治对女性生活与成长的影响,这一系列小说视野开阔,内容丰富,涉及20世纪中叶前后西方社会各种错综复杂的社会现象与思潮言论。玛莎也不是一个处在与世隔绝环境中的懵懂女性,她积极地跨入时代的洪流中,努力在婚姻爱情和社会活动中探寻自我价值,寻求精神独立。小说在艺术上明显体现出受19世纪现实主义风格的影响,有很强的社会写实色彩和自传性特征,玛莎与父母的冲突、两次失败的婚姻和政治经历,无不是莱辛自身经历的再现。因此,作品也可以看作是莱辛对个人非洲经历的回溯和反思。

莱辛早年创作倾向于现实主义题材,这与她的阅读经验有关。青年时期她大量阅读19世纪现实主义小说,对19世纪俄法作家十分推崇;政治活动经历也令她关注现实,倾向于社会批判与写实。《暴力的孩子们》明显采用的是欧洲传统的"教育小说"形式,但是这种手法没有一直得到贯彻。有评论者认为,原因在于"这个形式并没有达到她所期望的,《暴力的孩子们》前三卷所采用的现实主义小说形式产生了很大约束,不利于对未知的经验世界的表达"①。因此,从创作时间上看,《风暴余波》完成后,"五部曲"被中断了。她开始着手另一部形式上全新的、具有实验色彩的小说写作,这便是1962年出版的《金色笔记》。

《金色笔记》是莱辛最著名的长篇小说,也是英国当代文学中的一部杰作。小说以1957年的伦敦为背景,讲述女作家安娜·伍尔夫离婚后独自抚养女儿的生活。安娜摆脱了婚姻的羁绊,但依然处于情感、身份和写作的焦虑中。她用四本不同颜色的笔记记录了自己在不同时期的生活经历和情感变化。"黑色笔记"记录了安娜对非洲生活的回忆,也包含了她对自己的小说《战争边缘》在当下的阅读审视;"红色笔记"是安娜对政治生活的记录,讲述了她由一个思想坚定的共产党员到最后因失望而退党的过程;"黄色笔记"包含了安娜撰写的一部短篇小说《第三者的影子》,女主人公爱拉的感情经历影射了安娜自己的恋情;"蓝色笔记"是安娜不同心理状态的描述、相应的心理分析和精神治疗的记录。全书一共分为六章,前四章皆由"自由女性"的故事片段和四本"笔记"组成;第五章"金色笔记"是前四本"笔记"在形式上的汇总,同时做出交代,安娜克服了精神危机,准备写作一本名为《自由女性》的小说,主人公也叫安娜。小说最后一章则是"自由女性"的故事结局。

《金色笔记》是一部多线索叙述的小说,具有"故事中套故事"的复杂结构,艺术构思别具匠心,形式剪裁独特,反映了莱辛对当代生活的看法和对小说艺术的思考。作家用四本笔记来分别展现安娜生活的不同侧面,更反映了现实中个人生活的支离破碎。安娜是知识女性,为了追求独立生活,寻求真诚的爱情,希望从压抑的婚姻中逃离,但是这位"自由女性"却处处遭遇生活的瓶颈和挫折,面临巨大的心理危机。她遭遇写作瓶颈,为小说"虚构"和现实"真实"之间的冲突所困扰,感到难以通过小说艺术传递真实。她曾经是马克思主义信徒,但是苏联和英国共产党组织内部的腐败虚伪作风令她心灰意冷、信仰破灭。作为一个母亲,她渴望在责任和自由之间寻求平衡,却总是陷入身份的矛盾中。作为女性,她渴望爱情,寻求和谐的两性关系,却因不断陷入与男性的冲突和纠葛中而感到痛苦。生活中无处不在的矛盾令安娜苦恼,她持续记录笔记,意图在于建立秩序感,以求得对生命和生活的透彻理解。但是,安娜刻意将生活中不同方面的内容分开记录,却在无意中将自我割裂,阻碍了她对生活、爱情、政治和艺术的完整认识。所以,当汤姆翻阅了她的四本"笔记"后,得到的"答案"却是死亡,安娜生活中发生的一切都令人灰心失意、

---

① Margaret Moan Rowe. *Doris Lessing*. Basingstoke. Hampshire:Macmillan Press, 1994, p. 22.

没有意义可言,看不到希望和出路。"笔记"是安娜对混乱无序的现实生活的记录,是为挽救失衡的精神世界而写作的。"笔记"也象征了安娜处在精神崩溃的碎片化感受中,她与自我、身体、他人以及整个社会已经分裂。汤姆的自杀令安娜警醒,她意识到"笔记"是她将生活碎片化、自我进行分裂的征兆,也是生活崩溃的体现。

莱辛说:"在我们这个社会的新纪元,一切都开始崩溃了。自从原子弹在广岛爆炸,它就已开始四分五裂。我们并不知道这就是分水岭。我们没有意识到问题所在是因为原子弹看来只是漫长的致命武器名单上的某一个致命武器而已。在最近我们认识到了事件的恐怖。渐渐地,它开始深入到我们的意识,直到今天,震惊越来越深地刺入我们的意识深处。"①

"分裂"与"整合"是小说《金色笔记》的核心主题。在莱辛和安娜的身上都见证了20世纪上半期西方社会的剧烈震荡,感受到政治危机、种族冲突、两性矛盾和信仰失落、道德失衡对现代人的精神冲击,就像安娜自己所说的,"我感到一切都开始崩溃了"。那么如何超越精神危机?如何克服"崩溃"?如何重新整合自身以抵抗碎片化与异化?在小说中,安娜在一系列梦境中获得启示,认识到完整地看待世人与现实、理解他人,担负责任的重要性。首先,人必须具有勇气与责任感,敢于面对生活中的恶和非理性。生活是美好的,也需要理想,但生活本身也包含了丑恶、不公正和艰难险阻,接受生活就必须将其负面的内容一并承担下来,这样才能保持一种完整的人格。其次,知识分子必须克服消极与挫折,认识到自身的责任,以西绪福斯推巨石上山的勇气做出承担,而不是以虚无主义态度否定一切。最后,是要建立个人与世界和他人的融合,超越单一思维方式的限制。安娜在梦境和冥想中尝试进行思维的整合,她不再回避矛盾与痛苦,尝试理解他人,想象不同族裔的人群、各种思想观念的大融合;她从一粒尘芥、一滴水珠、一片树叶、一个渺小的自我,扩展到街道、城市、国家、大洲、海洋、宇宙的感知,追求个人与集体、自我与宇宙的融合,她超越了消极情绪,克服了自我分裂,跨越了两性阻隔,对生活有了新的理解,重新获得了写作的能力。安娜以冥想获得自我治愈的过程反映了作者所受到的苏非哲学的影响。"苏非主义也要求从自我放逐返回到现实中,因为它既是依赖于现存的文化的,同时它也不主张个体从社会脱离。而是应该处在社会中,同时又能看清其中的意义。"②可见,莱辛认为,自我精神与意识的超验体验并不意味着出离世界,相反,它是为了更好地帮助我们理解与投入这个世界。

---

① Jonah Raskin. "Doris Lessing at Stony Brook: An Interview". *A Small Personal Voice*. Paul Schlueter, ed. New York: Alfred A. Knopf, 1974, p. 65.

② Ann Scott. "The More Recent Writing: Sufism, Mysticism and Politics". *Notebooks, Memoirs, Archives: Reading and Rereading Doris Lessing*. Jenny Taylor, ed. Boston: Routledge & Kegan Paul, 1982, p. 184.

《金色笔记》从女性视角出发对当代知识女性的生活现状做出了真实描写,具有鲜明的女性主义色彩。从标题上看,"自由女性"这个名称本身有一种讽刺意味,女主人公的名字安娜·伍尔夫·弗里曼(Anna Wulf Freeman)和她的职业也影射了英国女作家弗吉尼亚·伍尔夫(Virginia Woolf)。安娜正像伍尔夫在《一间自己的房间》里所呼吁的,是获得了职业、空间和经济独立的新女性,但是,"自由仅仅是一个词语,它的潜在含义总是和现实相抵触的,自由女性的理想就如同一个自由社会一样是一个幻影"①。现代社会表面上给予了妇女自由和平等,但女性的才能和本性、情感和尊严依然遭到男性及社会的粗暴对待,即便女性自身也难以摆脱心理上对男性的依附,做出迎合男性需要的自我塑造,这是潜意识中的独立意志与传统驯顺的女性情感的矛盾。

此外,小说艺术形式上的创新是《金色笔记》的另一个突出特点。首先,在小说的结构布局上,封闭的故事框架与开放性叙述巧妙结合,形成多层次的立体结构。小说中,"自由女性"部分是一篇六万字左右的短篇小故事,可独立成章,采用传统现实主义手法写成。四本"笔记"有各自独立的情节和线索,时空关系不统一,跳跃性强,且穿插了简报、日记、新闻、小说、素材梗概等多种文体。作家有意用一个支离破碎的结构,来反映破碎的生活及人的精神创伤。其次,传统现实主义写实手法与现代主义、后现代主义艺术技巧相结合,呈现出多样化的艺术风格。多重叙述声音的建构、经验视角的切换、文体拼贴、戏仿、元小说、意识流和蒙太奇等艺术手法大量出现,打破传统阅读习惯,使读者在陌生化的阅读过程中,强化对小说主题的理解。再次,小说中大量描写了人物的梦境、幻觉、冥想和病态心理,这些抽象、破碎、流动的意识画面表现出主人公丰富的生命经历以及复杂、沉重、矛盾的心理感受,体现了现代派技巧和非理性哲学的充分融合。

莱辛一直对人的潜意识心理和"艺术家思想中想象性创作与直觉意识之间的关系感兴趣"②,弗洛伊德精神分析学、荣格心理分析学说、R. D. 莱恩的存在论心理学和苏非主义哲学等对她的小说创作产生了明显的影响。比如,对人的梦境的描写、人物的自我精神分析、人格分裂患者形象的刻画,以及通过直觉体验、非理性思维来完成个体精神治愈的描写等。而在这些学说中,后两个流派的代表人物——R. D. 莱恩和伊德里斯·沙赫,和她有着深厚的私人关系,前者是她的好友,后者则是她敬重的导师。

大约60年代前后,莱辛接触了由伊德里斯·沙赫传入西方的苏非主义哲学。

---

① Patricia Meyer Spacks. "Free Women". *Doris Lessing*. Harold Bloom, ed. New York: Chelsea House Publishers, 1986, p. 97.

② Angela Hague. *Fiction, Intuition & Creativity: Studies in Bronte, James, Woolf, and Lessing*. Washington. D. C.: The Catholic University of America Press, 2003, p. 277.

苏非主义哲学推崇神秘经验,强调个人直觉、非理性思维和超越体验对自我发展的影响,这对莱辛六七十年代的一些小说创作产生了启发。在《金色笔记》《四门城》《黑暗来临前的夏天》(1973)和《幸存者回忆录》(1974)中,主人公都经历了人格分裂后的自我发现过程,在梦境、幻觉、冥想等非理性思维中超越了精神崩溃,重新认识了生活,体现了从个体灵魂内部发现通往外在世界、完善自我意志,通过精神幻觉和潜意识心理来重新审视现实社会的构思。

《坠入地狱的经历简述》(1971)明显受到R.D.莱恩著作《经验的策略》(1967)的影响。莱辛刻画了一个男性精神病患者——沃特金斯教授,他患了精神分裂症,在幻想中神游天地人间,进入宇宙,甚至遇到了希腊诸神。神明们将地球称为"恶毒的地狱",婴儿降生于地球就是"堕入地狱"。疯癫的沃特金斯教授得了健忘症,不记得现实中的人和事,只记得虚幻的经历,后来接受电疗,恢复正常。这部小说被莱辛称为"内心空间小说",作家强调了人的非理性体验,沃特金斯教授疯癫、迷幻、失常等各种边缘化的心理体验,表现了人类社会的现实弊端与危机。这个人物的塑造,体现了作家对R.D莱恩的存在论心理学的认同。

1979年至1983年间,莱辛出版了科幻小说《南船星系中的老人星座》"五部曲",包括《关于沦为殖民地的五号行星:什卡斯塔》(1979)、《第三、四、五区间的联姻》(1980)、《天狼星人的实验》(1981)、《八号行星代表的产生》(1982)和《伏令王国中的多愁善感的代表们》(1983)。这套科幻小说富有想象力,作家将人类社会的现实场景搬到了银河系世界,但小说中反映的星际冲突和两性矛盾,不过是对现实世界中殖民主义问题的置换,以及当代社会女性存在困境的再书写,其内容依然来源于现实,只不过套上了科幻题材的外壳。比起直接关注现实生活又富有个人经历色彩的作品,她的科幻小说缺乏艺术感染力,有一种超然物外的隔膜感。

80年代中期之后,莱辛的小说愈发体现出多元化的艺术风格,她不拘泥于既往的成就,尝试各种有新意的题材,擅长发掘与运用非主流的小说体裁,主题意趣更加丰富,并致力于对社会边缘人、少数派的关注。

1985年出版的《好人恐怖分子》被视为莱辛在科幻题材小说后重新回归现实主义的写实风格作品。小说描写了一群反政府的左派激进分子策划暴力革命,发动"恐怖袭击"的故事。作品对这些年轻人身上的理想主义激情、业余的革命手段和幼稚的社会心理进行了微妙讽刺。而在女主人公爱丽丝身上则体现了女性牺牲精神不断遭到"利用"和"榨取"的严酷现实。

《简·萨莫斯的日记》(1984)和《又来了,爱情》(1999)都是以老年女性为主人公,描写了她们的情感生活。《又来了,爱情》讲述了一位67岁的女作家与两位青年男性之间复杂微妙的感情关系,表达了老年人对爱情和正常的两性关系的渴求,反映了老年人在当代社会的处境愈发边缘化,他们的精神需求和情感交流被漠视。

在这部小说中,莱辛将老年女性的情爱心理作为表现对象,唤起人们对老年人精神世界的关注。

1988年莱辛推出的寓言小说《第五个孩子》(1988)和续篇《本,在这世上》(2000)在其晚期创作中艺术特色鲜明,较有代表性。这两部小说的主人公是一个具有"返祖现象"的男孩,他力大无比、性格残暴、充满破坏欲,他的降生给一对安稳老实、渴求家庭温情的中产阶级夫妇带来了巨大的烦恼和不幸。最后,这个被家庭和社会所恐惧与排斥的"怪物",消失在悬崖下。这两部作品更像是寓言,具有"互文"色彩。前者从社会主流群体的视角看待"异类",后者则从一个被排斥的边缘人视角来重新审视中产阶级的生活与价值观,带有反讽意味。小说显示出莱辛的晚期创作不再拘泥于社会生活的历史细节,她对人的存在问题的思考更加趋向形而上的本体论。

进入21世纪后,80多岁高龄的莱辛依然笔耕不辍、勤力写作,不断有新作推出,如现实主义题材的《最甜美的梦》(2001),幻想冒险题材的作品《玛拉与丹恩历险记》(1999)、《丹将军的故事》(2005)。莱辛的最后一部长篇小说《裂缝》(2007)构思奇特,作品借古罗马历史学家和远古女性之口,讲述古代社会生活,重构人类起源的神话。作品中不乏神话原型的使用,并对史前人类生活进行了颠覆性的艺术构想,不过其核心主题依然是对两性关系的探索和女性经验的诉说。

在半个多世纪的写作生涯中,莱辛在小说领域取得了丰硕成果。她的小说题材种类繁多、形式多样化,创作视野开阔,无论是贴近历史细节的社会生活描写、琐碎平凡的家庭生活场景、深入个体灵魂深处的直觉幻想,还是宏大广阔的宇宙空间、神话故事,或荒诞绝妙的象征寓言,都反映出莱辛力图透过文学见证当代社会现实中的一些重要问题,促使人们关注历史和政治、反思现实世界的危机。而在这其中,对女性命运和生活的关注始终是一个重要焦点。莱辛深入女性感受和经验的深处,反映女性自我意识的萌发和冲动、矛盾和痛苦,以女性私人化的个体经验投射西方文明中的委顿和困境,正如2007年诺贝尔文学奖授奖词所说,莱辛"这位女性经验史诗的作者,以怀疑主义、热情和预言力量来审视一个分裂的文明"。

第三节 艾丽丝·默多克

与多丽丝·莱辛同年出生的艾丽丝·默多克(1919—1999)是当代英国另一位高产且享有崇高声誉的女作家,在长达40年的创作生涯中出版过26部小说、6部剧作、一部诗集和5部哲学著作。她曾于1948年至1963年间在牛津大学任哲学讲师,思想上深受柏拉图、萨特、弗洛伊德、尼采、康德和维特根斯坦等的影响,这些在她的小说中均有体现。1953年,默多克出版了哲学著作《萨特,一个浪漫的理性主义者》,这是她在二战之后于比利时结识法国哲学大师萨特之后的思想结晶,其中探讨了萨特作为存在主义哲学与文学代表人物的思想观点。1954年,其小说处女作《在网下》出版,并因其中浓厚的思辨色彩,引发了评论界对其小说与存在主义哲学联系的广泛关注。

此后,默多克每隔一两年即推出一部新作,其中有6部小说获得布克奖提名,并终于以1978年问世的《大海,大海》获此殊荣。此外,她的小说《黑王子》(1973)获得詹姆斯·泰特·布莱克纪念奖,《神圣的和亵渎的爱情机器》(1974)获得惠特·布莱德奖。1994年,默多克不幸罹患阿尔茨海默病,并于1999年去世。文学批评家、牛津大学文学教授、默多克的丈夫约翰·贝利为其写下了《献给艾丽斯的挽歌》,纪念了他们夫妇数十年来相濡以沫的爱情与婚姻。①

西方学界一般将默多克的小说创作分为四个时期:早期主要作品有《在网下》、《逃离巫师》(1956)、《大钟》(1958)、《被砍掉的头》(1961)等,体现出萨特存在主义哲学的鲜明影响,并因富于荒诞意味的喜剧感和独特的象征使用而受到评论界的关注;第二个阶段,作者主要表达对宗教与政治问题的关注,多采用象征与哥特式手法来描写怪异的故事,重要作品有《独角兽》(1963)、《天使的时光》(1966)、《美与善》(1968)等;其黄金创作时期主要对道德问题和人类的生存境遇加以探讨,主要作品有《黑王子》《神圣的和亵渎的爱情机器》和《大海,大海》等;第四个阶段主要是20世纪八九十年代的创作,包括《修女和战士》(1980)、《绿衣骑士》(1993)和《杰克逊的困境》(1995)等。②

由于默多克哲学思想的纷繁复杂以及小说主题的多元性与开放性,她的作品"宽容地接纳了批评界从各个层面、各个角度对它进行的研究和评论,现实主义、存在主义、女权主义、神秘主义、精神分析学说以及新柏拉图主义等文学或哲学思潮、流派都或多或少地可从她的作品中找到相应的位置"③。因其被誉为"作为哲学家的小说家",或者"作为小说家的哲学家",默多克小说中的哲学意蕴始终是学界关注与挖掘的基本主题。马尔科姆·布雷德伯里即认为默多克的小说"在主题上倾向于形而上的思考,技巧上倾向于寓言和象征主义"④。盖·巴克斯指出,"默多克

---

① 该书中文译本以《当贝利遇到艾丽斯》为题,由李永平翻译,于2006年在新星出版社出版。2013年,上海文艺出版社再以《献给艾丽斯的挽歌》为题,出版了该著。

② Robert Welch, ed. *Concise Oxford Companion to Irish Literature*. Oxford: Oxford University Press, 1994.

③ 瞿世镜、任一鸣:《当代英国小说史》,上海译文出版社,2008年版,第110页。

④ Malcolm Bradbury. "The Romantic Miss Murdoch". *Spectato*, Sep. 1965, p. 263.

的小说目标在于缓解她在道德哲学中存在的紧张关系"[1]。彼得·J.康拉迪则认为她的作品"是对人性本身复杂性和多样性的洞察"[2]。

默多克的小说常表现复杂的两性关系和爱情婚姻主题，但她和莱辛一样，同样否认自己是一个女权主义作家，不希望别人把她的作品孤立地放在女性文学的狭窄视野中加以解读，并认为对性别的过分强调有时反而会导致更深的性别压抑。所以，她倾向于以非性别化的视角，以更为广阔的视野来表现当代社会生活，关注社会现象和人们的生存处境。她在接受访谈时说："我认为我想写点从总体来看，并不在意你是男性还是女性的东西，因此你最好是男性，因为男性代表的是普通的人，而不幸的是，女人永远只能是女人。"[3]与此立场相关联，作为女性作家，默多克并不刻意去追求具有女性特点的叙事风格，相反喜欢采用男性视角来作为叙事视角，借此表明自己同样具有出色的驾驭男性叙事视角的能力。她的早期创作尤其喜欢采用第一人称男性视角来叙事。狄波拉·约翰逊由此称她为"一个带着男性面具的女性作家"[4]。但是随着女性主义文学批评的兴起，依然有部分研究者从性别视角分析默多克的小说，并得出了颇有新意的结论。

从艺术上看，默多克并未使自己的小说成为哲学理念的传声筒，而是深受古希腊罗马作家、莎士比亚、狄更斯、托尔斯泰、陀思妥耶夫斯基、贝克特等人的经典作品的影响，既努力坚持现实主义创作传统，又吸纳了现代主义和后现代主义的多元创作技巧，如象征、反讽、元叙事、互文、戏仿等等。她的创作还体现出英国文学中的幽默喜剧传统以及视觉艺术等的明显影响。她认为喜剧性是小说的基本因素，因而善于通过富于戏剧性的情节设置以达到一种荒诞的喜剧效果，表现生命的偶然性。

默多克的早期小说以艺术的形式集中体现了她对萨特存在主义自由观的理解。《在网下》是其第一部带有荒诞色彩的哲理喜剧小说，形象地表现了幻想中的生活与真实生活之间的差距与冲突。小说中的主人公兼第一人称叙述者杰克·唐纳格是一个自我中心主义者，他试图将自己想象的模式强加给生活，却遭遇了一次次挫败。杰克不停地在寻找过去的朋友，试图重建与他们的联系。但当他真的与朋友们见面之后，却总是由于自身的偏执、自私和强加于人，而失去与他们的友谊，并与爱情失之交臂。事实表明，杰克与朋友们之间并不存在真正的理解与友谊，他只是盲目地在自己幻想的世界中寻求着自由，而他的"自由"却总在妨碍着别人的自由。他虽然是故事的叙述者，又始终是各种事件的"局外人"。由此，默多克提倡

---

[1] Guy Backus. *Iris Murdoch*: *The Novelist and Philosopher*, *the Philosopher as Novelist*: *The Unicorn as a Philosophical Novel*. New York: Peter Lang, 1986, p. 15.

[2] Peter. J. Conradi. *Iris Murdoch*: *The Saint and the Artist*. Hampshire: Macmillan, 1986, p. 77.

[3] Deborah Johnson. *Iris Murdoch*. Brighton: The Harvester Press, 1987, p. XII.

[4] Deborah Johnson. *Iris Murdoch*. Brighton: The Harvester Press, 1987, p. 2.

一种具有道德感的自由,强调要由自我中心转向他人的世界。《在网下》所揭示的人与人、人与现实之间的关系,与默多克在创作小说期间曾受到存在主义关于自由选择以及要承担起相应责任的观念有关。作品体现出作家以幻想与现实的矛盾构建小说基本冲突的特点,她作品中的哲学思辨倾向、对道德问题的严肃思考、对爱情伦理的关注以及对理性与情感之间的抉择加以探讨等特点也初现端倪。

《黑王子》是默多克的第十五部长篇小说,也是她最受好评的作品之一。小说由"本书编辑前言"、"布拉德利·皮尔逊前言"、正文、"布拉德利·皮尔逊所作后记"、"书中人物所作后记四篇"和"本书编辑后记"六大部分构成,其中"书中人物所作后记四篇"包含克丽斯蒂安、弗朗西斯、蕾切尔和朱莉安所作的四篇后记。其中,"本书编辑前言"以第一人称"我"的口吻,展开本书编辑 P. 罗克西尔斯的一段交代成书背景及其与作者关系的文字,同时也点出了小说的主旨:"不管从其深层含义还是从其表面形式来看,它写的都是关于爱的故事。人类进行创造性的奋斗、他们对智慧和真理的追求,就是一个爱的故事。"[①]"布拉德利·皮尔逊前言"则不仅交代了小说正文所运用的时间处理方式,更简略说明了这部具有自传性质的作品中主人公的家世背景、职业身份、个性爱好及其艺术观念。布拉德利原是一个税务部门的小官员,因为酷爱写作而辞职,打算隐居海边专事创作。但布拉德利虽然已58岁了,在创作上却始终未获得公认的成功,只有为数不多且不为公众所知的少量作品。小说主体分为三部分,形式上是布拉德利临死前在监狱中留下的手稿,讲述了自己的人生经历。故事伊始,"我"收拾好行装,正打算离开伦敦,前往海滨一个偏僻的村子隐居,不想被一个不速之客——"我"痛恨的前妻克丽斯蒂安的弟弟弗朗西斯打乱了计划。就在弗朗西斯无耻地纠缠他、告知姐姐已成为一个有钱的寡妇并准备与他鸳梦重温的消息时,布拉德利接到了来自他的同行兼朋友阿诺尔德·巴芬的电话。阿诺尔德是一位写作速度极快并酷爱挖人隐私的畅销书作家,布拉德利是他的伯乐兼保护人,两人长期以来保持着精神上亦父亦友的关系。阿诺尔德在电话里惊慌失措地告知他妻子蕾切尔可能被自己失手打死了,这个电话彻底改变了布拉德利的生活。他匆匆赶去,由此卷入了巴芬家庭的矛盾纷争,并最终因此丧命。小说从一开局,默多克即暗示了命运的神秘性和人生的偶然性。

在夫妇争吵中,蕾切尔其实并未如阿诺尔德以为的那样死去,相反,复仇的种子已在她心中种下。为了报复丈夫以及摆脱空虚压抑的郊区中产阶级主妇生活,她多次向布拉德利示爱。此时,布拉德利的妹妹普丽西娜也因和丈夫的冲突而离家出走,前来投奔哥哥,并意图自杀。前妻克丽斯蒂安又不断骚扰、纠缠。意志薄

[①] 艾丽丝·默多克:《黑王子》,萧安博、李郊译,译林出版社,2008年版,第1页。

弱的布拉德利疲于应付诸多变故,离开的计划也因一次次意外和自己的懒散而拖延。巴芬夫妇20岁的独女朱莉安向布拉德利请教写作,两人因志同道合而彼此相爱。由于年龄的悬殊,他们的爱情遭到了巴芬夫妇的竭力阻挠和侮辱。朱莉安逃离家庭,和布拉德利驱车来到海边。布拉德利做爱失败,此时又接到弗朗西斯关于普丽西娜服药身亡的噩耗。为了满足情欲并永远占有朱莉安,布拉德利隐瞒了消息,并未应弗朗西斯的请求而及时赶回。朱莉安扮演的莎士比亚的黑王子哈姆莱特的形象激发了布拉德利的欲望,他终于成功地占有了朱莉安。然而半夜时分赶来的阿诺尔德无情地道出了真相,并揭发了布拉德利向朱莉安隐瞒真实年龄的事实。朱莉安痛心、幻灭之下于当夜不辞而别。布拉德利赶回伦敦寻找朱莉安,在从朱莉安的来信中猜到她的去向并再次打算离开伦敦时,来自巴芬家的电话又一次响起。这次是蕾切尔向布拉德利求助,小说开头时的暴力事件再度出现,只不过这一次是蕾切尔用同一把火钳将阿诺尔德打倒在地,并真的置其于死地。布拉德利安抚蕾切尔并竭力帮她制造无罪的假象,却因这一次没有弗朗西斯在场,以及留在暴力现场的指纹而被警方指控为杀人凶手。

因此,这个由第一人称讲述的故事主要由三条线索交织而成。主线为布拉德利与朱莉安的爱情;第二条线索为布拉德利与巴芬夫妇的纠葛;第三条线索为布拉德利与妹妹普丽西娜的关系。其中还交织着布拉德利与前妻克丽斯蒂安、妻弟弗朗西斯、妹夫罗杰等人的矛盾。他的后记则记载了自己在蒙冤入狱后各色人等的反应,以及在患癌症临死前对自身命运的反思,包括对终于能留下一部传世之作的庆幸之情。四篇后记则基本上否认了布拉德利陈述的故事,而且几乎都在赤裸裸地进行自我辩白、自我宣传,用编辑后记中的话来表述,即"不论布拉德利本人会怎么想或怎么做,当他看到这些作者各自心中的小算盘时难保不惊叫起来。每一篇后记都在为自己做广告,其中不乏粗劣之作和雕琢精品。哈特伯恩夫人宣传她的高级女子时装店。马娄'医生'鼓吹他的伪科学、他的'咨询室'和他的著作。巴芬夫人则为她那已广为人知的公众形象——受苦的寡妇脸上贴金,这位夫人说布拉德利入狱之后,她就把他彻底遗忘了,至少这倒是肺腑之言。贝利夫人则宣称她是位作家,稍后我会涉及她那篇精心撰写的短文"[①]。在此,默多克让人们的自我中心主义都现出了原形。

如前所析,默多克早年受到萨特存在主义哲学中自由选择思想的濡染。但作家又在以柏拉图为代表的希腊古典哲学注重"善"的伦理意识的影响下,强调自由与道德之间的联系。她反对以自我为中心、缺乏约束的所谓的自由,相反,她认为人需要从自我的小天地中走出,克制自私的天性,努力认清现实,关爱他人和世界,

---

[①] 艾丽丝·默多克:《黑王子》,萧安博、李郊译,译林出版社,2008年版,第454页。

以突破自身的局限。如切丽尔·K.博夫所言:"对默多克而言,艺术家肩负着正确反映现实——包括自由及其他各种特征——的道德任务。她也对读者寄予很大的信任,鼓励他们在理解艺术和人生的真相时,与利己主义作斗争。"①亦有学者认为:"默多克的哲学研究和小说创作所探讨的问题,用一句话来概括就是:生而自由的人在偶然性的世界中如何现实地存在。她本人所倾向的答案是:道德地。"②所以,道德主题在《黑王子》中表现得十分明显。《黑王子》一开始时,布拉德利是个孤独、封闭,全然以自我为中心的人物,他对阿诺尔德的世俗成功是有所不满与嫉恨的,他痛恨前妻,对妻弟粗暴而冷漠,对因婚姻失败前来寻求庇护与帮助的妹妹也十分不耐烦,认为她影响了自己自由的生活,竭力要把她推回丈夫的怀抱。在默多克的小说中,爱往往具有举足轻重的地位,并在拯救人物的自闭与孤独,使人物认识世界与他人的过程中起到关键的作用。对于身为作家的布拉德利而言,爱还能使其脱胎换骨,消除因不能真正尊重他人、理解世界而遭遇的创作瓶颈,达到真理和善,实现创作出优秀作品的可能,所以他在手稿的后记中写道:"柏拉图认为,人类的爱是通向知识宝库的大门。通过朱莉安开启的这扇门,我进入了另一个世界。"③他意识到:"早些时候,我认为我有能力去爱朱莉安,就有能力写作,有能力作为我毕生追求的那种艺术家而生存。"④由于对朱莉安深挚的爱,布拉德利走出了孤独的个人天地,理解并宽恕了蕾切尔杀夫并嫁祸于自己的行为,忏悔了自己对妹妹的冷酷无情,与前妻取得了和解,意识到自己对所发生的可怕事件负有部分责任,并在新的精神境界下写出了"一个纯粹的爱的故事"⑤,由此,自由、道德、真理、善与爱融为了一体。总之,通过继承古希腊时代以来的哲学与伦理学遗产,默多克抒写了一个又一个"爱的故事",强调人类走出自我、尊重他者、理解世界、表达善意的能力,在当下经济与文化全球化的时代语境下,其作品显示出非同凡响的现实意义。

第四节　玛格丽特·德拉布尔

玛格丽特·德拉布尔(1939——)是当代英国成就卓著的学者型作家。其父母均毕业于剑桥大学,家中藏书丰富,具有浓厚的文化艺术氛围,父亲和几位姑母均

---

① Cheryl K. Bove. *Understanding Iris Murdoch*. Carolina:University of South Carolina Press,1993,p. 17.
② 许健:《存在·自由·道德——英国当代小说家艾丽丝·默多克思想主脉研究》,《中山大学学报》(社会科学版),2011年第3期,第53页。
③ 艾丽丝·默多克:《黑王子》,萧安博、李郊译,译林出版社,2008年版,第427页。
④ 艾丽丝·默多克:《黑王子》,萧安博、李郊译,译林出版社,2008年版,第427页。
⑤ 艾丽丝·默多克:《黑王子》,萧安博、李郊译,译林出版社,2008年版,第429页。

有作品问世。德拉布尔于1939年出生在约克郡的谢菲尔德市,1960年以优异成绩从剑桥大学毕业。在校时,她酷爱戏剧并开始练习写作,毕业后与丈夫克莱夫·斯威夫特一同参加了皇家莎士比亚剧团。但不久即因怀孕无法参加演出,转而从事写作。作为二战之后崛起的一代知识女性中的一员,她于60年代步入文坛,在战后风起云涌的女权主义运动与思潮的滋养下,其作品以表现知识女性在自我实现与家庭幸福间的两难困境而体现出鲜明的时代性。她的作品曾先后荣获约翰·卢埃林·里斯纪念奖、布莱克纪念奖、《约克郡邮报》最佳小说奖、美国文学艺术学院爱德华·摩根·福斯特奖等,并于1980年和2008年分别获得英国女王授予的CBE司令勋章和DBE爵级司令勋章。

德拉布尔还一直在大学教授文学课程,并撰写了大量理论著作、散文随笔和文学评论,主编过华兹华斯、奥斯丁、哈代、伍尔夫等经典大师的文集,并著有《阿诺德·贝内特传》(1974)及研究作家的故乡风物对其创作影响的专著《作家的英国:文学中的景色描写》(1979),主持了《牛津英国文学词典》(1985/2000)的编纂。她还多次受英国文化委员会委派赴海外讲学,1993年曾来中国访问。

作为文坛的常青树,德拉布尔笔耕不辍,以宽阔的艺术视野呈现了半个多世纪以来西方知识女性的奋斗与探索,被《纽约时报书评副刊》誉为"当代英国的编年史家"。1963年,她的处女作《夏日鸟笼》出版,即获得好评。作品表现了和作家一样刚从校门步入社会,怀抱自我实现的美好憧憬的年轻知识女性萨拉·贝内特在职业发展和爱情幸福之间的两难抉择与困境。第二部作品《加里克年》(1964)同样是对女性境遇的观察和探索。女主人公爱玛·伊万斯已进入婚姻并有了孩子。她被迫放弃了心爱的电台新闻播音工作,跟随当演员的丈夫到外地巡回演出,但婚姻并不幸福,于是试图寻找新的情感寄托。女儿险遭溺水的事件激发了她强烈的母性,她奋不顾身救起了女儿,并决心牺牲自己的自由以维护家庭的完整,同时在母爱中寻求生命的寄托。《磨盘》(1965)是德拉布尔早期作品中较为成熟的一部,以一个未婚母亲兼女博士罗莎蒙德·斯塔西的经历探讨了女性职业发展与兼顾母性的可能性。罗莎蒙德正在攻读博士学位,为了保持生活的独立和精神的自由,她刻意保持与异性的距离并排斥性关系。然而,一次偶然的机缘却使罗莎蒙德怀了孕。在怀孕生产以及艰辛地独自抚养女儿的过程中,她的精神境界却获得了升华,在神秘的血缘亲情中获得了崇高感和强烈的精神满足,而这种满足也帮助她克服了种种困难,顺利完成学业并最终获得大学教职。小说对母性与母爱的感人描写,甚至使得伊莱恩·肖瓦尔特把德拉布尔称为"写母性的小说家"[①],认为"对于生物性创造和艺术创造这对女性矛盾,德拉布尔找到了女人的解决方式。怀孕是一种认识方

---

① 伊莱恩·肖瓦尔特:《她们自己的文学 英国女小说家:从勃朗特到莱辛》,韩敏中译,浙江大学出版社,2012年版,第283页。

式,是一个教育过程,不仅帮助罗莎蒙德'全神贯注、思想清晰'地写论文,而且使人类状况的抽象概念对她变得实在而具体"①。这部小说为德拉布尔赢得了里斯纪念奖,并被改编成电影《非常感谢你们》。德拉布尔最早的这几部作品均以女性主人公第一人称的叙事方式展开,融入了作家自身的经历与体验,具有鲜明的自传色彩,显示了年轻知识女性从被迫在事业与情爱之间抉择的两难,到为了家庭的完整而无奈地放弃事业,再到以母爱牺牲情爱、努力追求事业发展与母性职责之间平衡的心路历程。

1967年,《金色的耶路撒冷》出版,讲述了一位富有才华和进取精神、家境贫寒的主人公少女克拉拉·毛姆因无法忍受母亲的冷漠和清教家庭的清规戒律,逃离家乡,来到伦敦寻找心中的圣地——金色的耶路撒冷的故事,既表现了克拉拉母女两代人的发展困境,也探讨了清教道德禁忌与个人情爱、精神成长之间的内在冲突。1969年出版的《瀑布》同样探讨了女性的生存困境。进入70年代,德拉布尔先后创作了《针眼》(1972)和《黄金国度》(又译《金色的世界》,1975),虽然同样围绕知识女性自我实现的主题展开,但与之前作品的不同在于:主人公已届中年,是一位称职的母亲,不仅在专业领域业绩出色,后来还找到了志同道合的终身伴侣。80年代的作品《中年》(1980)同样通过新闻记者凯特的故事,表现了知识妇女睿智与达观地应对人生挑战,摆脱信仰危机的心理过程。这些变化的出现或许既是作家本人第二次婚姻幸福美满的投射,亦与她事业成功和人生体验更为丰富,此时能够更为自信与练达地掌控生活有关。

《冰雪世界》(1977)是德拉布尔小说创作从早期转入中期的标志。该小说突破了"家庭小说"的狭小视野,开始描绘英国社会的广阔现实,将人物的命运与时代紧密结合,表现出强烈的社会批判精神。德拉布尔八九十年代创作的"光辉灿烂"三部曲,即《光辉灿烂的道路》(1987)、《一种自然的好奇心》(1989)和《象牙门》(1991),向读者呈现了一幅撒切尔夫人执政时期的英国社会图景。"她把自己称为'社会历史学家',雄心勃勃地记录了从1950年代到1980年代英国的发展变化,涉及广阔的地域和社会层面,从工业城市约克到首都伦敦,从工人群众到中产阶级上层知识分子……忠实地再现了在福利国家新世界的希望鼓舞之下成长起来的一代女性,她们在严酷的现实生活中所遇到的种种挫折和困惑。"②

新世纪以来,德拉布尔先后创作了《厉娥》(2001)、《七姐妹》(2002)、《红王妃》(2004)、《海夫人》(2006)、《纯洁的金宝宝》(2013)等多部作品,依然主要围绕知识女性的生存困境与解决之道展开小说主题,但在全球化的时代背景下,又体现出寻

---

① 伊莱恩·肖瓦尔特:《她们自己的文学 英国女小说家:从勃朗特到莱辛》,韩敏中译,浙江大学出版社,2012年版,第283页。
② 瞿世镜、任一鸣:《当代英国小说史》,上海译文出版社,2008年版,第180—181页。

求跨文化沟通可能性的鲜明特征。

新世纪之初的长篇小说《七姐妹》从题材选择、主题挖掘以及多元叙述视角三个方面,拓展了女性性别书写的空间。从选材方面来看,作家一方面延续了得心应手的女性题材,另一方面又以其独特性而显示出深挚的人道主义情怀,因对弱势群体的关注而在当代小说创作中独树一帜。

如前所述,德拉布尔笔下的女主人公常常具有鲜明的自我指涉性,即作家往往将自己的人生历练与精神成长赋予她的人物,反过来说,她笔下的人物亦伴随、见证了作家的生命体验,构成年龄逐渐增长而阅历不断丰富的女性形象系列,用她本人的表述来说即是,"作家几乎不可避免地会写一些跟自己年龄段相关的经历,以及当时心中的困扰"[①]。由此,她的"经历"与"困扰",亦是二战期间出生、60年代开始步入成人世界的整整一代知识女性的"经历"与"困扰"。到了《七姐妹》中,作家聚焦于同龄的老年女性的生活境遇与精神挣扎,将这一在文学舞台上备受冷落的群体推至聚光灯下。《七姐妹》中的主人公坎迪达出生于20世纪40年代,由于遭到丈夫的背叛和女儿们的冷落,由庄园与宴会的女主人沦落为伦敦西区一栋高层建筑内的寓居者,有着无用、自卑、被社会所抛弃的强烈羞耻感。在茫茫虚无中,日记写作成为主人公救赎自我、维护尊严、提升生命价值的基本手段。

而在题材的具体处理方面,德拉布尔又由个体人物的描摹扩大为群像的塑造,不仅使表现的社会生活面更为开阔与丰富,也大大深化了主题。作为精通古希腊罗马文学的学者型作家,德拉布尔擅长从古典题材中汲取灵感。《七姐妹》的标题即取自希腊神话中阿特拉斯因反抗宙斯而被罚顶天,其七个女儿升天成为七姐妹星团的典故。作品中,随着情节的渐次展开,读者慢慢认识了"维吉尔旅行团"的七名成员:首先是坎迪达中学时代的闺蜜朱莉娅·乔丹,这位多次离异的情色作家,我行我素、大胆恣肆而又才情过人;其次是坎迪达的邻居、唠叨刻薄的老处女萨莉;高雅睿智的杰罗尔德太太是一位诗人和热爱维吉尔的古典学者,正是她开设的维吉尔班启发了后来的埃涅阿斯之旅;另三位人物则分别是夜班学员、活跃能干的巴克利太太辛西娅,具有异国情调的前电视台职员阿奈和康奈尔大学研究生毕业的司机兼导游瓦莱里娅。伍尔夫曾在《一间自己的房间》中指出:小说史上少有"将两位女性描述为朋友的例子","她们的形象,总是在与男性的关系中得到展现。想想就让人奇怪的是,直到简·奥斯丁时代,此前小说中的所有出色女性,不仅是给另外一性来看,而且完全是从其与另外一性的关系角度来看的"[②]。伍尔夫呼吁女性作家抒写更为真实而丰富的女性生活与女性关系,她自己是这样做的,德拉布尔亦

---

① Peter Firchow, ed. *The Writer's Place: Interviews on the Literary Situation in Contemporary Britain*. Minneapolis: University of Minnesota Press, 1974, p. 12.

② 弗吉尼亚·吴尔夫:《一间自己的房间》,贾辉丰译,人民文学出版社,2003年版,第72页。

继承了这一女性写作传统,别开生面地写出了老年妇女在姐妹情谊的支撑下开拓新生活的勇气。

就主题呈现而言,德拉布尔关注女性生存困境的特征是前后一贯的,但在后期创作中则更为开阔、豁达并显示出乐观色彩。《七姐妹》中,德拉布尔集中探索老年女性摆脱困境、精神升华的途径。虽然和多丽丝·莱辛一样,德拉布尔曾经否认自己的作品属于女权主义写作,然而她在追求全社会的"权利、公正和拯救"的人道主义旗帜下对妇女生存的探索,依然发散出浓烈的女性主义气息。在《七姐妹》中,女性的自我救赎主要通过以下几种途径得以实现:一是打破幽闭状态,通过学习不断获得自我提升。二是以写作摆脱失语与缄默,同时自我反思与理解他人。坎迪达反思了自己的更年期症状、对丈夫的冷落及性冷淡,认识到虽然安德鲁有错,但"并不会为了我的不足去责备安德鲁,我现在不责备他了"①。三是适应环境并关心他人,为了战胜流逝的时间与逼仄的空间,坎迪达加入了健身俱乐部,并如社会工作者一般关怀与帮助病人,由此走出了顾影自怜的怨愤,认识到天下还有那么多比自己更不幸的人。

德拉布尔晚期创作的叙述技巧也在进一步发展。如果说按年代顺序编排而成的线性情节结构,是作家早期创作表现妇女人生经历的基本模式的话,大约从《中年》开始,德拉布尔的小说结构更加灵活多变,既继承了奥斯汀、贝内特等人的现实主义传统,又融入了现代主义乃至后现代主义的元素。在"光辉灿烂"三部曲中,作家已经实验了从不同人物视角频繁转换的叙述形式,努力营造一种令人目眩的艺术效果。到了《七姐妹》中,多元叙述技巧更是有力地服务于性别叙事的主题。

《七姐妹》中,现实主义的线性叙述逻辑更多体现在第二章"意大利之旅"的第三人称叙述中。本章采取全知的多视角叙述,全面呈现七姐妹心理,塑造出个性迥异而又血肉丰满的女性人物群像。而第一章"她的日记"由坎迪达的一篇篇日记组成,前又有第三人称视角的一行行标注,是主人公以第一人称的口吻对自己在圣安妮的中学时代、在萨福克作为中学校长妻子的时代,以及在伦敦西区重建生活的弃妇时代所进行的回忆与记录,在多层次的叙述当中使得当下与过去交织,显示出时空交错的艺术特色。第三章题为"埃伦的说法",是从坎迪达远在芬兰的次女埃伦的视角展开的第一人称叙述。乍一看去,读者会以为这是埃伦在母亲投河猝死后,通过研读母亲留在手提电脑上的日记和意大利游记文字,而对母亲的故事做出的回应与评论。埃伦对母亲叙述的很多细节均提出了质疑,甚至指认母亲有"撒谎"的嫌疑,这在一定程度上起到了对母亲的叙述建立起来的事实的解构作用。更令人费解的是,读者通过第一章与第二章的叙述建立起来的乐观印象与第三章之间

---

① 玛格丽特·德拉布尔:《空床日记》,林之鹤译,南海出版公司,2008年版,第42页。

似乎存有太大的差距,读者会难以理解与想象自意大利返回后重建起生活信念的坎迪达怎么会突然选择了自杀。直到进入第四章"尾声"部分,通过文本细读,读者才恍然大悟,原来之前"埃伦的说法"并非真实,而是主人公模仿女儿的口吻进行的杜撰,是从女儿的立场所虚拟的对自己叙述的回应。读者至此方才明白,坎迪达的换位思考,代表的其实也是一种摆脱隔膜、寻求沟通、恢复亲情与重建母女关系的努力。之前一章中的猝死只是一种虚构,是为模仿女儿的语气想象女儿对自己日记的反应所做的必要准备。而只有存在这一前提,第四章中坎迪达前往芬兰探视女儿的行为才显得更为合理与可信。这样的结构设置不仅易于创造出悬念迭起、柳暗花明的艺术效果,埃伦与母亲之间的呼应似乎也体现出一种复调的意义,德拉布尔由此以一种新的叙述策略重温了她一贯关注的母女关系主题。

从叙述形式上看,第四章采取的是主人公以第一人称自述从意大利返回之后的生活与全知的第三人称客观化视角相交错的处理方式,灵活穿梭于坎迪达的心理世界与客观生活之间,以内外双层视角充分呈现人物获得新生后的喜悦。就在这一部分,读者得知:坎迪达前往芬兰参加了女儿的婚礼,了解了她的生活与工作,收获了友情与倾慕,她又在计划一次新的中东之旅。她满意于自己快要担任外祖母的新角色。由此,作家再度为读者创设了一个充满希望的开放式结尾,以明亮的色调预示了老年女性创建新生活的无限潜能。

德拉布尔2004年推出的《红王妃》,在某种意义上可被视为一部旅行文学文本,只是人物的旅行不仅是地域意义上的跨界旅行,而且真正实现了跨越东西方的文化沟通之旅。由此,作品记录了女性不断发展并日臻成熟的自我意识。

《红王妃》的创作契机是作家本人新千年的首尔之行。第一部"古代"可被解读为主人公红王妃对旅行的渴望。作品以18世纪朝鲜李氏王朝洪夫人的幽灵在二百多年后对自己从一个小王妃到屈辱的寡妇、再到位极尊荣的王太后一生的回忆,讲述了"她的故事"(her story),呈现了古老东方封建宫廷中的森严等级、性别压迫、严酷孝道和变态人性。旅行是王妃的梦想,在凄凉的宫中岁月,她与女伴有过一次次幻想中的旅行。宫女的游戏"荡秋千",为的也是"在高高荡起时能瞅一眼高墙之外的风光"[①]。王妃一生唯一的旅行,是在她作为王太后在60岁生日的庆典上,虽然只不过是"从下宫到首尔以南约莫六十公里的新城华城"[②]的短途旅行,亦只能透过轿帘的缝隙偷偷看一眼,但这在她却"不啻一次胜利之旅"。小说中不断复现幽闭意象,如宫殿、地穴、轿子,以及第二部"现代"中范乔斯特教授演讲中提到的铅匣等等。尤其是王妃的丈夫思悼王子,被专横暴虐的亲生父亲英祖国王残害、最终惊惧窒息而死的米柜,更是成为与自由的旅行、全球化的时代趋势直接对立的

---

① 玛格丽特·德拉布尔:《红王妃》,杨荣鑫译,云南教育出版社,2007年版,第51页。
② 玛格丽特·德拉布尔:《红王妃》,杨荣鑫译,云南教育出版社,2007年版,第114页。

"幽闭恐惧症"的核心意象。

《红王妃》中,如果说第一部"古代"浓缩了历史上女性的幽闭处境,那么第二部"现代"则呈现了当代西方知识女性独立的东方之旅。该部分主要写大学教师芭芭拉·霍利威尔博士参加国际学术会议的首尔之行,以及返回英国后精神的发展。作品从芭芭拉自牛津前往希思罗机场赶飞往韩国的班机写起,主体是由她的视角展开的旅行印象与社交生活,包括她在经历了跨文化碰撞后的兴奋、困惑与震惊,她在会议期间与一位著名的社会学家的爱情(该故事因范乔斯特教授的猝死戛然而止),以及她回伦敦后完成教授遗愿、与教授遗孀共同收养一位中国弃女的故事。虽然芭芭拉有着与古代王妃相似的个人生活遭际,然而,作为当代的知识女性,她有着选择生活、周游世界与拥抱爱情的自由。她在韩裔医生张宇会博士的引导下游览红王妃当年生活的宫殿,参观文庙及其中纪念孔子及门人的仪式,以及和范乔斯特教授在张博士陪同下参观世界文化遗产水原华城的经历,都具有文化交流的性质。而在韩国成长、在欧洲行医的张博士作为跨文化的象征,其全球化研究顶尖人物的身份、所做的中国之旅和以全球化为主题的演说,还有芭芭拉回国后象征性地走过的、呼应了之前在韩国跨越的那座"将思悼的秘密花园、王妃的宫殿与皇陵连在了一起"①的人行天桥的高架桥等诸多细节,均暗示了女作家摒弃地缘、政治、宗教与文化偏见,寻求跨文化的沟通与理解,摆脱人类共同困境的愿望。

2006年8月,德拉布尔在伦敦接受了韩国教授李良玉的采访②。关于《红王妃》的副标题"一部跨文化的悲喜剧"(A Transcultural Tragicomedy),德拉布尔解释说:"我努力暗示的是这部小说是关于不同文化对比以及不同文化之间的误解问题。小说既写到王妃对英国见闻产生困惑的部分,也写到那位英国女主角对在韩国的见闻感到困惑的内容。通过'跨文化悲喜剧',我想要问的是,是不是某个故事或所有的事情都是误解?是不是所有事情都让人困惑?我们是否理解——我们是否曾经正确地彼此理解对方?"③小说"古代"部分中一个耐人寻味的细节即儿子正祖国王送给母亲一个小小的珐琅胸饰作为生日礼物,似乎正是对这些问题的回应:"胸饰上画的是一只西洋人的眼睛,那是一只会说话的女性的眼睛。"④虽然王妃有生之年并未实现通过这只"他者"之眼认知异域文化的梦想,但她冥冥中却寄身于芭芭拉满足了跨界旅行与沟通的愿望。所以德拉布尔在访谈中强调:"我们生活的世界需要我们彼此理解,至少我们要知道为什么不能彼此理解对方。这就要求我

---

① 玛格丽特·德拉布尔:《红王妃》,杨荣鑫译,云南教育出版社,2007年版,第233页。
② 访谈原文发表于《当代文学》(Contemporary Literature)2007年第4期。朱云以《玛格丽特·德拉布尔访谈录》为题译出(舒程校),发表于《当代外国文学》2009年第3期。
③ 李良玉、朱云:《玛格丽特·德拉布尔访谈录》,《当代外国文学》,2009年第3期,第154页。
④ 玛格丽特·德拉布尔:《红王妃》,杨荣鑫译,云南教育出版社,2007年版,第115页。

们跨越文化并且明白文化之间有接触的可能,这就是小说所要表达的内容。"①德拉布尔将作品最后关于第三代女性陈建依的叙述称为"沉思式叙述"②,呼应的正是小说第一部最后王妃幽灵的召唤:"跟我来,我们去一个全球化、多元化的世界,你们会喜欢它的。它,就是未来,是你们的未来。"③陈建依正代表着未来。所以,小说通过跨越时空与文化的奇幻构思,穿越了历史与现实、东方与西方、幽冥与生界,传达了作家打破幽闭、偏见与敌对状态,呼唤人类多元共存、和谐发展的情怀。或许正是从此意义上,托马斯·F. 斯特利写道:"今天女性小说里的'特别的品质'已经不是狭隘的眼光和限制,而是属于全人类的艺术启示和生存经验。"④

　　从艺术上看,德拉布尔不仅深受以勃朗特姐妹为代表的维多利亚女性文学传统的影响,而且还受 20 世纪女作家凯瑟琳·曼斯菲尔德和弗吉尼亚·伍尔夫创作的影响。德拉布尔还专门为 20 世纪初的现实主义小说家阿诺德·贝内特写了长篇传记,显示出对现实主义文学传统的执着与深情。她在 1967 年接受英国广播公司的专访时即已表示:"我宁可待在我所仰慕的、正在消亡的传统之末,也不想站在我所不齿的传统之端。"⑤尽管如此,在现代主义、后现代主义文学与传统现实主义小说影响互渗的时代语境中,她的作品还是体现出与时俱进的新气象与自我超越的活力,以摇曳生姿的叙事艺术探索了女性文学不断自我突破的可能性。

第五节　里斯、拜厄特与卡特

　　20 世纪中后期,西方文学中多有重构经典的文本出现。这些作品往往在原作人物关系与情节框架的基础上大胆发挥,通过叙述视角和言说方式的转换,对旧有故事进行改写。经典重构与后现代主义重估传统价值、消解既定权威的时代潮流之间,隐含着许多微妙的联系。女性主义作为后现代文化思潮中的一个重要分支,以揭露历史传统与现行文化中的父权中心本质和弘扬女性价值为旨归。女性主义者认为历史是一种建构、是"他"所讲述的"故事",体现了权力拥有者的话语暴政。由于深受妇女解放运动和女性主义文化思潮的影响,经典重构在当代英国女性文学中显得尤为突出。如简·里斯(1890—1979)创作了作为《简·爱》前篇的长篇小说《藻海

---

① 李良玉、朱云:《玛格丽特·德拉布尔访谈录》,《当代外国文学》,2009 年第 3 期,第 162 页。
② 李良玉、朱云:《玛格丽特·德拉布尔访谈录》,《当代外国文学》,2009 年第 3 期,第 154 页。
③ 玛格丽特·德拉布尔:《红王妃》,杨荣鑫译,云南教育出版社,2007 年版,第 119 页。
④ Thomas F. Staley. *Twentieth-Century Women Novelists*. London: Macmillan, 1982, p. XVI.
⑤ Bernard Bergonzi. *The Situation of the Novel*. London: Macmillan, 1970, p. 65.

无边》(1966)、安吉拉·卡特(1940—1992)改写童话与民间故事的短篇小说集《染血之室及其他故事》(1979),以及 A. S. 拜厄特的长篇小说《占有》(1990)等,其共同特点是从当代立场对神话、童话、民间故事以及历史上的名家名作等加以重审、改写或戏仿,力图颠覆男权中心话语,并提供种种新的价值可能性。

简·里斯是出生于英属殖民地多米尼加、有着白人与克里奥尔人双重血统的女作家,这一背景使得她的小说体现出种族与性别的双重主题。1929 年,她发表了处女作《四重奏》。30 年代,她又先后发表了《离别麦肯兹先生之后》(1930)、《黑暗中的航行》(1935)和《午夜,早上好!》(1939)三部小说。二战之后,里斯推出了她最著名的小说《藻海无边》,是对夏洛蒂·勃朗特小说经典《简·爱》的重构,成为女性主义和后殖民主义文学批评热议的对象。《简·爱》以第一人称的自叙口吻,描写了 10 岁的孤女简·爱成长为一名家庭女教师的坎坷历程,重点表现了她和男主人公罗彻斯特之间的爱情。罗彻斯特的疯妻伯莎·梅森则是一个具有哥特小说中的神秘色彩、暴戾而邪恶的人。自幼熟读《简·爱》的里斯对小说中克里奥尔女人伯莎·梅森的命运深表同情。她在一次访谈中明确指出:"在《简·爱》中她差不多是一个鬼影子。我想我应当赋予她以真实的生命。"①不同于《简·爱》,《藻海无边》首先增加了特定的历史背景,使小说具有了更明确的历史感,即故事空间开始于英属西印度群岛的牙买加殖民地的西班牙城郊庄园,时间则为殖民地的奴隶制度被废除之后的 19 世纪 30 年代后期。其次,里斯赋予失语的伯莎·梅森以话语权。作品第一章为"我"即安托瓦内特(伯莎·梅森)的自述。第二章则为安托瓦内特和罗彻斯特以第一人称叙述的交叉来展开。罗彻斯特的自述充满了对当地风景、气候、民情风俗的强烈排斥感,而安托瓦内特的自述则表达了对婚姻的恐惧、希望,以及在遭到丈夫的误解、轻视、冷落与背叛,特别是在被剥夺了财产与保障之后的无助与绝望。第三章再次转为安托瓦内特的自述,回忆自己被带到英国、被关进桑菲尔德大厦阁楼上的秘密房间,由格蕾丝·普尔看管,被迫隐没在黑暗、寒冷与孤独之后的生活与感受,并忆及被割断与家乡的联系,带往一个陌生国度的海上航程。由此,读者可以看到,伯莎的疯癫是以罗彻斯特等为代表的男权统治迫害的结果。《简·爱》中罗彻斯特对伯莎的指控与《藻海无边》中奶妈克里斯托芬为伯莎母女进行的辩护形成了鲜明的对比。《简·爱》中的罗彻斯特是这样说的:"伯莎·梅森是疯子,而且出身于一个疯人家庭——一连三代的白痴和疯子!她的母亲,那个克里奥人既是个疯女人,又是个酒鬼!——我是同她的女儿结婚后才发现的,因为以前他们对家庭的秘密守口如瓶。"②而《藻海无边》中的克里斯托芬对伯莎母亲所遭受的迫害则做了这样的解释:"人家把她逼疯的。她儿子死了以后,有一阵子她

---

① "Jean Rhys in an Interview by Diana Vreeland". *Paris Review*, 1979.
② 夏洛蒂·勃朗特:《简·爱》,黄源深译,译林出版社,1993 年版,第 330 页。

就稀里糊涂,人家就把她关起来。人家跟她说她疯了,把她当成疯子看待。问啊问啊。就是没句体贴话,也没有朋友,她丈夫也走了。……到末了——我不知道她疯不疯——她干脆死了心,什么都不在乎了。那个照管她的男人几时想要玩她就玩她。"①安托瓦内特对罗彻斯特用"疯女人伯莎"的名字来喊她的别有用心也做了大胆揭露:"伯莎不是我名字。你用别的名字叫我是想法把我变成另一个人。"②除了旗帜鲜明的女性主义意义之外,随着后殖民文化研究的兴起,美国批评家佳·查·斯皮瓦克亦分析了白人女性作家于不自觉中与帝国意识形态的合流,指出正是由于"被理解为英国社会使命的帝国主义是英国文化表述的重要部分之一"③,《简·爱》中出生于西印度群岛的伯莎·梅森被刻意赋予了强悍、狂野的兽性,由此成为帝国白人女性简·爱的反衬,并最终"功成身退","完成从她'自己'向虚构的他者的转换,放火焚烧房子,然后杀死自己"。由此,作品可被解读为一则"帝国主义普通认知暴力的寓言",体现的是"为了美化殖民者的社会使命而进行的自我献祭的殖民主体的建构过程"④。在此意义上,《藻海无边》实现了"女性主义与对帝国主义的批判"⑤。

A.S.拜厄特的全名为安东尼娅·苏珊·拜厄特,为英国小说家、批评家,英国皇家文学协会会员。她坚持使用更加具有中性色彩的 A.S. 拜厄特之名,以反抗文坛对其创作的狭隘理解,同时表现出追求性别平等的鲜明的女性主义意识。拜厄特著有多种文论作品,如《思想的激情》(1990)、《论历史与故事》(2000)等。长篇小说有《太阳的影子》(1964)、《游戏》(1967)、《花园中的少女》(1978)、《未建成的通天塔》(1986)、《占有》(1990)、《吹哨女人》(2002)等,中短篇小说集有《糖和其他故事》(1987)、《天使与昆虫》(1992)、《马蒂斯故事》(1993)等。《占有》为其代表作,荣膺1990年布克文学奖。

小说《占有》以三层嵌套式结构展开。第一层叙述是由第三人称全知叙述者所进行的对当代西方人文学术研究无聊、拜物,偏好玩弄耸人听闻的时髦术语的生存现状的描写,核心内容是志同道合的青年学者罗兰·米歇尔与莫德·贝利的学术历险与情感发展。小说主人公罗兰是一位文学博士,和女友瓦尔住在阴暗潮湿的公寓地下室内。他热爱19世纪维多利亚时代著名诗人艾什的作品,却由于研究对

---

① 简·里斯:《藻海无边》,陈良廷、刘文澜译,上海译文出版社,1996年版,第99页。
② 简·里斯:《藻海无边》,陈良廷、刘文澜译,上海译文出版社,1996年版,第92页。
③ 佳·查·斯皮瓦克:《三个女性的文本与帝国主义批判》,王丽丽译,见张京媛主编:《后殖民理论与文化批评》,北京大学出版社,1999年版,第108页。
④ 佳·查·斯皮瓦克:《三个女性的文本与帝国主义批判》,王丽丽译,见张京媛主编:《后殖民理论与文化批评》,北京大学出版社,1999年版,第119页。
⑤ 佳·查·斯皮瓦克:《三个女性的文本与帝国主义批判》,王丽丽译,见张京媛主编:《后殖民理论与文化批评》,北京大学出版社,1999年版,第119页。

象不够时髦而始终找不到合意的工作，只好靠打杂谋得微薄的收入，兼任英国艾什研究专家布列克艾德教授的研究助理，日常生活还要靠女友当秘书的薪水来养活。罗兰在伦敦图书馆内的艾什藏书中偶然发现了诗人写给一位无名女士的两份书信手稿，激动不已，决心考证这段文学秘史。他推测出艾什的写信对象是女诗人兰蒙特，于是邀请林肯大学的兰蒙特研究专家、年轻的女教授莫德展开合作研究。莫德对这一谜题亦深感兴趣，于是两人一起前往当年兰蒙特在思尔庄园的故居，并在诵读诗人诗句的过程中获得提示，在诗人卧室的娃娃小床下发现了秘藏的情书。假期中，罗兰与莫德又根据兰蒙特日记，以及艾什的妻子爱伦日记中的线索，重走了当年艾什前往约克郡的自然史之旅的路线，一路上仔细重读两位诗人的诗句，终于考证出艾什与兰蒙特曾有过一段隐秘而浪漫的爱情之旅。旅途中，被维多利亚诗人真挚而炽热的恋情所感染，罗兰与莫德之间也产生了情愫。除了第一层叙述之外，罗兰与莫德等人逐步搜寻到的19世纪人物的大量历史文本，尤其是兰蒙特与艾什的书信、日记、诗文等，构成小说的第二层叙述，不仅使得两位诗人长达三十余年的秘密恋情浮出水面，亦揭示出维多利亚时代的精神风貌。两位诗人改写的多篇神话史诗和民间传说讲述的是远古的故事，构成第三层叙述。作家"从叙述内容的历史性出发，有意识地采用了从当代反观历史的眼光作回顾性叙述"[①]，由此获得了历史的纵深感。

　　小说中插入、改写、重构了大量古代神话与民间故事，包括希腊神话、圣经故事、中古传奇、北欧神话、格林童话等，如北欧神话中的诸神大战、法国布列塔尼传奇中仙女梅卢西娜与骑士雷蒙丁缔结姻缘的故事，以及公主被囚玻璃棺材的故事等。这些重构的故事，在小说中主要是通过维多利亚两位诗人的诗笔呈现出来的，即艾什和兰蒙特在爱情的激荡下，根据神话与传说写成的大型神话史诗和童话作品《冥后普罗赛比娜的花园》《北欧众神之浴火重生》《仙怪梅卢西娜》《玻璃棺材》《黎之城》等。通过对母系时代的回溯与女性历史文化传统的钩沉，对打上父权制价值烙印的神话与民间故事的颠覆性想象，拜厄特尝试在重构文本中赋予女性人物以自己的声音，由此使作品在当代多元价值语境中获得了明确的女性主义意义。这首先体现在"用女性血脉历史为线索来组织叙事"，即"从远古神话里的女神到维多利亚时代的女性人物直至当代女学者，三个不同时代的多位女性组成祖辈、母辈及女儿辈大致完整的母系家族系列，追溯代代相传的女性历史传统，揭示出源远流长的母系血脉谱系，凸现女性生命的历史流程。女性人物的个体经验集合成女性历史的整体经验，展示女性群体的历史形象，反映出古今女性之生存和命运的共通

[①] 程倩：《历史的叙述与叙述的历史——拜厄特〈占有〉之历史性的多维研究》，人民文学出版社，2007年版，第50页。

性和延续性,女性生命在这种独特的历史叙述中滋生出新的意义和价值"[①]。其次,兰蒙特对法国神话中梅卢西娜故事的改写,同样体现出鲜明的性别立场。梅卢西娜原来是生活在诺曼底地区森林中的精灵,善于魅惑迷路的行人并置他们于死地,具有类似于塞壬的邪恶特性。但在改写后的诗歌中,梅卢西娜为了获得人的灵魂而嫁给了凡人、云游骑士雷蒙丁。兰蒙特把她描写成了一位试图摆脱自己半人半蛇的宿命,却又遭受了爱人的背叛并被迫和爱子分离的不幸母亲,表现出对她的巨大同情。兰蒙特改写的另一则故事,即格林童话《玻璃棺材》,表达的则是女诗人对理想的婚姻关系的构想。在这种关系中,夫妻均不必牺牲婚前分别给他们带来幸福的才能,如婚后公主仍能与钟爱的哥哥定期去林中打猎,而她的丈夫小裁缝亦可以留在家中钻研心爱的裁剪手艺。不愿失去精神独立的兰蒙特似乎希望:女作家在婚后仍然可以从事心爱的写作,而不必为了家庭辜负与牺牲自己的才情。再次,小说还以当代女学者莫德等人追踪文学秘史这一情节为叙述契机,挖掘出多位维多利亚时代女性人物的日记、书信及未能发表的诗歌等,让女性发出了多元的叙述声音。

　　从艺术上看,作品采用了第三人称全知叙述人和以书信、日记等方式展开的多个人物的第一人称限制性视角相互交织的复合式叙述方式,不仅使叙述丰富、复杂并具有波澜起伏的层次感,同时还通过繁复的文体杂糅,如在主体故事叙述之外嵌入了兰蒙特的闺蜜布兰奇的日记、艾什的妻子爱伦的日记、艾什与兰蒙特的诗歌与往返情书、美国学者克拉波尔的自传及他所写的艾什传记、艾什给妻子的家书,以及相关研究论文与论著的片段等,创造出令人眼花缭乱的艺术效果。再者,作为一部当代的浪漫传奇,小说既具有侦探小说抽丝剥茧的推理风味,又体现出浪漫传奇的基本元素。罗兰与莫德深入维多利亚时空,对艾什与兰蒙特两人往返信件和诗作的阅读,对大英博物馆中艾什家书、爱伦日记和布兰奇来信的查考,以及对里奇蒙的女诗人故居的造访和前往法国布列塔尼的追踪等等情节,均引人入胜。探查真相之旅对罗兰来说,可谓他的精神成长之旅;而对于兰蒙特的后代莫德来说,则成为她追溯女性家族源头的寻根之旅。

　　同样以经典重构开拓新的创作空间的还有安吉拉·卡特(1940—1992)。卡特出生于萨塞克斯郡的伊斯特伯恩,在20世纪50年代的新写实主义氛围中长大,是英国著名的小说家、剧作家、记者与评论家。她在布里斯托大学读书期间主修英语与中世纪文学,同时广泛阅读了欧洲浪漫主义、现实主义和现代主义文学作品,以及人类学、社会学、心理学和民俗学等方面的书籍。她自幼深受擅长讲述童话故事的外祖母的影响,喜欢阅读与搜集世界各地的民间传说。她也是

[①] 程倩:《历史的叙述与叙述的历史——拜厄特〈占有〉之历史性的多维研究》,人民文学出版社,2007年版,第173页。

当代英国少数公开承认自己是女权主义者的作家之一,最早公开从事女性主义批评和妇女运动的英国女作家之一①,她的作品以童话改写、女权色彩、魔幻现实主义和哥特风格等特点而著称。

卡特一生著有长篇小说九部,第一部作品《影舞》(1966)获得成功后,接连发表了三部长篇小说,即1967年的《魔幻玩具铺》、1968年的《数种知觉》和1969年的《英雄与魔鬼》。《数种知觉》为卡特赢得了毛姆文学奖,同年卡特与第一任丈夫离婚,用获得的奖金旅居日本两年。肖瓦尔特在《她们自己的文学》中称,"后来她曾盛赞革命性的1968年,认为这一年是她政治和女性主义'成年'的分水岭"。② 在《前线杂记》中,卡特回忆说:"感觉就像纪元初年,一切神圣的都在遭到亵渎,而我们拼命地在抓住人与人的真正关系。所以马尔库塞(Mavcuse)和阿多诺(Adorno)这样的作家就像我的性和情感生活实验以及各种无政府—超现实主义的智性冒险实验一样,成了我个人走向女性主义的成熟过程的一部分……我可以确定,自己就是在那段时间,在那时的一些争论中,在我对身边社会的意识大大增强的1968年夏天,开始质疑我作为女人这一现实之本质的。"③

1970年,卡特出版了两部配图童话故事集:《驴皮王子》和《Z小姐,年轻的黑暗女士》。《驴皮王子》取材于格林童话《驴皮》,而《Z小姐,年轻的黑暗女士》则讲述了一只迷路的鹦鹉误入Z小姐的家,被Z小姐劝说回到家乡的故事。

1971年,卡特回到英国,发表中篇小说《爱》,第二年又发表了一部带有魔幻色彩的小说《霍夫曼博士的地狱恶魔机器》。旅居日本的经历为卡特创作第一部短篇小说集《烟火》(1974)提供了灵感。1976年至1978年间,卡特在谢菲尔德大学开设写作课程,其间将17世纪法国作家夏尔·佩罗的童话翻译成英文版的《夏尔·佩罗的童话故事集》(1977),同年还出版了长篇小说《新夏娃的激情》。

1979年,卡特出版了惊世骇俗的文化评论集《萨德式女人:文化史练习曲》与短篇小说集《染血之室与其他故事》。《萨德式女人:文化史练习曲》作为非虚构类文集,不仅借鉴了福柯、罗兰·巴特、拉康等人的理论,而且吸收了西蒙娜·德·波伏瓦《我们必须焚毁萨德吗?》中的观点,从身体、欲望和精神的角度着手写作,成为当时令人震惊的饱受争议的作品。而《染血之室与其他故事》则通过对传统童话的改写,同样呈现了女性的欲望,凸显了女性颠覆性想象力的力量,荣获切尔顿汉姆文学奖。

---

① 伊莱恩·肖瓦尔特:《她们自己的文学 英国女小说家:从勃朗特到莱辛》,韩敏中译,浙江大学出版社,2012年版,第302页。

② 伊莱恩·肖瓦尔特:《她们自己的文学 英国女小说家:从勃朗特到莱辛》,韩敏中译,浙江大学出版社,2012年版,第301页。

③ 安吉拉·卡特:《前线杂记》,见伊莱恩·肖瓦尔特:《她们自己的文学 英国女小说家:从勃朗特到莱辛》,韩敏中译,浙江大学出版社,2012年版,第301页。

此后,卡特还创作了两部长篇小说《马戏团之夜》(1984)与《明智的孩子》(1991),两部短篇小说集《黑色维纳斯》(1980)、《美国鬼魂与旧世界奇观》(1993)。《美国鬼魂与旧世界奇观》在卡特去世后出版,并与作家其他未发表的短篇小说合为短篇小说总集《焚舟纪》,于 1995 年出版。2005 年面世的《安吉拉·卡特的精怪故事集》则由她于 1990 年收集的《悍妇故事集》与 1992 年去世前未编写完成的《奇闻怪事》合编而成。《马戏团之夜》荣获詹姆斯·泰特·布莱克纪念奖。

卡特被加拿大女作家玛格丽特·阿特伍德誉为"童话教母"(Fairy Godmother)[①],以其对童话的热爱和作品中丰富的童话元素,体现出鲜明独特的艺术风格。她对夏尔·佩罗童话故事的偏爱、在日本生活的经历,以及曾作为杂志记者训练出来的资料采集能力,使得她的作品中杂糅了不同国家地区、不同时代的童话。她不仅翻译、改写、搜集编辑世界各地的童话,还将童话人物的身份、经历甚至名字直接植入自己的长短篇小说之中,这使得有人甚至认为她的所有作品,都是在不同程度上对童话不同方式的重构。关于重构童话的目的,卡特解释说:"我的目的并不是'版本',或者像美版的书中说的极为可怕的'成人'童话,而是从传统的故事中提取潜在的内容,并将它作为新故事的开始。"[②]这就是说,卡特对童话体裁和元素的热爱,与她女性主义的鲜明立场密不可分:"卡特讲述童话故事,是为了帮助消灭每一天都存在的、现实男权社会中的'巨人'。这并不是说卡特在写作童话的目的中有什么盲目心理分析的内容;只不过它明显不同于卡特最初创作童话的目的。"[③]卡特对传统的童话故事所做的激进的女性主义改写,尤其体现于短篇小说集《染血之室与其他故事》中。

《染血之室与其他故事》含十篇童话与传说。卡特将这些故事作为现实之外的另一种人类经验形式,努力通过探索事件发展的多种可能,以改变现实本身。[④] 因此,她发挥出色的想象力,创造出一个个令人惊诧而又栩栩如生的人兽混杂的世界。该故事集深受《夏尔·佩罗的童话故事集》的影响,如前所述,卡特不仅将此著译成英文出版,还在序言中称赞了佩罗"完美的技巧和他善意的嘲讽"。她对虐恋与暴力题材的偏好,则直接源自另一位法国作家马奎斯·德·萨德,但作为一位坚守女性主义立场的当代作家,卡特又通过重构,改写了佩罗的道德箴言,颠覆了萨德笔下逆来顺受的女性形象。如故事集中最长的一篇《染血之室》即出自佩罗的《蓝胡子童话》。在蓝胡子的故事中,新婚妻子打开了丈夫城堡中的密室,结果发现

---

① Ana María Sánchez-Arce. *Identity and Form in Contemporary Literature*. Routledge, 2014, p. 107.

② Laurens K. "This White Rose: Virginity in The Bloody Chamber". *The Corinthian*, Vol. 15, p. 102.

③ Aidan Day. *Angela Carter: The Rational Glass*. Aanchester: Aanchester University Press, 1988, p. 133.

④ 安吉拉·卡特:《染血之室与其他故事》导读,吴晓雷译,南京大学出版社,2015 年版。

了所有被虐杀并秘密藏匿的丈夫前妻的尸体。佩罗的道德寓意在于女性的好奇心会导致可怕的惩罚,但卡特却写出了女性摆脱作为欲望对象的身份,而成为欲望主体的过程。《染血之室》首先置换了叙述主体,改以第一人称无名女主人公回顾性叙述的形式,由"我"在多年之后讲述自己17岁时的生命故事。在《萨德式女人》中,卡特尖锐指出:"童话中塑造的完美女性的教训就是,在被动中生存也就是在被动中死亡,即被杀害。"①所以,她改写的童话颠覆了男权话语对女性被动、温顺、懦弱性格的设定,首先,着力表现了年轻的女主人公在认清丈夫残忍嗜血嘴脸后的觉醒与成长。其次,卡特也在母女亲情的渲染中瓦解了男强女弱的传统故事模式,塑造了威风凛凛的母亲形象。千钧一发之际,虽然城堡的电话线被割断,母女间的心灵感应还是促使母亲代替原来故事中的哥哥或骑士们,千里迢迢地骑马赶来:"你绝对没看过比我母亲当时模样更狂野的人,她的帽子已被风卷走吹进海里,她的发就像一头白色狮鬃,裙子挽在腰间,穿着黑色莱尔棉线袜的腿直露到大腿,一手抓着缰绳拉住那匹人立起来的马,另一手握着我父亲的左轮,身后是野蛮而冷漠的大海浪涛,就像愤怒的正义女神的目击证人。"②女战神般的母亲果断杀死了萨德式的侯爵,救走了女儿。所以肖瓦尔特认为,该作通过对《简·爱》中红房间的后现代想象,改写了传统的童话,既暗示了女性欲望之强烈的、情欲的潜文本,也凸显了女性想象的颠覆性潜能。③

除此之外,卡特还着力表现了当代意识观照之下女性身体和欲望所蕴含的革命性意义,如她的另一篇故事《与狼为伴》是夏尔·佩罗和格林兄弟的《小红帽》故事的当代版本。小红帽去看外婆的途中经过一片树林,遇上一位英俊的青年猎人,产生了朦胧的性意识。当她发现猎人原来是由狼伪装而成的时候,并没有惊慌失措,而是从容地脱下衣服,踏上了狼床,用情欲征服了他,凭借"性"的力量在关键时刻保全了自己。"女孩大笑起来,她知道自己不是任何人的俎上肉。她当着他的面笑他,扯下他的衬衫丢进火里,就像先前烧光自己的衣服。"④小说中占据中心地位的是一个在欲望和行为上采取主动、进攻、挑战姿态的少女,而代表男性的狼则失去了施虐的威力,相反成了少女的性俘虏:"她在外婆的床上睡得多香多甜,睡在温柔的狼爪间。"⑤由此,她征服了他,从此快乐地活着。另一篇故事《穿靴猫》是对民间故事《高塔里的公主》或格林童话《莴苣姑娘》的重

---

① Angela Carter. *The Sadeian Women: An Exercise in Cultural History*. London: Virago Press, 2000.
② 安吉拉·卡特:《染血之室与其他故事》,严韵译,南京大学出版社,2015年版,第54页。
③ 伊莱恩·肖瓦尔特:《她们自己的文学 英国女小说家:从勃朗特到莱辛》,韩敏中译,浙江大学出版社,2012年版,第305页。
④ 安吉拉·卡特:《染血之室与其他故事》,严韵译,南京大学出版社,2015年版,第192页。
⑤ 安吉拉·卡特:《染血之室与其他故事》,严韵译,南京大学出版社,2015年版,第193页。

写,以模仿薄伽丘《十日谈》与意大利即兴喜剧的诙谐有趣而又略带玩世不恭的幽默风味,通过穿靴猫费加洛的自述,描写了他卖力地穿针引线,成就了年轻的军官和一位被无能善妒的老丈夫幽闭的美貌少妇的好事的滑稽故事,赞美了生命的激情与爱情的魔力。

通过解构女性的传统形象、暴露女性性别特质的人为建构性质,卡特激进地消解和颠覆了男性传统价值观。从艺术上说,该故事集的各则故事风格多变,既有《老虎新娘》中的温暖诗意,《穿靴猫》中的灵动甚至油滑,又有《爱之宅的女主人》中邪恶、致命而又诱人的哥特风味;既有细腻逼真的细节呈现,又有华美浪漫的抒情描写。"单单是色彩纷呈、生动鲜活、感性艳丽的语言,加之引经据典、俏皮的笑话、跨文化的指涉、时髦的警语,仍可以让人不忍掩卷。"①卡特利用女性哥特小说中的黑暗城堡、幽闭迷宫等禁锢性意象,表现了男权制度压迫下女性特殊的心理感受,达到了内容与形式的有机统一。

作为卡特最知名、获得赞誉最多的长篇小说,《马戏团之夜》同样以对童话的女性主义改写而著称。《马戏团之夜》以魔幻现实主义的手法,描写了一个年轻的美国记者杰克·沃尔泽和长着翅膀的空中女飞人表演者菲芙斯的爱情故事。故事背景是1899年的伦敦,以美国记者沃尔泽对长着翅膀的马戏团演员菲芙斯的跟踪采访为线索,讲述了一段神奇的冒险之旅。本打算戳穿女飞人谎言的沃尔泽在马戏团即将赴俄罗斯和美国巡回演出之前采访了菲芙斯。女飞人在为沃尔泽专门进行了表演之后,又向他讲述了自己的生活故事,包括从天鹅蛋中"孵化"而出,在妓院中长大,第一次用神奇的双翅飞翔,再到被送进了雌性怪胎博物馆以满足男人们变态的好奇心,最后从绑架中逃脱,成为马戏团中女飞人表演者的传奇经历。在相处的过程中,沃尔泽不仅渐渐放下了对菲芙斯的疑心,甚至还因对她的同情和对她善良品格的钦佩而产生了爱情。他也逐渐对马戏团中那些或为小丑或为畸形人的女性产生了真挚的同情,意识到她们同样是有人格尊严的。所以,他决定真实地记录下这段默默无闻或很快将被人忘却的女艺人的历史。最终,相爱的两个人收获了圆满的结局,小说亦在虚实之间,预言了新世纪自由独立新女性的诞生。

《马戏团之夜》中对经典的重构,不仅体现在改写了"睡美人"的故事和化用了歌德小说《威廉·迈斯特的求学时代》中的迷娘形象上,更体现在女主人公形象与希腊神话中海伦形象的对比上。希腊神话中,斯巴达王后丽达和丈夫斯巴达王廷达瑞俄斯以及化身为天鹅的众神之父宙斯分别交合后,诞下了两枚鹅蛋。鹅蛋碎裂,从中生出了四个孩子。一只鹅蛋里孵出的卡斯托耳和克吕泰涅斯特拉有着斯

---

① 安吉拉·卡特:《染血之室与其他故事》导读,吴晓雷译,南京大学出版社,2015年版。

巴达王的血统,另一只鹅蛋里孵出的波吕丢刻斯和海伦则是宙斯的孩子。神话中的海伦因绝顶的美貌而成为男性竞相争夺与炫耀的对象,并终因导致了长达十年的特洛伊战争而被斥为倾国倾城的红颜祸水。至于她本人,是没有为自己申诉的权利的。而卡特笔下这位将自己的出生定义为海伦式的"孵化"而出的半女人半天鹅孤儿的菲芙斯,则主动控制了话语权以言说自身,拒绝了沃尔泽通过命名赋予其身份并将之客体化的意图。她不仅独立自强,还乐于助人,是小说中即将到来的新世纪中新女性的化身,她憧憬"在一个新的时代中所有的妇女都不再被束缚在地上"①,希望"被那可恶的礼仪捆住手脚的女性再也不会受苦,挣脱心灵的枷锁起来飞翔"②。她那对如天鹅般神奇的翅膀代表了超现实的力量。通过飞翔,她可以逃离历史上与现实中女性被压抑、束缚和残害的命运,远离苦难、远离樊笼。作家还通过对善解人意、富于同情心和人道主义精神的男性人物沃尔泽形象的塑造,表达了消除两性隔阂、重建和谐关系的美好希望。

第六节　伊恩·麦克尤恩

伊恩·麦克尤恩(1948—　)是当代英国文坛最活跃的作家之一。1948年他出生于英国奥尔德肖特的一个军官家庭,童年时随父母辗转于一个又一个驻扎海外的海军基地,直到11岁时才返回英国,就读于萨福克的一所寄宿制学校。1966年,麦克尤恩进入苏塞克斯大学学习,主修英语和法语并开始创作小说。在校期间,他广泛阅读现代小说,为其后来的文学创作积累了丰富的阅读体验。1970年,麦克尤恩进入东英吉利大学攻读硕士,师从英国著名文学批评家马尔科姆·布雷德伯里和安格斯·威尔逊。学校里首次开设了"创造性写作课程",允许学生最终通过提交自己的文学作品而非论文来获得硕士学位。这一尝试无疑获得了成功,挖掘出伊恩·麦克尤恩、石黑一雄等当今文坛的著名作家。

1975年,27岁的麦克尤恩凭借处女作《最初的爱情,最后的仪式》登上英国文坛,作品构思精巧、笔法精湛,获得当年的毛姆奖。这部短篇小说集共收集了八篇短篇小说,主要篇章来自麦克尤恩硕士时期的文学创作,多从青少年男性视角出发,用一个个或荒诞不经或令人惊悚不安的故事讲述青春期的困惑与残酷,"暗藏着年轻的麦克尤恩体味青春和感悟成长的影子"③。1978年,麦克尤恩推出第二部

---

① Angela Carter. *Nights at the Circus*. Chatto and Windus, 1984, p. 25.
② Angela Carter. *Nights at the Circus*. Chatto and Windus, 1984, p. 255.
③ 王悦:《镣铐中的舞蹈:伊恩·麦克尤恩的小说与不可靠叙述》,中国社会科学出版社,2013年版,第23页。

短篇小说集《床笫之间》,收录了七篇短篇小说,延续了前作令人震惊的创作特色,但褪去了青春期的羞涩与困惑,更加关注边缘人物和禁忌题材,着力于用冷酷而反讽的笔调挖掘人性的阴暗。同年出版的另一部小型著作是《水泥花园》(1978),这是一部极具哥特色彩的作品,采用 15 岁少年杰克的叙述视角,将一个骇人听闻的故事娓娓道来。杰克与父母及 3 个兄弟姐妹生活在一幢孤立、封闭的房子中。随着父亲在修筑水泥花园时突然离世,紧接着母亲也身患怪病离开他们,一座失去庇护的孤岛形成。为防止家庭的分崩离析,4 个孩子将母亲的尸体用水泥封存在地下室的大铁箱内。在这个与世隔绝的水泥花园中,小弟弟汤姆退化成为吮着指头的婴儿,而朱莉和杰克的结合似乎用乱伦弥补了父母的缺席,完成了父母角色的重生。最终,朱莉男友德里克带来的外界力量摧毁了他们苦心营造的"水泥花园",小说中"几个单薄的个体并没有在社会规范的整合下克服内心的欲望,走向'成熟与和谐',而是在哥特式的封闭世界中彻底抛弃外在的道德准则与伦理规范,令人心悸地上演了一出奔突与狂欢的'成长迷误剧'"①。另一部颇具哥特色彩的小型杰作为《只爱陌生人》(1981)。这是一部典型的施虐者—受虐者模式的哥特式小说,讲述了一对在国外旅游的情侣,受到施虐狂罗伯特夫妇的离奇蛊惑,燃起隐秘的欲望与激情,最终被后者血腥虐杀的恐怖故事。小说中对《死于威尼斯》和《看得见风景的房间》等经典文本的互文与戏仿,蕴含着丰富的意蕴,也显示出作者深厚的文学素养。麦克尤恩早期的这几部作品具有浓厚的哥特色彩,主题较为灰暗,题材也很极端,因而备受争议,被视为"震惊文学"(Literature of Shock),作者也被冠以"恐怖伊恩"(Ian Macabre)的称号。他与马丁·艾米斯一同被评论家视为 20 世纪 70 年代新文学派的"坏孩子"②。

80 年代后期,麦克尤恩小说的创作题材转向更广阔的天地,"表现对象也从以前封闭的、内向型的自我书写转向与社会现实的融合和对时代历史的反思"③,1987 年出版的《时间中的孩子》标志着这一转变。麦克尤恩在这本书中以时间的诸多形态探讨了人们独特的生命体验,获得了惠特布莱德图书奖。

长篇小说《无辜者》(1990)、《黑犬》(1992)均以二战后的欧洲为背景,麦克尤恩从不同角度揭示了这段凝重的历史给人类造成的深重灾难,体现了作者鲜明的人文主义关怀。《无辜者》融合了凶杀、暴力、间谍、悬疑等多重因素,是一部极具可读性的作品。小说讲述了英国电子工程人员伦纳德前往德国参与英美合作的情报工

---

① 张和龙:《成长的迷误——评麦克尤恩的长篇小说〈水泥花园〉》,《当代外国文学》,2003 年第 4 期,第 40 页。
② Peter Childs. *The Fiction of Ian McEwan*. New York: Palgrave Macmillan, 2006.
③ 王悦:《镣铐中的舞蹈:伊恩·麦克尤恩的小说与不可靠叙述》,中国社会科学出版社,2013 年版,第 69 页。

程——"柏林隧道"。在柏林,伦纳德与温柔美丽的德国女子玛丽亚陷入热恋。但随后伦纳德在一次意外中失手打死了玛丽亚的前夫奥托,将他的尸体肢解后藏在隧道中。最终,"柏林隧道"被苏联摧毁,伦纳德也得以逃回英国。多年后,当他收到玛丽亚的信才明白自己因为误解而错失了爱人。小说中有大量对血腥暴力的细致描写,场面带有卡夫卡式的荒诞和黑色幽默,艺术手法独特。两年后麦克尤恩出版的长篇小说《黑犬》,不仅对战争本身做出反思,也对长久以来笼罩着欧洲的精神恐慌与焦虑、战后民众的创伤心理给予哲学思考。小说中的"黑犬"具有象征色彩,"如果一条狗代表了个人的抑郁,那么两条狗就是一种文化的抑郁,对文明而言,这是最为可怕的心态"[1]。二战虽然已经远去,但是这一文明进程中惨无人道的杀戮,却留给人们难以磨灭的精神创伤、焦虑和恐慌。如果不对此进行反思,那么这种人性中的邪恶"等时机一成熟,在不同的国家,在不同的时代,一种践踏生命的残忍和可怕的邪恶便会喷涌而出"[2]。此外,"黑犬"显然还暗示着后现代人群的信仰危机,因为他们如伯纳德一样,并"没有找到一个合适的理由,一条持久的准则,一份基本的理念来鉴别判断,没有找到一种能让我去真诚、热情或者平静地信奉的超验存在",因此信仰危机就如黑犬一样无处不在。

1997年出版的《爱无可忍》是麦克尤恩非常重要的一部作品,探讨爱的极限是这部小说的重要主题。马尔科姆说这部作品是"一个有趣的故事,一部复杂的心理小说,一项对爱之脆弱性的黑暗评论,一次对知识的极限和可能性的检验,一部复杂的元小说杰作"[3]。

1998年获得布克奖的小说《阿姆斯特丹》是麦克尤恩最具有"黑色幽默"风格的一部作品。这部作品的内容本身就是一部"黑色喜剧"。"伟大的作曲家"克利夫·林雷和《大法官报》主编弗农·哈利戴本是一对好友。当他们共同的情人莫莉·莱恩患病去世后,他们为避免自己沦落到莫莉的下场,相约一旦一人病危则对方有权带他去阿姆斯特丹接受"体面"的安乐死。然而,随着他们就是否刊登外交大臣加莫尼(莫莉的另一个情人)的不雅照片等事件产生严重分歧时,这对"好朋友"最终不约而同地欺骗对方前去阿姆斯特丹,并利用安乐死的法律成功谋杀对方,双双在幻觉中命丧他乡。小说用反讽的语言、夸张的情节、出人意料的结局,辛辣地讽刺了当代社会中上层群体冠冕堂皇的假面,不啻为一出戏谑荒诞的"道德寓言"。

长篇小说《赎罪》(2001)是麦克尤恩广受赞誉的一部作品,作者凭借其娴熟的写作技巧、严肃的主题内涵获得全美书评人协会奖。小说中,13岁的布里奥妮是一个怀有作家梦、耽于幻想的小女孩。当来家小住的表姐遭人强暴后,布里奥妮主

---

[1] 伊恩·麦克尤恩:《黑犬》,郭国良译,上海译文出版社,2013年版,第152页。
[2] 伊恩·麦克尤恩:《黑犬》,郭国良译,上海译文出版社,2013年版,第256页。
[3] David Malcom. *Understanding Ian McEwan*. Columbia: South Carolina Press, 2012, p. 181.

观臆断施暴者是管家的儿子罗比,她的这一指控掺杂着对罗比深深的误解和自己朦胧而复杂的好感。罗比入狱后,布里奥妮的姐姐塞西莉娅和家庭决裂。成年后的布里奥妮为自己在年幼无知时毁掉姐姐和罗比的幸福而陷入悔恨,面对已经出狱的罗比和塞西莉娅,布里奥妮暗自发誓要还罗比清白,完成自己的赎罪。然而,塞西莉娅和罗比没有等到洗刷冤屈的那一天,均在战时死去。整部小说不过是作家布里奥妮赎罪的一种方式,以此获得心灵上的慰藉。

从形式上看,《赎罪》是典型的元小说叙事结构。小说的前三个部分极易让人产生错觉,认为这是一部遵循现实主义风格创作的小说,讲述的是一个小女孩不负责任的错误指证,使得一对恋人分隔两地的老套故事。在第三部分的结尾,布里奥妮准备起草一份为罗比洗刷冤屈的声明,这意味着她将获得塞西莉娅与罗比的原谅。然而,作者却在其后附上 77 岁的布里奥妮所做的名为《1999 年 伦敦》的自述,向读者揭示真相:"罗比·特纳于 1940 年 6 月 1 日在布雷敦斯死于败血症,塞西莉娅于同年的 9 月在贝尔罕姆地铁车站爆炸中丧生。"[①]布里奥妮的赎罪从来没有达成,小说的主体部分是她数易其稿完成的自传。麦克尤恩通过结尾情节的反转,提示读者回溯前文中精心设置的伏笔。读者必须颠覆先前的阅读体验,主动参与重新建构文本的过程,小说的多元化特征得以呈现。

麦克尤恩于 2005 年出版的长篇小说《星期六》是作者的生活与思想的一次投射。这部小说对恐怖主义及其笼罩下的后现代生存危机进行了深刻揭示,表达了作者的自由主义思想与人文主义关怀。作品从神经外科医生亨利·贝罗安的视角切入,记录了他在 2003 年 2 月 15 日这一整天的生活和心理活动。贝罗安在凌晨时目睹了一起飞机着陆的事故,后又在去打球的路上与亨廷顿舞蹈症患者巴克斯特发生摩擦。恼羞成怒的巴克斯特闯入贝罗安的家中,差点危及全家人的性命。最终,巴克斯特被贝罗安制服,混乱、嘈杂的星期六又归于平静。作家借贝罗安之口发表对社会历史的看法,"大灾难""生化武器大战""恐怖袭击"成为一个普通家庭密切关注的问题,使得这部小说具有严肃明确的主题和深刻的现实意义。随后出版的小型佳作《在切瑟尔的海滩上》(2007)延续了麦克尤恩对两性关系的探讨,其悠远抒情的音乐感和张弛有度的节奏感在麦克尤恩的作品中独树一帜。

2010 年至今,麦克尤恩以每两年出版一本书的节奏共出版了四部长篇小说。《追日》(2010)"考察科学家及科学家之间形成的关系网和食物链"[②],通常被认为是作者与其早期作品彻底划清界限的一部小说。2012 年出版的《甜牙》将故事置于 20 世纪 70 年代的社会背景中,用一个嵌套式结构讲述了一个"间谍"故事。在军情五处工作的塞丽娜奉命参与"甜牙行动",引诱具有潜力的青年作家汤

---

① 伊恩·麦克尤恩:《赎罪》,郭国良译,上海译文出版社,2005 年版,第 425 页。
② 伊恩·麦克尤恩:《追日》,黄昱宁译,上海译文出版社,2012 年版,第 350 页。

姆·黑利,以便利用他创作符合英国政府意识形态宣传的作品。然而小说第22章中汤姆的长信却出乎意料地告诉读者:之前的文本并非一个老套的间谍小说,而是汤姆在识破塞丽娜的特工身份之后,以她的经历为蓝本创作的一部小说,而且他在信中邀请塞丽娜和他共同完成作品。这部小说让人极易联想到《赎罪》,同样包含三层结构:"整部作品是麦克尤恩创作的故事,而这个故事又包含了汤姆的作品所讲述的故事。汤姆所创作的故事与麦克尤恩所创作的关于塞丽娜的故事相互交错,形成强烈的互文性,使读者穿行于不同的故事世界之中,增加了作品的阅读张力。"[1]

2014年出版的《儿童法案》是麦克尤恩的又一力作,作者在这部作品中探讨了信仰、宗教、道德的严肃话题。菲奥娜·麦耶是一位高等法院的女法官,以合理、睿智地处理各类案件而闻名。然而,她与丈夫三十年的婚姻陷入危机,正经历着人生的劫难。她奉命受理一件棘手的案件。17岁的少年亚当身患白血病,但他及家人由于宗教信仰拒绝输血治疗,这势必将夺去亚当的生命。于是,菲奥娜前往医院与亚当进行了一番交谈,最终从儿童的福祉出发,做出强制输血的判决。病情好转的亚当对自己笃信的宗教产生怀疑,并深深迷恋上菲奥娜,开始闯入她的生活。被菲奥娜拒绝后,亚当白血病复发。他拒绝输血,结束了自己的生命。

2016年出版的《坚果壳》是麦克尤恩的最新作品。小说是对莎士比亚《哈姆莱特》的戏仿。作品别出心裁采用胎儿的视角,记录其降生前半年内的事情,在内容、情节与结构上都和《哈姆莱特》有诸多相似之处,如谋杀情节、"父亲—母亲—叔父"的人物关系,胎儿也如哈姆莱特一样怀有强烈的复仇心理。《坚果壳》在内容与形式上非常独特,体现了作家不断寻求突破与创新的创作理念。

作为一位技巧纯熟,不断寻求创新与突破的当代小说家,麦克尤恩如一位魔法师,用时而冷静、时而讥讽、时而幽默的语言构筑起自己独特的文学世界。他在作品中探讨严肃的社会、政治、历史、宗教、信仰等问题,有意展现混杂、多元的后现代社会图景;同时也擅长将个体的情感生活与社会现实等更宏大的主题相结合,展现出他对私人生活和宏大主题的双重关注。正如其老师、著名文学评论家马尔科姆·布雷德伯里所言:"和艾米斯一样,麦克尤恩是一位写作技巧错综复杂的作家,他自信地展开故事,超越它们现实主义的表面,直抵怪异、紧张的精神世界。"[2]毋庸置疑,伊恩·麦克尤恩是当今英语文学世界中当之无愧的耀眼明星。

---

[1] 尚必武:《"那些年,谍影重重的故事"——评伊恩·麦克尤恩的长篇新作〈甜牙〉》,《外国文学动态》,2013年第2期,第21页。

[2] Malcolm Bradbury. *The Modern British Novel* (1878—2001). Beijing: Beijing Foreign Language Teaching and Research Press, 2005, p. 437.

第七节　朱利安·巴恩斯

朱利安·巴恩斯(1946—　)与马丁·艾米斯、伊恩·麦克尤恩并称当代英国文坛"三巨头"。迄今为止,巴恩斯已著有十二部长篇小说、五部散文随笔、四部侦探小说、三部短篇小说集、一部回忆录以及一部译著。长篇小说《终结的感觉》(2011)荣膺布克奖,《福楼拜的鹦鹉》(1984)、《英格兰,英格兰》(1998)和《亚瑟与乔治》(2005)曾入围布克奖提名。此外,他还获得了大卫·柯恩英国文学终身成就奖,E. M. 福斯特奖、莎士比亚奖等各种奖项。巴恩斯热衷于进行小说形式的实验,常被贴上"后现代主义作家"的标签,马尔科姆·布雷德伯里称巴恩斯的作品"面向小说的后现代主义精神敞开了大门"①。同时,巴恩斯作品中深厚的历史意识与人文主义情怀,浓郁的法国文化色彩,以及机敏、幽默的语言都凝结为作家独有的风格,令人印象深刻。

1946年,巴恩斯出生于英格兰的莱斯特郡,是家中次子。六周后,全家迁居伦敦近郊。十岁那年,巴恩斯又随父母搬到了诺斯伍德,在这里度过了童年和少年时期,其处女作《伦敦郊区》描述过这段生活。巴恩斯与法国颇有渊源,他的父母都是法语教师,从1959年起,全家每年暑假都前往法国,巴恩斯在回忆录《无所畏惧》(2008)中曾回首那些旅途中的冒险与乐趣。同一时期,他接触了法国文学,十分崇拜福楼拜。1964年,巴恩斯考入牛津大学莫德林学院,主修法语和俄语。大学期间,他在法国的雷恩市教过一年英语。巴恩斯的散文集《宣言》(2002)详细介绍了法国文化。

1968年,巴恩斯大学毕业,任《伦敦星期日时报》的编辑,并参与《牛津英语辞典增补本》的编撰工作。三年后,他攻读法律并取得了律师资格,但并未从业,而是成了一名自由撰稿人,为《新政治家》与《星期日泰晤士报》等报纸杂志撰写书刊、影视以及戏剧方面的评论。1979年,巴恩斯与出版经纪人帕特·卡瓦纳结婚,作家大部分的作品都献给了妻子,并以笔名丹·卡瓦纳创作了四部侦探小说:《达菲》(1980)、《费德尔城》(1981)、《猛然一脚》(1985)、《堕落》(1987)。进入80年代,巴恩斯一度担任《观察家》杂志的电视评论专家。从1990至1995年,他作为《纽约客》杂志的通讯记者为"伦敦来信"撰稿。

巴恩斯在从事编辑、自由撰稿等文字工作的同时开始创作小说。1980年,其带有自传色彩的处女作《伦敦郊区》面世。小说第一部分"伦敦郊区1963"描写了

---

① Malcolm Bradbury. *The Modern British Novel* (1878—2001). Beijing: Beijing Foreign Language Teaching and Research Press, 2005, p. 487.

主人公克里斯多弗与好友托尼在伦敦郊区的青春期生活。他们对性充满好奇,恐惧衰老和死亡,热爱艺术,将法国视为反叛中产阶级生活方式的艺术圣地。第二部分"巴黎1968"讲述了克里斯多弗留学法国,在巴黎恋爱、失去童贞、迷失自我的过程,他心中的浪漫幻想逐渐消失。第三部分"伦敦郊区二 1977"与第一部分相呼应。30岁的克里斯托弗最终与现实妥协,娶妻生女,在伦敦城郊过着中产阶级的生活,而托尼依然怀有艺术与反叛的信念。小说对中产阶级价值观的质疑,对艺术、死亡的思考,对婚姻中两性关系的关注,在巴恩斯后来的作品中反复出现。小说获得了毛姆奖,给予巴恩斯极大的创作信心。

1982年出版的《她遇见我之前》讲述了历史教师格雷厄姆·亨德里克陷入"性嫉妒"中的悲剧。格雷厄姆看过妻子安主演的一部通奸题材的电影后便开始疑神疑鬼,热衷于打探妻子的过往,并反复观看她演过的电影。最终,格雷厄姆陷入癫狂状态,杀死了"疑似奸夫"后自杀。作品充分展现了人类本能和情绪狂暴以及人性脆弱的一面。

1984年问世的《福楼拜的鹦鹉》令巴恩斯名声大振。之后出版的《10 1/2 章世界史》(1989)也引起评论界的高度关注。这是一部实验性很强的作品,没有贯穿始终的主人公和完整的故事情节,完全由片段式的"插曲"以及十多则短小的故事连缀而成。这些故事的中心意象都是"方舟"或方舟的变体,蕴含了救赎的主题。巴恩斯试图以文学的形式书写历史,但他放弃了进步的、线性的宏大叙事,而是用并置的手法将包含相似意象与主题的小故事整合成一部"藕断丝连"的长篇小说。这些小故事的主人公大多不是叱咤风云的角色,而是普通的小人物,甚至小动物,如诺亚方舟上的木蠹、核事故后幸存的女孩、二战期间漂泊海上四处求救的犹太人等等,他们是历史长河中沉默的大多数。巴恩斯聆听这些边缘人物的声音,大量运用戏拟、反讽、互文等手法颠覆了正史的宏大叙事,揭示出历史的建构性以及历史知识背后权力话语的运作机制。

90年代,巴恩斯较有影响力的作品是《英格兰,英格兰》。该小说中女主人公玛莎·柯克兰成长于单亲家庭,背负浓厚的童年阴影,成年后供职于杰克·皮特曼爵士的公司,参与了"英格兰,英格兰"主题公园建设的项目。雄心勃勃的皮特曼收购怀特岛,并在岛上建造了英国最具代表性的名胜古迹,如白金汉宫、大本钟、巨石阵等等,将怀特岛打造为缩小版的英格兰,供世界各地的游客观赏娱乐。主题公园大获成功,怀特岛日渐繁荣,而英格兰本岛却慢慢衰落。玛莎在与皮特曼的权力斗争中遭情人保罗的背叛而落败,最后返回英格兰安度晚年。小说从微观的个体和宏观的国家两个角度,展现了记忆与历史的建构性。作品中英国人引以为豪的民族身份、悠久的历史传统以及"英国性"本质而言都是主观建构和美化的结果。同一时期,巴恩斯还著有爱情小说《谈话》(1991)、《爱与其他》(2000),政治讽刺小说

《豪猪》(1992),以及短篇小说集《穿越海峡》(1996)。

步入21世纪,巴恩斯佳作迭出。2005年出版的《亚瑟与乔治》取材于19世纪英国的一桩真实案件。印英混血儿乔治·艾德吉被误判为"大沃利伤马案"的凶手,在侦探小说家亚瑟·柯南·道尔的仗义帮助下沉冤昭雪。作者成功地将种族、婚姻道德、司法正义以及历史的建构性等一系列严肃的问题装进侦探小说的框架之中,创作出一部深入浅出的作品。

获布克奖的小说《终结的感觉》同样具有举重若轻的魅力。作品分为两部分。第一部分是叙述者托尼·韦伯斯特对自己学生时代生活的回忆。他当时隶属于一个三人小团体,后来艾德里安·芬恩也加入其中。艾德里安学业出众,为人谦和,考取了剑桥大学。托尼读大学时与维罗妮卡相恋,去她家度周末却遭到一连串的羞辱。托尼也逐渐发现了维罗妮卡品德上的缺陷,两人分手。心机深重的维罗妮卡攀上高枝,成为剑桥学生艾德里安的女友。两人还故作高尚地征求托尼的意见,托尼提醒艾德里安防备维罗妮卡,并送上了自己的祝福。此后,托尼与他们日渐疏远。大学毕业后不久,艾德里安自杀。小说第二部分是托尼晚年的叙述。托尼退休后突然收到一封信,称维罗妮卡的母亲将五百英镑的遗产以及艾德里安的日记赠给他。于是,托尼与维罗妮卡开始了断断续续的联系,陈年往事也以记忆中完全不同的面貌呈现出来。维罗妮卡不是当年那个冷漠势利的女孩,他们之间曾拥有过许多温馨美好的时光。而托尼记忆中对艾德里安和维罗妮卡的祝福原来是一封充斥着刻薄、恶毒的咒骂的信。艾德里安为了弄清信中提到的维罗妮卡受到的"家庭伤害",与维罗妮卡的母亲纠缠过深,两人育有一个智障儿子。艾德里安自杀、母亲也去世之后,维罗妮卡一直照顾着这个弟弟。小说结尾,托尼得知这一切后深感不安。

布克奖评委会小组对《终结的感觉》的评价是:这是一部与二十一世纪的人类对话的作品,带有英国文学经典的印记,其精细的描绘、巧妙的谋篇布局,每次阅读都会给人带来新的深度体验。小说的巧妙之处在于安排了不可靠的叙述者托尼,他自卑狭隘,但又想获得道德优势,满足自我保护的本能,因此主观歪曲、删改、捏造记忆抹黑前女友。但在40年后,托尼的良知逐渐苏醒,能以相对客观的态度回首往事。这部小说的主题依然和巴恩斯之前的作品一脉相承,同样探讨了记忆/历史的建构性。

《时代的喧嚣》(2016)是一部关于苏联作曲家德米特里·肖斯塔科维奇的传记小说。肖斯塔科维奇面对专制权力的压迫时,选择表面的妥协和顺从,但也丧失了个人尊严,承受着道德与精神上的巨大压力。他以这种貌似软弱的方式保护自己的家人和深爱的音乐,获得巴恩斯的礼赞。

同一时期,巴恩斯著有短篇小说集《柠檬桌子》(2004)、《脉搏》(2011),悼念亡妻的随笔《生命的层级》(2013),以及《艺术随笔》(2015)等。

通常认为1984年出版的《福楼拜的鹦鹉》是巴恩斯的代表作。小说讲述了一个"寻找"的故事。主人公杰弗里·布雷斯韦特是一名来自英国的退休医生,业余时间研究法国作家福楼拜。他在鲁昂参观主宫医院和福楼拜故居时发现了两只相似的鹦鹉标本。福楼拜生前为创作短篇小说《一颗质朴的心》,曾从鲁昂博物馆借用了一只鹦鹉标本。两处故居的管理人员都声称自己这边的标本才是福楼拜真正使用过的。布雷斯韦特为了弄清这桩悬案,展开了一系列的查证工作,包括整理作家的年表、动物寓言故事集,研究福楼拜与母亲、妹妹、外甥女、友人以及情人之间的关系,并厘清了作家的艺术观念、政治立场等等,但真相始终未能浮出水面。除了这条主要线索之外,小说还存在另外几条线索:短篇小说《一颗质朴的心》的情节编织在其中;叙述者布雷斯韦特的妻子埃伦多次出轨并自杀的故事与《包法利夫人》的同名女主人公经历类似,两者形成互文对话的关系;布雷斯韦特对妻子的复杂情感,对生活复杂的认知过程都交织在其中。

这部作品最引人注目的是高度实验性的形式。小说没有遵循传统小说开端、发展、高潮、结局的线性叙事模式,而是弱化故事情节,将福楼拜、包法利夫人、布雷斯韦特夫妇的故事,以及辩护词、各种概念的词典、文学评论、文学考卷等五花八门的元素拼贴、杂糅在一起,刻意制造出并不流畅的阅读体验。小说的叙述形式也变化多端。叙事的视角不断变化,主要叙述者布雷斯韦特的视角没有一贯而终,中间穿插着福楼拜的自述,情人露易丝·科莱的叙事。而且布雷斯韦特常采用"元叙述"的方式,跳出正在叙述的故事,直接与文本外的读者进行对话。小说中还大量存在年表、词典、文学评论、考卷这种非叙事类的形式。同时,巴恩斯与叙述者之间的距离时远时近,因而难以把握作家在一些问题上的真正立场。作品中既有历史人物福楼拜的生平轶事,也有虚构人物布雷斯韦特的黯淡过往;既有福楼拜的真实事件,也有作者虚构的成分,纪实与虚构之间的界限非常模糊。

作品面世之初备受争议,不少研究者甚至否认这是一部小说。巴恩斯在接受采访时谈了对"文类混杂"的写作手法的看法。他认为这是英国文学中的传统,并以莎士比亚为例,"如果莎士比亚没有混杂文学体裁,混杂修辞形式,混杂散文与诗歌,混杂高贵和卑贱,混杂滑稽剧与悲剧,那么他将一无是处"①。作家多次在公开场合坚持《福楼拜的鹦鹉》是一部小说而非其他文类。可以说,继英国小说激进的60年代之后,巴恩斯又一次将小说的可能性发挥到了极致。

小说实验性的形式之中包含着同样新派的内容。它试图探讨历史与真实,语言能否反映现实等带有哲理意味的命题。小说由布雷斯韦特查询福楼拜真正使用

---

① Vanessa Guignery, Ryan Roberts, ed. *Conversation With Julian Barnes*. University Press of Mississippi, 2009, p. 47.

过的鹦鹉标本而展开,这条线索不断将读者引向一系列的问题:历史/过去真的可知吗?我们如何接近历史/过去的真相?语言这个工具在多大程度上是可靠的?19世纪现实主义文学大师们不会质疑这些问题,巴尔扎克就自诩为法国历史的书记员。与之相比,一百多年后的巴恩斯显然没有这种笃定的信心。他不停在小说中告诉我们,历史/过去难以把握,事情的真相不可触摸:"我们该如何抓住过去?我们能够抓住吗?当我还是个医学院学生的时候,在参加期末舞会时,不知哪个爱开玩笑的人把一头身上涂满油脂的小猪放进了舞会大厅。小猪一边尖叫一边在大家的腿脚间躲来躲去,以免被大家抓住。大家扑过去,想抓住它,结果跌倒在地上,在整个过程中人们表现得滑稽可笑。过去似乎就常常像那头小猪。"①

在巴恩斯看来,历史/过去就如同涂满油脂的小猪一样,难以捕捉。每个倾尽全力试图抓住历史/过去的人都会弄得狼狈不堪。不但宏观的历史/过去是如此,微观的个体身上同样存在类似的情况。不能认为阅读了某人的传记就能通晓他的点点滴滴,事实要复杂得多。小说的扉页引用了福楼拜的一句话:"当你为朋友立传时,一定要做得像你在为他报仇雪恨那样。"传记视角单一,且传主的生平材料经过筛选、编撰、书写的过程必然带有作者强烈的主观性。因此,传记所塑造的传主形象极可能与传主本人的真实面貌相去甚远。巴恩斯在小说第二章"年表"中分别以三种态度记录了福楼拜一生中的重大事迹,第一种是积极正面的,第二种是消极负面的,第三种是福楼拜本人的自述。同样的事情以不同的态度来叙述便会得出迥异的结论。在巴恩斯看来,历史与小说的界限并非泾渭分明,它们都属于人为建构之物,历史没有它标榜的那样客观真实。但他在《10 1/2 章世界史》的"插曲"中又写道:"我们还是必须相信,客观真实是可以得到的;或者我们必须相信它99%可以得到,或者说,我们不能相信这一点,那么,我们必须相信43%的客观真实总比41%的客观真实好。"②可见,作家只是对言之凿凿的历史叙事持有冷静、审慎的态度,并未堕入历史虚无主义的泥潭之中。

巴恩斯说:"如果我在二十岁时自认为是无神论者,在五十岁和六十岁时是不可知论者,不是因为我在这段岁月中学到了更多知识,而是对蒙昧有了更多清醒的意识。"③他锐意革新、质疑宏大叙事、叩问历史真相,向我们展现了理解这个纷繁复杂的世界的不同方式,并以一种包容的态度面对小说与人生的各种可能性。

---

① 朱利安·巴恩斯:《福楼拜的鹦鹉》,石雅芳译,译林出版社,2010年版,第6页。
② 朱利安·巴恩斯:《10 1/2 章世界史》,宋东升、林本椿译,译林出版社,2010年版,第227页。
③ Julian Barnes. *Nothing to Be Frightened Of*. New York: Random House, 2008, p. 22.

第三章 法国文学

第一节 概　述

二战后,法国文学与哲学的互动空前紧密,这主要表现为两方面。一方面是萨特、波伏瓦、加缪和莫里斯·梅洛-庞蒂等作为文学家/文学评论家和哲学家的双重身份对文学的影响继续扩大,尤其影响了50年代的荒诞剧和六七十年代的新小说。萨特在1948年发表的《什么是文学?》里提出"什么是写作""为什么写作"和"为谁写作"三个问题,不仅对当时的文学批评,也对文学创作起了导向性作用。《什么是文学?》的最后一章中,萨特针对"1947年的作家处境"指出了20世纪以来创作群体和阅读群体之间发生的根本性转变,即作家与大众间的关系已经变成了作者与读者间的关系。这一发生在世纪初、定型于二战后的转变暗示着作家们从对文学本身的兴趣已经转向对文学生活的兴趣,也预示着20世纪下半叶的文学将继续以多元化尤其是哲学化的方式被重塑。

另一方面则与50年代结构主义的兴起有关。结构主义肇始于索绪尔的语言学,兴起于列维-斯特劳斯的人类学,之后随着拉康对弗洛伊德精神分析学的再发展和罗兰·巴特将结构主义引入文学批评,结构主义至60年代进入巅峰期。这期间最重要的文学评论者有拉康、罗兰·巴特、米歇尔·福柯、雅克·德里达、保罗·利科、罗曼·雅各布森、吕西安·戈德曼、茨韦坦·托多罗夫、格雷马斯、热奈特和朱莉亚·克里斯蒂娃。他们从精神分析、社会学、叙述学、符号学、哲学入手开启了新文学批评,他们的共同点是将文学视为一种符号体系,通过找寻文本的普遍性结构和作品创作的普遍规律,将文学纳入科学的范畴之下。结构主义者很注重索绪尔以来的结构语言学,希望能建立意义明确的概念网络,并在此基础上对形式进行分析,以期揭示那些主导人类行为的系统化的普遍规律。正如以萨特为首的存在主义哲学家和文学家们的双重身份推动了哲学的文学化和文学的哲学化一样,60年代的结构主义在法国的文学领域也得到了双重响应:一是由于相信理论的普遍性大于文本的差异性,试图将文学和文学批评纳入科学的范畴,在这一基础上促进了"严谨"的新创作理论的出现,即叙事学;二是托多罗夫、格雷马斯、热奈特和克里斯蒂娃等人的叙事学理论又推动了对文学意义的追问,对文学与社会、意识形态关系以及对文学符号在象征体系中地位的研究。

荒诞派戏剧不是一个有组织的文学运动或流派,而是战后几位剧作家恰巧在同一段时间里创作上演了理念颇为相近、意义指向存在之荒谬,同时风格又各不相同的戏剧。剧作家们拒绝叙事和心理分析,也抛弃传统戏剧的行动和冲突结构,拒绝任何既定的结构形式,而是从语言本身入手展现存在的虚无,探索何为人生的自由。荒诞派戏剧的三位主要剧作家是贝克特、尤内斯库和阿达莫夫,他们都不是法裔,贝克特来自爱尔兰,尤内斯库是罗马尼亚人,阿达莫夫则是亚美尼亚裔的俄罗斯人。语言学家邦维尼斯特认为,人被所使用的语言的内在逻辑和思维方式左右,人的主体性通过语言结构浮现在话语中。这尤其体现在这几位荒诞派剧作家的创作上。对贝克特来说,选择用非母语的法语来创作,确保了写作能够成为一种从自身之外看自我的方式,也让他保持了与语言本身展开一场持续的精神搏斗的状态。在这个意义上,无论是贝克特的《等待戈多》,还是尤内斯库的《秃头歌女》和阿达莫夫的《侵犯》,都是以语言本身来消解意义的典范之作。20 世纪的法国戏剧成就斐然。本书将列专节进行论述。

新小说是指 50 年代以来一批来自午夜出版社的作家,比如阿兰·罗伯-格里耶、克洛德·西蒙、娜塔莉·萨洛特等对文学形式进行探索和实验的作品。需要指出的是,这期间荒诞派戏剧家贝克特的小说也通常被归入新小说派。与荒诞派戏剧一样,新小说派并非自发组织的运动或流派。文学批评家伯纳德·多特于 1955 年第一次提出"新小说"这一术语,两年后法兰西学院院士埃米尔·亨利厄特在《世界报》上发表了一篇批评阿兰·罗伯-格里耶的《嫉妒》和娜塔莉·萨洛特重版的《向性》的文章,"新小说"一词反而因为他的批评广为流传。1963 年,阿兰·罗伯-格里耶发表《为了一种新小说》,为新小说写作奠定了理论基础。"新小说"这个术语对他来说不指向某一流派,也不指向某些作家,而是用以包括所有寻找表达或创造人与世界间新关系的新小说形式的作家。因为只有当作品把过去留在身后并预告未来时,才能将自己留存在历史里。从这个意义上说,福楼拜写了 1860 年的新小说,普鲁斯特写了 1910 年的新小说。因此,"新小说"之"新"也是相对而言,早在 1884 年,法国作家若利斯-卡尔·于斯曼就已在《逆流》里证明了情节并非小说要素。新小说之"新",主要指的是新小说作家们对存在着一个统一、普遍和建立在因果关系之上的世界的怀疑,这必然导致对传统小说尤其是现实主义小说里连续的时空观、历时性故事情节以及故事的因果逻辑的全面质疑。正如罗伯-格里耶所认为的,现实仅存在于此时此地而并不存在于其他更好的、永恒的并具有与现实意义的强烈一致性特征的世界里。因此罗伯-格里耶提出摒弃用简单过去时第三人称叙写现实主义故事,提倡借鉴源自福楼拜等作家的用未完成过去式和现在时的写作。在这一点上,他和罗兰·巴特的意见不谋而合,虽然两人是公开的论敌。此外,罗伯-格里耶认为既然叙述的地位和使命已经完全改变,就不再需要开场白式的介绍和时空社会背景的限定,所以叙述呈现的只是没有意义的事物,从而消除叙述的确定性。

乌立波(Oulipo)是由法文 L'Ouvroir de littérature potentielle(潜在文学试验工场)的首字母缩写组成,最早是数学家弗朗索瓦·勒里昂纳与作家雷蒙·格诺于1960年成立的协会。一开始的名字是 Sélitex,即 Séminaire de Littérature Expérimentale(实验文学的研习班)的首字母缩写,后来改为 Olipo,一直到1961年才正式定名为乌立波(Oulipo)。乌立波以法国作家为主,其他国家的作家、艺术家为辅(比如意大利著名作家伊塔洛·卡尔维诺就是乌立波的重要成员),每月聚会一次,就"制约"概念进行讨论,同时也在聚会上接纳新成员。这个自发组织的流派一开始就宣告说乌立波不是文学运动,也不是科学研修班,更不是一种偶然出现的文学。虽然这表明乌立波成员无意引导文学潮流而专注于形式的革新与实验,但与同样关注形式的新小说派不同的是,他们并不排斥现实主义叙事,卡尔维诺甚至可以称为是非常接近现实主义的作家。此外,乌立波很多成员都对数学、科学和哲学有浓厚的兴趣,这也是他们对文学形式的探索最后会倾向"词句的游戏"的原因。

雷蒙·格诺(1903—1976)出生于法国海港城市勒阿弗,在家乡读完高中后来到巴黎求学,曾在索邦大学和巴黎高等实践学校学习哲学。这期间他与超现实主义者们来往密切,并于1924年加入超现实主义作家群体。但他始终不认可自动写作法,而且超现实主义政治上极左的态度也让他与之渐行渐远。1930年,他和乔治·巴塔耶、米歇尔·莱里斯、雅克·普维等人一起发表了抵制布勒东的文章《一具尸体》,正式与超现实主义决裂。格诺一生痴迷数学,他于1948年成为法国数学学会成员,他的最后一部作品《大卫·希尔伯特所认为的文学依据》,就是借德国著名数学家希尔伯特之口探讨如何能从数学中发现新的文学形式,生成新的文学作品。而他最著名的写于1947年的《风格练习》,正是对何为"受限制的自由"思考的结果。格诺认为,通过对潜意识和灵感/启示的探索和开发就能挣脱词句束缚的想法是错误的,正如认为通过偶然和无意识(或自动写作)就能达到自由的想法一样错误。如果灵感/启示的本质是对冲动的服从,而这冲动在现实中恰恰是被规则所囚禁的奴隶,那么就说明规则本来就比冲动更具自由性。所以一位遵守观察体悟到的规则写悲剧的古典作家比一位倾倒出他脑中所有词句的诗人更自由,因为后者正是他所无视的那些规则的奴隶。正是有限制,才会有自由的意义。《风格练习》以99种不同的方式描写两个陌生人在短时间内的两次相遇,格诺想以此说明情节内容的受限反而打开了叙述形式的自由。

乔治·佩雷克(1934—1982)1967年加入乌立波。格诺关于什么是限制的思考也成为乌立波成员日常写作讨论的主题,佩雷克更将这种"限制与自由"的实验发挥到了极致。和超现实主义者一样,他也向往一种真正自由的创造。但他不相信超现实主义者所提倡的灵感、偶然、启示等等,他更相信文字游戏,因为每种文字游戏都有其规则,而这规则,正如格诺所说,恰恰能将文学从历史的桎梏中解救出来,使之成为一种无动机和独立的创造。因此,佩雷克常说他为自己制定规则来达到完全的自由。他的代表作《生活使用说明》(又译《人生拼图版》)尤可视为这种文字实验的实践,即按照某种数学规则形成的小说结构通向了自由叙事。

佩雷克是波兰裔犹太人,出生于1934年的巴黎19区。其父亲在二战开始的1939年自愿参军,次年在战场上伤重身亡。1941年,佩雷克母亲把他送上一辆开往自由区维拉尔德朗(法国东南部)的红十字火车逃避战乱,自己却在两年后被德军逮捕,到奥斯维辛后不知所终。佩雷克在战后重新回到巴黎,被毕耶南弗德一家收养(佩雷克的远亲),而这家的女儿毕阳卡是一位与萨特和波伏瓦私交甚密的作家和哲学家。佩雷克早年很喜欢罗兰·巴特,曾多次去听过他的课。巴特的零度写作、叙事人称理论对佩雷克的小说创作影响很大。

双亲在二战中的死亡和消失,给佩雷克带来终身难以言述的伤痛。他发表于1969年的小说《消失》里,法语中使用频率最高的字母 e 在这部近三百页的小说中消匿了,而这种形式上的消失也对应着内容——书中主人公安东·乌瓦勒的莫名消失。这双重消失又隐喻佩雷克父母的消失。事实上,消失构成了佩雷克很多作品的主题,比如小说《W 或童年回忆》,以一章叙述者"我"、一章叙述者温克勒的口吻来轮替写作:"我"幼年时在战争中失去父母,战后在零星物件中拼凑对父母和自己童年的记忆;而温克勒则是一个逃兵,连他的名字都借用自一个死于海难的孩子。直到某天有人告诉温克勒说那孩子可能并没有死,而且很可能流落到太平洋火地群岛中的某个岛上了,他于是动身去寻找这个孩子,小说第一部分到此结束。从第二部分开始,叙述者"我"还在追寻自己童年的各种零星痕迹,但另一个叙述者温克勒却消失了,取而代之的是以非常冷静的口吻对"在世界另一头"只有运动员和官员的 W 岛的介绍。W 岛就像一台完全"反人性"的计算精确、运行有序的国家机器,在岛上运动员被官员严酷管理着,没有任何支配自己生命的权利,这正是二战集中营的隐喻。叙述者"我"在小说最后一章读到关于集中营的文字:其所竭力追寻的童年回忆一直被集中营的阴影所遮盖,而两位叙述者也正在此处隐喻性地相遇。

在20世纪下半叶的法国文学中,玛格丽特·尤瑟纳尔、莫里斯·布朗肖、玛格丽特·杜拉斯、米歇尔·图尔尼埃、勒克莱齐奥和帕特里克·莫迪亚诺是几位难以归类的作家,其中更具影响的莫里斯·布朗肖、勒克莱齐奥将专节阐述。

玛格丽特·尤瑟纳尔(1903—1987)出生于比利时,母亲在她出生不久就去世了,她自幼跟随父亲常常在欧洲各地旅行和学习。她的文学启蒙得益于父亲和他的藏书:少年时代就已经博览各种经典,尤其对古代英雄事迹了如指掌。因此,她的文学品味也自然而然偏好古典文学。尤瑟纳尔发表于1929年的第一部小说《阿利克西,或徒劳的搏斗》深受纪德精确、冷静和古典写作风格的影响。尤瑟纳尔博学多才,不仅是小说家、诗人、剧作家、文论家和翻译家(翻译过弗吉尼亚·伍尔夫等人的作品),而且也是百科全书式的博学者。她晚年研究过日本作家三岛由纪夫的作品,对中国和日本古典文学也有所涉猎。1981年,尤瑟纳尔入选法兰西学院院士,成为该学院成立350年来的第一位女院士。发表于1951年的《哈德良回忆录》是她的代表作,创作时间长达26年,因她像治学一样写小说,以穷尽一切可能的史料还原了古罗马文武全才的贤良君主哈良德的一生。此外,《哈德良回忆录》的写作方式也直接对应着尤瑟纳尔的生活方式:在人类文明的瀚海中畅游,然后一次次向着源头回溯。因此,与新小说作家们竭力和"过去"划清界限不同,她转身面向历史和经典,仰望、攀登人类文明的至高点。

玛格丽特·杜拉斯(1914—1996)原名玛格丽特·多纳蒂约,出生于越南,有两个哥哥。她父母当年自愿到越南从事教学工作,父亲却于1921年客死他乡。母亲带着三个孩子回法国安葬父亲后,在杜拉斯(一座法国城市,也是杜拉斯笔名的来源)附近居住,两年后又重新回到越南。决心重振家庭的母亲在当地购买了一块80平方千米的土地,却发现是一块无法种植任何东西的盐碱地。杜拉斯于1931年回到法国继续学业,但在越南的成长经历在她几乎所有作品中都留下了痕迹——不单单是内容,在形式方面也留下了印迹:她多用短句和相似语义字词的并列排置以及故意的重复,而这些都是越南语言的特征。例如在《琴声如诉》里的一段:"依然是好天气。好天气持续这么久,是料想不到的。人们现在是面带微笑议论着这种天气,仿佛这天气是虚假的、捏造出来的,在它持续这么久的背后可能隐藏着什么不正常的东西。"[①]杜拉斯小说的特点之一是呈现一种情境的静态,即人物常常处于静止状态,他们或许在等待或许并不等待,他们的行为也并没有被情节所连贯,故事常常没有高潮,甚至结尾也中止于这种静态。其另一个特点是小说的戏剧化,比如《广场》通篇都是对话,这部小说两年后直接被作为剧本搬上舞台,成为杜拉斯的第一部戏剧。这尤其体现在她的后期小说中,对话几乎成了她小说最重要的元素而非情节。从1966年开始,杜拉斯开始执导电影,她的影片极具个人风格,像是对她的小说的一种屏幕呈现,因此形成了一种将画外音式对话与静态画

---

① 玛格丽特·杜拉斯:《琴声如诉》,王道乾译,上海译文出版社,2010年版,第102页。

面相对照的美学。她晚年执导的《印度之歌》,更将这种表现静态情境的美学推到了极致。

米歇尔·图尔尼埃(1924—2016)是20世纪下半叶法国最著名的作家之一,他开始创作的时间比较晚,作品也不算多,但极具影响力。图尔尼埃出生于巴黎9区,他与德国很有渊源:其父母在巴黎索邦大学读德语本科时相识;二战期间他们在巴黎西郊的房子被德国人征用而搬到离巴黎更近的纳伊,图尔尼埃在那里就近入学高中,遇到了日后的著名哲学家吉尔·德勒兹,并与之成为好友。图尔尼埃在索邦大学取得哲学文凭后又去德国学习了四年,虽然其后多次考哲学教师资格失败转而写小说,但他终生对德国哲学保持兴趣,而这一兴趣又让他的小说散发出浓郁的哲学气息。他的第一部作品,发表于1967年的《礼拜五或太平洋上的虚无缥缈境》就是一部不折不扣的哲学小说。这部小说借用英国作家笛福《鲁宾逊漂流记》的故事框架,探讨了在极端情况下自我与他人的哲学关系。流落到荒岛(鲁宾逊后来将之取名为希望岛)上的鲁宾逊以欧洲文明为圭臬,凭一人之力在希望岛上建起了殖民地:这里有总督别墅(鲁宾逊自己的住所),有度量博物馆,有法院和神庙,有防御工事,还有宪章和刑法。但是所有的努力、克制和虔诚在缺失了他人的目光时变得没有意义:"在希望岛,只有一种视点,就是我的视点,任何的潜在性都被剥夺了……我的孤独不仅损害到万物的可理解性,甚至还侵蚀到万物生存的本质中去。……我的双足所稳稳踏着的土地,为了不至于动摇,也会需要除我之外他人的脚来踏立。"①相对于笛福笔下无性的鲁宾逊,图尔尼埃在荒岛上设置了一个有性欲冲动的鲁宾逊,而无法释放的性欲更将鲁宾逊的孤独推向极致。当礼拜五意外闯入鲁宾逊的生活后,他们所经历的关系又远超鲁宾逊对他者的想象:礼拜五的存在并没有让鲁宾逊的自我实现圆满,却让他在这唯一同伴身上看到自己如同魔鬼;礼拜五如同一面哈哈镜,映出了鲁宾逊那扭曲的形象。然而鲁宾逊在礼拜五这个"下等的"野蛮人身上看到的可憎的陌生自我却又给他提供了认识自己未知部分的可能性。小说结尾处,当鲁宾逊决意留在岛上而礼拜五跟随一艘来自"文明世界"的轮船而去时,船上的一个小水手简却自愿留了下来,似乎一切又发生了翻转,一种新的"自我—他者"关系将在希望岛上开启。

帕特里克·莫迪亚诺(1945—)出生于巴黎,那时二战刚刚结束,这对他日后的写作生涯似乎是一种预示,他作品里的时空几乎都和这两个因素有关,即二战中的巴黎。而巴黎也的确开启了莫迪亚诺的文学生活。早在他出生的前两年,他的父母就搬入了犹太作家莫里斯·撒式在巴黎6区孔蒂码头的寓所,后者把自己的藏书都留给了莫迪亚诺的父母。十多年后,莫迪亚诺在巴黎亨利四世高中上学时

---

① 米歇尔·图尔尼埃:《礼拜五或太平洋上的虚无缥缈境》,余中先译,安徽文艺出版社,1999年版,第56—57页。

遇到的几何老师就是乌立波的创始人——作家雷蒙·格诺。格诺对莫迪亚诺影响巨大,不仅是他创作的启蒙者和支持者,更将他带入巴黎文学界,比如结识伽利玛出版社的负责人。他在伽利玛出版的处女作《星形广场》的第一个读者就是格诺。从1967年开始,莫迪亚诺辍学全职投入创作。他的小说总围绕着"缺失"展开:或是身份的丢失,或是人物的消失。因此,对自身或他人身份的追寻是他小说不变的主题。这一追寻又恰恰是作者表达面对快速变化的世界(战争、社会运动等)的无法理解和无力改变之感的隐秘途径,这也是为什么他小说中那些丢失的身份或那些失去的自我永远都无法找回的原因所在。

第二节 莫里斯·布朗肖

批评家、作家和哲学家莫里斯·布朗肖(1907—2003)是20世纪法国文坛的独特存在。他不隶属于任何文学或哲学流派,也很难被任何流派所概括。他以深居简出的隐士生活,发表举足轻重的文学批评,创作晦涩难懂的小说和哲学作品著称。他是一位很小众的"作家的作家",拥有一个小而忠实的读者群,主要由群星璀璨的小说家、诗人和哲学家组成,比如作家波朗(1884—1968)和贝克特(1906—1989),诗人夏尔(1907—1988)和德·富莱(1918—2001),小说家杜拉斯(1914—1996)和米歇尔·布托(1926—2016),作家和思想家巴塔耶(1897—1962),哲学家列维纳斯(1906—1995)、罗兰·巴特(1915—1980)、福柯(1926—1985)、德里达(1930—2004)、让·吕克-南希(1940—)、拉库·拉巴特(1940—2007)等。以往布朗肖很少进入文学史的视野,即便提及也往往一笔带过,直到20世纪末,研究者才厘清他的生平梗概,揭示出他在文学史上不可或缺的重要地位,尤其他对法国后现代文学与思想的深远影响。

1907年9月22日,布朗肖出生于法国东部勃艮第地区一个叫作奎因的小村子。他的家境非常殷实,虽然并非严格意义上的贵族,但母亲来自当地富有的望族,父亲则是颇有社会地位的古典语文教师。布朗肖是这个天主教家庭的第四个也是最小的孩子。在父亲的指导下,四个孩子都接受了非常扎实的古典学教育。

1922年,刚刚通过高中毕业会考的布朗肖在一次手术中遭遇医疗事故,他的血液被感染,造成影响他终身健康的一系列后果。慢性呼吸道疾病、哮喘、胸膜炎、结核……疾病成为伴随布朗肖一生的基本生存状态,时时提醒他身体的存在,以至于疾病就是他与身体的连接点,也是他与世界的接触点。布朗肖的健康状况,还有因此形成的独特精神气质,给他的朋友们留下了非常深刻的印象:苍白、瘦削,步履和语速迟缓,好像一个幽灵、一个幸存者,从幼年开始就需要不断逃脱"死刑判决"。他温和亲切,彬彬有礼,但又不苟言笑。借用他在《死刑判决》中对人物娜塔莉的描述,布朗肖是一个"比所有人都要少的人"①,因关注他者而自我隐退,切近又遥远、即便在场也仿佛缺席。他身上的矛盾令人着迷:羸弱而又有力,严肃而又温柔,亲切而又疏离。于是,有朋友笑称,他就像一位来自北极的牧师,非常悠闲地享受着巴黎的大千世界,因为他的一切都是白色的,他的面容、皮肤,还有语言,不过有趣的是,他却一直喜欢穿黑色的衣服。

长期的疾病使他一直行走在生与死的边界,不眠之夜、永恒的疲惫、无尽的垂死成为他的文学与哲学作品的重要主题。身体过于虚弱,某种程度上也是他日后离群索居、几乎与世隔绝的原因之一。然而悖论的是,体弱多病的他在与死亡的无数次对峙中顽强地活到95岁高龄,仿佛死亡一直在宣告它的到来,却又被一再推迟。他将这一独特的死亡体验写进了《死刑判决》里。

1924年,布朗肖赴斯特拉斯堡大学学习德语和哲学。在那里,他结识了来自立陶宛的犹太裔同学列维纳斯,开始了长达一生的真挚友谊。这段堪称典范的友谊被德里达称为"我们时代的恩赐"。当时他们的政治立场迥异,列维纳斯倾向自由主义,而布朗肖则是民族主义者,极力推崇君主制,认为资本主义的议会民主已经破产。尽管如此,他们性情相投,彼此欣赏,在许多方面都产生了强烈共鸣。在布朗肖的影响下,列维纳斯开始关注法国当代文学,后来他又在布朗肖的文学作品中找到许多思考的灵感。而通过列维纳斯,布朗肖得以接触德国现象学,特别是海德格尔的哲学,并开始受到犹太思想的深刻影响,尤其是被列维纳斯视作第一哲学的伦理学思想,从此形成对犹太人问题持续一生的关注。这在他的理论著作《无尽的谈话》与反思犹太人大屠杀的《灾异的书写》中表现得尤为明显。二战期间,布朗肖曾保护列维纳斯的妻子和女儿,将她们安置在奥尔良附近的一所修道院,以躲避纳粹德国对犹太人的种族清洗,直到法国解放。

布朗肖尽管从一开始就无意进入任何体制进行研究工作,撰写中规中矩的学术著作,成为传统意义上的哲学家,但列维纳斯对他的思想水平评价很高,并敏锐地抓出了他的思维特点:善于在交谈中获得柳暗花明的突破,开辟一个完全崭新的方向。熟悉布朗肖理论作品的读者会发现,他的理论著作总是一种与他者的交谈。所以,如果我们想要真正明白他在说什么,就必须先了解其对话者的思想,比如黑格尔、海德格尔、萨特、列维纳斯和巴塔耶等。这也是布朗肖作品晦涩难懂的原因之一。

1930年,布朗肖在巴黎索邦大学获得哲学高等教育文凭,继而在圣安娜医院学习神经病学和精神病学,但最终放弃了获取博士学位的努力。因为他找到了真正的兴趣所在——为报刊撰稿,这也是他一生从事过的唯一职业。20世纪30年

---

① 莫里斯·布朗肖:《死刑判决》,汪海译,南京大学出版社,2014年版,第69页。

代,布朗肖在许多报刊上发表政论和书评,包括传统右翼的《论争报》,激进右翼的《战斗报》和《反抗报》。后两家报纸与"青年右翼"运动关系密切,布朗肖因此在战后受到一些研究者的诟病。布朗肖政论的主要观点包括国际、国内两个方面。在国际政治上,他持续不断地对希特勒的崛起发出警告,反对法国的"绥靖"政策,指出希特勒是对整个欧洲和平的威胁,代表了一种"不可接受的政治理念",国家社会主义是一种"堕落反常的民族主义"。而且早在1933年5月,他就在犹太人创办的《壁垒报》上提醒读者,局势极其危险的迹象之一就是德国对"犹太人的野蛮迫害"。国内政治方面,他对当时法国政府无力对抗德国的威胁感到愤怒,号召读者进行暴力的民族主义革命,推翻已经破产的法国议会政治。

1940年,法国被德国占领,已无空间再容布朗肖发表反德言论。于是他开始专注撰写书评,出版了他的第一部文学评论集《越矩》。年底在巴黎,他与巴塔耶相识,开始了生命中第二段重要的友谊。表面上二人性格迥异,布朗肖温和沉稳,巴塔耶暴烈奔放。然而很快,他们就在对方身上发现了潜在的自己。布朗肖的平和、内敛和谨慎,就像是巴塔耶没有表现出来的"被动性"的一面,而巴塔耶内心的激越、精神的不羁则像是布朗肖隐藏的充满激情的一面。更深层次的相通,或许在于他们都在探索可能性的边界,体验存在的极限;而在面对超越人类认识的未知、超越主体一切能力的不可能时,他们认为只有召唤和回应才是正确的方式,而非驯服、掩盖或抹杀。

当时,巴塔耶正在探索创建新型共同体的可能性,他对传统共同体的批判影响了布朗肖的政治立场。布朗肖在晚年的理论著作《未明言的共同体》中曾谈到巴塔耶对他的启发。布朗肖认识到,传统共同体往往走向封闭排他,权力高度集中,以及内部同质化,最终每个成员作为独特的个体将彻底消亡,共同体演变为极权主义。列维纳斯的他者伦理学,巴塔耶的共同体思想,还有布朗肖身边众多的左翼朋友,尤其是作家和抵抗组织成员马斯科洛(1916—1997)和安泰尔姆(1917—1990),都在不同程度上逐渐使布朗肖由一位民族主义者转变为新型的左翼国际主义者。晚年的布朗肖曾公开表示,他不认为存在好的民族主义,因为民族主义的问题在于总是倾向于同化和融合一切事物和一切价值,最终变成排他的、绝对化的唯一价值,而国际主义虽然暂时遭遇挫折,但仍然是人类必需的理想,是他的心系所在。

1946年,布朗肖从巴黎移居到地中海沿岸气候宜人、风景如画的村庄埃兹。在后来的十一年里,他一直在此隐居,其间创作的作品奠定了他在战后文学界的重要地位。布朗肖尽管从未在文坛消失,也从未中断与朋友的通信,但他拒绝接受任何采访、禁止所有媒体展示他的照片和视频,他晦涩、艰深的文体风格,他献身于沉默的文学主张,他谨慎低调的个人生活,都给人们留下了他是一位现代神秘隐士的深刻印象。他的情人将他比作陀思妥耶夫斯基笔下的"白痴"——梅诗金公爵,称他是她所见过的最谦逊的人。围绕着他"不在场的在场",巴黎的知识分子反而产生了强烈的好奇和迷恋。福柯曾表示,他年轻时最大的梦想就是成为布朗肖。

1958年,布朗肖回到巴黎,作为主要发起人参与了左翼知识分子反对戴高乐、反对法国在阿尔及利亚殖民统治的政治活动。1968年,他积极融入法国的"五月风暴"运动中,为学生—作家行动委员会撰写了大量宣言和政论。20世纪60年代,他与包括福柯、德里达、让·吕克-南希等在内的一代后结构主义思想家建立了深厚的友谊。

2003年,他逝世于巴黎附近的梅斯尼尔-圣-德尼村。德里达在悼词中称他是"我们时代最伟大的思想家和作家之一",并认为他留下的作品在法国,在全世界,永远给人们以馈赠。

布朗肖对20世纪法国文学的首要贡献在于,他的叙事文学和哲学散文极大地推进了自启蒙运动以来伏尔泰和狄德罗等人所开创的文学与哲学之间的亲密对话,并将文学与哲学这两种话语的相互穿插、诘难和交融推向了极致。

当然,说到法国二战前后的哲学小说,人们首先想到的会是萨特的《恶心》(1938)和加缪的《局外人》(1942)。实际上,与这两部更广为人知的作品相比,布朗肖的哲学小说在表现形式和思想内容上都更具先锋性和实验性,因此也更难为普通读者所接受。在艺术层面,布朗肖彻底抛弃了萨特和加缪仍然延续的现实主义小说框架,并使用一种非再现式的小说语言进行创作,为后来的小说创新开拓了非常丰富的可能性。在思想层面,布朗肖的小说突破了当时在法国居于统治地位的存在主义哲学,预示了许多后结构主义、后现象学的思想命题。所以一点也不奇怪,只有德里达的解构主义思想、列维纳斯的他者伦理学在70年代成为显学之后,布朗肖的哲学小说才开始受到更广泛的重视。

布朗肖与存在主义作家的另一个重要分歧在于,如果说存在主义小说以另一种方式奏出了传统人道主义文学的最强音,那么布朗肖的小说则致力于传达沉默。这沉默来自于一种反人本主义的立场,即力图解构启蒙运动以来西方文学中潜藏的笛卡尔式的主体中心和人类中心主义,并拉开小说自18世纪兴起之后与个人主义过于紧密的关联。布朗肖反人本主义的"沉默"书写极大启发了后来的文学理论家罗兰·巴特,被他称为"白色书写"和"零度写作",并促使他和福柯相继提出了"作者之死"和"人之死"的理论主张。

布朗肖的第二项重要贡献在于,他对"纯小说"的先锋性实践。布朗肖的"纯小说"主张是对纪德小说理论与马拉美诗学的创造性结合。他认为,纯粹的小说艺术应该摒弃对于"现实世界"的模仿式再现,摒弃意义生成的惯例,致力于创造一个不依赖于任何外部世界的自足的、绝对的系统。其关键是赋予小说的所有元素(事件、人物等)以作家心灵的节奏和秩序,因此外部世界在作家笔下被暴力对待,甚至被拆解和摧毁。在纯小说中,语言应该像在诗歌里那样,获得至高的本体地位,成为一种超验的形式,而不再是表达和交流的工具。而且,纯小说的语言不再是普遍的、共同的语言,而是独一的语言,完全由语言所身处的具体作品来决定。纯小说的语言是语言被完全摧毁之后剩下的坚不可摧的部分,是寻找未知和走向沉默的语言。

布朗肖甚至希望把"纯小说"打造成一个不同于小说的崭新文类,所以他将"纯小说"重新命名为"叙事"。在他看来,小说与叙事的最大区别在于,小说是对一个事件的讲述,叙事则是那个事件本身。换言之,小说的语言是指涉性的,指涉一个外在于讲述的事件。尽管这个事件是虚构的,但小说仍然假设它发生于语言之外的某个"真实世界"。或者说,在小说里,语言的讲述与事件之间存在着一段距离,这段"客观、中立"的距离保证了读者作为一个旁观者能够清晰地"看"到所发生的事件,以及事件所发生的"世界"。而在叙事里,语言不再是认识的中介和工具,去再现一个超越于语言的事件和"真实"。语言不再指涉,而是发生。讲述与事件之间的距离消失了,事件并不发生于讲述之外,而是发生于讲述之中。如果说在小说里,语言的讲述和事件分属于两个平面,那么布朗肖的叙事则像是一个"莫比乌斯环",将讲述与事件连接到同一平面,变为一体。和莫比乌斯环一样,叙事是一个悖论。因为,从时间上说,讲述只能讲述已经或正在变成过去的事件,即讲述总是滞后于事件的发生;然而在叙事里,是讲述创造了事件,即讲述要讲述它自己。这意味着叙事陷入了一个自相矛盾的绝境:要讲述一个已经发生又尚未发生的事件。所以准确地说,叙事是对一个完全未知的、不可能的支点的接近。

在"纯小说"理念的指引下,从第一部小说《黑暗托马》到最后一部作品《我死亡的那一刻》,布朗肖向世人展现了一种独特的小说书写方式,一种将浪漫的诗性与严格的准确性相结合,并推向极致的、几近不可能的文体。他对马拉美的一段概括,反而是对其自身风格的最忠实描述:"如此神秘,又如此明晰,仿佛一个不可理解的启示,注定会用惊人的简洁抹除所启示之物的重要性。……(他)赋予那些只能用彻底的没有表达来表达的东西以光辉,就好像那东西是有形的、清晰的。"

"纯小说"的实验写作使布朗肖与稍后的贝克特、萨洛特等人一道成为法国后现代主义小说的先声,并一同开创了在法国延续至今的极简主义叙事进路。

当然,布朗肖对 20 世纪西方文学理论和哲学思想的影响同样深远,目前看来甚至更加明显。他对"文学何以可能"的追问,他在《文学空间》一书中对文学与死亡之间关系的探讨,他跨越诗哲边界的理论书写,或许是德国早期浪漫派之后最重要的文学本体论建构。他的中性思想被看作是解构主义的先声,至今仍然启发着欧陆哲学。

布朗肖一生共发表了两个短篇故事:《最后之言》和《牧歌》;三部小说:《黑暗托

马(初版)》《亚米拿达》和《至高者》;八部叙事:《死刑判决》《黑暗托马(新版)》《白日的疯狂》《在适当时刻》《那没有伴着我的一个》《最后之人》《等待,遗忘》和《我死亡的那一刻》。①

1941年,布朗肖出版了他文学生涯里的第一部作品《黑暗托马》。这部小说后来被很多人认为是他的文学代表作,布鲁姆在《西方正典》一书中将它列为西方经典文学作品之一。②虽然此时布朗肖在法国文坛尚未确立他的声名,但这部小说的出现极具冲击力,无论人们喜欢与否都无法忽视它。欣赏者甚至盛赞它是普鲁斯特《追忆似水年华》之后法国当代文学中最伟大的小说之一。1950年小说再版时,布朗肖进行了大幅修改。所有涉嫌遵循了传统小说"逼真"原则的地方——背景介绍、过渡和铺垫、现实描述等,所有情节支线和次要人物都被删去,结果新版的篇幅还不到初版的三分之一。

《黑暗托马》极简化的新版本中只剩下两个有名字的人物:托马和安娜。情节则由几个时间点模糊、现实感稀薄的场景串联而成。托马在海里游泳,他步入树林,在饭店晚餐偶遇安娜,翌日深夜走进墓穴,然后复归地上,他和安娜通过死亡体验达成某种神秘的默契。安娜患病死去后,托马在对安娜的哀悼中获得某种领悟,最后在充满奇幻色彩的春日乡间走向新生,又好像走向毁灭。小说结尾暗示,小说建构的纸上世界暴露出它的虚构性,最终土崩瓦解。

小说《黑暗托马》具有很强的"文本间性",其内在的多层次意涵与整体的极简主义风格形成强烈的反差之美。小说标题中的"obscur"一词含有黑暗的、模糊的、含混的、晦涩的、无名的等多重意义。而"黑暗托马"的名号显然会让读者联想起西方文化史上另外两个著名的晦暗者:古希腊哲学家"晦涩的赫拉克利特"和英国小说家哈代笔下"无名的裘德"。小说的情节对多个西方经典故事原型进行了改写和叠加,其中包括俄耳甫斯入冥府挽回妻子欧律狄刻,拉撒路复活,贝雅特丽齐引领但丁等等。通过对这些经典故事原型的重构,小说探索了死亡、爱、哀悼、语言、未知与不可能性、自我与他者、在场与缺席等多个主题,却拒绝像以往的哲学小说那样提供一个确定的解答。多元的主题使《黑暗托马》仿佛是一个有重影的文本,一个内含多个分身的复合文本,充满了含混性和不确定性。

读者将会发现,《黑暗托马》正像马拉美的诗,从根本上是一个不可能被概括和转述的作品。对传统小说,我们把握了情节和人物,就抓住了文本的重心。而《黑

---

① 其中的8部已被翻译为中文,由南京大学出版社出版。包括林长杰译,《黑暗托马》(新版),2014年;郁梦非译,《亚米拿达》,2016年;李志明译,《至高者》,2016年;汪海译,《死刑判决》,2014年;吴博译,《在适当时刻》,2015年;林长杰译,《最后之人》,2014年;胡蝶译,《那没有伴着我的一个》;鸷龙译,《等待,遗忘》,2015年。

② 哈罗德·布鲁姆:《西方正典》,江宁康译,译林出版社,2005年版,第442页。

暗托马》首先是一个去中心的文本，小说各基本要素之间、各章节之间几乎处于平等的地位。小说情节已被稀释为几个抽象场景的连缀，推动情节发展、塑造人物形象的外在行动和内在心理则被现象学意义上的意识活动和身体感知所取代，人物鲜明的性格变成了面目模糊的无名状态。其次，《黑暗托马》中的世界呈现为现实与奇幻的二象性，即永远处于现实与奇幻的不确定性之中，所发生的一切总是可以从奇幻和现实两个看似矛盾的角度同时加以解释。最后，在传统哲学小说里，文学往往不过是哲学的工具，故事只是对哲学观念的图解，概括了作家的哲学观就把握了小说的核心，而《黑暗托马》通过现象学方法，将哲学思辨与小说的叙述合二为一、无法区分；哲学与文学一直平等地共同致力于丰富读者的感受、激发他们的思考。

当时的批评家对《黑暗托马》的独特风格很快达成共识。首先是对弥漫于这部小说的神秘气氛的评价。批评家们注意到，神秘感的源头是小说将纯净的句子与晦涩的语义进行了奇妙的结合。也有人把这部小说比作在没有空气的世界里唱出的一首歌，在晨曦微露中进行的一次漫长探索。还有评论从文体的角度分析产生神秘感的原因：作者喜欢使用普鲁斯特式的长句子，且主句中又包含众多从句，常使用矛盾修辞法，比如"缩短我们之间距离的唯一可能性，在于我无限地远离"，这些都增加了读者理解的难度。还有评论从语言意义的角度分析，认为《黑暗托马》是充满愉悦的对秘密的守护，对词语终结的等待，另一种诠释的时间，在这种诠释学里所有意义如云般弥散开来，又如雨般倾泻而下。

同时，《黑暗托马》令人不安，读者会感觉自己被可怕的未知力量所威胁。布朗肖不是文学界的恐怖主义分子，以耸动、狂暴的叫嚣求关注，以恣意破坏和摧毁来掩盖创造力的贫乏，他是一位像法国戏剧家季罗杜（1882—1944）那样的法语文体大师，用词如福楼拜般精确，行文沉静、优雅、饱含诗的节奏、韵律、回环往复、悠远深长，同时又遍布奇幻且充满哲思的意象，比如小说中最后一章对春天的瑰奇描写。但是，他的确对语言施用了一种危险的魔法。如果说，传统现实主义小说的语言是透明的，读者的目光穿过语言本身，观看的是语言指涉的现实、语言所服务的意义，那么在《黑暗托马》里，语言则是不透明的。词语被从意义的暴政中解放出来，获得物的属性，可感、可触，但不是被人驯服的、工具化的物，而是恢复了原有的桀骜不驯和晦暗神秘的物。

所以，《黑暗托马》虽然如歌般婉转，却是无声之歌，语句虽然如光般纯净、清澈，却是黑色之光，拒绝照亮任何事物，加缪准确地将它比作"笼罩在冥府阿福花之上的无光亮之光"。读者不再是看清一切的旁观者，占据着某个享有特权的位置，舒适地体验一场有距离因而安全的白日梦。相反，他的主体地位正在遭受挑战，他的目光已被小说攫住，他正在被小说所观看。其实布朗肖已经把读者的遭际预言家般地写进了小说:"托马在房间里看书。……他的细心和专注都无可比拟。在符号面前,他就像是快被母螳螂吞噬的配偶。他们目光对峙。那书具有致命的力量,它的文字甜蜜、温柔地诱惑着触摸它的目光。每个字都像是微睁的眼睛,只有这样它才能承受如此强烈的注视。……他使尽全力想要抓住文本,固执地拒绝收回他的注视,还坚信自己是个深刻的读者,尽管文字其实已经将他俘获,并开始阅读他。"①

1942年和1948年,布朗肖先后出版了两部小说《亚米拿达》和《至高者》。在他一生创作的所有小说与叙事中,这两部作品保留的传统小说元素最多,情节最为清晰、连贯,所建构的世界最为完整,篇幅也是除1941年初版《黑暗托马》之外最长的。

《亚米拿达》讲述了一个卡夫卡式的故事。主人公托马路过一栋公寓楼,一个女孩对他做出神秘的手势,既像邀请,又像驱赶。出于好奇,他决定一探究竟。公寓里有无数走廊、楼梯和房间,托马在这个梦魇般的迷宫里不断探索。最终,他成功升到顶层,发现自己已经由局外人变成管理层的一员。托马在顶层找到了那个朝他招手的女孩露西。同行的男子却告诉他,正确的选择是进入地下,在那里他会获得真正的自由,而地府的守卫者叫作亚米拿达。露西坚称她和托马从未谋面,还预言黑夜就要降临,世界将在黑暗中消失,而他们会在失去彼此的同时找到彼此。加缪认为,这部作品是布朗肖对俄耳甫斯与欧律狄刻神话的再度改写。巴塔耶则读出小说对人类整体命运的把握和呈现。有当代学者提出,小说蕴含着对文学源头的求索,具象化了布朗肖后来提出的"文学空间",在那里语言完全变成了图像。

《至高者》则是一部很复杂的反乌托邦小说,与加缪的《鼠疫》、奥威尔的《一九八四》耐人寻味地诞生于同一年。小说透过主人公国家公务员索尔日的眼睛描述了黑格尔预言的历史的终结,即人类历史在实现了所有目标之后的状态。这也是从托马斯·莫尔、黑格尔到科耶夫所梦想的人类终极社会:所有人的所有需要都得到满足,所有人都获得绝对的自由,国家与真理同一,通过绝对知识统治着世界。但这也意味着所有人都是国家的化身,任何人都和其他人完全相同,可以被任何人替换,没有面目、不可见。反叛者惊讶地发现,他们最终变成了他们所反对的体制的一部分,而所有叛乱都被体制用来巩固和强化自己。在这样的背景下,身染疫病的索尔日和护士让娜达成了一个无条件的爱的协议,对国家的法律来说极具颠覆性:他们在彼此的眼里都是独一的、不可取代的存在。这个纽带使他们在彼此身上找到了至高者。

1948年,布朗肖出版了文学生涯的转型之作《死刑判决》。他将这部作品及此

---

① 笔者根据法语原文译出。原文参见《黑暗托马》,伽利马出版社,1950年版,第27—28页。

后出版的所有"纯小说"都正式命名为"叙事"。从文学史分期的角度说,布朗肖的叙事与他之前的小说相比,具有更自觉的元小说意识、更明显的后现代主义文学的特征。

迄今为止,《死刑判决》或许是布朗肖所有文学作品中,最受读者欢迎、被研究者讨论最多的一部作品。越来越多的学者认为,它至少拥有与《黑暗托马》同等重要的地位,是布朗肖的代表作之一。《死刑判决》是一部成熟之作,它非常巧妙地结合了现实与神话,情节与反情节,言说与沉默,揭示与隐藏,爱欲驱力与死亡驱力等相互对立的力量。不同于作者的其他所有小说和叙事,《死刑判决》中的故事并不发生在极简化的抽象世界或者荒诞的超现实世界,而是发生于一个时间、地点都很具体现实历史背景下:二战爆发前后的法国巴黎。但它的内核则和《黑暗托马》一样,是对多个著名神话或传奇故事的叠加和解构,包括古希腊爱欲诞生的神话,俄耳甫斯和欧律狄刻的神话,《新约》耶稣复活的故事以及爱伦·坡笔下丽姬娅复活的故事等等。

作品的标题"L'Arrêt de mort"一语双关,从约定俗成角度的意思是死刑判决,但从字面义上看也可以理解为对死亡的中断,因此包含了死亡被判定和死亡被停止的双重含义。它不仅对应了作品在叙述上既连续又中断,如此循环往复的特点,而且还很好地映射了作品的故事内容。

这篇叙事分为前后两个明显分立的部分①,分别讲述了"我"与两位女性 J 和 N 之间的感情纠葛。上半部分故事发生于二战前夕,情节比较清晰。自幼患上不治之症的 J,屡次被医生判定死期将至,却在强大生命意志的驱使下,屡次中断死亡的到来。甚至为了与"我"告别,她从死亡中复活。最后,在她的请求下,"我"在她意识尚存时给她实施了安乐死,赶在死亡到来前以死亡中断了死亡。下半部分情节由清晰走向混沌,现实逐渐消解。德国入侵后,"我"认识了 N,但 N 究竟是一个真实人物,还是我臆想的一个念头,故事一直没有给出确定的答案。在躲避空袭时,"我"向 N 表露心迹,向她求婚。失散后,我在房间的黑暗中与她重逢。但她背着我联系了 J 曾经为占卜生死而找过的雕塑师,给自己浇铸了手模。这一细节将两个分立的部分联系起来。尽管这一点也很难确定,但读者可以猜测,结尾暗示死亡的阴影有可能会降临到 N 的身上,从而与上半部分形成回环往复的结构。

相比布朗肖的其他作品,这部叙事的情节更加曲折、复杂,强烈的戏剧性显然也是它更吸引读者的原因之一。只是,随着叙述的推进,读者就会发现情节线索中的裂缝、空白和不确定性越来越多。结果,现实主义框架虽然使读者更容易进入,但并没有让作品变得更容易把握,它呈现的不过是叙述者所说的"难解之谜的硬

---

① 1948 年初版实际上有三个部分,第三部分只包含两段篇幅很短的文字,1971 年再版时,第三部分被作者删除,从此再未恢复。

壳"而已。这一方面是因为现实主义的情节主线,经常毫无过渡地就被没有来龙去脉的插叙所打断,或者在毫无预警的情况下被奇幻的情节突转彻底带离既定的现实逻辑。另一方面,最为根本的原因是,叙述者在叙述事件的同时发现了叙述的不可能性:真相召唤书写担负起见证的责任,但是文字苍白多变,文字的揭示必然造成对真相的背叛,所以真相同时还要求不要用揭示破坏它,那么如何进行不揭示的揭示?如何见证不可以被揭示的真相?如何用书写见证根本上不可见证的事件?这是一个伦理问题,一个历史问题,也是一个文学的问题。叙述中的不确定和空白指向的就是书写的不可能性,是对主体和文字的消解,更是对责任的清醒认识。

《死刑判决》描述了书写、爱与死亡的三重不可能,即这三者归根结底都在主体的能力之外,在人类的知识之外,在所有的筹划之外。不仅如此,这部叙事还向我们呈现了这三者之间的内在关联。书写的责任来自于"我"是一个幸存者,或者说每一个生者都是他者之死的幸存者:因为"我"能够真正经历和体验的永远是他者之死,所以"我"对于他者之死负有无法推脱的见证的责任。但"我"与他者的间隔是无限的,唯有对他者之死的爱才可能让"我"向他者敞开,才可能跨越而不是取消这一间隔,并建立起自我与他者的共同体。爱与死亡的纠缠与较量,最终展现的是爱比死亡强大,而这种强大并不在于爱能够消除死亡,而在于爱绝不会在死亡划定的界限前止步。

第三节 娜塔莉·萨洛特、阿兰·罗伯-格里耶与克洛德·西蒙

"新小说"这一名称指的是二战后一群质疑传统小说书写规则的法国小说家创作出来的文学作品。新小说派并非严格意义上的一个文学流派,最多只能算是一场运动,且既无首领,也无纲领。他们的作品大多由午夜出版社出版。娜塔莉·萨洛特的《怀疑的时代》(1956)、阿兰·罗伯-格里耶的《为了一种新小说》(1963)、米歇尔·布托的《论小说》(1964)、让·里卡尔杜的《新小说问题》(1967)和《为了一种新小说理论》(1971)等著作为新小说提供了理论支撑。通常被归入新小说家行列的有娜塔莉·萨洛特、阿兰·罗伯-格里耶、让·里卡尔杜、克洛德·西蒙、米歇尔·布托及玛格丽特·杜拉斯等作家。他们的作品各具特色,互不相同。经过20世纪五六十年代的激烈论战之后,新小说运动于70年代起逐渐偃旗息鼓,但少数作家依然以自己的方式坚持创作和求新。1985年,克洛德·西蒙获诺贝尔文学奖,这标志着新小说达到了其艺术高峰。

新小说家拒绝传统的小说叙事技巧,认为传统小说语言僵化,无法表达现代人

的复杂生活。他们将文学与意识形态斗争割裂开来,与萨特等所倡导的"介入文学"保持距离,拒绝为服务某种意识形态而创作,拒绝在小说中表达自己的世界观。同时,他们拒绝描写典型人物。人物在他们的笔下只有一个模糊不清的轮廓,且往往只以一个首写字母或一个简单的名字命名,像极了现代消费社会中的一个个匿名人物,全然不同于巴尔扎克笔下那些有血有肉的主人公。新小说家还拒绝讲述故事,认为现实生活中所发生的事件毫无连贯性,讲述故事则是人为地赋予事件之间以一致性,因而是过时的做法。他们想跳出传统叙事的窠臼,通过颠倒时间顺序、混淆叙述者声音来消除叙事,并以描写取而代之;地点和物品在他们的笔下得到了无比精细的刻画。然而,正如讲述故事无助于反映真实的现实一样,对事物的过度描写也只能使现实变得更加灰暗不清。

让读者有些不知所措的新小说派深受普鲁斯特、乔伊斯、福克纳、卡夫卡及伍尔夫等现代小说先驱作家的影响。他们在小说中将人物的地位降至最低,将故事顺序任意打乱,彰显物品之存在,嘲笑传统的人文主义,从而使自己的作品成为现代消费社会令人吃惊而真实的写照。

娜塔莉·萨洛特(1900—1999)出生于俄罗斯一个犹太裔知识分子家庭。父母离异的她从幼年起便经常往返于法俄两国,这一特殊经历使她同时受到了两国文学的熏陶。成年后的萨洛特成了一名律师,后在丈夫雷蒙·萨洛特的建议下开始写作。1939年,萨洛特凭借作品《向性》步入文坛。该书出版之初并未引起人们的注意,但却以十八个简短而特别的叙事向读者宣告了作者心仪的探索领域。她在书中表露了其对传统人物形象的质疑,并用第三人称代词指称施动者。这些匿名人物包括橱窗前的一群人、一位带孙女散步的老人和茶馆里的女人等等。叙事场景均取自日常生活。与其他新小说家不同,萨洛特关注这些匿名人物的内心世界。在她看来,正是这些看不见摸不着的内心活动组成了人与人之间真正的关系。换言之,向性就是一种自我与他者的关系。这一关系处于不断地变化之中,且充满了模棱两可的复杂性,里面交织着爱与恨、认同与决裂。这是人类世界的秘密之源。

由萨特作序,被称作"反小说"的《一个陌生人的肖像》发表于1948年。书中的"我"始终在窥视着另外两人:一个吝啬的老头和同样小气的女儿。"我"的窥视将两人内心的那些不为人知的秘密活动和冲动完全暴露,表面言行难以掩盖父女间彼此折磨的真实。日常那些人们习以为常的事物在萨洛特的笔下变得不再确凿无疑:标志直接引语和对话的引号和破折号不见了,叙述者的内心独白、人们的对话、回忆及由此引起的内心反应被无序地堆放在一起,展现在读者面前的是一个难以觉察的人们的动荡不安的内心世界。这个世界便是"向性"的世界,也是萨洛特所有作品力求探寻的绝对和真实之所在。书中的人物仅是那些"不可名状的、处于意识边缘的,并能给我们带来短暂而强烈感觉的运动"的承载者。

带着这样的理念，作者创作出了一系列重要且不落俗套的作品，其中包括《马尔特洛》(1953)、《天象仪》(1959)、《金果》(1963)、《生死之间》(1968)、《傻瓜们说》(1976)等小说，以及剧作《沉默与谎言》(1967)和论著《怀疑的时代》(1956)等。

《金果》由伽利玛出版社1963年出版，并于次年获国际文学大奖。这部小说既无人物也无情节，主角是一部名叫《金果》的小说。继《向性》之后，萨洛特继续在小说中挖掘人的思想意识中那些不易察觉的内心活动，即"前对话"，并对写作技巧进行不断探索。在《金果》中，作者的重点不在讲述某个故事，而是要描写那些喜爱或厌恶小说《金果》的人们面对该小说受人欢迎这一事实所做出的不同反应。比如，一个欲利用艺术跻身某一阶层的男子为取悦周围人士，会大声宣布说这是一部完美之作。而另一位欲彰显个性的人则会强烈反对，并不遗余力地去批判这部作品。就是这同一个人紧接着又会推翻自己之前的结论。作者还精心刻画了一位试图融入批评家圈子的年轻女子有关该小说的所思所想。事实上，该女子的内心活动受到了某种惧怕心理的影响：她担心其他批评家将对她做出不良评价。简言之，作者在书中汇集了人们对小说《金果》的思考和看法，以揭露知识分子阶层在艺术品接受问题上的微妙心理。这是一种不讲原则、荒唐可笑的集体狂热心理，记者、大学学者和艺术家等对作品随意地进行吹捧或贬低，只为标榜自己与众不同的社会地位或价值。萨洛特在小说中探索的依然是那个隐藏在表面的对话和行为之下的、充满不确定性的人与人之间关系的真正现实。

《傻瓜们说》可以说是萨洛特最为出色的一部小说。一幅人见人爱的"家庭画卷"（一群儿孙簇拥着他们可爱的老奶奶）在被定义和修饰的过程中因不堪重负而破碎了。小说回顾分析了人们曾经说过的某些句子和词语，如"嫉妒""他向我们展现了"以及"傻瓜们才这么说呢"等，旨在揭示这些话语所拥有的力量和真实意义。特别是"傻瓜们才这么说呢"反映了那些匿名人物无比丰富的内心活动，并使他们远离或接近其他人。小说的两大结构性主题——身份问题和思想性质问题，也在这句话中得到了统一。小说内容抽象而富有逻辑，其真正的主角是词语和思想，二者联合构成了一座有价值的阶梯。在这一阶梯上，那些难以辨认的被第三人称指代的人物按照一定等级排在了从"傻瓜"到"主人"的位置上。小说满篇都是对主有形容词、动词、代词等的文体分析，词汇因此而拥有了"武器"的力量，能够对尚未成型的东西进行定义或界定。文中的关键句"傻瓜们说"拥有多种力量，它时而是一种祈祷，时而是一种驱魔咒，时而又成了伸向其主人的一个陷阱，或者是一串能使事情朝相反方向发展的神奇字符。作者对语言的挖掘旨在思考一个有关人的身份问题：人是存在于语言内，通过语言而存在的，还是存在于语言外？一个人是傻瓜或是别的什么人究竟是否能由语言来界定？

1983年，《童年》出版。舆论普遍将其看作是一部自传类作品，并认为作者终于回归到了传统创作的轨道上。书中,一位著有大量作品的年迈作家在一个匿名对话者的探问下回忆起自己的童年。这是一个被两个国家、两种语言分割的童年,也是一个被阅读和学习的乐趣所拯救的童年。整个叙事是在上述二人的对话中进行的。匿名对话者有时显得很无知,有时似乎比作家本人还了解情况。两人的对话不像是一种简单的交流,而更像是一种辩论。回忆在此显得十分不确定,遗忘和怀疑并存。句子往往都是不完整的,到处可见省略号,叙述者不停地对自己的叙述进行着调整和重组,似乎想要找回最初的感觉和印象。书中很少给出确切的时间点,因为作者在此并非要去解读某个人的历史,而是想探寻存在于话语之外的人,话语在这里只是个圈套和陷阱。文中那位对话者的存在表明叙述者自己是不可能讲述自己的,必须由两人参与,一个是曾经的自己,另一个是已经长大成人的自己,由后者进行必要的解释、批判和总结。对话形式说明了叙述者作为作者和人物之身份的模糊性。由此可见,《童年》与传统自传类作品是背道而驰的。作者采用自传的形式来写作只是为了从内部去瓦解它,指出这种体裁根本无法还原一个人的真实。

综上所述,萨洛特试图在某种尚不为人知的现实中,为人类找到解放和进步之源。她的这一设想远非建立在对某些微小事件的观察之上,而是扎根于人类心理这一全新而又包罗万象的概念中。她反对传统小说人物,只为抨击那种认为人具有公认的个性、独立性及稳定价值的观点;她反对传统小说情节,意在否定某种关于人生和命运的观点;她对修辞手段的巧妙使用则是要否定人与人之间那种逃避真相的交流方式。她虽然从陀思妥耶夫斯基的对话体、普鲁斯特的心理分析或乔伊斯的内心独白中汲取了颇多灵感,但却是为了另一种目的:使人的心理及其真相昭然揭示于人与人之间的关系中,而非单个人身上。换言之,她所欲描绘的是通过单个人的特征显露之前的人类。在这一视角中,时间性比空间性更为重要,因为关键不在于是否从近处看,而是要看之前的,即看某一心理尚未成型、尚未停留于某种正在形成的性格中、尚未蜕变为某种可以识别的冲动之前的状况。为此,小说的叙事时间多为现在、当下,或更确切地说是即将变成现在的、现在之前的那一刻。其主体则是集体心理,如某个家庭(《马尔特洛》《天象仪》)、某个阶层(《金果》)、某种典型关系(《一个陌生人的肖像》)、不同感觉之间的冲突(《你们听见了吗?》),某种文化(《傻瓜们说》)或某一类人普遍拥有的焦虑及恐惧感(《在生与死之间》)等。何为人物?人物即是围绕某一冲突、某种雄心或某本书而产生的心理活动,其波段会触及父亲与女儿、叔父与侄子,甚至是某些微不足道的人物,如批评家或小说家等。他们将成为这一心理波段的承载者或称接收者。何为情节?情节则是这一波段或心理活动的展开、前进、倒退或变形,这一过程将帮助人们达到一个相同的目标:与他人及世界实现一种纯而无邪的融合,一种完美的沟通,也即"绝对"这一萨洛特作品所追求的终极目标。其中占主要地位的物其实并无重量也无密度,它们之所以频繁出现只是为了显示心理的运动方向,呈现其向着"绝对"前进的轨迹。萨洛特以精湛的语言恰如其分地表达和模仿出了人类心理在趋向同一性时的起伏和变化,我们的行为和思想正在建构时的那种混沌状态,并让我们感觉到了"组成人类整体的那种不知名的物质"。可以说,萨洛特发现了一种闻所未闻的、处于新生状态的散文语言,并成功描绘出一个始终处于生成状态的世界的生机与活力。她的作品与弗洛伊德主义、结构主义及马克思主义等当代重要的思潮保持着若即若离的关系。

阿兰·罗伯-格里耶(1922—2008),1922年8月18日出生于法国布勒斯特。他从国立农艺学院毕业后,曾去几内亚、摩洛哥、瓜德罗普和马提尼克等地工作,后专心从事文学创作。第一部小说《弑君者》被伽利玛出版社拒绝后,他在午夜出版社出版了同时期完成的另一部小说《橡皮》。第三部小说《窥视者》在遭遇传统批评奚落的同时,得到了莫里斯·布朗肖和罗兰·巴特的认可,并荣获1955年批评家奖,这使罗伯-格里耶一举成名。

1963年,《为了一种新小说》出版,书中集结了多篇有关当代文学中"最根本的发展路线"的文章。在罗伯-格里耶看来,那种围绕人物及其心理而精心编织故事、致力于寻找真实性的传统小说创作模式需要被革新,因为"真正的小说"是不断发展变化的。但一部真正的小说应该是什么尚难以确定,因为"在作品之前,什么都没有,没有确定性,没有论断,没有信息"。新小说就是一种探索,小说创作就是一种发明创造。人们身处的世界"既不是有意义的,也不是荒诞的。它存在着,仅此而已"①。小说家是"一个在场的世界"和"一个现实的世界"的中间人,他通过对可见事物所做的"一种弄虚作假的描述",来揭示出隐藏在背后的"现实"。为此,罗伯-格里耶提倡在写作时使用一种"表示视觉的、描述性的形容词,满足于衡量、定位、限定、定义的形容词",并认为这类形容词"也许能为一种新的小说艺术指出一条艰难的道路"。具体来说,罗伯-格里耶在小说创作方面的基本原则是:第一,拒绝连贯的故事情节,用无序的、重复性的、类似绘画作品的叙事来替代线性叙事。每一处背景、每一个动作都值得进行细致入微的描写,同一场景可以反复出现,时空则被任意颠倒。第二,拒绝人物和心理描写,避免强加给读者任何有关人物心理的提示,以在作者与读者之间建立起一种真正的合作。面对作品所呈现的充满"不确定性"的世界,读者需要开启自己的想象,发挥自己的创造力来揭开其真实的样貌。第三,将叙述者简化为一种单纯的视角,来对物质世界做纯粹而客观的、不体现任何主观性的描写。如此,被新小说浓墨重彩描写的,是"不完全的或者没有了

---

① 罗伯-格里耶:《为了一种新小说》,余中先译,湖南文艺出版社,2011年版,第22页。

用途的物体,凝固了的瞬间,脱离了语境的话语,或者是乱糟糟的谈话",因为正是这些才是"最最真实"和客观的。

小说《橡皮》出版于1953年,并于次年获费里翁奖。其内容梗概如下:前来调查杜邦教授被杀一案的侦探瓦拉斯的手表停在了7时30分。这块表将在24小时之后恢复正常运转。而那时,瓦拉斯已在经过周密调查后,开枪打死了在上一起谋杀案中幸免于难、以装死来自保的杜邦教授。罗伯-格里耶在告读者书中写道:"小说讲述了一起在24小时内发生的事件,是对从开枪到死亡这段时间的描写。这段时间正好是子弹飞行3至4米所需的时间,是'多余的'24小时。"①如此,小说通过对叙事对象的操纵,揭露了现实所具有的虚幻性。此外,小说中的人物丧失了其一贯所具有的重要性,物却在书中得到了充分的描写。

《窥视者》中,中心人物马蒂亚斯是位流动商人,他来到一座可能是其出生地的小岛上兜售手表。至于他的年龄、长相和姓氏,书中并未交代。小说叙事跟随一位匿名窥视者(是马蒂亚斯还是叙述者,小说中未交代)那游移不定的目光来展开。马蒂亚斯先是在港口逗留了一阵子,后来租了辆自行车深入岛内。其所到之处、所见之物均得到了细致入微的分析,包括主人公手提箱的外表、岛上的房屋、广场及天空中飞行的海鸥等,其中混杂着现实与想象。在这一详尽无遗的描写中,却有一个明显的空白之处:马蒂亚斯的时间表中有一个小时被故意遮盖了。他在取道通往悬崖的那条小路之后究竟发生了什么?书中并无只言片语。对此,罗伯-格里耶本人评价说:"在这一小时之前发生的一切都讲到了,之后的也同样如此。小说试图将这前后发生的事情串连起来,以让那个令人尴尬的一小时空白消失。然而,结果是整个叙事都被这个空白占据了。"②就这样,在罗伯-格里耶的笔下,叙事被排斥,意义被拒绝,一切都显得无头无尾,让人难以捉摸,这是现实的真实反映。

20世纪六七十年代,罗伯-格里耶转向电影创作。其主要电影作品有《不朽的女人》(1963)、《横跨欧洲的快车》(1966)、《说谎的人》(1968)、《伊甸园及其后》(1971)、《欲念浮动》(1974)、《玩火游戏》(1975)和《漂亮的女俘房》(1981)等。罗伯-格里耶从画面、情节和对话三方面入手,来反驳电影,从而继续向真实性原则发难(同一场面反复出现,而其中某个重要细节也许已被替换)。这一布莱希特风格的使用旨在提醒观众别忘了自己是在看电影,避免陷入"真实"的泥潭。这一对电影手段的使用完全符合罗伯-格里耶有关叙述者声音的观点:它始终在场外,一如摄像机。

---

① 让-皮埃尔·德·博马舍、达尼埃尔·古蒂、阿兰·雷主编:《法语作家词典》,拉鲁斯出版社,2001年版,第1566页。

② 参见法文相关网页 https://www.universalis.fr/encyclopedie/le-voyeur/1-l-homme-sans-visage/。

与此同时,罗伯-格里耶在新小说的探索之路上越走越远。在小说作品如《嫉妒》(1957)、《在迷宫里》(1959)、《幽会的房子》(1965)、《纽约革命计划》(1970)、《一座幽灵城市的拓扑学结构》(1976)、《金三角的回忆》(1976)、《吉娜》(1981)中,作者除融入了诸多自传元素外,还加入了相当数量的萨德式的情色描写,且幽默感十足。这为他招来了情爱幻想症患者的骂名。

《嫉妒》一书出版后并未获任何奖项,但却受到了一小群读者的欢迎。小说的题目即是一个暗喻。一双眼睛(书中没有交代其主人)隔着薄木板在窥视。那是一个殖民地风格的花园,某些日常生活情景被无数次重复描写:年轻女子 A 长时间地梳理着自己的头发,并发表一些针对黑人才华的激烈言辞;一只蜈蚣被摁死在墙上,她显得情绪特别激动;她跟弗兰克这位她和丈夫共同的朋友一起去城里,他们是在偷情吗?这是"丈夫"的幻觉吗?罗伯-格里耶在这部小说中继续摒弃作为传统小说和资产阶级文学之魂的心理分析,读者在此得不到任何有关人物感情、想法和动机的解释。小说的革命性在于其叙事手法之独特。作者用一种内部描写(嫉妒)代替了以往作品中常用的对客观事物的描写。叙述者即 A 女子的丈夫在嫉妒心的驱使下,窥视着妻子的所作所为,其视角不仅是片面的,更是病态的,这使得叙述失去了线性的时间顺序。读者被困在叙述者的内心时间和意识中,感到茫然是在所难免的。

罗伯-格里耶在 20 世纪最后几年创作了"传奇故事"三部曲,即《重现的镜子》(1984)、《昂热丽克或迷醉》(1987)及《科兰特的最后日子》(1994)。他在这些作品中混杂了自传和虚构。这些小说采用了与以往作品完全不同的语调,且有着相对完整的故事情节,较为清晰的人物外貌和性格刻画,因而具有一定的可读性。小说的主人公被塑造得仿佛真有其人(如贯穿其所有作品的名叫亨利·德·科兰特的象征性人物),一些生活中真实的人物(小说家的父亲或母亲)则在作品中复活了。《重现的镜子》是"传奇故事"三部曲的第一部,作者在书中讲述了自己的孩提时代、家庭轶事、战争时期所遭受的精神创伤及自己作为小说家的种种。但他同时又告诫读者:"不要希望在书中找到任何确凿的、真实的解释……我早就说过,我并非一个讲真相之人,但也绝非说谎之人。"所以,他尽管声称:"我历来只谈自己,不及其他"[1],但这不可能是一部自传。虽然其书写是自传式的,但却绝非如某些评论者所称是一种"现实主义回归"。正如作品题目"重现的镜子"所表明的,其内容更多是虚构,而非来自自传式的回忆。可以说,这是一种不同于传统自传小说的全新的文学样式,体现了作者一如既往的创新精神,正如他本人所言,"《重现的镜子》是我对文学的继续探索"。

---

[1] 杨令飞:《法国新小说发生学》,人民文学出版社,2012 年版,第 204 页。

《反复》(2001)和《伤感小说》(2007)是罗伯-格里耶的最后两部小说,而那行着自己早在20世纪60年代许下的诺言:真正的小说肯定将成为一种孤独的探索。正是在他的积极倡导下,"新小说"成为20世纪一个重要的文学现象。

克洛德·西蒙(1913—2005),1913年10月10日出生于马达加斯加的塔那那利佛。从法国佩皮尼昂的斯坦尼斯中学毕业后,他进入安德烈·洛特美术学校学习。1936年7月到达巴塞罗那,随后游历英国、德国、苏联。1939年应征入伍,1940年5月被俘,同年9月成功越狱。1945年出版第一部小说。1985年获诺贝尔文学奖。瑞典皇家科学院如此评价他的创作:通过对人类生存状况的描写,善于把诗人和画家的丰富想象与对时间作用的深刻认识融为一体。可以说,克洛德·西蒙将毕生的经历都奉献给了其所钟情的小说艺术。他那独特的写作手法和艺术风格使其被公认为法国新小说运动的集大成者。

纵观西蒙发表的20部小说,会有前后一贯之感:作品大多取材于作者自身的经历,其中某些生活阶段(如1936年在巴塞罗那及1939—1940年间的战争)甚至为前后多部小说提供了素材。另外还可见几个反复出现的人物:早逝的母亲、将自己抚养成人的祖母和叔叔、为供父亲上学而自愿做出牺牲的两位姑姑等。此外,还需加上西蒙特色的专属"档案":一位祖先的经历,及父亲在殖民地供职时写给母亲——当时还只是其未婚妻的明信片。其作品的前后一贯性还体现在下列主题的循环往复上:性欲、衰老、死亡,总是不断重新开始的战争和那段历史,以及像是停滞不前的时间。最后还得算上那些被反复使用的写作技巧:对感觉的重视、叙述性描写、将运动静止化或将静态画面激活(照片、明信片、邮票、画作等)以推动叙事的发展等。

尽管如此,克洛德·西蒙通过写作而创建的这一想象世界却是在不断演变的。在一个书写主义盛行的时代,人们将传统小说(一场冒险经历的叙事)与新小说(对于写作的探索和历险)绝对对立起来。但西蒙认为:"不管人们愿意与否,(语言)总是既是思想感情的传递工具,又是结构。只是二者之间的比例会发生变化。"①正是此二者间比例的变化使西蒙不同阶段的创作呈现出了不同的特色。

在前期创作的那些准西蒙特色的作品如《作假者》(1945)、《格里佛》(1952)、《春之祭》(1954)和《风》(1957)中,作者优先考虑的虽然仍是情节,但已蕴含了新的小说艺术的萌芽。他试图探索一种巴洛克式螺旋形结构代替传统的直线形叙述,以表现内心活动中不断变动的感觉、回忆、想象的"混杂体"。小说《风》叙述的是一个继承遗产的故事,但其叙事的真实性难以辨别,因为叙述者兼人物并没有亲历悲剧的发生,甚至不是事件的见证人。叙述者在讲述主人公安托万·蒙泰丝的过去

---

① 罗伯特·拉封、瓦朗蒂诺·本皮安尼主编:《新作家辞典》,罗伯特·拉封出版社,1994年版,第2984页。

时,使用的都是"我像是看见他""我努力去想象他"等表达方式,显然是在凭空想象。小说不再具有连贯的叙事,一如被一种盲目的、不可知的力量所掌控的现实世界。

小说《草》(1958)、《弗兰德公路》(1960)、《豪华旅馆》(1962)和《历史》(1967)等构成了第一批真正西蒙式的作品。这一阶段的作品体现出诗与画结合的特色:或直接以绘画为表现题材,或努力把绘画技巧运用于小说创作。他曾表示:"我以别人作画的方式来写作,每一幅画都是一种创作。"《弗兰德公路》一书由乔治对1940年战争伊始发生在弗兰德乡村的往事的回忆构成:他和战友布吕姆、依格莱兹亚在雨中溃逃,残酷无情的自然环境,雷谢克队长之死;同时被反复讲述的还有雷谢克年轻的妻子卡琳娜与马倌依格莱兹亚之间的暧昧关系,以及后来乔治本人与卡琳娜在一家不知名的旅店幽会的场面。所有这些图景犹如一幅幅色彩斑斓的画卷呈现在读者眼前,且各个场景彼此对照或补充,构成一幅完整的战争画面。

小说《历史》获1967年美第奇文学奖。该小说描述的是一个书中人物的个人史,这一个人史与西蒙前面几部作品中曾经出现过的某些人物和作者的某些个人经历相呼应。在主人公平淡无奇的过去中却夹杂着对一些实际发生过的历史事件(巴塞罗那的西班牙战争及弗兰德乡村等)和某些典型人物的回忆。参战的父亲经常从不同地点寄来明信片,上面写着几句熟悉的问候语。对这些明信片的描写和叙述者本人深情的内心独白相互交织。整个叙事表现出一种人与生活和回忆之间的不确定性。

可以说,西蒙这一阶段的作品或多或少都涉及自己的个人经历,讲述的故事性质也颇为相似,且都采用了一些新的叙事手法。人物的过去通过回忆来建构,其中有真正的回忆,也有想象的回忆,令人不敢确定哪些是真实的,哪些是想象的。叙述者的身份也变得模糊不清:谁在说? 他与自己所讲述的事情之间是何关系? 这是怎样一种叙事? 一个极小的主题(一张面孔、一件衣服或物品)都能引出一长串包括插入语和隐喻等在内的扩散性叙述。现实世界和回忆中的过去同时在被讲述,且都是片段性的、无序的。有顺序有情节的线性叙述让位给了一种镶嵌式的写作。总之,由想象而导致的真实性缺失、有意进行的扩散性叙述、主题的片段化和书写的连贯性构成了这阶段作品最大的特点。读者可以进行两种不同的阅读,一是欣赏经由人物想象出来的故事,一是欣赏作者的写作手法。

《法萨尔之战》开启了克洛德·西蒙形式主义的创作阶段。《导体》(1971)、《三折画》(1973)和《事物的教训》(1975)均为这一时期的作品。这一阶段他的创作可谓是一种"叙述的探索冒险",作者几乎完全摒弃了传统小说的时间顺序,积极探索小说的空间组合,展示多层次的画面描述。这些小说所讲述的事件本身也许平淡无奇，但各事件之间却有着游戏般的张力，足见作者描写手法之新颖独特。

《事物的教训》一书的开头描写了一间被毁坏的屋子，房间墙上张贴的印象派画家莫奈和布丹画作的仿制品已遭破坏，桌子上放着一本题为《事物的教训》的教科书和一架机关枪，地上散落着一些瓦砾渣子、一份报纸和几个瓶子。三组不同的人物曾经在不同时段与这间屋子有过交集：一场保卫战中举着机关枪监视敌情的士兵们、两位对房屋进行修缮的瓦匠，以及来此查看房屋像是要准备入住的人们。小说中没有人物主角，没有心理刻画，只有对客体（地点、物品和那些人）的描写。其中夹杂着一桩发生在诺曼底海边的撕心裂肺的婚外情，及士兵们热烈而平常的内心独白。小说最后，印象派画作里面的人物再次出现在这间屋子里，他们发现了发生在遥远过去的那场战争的痕迹。书中没有连贯的故事，仅以嵌套式故事的方式展现出一个个无序的片段。

《农事诗》(1981)和《洋槐树》(1989)标志着西蒙的创作令人欣喜地回归到了其第二阶段的创作模式：一面是引人入胜的人物故事之描写，一面是写作的探索和历险，两者并行不悖，可谓是达到了一种双面写作的美妙境界。这两部长篇巨著奠定了克洛德·西蒙在战后小说创作中的重要地位。这一阶段他的写作继承了意识流的创作风格，作品中人物无名无姓，故事顺序混乱，时空任意交错，给读者带来了游戏般的阅读体验。

《农事诗》是一部"无头无尾"且无连贯情节的小说。书中，不同时期的三位人物（法国大革命时期的一位将军、先在英国学习后又参加西班牙内战的一位共和党人、在二战中参加骑兵团的叙述者本人）的命运既独特而又有共性：叙述者是那位将军的后代。家族的过去在叙述中变得越来越像传说：将军名叫若穆吕斯，其弟弟是叛徒，兄弟二人都由一位名叫巴蒂的保姆带大。这一家族史同时还揭露了历史那可笑而神秘的发展规律。与跌宕起伏的故事相平行的，是将军写给巴蒂的信。信的内容是为家里的一块田地如何耕种提供建议，也即"农事诗"。静谧、恬淡的农耕岁月因此与疯狂、可怕的战争构成了强烈对比，表达了作者向往安宁美好生活的愿望。

《洋槐树》由十二个章节构成，讲述三位人物（1914年8月牺牲的上尉及其妻子和儿子）的故事。上尉是农民的儿子，从小得到了两位姐姐的无私照顾，后与一位出身高贵的女子订了婚。短暂的夫妻生活过后，上尉在前线牺牲了。1919年，妻子带着孩子踏上了找寻其墓的漫漫长路。25年后，儿子也跟父亲一样经历了同样可怕的战争。从集中营逃生后，儿子被老家的亲人收留，面对花园里那棵茂盛的洋槐树，他开始写作。整个叙事是片段式的，面对历史，一个个痛苦、彷徨和困惑的时刻从记忆深处涌现。读者在阅读时必须像拼图般搜罗各种线索，以还原故事的本来面目。

西蒙曾说过："在我所提到的各式各样的历险里（包括革命、战争、逃逸、疾病和旅行等等），我忘记了其中的一种，然而在我看来却是主要的一种。我写了一些书。试想，作为历险，这的确是其中的一项。"[①] 正是在这种勇于探索、不怕失败的历险精神鼓舞下，西蒙创作出了一系列法国文学的经典之作，并赢得了世界各地读者的心。

第四节　勒克莱齐奥

2008年10月，法国作家勒克莱齐奥荣获诺贝尔文学奖，在世界范围内引起强烈反响，获得了世界性的好评，连大洋彼岸的美国评论界也对这位作家大加赞赏，称其为"欧洲文学的重要人物"，认为他的存在驳斥了法国文学衰败的现实。中国的法国文学研究界惯于将其与佩雷克、莫迪亚诺并称为"法兰西三星"。

勒克莱齐奥（1940—　）出生于二战后期的法国尼斯，七八岁时便开始写作。23岁时在伽利玛出版社出版《诉讼笔录》，荣获法国勒诺多文学奖。《诉讼笔录》描写了20世纪60年代法国都市中年轻人亚当·波洛孤僻、边缘化的生活，他独自生活在尼斯附近山丘上的弃屋里，在夏日酷暑中来到都市街道、咖啡店、酒吧、沙滩、动物园、商店，更喜欢在海边凝视风景。唯一与他交流的只有一名叫米雪尔的年轻女孩。亚当·波洛表现出异于常人的诡异的行动，比如注重视觉、听觉、嗅觉、触觉甚至震动、温度等感官，在凝视中与动物、山石、自己所打的白鼠合为一体，跟踪狗在都市中行走观察，与米雪尔谈他强暴她的经历等等，同时通过书信、内心独白以及小说高潮部分——在人行道上高声演讲的方式展现出现代都市的城市化，消费社会中人造之物摧毁自然、囚禁人的现实，对死亡的恐惧，以及对生命的意义与形式的讨论。小说最后的部分，主人公在精神病院里与医生和几名学生对话，讨论孩子被物化、神秘主义、存在的纯思维状态等问题，最终主人公依旧被视为妄想症患者而被排斥于社会之外。亚当·波洛究竟是谁？或许是阿尔及利亚战争的逃兵，或许是从哪间精神病院逃出来的病人？这并不重要。作品将当时年轻人的癫狂、焦虑放大化，主人公成为当时想挣脱地狱般社会控制的青年的典范。与《诉讼笔录》相似，之后其连续出版的短篇小说集《发烧》和多部小说《大洪水》（1966）、《可爱的大地》（1967）、《飞逸之书》（中文译本译为《逃之书》）（1969）、《战争》（1970）、《巨人》（1973）和一部随笔《物质的迷醉》（1967），在内容上和形式上均受到美国"垮掉的一代"（尤其是塞林格和凯鲁亚克）、超现实主义及新小说影响，描写孤独的主

[①] 杨令飞：《法国新小说发生学》，人民文学出版社，2012年版，第306页。

人公在都市中行走,探索日常生活细节,揭露都市之可怖,人作为个体的封闭性,以及人与人之间交流的困难;作品几乎没有明确的情节,人物没有明显特征,以碎片化的方式呈现思想片段,甚至不断插入、拼贴大量剪报、明信片、广告甚至化学或数学方程式等;另外,作品中幻想与现实交融,文字感性,画面感强,具有强烈的音乐性,风格介于感性迷醉与疯狂惶恐之间。如此写作风格晦涩难读,曾带来一系列负面评价。其实,勒克莱齐奥虽然受到当时各种文学流派、社会思潮的影响,但是他并未加入任何流派或运动,他的作品是在颠覆传统小说基础上的创新,无法归类,不可定义,可以说是符合当代文学趋势的,即小说与散文的融合,叙事者与思想者的统一。勒克莱齐奥认为,一旦接受小说的各种惯例准则,就可能被囚禁于与其相关的社会政治制度中。① 作为作家,语言、文字、写作是唯一抵抗外界谎言的工具,尽管这一工具本身或许就是谎言的一部分。正是因此,勒克莱齐奥赞叹亨利·米肖为了拓宽"孤独的界限"而与外界谎言进行交流的勇气。

在学术界,小说《巨人》以及之前的作品通常被归为勒克莱齐奥的早期作品,这些作品中对都市和现代社会的反抗与其个人经历与教育背景有关。勒克莱齐奥出身特殊,祖先是移居毛里求斯的法国布列塔尼人,父母分别为英、法国籍。布列塔尼人作为法国的少数民族,在历史上独立于法国;而毛里求斯又先后成为法国、英国殖民地,因此,尽管勒克莱齐奥出生在法国,但他始终没有归属感,觉得没有祖国,没有故土,处于流亡状态。他的出身伴随着文化身份的缺失:"我不生于任何地方。"七八岁时在非洲居住的一年多时间,让他有机会与大自然和非洲土著居民多次接触,并将自己认同为白皮肤的黑人,其内心矛盾在回归法国都市生活后不断加剧,以边缘人的身份看待西方都市社会,质疑权威与制度。在其早期作品中,战争、怒火、暴力均为这一矛盾冲突爆发的产物。

勒克莱齐奥的后期作品风格和内容发生了巨大转变,同样与其经历密不可分。1967年,勒克莱齐奥到墨西哥服兵役,1970年至1974年间在巴拿马森林里与当地土著安贝拉人和沃纳纳人共同生活两年,其世界观发生了转变。其后他翻译了玛雅文明最著名的预言书《方士秘录》(1976)和展现印第安普雷佩恰人历史风俗的《米却肯纪略》(1984),出版散文《哈伊》(1971)、《三座圣城》(1980)和《墨西哥之梦或思想断片》(1988),突出印第安文明整个部落智慧的结晶——与生活合一的神话体系,同时作家在控诉殖民、惋惜文明毁灭的同时,提出振兴印第安文明,作品与时代潮流逆反,甚至将自己的身份与美洲印第安人合一。这一时期出版的小说《彼界之旅》(1975)和《大地上的未知者》(1978)中,尽管人物依旧在都市中行走、流浪、旅行,但是构建并呈现的是一个与现实世界相似却又离奇的世界,引导读者以全新的

---

① 米雪儿·拉贝:《勒克莱齐奥,小说的歧途》,巴黎:拉尔马当出版社,1999年版,第18页。

目光审视世界,学习简单而朴实的生活方式。① 因此,与顺应时代潮流的畅销作品相反,勒克莱齐奥笔下对自然元素的描写和过于清新简单的文笔,无法引起以巴黎读者为代表的城市拥护者的兴趣,他对以巴黎为代表的西方城市和现代化技术幻想的抨击更加剧了这一现状。

1966—1975年间,勒克莱齐奥的作品并没有获得媒体和大众的青睐,直到其流浪小说的出版才改变了这一现状。他一改过去的写作特点,即某些评论家所指责的缺点,如缺乏创新、重复单调,主题和关键点从不变化,人物总是病态的城市年轻人,在城市中心游走,在郊区寻求庇护等。从短篇小说集《蒙多和其他故事》(1978)开始,勒克莱齐奥塑造的人物总是积极地寻找自己原初的状态,寻找另一个世界的真实。《蒙多和其他故事》大获成功,童书般的故事内容和简单纯朴的语言风格进行了前所未有的创新,展现的是孩子般稚气的思想,力图重拾工业社会之前的单纯,甚至是人类与世界原初的单纯。1980年出版的《沙漠》更是拓宽了作品内容,以平行的两条故事主线交错讲述了北非两代人与西方文明的遭遇与碰撞,由西方城市的嘈杂转向变幻不定的沙丘和寂静,当年《沙漠》荣获法兰西学院的"保罗·莫朗文学奖"。作品的第一条线索是过去北非人们抗击殖民军的经历。从其中一个普通族人努尔的视角,叙述了在老酋长玛·埃尔·阿依尼纳的带领下,蓝面人战士和族人在沙漠中长途跋涉,与基督教士兵对抗,追寻梦中的家园的过程。在老酋长逝世后,蓝面人依旧以肉身与基督教士兵的大炮、火枪搏斗,最后几乎被赶尽杀绝。第二条线索也是小说的主线,占有更大的篇幅,描写的是现在,女主角是蓝面人的后代拉拉,她在自然中出生长大,从小便与自然有着不解之缘,常常在海边沙丘上,在风与光营造的特殊空间里见到祖先蓝面人斗士埃斯·赛尔,并曾跟随他的目光飞过城市,穿越沙漠,如同在梦境中一般见到沙漠中心的白色陵墓——老酋长玛·埃尔·阿依尼纳之墓,这也是两条线索的交点;她虽然生活在摩洛哥殖民土地上,继承了蓝面人的血液,但也时常听老渔夫纳曼在无花果树下讲述西方大城市的故事,唱着"地中海",因而她更向往城市的高楼、街道、汽车、巨轮。拉拉为了逃婚,登上了前往法国的轮船,走之前因为与所爱的牧羊人共度的一夜而让她怀上了牧羊人的孩子。到法国后,她在马赛的小旅馆做清洁工,在都市闪烁的灯光与纷繁嘈杂中见到的是如同奴隶、囚犯般的乞丐、妓女、移民劳工等下层边缘人群的生活。拉拉被一名摄影师发掘,成为平面模特,成名却并没有让她融入都市生活,反而更加陷入回归沙漠的梦想中。最终,拉拉回到沙漠,在见到蓝面人斗士的熟悉的沙地上、在自然的怀抱中独自产下女儿。短篇小说集《飙车和其他轶事》(1982)则延续《蒙多和其他故事》的创作风格,主题更加明显地向描写弱势群体转变。勒克莱齐

---

① 于马尔·提莫勒:《亲爱的勒克莱齐奥》,《新观察家》(法国周刊),2008年11月24日。

奥将城市和西方现代社会与自然和渺小的人类群体对立,将西方经济价值与精神情感价值对立。作品主人公不是年轻人就是孩童,以希望和正能量看待世界,与西方社会与城市中显现出的恶魔对抗。勒克莱齐奥作品中强烈的"善"和光明一面也与法国文坛主流的"恶"和黑暗面写作对立起来。[①] 尽管如此,由于作品伦理与美学层面的简单化、内容与形式上的简单朴素,与法国当时文坛崇尚的复杂性、智力性完全对立,因此这几部作品被当时法国媒体批判为"缺乏心理构建""幼稚""天真",甚至是"情绪化","摩尼教"式的视角。

勒克莱齐奥是静止的行者,行走成为他的生存方式,如孩童、嬉皮士一般离家出走、流浪、漂泊,他的旅行是在小说的幻想中进行的。从小说《寻金者》(1985)到《饥饿间奏曲》(2008),勒克莱齐奥多部作品带有自传性质,主人公身份确实,在两条或多条线索中进行家族溯源、追寻另一个时空,一个将想象、神话与回忆完美结合的时空。传奇与作家自身经历的交织,使作品以另一种神秘感出现在读者面前。《寻金者》是勒克莱奇奥献给爷爷莱昂的,描写法籍白人亚历克西在毛里求斯成长,并前往罗德里格斯岛探险寻宝、与当地黑人女孩乌玛相遇并找到自我的经历;《罗德里格之旅》(1986)是勒克莱齐奥在岛上追寻爷爷踪迹的自传作品,主人公认识到宝藏在自然之中;《奥尼恰》(1991)以作家儿时与母亲、哥哥去非洲看望父亲的经历为基础,将法籍白人樊当寻找父亲、父亲寻找消失的苏丹古文明、苏丹古文明王国梅洛埃的黑女王寻找新城这三个旅程相交织;《隔离区》(1995)中,法籍白人回毛里求斯寻根,在北部小岛与印欧混血女孩苏尔雅相遇;《非洲人》(2004)是对在非洲做医生的父亲的纪念,是作家对儿时非洲经历的回忆;《饥饿间奏曲》(2008)则献给自己的母亲,描写二战时期巴黎资产阶级的生活,以"波莱罗舞曲"交替反复的渐强变化为叙事节奏,突出童年时期的战争创伤及不断增加的焦虑感与饥饿感。游记《逐云而居》(1991)中,记述了勒克莱齐奥与妻子杰米娅一同完成摩洛哥寻根之旅的过程。而《革命》(2003)则是最为全面的自传性作品,以作家年轻时的经历、祖先弗朗索瓦(小说里名为让·厄德)的一生与传说以及其他人物的故事,完成了一部史诗般的巨作。

[①] 纪德曾说:"带着善意做不好文学。"(C'est avec les beaux sentiments qu'on fait de la mauvaise littérature.)事实上,纪德的话并没有结束,后半句是"我从来没有说过,也没有想过,带着恶意就能做好文学"(Je n'ai jamais dit, ni pensé, qu'on ne faisait de la bonne littérature qu'avec les mauvais sentiments.)。乔治·巴塔耶著有《文学与恶》一书,研究艾米莉·勃朗特、波德莱尔、儒勒·米什莱、威廉姆·布莱克、萨德、普鲁斯特、卡夫卡等人作品中的恶。菲利普·索莱尔斯谈到勒克莱齐奥时也有过相似的表述:"有这么一位美男子,一位善人,一位异国情调的道德高尚者,他就是勒克莱齐奥,还有一个恶人,就是我。我徒劳地挣扎,勒克莱齐奥高贵、安静,他最后总是昂首挺胸骑在马上,朝着太阳的方向远去,而我却死在墓中,一手抓着我永远无法拥有的一沓美金。"参见菲利普·索莱尔斯:《一本真正的小说:菲利普·索莱尔斯回忆录》,普隆出版社,2007年版。

这一时期的自传性作品,作家延续神话、传说与主线并行的叙事手法,两三条主线中又穿插多条小故事线,单独提取后与勒克莱齐奥同时期出版的几部作品在内容与形式上均有着千丝万缕的关系,如长篇小说《流浪的星星》(1992)、《金鱼》(1997)、《乌拉尼亚》(2006),中篇小说集《偶遇》(1999),短篇小说集《春天和其他故事》(1989)和《燃烧的心和其他浪漫故事》(2000),戏剧《帕瓦纳》(1992)。作品以社会及各民族弱势群体的日常生活为描写对象,痛斥奴隶制和西方殖民历史,反映女性与孩童的生存状态、移民、文化身份缺失或混乱、西方中心主义和文化霸权等现实问题,揭示了当代社会的新型奴役方式。

除了对勒克莱齐奥身份构建最为关键的非洲的尼日利亚土著、南美印第安民族和北非民族文化身份,毛里求斯和大洋洲其他岛屿受殖民压迫的土著和作为劳动力引入的移民同样在勒克莱齐奥身上留下了各自的烙印。而作品也成为勒克莱齐奥实现各民族身份交融的试验田。勒克莱齐奥多元文化熔炉、文化混血的思想与马提尼克岛出身的法国作家、诗人、散文家爱德华·格里桑的思想相近,强调世界各文化的开放性,认为在保留本文化的前提下,跨文化、促进文化与语言的渗透,才是当下全球化语境下文化发展的趋势。

1994年,勒克莱齐奥被法国《阅读》杂志的读者评选为"仍然在世的最伟大的法国作家"。1997年,其作品《金鱼》荣获让·吉奥诺文学大奖。1998年,勒克莱齐奥的全部作品获得"摩纳哥亲王奖"。2006年,《乌拉尼亚》获得人民文学出版社、中国外国文学学会颁发的2006年度"21世纪年度最佳外国小说奖"。2008年,他的全部作品获斯蒂格·达格曼奖。2008年获得诺贝尔文学奖之后,勒克莱齐奥陆续出版两部作品:短篇小说《脚的故事和其他幻想故事》(2011)和中篇小说《风暴》(2014),继续展现非理性、神话、魔法、旅行、自然、文化多样性、回归童心、回归本源等要素。作为法国几大文学奖的评委(龚古尔奖、五大洲文学奖、勒诺多奖等),勒克莱齐奥并没有完全离开法国文学界,他的身影只是慢慢淡出法国,转而出现在世界的各个角落,曾在韩国梨花女子大学担任教授,现为南京大学荣誉教授。但是为了边缘文明的生存与非西方文明的解放,他总是回到法国,借主流媒体之力完成志愿。2011年,勒克莱齐奥走进法国卢浮宫,以"博物馆是各种不同的世界"为题组织布展,一反主流分类方式,以海地、非洲、墨西哥、美洲、瓦努阿图和欧洲为几大板块展出艺术品,向参观者展现不同的世界。

勒克莱齐奥是一位不能随意归入某个流派的作家。无论是"存在主义者之子"①、新小说作家、古典作家、旅行作家、人文主义作家、现实主义作家、魔幻主义作家,还是中国学者发明的"新寓言派"作家,都不可以定义勒克莱齐奥。一方面,

---

① 雅克-皮埃尔·阿梅特:《作家的隐藏面》,《观点报》(法国报刊),2003年1月31日。

他本人对各类定义与标签始终心存怀疑:"哲学、生活、形而上,最终都是同一个东西,不是吗? 人们总在词语上贴标签,但是我不知道这些贴了标签的小瓶子里装的是否就是人们所说的东西",而且"人们所在的社会过于强调人的价值",造成"人只能看到栅栏,却看不到栅栏背后:我们所有人都活在栅栏包围的公园里"①;另一方面,他认为"作家不像一个成品,成品才需要标签。所以,作家是不断地在往前走的",作家是不断发展超越的;最重要的是,勒克莱齐奥的文学探索正是对主流的消解,对各类"主义"的质疑,也就是对现存各类标签的批判。因此,只有把勒克莱齐奥头上的各类标签去掉,方能看到一个由多元文化、多种语言、多重意义构成的无限的艺术世界。

第五节 戏剧家

从路易十四时代起,法国在欧洲诸国当中便是一个有意倾国家之力,扶植戏剧艺术发展茁壮的文化大国。除了通过模仿古希腊悲剧来提升法语的崇高性之外,以国家力量成立剧院与剧团来宣扬文化的用力之深,在欧洲各国里也是少见的。到了19世纪末20世纪初,成熟的法国文化艺术更滋养着新一代的戏剧家。尤其是以巴黎为基地,形成了对整个西方现代戏剧发展有着深刻影响的各种流派,如安德烈·安托万(1858—1943)的自然主义、安托南·阿尔托(1896—1948)的残酷剧场、梅特林克(1862—1949)的象征主义、雅克·科波(1879—1949)古典悲剧的现代化尝试、四人联盟导演的实验和阿波利奈尔(1880—1918)的超现实主义戏剧等等。20世纪上半叶的法国戏剧是各种美学流派的实验场,与同样蓬勃的其他人文潮流互为表里,在五十年内随着历史的动荡激发出了最精彩多元的风貌。这快速变迁且流派激荡的发展到了二战期间戛然而止,然后随着战后存在主义新思潮的开展,战前丰富的文艺资源的重新启动,旋即发展出了另一个美学高峰。在谈论战后被称为荒诞派戏剧的一代之前,有必要讲述让·柯克多(1889—1963),他的戏剧创作横跨战前与战后,有着承先启后的作用。

出生于19世纪末的柯克多,是布波族美学的典范。20世纪初,文化评论界兴起了一个词叫"布波族"(Bobos)。布波族是布尔乔亚和波西米亚的复合词,是指19世纪90年代兴起的中产阶级上层青年文化,通常这些青年人来自家境富裕的中产阶级,却又鄙视炫耀性的奢华消费,他们依旧拥抱金钱,不过把金钱当成是实践某种精神生活与美学品味的手段,于是拥抱自左岸时期以来的波西米亚文化,追

---

① 弗朗兹-奥利维·吉斯贝尔:《勒克莱齐奥:"生态环保是一种情感而非一种政策"》,《费加罗报》,1995年12月21日。

求文化形式的自由与另类，实现生活美学的非主流化。柯克多来自典型的右岸富裕家庭，却每每被左岸无产的波西米亚文化吸引，从蒙马特到蒙帕那斯的咖啡馆、酒馆、另类艺术空间，都有他的踪迹。他混迹在这些生活困顿的艺术家群体之间，与其他画家、舞蹈家、音乐家和作家共创了欧洲文艺史上著名的先锋派。从19世纪末到二战爆发前，先锋派在20世纪二三十年代的法国发展到了巅峰。其美学形式的生成流派众多，以不断推翻陈规、不断创新作为手段，以颠覆主流审美、挑战现代性中的主流价值与秩序为目的。而在先锋派的形成过程当中，柯克多的实验戏剧贡献颇多。如同其他先锋派艺术家受到瓦格纳（1813—1883）"整体艺术"革命性思维的影响一样，柯克多的实验戏剧旨在颠覆巴黎大道剧院里那些服膺中产阶级品位的华丽歌剧与煽情通俗剧，寻求一种整合艺术门类的新形态戏剧演出。在追寻新戏剧美学的过程中，柯克多与先锋音乐家萨迪（1866—1925）、画家毕加索以及俄罗斯先锋芭蕾舞团合作的作品《游行》可称为经典。

从《游行》的名字就可以看出柯克多试图透过冒犯观众，让作品变成一个成功丑闻事件的意图。其模仿对象是1913年由作曲家斯特拉文斯基（1882—1971）与俄罗斯先锋芭蕾舞团合作的有争议的作品《春之祭》。"游行"指的是马戏团正式表演前，通过在大街上游行吸引观众入场的宣传手法，把马戏团的元素置入高雅的古典芭蕾。1917年5月18日，当《游行》在巴黎的夏特莱剧院首演时，有部分观众果真愤怒了，他们发现这个独幕舞剧竟然说的是一个马戏团演员在街上游行却无法成功招揽观众的简单情节。舞者马西的动作，在柯克多与俄罗斯先锋芭蕾舞团的精神领袖加吉列夫（1872—1929）的指导下，采用了大量小酒馆、歌舞厅以及美国默片演出的俚俗形式。毕加索的舞台设计更采用了巴黎市井大街的元素，服装设计则使用立体派的风格，竟然动用了厚纸箱来限制舞者的身体活动。而萨迪的音乐设计延续了他的三重小调风格，在极简、反复的风格下，放进了黑人爵士乐的雷格太姆主调，并掺杂了各种"噪音"，比如打字机、手枪和汽笛声。从剧情、音乐、舞蹈到视觉设计，《游行》让具有高贵宫廷气质的芭蕾舞变成了一个无法定义的舞剧，它挑战当时观众的审美习性，让艺术类型的边界模糊，高雅与俚俗的分野松动，还试图引发话题，冲破巴黎文艺界的审美界限。为《游行》写介绍的阿波利奈尔更用了"超现实"一词来形容。

在《游行》之后，柯克多又推出了《屋顶上的牛》和《埃菲尔铁塔上的新人》，两者与同时期阿尔弗雷德·雅里（1873—1907）的《愚比王》一样，透过杂技、面具以及大型人偶，颠覆正规剧场里角色表演的方式，人的形象变得机械、"非人"而荒谬，失去真实生活维度的人物在剧里做出不堪的行为，说出戏谑的语言。如果说，从镜框式舞台时代开始，剧场就被当成一面自然之镜，用来真实反射人性，那么从新古典主义时代开始，人物形象的塑造，人物命运的安排，语言情节的设计等都要符合仪典常规，借此让舞台展现人类世界道德的规律与人性的常态。到了柯克多的时代，从演员的肢体展现，到人物形象塑造，再到情节的开展，先锋艺术家们挪用多元的要素，颠覆先前的常规，舞台语言在诗化与粗俗之间，视觉设计在具象与抽象之间，演员表演杂糅各种技巧让"人"在舞台上看起来"非人"，而音乐也不断从古典的规范里逸出，挑战"音乐"与"杂音"的界限，这些美学形式的反复实验以及规范的一再调整，辐射出的是从 19 世纪末以后，欧洲文明进入现代性以后的焦虑。自文艺复兴以来，欧洲文明便试图从古希腊罗马文明中衍生出现代理性精神，而这种尝试在 20 世纪初受到了先锋派的激进挑战。

中年以后的柯克多重新回到了古希腊文化，做出了很多对古希腊文本的改变尝试，他这一阶段的尝试与二战前最后一波剧作家，比如保罗·克洛岱尔（1868—1955）、亨利·德·蒙泰朗（1896—1972）、让·齐奥杜（1882—1944）、让·阿诺伊（1910—1987）的作品，可以看成是 20 世纪对戏剧文学古典主义的最后回眸。同时期阿尔托的"残酷剧场"理念，宣告语言与大师文本一同死亡的呼声还没全面获得胜利，而这一切要等到二战后，当欧洲文明对现代理性精神的最后一点信仰随着二战的灰烬一同消失，古典主义彻底土崩瓦解之时。

法国的存在主义哲学在二战前后发展到了巅峰，战前纳粹的兴起与暴力，让欧洲的知识群体对启蒙以来的理性信念开始高度怀疑，甚至对人存在的终极意义抱着虚无主义的想法。萨特和加缪是存在主义哲学对戏剧艺术影响的代表，因为两人不约而同地从自身的哲学思考出发，创作了重要的戏剧作品。

萨特的存在主义哲学思路可以从其巨著《存在与虚无》一窥堂奥。他一反自笛卡尔以来的理性传统，反对"我思故我在"，认为人的自我意识形成必须考虑每个人不同的社会境遇，人的主体是变动不居的，与他所历经的社会历程一同变动。因此在戏剧创作中，他反对以揣摩心理深度来刻画人物性格的写实手法，而是强调考虑戏剧人物所处情境，情境如何引发人物的动机行为，以及人物最后因行为而产生的后果。换言之，"性格"不是与生俱来、在人的心理意识里的，而是人在特定环境里引发的一连串行为及其面对行为后果的态度的总和。人物的动作向来就不是个人性的，是因环境而引发的典型动作，因此舞台动作对萨特来说是"社会性动作"。这一戏剧观在他的两部经典剧作《苍蝇》（1943）与《禁闭》（1944）中都有所展现。

与学院气浓厚的萨特比较，出身寒微的加缪则文风彪悍。加缪曾参加阿尔及利亚反殖民运动，在 1936 年成立"劳动剧团"，以业余剧社的方式，推出一出又一出具有反抗意识和社会现实关怀的戏剧。与萨特以思辨为主的剧作不同，加缪诉诸神话的启示，以西西弗推巨石上山的典故为蓝本，说明现代欧洲人并不了解生存本质的真实目的，就已经被异化，人的存在就像是被诅咒的西西弗，必须周而复始地重复着把巨石从山脚推到山顶的工作。对加缪来说，西西弗是现代人精神英雄的代表，这种悲剧意识和以意志力战胜虚无的坚毅正是他在戏剧中所要传递的观点。他的代表剧作还有《卡利古拉》(1938)以及《误会》(1944)。

萨特与加缪在二战前的哲学性戏剧创作为战后自巴黎左岸发展出来的新戏剧奠定了基础。他们的戏剧作品虽然已经开始探索人类存在的荒谬境地，但还是理念高于形式，在戏剧形式上没有根本上的创新，多半还是模仿古典的剧情结构以及保留人物台词的文学性。两人试图传递的人存在的荒谬性，直到20世纪50年代一批新戏剧兴起，才展现在革新后的戏剧形式上。而这一批被称为"荒诞派戏剧"的作品，其美学展现可以说是自20世纪20年代以柯克多为代表的"先锋戏剧"发展而来的成果。

20世纪50年代"荒诞派戏剧"，这一被戏剧学家马丁·艾斯林归类的戏剧流派是法国20世纪50年代新戏剧的代表。这个群体的戏剧美学延续了战前存在主义戏剧的命题，旨在传递人生存境遇的荒谬性，亦即：人生存最高目的的虚无化，人与人理性沟通的瓦解，人与生活本质的异化，以及伦理道德价值的重新评估。这些主题在战前存在主义戏剧中已经出现，到了20世纪50年代，先锋主义戏剧美学手法与存在主义的批判性思考合流，这个群体的美学形式与思想主旨合拍，形成了战后戏剧美学的革命性发展。与其说这个群体是有意识地合拍成为一个流派，不如说这个群体的剧作家都是一个个独立创作的孤独个体，他们不结党群聚，其精神状态与美学展现其实互为表里，都极致地展现出战后欧洲人崇高理念的消失与绝对孤独生存状态的出现，其美学与精神面貌是时代的代表，在战后巴黎这样的国际大都会得以接连展现。

"荒诞派戏剧"群体里的三位主要剧作家阿达莫夫、贝克特、尤内斯库都不是"纯粹"的法国人，他们出身复杂，文化身份难以归类，都不见容于本土的集体主义，而唯一"纯粹"的法国人让·热内，也是法国社会的边缘人。

阿达莫夫(1908—1970)是俄裔亚美尼亚人，1924年随家人迁徙至法国。迁至巴黎以后，他便受到20世纪20年代巴黎各先锋派的影响，对主流的家庭与社会规范生起反叛之心，于二战前开始小试身手，尝试小规模的业余戏剧创作。阿达莫夫戏剧创作的高峰从二战后开始，受到斯特林堡《梦幻剧》的启发，认为真实的戏剧就存在于街上的行人里：行色匆匆的人们，具象了人们的孤寂以及沟通的无效。于是他创作了第一出戏剧《讽刺》，呈现了一连串人在日常生活里无意义且痛苦的等待状态。

在阿达莫夫于1954年遇见布莱希特之前，他创作的戏剧一般没有具体的人物形象，处在抽空的日常无聊的状态里，在时间的行进里寻找生活的目标、沟通的意义，最后往往呈现一段悲观主义的人物告白，这时期的作品有《告白》《讽刺》《侵犯》《大小操练》及《达兰纳教授》。遇见布莱希特以后，阿达莫夫的社会主义关怀重新被燃起。他自己便用"可治"与"不可治"来形容这样的变化,如果他此前的虚无主义拥抱了人存在意义的"不可治",那么他后面的戏剧试图带来"可治的"面向,即如何透过戏剧处理社会中人生存的矛盾变成创作的主轴。他这一时期的戏剧开始出现具体的人名、动机、社会场景和现实矛盾。《乒乓球》是他过渡时期的作品,呈现了欧洲战后资本主义发展时期一代年轻人的生存矛盾,最后还是以一个虚无主义作为结局。《71年的春天》则是此时期的代表作,他把历史场景拉回到法国大革命前,做了非常具体的社会史调查,在史实的基础上呈现了四十个人物,把法国大革命前后的社会矛盾具体地、戏剧化地呈现出来,试图透过这出史诗般的历史写实剧处理法国社会的核心矛盾。

贝克特(1906—1989)出生于爱尔兰一个虔诚的天主教家庭,从小被教育要笃信神的他,却成为一个离经叛道的宗教异见者。在都柏林学习意大利和法语的贝克特,最后在巴黎找到自己的安身立命之所。正是巴黎给了他不断创作的空间,而透过不断的创作,他找到了对抗死亡的生存之道。

贝克特的代表作是首演于1953年的巴比伦剧院的《等待戈多》。首演由法国先锋戏剧的重要导演罗杰·布林导演,并扮演了剧中波佐的角色。剧中,空荡荡的舞台上有一株干枯的树,两个流浪汉在舞台上等待一位叫戈多的人,却怎么也等不到他。在等待的过程里,没有具体的戏剧事件发生,只看到两个人在不停嬉笑怒骂,时而彼此虐待,时而又彼此怜惜,如此反复,中间穿插一对主奴的到来,让他们误以为是戈多的抵达。失望过后,两人继续漫无止境的等待。评论家们指出,等不到的戈多象征了西方基督信仰的破灭,《圣经·启示录》说到过上帝的二次降临,但是在《等待戈多》的世界里,神永远也不会来,甚至连人所等待的最终目的都模糊了,剩下的只是时间的炼狱,人在时间的牢笼里只能像动物一样彼此依偎又彼此伤害。这样的终极信仰观及时间观与战后的虚无主义相合。这种对人的行为以及语言理性沟通信念的破灭也表现在人物动作、语言以及走位的设计上。贝克特的剧本采取极简主义的做法,人物的台词简短,直白,反复,没有文学性的复杂修辞。在极简的台词中,他穿插简明的动作、走位以及舞台视觉声响效果指示,并严格要求导演对其舞台指示亦步亦趋地遵守。换言之,对贝克特而言,其剧本不只是所有台词的综合,而是台词与其设计的舞台效果跟走位的综合。从这个角度来说,贝克特已经不是传统的剧作家,他的剧本是一种舞台综合艺术,包含语言、视觉设计(道具、舞台装置)、动作设计、声响设计。而台词的表意功能更在文学性的削弱下,往往成了声响设计的一环,与音乐及其他非语言的声音共同营造出舞台的声音效果。

透过这样的美学理念,可看到两个标志着贝克特戏剧理念的重要事件:第一,他选择以法语创作,而非其母语英文,因为他希望透过非母语来节制其作家修辞炫技的冲动,以此来削弱台词的文学性。用外语创作的过程,使用语言的克制与谨慎,更能帮助他把语言的机械感带出,让语言与非语言或是沉默之间的戏剧张力表现出来。第二,在后期,他坚持所有的剧本演出都必须由他亲自执导,如果不是,该演出必须严格遵守其舞台指示,不可随意更动,包含所有舞台声响、视觉、演员走位的设计。因此,我们看到其剧本中的人物多半受制于一个无法动弹的位置,在极简的动作下说着重复简单的台词,表演的张力在反复过程中、细致的差异里展开。这一系列作品里值得品味的有《终局》(1957)、《克拉普最后的录音带》(1958)以及《啊,美好的日子》(1961)。

尤内斯库(1912—1994)原为罗马尼亚人,在巴黎深造后,定居于巴黎,开始其戏剧创作。原本对主流戏剧已经生厌的他,有一次在学习英语的课本里,却发现为语言学习所设计出来的生活场景充满了他所说的"日常生活的荒谬性",于是他照着这些可以设计出来的机械性生活场景写下了《轻轻松松学英语》一剧,写成后只在熟人圈做小规模的沙龙式读剧。一次读剧时,一个男演员把金发女教师读成了"秃头歌女",引起全场哄堂大笑,尤内斯库索性把剧名改为《秃头歌女》。人物以一对典型的中产阶级夫妇为主,他们在日常生活里,仪式化地重复无意义的语言惯性,机械地生活着,生存的荒谬就在日常生活中这种无意识的反复里被呈现出来。尤内斯库后来写的几个剧本都具有这样的"反戏剧"特质:没有剧情的起承转合,语言机械而反复,舞台简单,将一些元素不和谐地搭配在一起,借此把日常生活场景中反复单调的荒谬性凸显出来。主要剧作有《上课》(1951)、《椅子》(1952)和《犀牛》(1959)。

荒诞派里的最后一位剧作家是让·热内(1910—1986)。与前述三位不同的是,他是地道的法国人,但从小是孤儿,很早就堕入社会底层成为小偷,也做过男妓,还当过佣兵。他后来表现出的文学才华与他"边缘人"的人生经历息息相关。一般文学史中都会把他归到法国"被诅咒诗人"的行列中。"被诅咒诗人"以《恶之花》的作者波德莱尔为代表,他们用宗教诗歌一般的语言,赞颂人性里的"邪恶",比如性欲、犯罪和死亡。他们直视人性中黑暗的深渊,希望借此实现道德的升华和灵魂的解脱。把剧场的社会功能比喻成一座焚化炉,一个介于生与死之间的幽冥界域、崇高与低贱的边界。对热内来说,神圣与卑劣不是绝对对立的两面,而是一体双面,如同阴阳互生,有光明必有黑暗,有黑暗才能生出光明。于是在热内的剧本里在社会结构中被对立起来的一组人物经常同时出现在舞台上,并处于一种游戏的状态。这一组对立的人物摸索彼此的边界以及关系,一旦存在的界限被逾越,社会主流律法的合法性被挑战,便在一种近乎天主教弥撒的戏剧氛围下展开他的剧作家的"黑色弥撒",把一组组对立人物间的矛盾打开,释放出法律秩序实行中必然的暴力,用诗歌仪式将暴力美学化,在死亡升华苦难的诱惑下,进行他的诗学正义。这一对立关系从其创作早期简单明了的警察与小偷(《死亡监视》),女主人与仆人

(《女仆》),到其创作晚期的黑人与白人(《黑人》),宫廷社会与底层妓院(《阳台》)的对比中可见,在这些镜像式对照下,一组组本来俨然对立的社会关系在舞台上的"万镜之厅"互相映照并衍生,随后幻化成生命中层层叠叠又持续变化的镜花水月。创作后期,热内开始关注现实政治议题,比如北非阿尔及利亚的反殖民抗争和中东巴勒斯坦人失去国土的问题,并写成了剧本《屏风》(1961)以及散文《爱的囚徒》(1986)。

上述四位荒诞派剧作家的美学风格可以反映出战后法国戏剧发展的趋势。第一,文学退位,戏剧逐步成为表演时仪式性的美学,比如舞台走位与声音视觉效果的综合;第二,剧场成为批判日常生活意义的空间。如果战前的主流剧场是新型中产阶级用来定位自己主体性以及标志自身社会地位的机构,战后荒诞派的发展便是要揭露这样的假象,把中产阶级生活里的机械性和虚无主义,还有巩固其生活所产生的社会矛盾以及压迫暴力用戏剧美学的手法展现在舞台上。换言之,从文艺复兴以降的镜框式舞台及其发展出来的歌剧,是一面新兴资产阶级满足其自恋欲望的梳妆镜,战后的戏剧家们致力于打破这面镜子,但是他们又不满足于战前的写实手法,即简单地把梳妆镜换成社会放大镜,仅把社会中黑暗的角落和被压迫人们的生活"如实"呈现出来;相反,他们的手法是戏谑而具有实验性的,透过台词的改造,舞台效果的重新安排,试图把镜框式舞台变成哈哈镜或是镜面迷宫,让人再也无法看清自身面貌,而同时又让社会大众都能在上面看见自身欲望之投射,最后把日常生活变成一场狂欢。这样的美学发展预示了1968年法国的"五月风暴"及其后的戏剧发展状况。

此外,影响了法国20世纪戏剧的另两个重要事件是戏剧文化的去中心化和阿尔托残酷戏剧理念的实践。

战后的法国戏剧文化发展有一个重要的实践,就是戏剧艺术不再以巴黎为中心,而是扩散到全国各地,尤其是外省国有剧院纷纷建立,戏剧文化的去中心化形成了"民众戏剧"热潮。这种戏剧的普及理念其实早在20世纪30年代科波"民众戏剧"概念的提出和实验时期便已经种下了种子。其后,基于让·维拉尔(1912—1971)在阿维尼翁戏剧节中的贡献以及国立大众剧院(TNP)的努力,民众戏剧开花结果了。维拉尔的接班人罗杰·普朗雄(1931—)在20世纪60年代便开始在外省地区大力推行戏剧活动,并于1972年正式接替维拉尔成为"国立大众剧院"的领导人物。

在这个"地方分权"去中心化的过程中,1954年"柏林群体"剧院的三度来访也起到了关键性作用,布莱希特"史诗剧场"的概念除了开始影响艺术家之外,也对公众舆论发挥了作用。《全民剧场》《剧场工作》等权威性期刊都陆续开辟专题,大力介绍"史诗剧场"的理论和实践,认为剧场必须首先是公共空间,透过戏剧召唤群众成为共同体,进而达到教化民众、改造社会的目标。

20世纪70年代以降的戏剧发展可以说是民众戏剧发展开花结果的时期,除了普朗雄之外,安东尼·维德兹(1930—1990)也是20世纪70年代至80年代重要的导演,受到"史诗剧场"的影响,他创作了一连串"去神话"戏剧,重新演绎戏剧经典,收到了出其不意的效果,他借此解构经典的崇高性,让大众在惊奇欣喜之余,从经典的僵化中解放出来,重新思索经典的当代意义,故名"去神话"。维德兹也是1968年"五月风暴"后一代的美学代表,他为梅耶荷德平反,强调解构现代戏剧乃至希腊戏剧文学经典,强烈关注戏剧美学与政治议题之间的关联,以游击舞台的演出形式和拼贴手法,来对抗主流政治,这样的风格不啻是那个时代理性浪漫主义的代表。其代表作有《澡堂》(1967)、《屠龙记》(1968)、《海边的大卫》(1987)、《缎子鞋》(1987)以及《伽利略的一生》(1990)。

另外,同时期兴起的由莫努虚金领导的"太阳剧团",通过融合世界戏剧美学、仪式美学以及日常生活,再创戏剧的共同体仪式感,并借此批判社会。"日常戏剧"流派也是1968年之后的戏剧美学代表,剧作家们善于揭露日常生活里的残酷本质,与荒诞派戏剧一脉相承,代表人物有贝尔纳-马里·科尔代斯(1948—1989),米歇尔·维纳威尔(1927—　)以及米歇尔·道区(1948—　)。从五十年代到六七十年代,导演逐渐取代了剧作家。这从荒诞派的剧本变革中便可见端倪,而导演取代剧作家并入主国立大剧院的现象从20世纪60年代以来就逐渐开始确立。这些导演除了受到布莱希特的影响之外,其美学理念的形成也受到安托南·阿尔托"残酷戏剧"美学的影响。

阿尔托的《剧场及其重影》写于20世纪20年代,但是在其生活的年代,阿尔托并没有因其作品而受到同代人的青睐,相反,他一直是一位边缘化人物,受到精神疾病的折磨,在精神疗养院度过大半生,最后孤独死去。他对法国剧坛的影响一直要等到他去世后的60年代,他先在美国的先锋戏剧界激起浪潮,再回到巴黎,新一代的先锋戏剧界重新认识了其理念,才成为除布莱希特之外,影响20世纪下半叶戏剧美学发展的另一个重要思想资源。阿尔托的"残酷戏剧"理念基本写入了《剧场及其重影》中。他认为戏剧必须是一种形而上学,和亚里士多德的形而上学不同的是,阿尔托将形而上学看作是对人类社会物质存在的激进叩问。他认为剧场必须释放出像中世纪黑死病那样的摧毁性能量,把维持人类社会物质存在秩序的逻辑瓦解,释放出人类存活最贴近动物自然状态的黑暗面,比如为了存活而必须存在的暴力、色情和悖德。"剧场黑死病"会释放人所最不愿意面对的黑暗潜意识,摧毁既定秩序,然后再获得新生的可能。由此看来,阿尔托其实承袭了亚里士多德《诗学》里关于悲剧的净化观点,只是他走得更激进。他反对人类通过语言逻辑建立起来的理性思维,认为戏剧文学性的文本尤其是经典戏剧文本把人与生存争斗的戏剧性表达禁锢在语言、情节的规范里,所以"残酷戏剧"要执起一把美学的剑,向逻各斯砍去,而这把剑便是剧场可营造出来的各种感官知觉效果,直接作用在人的直觉上,诉诸感性而非理性。阿尔托美化了巴厘岛的斗鸡舞与东方仪式化的表演传统,认为这种以歌舞和仪式化肢体动作进行表演的剧场才能让观众进入戏剧的形而上情境中。阿尔托创作了一部叫作《千骑》的剧本,但评论家们认为这并没有实现他的戏剧理念,反而证明了他的理念是不可实践的。

  前述的荒诞派剧作家的创作,被认为实践了阿尔托不可实践的"残酷剧场"理念,而民众戏剧运动以及日常戏剧的多名导演都受到了他的影响。与其争论阿尔托的理念能不能被实践,不如说他已经贯穿了20世纪60年代以后的法国戏剧美学。对文本权威的蔑视,以演员的身体以及表演方式来解构经典,营造强烈的视觉、听觉甚至嗅觉和触觉效果,来挑战观众的舒适度,让他们进入一个临界点状态,进而对维系其生存的种种秩序进行批判,反思存在的意义,这就是阿尔托戏剧美学理念的具体展现。

  20世纪60年代的创作和社会运动,在法国七八十年代的戏剧发展中留下了剧作家追寻理想主义乌托邦的痕迹。不管美学手法如何多变和具有实验性,但对现实政治秩序、社会公平议题的探索以及生命本质意义的探寻,总是处于作品的核心地位。进入20世纪90年代,这些沉重的议题似乎随着消费社会的全面渗透、娱乐工业以及数字传媒的全面胜利,也慢慢被消解,剧场成了可供消费娱乐的众多声光感官刺激的选择之一。在这个后戏剧时代,当新时期导演把表演玩到淋漓尽致之余,也有一批新的剧场人开始呼吁戏剧文本的回归,构成文学回归剧场的时代现象。这些新时代的导演有克里斯汀·史基亚瑞堤(1955—   )、斯提法那·布隆胥伟(1964—   )和斯塔尼拉斯·诺德(1966—   )等。

第四章 美国文学

第一节 概 述

20世纪30年代美国人对外部世界总体抱着一种漠不关心的态度,他们关注的是大萧条后的国内经济发展、失业问题以及如何弥合内部的意识形态分歧。但在二战结束后,这种心态发生了明显的转变。美国在战后成了一个超级大国,致力于在国际舞台上扮演重要的角色。在战后的新纪元里,美国所代表的资本主义、个人主义和开放市场的"美国"方式,与"苏联""共产主义"的集体主义和有组织的计划经济形成对峙局面。冷战推动美国的军事工业迅速发展,与此同时,满足和平需求的制造业也开始迅速扩张,建筑业蓬勃发展,现代大众社会对耐用消费品的需求在战后迅速膨胀,汽车、电视机、冰箱等成为非常受欢迎的消费品。美国是唯一一个在二战中崛起的国家,它的制造工厂完好无损,失业率仅比战争经济创造的历史低点略高一点点。总而言之,二战之后的美国作为一个经济奇迹,将自己呈现在其他国家面前,并且在世界政治、经济、文化事务中发挥起主导性作用。

20世纪五六十年代是美国历史上的骚动时代。富足孕育了美国人的焦虑,他们尤其害怕失去自己已享受的安逸;在许多方面,平静的社会最容易受到突然、彻底的恐慌的影响。这种徘徊于时代平淡无奇表面下的不安,通过多种形式获得表达。在流行文化中,出现了一系列幻想"来自太空入侵者"的电影,这些电影表现黑暗的敌对势力摧毁了平静生活,外星人的到来打破了美国人舒适、自满的生活状态。在文学上,不安感存在于对相关主题的关注中,如日常生活中的倦怠、罪感、懊悔等。这段时期的政治生活中,美国人对入侵、颠覆甚至摧毁的恐惧,最显著表现在其国内推行的麦卡锡主义上。约瑟夫·麦卡锡是一名来自威斯康星州的年轻参议员,他利用自己在非美活动调查委员会的地位,以及公众对苏联日益增长的力量的焦虑和可能出现内部敌人的担忧,在美国国内开始了一场反对"共产主义颠覆"的清剿活动。许多人因此失业并被列入了共产党黑名单,一大群人包括好莱坞的编剧、知识分子、学者在一夜之间发现自己成了政治攻击的对象。麦卡锡设法使美国人相信,他们的物质财富和社会健康的保障取决于他能够随时随地发现并清除掉敌人。

20 世纪 50 年代后期,这种焦虑最终打破了美国中产阶级的"平静"表面,恐惧和恐慌开始浮出水面,出现了公然的文化反叛迹象。这种新一轮的反叛精神与二战后孕育富足的社会和经济秩序相对立。音乐方面,摇滚乐的风靡是新一代年轻人不愿接受美国中产阶级白人道德观念和温和状态的信号,他们对文明的标准发出轻蔑的声音,因此当时许多摇滚乐手被统治文化视为一种威胁。同样在电影中,新的英雄们也表现出与主流文化戏剧性的对立立场。在文学方面也有类似的写作倾向,这一时期有两部重要的作品 J. D. 塞林格的《麦田里的守望者》(1951)和杰克·凯鲁亚克的《在路上》(1957),这两部小说具有截然不同的两种风格,但是他们的主人公却有着共同之处:与现代的城市技术生活格格不入,对社会规范发出了强烈的抵制声音,并且他们在反抗正统文化的过程中,成了社会的局外人。

20 世纪 60 年代美国社会的贫富差距扩大,在财富悬殊的情况下,社会上不满和冲突的种子开始结出果实。不安情绪蔓延为公开的抗议,例如,民权运动的积极分子不再仅仅是温和抵制实施种族隔离的商业和服务,他们开始向政府实施不公正的种族隔离法律发起挑战。60 年代末期,城市街头的骚乱似乎已经成为常态,黑人以暴力方式表达对剥夺了他们基本权利的社会和经济秩序的愤怒。与此同时,全国的大学几乎都发生了暴力冲突事件,学生们抵触大学权威和国家权力,他们抗议的核心内容之一是越南战争。1964 年越战爆发,到了 1967 年,数百万的美国人开始觉得这场战争不仅无意义而且可憎,于是他们走上街头呼吁停止战争。

文学创作的后现代倾向是 60 年代的一个显著特点。这一时期的许多艺术家都以实验、挑战文化和社会规范而著称。现代主义逐渐被后现代主义取代,在文学上表现为抵制文学创作的终结性或封闭性,反对区分"高雅"和"低俗"文化,拒绝宏大叙事。这一时期的实验性创作鼓励边缘性的书写形式,拒绝权威,偏好随心所欲,以一种随意的、无结构感的艺术表现一个具有同样特征的世界。60 年代写作的另一个特点是政治性。黑人艺术运动追求"黑人权利"和种族自豪感,提出"黑人是美丽的",黑人美学在这一时期被提出。此外,女性写作在 60 年代得到迅猛发展。1963 年,贝蒂·弗里丹在《女性的奥秘》中写道:"'除了我的丈夫、我的孩子和我的家庭之外,我还有所企求。'对妇女们发自内心的这种呼声,我们再也不能漠然不顾了。"[①]在她之后,关于女性经验和女性问题的书写呈指数级增长。

《剑桥美国文学史》在论述 20 世纪五六十年代的美国社会变迁时指出:"在这个时代,传统社会结构面临着日益严峻的挑战,不同种族、不同性别群体之间的冲

---

① 贝蒂·弗里丹:《女性的奥秘》,程锡麟、朱徽、王晓路译,北方文艺出版社,1999 年版,第 22 页。

突引起了社会的分裂;这个年代是以政治和美学上的反叛来界定的。"①"垮掉的一代"是五六十年代文化反叛、政治反叛和美学挑战在文学上的典型反映。艾伦·金斯堡(1926—1997)在50年代以《嚎叫》诗集闻名美国,成为"垮掉的一代"的精神领袖。杰克·凯鲁亚克(1922—1969)的代表作《在路上》根据作家自己在1947年至1950年间一系列穿越乡间的旅行游记组成。小说描写50年代青年人吸毒、纵欲、酗酒等放荡不羁的生活,以此表现人的心灵的躁动不安和颠覆性的社会价值观。塞林格的《麦田里的守望者》主人公霍尔顿·考尔菲尔德住在纽约的公园大街,过着舒适的中产阶级生活,他目睹了成人世界的庸俗和虚伪,感到厌恶,便生出逃离社会的念头。霍尔顿一心想去阳光灿烂的西部,但最终却被送入精神病医院。塞林格的这部《麦田里的守望者》"不是一部关于成长的小说,而是一部关于不肯成长的小说"②,小说主人公拒绝承担社会强加给他的种种义务。"垮掉的一代"的作品表达了一种与社会规范格格不入的感觉以及与各种环境疏远的意识。

与精神反叛相呼应,60年代美国文学在形式和技巧方面也发生了巨大的转变。约翰·巴思1967年在《枯竭的文学》中提出传统的文学形式已经枯竭,应该对文学形式进行实验和创新。③"自反性"是60年代实验小说的共同特点,即小说文本透露出关心叙述过程、关心写作、关心结构的特征。约翰·巴思、威廉·加斯、唐纳德·巴塞尔姆、约翰·霍克斯、托马斯·品钦等作家常被归为后现代小说家之列。60年代盛行一时的实验小说,由于作家们注重形式甚于内容,作品常常晦涩艰深、支离破碎,造成读者阅读上的困难,逐渐失去了阅读市场。80年代之后,不少实验主义作家将自己的创作向现实主义渗透,增加了作品的现实观照。约翰·巴思1981年创作的小说《度假》以作者家乡马里兰州切萨皮克比奇海湾为背景,讲述了一对结婚已经七年的夫妻在海上度假的故事。小说有完整的故事情节、叙事结构,可读性较强;托马斯·品钦的《葡萄园》(1990)也一改晦涩的风格,以1960年至1984年尼克松政府和里根政府在全美实行的极权政治作为表现对象,揭露美国社会中制度化的控制和公民自由的危机,具有社会现实意义。

经历了五六十年代的风云激荡,美国社会在70年代中后期渐趋平静。越南战争、民权运动相继结束,在战后"婴儿潮"中出生的人曾是60年代激进运动的主力,此时他们纷纷走上工作岗位,担负起家庭的责任。国民生产总值在增长,但是美国人却开始担忧可能出现的经济危机,于是越来越多的人将他们的精力和注意力放在了个人财富的增长和积累上,20世纪70年代被称为"唯我"的时代(the "me"

---

① 萨克文·伯科维奇:《剑桥美国文学史》第七卷,陈宏等译,中央编译出版社2005年版,第51页。
② 萨克文·伯科维奇:《剑桥美国文学史》第七卷,陈宏等译,中央编译出版社2005年版,第194页。
③ John Bath. "The Literature of Exhaustion". *The Novel Today*. Malcolm Bradbury, ed. Glasgow: Fontana/Collins, 1977.

decade)。总体而言,从 20 世纪 70 年代中后期至世纪末,美国进入了一个相对平稳的发展期。

20 世纪 70 年代之后非裔美国文学成为美国文坛上一颗璀璨耀眼的明星。艾丽丝·沃克(1944—)曾是民权运动中的激进分子,她的第一部小说《格兰奇·科普兰的第三次生命》(1970)以现实主义手法描写了一个家族三代人的生活,他们被种族压迫和性暴力所摧毁。作家特别关注黑人家庭和黑人社区内部的虐待妇女和性剥削等现象。《梅丽迪安》(1976)是沃克的第二部小说,聚焦于民权运动中的女性问题。1983 年出版的《紫色》是沃克的代表作,这部小说表现了黑人女权主义的一些基本主题,作家特别关注黑人男性对女性身体的控制,并且探讨了黑人妇女获得身心解放的途径。主人公西丽亚是种族和性别压迫的受害者,她被一个她认为是自己父亲的男人强暴,并且在一段没有爱情的婚姻中饱受折磨。正是在磨难中,她逐渐学会了如何让自己变得有价值,如何获得友谊。之后沃克又创作了《我知交的神殿》(1989)、《拥有快乐的秘密》(1992)、《父亲的微笑之光》(1998)等作品。沃克的大部分创作都是在探讨"妇女主义",她在《寻找母亲的花园》中将这一概念定义为黑人女性主义的一种形式:赞赏并喜爱女性的文化、女性的柔韧和女性的力量;"妇女主义"关注在面对强大的男性至上传统时,黑人妇女的身份认同问题。

当代非裔美国文坛最重要的作家当属托妮·莫里森,她的小说既表现出对黑人文化和传统的护持,又超越了"种族"的有限视野,表现普遍的人性冲突和人文关怀。玛雅·安吉洛(1928—2014)是黑人文学创作中的另一位杰出作家,她的作品主要有五卷本自传,其中包括《我知道笼中的鸟为何在歌唱》(1969)、《所有上帝的孩子需要旅游鞋》(1986),此外还有一些脍炙人口的诗歌。丽塔·达夫(1952—)是当今美国诗坛的后起之秀,1993 年,她当选为美国国会图书馆的桂冠诗人,成为历史上第一位黑人桂冠诗人。她的诗集有《街角上的黄房子》(1980)、《博物馆》(1983)、《托马斯与比拉》(1986)、《福佑笔记》(1989)、《母爱》(1995)等。

犹太文学在二战后迅速发展成为美国的主流文学。战后以索尔·贝娄(1915—2005)、伯纳德·马拉默德(1914—1986)以及艾·巴·辛格(1904—1991)为代表的犹太作家力图使作品具有超越犹太性的一般意义。20 世纪 40 年代和 50 年代期间,犹太移民后裔对强调个人主义的美国主流文化具有强烈的认同感,他们的民族群体意识变得十分薄弱。因此,这一代犹太作家竭力超越犹太特性,表现具有普遍意义的现代人对时代命运和人类前途的思考。他们面对复杂的身份认同问题,倾向于描写疏离感,使用幽默、隐喻和寓言等形式,因此作品具有鲜明的现代主义倾向。贝娄、马拉默德等人决心要主导美国文学主流,这使得他们不会过分陷于特定的犹太主题。20 世纪 70 年代起,以菲利普·罗斯(1933—)为代表的新一代犹太作家开启了犹太文学的新纪元。这一代犹太作家表现出对传统和历史的巨大兴趣,这种历史回归在犹太作家中表现迥异,既有批判也有回忆,既审视又怀念。为了重新界定他们与犹太传统和当代文化的关系,他们转向以色列、女性主义、大屠杀、犹太复国、早期犹太史等。重写被早期犹太作家刻意回避的欧洲历史;重新表现与犹太教传统的冲突与联系;忧虑民族文化与语言的丧失;表现犹太教的人道主义责任等,这些成为这一代犹太作家创作中的重要主题。罗斯的代表作《美国牧歌》讲述犹太后裔塞莫尔·利沃夫追逐美国梦的历程。"瑞典佬"利沃夫身上有实现美国梦的一切元素:棒球明星、海军陆战队的服役经历、成功的企业家、美貌的白人妻子。他身上体现了犹太文化与美国梦的完美结合。然而,女儿梅丽亲手安置在邮局的一枚炸弹彻底粉碎了利沃夫的美国梦。罗斯借"美国梦"主题探讨在民族融合过程中,各种生活方式和思想意识对犹太人价值观的冲击和影响。

这一时期几位美国南方女作家成为南方文艺复兴之后的重要作家。南方文艺复兴始于第一次世界大战,在其后的二三十年里南方的文学创作高潮迭起。弗兰纳里·奥康纳(1925—1964)、尤多拉·韦尔蒂(1909—2001)、沃克·珀西(1916—1990)等女作家成为二战后南方文学创作的中坚力量。弗兰纳里·奥康纳的作品有着强烈的宗教性,对她而言生命的意义在于基督的救赎。其小说《智血》(1952)、《暴力夺取》(1960)、短篇小说集《好人难寻》(1955)、《上升的一切必将汇合》(1965)都在描写一个衰败、邪恶、被上帝抛弃的世界,这个世界只有在上帝不可估量的恩典中才能获得救赎。生活在这个世界中的人也或多或少地存在身体上或精神上的畸形,他们的畸形反映了人类的原罪,同时人物的畸形也折射出一个精神贫乏、缺少信仰的时代和地域。尤多拉·韦尔蒂(1909—2001)是一位创作风格多样的南方女作家,她偏爱将故事背景设在家乡密西西比州。例如《强盗新郎》(1942)将格林童话中《美女与野兽》的故事移到了18世纪晚期密西西比的纳齐兹地区,小说的文笔幽默活泼,故事怪诞离奇,把现实与奇特捏合在一起,使得二者的界线变得模糊,无法区分。《三角洲的婚礼》(1946)讲述了南方费尔柴尔德家族的故事,巧妙嘲讽了南方种植园经济。故事以1923年的密西西比种植园为背景,这一年没有战争、自然灾害等来破坏家庭生活,一切都是正常模式。从传统意义上讲,这部小说的叙事平淡无奇,但是这种平淡使得作家能够将注意力集中在平凡人的身上,写一个故事,展示生活的一小部分。

20世纪下半叶,随着美国多元文化的发展,华裔文学创作在美国文坛中占据了一席之地。赵建秀、汤亭亭、谭恩美、黄哲伦以及任碧莲等一批华裔作家脱颖而出。华裔美国文学从表现美国唐人街华人的真实生活开始,逐渐将创作视角投射到第一代移民与第二代移民之间的文化代沟问题上,表现中西文化冲突;近二三十年来,新一代在美国出生、成长的华人作家开始在文坛崭露头角,在他们的文学中,主人公的华裔色彩被淡化,他们更关注如何通过华人视角表现美国的普遍性问题。

任碧莲是新生代华裔美国作家的代表,她的第一部小说《典型的美国佬》(1991)以20世纪40年代为故事时间开端,讲述拉尔夫·张、姐姐特蕾莎、妻子海伦从古老的中国来到美国后跌宕起伏的生活。他们从开始用鄙夷的口吻谈论"典型的美国佬"到最终渴望成为典型的美国人,三个人的婚姻生活、事业追求因为各自价值观念的转变经历了各种波折。任碧莲的第二部小说《莫娜在希望之乡》(1999)是拉尔夫·张的女儿们的故事,在这个故事中,族裔身份具有了流动性,各人能够在各个族裔间自由转换身份,例如小女儿莫娜由华人转化为犹太人。

综观20世纪下半叶的美国文学发展,文学的多样性是一个非常显著的特点,在全球化的时代中美国推行的多元文化发展策略为少数族裔作家的发展提供了机会。而在文学思潮上,经历了现代主义、后现代主义的喧嚣之后,美国文学在70年代末期、80年代初期再一次回归到现实主义的创作轨道上,我们也可以将这一阶段的现实主义称为"新现实主义"。"新现实主义"以罗伯特·斯通(1937—)、E. L. 多克特罗、罗伯特·库弗(1932—)、约翰·厄普代克、唐·德里罗(1936—)、乔伊斯·卡罗尔·欧茨(1938—)等作家为代表。唐·德里罗是当代美国最富创意的作家之一,他的长篇小说以传统的叙述模式,揭露了美国人形形色色表象之下潜伏的精神焦虑、恐惧和迷惘。《白噪音》(1985)探讨的是死亡主题,作者曾为该书取名为"美国死者之书"。《天秤星座》(1988)写的是1963年肯尼迪总统在达拉斯遇刺事件;《地下世界》(1997)的时间跨度从50年代初到90年代末,这期间的重大历史事件,如古巴导弹危机,1964年黑人民权运动分子与警察的冲突,1966年的纽约市反战示威,以及美苏冷战等都成为小说表现的内容。德里罗在这部小说中着力描写现代文明背后的"地下世界",他将历史的事实糅入虚构的情节,展示了战后美国半个多世纪的社会进程和美国人的精神焦虑、恐惧。

乔伊斯·卡罗尔·欧茨是美国当代多产且风格多样的作家之一,是"心理现实主义"的代表作家。迄今为止,欧茨已出版各类作品110余部,包括52部中长篇小说、29部短篇小说集、8部诗集、8部戏剧集、7部故事集和11部文论。欧茨对当代美国文化中的暴力问题特别关注。她的第一部长篇小说《颤栗着倒下》(1964)便开始了对罪恶与暴力的表现。之后,欧茨相继创作了《人间乐园》(1967)、《富人们》(1968)和《他们》(1969),分别探讨美国乡村、郊区和城市的生活形态。《人间乐园》的主人公是伊甸县乡下的一位移民工人的女儿,她为了抚养自己的私生子而嫁给了一个富裕的农场主。但是,她的儿子因内心空虚而杀死了继父并自杀,主人公向往的田园生活最终被毁灭。这部小说关注移民、流浪者、劳工等社会底层群体。《富人们》则对郊区富人群体的精神空虚进行了讽刺。《他们》围绕底特律温德尔一家的生活经历,描写了美国都市下层人民的命运。这三部作品全景式地展示了30年代到60年代美国社会的众生百态,将那些被繁华的都市生活、高度发展的物质文明掩盖的社会黑暗、暴力、病态和颓废鲜活、真实地呈现在读者面前。《他们》是欧茨创作的影响力最大的作品。从《奇境》(1971)开始,欧茨的创作从德莱塞式的自然主义描写转向运用多元的手法,频繁使用想象、梦幻、荒诞、哥特、象征、隐喻、神秘等手法。尽管如此,暴力氛围从始至终萦绕于欧茨的小说和故事,她笔下的主人公要么被暴力围困,要么因为生活贫瘠或环境怪诞而感到挫败,最终沦为暴力的施行者。借助于暴力主题,欧茨探索了当代美国社会的精神问题。

2001年9月11日在美国纽约发生的恐怖袭击震惊了世界,也震动了美国文坛。恐怖袭击之后,美国人普遍感受到生活在一个历史转折点上。对于许多美国作家而言,世贸中心双子塔的倒塌也意味着美国和美国人从纯真到成熟的转变。美国作家注意到许多美国人在"9·11"事件之后产生出一种强烈的断裂意识,觉得自己生活在一种奇怪的状态之中,双子塔坍塌之前的生活与当下之间出现了一个无法填合的鸿沟。由此出现了一系列表现各种创伤的文学书写,其影响之大,最终在世界范围内形成了一种文学创作的新类型——"9·11文学"。"9·11文学"不仅仅在表现创伤,也在反思西方大国在世界舞台上扮演的角色是否正当,探索恐怖事件的根本原因。总体而言,此类文学是后"9·11"时代,作家对全球化、恐怖主义、移民、宗教、后现代社会人类存在危机等诸多问题的反思。唐·德里罗的《坠落的人》(2007)是对这起事件的最直接描写,此外,菲利普·罗斯的《反美阴谋》(2004)、约翰·厄普代克的《恐怖分子》(2006)、乔纳森·S.福尔的《特别响,非常近》(2005)、托马斯·品钦的《放血尖端》(2013)都是"9·11文学"中的杰作。

唐·德里罗的《坠落的人》揭示了灾难之后人们精神创伤愈合的艰难过程。小说的开篇场景设置在2001年9月11日,这个让亿万美国人永远心痛的日子,主人公——39岁的律师基斯·纽德科尔的办公楼所在地纽约世贸大厦在这天遭到恐怖分子的袭击。这部小说有三条叙事线索:一是基斯作为这起事件的幸存者在事件之后的生活。第二条故事线索围绕基斯的妻子丽昂展开。丽昂为那些患有老年痴呆症的病人创办了写作工作站,鼓励那些处于阿尔茨海默症早期阶段的老年人写下自己的思想和感悟,与疾病相抗争。德里罗创作的独特之处在于他用三章的篇幅讲述了一位名叫哈默德的劫机者的故事,由此构成了故事的第三条主线。德里罗不仅形象地叙述了哈默德在阿富汗"基地"接受训练、在德国汉堡密谋恐怖主义袭击、在佛罗里达州接受飞行训练、再至后来驾机撞楼的经历,而且还细致地描绘了哈默德在撞机之前的心理状态。小说的题名为"坠落的人",直观上是指那些在"9·11"事件中从世贸大楼上坠下的人,但它还有诸多深层内涵。德里罗在小说里没有直接谴责恐怖分子的残忍和不人道,而是通过艺术形象的塑造和人物之间的对话冲突展现了美国普通人对"9·11"这一恐怖袭击的反应,以及袭击如何影响了他们的日常生活和心理。作家这样做是为了祛除官方叙事对大众形成的先入为主的影响,通过"反叙事"的方式引导读者独立思考恐怖主义的原因、本质和危害。

二战后的美国文学迎来了新的繁荣期,经济上的飞速发展、激荡的思想文化运动、多元文化发展策略、民族自信与自省等这一系列文学之外的因素都是美国文学思潮转变和文学进步的重要推动力,而美国文学也成为折射美国社会方方面面的多棱镜。

第二节　索尔·贝娄

索尔·贝娄(1915—2005)出生在加拿大魁北克省蒙特利尔市郊的拉辛镇,父母皆是来自俄国圣彼得堡的犹太移民,因此自幼受到犹太文化潜移默化的影响。贝娄的童年在蒙特利尔度过,1924年随家人移居美国芝加哥,长大后相继就读于芝加哥大学和西北大学。在校时,贝娄即显示出对文学创作的热爱,并开始尝试写作与投稿,但大多石沉大海。直到1941年,他的一篇名为《两个早晨的独白》的短篇小说在《党派评论》上刊登,贝娄的创作才逐渐受到读者与评论家的关注。三年后,贝娄的第一部长篇小说《晃来晃去的人》(1944)面世,标志着美国文坛上一颗新星的升起。此后,在贝娄长达60年的创作生涯中,他因卓越的文学成就被誉为"福克纳、海明威和菲茨杰拉德的文学继承人"。贝娄一生共出版10部长篇小说,数次获得美国国家图书奖、普利策奖,并于1976年凭借"其作品对于人性的理解和对当代文化的敏锐分析"荣膺诺贝尔文学奖。

贝娄的创作并不囿于长篇小说,他的中、短篇小说与散文随笔都有不俗的表现,先后出版了多部中短篇小说集、散文随笔集和剧本等。在逾半个世纪的文学创作中,索尔·贝娄用或幽默或讽刺或阴郁的笔触,表达自己对美国后工业社会的深切观照,揭橥了当代美国社会的深重危机,体现了作家强烈的道德责任感及人文主义关怀。正如布拉德伯里所言:"贝娄是一个具有现代意识和国际思想的作家,他的文学创作是处理当代最尖锐的艺术问题和人们焦虑状态的典型。"[1]其早期的两部长篇小说《晃来晃去的人》(1944)和《受害者》(1947)在语言风格和内容情节上有相似之处。作者着力表现世界的荒诞不经,塑造了犹太人约瑟夫、利文撒尔等反英雄式的人物形象,表现生活在现代城市中的人们无法摆脱突如其来的厄运,只能在痛苦中屈服于现实的命运。两部作品的基调较为低沉阴郁,作者对主人公空虚、孤寂且消极的心理状态进行了细腻深刻的描摹,有卡夫卡和陀思妥耶夫斯基的影响印迹。

---

[1] 马尔科姆·布拉德伯里:《索尔·贝娄与当代小说》,高莉敏译,见乔国强编选:《贝娄研究文集》,译林出版社,2014年版,第71页。

步入50年代,贝娄的创作风格逐渐成熟。1953年出版的《奥吉·马奇历险记》是贝娄的代表作之一,它标志着作者创作风格的一次重要转折。在这部作品中,贝娄逐渐摆脱陀思妥耶夫斯基等欧洲文学大师的影响,最终形成了自己的创作套路和叙事模式,即一种独特的"贝娄风格",这是一种"具有自我嘲讽的戏剧性风格。它的特点是自由、风趣,寓庄于谐,既富于同情,又带有嘲讽,喜剧性的嘲笑和严肃的思考相结合,滑稽中流露悲怆,诚恳中蕴含超脱"。[①]

《奥吉·马奇历险记》是一部典型的流浪汉小说。小说主人公奥吉出生在芝加哥一个穷苦的犹太家庭,从小身边就有不同阶层的人物向他灌输"处世哲学",想把他塑造成一个"现实第一"、为达到目的不择手段、蛮狠且残酷的人。于是,为逃离这些妄图操纵自己命运的人们,奥吉开始了漫长的流浪生涯。小说以奥吉的自述展开,透过他的成长经历展现美国危机四伏、藏污纳垢的社会图景。奥吉如浮萍一般在社会中游荡,为了生存他摆过小摊,当过店员、仆人、秘书和推销员等,最终靠贩卖战争剩余物资谋生。即便奥吉一生颇为坎坷,但在小说的结尾他仍心怀希望。小说在写作模式与标题上都表现出对马克·吐温《哈克贝利·费恩历险记》的借鉴。作为在尘世浮沉的"流浪者",奥吉一方面要直面社会的丑陋与黑暗,多次身陷险境;另一方面,他还要提防自己在他人的蛊惑下失去自我尊严、人生价值和对命运的掌控。于是,奥吉的经历就成为个人与异化的社会之间不可调和的矛盾的一个缩影,体现了作者对当代社会的深刻思考。这部小说的语言生动有趣,充满各种口语和俚语,风格幽默睿智。作者将喜剧色彩与深刻哲思相融合,使得作品意蕴丰富、雅俗共赏。1954年,《奥吉·马奇历险记》获得了美国国家图书奖。

1959年,贝娄的又一力作《雨王汉德森》出版了,这是贝娄最具象征色彩的作品,小说探讨了人们隐藏在富裕的物质生活之下不可被忽视的精神危机。小说的主人公汉德森虽然接受了父亲的巨额财产,生活极为优渥,但富裕的生活并不能充盈他的内心。于是,极度空虚的生活和贫乏的精神驱使他抛弃现有的一切,远离浮华的城市,到偏僻、原始、落后的非洲大陆找寻自己的精神出路和人生价值。这一情节的设置与康拉德的代表作《吉姆爷》有相似之处,后者则通过吉姆在亚洲的赎罪之旅探讨了现代社会中的道德与荣誉的问题。"雨王圣戈"是瓦利利部落对汉德森的尊称,这个脾气暴躁、喜怒无常的富翁在经历一连串惊险的事件之后,反倒成为被原始部落崇拜的偶像,受到众人的爱戴。而他最终也在非洲获得了心灵上的满足,通过施予他人"爱"来实现自己的价值,从而"得到了精神上的解脱和转化——重新获得了生的欲望"[②]。这部小说的语言诙谐幽默,作者将目光聚焦于物质高度发达的美国社会,运用精湛的讽刺手法描写了汉德森的日常生活与探索经

---

① 宋兆霖主编:《索尔·贝娄全集》第一卷,宋兆霖译,河北教育出版社,2002年版,第17页。
② 宋兆霖主编:《索尔·贝娄全集》第三卷,王敏渚译,河北教育出版社,2002年版,第4页。

历,同时也就当代人如何追寻人生价值提出了看法。

  60年代中期,贝娄出版了自己的另一部极为重要的代表作《赫索格》(1964),这部作品一经出版便成为轰动一时的畅销书。作者成功塑造了赫索格这个犹太中产阶级知识分子的形象,着力表现他在现代社会中的苦闷、迷惘与痛苦,由此来揭露美国中产阶级知识分子的精神危机。赫索格是一位学识广博、心地善良的大学教授,两次失败的婚姻让他的生活一度陷入动荡之中。他的第二次婚姻尤其失败与不幸,因为妻子马德琳与他的好友格斯贝奇私通,不仅夺取了赫索格对女儿的抚养权,还将他扫地出门。家庭的重大变故、朋友和妻子的双重背叛沉重地打击了赫索格,令他的精神处于崩溃的边缘。紧绷的神经、落寞的生活和绝望的情绪使赫索格开始着迷于写信。他在信件中向亲友、报纸杂志、政治家、活着的或死去的人、上帝、自己等对象倾吐自己的不幸与痛苦,表达对当代社会、生存本质和人类命运的哲学思考。离婚后,赫索格一度在愤怒的情绪中想要枪杀马德琳和格斯贝奇,但当目睹格斯贝奇细心为他的女儿洗澡的场景后,他又在行凶之前打消了这个可怕的念头。当赫索格经历车祸与拘留这一系列事件之后,他最终决定离开喧闹嘈杂的伤心之地,回到静谧的乡下村庄,想要在自然的熏陶与抚慰下重新拥抱生活的美好。小说的结尾有着短暂的宁静,村庄里那像海洋一样的山峦、娇嫩的蔷薇和萱草、歌唱的小鸟让赫索格感受到久违的轻松。另一边,花店女店主雷蒙娜正在匆匆赶来,她是小说中另一个重要的女性形象,同情赫索格的遭遇并希望与他一同宁静地生活。经受重重磨难的赫索格在略微不安的等待中发觉自己不再有写信倾诉的冲动了。小说的这一开放性结尾可从不同角度进行解读,一方面既可将其视作一种乐观的预测:尽管世界混乱不堪,但总会有光明的未来;另一方面则暗示着幸福的短暂,因为冷酷的现实随时都会再次扑灭希望的火苗。无论如何,这一温情的结尾依然让人感到宽慰。

  《赫索格》对美国现代社会中人与人之间的异化关系进行了深刻的剖析。在贝娄的笔下,后工业社会中的个人与个人、个人与社会、自我与现实之间出现了不可调和的矛盾。个人用于维系亲密关系的亲情、爱情、友情已然受到消费社会和物质主义的侵蚀,在冰冷的现实面前道德和崇高的理想也宣告破产。因此,如赫索格这样的知识分子在面对突如其来的变故时自然会滋生出幻灭感、迷惘感和沉沦感。他们显然再也无法解读这个世界,所以赫索格不停地质问人性和生命的意义何在,反复思虑着"啊,我是个什么东西——是个什么东西"[①],并且痛苦而愤怒地呐喊道:"我的天哪!这个生物是什么?这东西认为自己是个人。可是究竟是什么?这并不是人。但它渴望做个人。像一场烦扰不休的梦,一团凝聚不散的烟雾。一种

[①] 宋兆霖主编:《索尔·贝娄全集》第三卷,王敏渃译,河北教育出版社,2002年版,第269页。

愿望。这全是从哪儿来的?这是什么东西?它可能是什么!这并不是永恒的渴望。不是,是完全会死的,但是有人性。"①这些略带疯狂的思虑贯穿了整部小说。

贝娄在这部作品中将现实主义的叙事手法与现代主义的艺术特色完美融合。小说对赫索格敏感、复杂的内心世界进行了细腻、详尽的描写。一方面,作品中穿插了50多封赫索格所写的信件,这些书信涵盖了他对生命、社会、政治、历史、经济、个体关系等问题的深切关注,不但直接表露了赫索格的精神状态与渊博学识,也描绘了宽广复杂的社会历史图景;另一方面,作品也运用了意识流的创作手法,将主人公大量的联想、独白、追忆等插入到叙事之中,使得读者得以窥探到赫索格最隐秘的内心活动和思想意识。

70年代伊始出版的长篇小说《赛姆勒先生的行星》(1970)令贝娄第三次获得美国国家图书奖。小说的主人公赛姆勒是二战时从纳粹集中营中死里逃生的波兰犹太知识分子,他经历过血腥残暴的种族大屠杀,早已深感西方文明大厦的轰然崩塌。二战后,在面对被金钱主义、物质主义、享乐主义荼毒至深的美国社会时,他又感到切肤的悲痛和深深的绝望。因为人类生存的地球是这样一番景象:子女为攫取财富罔顾父亲的生命;道德败坏者运用无耻卑劣的方式过上了骄奢淫逸的生活;人们对偷盗行为已然司空见惯,正直的人反倒被肆意打压和羞辱;臭气熏天的城市到处都是破败不堪的景象……赛姆勒对美国"荒原"般的社会现实产生极度厌恶,但他也不认为抛弃这个已被人类戕害的地球而去月球是改变现状的灵丹妙药,因为只有摒弃极端的个人主义、物质主义,才能重新确立起道德价值、正义标准,从而恢复秩序并重建我们的文明。贝娄的人文主义关怀与道德观念在这部小说中表露无遗。

1976年,贝娄凭借长篇小说《洪堡的礼物》(1975)荣获普利策奖。数月之后,又荣膺诺贝尔文学奖。这部作品通过美国两代作家的不同命运反映了西方世界的社会问题,深刻探讨了美国知识分子的精神危机、人文主义的衰落、物质文明与精神文明之间难以调和的矛盾。

《洪堡的礼物》以晚辈作家西特林的自述展开,讲述了他与前辈作家洪堡由亲密朋友变为仇敌但最终达成精神和解的故事。"洪堡的礼物"有两方面的含义。首先,功成名就后的西特林相继受到一连串的打击:才思的枯竭、婚姻的破裂、流氓的恐吓、情人的背叛、他人的欺骗等,这令他变得处境艰难且贫困潦倒。正在这时,洪堡遗赠西特林的一个故事提纲被电影公司所采纳。靠着亡友的这份礼物,西特林得以渡过难关,开始新的生活。其次,洪堡馈赠给西特林的更是宝贵的精神礼物。西特林早年受到洪堡的提携和帮助,并在后者穷困潦倒时成为著名作家。在美国

---

① 宋兆霖主编:《索尔·贝娄全集》第三卷,王敏渚译,河北教育出版社,2002年版,第286—287页。

社会这个"名利场"中,充满人文主义色彩的洪堡最终在窘迫中凄然死去,西特林则受金钱和欲望的驱使,离开好友过上了奢靡的生活,但从此陷入创作的困顿中。当西特林遭遇人生的重大挫折时,他才思念起故友来。在小说的第28章,西特林阅读了被洪堡称为"礼物的序言"的那封长信。洪堡在信件中深刻地剖析了自我,用真挚的语言与老友进行最后的交流。他恰如一面镜子,让西特林看到自己精神的匮乏和内心的空虚,同时也更了解了洪堡的信念与追求,从而检讨了自己对故友的苛待。最终,这封承载着洪堡人文主义信念的信件帮助西特林摆脱了金钱与物质欲望的枷锁,使西特林重新获得精神力量。

小说的结尾,走出困境的西特林重新安葬了洪堡与他的母亲,并把剩下的钱留给洪堡的舅舅,而他自己打算独自前往瑞士小镇定居。在离开墓地时,西特林看到秋叶遮蔽下的春天的小花,颇具意味地说道:"是的。我想这终归会发生的。在这样一个温暖的日子里,万物看起来却更是十倍的死气沉沉。"①尽管贝娄批判了美国社会物欲横流、金钱至上的境况,但他仍怀着希望与期待探寻拯救世界的良方。

贝娄在80年代及其后的创作有所改变,因为他认为当代读者的"审美情趣已转向欣赏简短和简练,无暇再读那些'胖墩墩'的作品;作家在创作中应该抓住本质,尽量写得简短,避免冗长"②。因此,贝娄在这一时期出版了诸多评价不错的中短篇小说和散文随笔,如中篇小说《偷窃》(1989)、《贝拉罗莎暗道》(1989),散文随笔集《集腋成裘》等。

2000年,贝娄去世前的最后一部长篇小说《拉维尔斯坦》出版。这部被视作贝娄的"天鹅之歌"的作品内容以其好友、美国著名学者艾伦·布卢姆为原型,塑造了艾贝·拉维尔斯坦这个"充满悖论却又极具性格魅力的犹太知识分子形象"③。小说分为两个部分,第一部分主要记录了拉维尔斯坦的人生中最后几年的经历,第二部分则描写叙述者齐克因意外中毒而濒临死亡时缥缈的思绪和感受。两人的交往贯穿其中,作者通过意识流手法展示他们对爱情、友谊、道德、生命、死亡、历史、哲学等问题的深刻思考。贝娄在84岁高龄时创作了这部小说,一方面是为自己的好友写传记,另一方面更是借此机会对人生中的重大问题进行总结性的思考,意蕴丰富。

纵观贝娄辉煌的创作生涯,他的小说题材广泛,包罗万象。作品常以芝加哥、纽约等大城市为背景,着力表现它们混乱、肮脏、藏污纳垢、糟糕至极的现状,并将其视作当代都市文明的一个缩影来批判。因此,贝娄笔下的芝加哥"就如同维尔加的西西里岛、狄更斯的伦敦以及马克·吐温的密西西比河,同福克纳(美国20世纪

---

① 宋兆霖主编:《索尔·贝娄全集》第六卷,普隆译,河北教育出版社,2002年版,第606页。
② 宋兆霖主编:《索尔·贝娄全集》第一卷,普隆译,河北教育出版社,2002年版,第9页。
③ 祝平:《悖论的迷宫——评索尔·贝娄的〈拉维尔斯坦〉》,《当代外国文学》,2006年第1期,第73页。

两位最伟大的、带有地方色彩的小说家之一)想象拥有主权的位于密西西比的拉法耶特县具有类似的试验性与谨慎性"。① 作品中的主人公大多是反英雄式的犹太知识分子,他们怀有高尚的理想、人文主义的关怀、知识分子的信仰、善良诚实的本性,但在当代社会中频频碰壁,并由此陷入混乱、迷茫、困苦的精神境况。小说基调往往较为暗淡,但结尾总蕴含着一丝光亮,或许暗示着作者对复苏社会的道德价值和人文主义依然抱有期望。

作为学者型作家,贝娄作品的哲学思想其来源颇为驳杂。约翰·J.克莱顿就做出过著名的论断:"犹太经验和美国经验两大文化潮流的汇合,孕育了索尔·贝娄捍卫人类的思想。"②小说的"流浪""寻找""受害"等母题也具有鲜明的犹太文化内涵。贝娄在后期作品中极为注重对犹太民族的伦理观、"大屠杀"历史、世界反犹主义、犹太人民族身份认同等问题的探讨,显示了犹太文学的新发展方向。《拉维尔斯坦》正是作家深入思考这些问题的集大成之作,被评论家称为贝娄的最具犹太性的一部小说。同时,贝娄的美国经验也非常明显。克莱顿认为其作品"体现出来的美国精神在很大程度上就是他一直想要捍卫的个人精神——强调个体的重要性和自由"③。因此贝娄肯定了奥吉·马奇和汉德森将自己从社会重担下拯救出来的个人努力,对他们的成长与转化充满关怀。贝娄反对文化虚无主义,因此"虽然生活在一个剥夺人性的社会里,贝娄所有作品中处于中心地位的依然是他对人类尊严的维护和对人类的希望"④。

除此之外,贝娄的创作也继承了欧洲文学传统,深受福楼拜、狄更斯、陀思妥耶夫斯基、卡夫卡等人的影响。他一方面注重现实主义的细节描写,反映社会现实和人类命运;另一方面又对叙述技巧进行革新,充分运用意识流手法描摹人物的内心世界和精神状态,这使得"贝娄的作品既具有现代特色,又扎根于业已形成并在当代小说发展中不断被修订的种种趋势、动向和认识中"⑤。由此可见,贝娄的创作如一盏明灯,为当代社会中游荡奔走的人们照亮前行之路。他对道德价值的强调,对人文主义的呼唤,对个人灵魂的观照,必会穿越时空永久给人类以启示和宽慰。

---

① 菲利普·罗斯:《重读索尔·贝娄——一名小说家品评半个世纪的成就》,武月明译,《外国文艺》,2001年第5期,第114页。

② 约翰·J.克莱顿:《贝娄的文化背景》,高莉敏译,见《贝娄研究文集》,译林出版社,2014年版,第3页。

③ 约翰·J.克莱顿:《贝娄的文化背景》,高莉敏译,见《贝娄研究文集》,译林出版社,2014年版,第13页。

④ 约翰·J.克莱顿:《绝望中的肯定》,王丽艳译,见《贝娄研究文集》,译林出版社,2014年版,第42页。

⑤ 马尔科姆·布拉德伯里:《索尔·贝娄与当代小说》,见《贝娄研究文集》,译林出版社,2014年版,第75页。

第三节 约翰·厄普代克

约翰·厄普代克(1932—2009)是20世纪美国文坛中一位具有影响力的作家。他既是一位出色的小说家、诗人,同时又是非常重要的文学批评家和艺术评论家,他长期为《纽约客》《纽约时报书评》等刊物撰写文章,为近400本书撰写了书评。厄普代克一生创作长篇小说29部,出版短篇小说集13部,诗集9部,非小说类散文集8部,艺术评论集3册。

厄普代克出生于美国东部宾夕法尼亚州的西灵顿小镇,他的家庭出身严格来说属于中下阶层。父亲是位高中数学教师,是厄普代克1963年出版的《马人》中描绘的父亲的原型。母亲是一位并不得意的作家,热爱写作,但直到晚年才开始发表小说。小说《农场》(1965)的主人公与厄普代克的母亲,无论是经历还是性格上都有较高的重合度。宾夕法尼亚州小镇的青少年生活,对厄普代克的早期创作影响很大,西灵顿成为厄普代克很多作品中小镇生活的原型。20世纪50年代至60年代创作的《贫民院集市》(1959)、《兔子,跑吧!》(1960)、《马人》和《农场》四部小说,均有他早期生活的影子。当厄普代克被问到为何如此执着于运用"奥林格故事"表现自己青少年时代和家庭时,他回答说:"我的青少年时代很有趣。我的父母充当了很不错的演员,他们使我的青春期变得很精彩,当我成年后,关于青少年时期生活的创作素材已初步形成。不错,有一条隐线连接着我的部分小说,我觉得这条隐线就是我的自传。"厄普代克的早期作品"把社会纪实、杜撰和自传写作糅合在了一起"①。《奥林格故事集》(1964)讲述了他青少年时代的生活;《贝克:一本书》(1970)是关于他作家生涯和游历世界的记录;短篇小说集《遥不可及》(1978)收录的有关婚姻的故事是作家的初恋、分居、离婚经历的写实。

除了作家自身经历外,美国中产阶级的生活是约翰·厄普代克创作的另一个重要主题。不难发现,美国中产阶级的生活几乎成为厄普代克所有重要小说的背景和表现内容,无论是直接描写中产阶级生活的"兔子四部曲"、《马人》、《农场》、《夫妇们》(1968)、《圣洁百合》(1996)、《村落》(2004),抑或是探讨宗教困境的"红字三部曲"和最具霍桑特质的"伊斯特威克女巫"系列,这些作品的核心均是探讨当代美国中产阶级在信仰、性爱、文化、婚姻等多个层面面临的重重困境。中产阶级是美国社会结构的主体构成,厄普代克对这一群体风俗生活的描摹成为"一幅描述

---

① 萨克文·伯科维奇主编:《剑桥美国文学史》第七卷,孙宏主译,中央编译出版社,2009年版,第274页。

当代美国社会的生动画卷,是用小说写成的关于当代美国的'历史'"[1]。厄普代克也因此被称为二战后美国风俗作家。

除此之外,宗教、艺术和性也是厄普代克创作的三大主题,他的所有小说都是以不同的面貌呈现这些主题。

《兔子,跑吧!》是他的重要代表作之一。故事发生在1960年,主人公哈里·安斯特朗,绰号"兔子",曾是中学篮球队的明星队员,26岁的哈里现在是一家公司的削皮器推销员。哈里的妻子詹妮斯是位家庭主妇,但却不善持家,整天盯着电视看一些流行节目;她还酗酒,家里弄得乱糟糟的。一天,哈里回家发现已经怀上第二个孩子的詹妮斯仍一副邋遢的样子在家看电视,而把两岁半的儿子丢在父母家。哈里只得自己开车去接儿子,然而在开车的途中,哈里竟产生了"逃跑"的念头,并且真的开车离开了家。离家的哈里结识了妓女露丝,并与她同居。在詹妮斯分娩时,哈里回家了,但不久他又跑了。第二天,詹妮斯不慎将刚出生的女儿溺死在浴缸里,哈里闻讯回到家中。可是在女儿的葬礼上,哈里再一次跑掉了。这部小说是美国五六十年代中产阶级的真实描绘。从表面上看哈里一再离家出走是对邋遢的妻子和混乱的家庭的不满,事实上促使他离家的真正原因是存在主义思想所描述的内在的焦虑和恐惧。

厄普代克的创作深受丹麦神学家与存在主义哲学家索伦·克尔凯郭尔的影响。厄普代克曾说:"一段时期,我觉得我的所有小说都在诠释克尔凯郭尔的思想。"[2]《兔子,跑吧!》是厄普代克接触克尔凯郭尔思想后创作的第一部小说,在这部作品中,他不仅借哈里的故事诠释存在主义思想,而且他艺术性地运用了克尔凯郭尔的"反讽"概念。克尔凯郭尔在《论反讽概念》(1841)一书中提出了"反讽"的概念,借这一概念表达了对事物两面性和不可解决特性的认识。反讽源于某种独特的主体,这个主体感觉到现实性对其失去了效力,在他的日常状态中涌现出某种新东西,但是,他又无法说清这种新的意识究竟是什么。尽管如此,反讽者与生存世界的"裂隙"已经出现,他的感觉已经与大众意识疏离,开始感觉到大众感受不到的东西,因而相对于大众来说是一个"局外人"。因为反讽者与其生存世界的分离,他对现实就获得了一种新的眼光。反讽将人们从沉睡的无知状态中唤醒,然而却在人们的渴望中保持沉默,这样被反讽唤醒的人就被置于不确定的状态中,他必须自己做出决断。

小说中主人公哈里对自己生存状态的否定即起于退役之后的一场自娱自乐的篮球赛,他在高中时代曾是一位篮球明星,他在这一运动中能够获得的内在独特性

---

[1] 金衡山:《厄普代克与当代美国社会——厄普代克十部小说研究》,北京大学出版社,2008年版,第3页。

[2] Updike, John. *Odd Jobs*. New York: Alfred A. Knopf, 1991, p. 844.

的肯定,是他现在所从事的厨具促销员工作无法给予的。在具有"反讽"性的运动中,哈里回忆起了自己曾经的优秀,感受到与生活世界的裂隙,并激发了他对当下自我的重塑。并且,哈里意识到,他离本真的自我越来越远,开始反思"什么是真实的自己",这一想法最终引发了"兔子"的"焦虑",导致了他的离家出走。"兔子"的"焦虑"本质上是发现了虚无,发现自己在这个世界的生存毫无根基,如海德格尔所言,"焦虑启示着虚无"①,焦虑无确定的对象,当焦虑的情绪袭来时,人只是感到茫然失措。在某种意义上,哈里感觉到周围的一切变成令人窒息的压迫,他对生活的种种抱怨、对妻子的不满是他内在焦虑的外部投射,是外在表现而不是原因。

哈里的离家出走受到了来自现实道德世界的指责和猜忌。有很多批评认为哈里是个不负责的恶棍,不理解厄普代克在小说中为何没有谴责哈里的行为。厄普代克也因此被认为有"道德怠惰"之嫌。事实上,厄普代克虽然是一位现实主义作家,但他的作品却不易读懂,蕴含了复杂的哲学和宗教思想。受克尔凯郭尔的影响,厄普代克认为信仰与道德是完全不同的两件事,且信仰和宗教要高于现实道德和伦理。"兔子"哈里相信上帝,他认为对上帝的信仰是他与上帝之间的事,不牵扯其他人和其他事。因此,在牧师埃克里斯问他是否相信上帝时,哈里毫不迟疑地回答"是的",但当埃克里斯追问,"那么,你认为上帝会要你使你妻子伤心吗?"②哈里的回答:"那我也问问你,你认为上帝会要让瀑布变成树吗?"③埃克里斯代表了克尔凯郭尔三阶段论中处于伦理阶段人的状态,他试图劝诱哈里回到伦理社会,向道德信条屈服。厄普代克虽然认为信仰高于伦理道德,但在《兔子,跑吧!》中,哈里最终并未能通过信仰走出道德困境,这是因为厄普代克认为人的道德困境本质上是无解的。

厄普代克曾提到人的良心会因触犯两种不同的道德体系而怀有罪恶感:一种是外部抽象的,由《圣经》训谕、社会文化习俗以及一切保障我们文明能够有序运转的戒律、条例构成;另一种道德则是要求诚实对待自己的内心需求。厄普代克小说中的困境形成常常是由于上述两种道德发生冲突,在作家看来,这两种道德的存在都是合理的,但又都不完善和充足,因此,无论做何种选择,都不能最终解决问题。当哈里在发现自己与现实世界产生裂隙之后,转向寻求精神世界的满足,但是他仍旧生活在外部世界之中,因而无可避免地被困于厄普代克所说的两种道德之中。如果遵从前者,他则破坏了个体存在的完整性;如果服从内心,他必然对社会秩序造成破坏,这就如哈里自己发现的"如果你有胆量去实现自我,那么,别人就会为你

---

① Martin Heidegger. "What is Metaphysics?" David Farrel Krell, ed. *Basic Writtings*. San Francisco: Harper Collins, 1993. p. 101.
② 约翰·厄普代克:《兔子,跑吧!》,刘国枝译,上海译文出版社,2008年版,第114页。
③ 约翰·厄普代克:《兔子,跑吧!》,刘国枝译,上海译文出版社,2008年版,第114页。

付出代价"。①厄普代克小说中的主人公多对道德采取悬置的态度,不主动去选择,而是被动等待结果,这令他的主人公显得"麻木"或"懈怠"。

厄普代克在绚丽的形式背后常常留下很多空白,他不赋予描写以必要的可靠性和完整性,作家的观点也总是在"是"与"但是"之间徘徊。这些都增加了阅读厄普代克作品的难度。厄普代克此举的意图是希望通过主人公的道德困境引发读者对自身存在状态的思考,"我的书试图揭示事物的多个层面,让读者针对一个困境去思考,而不是告诉他们生活的箴言"②。在哈里的故事撰写中,厄普代克通过艺术性的省略激发读者进行存在主义意义上的自我反省,引发读者对"什么是善""什么是善良的人"这类最初始的问题做出思考。读者在尝试解决作品呈现的道德困境的过程中,面临着对自身生存的重新评价。

《兔子,跑吧!》之后,厄普代克又陆续创作了《兔子归来》(1971)、《兔子富了》(1981)、《兔子安息》(1990)。"兔子系列"成为表现20世纪美国风俗的一部史诗,四部小说紧扣时代脉络,历史事件与日常生活琐事紧密结合,描绘了从20世纪50年代到80年代末美国社会的变迁轨迹。其中涉及许多重大事件,如越南战争、登陆月球、能源危机、冷战等,因此这一系列小说也被称为"表现当代美国社会的生活画卷史"③。

纵观厄普代克一生的创作,他受到很多作家和思想家的影响,如索伦·克尔凯郭尔、詹姆斯·乔伊斯、弗拉基米尔·纳博科夫、纳撒尼尔·霍桑等。其中,霍桑对厄普代克的影响巨大,霍桑的《红字》所表现的灵魂与肉体冲突主题贯穿于厄普代克所有重要作品之中,是他一生创作的一条重要主线。厄普代克还依据《红字》创作了"红字三部曲":《整月都是星期日》(1975)、《罗杰教授的版本》(1986)和《S.》(1988)。

《整月都是星期日》是三部曲的第一部,厄普代克以一种现代的、歪斜的、不可靠的方式给出了丁梅斯代尔的故事的现代版本。小说由牧师托马斯·马斯菲尔德的日记构成。同阿瑟·丁梅斯代尔一样,马斯菲尔德是位处于焦虑、困惑生存状态中的新教牧师,他也卷入到了与教区女子的通奸中。在为期31天的放逐中,马斯菲尔德以日记的方式记录下自己的布道、告解、玩笑、剖析、批评、辩护,这些文字构成了整部小说。在马斯菲尔德不知厌倦地炫耀修辞技巧的欲望中,他设定了一位理想的读者——白兰女士,他通过文字与这位读者调情,并最终将她诱惑到自己的床上。

---

① 约翰·厄普代克:《兔子,跑吧!》,刘国枝译,上海译文出版社,2008年版,第159页。
② Stout, Elinor. "Interview with John Updike". James Plath, ed. *Conversations with John Updike*. Jackson: University Press of Mississippi, 1994, p.75.
③ 金衡山:《厄普代克与当代美国社会》,北京大学出版社,2008年版,第35页。

如果说霍桑将性爱愉悦的诱惑视为一个男人的弱点,他笔下的丁梅斯代尔在灵魂与肉体的困境中日渐衰弱,那么面对丁梅斯代尔的脆弱与霍桑的疑虑,厄普代克在《整月都是星期日》中塑造了一个现代的对立体——牧师马斯菲尔德。同样作为牧师的马斯菲尔德无法赞同"肉体是邪恶的"这一观点,恰恰相反,他认为在性爱中肉体和灵魂可以成为一回事。罪恶没有以折磨丁梅斯代尔的方式啃噬马斯菲尔德的心灵,相反,他满怀信心地认为自己是否道德并不构成问题,因为最终的问题只在于信仰。马斯菲尔德继承了丁梅斯代尔的"火焰舌头"[1],将通俗的语言与神学修辞混杂使用,这显示了厄普代克的幽默,但在幽默的背后是作家关于情欲与宗教之间张力的严肃思索和感知。既然上帝让人类拥有性,那么在性爱的愉悦中能否发现上帝的恩典?这既是厄普代克的思考,也是马斯菲尔德的问题,他们的答案是只有在性爱愉悦中,精神与肉体才能真正融合,这也化解了霍桑关于无形与实体如何统一的困境。

《罗杰教授的版本》从当代罗杰·齐灵渥斯的视角写了一个关于现代技术与宗教结合的故事。主人公罗杰·兰伯特是位知识渊博的神学教授,与《红字》中的齐灵渥斯一样拥有智慧但情感冷漠。由于在与妻子埃丝特的性生活中日益感到无力和厌倦,他开始想象妻子与他人的通奸场景。在整个故事中罗杰更多地扮演了观察者角色,他既臆想妻子埃丝特与戴尔的性爱画面,更试图窥探戴尔的灵魂,危险地靠近了霍桑所描述的不可饶恕之罪,即触犯人类心灵的神圣性。《红字》中的齐灵渥斯最初是为了复仇才窥视丁梅斯代尔的灵魂,但在不知不觉中将此作为了自己生命的依托。因而,丁梅斯代尔站在刑罚台上说出真相时,"老罗杰·齐灵渥斯跪倒在他的身边,面色茫然呆滞,俨如一具没有生气的僵尸"[2]。丁梅斯代尔的坦白也是对齐灵渥斯存在意义的剥夺,因此,在丁梅斯代尔死后,齐灵渥斯的生命也明显地枯萎了。而罗杰·兰伯特窥视戴尔·科乐(同《红字》中的丁梅斯代尔)的生活则是为了在自己枯燥乏味的生命中注入活力,他透过戴尔的眼睛看到了不一样的世界:透过戴尔的眼睛所看到的埃丝特是风情万种的;通过窥视戴尔与埃丝特的性爱场景,罗杰获得了性欲上的满足,重新点燃了他对埃丝特的激情。

《S.》是三部曲的最后一部,从海斯特·白兰的视角来改写故事。厄普代克让海斯特借萨拉·渥斯开口说话,讲述海斯特自己在20世纪寻求自由和自我的故事。萨拉将海斯特暗藏着的"恶"尽情地释放了出来。在知道丈夫对自己不忠之后,萨拉开始报复这个男权社会。避居地为萨拉的复仇行为提供了理想的环境,在这里,她行使着男性的权力,管理着避居地的日常事务,随性地挑选自己的性伙伴。这些看似是对男权社会的挑战行为,从另一个侧面来讲,却成为一种对女权主义的

---

[1] 霍桑:《红字》,姚乃强译,译林出版社,1996年版,第125页。
[2] 霍桑:《红字》,姚乃强译,译林出版社,1996年版,第232页。

讽刺。萨拉的"恶"不仅体现在对男权社会的报复上,还体现在她的品质上。如果说读者能够从海斯特身上感受到"美"和"善",那么在萨拉的言行中,更多地暴露了世俗的欲念和欺诈。例如,厄普代克将海斯特胸前的红色字母"A"换成了萨拉胸前的迷你录音机,录下了她与阿汉特的性爱场景。这一情节描写反映了"性"在当代美国人观念中的变化,它已不再是纯粹的爱情和激情的见证,在很多人那里,"性"已成为达到某种目的的工具。萨拉的行为彻底颠覆了海斯特庄严、圣洁的形象,很多读者都难以接受这一改变。有评论就质疑萨拉和海斯特之间的关联性,"很难发现海斯特和萨拉·渥斯间有任何真正联系,除了她们姓氏相同,并且都有个女儿叫珠儿外"①。

厄普代克在"红字三部曲"的创作中运用了大量的现代主义和后现代主义艺术手法,通过多元的叙事技巧为读者刻意营造出一种叙述的不可靠性和含混性。从中,我们看到了厄普代克创作的多样性和创新性。这种现象模糊了文学创作流派彼此之间泾渭分明的界限,也显示出 20 世纪文学中各种创作类型的互相渗透。

"9·11"事件发生之后,厄普代克在他的第 22 部小说《恐怖分子》中对这一事件进行思考,探讨了恐怖主义在美国产生的根源。小说以虚构的美国新泽西州新普罗斯佩克特市为背景,以土生土长的美国青年艾哈迈德·阿什马维·马洛伊由一名 18 岁的学生转变成一名恐怖分子为主线,记述他从为什么要实施自杀式恐怖袭击到决定放弃袭击的整个过程。主人公艾哈迈德·马洛伊的父亲是埃及来美国的交换生,在儿子 3 岁时就离家出走,母亲特蕾莎·马洛伊是爱尔兰天主教徒,在医院做护工。少年时的艾哈迈德就对父亲的身世之谜感兴趣,为查明其身份而进入清真寺并信奉伊斯兰教。也门阿訇拉什德成了艾哈迈德的宗教导师,他要求成绩优秀的艾哈迈德疏远邪恶的西方文明,并帮艾哈迈德在一家黎巴嫩人开的家具店找到一份运送家具的工作。家具店老板的儿子查理·谢哈卜常常向艾哈迈德灌输圣战的理念。在"9·11"惨案的周年纪念之际,艾哈迈德接受拉什德下达的任务,驾驶满载炸药的卡车从纽瓦克前往林肯隧道进行自杀性攻击,试图以暴力和血腥来清洗罪恶的西方。最终,在中学辅导员、犹太人杰克·利维的开导、劝说下,艾哈迈德放弃了行动。《恐怖分子》中,厄普代克塑造了一个值得同情的恐怖分子,艾哈迈德并不是出于什么政治目的从事恐怖活动,也不是一生下来就是一个嗜血如命的人。相反,他小时候连一只蟑螂都不忍心踩死。厄普代克认为,艾哈迈德成为恐怖分子不是他所信仰的宗教有什么过错,而是"我们的时代出了问题"。厄普代克以一个现实主义作家的坦诚,从不同的角度来观察、再现美国社会,探讨恐怖主

---

① Alison Lurie. "The Woman Who Rode Away". New York Review of Books. May 12, 1988, p. 4.

义产生的根源。厄普代克认为,西方发达国家都市中的贫民窟是恐怖活动的力量来源,政府和社会对生活在贫民窟中的外来移民极度冷漠和歧视,导致这些外来移民对西方资本主义充满仇恨和愤怒,最终选择去摧毁它。《恐怖分子》是"9·11"事件以来美国文坛出现的一部十分重要的现实主义小说,是作家对小说应具社会责任意识,要对"公共秩序作出贡献"的创作思想的回应。

厄普代克是20世纪下半叶美国最重要的现实主义作家之一,无论从创作视角还是创作手法上看,厄普代克对传统现实主义风格的突破和对新的艺术形式的尝试,都是不容忽视的。挖掘时代文化背景留在作品中的烙印,以及隐藏于文本之下的潜在话语,更有利于我们从多种角度去把握作为20世纪伟大作家的厄普代克创作的复杂性和多样性。他在宗教、艺术和性等问题上的持续半个多世纪的探讨以及这些探讨的方式,也留给读者无尽的话题。

第四节　约瑟夫·海勒

约瑟夫·海勒(1923—1999)是美国黑色幽默文学的代表人物,其作品在黑色幽默文学中影响最大,成为这一流派的支柱。他的作品取材于现实生活,揭示现代社会中使人受到摧残和折磨的异己力量,创作方法往往是从超现实而不是从写实的角度出发,以夸张的手法把生活漫画化,具有一定的象征意义。

海勒出生于纽约市布鲁克林的科尼岛区,父母是贫穷的俄国犹太移民。5岁时,父亲去世,他和哥哥、母亲只好自谋生路艰难度日。批评家认为,海勒独具特点的玩世不恭、街头式的机智幽默就是童年在布鲁克林的科尼岛生活中形成的。1941年海勒于亚伯拉罕·林肯高中毕业,1942年10月参加美国空军第12军团,驻防科西嘉,并作为侧翼投弹手执行轰炸任务共60次。1945年海勒作为空军上尉退役,同年与雪莉·海尔德结婚,并按美国兵役法就读于南卡罗莱纳大学,不久转入纽约大学,1948年获英语学士学位。1949年又于哥伦比亚大学获硕士学位,并作为1949—1950年度的富布莱特学者赴牛津大学访学。从牛津大学回国后,曾任《时代》和《展望》等杂志编辑,并先后在宾夕法尼亚州立大学、耶鲁大学和纽约市立大学讲授小说和戏剧创作。

海勒1948年起即开始发表短篇小说,但未受到文坛重视。1961年,长篇小说《第二十二条军规》问世,使海勒一举成名,也使此后以"黑色幽默"命名的小说流派成为美国文坛主流的一部分。海勒当年即放弃职务,专门从事写作。

《第二十二条军规》是海勒的第一部重要作品,也是其代表作,曾被莫里斯·迪克斯坦誉为"60年代的最佳小说",是海勒根据自己参加二战的亲身经历写成的。

小说通过对一支驻扎在地中海皮亚诺萨(Pianosa)岛上的美国空军轰炸机中队内部生活的描写,揭示了一个光怪陆离的荒诞世界。主人公约翰·约塞连在参战之初,满怀拯救正义的热忱投入战争,立下战功,被提升为上尉,甚至获得了飞行优异十字勋章。但他逐渐发现军中的高层将官只顾升官发财,在他们心中士兵们的牺牲毫无价值,更没有丝毫崇高感。约塞连在目睹了种种荒诞残酷的现象后,终于明白自己是个被愚弄的受骗者,于是变得玩世不恭,厌恶战争。看到同伴们一批批战死,他内心感到十分恐惧,又害怕上司和周围的人暗算他,置他于死地。他不想升官发财,也不愿意做无谓的牺牲,只希望能够活着回家,一再要求被遣送回国。第二十二条军规规定,凡是精神病患者就可以被遣送回国,约塞连认为这有机可乘。但该军规又规定:凡是想回国者必须由本人提出申请,说明自己不能再飞行;而能提出申请者,就不会是精神病人,因此还得飞行。约塞连又寄希望于执行完规定的作战任务后停止飞行,因为第二十二条军规规定,飞满32次的飞行员即可不再执行飞行任务。可约塞连已经执行了48次轰炸任务,仍不能离开。因为军规还有一个附加条件:飞行员必须执行长官的命令,而卡思卡特上校的命令就是他必须继续飞行。约塞连一直飞行了50次,最后终于彻悟:第二十二条军规不过是一个精心策划的圈套,自己根本就无法摆脱。在小说结尾,约瑟连做了一切合法的努力,都未能如愿终止服役,最终还是选择了"潜逃"这样一种私人的、消极的,甚至是不合法的对抗手段。然而,约瑟连的逃跑,可能是这部小说给人们留下的唯一的希望。

小说重点描述的是营地、战地医院的生活场景以及轰炸行动与死亡,其表层意义十分明显,即暴露美国军事官僚机构的冷酷黑暗,揭穿美国政治与军事政策的伪善本质,但它的意义并不止于此。海勒曾说:"我对战争题材不感兴趣。在《第二十二条军规》中,我也并不对战争感兴趣。我感兴趣的是官僚机构中的个人关系。"①在这里,战争的荒诞只是世界荒诞的一种极端形式。海勒还说过:"约塞连的情感并非我在战时的情感,我是战后才体会到的。这本书在更大程度上是对50年代的反映,对麦卡锡时期的反映。在《第二十二条军规》中,我写下了自己对一个处于混乱中的国家的感受,我们至今仍在忍受这种混乱,二次大战时暂时的举国一致分崩离析了。你们会注意到,《第二十二条军规》的背景是大战的最后几个月,当时这种分崩离析已经开始了。"②也就是说,"第二十二条军规"作为一个生存的总体隐喻,是直接指向当时的美国,乃至当代世界的生存现状的,映射了一种非人化的、灭绝人性的制度,同时写了个体的本能的抵抗。正如海勒本人所指出的:"《第二十二条军规》注重的是肉体的生存欲望对抗来自外部的暴力或那些意在毁灭生命和道义

---

① 吴晓东主编:《20世纪外国文学专题十三讲》,北京大学出版社,2008年版,第88页。
② 钱满素:《美国当代小说家论》,中国社会科学出版社,1987年版,第143页。

的规章制度。"①现在,"Catch-22"一词已经是英语语言中的一个常用词,按《美国新世界辞典》的解释,该词的意思是"法律、规则或实践上的一个悖论,不管你做什么,你都会成为其条款的牺牲品"。它象征的是一种有组织的混乱、有理性的荒诞,象征了后现代社会的一种谁也看不到但却无所不在的统治。

《第二十二条军规》在创作上深受法国作家路易·费迪南·塞利纳(1894—1961)、纳博科夫和卡夫卡等文学大师的影响,在结构上一反常规。全书42章,并没有一个连续的故事线索,也并非按照逻辑来安排,而且不断变换时间和空间。每章都有一个或多个相对完整的场景,以一个人物为中心讲述一个主要故事,可以从任何一章开始读下去,也随时可以中断阅读,不会有传统的长篇小说的悬念感。不过,约塞连仍然是贯穿全书的主要人物,通过他,全书大大小小的故事得以串联起来,从而形成一部结构貌似松散、实则各章之间有内在联系的长篇小说。

小说各部分之间互相照应的一个基本技巧就是重复再现:斯诺登之死是重复再现情节技巧的最典型的例子。斯诺登是约塞连的战友,他的惨死对于后者造成巨大的震撼,成为其脑海中萦绕不去的噩梦。读者从小说第4章首次获知"斯诺登已经在阿维尼翁上空战死了",仅此一句话;第5章又将读者带回斯诺登之死:"斯诺登正奄奄一息地躺在尾仓";第17章由医院里那个"浑身雪白的士兵"联想到各种各样的死法,自然而然也就想到了斯诺登临死前的喃喃自语:"我冷";第21章写约塞连裸体受勋时,斯诺登之死又被重提;在第29章,又谈到此事。就这样,在以后的章节里,小说以不同的方式不断地重复此事,直到第41章才把整个血淋淋的惨烈场景铺现在读者面前:

约塞连弯腰仔细察看,只见就在防弹衣的袖筒上方,一片颜色奇怪的污迹从飞行服里渗透出来。约塞连觉得自己的心脏一下子停跳了,然后又激烈地咚咚跳个不停,让他气都喘不过来。斯诺登的防弹衣里面还有伤。约塞连一把扯开防弹衣的摁扣,不由得疯狂地尖叫起来,只见斯诺登的内脏一涌而出,滑到舱板上热烘烘地堆了一堆,而且还在一个劲儿地往外流。一块三英寸多的弹片从他另一侧手臂的正下方射了进去,一路穿行,在这边肋骨处炸开一个巨大的洞,把他肚子里杂七杂八的东西都带了出来。约塞连又一次尖叫起来,用手使劲捂住眼睛。他吓得牙齿咯咯打战。他强迫自己再看一眼。他一边盯着,一边刻薄地想:很好,上帝的赐物都在这儿了——肝、肺、肾、肋骨、胃,还有斯诺登那天午饭吃的一些炖番茄。约塞连最讨厌炖番茄,他头晕目眩地转过

---

① 钱满素:《美国当代小说家论》,中国社会科学出版社,1987年版,第143页。

身去,掐住热辣辣的喉咙呕吐起来。①

第41章关于斯诺登之死的令人恐怖的描写,有力地回应了前文的屡次重复,也将战争最残酷的一面及其对约塞连造成的巨大精神戕害淋漓尽致地渲染出来。

在《第二十二条军规》中,作家用故作庄重的语调描述滑稽怪诞的事物,用插科打诨的文字表达严肃深邃的哲理,用幽默嘲讽的语言诉说沉重绝望的境遇,用冷漠戏谑的口气讲述悲惨痛苦的事件。死亡是整部小说的主题:无数的人被射杀,全身弹孔密布;有的被螺旋桨削成肉片;有的死在医院、街上或者床上。对所有的这一切涉及死亡、痛苦的可怕场景,海勒都以一种轻松滑稽的笔调来描述。小说第17章在描写被白色绷带包裹的"浑身雪白的士兵"时就显得格外滑稽又异常冷酷。莫里斯·迪克斯坦说得好:"黑色幽默把调子定在了破裂点上,一旦达到这一点,精神上的痛苦便迸发出一种喜剧和恐惧的混合物,因为事情已经糟了到你尽可以放声大笑的地步。"②海勒的"黑色幽默"表达了在"有组织的混乱"和"制度化的疯狂"之下的一种荒诞的绝望,是对整个官僚化思维和话语模式的控诉。诺曼·梅勒曾说:"我要是一个第一流的评论家,我会感到十分荣幸地撰写一篇关于《第二十二条军规》的重头论述。写他个千把字,或许再多些。因为海勒比他之前的任何一位美国作家都更切实得多地带领读者游历了地狱。"③

《第二十二条军规》另一个突出的艺术特征是反讽。在这部小说中,黑色幽默审美效果的形成在很大程度上要归功于其卓越的反讽艺术。该书中运用的反讽形式主要有三种:言语反讽、情景反讽和戏拟。言语反讽主要是通过夸大陈述、克制陈述以及自相矛盾式陈述来实现的,如第22章写市民欢迎靠战争敛财的米洛时用的是夸大陈述,第41章写斯诺登之死则属于克制陈述,自相矛盾式陈述更多,诸如:"上尉棋下得很好,每次对弈总是极有趣味。约塞连不再跟他下棋,正是因为对弈太有趣味了,反倒让人有种被愚弄的感觉。""麦克沃特也许是所有参战人员中最疯狂的,因为他神志完全正常,却依然对战争毫不介意。""牧师非常诚心地想帮助人,却从来没能帮助过任何人。"

以上言语反讽形式都在表达中突出了幽默、讽刺的效果,并引起人们的反思,传达出在这个丧失逻辑的世界中的恐慌感。

《第二十二条军规》的情境反讽主要表现在悖谬的情节安排以及人物行为的滑稽逆转等方面。如约塞连坎坷的遣送回国之旅:约塞连费尽心机想逃脱战争,然而

---

① 约瑟夫·海勒:《第二十二条军规》纪念版,吴冰青译,译林出版社,2012年版,第532—533页。
② 莫里斯·迪克斯坦:《伊甸园之门》,方晓平译,上海外语教育出版社,1986年版,第14页。
③ 《美国作家论文学》,刘保端等译,生活·读书·新知三联书店,1984年版,第398页。

每次都以失败告终。正当读者也同他一样快要放弃时,桑普森少校却意外地给了约塞连一线希望。这位所谓的精神病专家,根据约塞连的一个充满痛苦、伤残和死亡的梦,认为约塞连不应该留在美国军队里了。当读者与约塞连一样兴高采烈时,作者又跟我们开了一个玩笑——医院错把另一个人当成约塞连送回了国。这种结果往往使读者始料不及,情节的发展与读者预想的差距形成张力,在它们的并置、对比、撞击中实现悖论式效果。

戏拟是一种滑稽性的模仿,戏拟的反讽效果并非来自作品内部,而是源自戏拟作品和被戏拟的对象(通常是传统经典作品)之间的悖逆。例如,约瑟连这个一心逃避作战的反英雄人物也在追问哈姆雷特的问题:"死还是不死,这是个问题。"于是,经典的严肃优雅与戏拟的荒谬滑稽两相对比,反讽之意顿时显现。再如,第11章写"威风凛凛,长一头白发,满脸皱纹,俨然一副救世主的神态"的德·科弗利少校来到食堂,他"前面那道人墙像红海一样往两边分开"。这显然含有对《圣经·旧约》中摩西率领犹太子民"出埃及"场景的一种戏拟。但是外强中干、一事无成的科弗利少校与上帝的使者摩西相比,两人的反差可以说是天壤之别,这种不露痕迹然而辛辣无比的讽刺,正是戏拟所达到的特殊效果。

70年代,海勒又发表了两部长篇小说:《出了毛病》(1974)和《像戈尔德一样好》(1979)。前者通过对美国中产阶级日常生活的描写,反映了60年代弥漫于美国社会的精神崩溃和信仰危机;后者把家庭中的钩心斗角和政府中的权力争夺交织起来描写,表明现代社会的政治权力怎样愚弄一个自视甚高的犹太知识分子,使他产生了飞黄腾达的美梦,荒谬得滑稽可笑。

80年代以后,海勒又创作了如下长篇小说:《天晓得》(1984)、《如此美景》(1988)、《终了时刻》(1994)、《一个老艺术家的画像》(2000)等。其中,《终了时刻》是《第二十二条军规》的续篇,小说主人公还是约塞连,他经历过两次离婚后孤独地住在纽约市曼哈顿区,感到这回可没法战胜死亡了。以上几部长篇小说都反映了海勒的存在主义思想倾向,同时也以喜剧性的手法展现了美国社会混乱和疯狂的一面,小说中的黑色幽默艺术依旧闪烁着批判的威力和感人的艺术魅力。

此外,海勒还著有剧本《我们轰炸了纽黑文》(1967)和《克莱文杰的审判》(1973),但影响不大。1998年,海勒出版了回忆录《此时与彼时:从科尼岛到这里》(1998)。2003年,海勒发表了短篇小说集《多多益善》(2003),被评论家公认为上乘之作。尽管约瑟夫·海勒作品数量并非很多,但他无疑是20世纪最重要的经典作家之一。

1999年12月12日,海勒在纽约东汉普敦的家中由于心脏病突发不幸逝世,享年76岁。

第五节　纳博科夫

弗拉基米尔·纳博科夫(1899—1977)是诗人、小说家、翻译家、文学教授、批评家、鳞翅目昆虫学家和象棋题爱好者。纳博科夫出生于俄国一个古老而富有的贵族家庭,父亲是一个开明的立宪民主党人,作为长子的纳博科夫自幼就深得父母宠爱,并受到符合其天性的多方面教育,这种近乎完美的生活一直持续到俄国革命的动荡时期。1919年4月,20岁的纳博科夫随父母举家流亡欧洲。纳博科夫大学就读于剑桥大学三一学院,学习俄国文学与法国文学,毕业后先后旅居德国、法国,虽然为了生存从事过多种短期工作,如家庭教师、网球教练,但他始终以文学创作为核心。

纳博科夫的创作一般分为俄罗斯时期与美国时期。俄罗斯时期,他为自己取了笔名"西林"(俄国民间传说中一种神奇的天堂鸟的名字),以俄语创作诗歌和小说,相对来说其小说更引人注目,也获得了高度认可。这一时期的长篇小说有《玛丽》(1925)、《防守》(1929)、《眼睛》(1929—1930)、《荣耀》(1930)、《黑暗中的笑声》(1931)、《绝望》(1932)、《斩首之邀》(1934)、《天资》(1934—1938)等。

1940年5月,德国坦克挺进巴黎前三周,在欧洲生活了21年的纳博科夫又一次流亡到美国,开始了他创作上的第二个时期。虽然在欧洲期间即已开始尝试英语创作,但来到美国的纳博科夫近乎从头开始打造他的文学事业。他一边写作,一边在威尔斯利学院、康奈尔大学、哈佛大学等高校讲授俄国文学及欧洲文学课程,这时期推出的主要作品有《塞巴斯蒂安·奈特的真实生活》(1941)、《庶出的标志》(1946)、《普宁》(1955)等。其持续不断的文学努力终于在50年代《洛丽塔》(1955)一书出版后获得丰厚回报。因为此作的成功,纳博科夫辞去了大学教授工作,自60年代起主要生活在瑞士蒙特勒一家旅馆的顶层专心从事文学创作,又相继推出了小说《微暗的火》(1962)、《爱达或爱欲:一部家族纪事》(1969)、《透明》(1972)、《看,那些小丑!》(1974)等。除了长篇小说,纳博科夫还有《俄罗斯文学讲稿》、《文学讲稿》两部讲稿、一部回忆录《说吧,记忆》(1966),及近60篇短篇小说出版。

纳博科夫是一位富有争议性的作家。他终生追求文学的"艺术性",认为风格与结构是关键,而伟大的思想不过是话题垃圾,因此他一直被视为"形式主义者""空心艺术家",批评界围绕他的"非俄罗斯性"展开过激烈争论。他对自己的文学天赋充满自信,坚持贵族式的文学品位毫不妥协,公开场合褒贬臧否几近无所忌惮,因此落得一个恃才傲物、自大傲慢的恶名,这与他生活中地道的绅士作风颇有偏差。他的文学技巧别出心裁、花样翻新:《洛丽塔》是对忏悔录式自传文体的戏拟,《微暗的火》以"正文与评注"的方式结构全篇,《爱达或爱欲:一部家族纪事》中精心设计了"箭矢"结构,《透明》隐秘的叙述人竟然是作品中死去了的一位作家……因此他又被看作一个热衷于炫技、对读者充满恶意的作家。尽管具有如此多争议,但纳博科夫作品中独特的风格印记,包括令人惊叹的描述力量与想象力、语言的高度精确性、花样繁多的语言游戏、对次级人物的特别关注等,都令人感受深刻。

综合来看,整个俄语时期纳博科夫的长篇小说表现出一种特别的创作规律,《玛丽》《防守》《荣耀》《斩首之邀》《天资》具有相同特征:作者以真诚的态度与读者交流,作品中的叙述行为值得信任;主人公在这方面或那方面类似于其创造者——《玛丽》中充满活力的加宁,《防守》中陷入困境的卢仁,《天资》中不断突破自我的青年艺术家费奥多尔,《荣耀》中为世人不理解的荣耀而舍弃生命的马丁,《斩首之邀》中被整个世界的荒诞、虚假与庸俗所围困的辛辛纳特斯等。这期间还穿插着另一种风格:在《王,后,杰克》《眼睛》《黑暗中的笑声》《绝望》《魔法师》等作品中,作者特意选择了与他本人生活完全不同的题材,叙述语气是置之事外的嬉笑嘲讽,主人公不再受到作者的宠爱,作品只是提供舞台让他们充分地出丑露乖。俄语时期的纳博科夫在这二者之间不断震荡摇摆,致力于寻求理想艺术的突破口。进入英语时期后他渐渐掌握了保持平衡的诀窍,既摆脱了第一条线路的单调与急切,又不至于在第二条线路的过分放纵和纯粹虚构中流于虚空,美国时期纳博科夫最成功的三部作品《洛丽塔》《普宁》《微暗的火》都体现出了这一点。

1955年《洛丽塔》首先在法国出版。《洛丽塔》的题材可谓惊世骇俗:主人公亨伯特是一位来自欧洲的绅士、学者,13岁时与同龄的安娜贝尔恋爱,但安娜贝尔不幸夭折,亨伯特成年后却仍沉浸在对性感少女的欲望中。来到美国后他遇到了房东家12岁的洛丽塔,陷入痴迷,假意亲近她的寡居母亲并与之结婚,以图伺机占有洛丽塔。事情暴露后愤怒的妻子尚未发出揭露信件便遭遇车祸死亡,亨伯特乘机诱奸了沦为孤儿的洛丽塔。为避免有人发现真相,亨伯特开车带着洛丽塔在美国四处游走,使得洛丽塔在小小年纪就失亲、失学,陷入这种不正常生活之中。亨伯特的欲望没有穷尽,对洛丽塔的掌控也越来越严厉,最终洛丽塔借机逃走,陷入有性怪癖的戏剧家奎尔第之手,得知真相后的亨伯特枪杀了奎尔第,在监狱中写下了这本忏悔录式的《洛丽塔》。中年男人痴迷于十几岁小姑娘的故事第一次在纳博科夫作品中出现,是《天资》中济娜的继父提出的,他是个极其粗俗而不自知的无赖,对费奥多尔高谈阔论自己的这个构思。《天资》完成后的第二年,纳博科夫将此题材扩展成了一部小书,题名为《魔法师》,但与《洛丽塔》相比,《魔法师》还只是一个故事轮廓。《洛丽塔》则取得了巨大成功,呈现出多种主题的有序交叠:(1)欲望主题与性虐儿童主题。亨伯特对洛丽塔炽热的情欲是作品的主要情节,该书引起巨大争议即源于此。(2)时间主题。亨伯特在洛丽塔身上寻求的是与安娜贝尔逝去的少年恋情;"小仙女"一旦长大就失去了魅力,时间可以轻易摧毁她们的美,如同轻易摧毁一个人的青春、美貌与爱情。"时间"主题在纳博科夫多部作品中都有鲜明体现,如《玛丽》《爱达或爱欲:一部家族纪事》。(3)艺术主题。亨伯特对洛丽塔的追逐可以理解为寓示着艺术家对理想作品的追求,一方激情满溢,一方若即若离,如菲尔德所说:"《洛丽塔》通过情欲和恋童癖,表现了艺术的悲剧性痛苦和惊人之美,以及要实现这点所要付出的巨大代价。"①(4)流亡主题。亨伯特一直在精神上处于流亡状态,他从洛丽塔身上欲寻求的是少年时期刻骨铭心的爱情记忆,其悲剧也证明了流亡者永远不可能在他乡找到故乡,鉴于纳博科夫的流亡者身份的解读也深入人心。(5)对美国庸俗文化的批判主题。洛丽塔作为典型的美国儿童,身上体现出鲜明的商业化、娱乐化印记,其母亲夏洛特则将美国中产阶级女性的肤浅、庸俗、装模作样展现得淋漓尽致。另外还有对精神分析提出批评的批判主题、艺术与道德相冲突主题、唯我主义主题、发现主题等。这种多个主题互相穿插、交叠是作品富有对话性的一种表现,纳博科夫以此来平衡其创作上浓重的独白特征。

《普宁》在创作时间上稍后于《洛丽塔》,如果说《洛丽塔》是文体、技巧等的华丽表演,《普宁》则是朴素的回归,令人意识到纳博科夫并非一位凭靠异类题材哗众取宠的作家。《普宁》的主人公是位从俄国流亡到美国的教授,常常感到不如意,看起来滑稽可欺。上课、创作关于俄罗斯文化的著作、装假牙、学开车、不断搬家就是他的日常。他是学院里众人嘲弄的对象,但他本人对此并不知情,在以为诸事顺遂之时被排挤出了温代尔学院。感情上他富有人情味,但一再受到前妻丽莎的捉弄,最终孤家寡人再次开始孤独的流亡生活。作品中另一个重要人物是叙述者、普宁相识的一个流亡同胞,他很善于适应环境、处事成功,但缺乏普宁那种天然的温和、质朴和天真,一个处处顺利的人居高临下地讲述一个命运磕磕绊绊的同胞的故事,不知不觉中将对方最可爱的品质表现了出来。该叙述人一方面带着优越感以全知视角讲述普宁的现在、过往、表面生活及私人情感,另一方面又以独立身份与普宁多次交往,且二人关系并不融洽,普宁几度否认叙述者的叙述。小说叙事在第一人称、第三人称间转换,作品通过叙述者与主人公的差异与冲突,消解了叙述人的权威性,让叙述行为成为读者质疑的对象,其目的在于以反讽的方式,让作者喜爱的普宁也为读者所喜爱。

60年代初创作的小说《微暗的火》在作品形式方面最夺人耳目,如博伊德所说:"纯粹就形式美而言,《微暗的火》理所当然是写得最完美的小说。"②作品由"前

---

① Andrew Field. *The Life and Art of Vladimir Nabokov*. New York: Grown Publishers, Inc., 1986, p. 330.

② 布赖恩·博伊德:《纳博科夫传》(美国时期),刘佳林译,广西师范大学出版社,2011年版,第470页。

言""微暗的火:一首四个篇章的长诗""评注""索引"四部分组成,俨然一部诗歌关于阐释的学术著作。这样的结构形式显然受纳博科夫十几年时间翻译注释《叶甫盖尼·奥涅金》的启发与影响。作品中心部分是一名叫约翰·谢德的61岁学院诗人在19天时间内所作的长诗《微暗的火》,他的长诗形式上非常精巧——共四章,999行,但据金波特所说全诗最后一行与第一行相同,即是首尾相接的1 000行,且前两章与后两章篇幅相等——对此,金波特的评价得到人们的认可,谢德确实具有组合才能和敏锐而和谐的平衡感,他的四篇章长诗是一个完美的水晶体。全诗主要内容是谢德对自己一生的回顾,特别是女儿海丝尔自杀给他带来的心灵伤痛,以及与妻子希碧尔几十年的相濡以沫,谢德还试图从现世经验中推测彼岸世界的有无与样貌。在全诗即将完成时谢德却遇意外而死去,诗稿被他的同事、相熟不过几个月的金波特想方设法占有,并予以编辑、评注、出版。金波特之所以如此热衷于这首长诗,是因为从得知谢德创作这首诗之初,他就认定诗歌题材是自己所提供的"赞巴拉",指望通过诗人的才华为自己立传。金波特所认定的赞巴拉皆属他的幻想,他幻想自己是赞巴拉的流亡国君,幻想杀死诗人的凶手本是现任政权派来暗杀自己。他很快发现《微暗的火》是一首完全不同的诗歌,大为恼火,但并没有放弃,而是抓住诗歌本身任何阐释的缝隙,拼命往里灌注"赞巴拉"这锅乱炖的汤。

  一定程度上《微暗的火》与《天资》可堪比较,是因为这两部作品都以文学创作与评论为题材,都使用了"书中书"的形式,但二者还是有鲜明区别:《天资》是以费奥多尔艺术上的成长为线索发展叙事,《微暗的火》中谢德的长诗与金波特的赞巴拉幻想在空间而不是时间上互相辉映,如同谢德特别羡慕的"奇迹般的双纽线":"自行车轮胎/ 在湿漉漉的沙地上,若无其事而灵巧的/ 摆动所留下的轨迹。"①谢德与金波特看起来毫无共同之处:谢德矮胖,金波特高瘦;谢德爱吃肉,金波特只吃素;谢德赞美忠实的婚姻,金波特是个轻浮的同性恋;谢德谦和友好,金波特自大狂妄;谢德享有众人的喜爱,金波特为人不佳常常成为众矢之的;谢德的诗歌从个人的情感思想上升到对现世与彼岸的思索,金波特沉浸在赞巴拉的幻想中无法自拔。但谢德还是尽量给予了金波特陪伴和友谊,特别是在周遭环境都很排斥金波特的情况下,这不仅是出于怜悯和同情,还包含着美学的、形而上的隐秘含义。谢德在推测彼岸世界时以诗人的智慧领悟到,现世生活中把原本不相干的事物联系在一起形成双纽线的神秘纽带就是彼岸世界存在的信号,这种不相干越是显得随意、跨度大,这种联系就越是令人兴味盎然,引导这种联系的神秘之手就越令人着迷,而生活在现世的一大兴味就在于预先寻找这种双纽线,寻找对位的论题,神秘的联系,并以此推论彼岸世界的存在与模样。当谢德充分意识到了这一点,他就成了他

---

① 纳博科夫:《微暗的火》,梅绍武译,上海译文出版社,2008年版,第29页。

与金波特关系的主导人,是他容忍甚至期待金波特与他本人形成这种特殊关联。事实证明,当谢德死于意外事故,金波特确实以自己的方式,为谢德的长诗、人生增添了光彩,使之与原本完全不相干的赞巴拉幻想相联通,二者形成一道有意味的双纽线。

纳博科夫晚年巨作《爱达或爱欲:一部家族纪事》是他所有作品中篇幅最长,也被认为是最具雄心的小说。故事时间跨度大,从1868年到1967年,主人公从十多岁的少年到百岁老人;故事发生地点则是一个叫"反地界"的星球。作品主要描述了凡与爱达这对表兄妹(二人研究了父辈的资料后认为其实是亲兄妹)持续了八十余年的爱情,从少年时期的激烈缠绵,到成年时期的猜忌与分离,再到老年时期的不渝深情,纳博科夫在20世纪反讽与解构的文学狂潮中,倾一己之力重返浪漫田园中男女深情的领域。但作者又通过爱达妹妹卢塞特的自杀,谴责了凡与爱达沉浸在二人情欲之恋罔顾外在世界与他人情感的做派。作品厚重、神秘、绚丽,男女主人公都强健聪慧不似俗人。作品还涉及众多学科知识,纳博科夫俨然要在一本书、一个故事中再造一个完整的世界,因此,有评论认为:"《爱达》总归是个爱情故事,而倏忽间它也能化作神话、童话、乌托邦田园诗、家族年记、个人回忆录、历史传奇、现实主义小说、科幻故事、色情图书、自然史载、心理学讲稿、哲学手记、建筑学诙谐曲、画廊以及银幕讽刺剧。"①相比《洛丽塔》《普宁》和《微暗的火》,该作品内容驳杂晦涩又庞大。

纳博科夫曾说过:"美加怜悯——这是我们可以得到的最接近艺术本身的定义。"②这里的"美"指的是纳博科夫孜孜以求的文学性之美,"怜悯"则指的是艺术家对他人的伦理关怀。就"美"来说,纳博科夫特别注重细节的准确,一个准确的细节即可赋予一个场景以生命,数个准确细节的排列就可以召唤出读者相应的情感。从细节到场景,从颜色、光影到对应的细微感觉差异,在纳博科夫最好的作品中都遵从某种奇特的轨迹而流动。他还擅长不同场景的悄然转换,在《说吧,记忆》中有一个片段是纳博科夫描写自己的父亲的,纳博科夫的父亲常被村民以抛到空中三次的方式来表示对其的爱戴,纳博科夫描写了幼时的自己从餐厅里看到的场景:

> 从我坐的地方,我会突然透过西面的一扇窗子,看见升空的壮观实例,在那儿,有一小会儿,父亲身穿被风吹得飘起的白色夏季西服的身影会出现,在半空中壮观地伸展着身体,四肢呈奇怪的随意姿态,沉着英俊的面孔向着天空。随着看不见的人将他有力地向上抛,他会像这个样子三次飞向空中,第二次会比第一次高,在最后最高的一次飞行的时候,他会仿佛是永远斜倚着,背

---

① 纳博科夫:《爱达或爱欲:一部家族纪事》,韦清琦译,上海文艺出版社,2013年版,第553—554页。
② 纳博科夫:《文学讲稿》,申慧辉等译,上海三联书店,2005年版,第251页。

衬夏季正午钴蓝色的苍穹,就像那些自在地高飞在教堂穹形天花板上的、衣服上有那么多的褶子的天堂中的角色,而在它们下面,凡人手中的蜡烛一根根点燃,在烟雾蒙蒙中微小的火焰密集成一片,神父吟诵着永恒的安息,葬礼用的百合花在游弋的烛光下遮挡住躺在打开的灵柩中的不论什么人的脸。①

纳博科夫从描写父亲被抛上天空的庆祝性仪式开始,却转向了教堂中庄严的葬礼,灵柩中永远安息了的父亲,这种场景与情绪上的悄然转变、时空上的穿越叠加是纳博科夫艺术中一个动人的秘密。诺贝尔文学奖的获得者索尔仁尼琴在1972年力荐纳博科夫为候选人,评价其为真正的"天才",认为"仅从一段文字你就能识别出他的才华:真正鲜明生动,不可模仿"②。

从60年代后期开始,虽然纳博科夫还在推出新作,但已有研究者试图为之定位。首先就他与当代美国文学的关系来说,朱利安·莫伊纳罕等认为他是当代美国小说家中最出类拔萃的,安东尼·伯吉斯等则认为他的作品带有鲜明的外来文化、文学因素。从时间上来说纳博科夫的创作从20年代持续到70年代,这50年间正是欧美现代主义、后现代主义文学最有影响力的时期,因此不少文学史家试图将纳博科夫或归为现代主义作家,或归为后现代主义作家,或者将其放到现代主义与后现代主义的连接与发展中去认识。总体来说,评论家们感到任何一种简单划分都与事实不符:纳博科夫是一位俄国流亡作家,但流亡并没有使他的作品弥漫离乡的忧怀,也未对他的选材、风格形成禁锢;纳博科夫经受过现代主义、后现代主义的洪流冲刷,作品在形式、风格、手法上都可见这两种文学潮流的印记,但同时他始终凝视着莎士比亚、普希金等所代表的经典文学,在花样翻新的时代文学中"老派"地追求着隽永的文学性和人情味;来到美国后他观察美国,书写美国,赞美美国,但又与典型的美国文学保持距离。伊哈布·哈桑认为纳博科夫"难以捉摸",但正如厄普代克所说,他给美国文学带来了全新的冒险精神和炫耀精神,恢复了它天生的幻想气质,也以此影响了一批美国作家。

第六节　托妮·莫里森

托妮·莫里森(1931—),原名克洛·安东尼·沃福德,1931年出生于美国俄亥俄州克利夫兰市附近雷恩镇的一个黑人家庭。1953年莫里森大学毕业后进入康奈尔大学研究生院攻读20世纪西方现代主义文学,重点研究意识流小说家威

---

① 纳博科夫:《说吧,记忆》,王家湘译,上海译文出版社,2013年版,第17页。
② 陈辉:《纳博科夫早期俄文小说研究》,四川大学出版社,2014年版,第1页。

廉·福克纳和弗吉尼亚·伍尔夫。这段学习经历对莫里森后来的文学创作影响很大,她在小说创作中能够娴熟地运用意识流、魔幻现实等现代主义艺术手法。在1965年成为蓝登书屋的编辑之前,莫里森曾长期在大学执教,其间她开始尝试文学创作。莫里森的创作之路走得比较顺利,1970年她出版了第一部长篇小说《最蓝的眼睛》,这部小说在当时并没有一鸣惊人,但她没有气馁;1973年第二部小说《秀拉》获得全国图书奖提名;之后《所罗门之歌》(1977)问世,莫里森荣获国家图书奖和美国文学艺术协会奖;《柏油孩子》(1981)出版时位居《纽约时报》畅销榜达四个月,作者因此成为第一位荣登《时代周刊》封面的非裔美国女性作家。《宠儿》问世于1987年,获得翌年的普利策文学奖。之后,莫里森又相继创作了《爵士乐》(1992)、《天堂》(1998),并于1993年荣膺诺贝尔文学奖,成为美国历史上第一位获得该奖项的黑人女作家。进入21世纪,她又相继出版了《爱》(2003)、《恩惠》(2008)、《家》(2012)和《上帝,救救孩子》(2015)。

  莫里森的文学创作是在用一种独特的非裔美国人视角书写美国,把非裔美国人从想象的边缘推到美国文学和历史的中心。当代非裔美国人远离了非洲历史,远离了建立在具有凝聚力的黑人社区基础上的黑人文化核心。莫里森认为美国黑人不应该放弃自己的文化之根,更不应该遗忘种族的历史,因此,她试图通过文学形式重新连接过往和当下。莫里森的所有作品都在召唤某段具体的历史,她认为需要在当下重新审视这段历史的意义和教训。

  《最蓝的眼睛》的故事背景设置在20世纪40年代种族歧视盛行的美国俄亥俄州,南方黑人迁居中西部城镇后,原有的以农业经济为基础的密切的邻里关系被工业经济中疏离的人际关系取代,黑人被困囿于白人世界的价值观与规范之中。小说主人公是12岁的黑人小女孩佩科拉,她长期遭受父母粗暴、同学敌视和周围人冷漠的对待,她把这一切归咎于自己是一个相貌丑陋的黑女孩,并且相信如果自己拥有一双与白人女孩同样的蓝眼睛,就会得到其他人的爱。莫里森在这部作品中探讨了美国黑人内化白人价值观的危害,佩科拉正是因为对自己的不断否定,幼小的心灵严重扭曲,最终走向了疯癫。佩科拉的悲剧的造成,除了她自身的迷失,还是各方面"合力"的结果。母爱的缺失是佩科拉悲剧的重要原因之一,佩科拉的母亲波莉是白人文化的追崇者,她放弃、憎恶自己本民族的文化。女儿在她眼里是丑陋的,她把母爱转移给了白人雇主家的孩子们,小说中有一幕令人心酸的场面:佩科拉不小心打翻了熬果酱的锅,母亲全然不顾她的烫伤,对她一顿捶打之后,忙着安慰被吓哭的白人小女孩。母亲的冷漠扭曲了佩科拉的心灵,使她认为只要拥有一双像白人小孩一样蓝的眼睛就可以得到母爱。母亲灌输给她的错位的审美观最终导致了佩科拉精神分裂。莫里森认为女性是黑人文化的守护者和传播者,波莉放弃了自己作为黑人母亲应尽的职责,在盲目追随主流文化中割断了自己与传统的联系,同时也切断了自己女儿与祖先的联系、对传统的继承。此外,社区黑人的不宽容,不愿对佩科拉伸出援手,也是佩科拉最终落得可悲境地的原因。在白人观念的熏陶下,黑人社区表现出一定的落井下石的心理,他们对佩科拉被生父强奸的故事感到恶心、有趣、震惊、愤慨,甚至兴奋,独独缺少帮助。莫里森通过这部小说引导黑人坚持自我,强调保持社区团结的必要性。

《所罗门之歌》是莫里森重要的代表作品之一。故事以主人公奶娃1931年出生为起点,以他最后的飞翔(死亡)落幕,以自我追寻为主线,通过一个家族的变迁再现了美国一百多年的历史,强调了非洲文化对于美国黑人身份认同的重要性。小说借助于一个广为流传的非洲民间故事,表达了黑人民族追求自由的主题。飞向自由这一主题出现在许多非洲民间传说中,在《所罗门之歌》中,这一主题伴随主人公奶娃出生、成长与成熟。莫里森在创作中还融入了布鲁斯小调,奶娃的姑姑派拉特爱唱的布鲁斯小调"甜大哥飞走了"贯穿整个小说。派拉特第一次唱起这首布鲁斯小调预言了孩子的出生,并暗示了奶娃与飞翔的关系;也为奶娃日后去南方寻找祖先足迹,懂得歌词内容,理解飞翔的真正意义埋下了伏笔。奶娃12岁时来到姑姑派拉特家,在那里他再一次听到了派拉特、丽芭和哈格尔合唱了这首所罗门的歌谣,和谐的歌声以及歌词本身是派拉特所代表的不同价值的集中体现。在此,奶娃看到了与自己家庭截然不同的价值观——关爱、责任、注重人与人的友善关系。其时的奶娃并不能真正理解派拉特的歌。在沙里玛,他从孩子们口中第一次完整地听到一曲"所罗门之歌",并揭开了歌曲中的真相。"所罗门之歌"是时空的跨越,是传统的延续,是后辈们对先辈的记忆,也是黑人们对回归自己根的渴望。在派拉特临终前,奶娃为她演唱了她最喜欢的那首布鲁斯小调,并将"Sugarman"改为"Sugargirl"。奶娃在歌声中获得了自己的"声音"。通过追随黑人的民族文化并与之结合,奶娃完成了人生的顿悟,达到了精神上的成熟。只有了解自身,才可能超越自身,经过成长的磨砺,奶娃真正"飞"了起来。

《宠儿》与《爵士乐》《天堂》组成一组松散的三部曲,莫里森称这三部曲是关于"各种类型的爱"——母爱、情爱、上帝之爱的。这三部小说同样绘制了非裔美国人的一段历史。《宠儿》取材于一个真实的故事,莫里森在编辑《黑人之书》时,一份历史档案给她留下了深刻的印象:女奴玛格丽特·加纳带着她的几个孩子,从肯塔基州逃到俄亥俄州的辛辛那提,但奴隶主的追捕扼杀了她们一家追求自由的希望,为了不让孩子们再去忍受非人的奴隶生活,她用斧头砍断了女儿的喉管。《宠儿》就是据此创作,把生活背景放在了19世纪50年代到70年代。小说开篇时间为1873年前后,这时南北战争已经过去9年,政府颁布法令废除了蓄奴制,然而种族隔离与歧视却有增无减,黑人对过去的奴役生活记忆犹新。小说中的塞丝13岁时便被贩卖到种植园为奴,受到"学校老师"和他的两个侄子的虐待,后来在奴隶们集体逃亡失败时,塞丝只身逃亡到辛辛那提蓝石路124号宅院,在那里获得了28天的自由。28天后,"学校老师"追来,塞丝跑进棚屋,用手锯割开了大女儿的喉咙。此后,正如奴隶制被废除后却仍一直阴魂不散地弥漫在黑人世界中一样,宠儿的冤魂也一直萦绕在塞丝的世界,致使她精神崩溃。莫里森让鬼魂重返人间,这一情节看似离奇,却是根植于非洲神话传说和美国黑人生活现实。根据非洲民间的说法,死去的人只有被召唤后,才能从坟墓回到人间,而活人的强烈情感是他们赖以生存的条件。宠儿的魂灵无疑是在塞丝深厚的爱的召唤下才得以重返人间。塞丝的母爱带有赎罪成分,因此当孩子回到人间后,她给出了全部的爱,以至于她离群索居,偏离了正常的生活轨迹,把自己隔绝于黑人社区之外。莫里森在创作《宠儿》时特别强调了社区在黑人摆脱奴役状态过程中所起的重要作用。塞丝的另一个女儿丹芙最后迫于饥饿,走出与世隔绝的124号,请求邻居的帮助时,黑人社区对此很快做出了积极反应。人们来到124号,向塞丝和丹芙伸出援助之手。塞丝最终在黑人社区的帮助下摆脱了历史的重压。作家意在揭示黑人单靠个人的力量,是无法获得真正的自由和解放的。

《爵士乐》的故事灵感来自于她正在编辑的《哈莱姆死者之书》,其中一个故事是关于一个年轻的姑娘临死前拒绝指认她的情人是枪击凶手。小说将故事场景设置在20世纪20年代纽约哈莱姆地区,描述一对身处北方繁华城市,茫然而无所适从的中年黑人夫妇的经历。从19世纪末起,美国黑人纷纷离开南方农业区,前往北方城市。主人公乔和维奥莱特就是20世纪黑人大迁徙中的一员,他们对北方都市生活心驰神往,但身处其中却发现现实并不是那么回事。喧哗城市中的灯红酒绿使内心空虚的乔开始寻找刺激,他爱恋上了17岁的高中生多卡斯,与妻子维奥莱特婚姻破裂。后来又出于嫉妒猜疑,乔杀死了情人多卡斯。《爵士乐》是一个按照爵士乐的章法讲述的爵士乐时代的故事。全书共分十章,但每章并不用文字标出是第几章,章与章之间以一空白页隔开。各章在内容上前后呼应,相互衔接。如第二章的结尾是:"从冰冷变成炎热,又变得凉快。"第三章的第一个句子承上启下:"就像7月里的那一天。"第七章最后问:"她在哪儿?"第八章第一句话回答:"她在这儿。"《爵士乐》如同一部音乐作品,空白页成为出于音乐节奏的需要进行暂时停顿的标志。在叙述形式上《爵士乐》则表现为叙述主体的分化,莫里森在上半部中从旁观者的观察性描绘转入当事人的内部心理,即在叙述中随时切入小说人物的意识;而在后半部,作家抛开旁观者的视角,转为人物的视角,叙述主体对人物语言原话直录,使用了完全不受叙述语境影响的直接引语。这些用引号括起来的第一人称叙述类似于爵士乐中的独奏。叙述主体分化,导致多种声音的出现,叙述文本成为容纳各独立叙述声音的合奏曲。莫里森赋予《爵士乐》叙述形式以文化意义:叙述声音的多元化与美国黑人的觉醒及文化自尊意识是完全合拍的。

《天堂》的故事时间设置在1976年，但文本内的时间跨度在100年左右，涉及四代人。19世纪70年代初，一群黑人在饱受种族歧视后，历经艰辛来到了当时荒无人烟的地方，希望建立一个只有黑人的永久居住区鲁比镇。他们团结一致，齐心协力，为了保持社区的种族纯洁性，不欢迎任何白人进入社区，但这实际是另一种变相的种族隔离。鲁比镇的居民们曾拥有过天堂般的生活，但是鲁比镇以隔绝为代价营造的"天堂"般生活不仅造成小镇生活的落后与闭塞，而且也让年轻一代感到无所适从，这种以肤色深浅来决定社会地位的现象已经完全违背了鲁比镇祖先们创设家园的初衷。与世隔绝、不与外界接触的生活并不能真正保证小镇血统的纯正和家族的安全，鲁比镇单调、烦闷的生活让年轻的一代无法忍受，他们期待变革以改变现状，与老一辈居民产生尖锐的矛盾冲突。与此同时，社会大环境的变化无孔不入地侵蚀着鲁比镇居民们的生活，传统的价值观念日渐动摇，暴力事件频发，"天堂"渐行渐远。最终，鲁比镇的居民们却将一切罪恶的缘由归咎于城外的女性修道院，并诉诸暴力，酿成惨剧。在这部小说中，莫里森试图证明拒绝白人、自我隔绝、狭隘的黑人民族主义并不是消除种族歧视的方法，拒绝白人进入鲁比镇的同时也隔绝了先进文化的进入，隔绝了黑人民族进步和发展的机会，只能造成落后和种族内部的动荡不安。

莫里森在小说中说：上帝爱人们互爱的方式，也爱人们自爱的方式。《天堂》中几乎所有的角色都是虔诚的宗教信徒，人们在争论中也是言必称上帝。然而，在鲁比镇占统治地位的"爱"却是建立在仇恨的基础之上的。他们将种族标准凌驾于爱之上，最后导致暴力行动。在鲁比的城外有一所修道院，那里聚集着一群因各种原因逗留于此的女人。这群居住在修道院里的女人在康瑟蕾塔的指引下，学会了爱自己和爱他人，心灵上的转变带来外貌上的变化，外界开始惊诧于她们平静的"成熟姿态"。一个纯女性的乌托邦群体出现在鲁比镇。莫里森将包容的修道院与故步自封的鲁比镇形成对照，探讨什么才是人间天堂。她反思了非裔美国人在理想主义信念下的某些过激行为，暗示狭隘的民族主义显然不是黑人建立自己家园的正确道路。

在《天堂》之后，莫里森又相继出版了《爱》《恩惠》和《家》。《爱》讲述了1950年美国东海岸边小镇上的一个黑人家族在民权运动前、中、后期的兴衰历史，从性别、种族和文化的角度对爱进行严肃的思考。《恩惠》将故事背景设置在美国建国前处于混乱、流动状态的1682年至17世纪90年代，以此观照美国种族奴隶制的制度性建构问题。《家》则通过一个20世纪的救赎故事，延续了莫里森对美国历史的深刻关怀，在这部作品中莫里森回到了20世纪50年代，挖掘朝鲜战争给非裔美国人生活带来的影响和造成的精神创伤。

《恩惠》的故事发生在17世纪晚期的弗吉尼亚地区，莫里森将时间退回至"我们现在称之为美国尚处于流动、临时状态"①之时,用"前种族"一词来概括这部小说的种族形态。小说由一群来自世界各地无家可归的人的声音交织而成,它将故事引向一个去种族化的空间——伐尔克农场,在这里聚集了各类种族和文化背景的人:被奴役的印第安人、非洲黑人奴隶、自由的黑人工匠、奴隶贸易中的混血女孩、白人契约佣工、欧洲移民。伐尔克农场提供了一个异质种族环境,在这个环境中,种族这一概念的现代内涵不再有效,种族与奴隶制没有必然联系,直到"培根暴动"的发生。

小说开头,欧洲移民雅各布·伐尔克的叙述声音部分影射了发生于1676年的"培根暴动","六七年前,一支由黑人、土著人、白人和黑白混血人——获得自由的奴隶、奴隶以及契约劳工——组成的队伍发动了对抗当地绅士阶层的战争"②。作为贵族的纳撒尼尔·培根(1646—1676)于1676年雇佣奴隶和契约劳工就土地权、讨伐印第安人、税收等问题与当时的弗吉尼亚总督威廉·伯克利(1606—1677)进行武力对抗。在暴乱中,培根为奴隶和契约佣工提供报酬。这场短暂暴动后,一系列带有明显种族区分的法律形成,给予欧洲白人劳工以特权,防止他们与黑人奴隶和本土印第安人联合起来。这种在白人与其他种族之间进行等级划分的真相是:"如果欧洲白人或欧洲裔美国人作为奴役、契约佣工或作为贫穷农民的利益与非洲人或非裔美国人一样的话,那么这些下层白人就不可能与殖民地上流社会的白人达成和解,因为前者'得不到作为白人的额外待遇'。"③"培根事件"之后,殖民地通过律法赋予贫穷白人超越黑人的权力,使种族主义逐渐制度化、合法化。

种族化的奴隶制最终确立与殖民地对永久、不自由的劳动力的需求分不开。莫里森在《恩惠》中以雅各布积累家庭资产,从最初的农场种植转向从与奴隶贸易密切关联的朗姆酒生意中获取暴利的例子,暗示美国推行种族化奴隶制的一个重要原因在于经济利益的驱使。雅各布·伐尔克刚踏上马里兰的土地时,被描写为仁慈的"美国亚当",他有自足的独立性,热爱自然,对弱势群体亲切关爱;他拒绝"血肉之躯的商品",认为通过自己努力并且不用牺牲自己的原则,也能积累起财富。在某种程度上,他身上折射出美国拓疆者的优秀品质,代表了美利坚民族最理想的自我形象。然而,雅各布却在其后"伊甸园"的建造中不断打破自己的原则:他购买了印第安女人莉娜,因为他需要有人来打理农场;紧接着他又接受了"悲哀"和弗罗伦斯,通过接受"悲哀"获得锯木工的债务免除,而在弗罗伦斯的交换中他则是

---

① Morrison, Toni. "Toni Morrison On Human Bondage And A Post-Racial Age". Dec. 26, 2008, http://www.npr.org/templates/story/story.php? storyId=98679703.

② 托妮·莫里森:《恩惠》,胡允桓译,南海出版公司,2013年版,第10页。

③ Morrison, Toni. "Toni Morrison Discusses A Mercy with Lynn Neary". National Public Radio Book Tour, Oct. 27, 2008.

债权人,庄园主德奥尔特加利用弗罗伦斯抵消了欠债。这两起与金钱相关的交易,在雅各布自己的眼中成了一场救赎。莫里森虽借助伐尔克农场多种族背景的奴隶群体瓦解了黑人与奴隶制的必然关联,暗示在"临时的"美国,使用不同背景劳动力的可能性。但是,雅各布自得于自己对脆弱女性的同情之时,却从未考虑过要付给"悲哀"和弗罗伦斯劳动报酬。在朱伯里奥庄园,德奥尔特加的一席话令雅各布对建立在种族奴役基础上的朗姆酒生意产生了兴趣,他"发觉还是商业更合他的胃口",决定在巴巴多斯"干一项更令人满意的事业。这规划像糖一样甜,而它的基础也正是糖"。① 莫里森通过雅各布的财富积累说明,种族歧视令早期美国经济体系中使用免费劳动力成为合理现象,它的推行旨在维护一个统治阶层,并且对劳动阶层做出划分,因而"注定具有压迫性"②。莫里森在全球资本主义经济发展中定位新大陆,阐明美国早期正是在对资本与利益、权力与控制的追逐中,才逐渐走向了种族化奴隶制的。

托尼·莫里森的作品始终围绕着非裔美国人的历史磨难展开。从对《恩惠》中种族化奴隶制构建过程的展现,到《宠儿》中对大西洋奴隶贸易和蓄奴制黑幕的揭示,《爵士乐》中对黑人"大迁徙"的历史性沉思,《最蓝的眼睛》中对二战后"白人至上论"的批判,《家》中对黑人在朝鲜战争中处境的挖掘,到《爱》中对民权运动的审视,再到《天堂》中对民权运动后期黑人狭隘种族主义的反思,莫里森在文学文本中历史性地重构了200多年间美国历史中的黑人面貌。她从主流历史与个体记忆之间的张力和断裂进入历史,通过将个体记忆与集体记忆相结合,历史真实融入虚构场景的创造性记忆书写方式,消解了主流历史叙事的单一模式,使得还原历史成为可能。

第七节 汤亭亭与谭恩美

最早的美国华裔文学可以追溯到李恩富(1861—1938)于1887年出版的《我在中国的童年时代》(1887)。由于种族歧视和长达61年的"排华法案"(1882—1943),二战前的美国华裔文学作品屈指可数。二战之后,由于美国华裔踊跃参军,美国华人地位有所提高。在20世纪60年代民权运动的鼓舞下,赵建秀、陈耀光、徐忠雄、福田等年轻亚裔男性作家立志为亚裔文学发声,共同编写了第一本亚裔文

---

① 托妮·莫里森:《恩惠》,胡允桓译,南海出版社,2013年版,第37页。
② Harris, Ann E.: "Women, Work and Bondage in Toni Morrison's A Mercy". *Forum on Public Policy*, spring, 2010, http://www.forumonpublicpolicy.com/spring2010.vol2010/spring2010archive/harris.pdf.

学选集《哎呀!》(1974),宣告了美国亚裔文学的合法存在,为美国多元文化主义图景增添了一抹新的色彩。但是真正将美国华裔文学推入大众视野,并受到美国主流社会关注的却是两位华裔女作家:汤亭亭和谭恩美。

汤亭亭(1940—)是第二代华裔,父亲在移民美国前曾是广东新会的一名书生兼乡村教师,在到达美国后迫于生计,不得不从事各种体力劳动。汤亭亭出生于加州斯托克顿,在八个兄弟姐妹中排行老三,大学毕业于加州大学伯克利分校英语系。1967年,她与丈夫、话剧演员厄尔·金斯敦移居夏威夷,开始专门从事文学创作,并出版了她的成名作《女勇士》(1976)。1981年,汤亭亭回到伯克利分校任教,退休后成为伯克利终身荣誉教授。除了《女勇士》,她还出版了一系列虚构和非虚构作品,主要包括小说《中国佬》(1980)和《孙行者》(1989),诗集《当诗人》(2002)、《我爱生命的宽广余地》(2011),非虚构类作品《第五和平书》(2003)等。

汤亭亭以美国华裔经验为书写对象,积极用写作为华裔女性发声、为华裔男性立言,并且创造性地将中西方文化传统融合在一起,形成了独特的写作风格。她的多部作品获得了美国重要文学奖项:《女勇士》获得1976年国家图书奖;《中国佬》获得1981年的国家图书奖以及普利策奖提名;《孙行者》获得1989年的美国西部国际笔会奖。《女勇士》对花木兰故事的改写还给迪士尼公司带来灵感,以此为基础拍摄出风靡一时的动画电影,让花木兰这个英勇、独立的中国女性进入了美国大众文化。

《女勇士》副标题"群鬼中长大的孩子的回忆录"中的"鬼",从字面上指的是母亲英兰口中形形色色的美国人,表达了母亲对周围美国人深刻的不信任和恐惧,也表达了第一代华裔移民永远无法融入美国社会的苦楚和愤懑。书中作为第二代华裔的叙事者,在由父母所代表的遥远中国文化和从小长于其中的美国文化之间的夹缝中成长,也就是美国华裔批评家林玉玲所说的"世界之间"(in-between world),因而在文化身份方面充满了诸多困惑和焦虑。《女勇士》某种程度而言就是为了厘清过去,以成年人的叙述来辨别那些童年时期无法辨别的真伪、讲出从小被父母禁言的故事,驱散萦绕于童年的"鬼魂",从而打破美国华裔女性长久以来的沉默。

《女勇士》的副标题虽然是"回忆录",但是讲述的并不仅仅是叙事者自己的故事,而是家族几代女性的故事。几个故事最初是各自独立的短篇小说,在出版商的建议下,汤亭亭将它们放在一起,形成了一本具有自传色彩的小说。全书分为五章:"无名女人""白虎山学道""乡村医生""西宫门外"和"羌笛野曲"。"无名女人"讲述了叙事者的姑妈因通奸罪被村民迫害而投井自杀的故事,叙事者的父亲用这个故事来告诫女儿要遵守妇道,否则会被家族永远遗忘,并告诫不能将家丑外传。但是叙事者违背禁令,用文字写下无名姑妈所有可能的遭遇,赋予她有血有肉的情感,在想象中体会姑妈自杀前的愤恨和绝望,从而为无名姑妈所代表的所有受父权制压迫的、被遗忘的女性发出声音。"白虎山学道"是全书最富有想象力的一章,叙事者以儿童的视角,借用20世纪五六十年代流行的香港武侠电影中的常见场景,对花木兰的故事进行了改写。故事中花木兰不仅代父从军,还经历了求仙问道、背上刺字、战场生子、勇斗恶霸等,表现了华裔女性突破男权、争取权利的愿望。"乡村医生"围绕叙事者的母亲英兰,讲述她在中国医校学医、救治病人,而后到美国与丈夫相聚,被迫从事艰辛的体力劳动,还要忍受因语言不同、文化差异带来的种族歧视。"西宫门外"的主人公是叙事者的姨妈,她在母亲英兰的鼓动下,从香港到美国寻找分别几十年的丈夫,见面时却遭到早已在美国成家立业的丈夫的冷遇,最后彻底丧失自我、精神失常。最后一章"羌笛野曲"讲述了叙事者童年时逼迫学校里的沉默女孩开口说话失败而导致短期失语的故事。沉默女孩让她想起了不会说英语的父母和因此在学校遭到的嘲笑,以及因为身处两种文化夹缝而导致的语言表达不自信。沉默女孩既是叙事者内心阴影的外在投射,又象征了华裔群体被动、失语的生存状态。作品以蔡文姬的故事结束,蔡文姬和她的胡人儿女一起唱出了融合了胡人曲调的《胡笳十八拍》,象征了华裔母女两代人语言的融合,表达了成年叙事者进行母女沟通与和解的愿望。

《女勇士》被美国现代语言协会称为"美国现代大学教育中被讲授最多的文本",所涉及的学科除了美国文学,还有人类学、亚洲研究、女性研究、心理学、社会学、教育学等。可以说,《女勇士》是华裔小说中最具代表性也最具阐释空间的作品之一,"甚至可以因为不同的人、事、时、地产生不同的践行效用"①。它的开放阐释空间来自于小说从语言到叙事的不确定性。身处两种文化导致的身份不确定、以及现实生活中父母以说故事的方式讲述过去,让叙事者以很不肯定,甚至猜测的方式进行叙述。现实与想象、过去与现在、中国与美国等美国华裔小说中常见的二元对立在《女勇士》里并不构成非此即彼的关系。这也是《女勇士》最大的魅力所在。

作为对《女勇士》女性叙事的互补,汤亭亭的《中国佬》讲述了家族中曾祖父/外曾祖父、祖父、父亲和弟弟四代男性的故事,为一直同样被美国主流社会"消声"的华裔男性打破沉默。《女勇士》的故事场景总是在家庭这个私人空间内,父母讲述的睡前故事、叙事者的想象和猜测构成了叙事的基础,具有强烈的女性主义写作色彩。而《中国佬》更多关注华裔男性在公共空间中的作为,意在为美国华裔男性在美国历史中谋取一席之地。作品以家族男性的经历为线索或原型,勾勒出一部具有浪漫主义色彩的华裔史诗。曾祖父八公白天在夏威夷甘蔗种植园主的严密监视下辛苦劳作,夜晚与同伴们在海边掘出一个深洞,一起对着洞口喊出对家乡的想

---

① 单德兴:《铭刻与再现:华裔美国文学与文化论集》,麦田出版社,2000年版,第144页。

念。祖父阿公参与太平洋铁路建设,经历了内华达山脉的致命寒冷和随时可能发生的山体爆破,但是在铁路建成的拍照仪式上,所有华工都被禁止出现,阿公也从此四处流浪。父亲从受人尊敬的中国书生和私塾老师沦为美国小赌场经理和洗衣工,在麦卡锡主义的阴影下过着噤若寒蝉的生活,但是他讲述的中国故事却滋养了叙事者无穷的想象力。叙事者的弟弟在越战期间为美国海军服役,在亚洲服役时因亚裔面孔,遭遇了既非美国人又非亚洲人的尴尬处境,但秉持和平主义理念的他从未杀过一个人。

相较于《女勇士》中充满犹疑、逐渐成长的叙事者,《中国佬》的叙事者更为成熟、冷静和自信。或许因为《女勇士》的成功,叙事者拥有了更多的叙事权威,在叙事结构的安排上也显得比《女勇士》更为复杂、更具技巧性,这主要体现在穿插于父辈故事中的一些仅有两三页篇幅的章节。这些简短章节中,有的是中国神话传说,如《镜花缘》里唐敖的故事、杜子春的故事、屈原的故事等,用来象征华裔男性在美国社会被消声和被女性化,即使移民多年也始终处于漂泊状态;有的是史实资料,如《法律》一章记录了从1868年四万名华工被驱逐,1882年"排华法案"禁止华人移民美国,到1978年美国移民配额调整、中国移民人口开始增加的史实,语言客观冷静,却字字泣血;还有一些改编过的西方故事,如拥有汉语名字的鲁滨逊(Lo Bun Sun)、夏威夷传说中的半神毛伊,为作品注入了多元文化主义色彩。这些简短篇章的特殊作用是"制造出与故事主体之间的张力或对话关系"①。以《鬼伴》和《檀香山的曾祖父》一短一长并置的两章为例,前者讲述了一个可能是书生、制陶艺人、绣工、皮匠或农民的年轻人在野外避雨时遇见女鬼,并为之诱惑的故事。后者中的曾祖父经过海上长期颠簸,来到檀香山甘蔗园辛苦劳作。《鬼伴》是一个聊斋式的故事,其寓意不外乎教导人毋贪恋荣华、为表象所迷惑。但结合后一章看,这个故事其实告诉读者,美国的富庶繁华就像女鬼营造出的幻象。女鬼用幻象诱使年轻人无偿奉献出自己的诗章、器皿、百鸟绣图、精制的鞋子等,就像檀香山的工头用虚假的合同把华人骗到种植园,然后剥削他们的劳动一样。檀香山遍地的香蕉、缤纷的花朵、高悬的彩虹、摇曳的棕榈树等,都呼应着《鬼伴》大宅里的美味佳肴、雕梁画栋、花气芬芳。汤亭亭将聊斋故事与华裔历史并置、对照,将中国故事移置到美国社会文化语境中,赋予了美国华裔文学独特的阐释空间,也增加了其作品的多义性。

和汤亭亭类似,谭恩美(1952—)也出生在加利福尼亚州,父母也是来自中国的移民,她的大部分作品灵感也都来源于真实的家庭故事。谭恩美的父亲约翰·谭是一名工程师和牧师,母亲黛西在中国曾有过一段婚姻,离婚时失去对三个子女

---

① 单德兴:《说故事与弱势自我之建构:汤亭亭与席而柯的故事》,见《铭刻与再现:华裔美国文学与文化论集》,麦田出版社,2000年版,第130页。

的监护权,在美国与约翰·谭结婚后又生育了三个子女,谭恩美排行第二。谭恩美15岁时,父亲和大哥在同一年先后患脑瘤去世,黛西悲痛之余带着两外子女到瑞典读高中,其间母女争执不断,甚至有六个月不曾说话。读大学时,谭恩美违背母亲意愿,放弃医学预科,转而学习英语语言学专业,相继获得学士和硕士学位。1976年,她中途放弃攻读加州大学伯克利分校博士学位,开始专职帮助有语言障碍和语言发展迟缓的儿童。随后她与人合伙开办了一家商务写作服务公司,工作之余开始对小说创作越来越有兴趣,她的创作才能也得到一名出版社代理的关注。

　　1987年,谭恩美第一次带母亲回中国,寻找母亲与中国前夫所生的已经失散近四十年的子女。这次旅行深刻改变了谭恩美对母亲的看法,让她重新审视曾经十分艰难的母女关系。这次经历也大大激发了她的写作灵感,回到美国后,谭恩美仅仅用了四个多月就写出了成名作《喜福会》的初稿。1989年,《喜福会》正式出版时受到了热烈好评,连续四十多周进入《纽约时代周刊》畅销书名单,改编的电影也大受欢迎。其后谭恩美出版的主要小说有《灶神之妻》(1991)、《百种秘密感觉》(1995)、《接骨师的女儿》(2001)、《拯救溺水鱼》(2005)、《惊奇谷》(2013)等,还出版了散文式自传《命运的对立面》(2003),这些作品都受到主流读者的关注和好评。从处女作《喜福会》到最近的《惊奇谷》,谭恩美最擅长描绘的也最令读者印象深刻的还是爱恨交织、牵扯不断的母女关系和由母女冲突所引出的中西方文化碰撞与交融。而最能体现这种特色的作品还是她经久不衰的成名作《喜福会》。

　　《喜福会》由四组叙事、十六个故事组成,四组叙事是《千里送鹅毛》《二十六道鬼门关》《美国翻译》和《王母娘娘》,每一组又由四个相对独立的故事组成。其中第一和第四组是母亲们讲述的故事,第二和第三组是女儿们讲述的故事。主人公吴精美的母亲素云一开始就已去世,所以由精美代为讲述。在第一组的四个故事里,吴精美通过回忆母亲素云的讲述,交代了母亲在中国战乱时不得不丢弃两个女儿以及喜福会的由来,并从其他三位母亲口中知道了两个姐姐仍在世的消息。另三位母亲轮流讲述自己母亲在旧中国的故事,包括割肉救母、包办婚姻、中秋月下许愿等,都具有浓厚的中国封建文化色彩,既表达了与母亲时隔多年、跨越大洋,却仍难以割舍的母女感情,也体现了这些第一代移民母亲们担忧自己的美国女儿会淡忘母女亲情、淡忘自己的中国血脉。第二组故事中,四位美国出生的第二代华裔女儿们轮流讲述从童年起母亲给自己施加的不合时宜的、来自中国文化传统的精神压力。不和谐的母女关系也印证了第一部分故事中母亲的担忧:韦弗利对母亲林冬四处炫耀自己的下棋天赋十分尴尬;罗丝犹豫着是否要将不幸福的婚姻告诉母亲安梅;吴精美童年时失败的钢琴表演让母亲无比失望。第三组故事中,四位女儿讲述了各自成年后面临的家庭和工作困境。她们逃避母亲、不愿母亲过多介入自己的生活,但又想从母亲那里得到理解和支持:琳娜在婚姻中对丈夫百般容忍,关键时刻母亲莹莹鼓励她不要再忍耐,要争取平等;韦弗利十分担心母亲是否能接受白人未婚夫瑞奇,当她以为瑞奇在饭桌上出的洋相会让母亲林冬失望时,林冬却其实早已默认了瑞奇;罗丝的丈夫有了外遇后提出离婚,不知所措的罗丝想起了母亲的教诲——"要做一棵能抵挡大风的大树,而不是遇风则弯的小草",随后第一次违抗丈夫意愿、拒绝在协议书上签字;吴精美总觉得自己无法达到母亲的期望,但是一次新年聚餐后,母亲将佩戴多年的玉坠送给了精美,母女关系逐渐和解。第四组故事回到母亲,三位母亲接着第一部分的故事继续回忆,一直到她们四个在美国相遇,组成"喜福会"。小说的最后,精美代母亲实现遗愿,来到中国与同母异父的姐姐见面,同时第一次真实感受到了流淌在自己身上的中国血液。

  从叙事特征上看,《喜福会》有两个明显的特点:一是和《女勇士》一样,《喜福会》也是以"说故事"的方式进行讲述,有着对话性和不确定性;二是叙事结构上和《中国佬》类似,都受到中国古典小说影响,有章回体叙事结构的影子。就像说书里总有一个"看官"一样,《喜福会》的母亲叙事中总有一个"你"作为倾听对象,如苏安梅在《创伤》一节最后所说:"你必须一层层剥去你的皮,你母亲的皮,你母亲的母亲的皮,直到一无所有,没有伤疤,没有皮肤,没有肉体。"① 钟林冬在《两张面孔》里也说道:"我想着我们的两张面孔,想着我的意图,哪一个是美国的? 哪一个是中国的? 哪个更好一些呢? 如果你露出一张面孔,就总会牺牲另一个。"② 在大段的自述结尾、情感流溢之时,母亲会渴望存在一个倾诉对象,这个听者都潜在地指向了女儿。这种单向的叙事直到书的末尾才有了对话与互相倾听的希望。

  口述故事的另一个特点就是不可重复性,每次讲述都会产生一个新的版本,信息在重述中因为种种原因或是得到增补或是有所缺失。在《喜福会》开头,对于母亲在中国的生活,吴精美从来没有一个明确的印象,因为"多年来,她给我讲的是相同的故事,只是结尾有所不同,而且结尾越发暗淡,将她的生活蒙上一层长长的阴影,然后阴影也逐渐笼罩了我的生活"③。精美在这里其实充当了一个不自觉的故事参与者,母女关系影响了母亲故事的结尾,也混淆了现实与想象、真实与虚构。说故事所包含的不确定性和开放性,对应了第二代华裔身陷两种文化之间无法定位自身主体性的困境,同时也与母女闲谈时的互相试探、互相揣摩有着一定的相通之处,从而成为族裔女性作家常用的一种言说方式。

  母亲的故事并非无益,在最后一部分"王母娘娘"里,三位母亲继续讲述第一部分没有讲完的故事。但这次故事的内容针对各自女儿的婚姻困境,有着特定的目

---

① Amy Tan. *The Joy Luck Club*. New York: Ivy Books, 1989, p. 41.
② Amy Tan. *The Joy Luck Club*. New York: Ivy Books, 1989, p. 304.
③ Amy Tan. *The Joy Luck Club*. New York: Ivy Books, 1989, p. 7.

的性、对听者反应有着强烈期待,摆脱了先前自怨自怜式的人生回忆。这里也暗示出母亲的故事只有对女儿在美国的生活有意义、有指导作用的时候,母女之间的交流和对话才能摆脱单行线的困境,故事才能被合说或合写出来。她们并没有告诉女儿该怎么做,而是用自己的经历来激励她们、引导她们找到最坚强和勇敢的出路,此时说故事被赋予了反抗现实的力量。"说故事作为一种途径可以用来反抗压迫性的、铁板一块式的父权的、帝国主义的体制与元叙事,可以引导女性形成新的、具有流动性的,且以女性为中心的空间……对女性而言,讲述她们的故事,并且互相倾听无论就个人还是政治而言,都是一种赋予力量的英雄行为——她们不要成为被排除在中心之外的对象,其故事往往被当权者不断地增删或翻译。"① 可见在谭恩美的小说中,说故事是一种维系母女关系的纽带。

谭恩美对章回体小说结构的运用在《喜福会》里得到了最佳表现。《喜福会》全书由十六个故事组成,分四个部分,每个部分有四个故事,分别由吴、钟、苏、圣四家的母亲一代或女儿一代叙述。每一组故事前都有一个相当于楔子的、类似寓言的短小故事,在形式上倒十分类似元杂剧中"四折一楔子"的标准结构。其中一、四部分由母亲一代轮流叙述,二、三部分由女儿一代叙述,涉及四个家庭,七个叙事者。这四家如同麻将桌上的四方,轮流坐庄,各家的故事就在轮流坐庄中娓娓道出,构成四圈十六局十六个故事。尽管这十六个故事看上去似乎没有明显的联系,可以分开来读,也可以重新组合。因为每个故事自成一体,相对独立,全文似乎没有一个主要情节涵盖各个故事,也没有一个引人入胜的高潮和结局。

传统的章回体小说中没有一个绝对中心的人物,每一章会凸显某一个人物。就像打麻将一样,每个人轮流出牌、轮流坐庄,《喜福会》的叙事结构与此便有几分相似。吴精美代替母亲与另三位母亲打麻将时,四人坐的位置东南西北的顺序依次是吴精美、苏安梅、钟林冬和莹莹。这一顺序正好对应了第一部分母亲的叙事顺序,第三部分女儿们的叙事顺序则相反。中国麻将里,就坐的四个人分别代表东、西、南、北风,根据第一章"喜福会"里吴精美的叙述,"林阿姨是东风,我是北风,最后出牌,莹阿姨是南风,安阿姨是西风"。② 出牌顺序为钟林冬、圣克莱尔·莹莹、苏安梅、吴精美,这一顺序对应了第二部分四个女儿的叙事顺序。第四部分除了吴精美代替母亲的叙事,其他三位母亲叙事顺序与第二部分女儿叙事正好相反。这样,母亲与女儿的叙事遥相呼应,顺序的逆转显示出两代人之间的差异和分歧。而在结构上如此精确的对应,又显示出母亲和女儿之间的默契和难以割舍。这种精

---

① Wendy Ho. "Swan-Feather Mothers and Coca-Cola Daughters: Teaching Amy Tan's *The Joy Luck Club*". John R. Maitino, ed. *Teaching American Ethnic Literatures*. Albuquerque: University of New Mexico Press, 1996: 334.

② Amy Tan. *The Joy Luck Club*. New York: Ivy Books, 1989, p. 23.

巧的结构在许多中国明清章回体小说中都屡见不鲜。

虽然汤亭亭和谭恩美得到美国主流读者的接受和好评，但是以赵建秀为代表的一些美国华裔男性作家猛烈抨击她们扭曲中国文化、刻意制造异国情调，以迎合主流读者对族裔文化的消费。赵建秀甚至将《木兰辞》的中英文对照原文放在他和其他亚裔作家主编的亚裔文学选集前言里，以证明汤亭亭篡改中国故事。但是赵建秀等人并未注意到，汤亭亭对中国故事的改编都是在将美国华裔经验高度语境化的前提下进行的，她将中国故事移置到美国语境下，赋予了美国华裔经验以力量，创造了不同于其他族裔文学的美国华裔文学传统。谭恩美的作品虽然更注重故事性，对中国文化的呈现更为直接，但是她对华裔母女关系的真切描绘不仅从侧面展示了中西方文化的冲突与和解，还让大多数女性读者而不仅仅是有族裔背景的读者都能够从中找到共鸣。这也部分解释了为何《喜福会》从 1989 年问世以来，至今还在美国各大书店和公共图书馆中放在显眼位置推荐给读者，这种受欢迎程度是其他美国华裔小说无法比拟的。即使大多数美国读者只是消费《喜福会》中的中国故事，但至少它为美国华裔文学走向主流文学、在美国文学中发出持久的声音做出了很大贡献。

第五章 俄罗斯文学

第一节 概 述

20世纪50年代初,苏联社会政治生活发生重大变化。苏共从1956年第20次代表大会起,开展反对个人崇拜的斗争。于是,长期沉闷的空气被打破了,社会思潮迅速活跃起来。新的文学思潮也随之开始涌动,一批令人耳目一新的作品相继出现,把20世纪俄罗斯文学带入一个广阔的新阶段,即通常所说的当代文学阶段。前一时期文学中"无冲突论"的流行,曾导致粉饰现实、美化生活、为个人崇拜唱赞歌的作品大量涌现。这个时期文学界则提出了"写真实"和"积极干预生活"的口号。1954年,在第二次苏联作家代表大会上,作家西蒙诺夫对《苏联作家协会章程》中关于"社会主义现实主义"的定义提出疑义,结果,代表大会决定对其做出修改。由此,文学开始突破日丹诺夫主义的钳制,人道主义、现实主义传统开始回归。

1954年,老作家爱伦堡(1891—1967)发表中篇小说《解冻》,宣告了20世纪俄罗斯文学一个新时代的开始。作品写的是1953年冬至1954年春某工厂发生的变化。作品结尾处有一个人物这样说:"你看,解冻的时节到了。"这句话象征性地指出了时代变动之际的特点。小说引起了强烈的反响,首先在于它最早地触及了过去一个长时期内文学所不敢或不能触及的问题:关心普通人的命运,提倡人道主义。《解冻》问世前后,还出现了一批引人注目的作品,如奥维奇金(1904—1968)的特写《区里的日常生活》(1952—1956)及其所代表的"奥维奇金派"的农村题材特写,列昂诺夫(1899—1994)的长篇小说《俄罗斯森林》(1953),杜金采夫(1918—1998)的长篇小说《不是单靠面包》(1956),帕斯捷尔纳克的长篇小说《日瓦戈医生》(1957)等。其中,《日瓦戈医生》是诗人帕斯捷尔纳克的总结性作品,是他自白银时代起长期艺术探索的结晶。作者在前一时期创作的《柳维尔斯的童年》(1918)、《中篇故事》(1929)、《帕特里克手记》(1936)等中短篇小说,诗体小说《斯佩克托尔斯基》(1933),以及自传随笔《安全保护证》(1931)等,为完成这部长篇小说提供了必要的准备。作品着重表现了以同名主人公为代表的一代知识分子从20世纪初到二战结束这一动荡历史年代的命运以及困惑、情绪与思索,形象地折射出20世纪前半期俄罗斯民族所经历的风云变幻,熔人文关怀、哲理思考和对生活的诗意感受于一炉,其艺术表现手法则兼具古典风格和现代特色。1958年,帕斯捷尔纳克获得诺贝尔文学奖。"解冻文学"的出现,恢复了文学的"写真实"传统,促使文学的题材、体裁、艺术手法和风格向着多样化的方向发展。

在战争题材创作领域,肖洛霍夫的短篇小说《人的命运》(1956—1957)给亲历卫国战争的"前线一代"作家以明显影响。肖洛霍夫在前一时期就已发表过多卷本长篇小说《静静的顿河》(1928—1940),以史诗般的规模艺术地反映了顿河地区哥萨克在第一次世界大战到十月革命期间的命运。他的另一部长篇小说《被开垦的处女地》(1932,1960)同样以顿河哥萨克生活为素材,描写农业集体化运动在这一地区所引起的社会震荡。1965年,肖洛霍夫获诺贝尔文学奖(详见本章第三节)。深受《人的命运》的启发,一批参加过卫国战争的作家以亲身经历为素材,用逼真的细节描写再现战场真实,表现了普通士兵和下级军官的切身感受,暴露了战争的残酷性,因此他们被称为"战壕真实派"。其代表作品有邦达列夫(1924—)的《营请求火力支援》(1957)、巴克兰诺夫(1923—2009)的《一寸土》(1959)和贝科夫(1924—2003)的《第三颗信号弹》(1962)等。还有一批作家揭露个人崇拜时期种种不正常的社会现象,展示那一特殊历史年代中人们的精神心理创伤,代表作品有索尔仁尼琴的中篇小说《伊凡·杰尼索维奇的一天》(1962)、特瓦尔多夫斯基(1910—1971)的长诗《焦尔金游地府》(1954—1963)等。

60年代中期,苏联社会进入"停滞时代",但是文学的发展并未停滞,最引人注目的是道德题材的作品大量涌现。这类作品包括"城市小说"和"农村散文"。在"城市小说"创作中,特里丰诺夫(1925—1981)的《交换》(1969)、《预期的总结》(1970)、《长别离》(1971)、《另一种生活》(1975)和《滨海街公寓》(1976)等作品,均以当代莫斯科生活为背景,统称为"莫斯科小说"。这些作品关注城市人,特别是知识分子的日常生活,揭示现代人的精神状况,提出引人深思的人生与社会问题。特罗耶波利斯基的角度新颖独特的作品《白比姆黑耳朵》(1971),利帕托夫的描写现代"多余的人"的长篇小说《伊戈尔·萨沃维奇》(1977),田德里亚科夫的透视知识分子心理的小说《六十支蜡烛》(1980)等,在揭示同时代人的精神生活和道德情感方面,也取得了突出成就。

在"农村散文"创作中,舒克申(1929—1974)的小说刻画了当代形形色色的"城市化了的"农村居民形象,触及当时苏联社会中一些较为敏感的问题,揭示了这些人物的性格弱点和道德面貌,代表作有中篇小说《红莓》(1973)。拉斯普京(1937—2015)的小说《为玛丽娅借钱》(1967)从日常生活中捕捉具有道德内涵的事件,展示出西伯利亚人的伦理关系和道德面貌,严峻审视民族文化心理及其在当代的演变,呼吁发扬民族优良传统;《最后的期限》(1970)和《告别马焦拉》(1976)在谴责忘本忘根、对故土家园没有感情的道德蜕化现象的同时,表现了对于保留着民族传统美德的老一代农民的深深敬意,也表达了对于故乡一草一木的无限眷恋之情。

这一时期的战争题材作品呈现出两种走向:其一是出现了一些"全景式"作品,力图对卫国战争做出史诗式的艺术概括,如西蒙诺夫的《生者与死者》三部曲(1959—1971)、恰科夫斯基(1913—1994)的《围困》(1968—1975)等长篇小说;其二是继续关注战争中普通人的命运,在写实与抒情、历史事件与当代生活、心理分析与哲理思考的结合中,传达出对于"战争与人"之关系的深沉理解,如阿斯塔菲耶夫的《牧童与牧女》(1971)、拉斯普京的《活着,可要记住》(1974)等中篇小说。瓦西里耶夫(1924—2013)的《这里的黎明静悄悄……》(1969)写五位女战士在卫国战争期间的一段特殊遭遇,不仅突出了她们的高尚情操和献身精神,更细腻地表现了她们的爱与恨、欢乐与忧愁、期待与追求,题材新颖别致,形象栩栩如生,富于浓郁的抒情色彩和强烈的艺术感染力。

这一时期还有一些作家以史诗笔调描写了20世纪的某些重大事件,在对于民族历史和个人遭遇的回顾中,思考战争与和平、物质文明与精神道德的关系,其作品往往具有浓厚的哲理色彩,如艾特玛托夫(1928—2008)的长篇小说《一日长于百年》(1980)。作品的情节在三个层面上展开:现实层面写老工人叶季盖带领几个人去古老的"母亲墓地"送葬途中的回忆和思索,引出荒僻小车站三户人家的悲欢离合,涵纳着对于善与恶、生与死、社会不公与人生灾难等问题的诘问;传说层面回溯到民族纷争的远古年代,通过有关"母亲墓地"的传说,借古喻今,影射现实生活中种种丧失人性的现象;幻想层面描写关于星外文明的故事,体现出一种对于人类未来的危机意识。

60—70年代,在"停滞时代"的背景下,出现了域外俄罗斯文学的"第三浪潮"。1968年,索尔仁尼琴(1918—2008)的长篇小说《癌病房》和《第一圈》在国外发表。两部作品均紧扣作家本人的经历,对个人崇拜时期的苏联社会政治进行了激烈批判。1970年,索尔仁尼琴被授予诺贝尔文学奖,但他未能去领奖。1973年,他所谓"文艺性调查初探"的《古拉格群岛》在国外出版,引起极大反响。作者试图向世人展示遍及苏联各地的劳改营的历史和内幕。1974年2月,苏联政府决定剥夺作家的公民权,并将其驱逐出境。在国外,索尔仁尼琴推出长篇小说《红色车轮》(1983—1990),选取20世纪初俄国历史中的几个关键性日期,试图通过对若干重大事件和历史人物的描写,勾画出从第一次世界大战到十月革命俄国历史的曲线。这部长篇作品反映了作者对那一重大历史转折期的颇具个性色彩的理解。1994年5月,索尔仁尼琴回到俄罗斯,结束了自己整整20年的流亡生涯。

约·布罗茨基(1940—1996)是一位连结起俄语文学世界与英语文学世界的个性独特的诗人。他的诗作《献给约翰·多恩的挽歌》(1963)、《荒野中的停留》(1970)、《美好时代的终结》(1977)、《语言的部分》(1975—1976)和《罗马哀歌》(1982)等,都围绕"生命"这一核心概念,抒写时间与空间,存在与虚无,别离与孤独,地狱与天堂,上帝与人,人与物,表现自由、爱情、疾病、衰老、死亡以及对死亡的超越。诗人保持着与俄罗斯诗歌传统的紧密联系。以普希金为代表的19世纪诗歌中的"希腊路线",以阿赫玛托娃、曼德尔什塔姆为代表的白银时代阿克梅派对世界文化的眷恋,在很大程度上决定了布罗茨基诗歌的底色,使得他的诗作在孤独感、困惑感、沉重感以及怀旧和乡愁的表现中,始终透出一种对于现实世界的忧患意识和对于社会人生的深切的人文关怀。布罗茨基推崇阿赫玛托娃凝重宁静的诗风、哀歌的音调和她安详中的深邃思考,又从17世纪英国诗人约翰·多恩那里承续了冷峻的意象、新奇的节奏和浓郁的怀疑氛围,还有为玄学派诗歌所特有的抽象性和学究式的思辨。从他后期创作不追求整饬的诗歌外形、意识与潜意识交叉和荒诞手法的运用中,又可见英美现代主义诗潮的影响。

"第三浪潮"中的重要作品还有弗·马克西莫夫(1932—)的长篇小说《创世七日》(1971),沃伊诺维奇(1932—2018)的长篇小说《士兵伊凡·琼金的生平和奇遇》(1969,1975)、《莫斯科——2042年》(1986),瓦·阿克肖诺夫(1932—2009)长篇小说《燃烧》(1980)、《莫斯科的传说》(1991),格·弗拉基莫夫(1931—2003)的中篇小说《忠实的鲁斯兰》(1975)、长篇小说《统帅》(1989)等。

80年代中期以后,随着苏联社会政治生活再度发生深刻变动,出现了"回归文学"。白银时代的作品、三代流亡作家的作品,经过若干年月的风风雨雨,终于回归到广大读者中来;自20年代以来由于种种原因被禁止在苏联国内发表,或在遭到批判后被封存的作品,也从被禁状态回归到自由状态。后一类作品中,影响较大的有格罗斯曼(1905—1964)的长篇小说《生活与命运》(1961)、雷巴科夫(1911—1998)的长篇小说《阿尔巴特街的儿女》(1982)、多姆勃罗夫斯基(1909—1978)的长篇小说《无用之物系》(1978)、沙拉莫夫(1907—1982)的短篇小说集《科累马故事》(1978)等。这一时期还出现了一批当代作家反思20世纪历史的新作,如拉斯普京的《火灾》(1985)、阿斯塔菲耶夫的《悲伤的侦探故事》(1986)、艾特玛托夫的《死刑台》(1986)等。

1991年苏联解体后,许多流亡作家回到了祖国,或恢复了俄罗斯国籍;国内作家不仅可以合法地把作品寄往国外发表,还获得了自由出国、回国的权利。于是,俄罗斯国内文学与域外文学之间的界限被最终打破,两大文学板块在分离70余年后重新统一。

90年代俄罗斯文学的基本特点是创作倾向和艺术方法上的多元化。首先,一些老作家依旧没有放弃对历史的思考和对现实的关注,在艺术方法上也继续沿着传统现实主义的道路前进,但又程度不同地借鉴了现代主义文学的艺术经验。其次,自80年代后半期出现的"另一种文学",进入90年代后进一步演化为后现代主义思潮。另外,宗教对文学的广泛渗透,也成为一种引人注目的文学现象。在旧有的信仰破灭、人们的价值观发生重大变化之际,这类作品显示出一种特殊的优势。最后,通俗文学作品,包括渲染个人隐私和各种"秘闻"、宣扬暴力和色情、煽动狭隘的民族主义情绪的作品,也有其量的优势,并拥有自己的读者群。这些文学现象纷然并存,改变着20世纪末俄罗斯文学的基本格局,使得这一时期文学的总体图像变得斑驳而模糊。

在坚持传统现实主义的作品中,值得注意的是老作家列昂诺夫(1899—1994)的长篇小说《金字塔》(1993)。作品在20世纪30年代至卫国战争爆发前夕的时间跨度上,以莫斯科近郊某一乡村墓地附近的居民生活中所发生的冲突为中心,通过描写一系列人物的坎坷命运和悲欢离合,思索造成这些悲剧的原因,对20世纪俄罗斯历史及其间出现的种种悲剧性曲折进行了深刻的反思。作家雷巴科夫也创作了长篇小说《1935年及其后的岁月》(1990)、《灰烬》(1994),完成了描写阿尔巴特街儿女命运的三部曲。

阿斯塔菲耶夫(1924—2001)的长篇小说《该诅咒的和该杀死的》(1992—1994)是一部反思卫国战争的"士兵的长篇小说",但作品的描写不限于战争年代的士兵生活,而是将卫国战争同战前苏联的肃反扩大化、农业集体化和国家工业化运动,同战后年代人们对战争的评价联系起来,把战时生活作为苏联历史进程中的一个特殊阶段来考察,涉及对于30年代以来一系列重要事件的再认识。作品一方面严峻地揭示了战争本身的残酷性,令人信服地说明了战争的胜利是由无数普通士兵和人民以血肉之躯铺垫的,从而打破了"英明领袖"的领导使战争取得了胜利的神话;另一方面,又从普通士兵和农民的思考和感悟中、从战争的直接受害者的角度得出了一个朴素的结论:当国家的方针政策符合普通老百姓的利益时,国家就强盛,军队就胜利;反之,国家就虚弱,军队就失败。这是当年"前线一代"作家阿斯塔菲耶夫晚年完成的一部重要作品。同样对卫国战争进行反思的,还有原"战壕真实派"作家贝科夫的中篇小说《严寒》(1993)、巴克兰诺夫的长篇小说《于是来了趁火打劫者》(1996)等。

90年代,作家别洛夫(1932—)继续创作他的关于苏联农业集体化的系列作品,完成了《大转变的一年·冬天的纪事》(1994)等长篇小说。它们是作家早些时候创作的长篇作品《前夜·20年代末纪事》(1987)的进一步发展。别洛夫把对于最高决策层制定政策的过程与农民命运之变化的描写结合起来,既揭示了农业集体化运动与个人崇拜、与极左路线和政策之间的必然联系,又呈露出这一运动的强制性推行给农民所带来的灾难性后果,因而达到了以往的同类题材作品所未曾达到的高度。

还有一些作家把目光对准当代生活,描写苏联解体前后的现实。如诗人叶甫图申科(1933—2017)的长篇小说《不要在死期之前死去》(1994),把政界要人的活动和普通人的生活结合起来进行描述,披露了苏联解体的某些真相和90年代俄罗斯动荡的现实,力求把握这一历史的转折与俄罗斯民族文化传统及民族心理之间的关系。拉斯普京则发表了一系列短篇小说,表达了他对当代俄罗斯现实的态度,如《在医院中》(1995)通过两个住院病人的争论,谴责了形形色色的上层人物的"背叛行为";《葬入同一块土地》(1995)则描写了一个失业的中年妇女由于贫困而无力按习俗安葬母亲的故事,折射出90年代一些普通老百姓的不幸处境,均显示出作者的社会批判激情。

早在60—70年代,苏联文学中就出现过一些带有后现代主义特色的作品,如韦涅季克特·叶罗菲耶夫的《莫斯科——别图什基》(1969)、安·比托夫的《普希金之家》(1978)等作品。80年代后半期出现的所谓"另一种文学",更是后现代主义文学的直接前驱。"另一种文学"的代表作家,到90年代都纷纷推出具有后现代特色的作品,如阿·科罗廖夫的《果戈理的头颅》(1992),柳·彼得鲁舍夫斯卡娅的中篇小说《黑夜时分》(1992),弗·祖耶夫的《黑匣子》(1992),维·皮耶祖赫的《第四罗马帝国》(1993),韦·叶罗菲耶夫的长篇小说《最后的审判》(1996),叶·波波夫的《前夜的前夜》(1996)等。于是,后现代主义在俄罗斯文学中开始成为一股强有力的潮流。

1992年,外省作家马·哈里托诺夫(1937—)的长篇小说《命运线,或米拉舍维奇的小箱子》获得刚刚设立的首届俄语布克奖,被评论界视为"后现代主义的经典之作"。作品中的那只小箱子是一位勤于思考但命运凄惨的作家米拉舍维奇留下来的,米拉舍维奇死后,文学研究者利扎文在研究20年代文学时发现了它。小箱子里装满了五颜六色的糖果纸,这些糖纸的背面则写满了杂乱无章的文字。利扎文经过苦苦分辨和耐心解读,终于将这些断断续续、不连贯的文字片断连缀成一些人物的"命运线",从中隐约可见20世纪某一时期俄罗斯的时代悲剧和这一背景下一个家庭的悲剧。作品的叙述方式显示出跳跃性、剪辑性、无序性等特点,但经过读者的"阅读整理"依然有脉络可寻。主人公的思路也是可以把握的,他的关注重心则与俄罗斯传统文学中的主人公相近。这一切都表明这部小说与西方后现代主义的联系与区别。

马卡宁(1937—2017)的中篇小说《铺着呢子、中间放着花瓶的桌子》(1993)也被认为是后现代主义的代表作品之一。它写的是一位老者接到电话,让他第二天到审讯台(即作品标题所示的那张桌子)前接受审讯的事。他因紧张和惊恐而心脏病发作,夜不能寐,在无眠的长夜中忆起自己一生所经历的无数次审讯。朦胧中,他跨进那幢熟悉的楼房,走到那间熟悉的审讯室,又一次坐在那张熟悉的长桌前。和以往不同的是,这一次他竟然生平第一次坐到了审判席上,似乎他已经不再是被审讯者了。次日,人们发现他已伏在审讯台褪色的绿呢子桌布上,告别了恐怖不宁的一生。作品的荒诞和象征手法以及它那独特的氛围,都令人想起卡夫卡的《诉讼》。马卡宁的中篇小说《路漫漫》(1991)、长篇小说《地下人,或当代英雄》(1998),也是值得注意的后现代主义作品。

在新出现的后现代主义作家中,德·加尔科夫斯基、弗·索罗金、维·佩列文(1962—)等人的创作成就较为引人注目。德·加尔科夫斯基(1962—)的《无尽头的死胡同》(1994),曾被一些评论家称为"后现代主义的史诗"。作品采用复合型"元叙事"的方式,在原始文本的展开过程中伴有对该文本的大量详尽的注释与评说,还出现了对这些注释与评说的进一步解释和评价,其内容包罗万象,涉及文史哲等诸多领域和一系列历史人物与事件,多条线索彼此交叉,枝蔓错综复杂。不过,从这部作品中仍然可以发现作家追求文本和各层次注释之间彼此呼应、达至全书总体统一的结构意图。弗·索罗金(1955—)陆续发表的中篇小说《排队》(1992),短篇小说《谢尔盖·安德列耶维奇》(1993),长篇小说《定额》(1994)、《罗曼》(1994)和《玛琳娜的第30次爱情》(1995),剧本《土窑洞》(1995)等,充分显示出消解二元对立模式、蔑视崇高、打破文本的整体性和叙述的连贯性、追求拼贴性和互文性、广泛运用戏拟和反讽手法等后现代主义文学的特点。如果说,在马卡宁、哈里托诺夫、彼得鲁舍夫斯卡娅乃至加尔科夫斯基的作品中,人们还可以发现俄罗斯后现代主义与现实主义的某些联系,那么,索罗金的作品则似乎已最终切断了这种联系,映现出20世纪末俄罗斯文学中的一种新动向。

第二节 帕斯捷尔纳克

一、生平与创作

鲍里斯·帕斯捷尔纳克(1890—1960)是20世纪俄罗斯最杰出的诗人和散文作家之一,1958年诺贝尔文学奖的获得者。他的创作,熔人文关怀、哲理思考和对生活的诗意感受于一炉,形象地折射出20世纪前半期俄罗斯民族所经历的风云变幻,艺术地表现了一代知识分子在动荡的岁月里的命运、困惑、情绪与思索,其艺术表现手法则兼具古典风格和现代特色,在俄罗斯文学史上占有重要地位。

帕斯捷尔纳克出生于莫斯科一个文化气息浓厚的犹太人家庭。他的父亲列昂尼德·帕斯捷尔纳克是一位著名画家,莫斯科绘画、雕塑和建筑学校的教授,曾为列夫·托尔斯泰等人的作品插图,为托尔斯泰、斯克里亚宾、拉赫曼尼诺夫、高尔基、里尔克等人作过肖像画。母亲罗扎莉娅·考夫曼是一位很有才华的钢琴家,深受著名音乐家安东·鲁宾斯坦的赏识。她和他们家的邻居、另一著名作曲家斯克里亚宾一起,培养了未来的作家对音乐的热爱。从1903年夏天起,帕斯捷尔纳克在莫斯科音乐学院恩格尔和格里埃尔两位名教授的指导下学习乐理和作曲,时间长达六年之久。1908年,他考入莫斯科大学法律系,次年,根据斯克里亚宾的建议,转入历史语文系哲学部。1912年5至8月,他曾前往德国马尔堡大学,师从赫尔曼·柯亨教授学习新康德主义哲学,但是后来他却没有听从老师的建议留在德国继续攻读哲学。1913年春,他由莫斯科大学毕业,走上了文学道路。然而,他的音乐和哲学素养,却对他的个性气质和文学创作产生了明显的影响。

帕斯捷尔纳克的诗歌写作始于1909—1910年冬季,此时正是白银时代多种文学思潮争妍斗艳之际。他较多接近的是象征主义、未来主义诗人。1913年2月,他曾在诗人别雷主持的象征主义研究小组做过题为"象征主义与不朽"的报告。同年,他还和一批青年诗人一起建立了一个名为"抒情诗歌"的小组,进行诗歌艺术探索。次年,他又加入一个介于未来主义和象征主义之间的文学团体"离心机"。帕斯捷尔纳克的第一本诗集《云雾中的双子星座》(1914)即于此时出版。1916年初,他因少年时代骑马留下的跛足之憾而得以免服兵役,到乌拉尔地区一家化工厂任职员,后来又做过一段时间的家庭教师。他的第二部诗集《超越障碍》(1916),也于这一年问世。帕斯捷尔纳克的早期诗作偏重于表现个人内心世界的变化,抒发对大自然、爱情和人的命运的种种感受,传达出诗人对于诗歌和艺术的独到见解。非凡的意象构成,新颖奇特的隐喻,变幻莫测的句法,成为他早期诗歌的独特风格。从这种风格中,可以看出他对莱蒙托夫、丘特切夫诗歌传统的继承,又可发现象征主义(勃洛克、里尔克等)、未来主义和印象主义的多重影响。

二月革命的消息传到乌拉尔地区之后,帕斯捷尔纳克返回莫斯科。在1917年这一历史发生深刻变动的年份,他完成了抒情诗集《生活,我的姐妹》(1922)。同年,流亡诗人茨维塔耶娃即在柏林的一份期刊上发表了评论这部诗集的文章《光雨》。女诗人感到,捧读这部诗集,仿佛感觉到雨丝般密集的光线——"光雨",你会被淋得透湿。帕斯捷尔纳克诗中的光,是"永不枯竭的光的流溢",是一种"永恒的刚毅——空间之光,运动之光,光的穿透(穿堂风),光的迸发——某种光的丰盛筵席"[①]。"雨"是诗人更偏爱的意象,它出现于这部诗集的诸多诗篇中,如"洒泪的花

[①] 玛·伊·茨维塔耶娃:《光雨》,见《茨维塔耶娃选集(两卷本)》第2卷,莫斯科:文学出版社,1998年版,第497页。

园""雨""春雨""闷热的夜晚""更闷热的黎明""永远在瞬间出现的雷雨"等。诗人领悟了雨的穿透力,雨的发人幽思,传达出雨声和叹息声、流泪声、"带泪的呻吟声"的近似,表现了雨中的郁闷感、孤寂感和无遮蔽感,从雨中走出的尝试及其徒劳。帕斯捷尔纳克诗作的艺术力量,使茨维塔耶娃有理由把他和拜伦、海涅相比。

帕斯捷尔纳克的散文创作和他的诗歌创作几乎同时开始。1910—1912年,他曾写有一部包含45个片段的小说初稿《最初的体验》,这是其在散文领域的"最初的试作"。这部作品以青年知识分子列里克维米尼的经历、见闻和感受为基本线索,以艺术的方式表达了作家早年生活的种种印象和心理体验。由于作家受到俄国未来主义、象征主义思潮的影响,作品在写法上不拘一格,充满隐喻、暗示、象征和意识的自然流动;语言运用极为灵活,跳跃性、零散化、错位现象比比皆是;不仅充满大量生僻的词汇,还自造部分新词,穿插法语、德语、英语、意大利语、拉丁语等多种外语;景物描写的拟人化手法更是被作家推向极致。然而,从某些片段的诗意化表述中,又可见出俄罗斯传统文学的影响。其中仅仅显示出粗略轮廓的列里克维米尼的形象,可以视为未来日瓦戈医生的雏形。

帕斯捷尔纳克的早期作品,还包括《阿佩莱斯线条》、《奇特的年份》(1916)、《大字一组的故事》、《对话》(1917)、《寄自图拉的信》、《柳维尔斯的童年》、《第二幅写照:彼得堡》和《无爱》等短篇小说。《阿佩莱斯线条》(1915)的情节背景与作家1912年8月在意大利的旅行生活相关。篇首题词中提到的阿佩莱斯和宙克西斯都是古希腊画家。"阿佩莱斯线条"即前者用画笔画出的极细的线条,是一个象征着艺术技巧的概念。与篇首题词中所讲述的趣闻相类似,在这篇小说中,埃米里奥·列林克维米尼和亨利希(恩利科)·海涅之间的文学争执甚为激烈。海涅把竞争从文学领域转移到生活中,并取得了完全胜利。列林克维米尼是《最初的体验》中的主人公列里克维米尼形象的延伸。在他和被移至20世纪初意大利的德国诗人海涅之间的论争中,可以窥见在俄罗斯文学白银时代文学团体林立的竞争状态中帕斯捷尔纳克和马雅可夫斯基相识所获得的印象。《寄自图拉的信》(1918)同样以作家个人的经历为素材,表现了他对于生活的浪漫主义理解和"沉浸在道义认识中的活跃的个人"之间的矛盾。书信体的形式使作者可以交替运用无情的揭露、忏悔和自我谴责等表达手段。这篇作品和《阿佩莱斯线条》、《大字一组的故事》(1917)一样,都反映了作家关于艺术问题的思考,包括艺术的存在与证明、艺术的作用与意义、生活和艺术的关系等。

中篇小说《柳维尔斯的童年》(1922)是帕斯捷尔纳克构思的一部长篇小说的前两章,写的是女主人公叶尼娅·柳维尔斯的个性形成和意识生长的过程。其中没有关于主人公童年经历的冗长叙述,也没有像一般人物传记那样沿着时间的自然顺序逐一再现她的见闻,而是将叶尼娅的精神心理的成长变化作为小说的主线,经由若干时空场景的转换、日常生活事件的发生和人物形象的素描，勾画出女主人公从走出童稚阶段、步入少女时代到走进青春时期的心灵历程，着重表现了她的女性意识的萌生、青春期的激动不安，以及对于爱情、婚姻、生育和家庭等人生问题的最初感受与理解。作家热衷于对"心理遗传学"进行研究的意图，也悄然进入小说的潜文本中，这特别显示于叶尼娅的母亲在女儿精神上逐渐成长的关键时刻所起到的决定性影响，但作品却没有呈现这种影响的具体过程，只是做出了某些暗示。小说情节发展中的某些跳跃，似乎也是由于作家有意要造成一种模糊感。这些特点使《柳维尔斯的童年》在同时代的小说中别开生面。

在《第二幅写照：彼得堡》(1917—1918)中，帕斯捷尔纳克再现了自己在乌拉尔工厂区逗留期间，和职业革命者鲍·兹巴尔斯基等人之间的亲密交往，涉及那一时期作家萦绕于心的诸多思考，如现代城市与当代人灵魂的关系、关于暴力与使命的见解、"大写的生命"在可怕的世界中具有预感和敏锐观察的才能之重要性等。作品还鲜明地显示出帕斯捷尔纳克的散文创作和别雷的象征主义散文原则之间的亲缘性。作者一向视别雷为自己的老师，因别雷有长篇小说《彼得堡》在前，这部作品才被这样命名。《第二幅写照：彼得堡》小说主人公存在的某种超时空性，以及小说的结构安排、场景铺陈和时间处理，均和别雷的作品相似，形成特有的情节进展节奏。《无爱》(1918)的时空背景也紧密联系着帕斯捷尔纳克在二月革命后由乌拉尔返回莫斯科的经历。作家在这里提供了温情而敏感的戈利采夫和果断积极的科瓦列夫斯基两种性格人物的素描。两人都怀抱着社会变革的理想，但是他们对待人生和人性问题的看法却是根本对立的。这种矛盾，在《第二幅写照：彼得堡》里的诸位同伴之间的争论中已得到考察，而在后来的长篇小说《日瓦戈医生》中的日瓦戈和安季波夫的命运中则获得了最透彻的表现。作品的标题显然表达了作者对主人公之一的情感世界和精神特点的一种评价。

20世纪20年代，帕斯捷尔纳克在诗歌和散文两个方面的创作都取得了明显的进展。1922年，也即他的父母移居国外、他本人结婚的次年，他曾和新婚妻子、画家叶甫盖妮亚·卢里耶一起前往德国小住，1923年底回国。这期间，他的又一本诗集《主题与变奏》(1923)在柏林出版。出国之前，他已有作品《一部中篇小说的三章》在国内发表。回国后，他新创作的短篇小说《空中线路》、长诗《施密特中尉》和《1905年》、自传体随笔《安全保护证》、小说《中篇故事》等，也陆续与读者见面。这些作品中的社会因素显著增多，如《空中线路》(1924)的情节，折射出曾参加社会民主党小组活动的年轻人库宁被捕的真实事件；帕斯捷尔纳克曾为他辩护和求情，使其获得解救。作品的主题是揭示强制性死亡或"横死"的反自然性质，在《柳维尔斯的童年》中，作家曾通过描写一位"外来人"的意外死亡触及这一主题；在这篇作品中，这一主题获得了作为当代生活中一种常见现象的悲剧意义。小说的题目"空中线路",隐喻了超越人道法则的界限、实现欧洲社会思想之统一的理念,强调了关于革命试验的毫不妥协的直线性思维往往会成为一种破坏性力量。作品涵纳着关于善与恶、亲情与原则、暴力与宽恕之关系的思考。

《一部中篇小说的三章》《中篇故事》和随后问世的诗体长篇小说《斯佩克托尔斯基》,在内容上彼此联系,似乎是构思中的一部大型作品的若干片段。在这里,帕斯捷尔纳克好像在与时代进行对话。三篇作品由主人公谢尔盖·斯佩克托尔斯基的名字连缀起来。其中,《一部中篇小说的三章》(1922)和《中篇故事》(1929)均与作者1914—1916年当家庭教师的经历,以及作者对乌拉尔工厂区、卡马河和奥卡河沿岸地区的印象相联系。在《中篇故事》中,斯佩克托尔斯基回忆自己任家庭教师的往事,涉及第一次世界大战期间莫斯科知识分子的思想情绪,并体现出人道主义情怀,其中隐约闪现着后来的艺术形象日瓦戈的影子。作品还显示出作家对现代社会中女性命运的关注与思考。作家自认为这一主题根源于托尔斯泰的思想。在《斯佩克托尔斯基》(1933)中,透过主人公斯佩克托尔斯基、玛莉娅·伊里因娜等形象,不难窥见作家本人和茨维塔耶娃那一代人在十月革命后最初几年的生活、思想和情感的印迹。整部诗体小说中斯佩克托尔斯基的抒情自白,男女主人公的几次相会及后来的离别,映照出帕斯捷尔纳克和茨维塔耶娃两人从失之交臂到彼此隔绝的命运轨迹,诗化了他们精神上和创作上的相互吸引与呼应。

帕斯捷尔纳克的《施密特中尉》(1927)和《1905年》(1927)两部长诗,讴歌了20世纪初席卷俄罗斯的巨大风暴,表现了深刻的历史变动给诗人所留下的鲜明印象。《施密特中尉》展示了1905年革命时期的时代风貌和精神潮流,显示出一种现实主义色彩和文献性。经由施密特的形象,诗人试图表现当年充满热忱的一代知识分子成了历史的牺牲品,尽管他们是永远无罪的羔羊。这部长诗和《1905年》都从诗人童年时代的回忆切入,试图返回由于历史演进而结束了的童年的神话世界,这恰恰是抒情诗的视角。《1905年》的前两章分别以"父辈"和"童年"为题,抒情主人公以"我14岁"的眼光打量一切,展示出他所感受的那个时代的俄罗斯生活,远远不同于通常的历史题材作品。帕斯捷尔纳克作为"纯粹的抒情诗人"的特点,在他的历史长诗写作中依然呈露出来。

《安全保护证》(1930)是帕斯捷尔纳克对1900年到1930年这30年间自己的精神历程的一种回顾,其中忆及与里尔克的富于诗意的邂逅,斯克里亚宾、别雷和勃洛克的魅力和影响,在马尔堡受益匪浅的求学生活,与同时代诗人的交往,对浪漫主义和现实主义的看法等。作者从不同角度阐明了自己的艺术观。他认为,"艺术作为活动是现实的,作为事实是象征的。说它是现实的,是因为不是它臆造了借喻,而是在大自然中发现了借喻并神圣地把它再现出来";"说艺术是象征的,指的是它具有全部吸引力的形象。艺术的唯一象征是形象的鲜艳和清晰,以及就艺整体而言形象又不是不可互换的。……形象的可以相互替代,即是艺术,它是力的象征"。①这些观点,既是帕斯捷尔纳克思考艺术问题所形成的一些结论,也是他的艺术实践经验的一种概括。

1931年夏秋两季,帕斯捷尔纳克是与后来成为他第二任妻子的季娜伊达·叶列梅耶娃在高加索度过的。在这里,诗人重新回到抒情诗创作上。他以恣意纵横的抒情笔触和敏锐深邃的洞察力描绘绚丽多姿的大自然景色,赞美淳朴热情的民风,表达对季娜伊达的热恋之情。高加索之行不仅深化了诗人对爱情的体验,对大自然的崇敬,还使他感受到了格鲁吉亚诗歌的特有意蕴。这一切,都对他此后的创作产生了重要的影响。因此,诗人才把他写于高加索的诗作以《第二次诞生》(1932)为名结集出版。

20世纪30年代以后的苏联现实,使帕斯捷尔纳克几乎中断了自己的吟唱。他的作品受到批判和指责,于是他只好转入文学翻译工作。他曾译有贺拉斯、汉斯·萨克斯、莎士比亚、歌德、拜伦、雪莱、济慈、魏尔伦、裴多菲、维尔哈伦、里尔克和东欧诸国及格鲁吉亚诗人的大量作品。1937—1939年,帕斯捷尔纳克还曾在报刊上发表过六个作品片段:《在后方的一个县里》《别离之前》《傲慢的乞丐》《奥莉娅姑姑》《十二月的夜晚》和《带长廊的楼房》。这些陆续发表的片段,其实是作家构思中的长篇小说的第一部;1991年被收入《帕斯捷尔纳克文集》第4卷时,被冠以"帕特里克手记"的标题。《帕特里克手记》从主人公帕特里克·日乌利特的视角,以第一人称展开叙述。1916年前后作家在乌拉尔山区的经历和印象,仍然是小说情节的基础;而1931—1932年的旅行生活,以及这两段经历之间的大量见闻和感受,则进一步充实了他的艺术构思,使他得以用一种具有历史穿透力的目光审视这些年所发生的种种事件,沉思它们所造成的灾难性后果。这样,在作品关于第一次世界大战的岁月里的那些人和事的追述中,便不难瞥见作家对未来的洞察。作品中的许多人物、事件和情节,后来都以变化了的形式进入《日瓦戈医生》中。帕特里克·日乌利特同样是日瓦戈的雏形;而女主人公伊斯托明娜的形象,上承《柳维尔斯的童年》中的叶尼娅·柳维尔斯,《斯佩克托尔斯基》中的伊里茵娜,下启《日瓦戈医生》中的女主人公拉莉莎,成为帕斯捷尔纳克笔下的女性形象画廊中的重要角色之一。

卫国战争年代,帕斯捷尔纳克的新诗集《在早班列车上》(1943)得以面世,这是诗人沉默多年以后出版的第一本诗集。随后,他又有《辽阔的大地》(1945)、《长短诗选》(1945)两本诗集出版。这些新诗作表明,诗人正在逐渐克服以往诗歌过于雕琢的装饰性手法,追求明朗、清新和简洁的诗风。战后,由于日丹诺夫主义的猖獗,

---

① 鲍·帕斯捷尔纳克:《人与事》,乌兰汗、桴鸣译,生活·读书·新知三联书店,1991年版,第84—85页。

在阿赫玛托娃和左琴科惨遭批判和辱骂的同时,帕斯捷尔纳克的作品又一次受到批判。诗人不得不再度转向欧洲文学名著的翻译,沉潜于莎士比亚、歌德和席勒等人所建造的文学世界,先后译出了16部剧本,包括莎士比亚的《哈姆莱特》《亨利四世》《李尔王》《麦克白》《奥瑟罗》《罗密欧与朱丽叶》等7部剧作和歌德的《浮士德》等。他所翻译的莎士比亚的悲剧和歌德的诗剧等西欧古典名著,尤其受到国内外学界的推崇。

从1948年起,帕斯捷尔纳克开始了长篇小说《日瓦戈医生》的创作。作品于1955年底完成。1956年初,作家将小说手稿送交《新世界》《旗》这两家杂志社和国立文学出版社,9月间收到《新世界》编委的一封措辞严厉的退稿信。作品在当时国内出版显然无望。1957年11月,小说首先以意大利文译本在米兰问世,次年即出版俄文本。在不到一年的时间内,这部作品就被译成15种文字,广泛流行于欧美各国。1958年10月,瑞典皇家科学院宣布将当年的诺贝尔文学奖授予帕斯捷尔纳克,以表彰他在"现代抒情诗和俄罗斯伟大散文传统领域所取得的卓越成就"。但是,在苏联各大报刊上却刮起了批判帕斯捷尔纳克的猛烈风暴。苏联作家协会宣布开除他的会籍,塔斯社则授权声明:如果作家出国去领奖后不回国,政府将决不追究。在种种压力下,帕斯捷尔纳克只得致电瑞典皇家科学院,表示拒绝领奖。《日瓦戈医生》直到1988年才首次在苏联国内出版。

完成《日瓦戈医生》后,帕斯捷尔纳克还写有组诗《雨霁》(1956—1959)和又一部自传体随笔《人与事》(1957)。《雨霁》是诗人晚年精神生活的艺术写照,它充分表现了诗人对大自然的热爱,对生活的依恋,也抒发出他的精神苦闷。《人与事》直到1967年才获准出版,这本书和《安全保护证》互为补充或映衬,可将两者视为同一主题的两种变奏,但《人与事》的文笔显然更加优美纯熟,作者的见解也更为深刻。1960年初,帕斯捷尔纳克又开始了剧本《盲美人》的创作,希望通过反映农奴制时代民间艺人的遭遇,表达关于社会自由和俄罗斯文化传统的某些思考。然而,疾病使他只完成了这部剧作的第一幕。1960年5月30日,帕斯捷尔纳克于莫斯科近郊的彼列捷尔金诺去世。

二、《日瓦戈医生》

长篇小说《日瓦戈医生》是帕斯捷尔纳克创作的高峰。作者曾说:"我想在其中提供最近45年间俄罗斯的历史映像,……作品将表达对于艺术、对于福音书、对于在历史之中的人的生活以及许多其他问题的看法。"[①]小说从1905年革命之前写

[①] 维·波格丹诺夫:《我们是谁,我们从哪里来?……》序言,见鲍·帕斯捷尔纳克:《日瓦戈医生》,莫斯科:奥尔玛—普莱斯出版社,2005年版,第16页。

起,经第一次世界大战、二月革命、十月革命,到国内战争、新经济政策时期,再到卫国战争前夕,尾声一直写到第二次世界大战结束,时间跨度前后约半个世纪。活动于上述历史时空中的是俄罗斯社会各阶层的60多个人物。他们共处于一个充满变化与巧合的动荡的世界中,彼此的命运既相互依存,又充满矛盾冲突。在这些人物中,占据最重要位置的是以日瓦戈医生为代表的一批知识分子。但作品却不限于描写这些知识分子的生活、事业和爱情,而是着重表现他们在历史变动年代的种种复杂情绪和感受,他们对时代的深沉思考,他们在这个时代的必然命运。全书可以说是20世纪上半叶俄国知识分子命运的一部艺术编年史,又堪称一部通过个人命运而反映特定时代的社会精神生活史。

整部小说有一个按照时间顺序展开叙事的编年史框架,以主人公日瓦戈的命运为主线,以女主人公拉莉莎(拉拉)的命运为副线,基本情节呈纵向发展。这一主一副两条线索,一开始各自独立展开,随后则逐渐交汇、重合,并串联起社会各阶层的众多人物,从而由一种独特的视角映现出近半个世纪的动态历史画幅。小说人物众多,但角色层次分明。关于日瓦戈的生活、心理和命运轨迹的描写与勾画构成作品的主干。存在并活动于日瓦戈周围的主要人物有他的舅舅韦杰尼亚平、妻子冬妮娅和她的父亲化学家格罗米科、同父异母兄弟叶夫格拉夫、同学与朋友戈尔东和杜多罗夫等人。在拉拉的命运史这条副线上,则有她的母亲吉沙尔太太、丈夫帕沙·安季波夫(斯特列利尼科夫)、律师科马罗夫斯基等人。两条线索的主要人物都在主人公的生活中发挥了无可替代的作用和影响。除了上述主要人物之外,作品中还有众多的次要人物,他们也在小说中发挥了不同的作用。正如俄国批评家马克·斯洛尼姆所指出的那样:"次要人物刚在作品中出现时似乎远离中心线索,和主人公的命运无关,但随着情节的进展,所有这些人物的命运都和主人公的命运联系、纠结、'编织'在一起,都在不同程度上参与了他的生活。"①

从小说的空间处理和场面设置上可以看到,作品的主要情节均发生于莫斯科和西伯利亚的乌拉尔地区这两大板块中。在前一板块中,有拉拉的母亲一度租住的军械胡同"黑山"旅店、布列斯特街28号铁路职工宿舍、希弗采夫大街格罗米科兄弟的住宅、卡梅尔格尔斯基大街帕维尔·安季波夫的租房等不同环境;后一板块则有尤里亚金市、瓦雷金诺庄园及其周围的众多村镇,还有处于这一带的游击队营地等。稍稍旁离这两大板块、却对其起着勾连作用的,则是杜普梁卡庄园、一战前线的梅留泽耶沃小城和从莫斯科到乌拉尔的列车及铁路沿线地区。所有这些环境在作品中均以"独立"的场景先后出现,发生于其中的故事分别得到铺叙,犹如一部

---

① 马克·斯洛尼姆:《关于帕斯捷尔纳克的长篇小说》,见奥·阿·科罗斯捷列夫、尼·格·梅利尼科夫编:《域外俄罗斯文学批评(两卷集)》第2卷,莫斯科:奥林波斯出版公司、阿斯特出版公司,2002年版,第133页。

电影的几组画面。这些场景和画面迅速更替,却都围绕主人公的命运这一主轴。作家精心取舍、恰当剪裁,使小说的结构堪称完美。

1960年初,帕斯捷尔纳克曾这样谈到这部小说的创作动机:

> 当我写作《日瓦戈医生》时,我感到对我的同时代人欠下了一大笔债。这一写作就是偿还债务的尝试。当小说缓缓向前推进时,债务感充溢着我的心胸。在多年的抒情诗写作或翻译之后,我觉得有责任讲讲我们的时代,讲讲那些远逝的、但仍然笼罩着我们的岁月。时间不等人。我想在《日瓦戈医生》中把往昔镌刻下来,并给予那些年代里俄罗斯生活中美好和敏感的方面以应有的评价。无论是那些日子,还是我们的父辈和祖辈,都一去不复返了,然而我却在未来的繁荣锦绣中预见了其价值的重现。我试图把这些都写出来。①

作家无疑成功地实现了自己的艺术构思。《日瓦戈医生》可以说是作家在战后岁月里对20世纪前期的俄罗斯历史所做的一种诗的回望,是作家与时代之间的一部艺术性的对话。作品对于历史的反思,是通过独特的叙事艺术予以表达的。读者所读到的,是一种隐喻模式中的历史投影,是经由一系列场景、意象、象征和暗示呈现出来的存在于这一历史中的鲜活个性。主人公日瓦戈既是一位医生,又是一位诗人和思想者;他的活动、言论和思考构成作品的内容主干,而他本人又以诗歌和札记的形式记述或表现自己的所见所闻、所感所思。他的札记《游戏人间》,便是当时岁月的日记,其中有随笔、诗作和杂感。小说第9章"瓦雷金诺"中,就含有日瓦戈的9篇札记;在第15章"结局"中,也包含日瓦戈辗转回到莫斯科以后写的札记。他写的诗作,或独立成篇,或是札记的一部分。作品通过日瓦戈的坎坷经历,借助于他的札记、创作、书信、独白和思考,经由他和上述所有人物之间的交往和对话,从这一批不同类型的知识分子的视角,勾勒出那个风云变幻的历史时代的一幅幅生动侧影。读者可以看到因城市里夜间发生战斗而倒在人行道上的伤员,街头张贴的政府公告和法令,身穿皮夹克的权力无边的委员,被战火和饥荒蹂躏的村庄,却很少能看到关于社会重要事件的具体而直接的描写,因为作品着重表现的不是历史真实本身,而是人物关于这些历史事件的预感、反应、思考、评说和联想。人物的思索与言论,人物之间的对话或叙述者的直接言说,广泛涉及历史、时代、艺术、宗教、人的灵魂、民族性格以及真善美等方面的内容。如"没有武器的真理是不可抗拒的力量";俄罗斯民族性格显示出一种"内在的衰退,多少世纪所形成的历史性的疲倦";作品所描写的那个时代的特征之一是,"按照那些陌生的、强加给所有

---

① 叶莲娜·帕斯捷尔纳克、玛·伊·法因贝格:《关于鲍里斯·帕斯捷尔纳克的回忆》,莫斯科:话语出版社,1993年版,第653页。

人的概念去生活",许多人都"准备出卖最珍贵的东西,夸奖令人厌恶的东西,附和无法理解的东西"①;等等。这一切,都使小说具备了丰富的思想内涵和浓厚的哲理色彩。

小说着重表现了日瓦戈的人道主义观念及其与那个血与火的时代之间的悲剧性精神冲突。日瓦戈童年时代的经历,使他养成了内向的性格和对弱小不幸者的同情,成年以后,日见深厚的文化修养又培养了他的博爱精神。外科医生职业,则培养了他对人对事的严谨、客观、冷静的态度。他善于独立思考,对任何现象都力求做出自己的判断。在历史发生深刻变动的年代,他仍然把个性的自由发展、保持思想的独立性视为自己最主要的生活目标,而他看待问题的基本出发点则是根深蒂固的人道主义。这样,他就不可避免地和正在以暴力手段改造世界并要求所有人都服从这一目标的时代发生抵牾。但是,这种矛盾既不是政治上的,也不具备经济背景。日瓦戈虽然有自己的政治见解,但缺乏政治兴趣和激情,从未参加过任何有组织的政治活动;他虽然出身于富家,对父亲的大笔遗产却无动于衷,还要岳父和他一样保证不谋求重整家业。他与时代的冲突主要是精神上的。他从作为还俗神甫的舅舅那里接受的宗教思想,是接近俄罗斯宗教哲学家费奥多罗夫的"共同事业哲学"的、以博爱为原则的世界观。这种世界观认为,历史的发展应当有利于维护人格自由,保持个性独立,捍卫人的尊严。因此,日瓦戈高度重视个性自由,但又具有"与民同乐"的思想,认为个人应在实际生活中做一些具体的、对他人有益的事情。他以人道主义的眼光看待一切人和事,区分善与恶。他那种童稚般单纯的心灵,超凡脱俗的胸怀,使他无法接受一切形式的暴力。他在人类思想水平、道德水平和价值标准还没有达到认可他的精神追求的高度的时代却"过早地"出现了,他超越了那个时代,结果反而好像落后于时代,这正是他的悲剧。《日瓦戈医生》同情、肯定主人公的精神追求和社会道德理想,经由他的遭遇反映了十月革命前后俄罗斯一代知识分子的思想情怀和共同命运。

小说的女主人公拉拉是作家为俄罗斯文学提供的又一优美动人的女性形象,也是精神生活丰富、内涵复杂而深广的俄罗斯本身的一种隐喻。她与日瓦戈在家庭背景、社会关系和个人生活方面都有很大的差异,但是两人又具有许多相似的内在品格,其个性气质、精神特点和价值观等方面都较为接近。拉拉外表纤弱,但具有坚韧的精神力量和内在的心灵之美,并同样追求个性的自由与完善。她以一般少女所缺少的、罕见的毅力,摆脱了使她沉沦的陷阱,克服了身心创伤所带来的各种困难,争取到一种独立自由的生活。为了维护人格尊严,她曾毫无畏惧地去惩罚她的仇人科马罗夫斯基。当时代的浪涛把她和日瓦戈冲到一起,使两人的命运结

---

① 鲍·帕斯捷尔纳克:《日瓦戈医生》,蓝英年、张秉衡译,人民文学出版社,2006年版,第42、297、391、417页。

合为一体时,她对个性独立和自由的追求、她的人道主义生活理想表现得尤其充分。但是拉拉的命运和日瓦戈一样,即便他们逃到荒郊僻野、沉醉于与世隔绝的梦一般的生活中,也无法躲避时代风暴的冲击。她与丈夫安季波夫的分手,她再次落入仇人之手,她与日瓦戈的别离,她的被捕以至死亡,都与动荡的历史本身紧密相关。她最后伏在日瓦戈的遗体上所倾吐的悼词,透辟地说明了她与时代的差距。作品通过安季波夫之口说道:"时代的所有主题,它的全部眼泪和怨恨,它的任何觉醒和它所积蓄的全部仇恨和骄傲,都刻画在她的脸和她的姿态上,刻画在她少女的羞涩和大胆的体态的混合上。可以以她的名字,用她的嘴对时代提出控诉。"[①]这段话更将拉拉的形象提到了多灾多难的俄罗斯女性的象征的高度。

拉拉的丈夫安季波夫,也是小说中刻画得很成功的艺术形象之一。安季波夫出身于工人家庭,其父因参加1905年革命而被流放到西伯利亚。一战期间他曾任俄军准尉,后被敌方俘虏带到国外,十月革命后逃回俄罗斯,参加了红军。他对苏维埃政权赤胆忠心,具有卓越的军事指挥才能,成为一位坚强的革命者、战功赫赫的指挥员、军事法庭的成员。但是,他在旧俄时代的苦难经历,他对科马罗夫斯基丑行的了解,使他产生了一种狂暴的复仇心理,以致他的化名斯特列利尼科夫曾一度使人胆寒。但由于他在一战期间的经历,作为曾被战俘带往国外的旧军官,他也成了清洗对象,最后被迫含冤自尽。这是一个被冤屈的正直的人,也是一个悲剧性人物。他的性格、遭遇和命运,不仅具有典型性,还能引起人们的许多思考。

《日瓦戈医生》在艺术上具有鲜明的特色。它的叙述方式变化不一,呈现出多样性的风格。作品似乎有意打破那种经过精心构思的"流畅叙述"的传统,把独特的戏剧性事件和诗意浓郁的抒情性篇幅、简单的词汇组合(如"你的离开,我的结束","这又是我们的风格、我们的方式了")和复杂的感情表现,诗人的奇妙幻想和深沉的哲理思索结合在一起,在"不流畅"的叙述中取得了一种"大智若愚"的独特效果。作品中既有精确的现实主义描绘,又不乏由机缘与选择、欢乐与历险、别离与死亡构成的具有传奇色彩的故事;既有丰富的想象和浪漫的激情,又有无数的旁白与插曲,如同启示性的寓言;既有高雅的语言,优美的文笔,又有故作"平板"之貌、显示出朴野风格的文字。它是一部以诗的语言写出来的小说,体现了作者关于"艺术注目于被情感改动的现实"的一贯观点,显示出他的小说作为"诗人的散文"的艺术面貌和美学特质。

善于通过主人公的梦境与幻觉,运用隐喻与象征来表现人物心理、命运或人物之间的关系,是这部小说的另一大特点。如作品中写日瓦戈一次生病时,曾有很长时间处于谵妄状态,在幻觉中看到一个长着吉尔吉斯人的小眼睛、穿着一件在西伯

[①] 鲍·帕斯捷尔纳克:《日瓦戈医生》,蓝英年、张秉衡译,人民文学出版社,2006年版。

利亚或乌拉尔常见的那种两面带毛的鹿皮袄的男孩;他认定这个男孩就是他的死神,可是这孩子又帮他写诗。这一幻觉形象象征性地预示了日瓦戈后来的遭遇。又如拉拉在受到科马罗夫斯基引诱之后,曾梦见"她被埋在土里,外面剩下的只有左肋、左肩和右脚掌;从她左边的乳房里长出了一丛草,而人们在地上唱着《黑眼睛和白乳房》和《别让玛莎过小溪》"①。在此之前,作品中已写到"透过左边的肩胛和右脚大趾头这两个接触点,拉拉能够感觉出自己的身材和躺在被子下面的体态"②。显而易见,这个梦隐喻了拉拉刚刚被激起的对自己身体的感觉,以及处于审视之下的羞耻感和罪孽感。日瓦戈落入游击队之后,在听到一个暴虐的传说时,也在幻觉中仿佛看到"拉拉的左肩被扎开了一点",好像有一把利剑"劈开了她的肩胛骨,在敞开的灵魂深处露出了藏在那里的秘密"③。这一幻觉和拉拉的梦遥相呼应,暗示日瓦戈早已驶入她心灵的隐秘之处。

　　同隐喻与象征手法相得益彰的是作品中意象的运用。小说中多次出现"窗边桌上燃烧着的蜡烛"的意象。学生时代的拉拉就喜欢在烛光下谈话,帕沙·安季波夫总是为她准备着蜡烛,每当他们在卡梅尔格尔斯基街的那间租房里交谈时,他就把蜡烛放在窗边的桌上点燃。这时,房间里便洒满柔和的烛光,在窗玻璃上靠近蜡头的地方,窗花慢慢融化出一个圆圈。日瓦戈大学时代的最后一个冬天,拉拉曾和冬妮娅一起去斯文季茨基家里参加圣诞晚会,当他们穿过卡梅尔格尔斯基大街时,她曾注意到一扇玻璃窗上的窗花被烛光融化出一个圆圈,并下意识地念出了"桌上点着一支蜡烛……"这样的句子。十分巧合的是,决定枪击科马罗夫斯基的拉拉此时正在和帕沙交谈;而日瓦戈正是在这次圣诞晚会上第一次看到拉拉的;许多年以后,日瓦戈去世后尸体停放的房子,恰恰是当年帕沙租的那间房子;当拉拉奇迹般地出现在日瓦戈灵柩旁时,她怎么能想到,死者当年驱车而过时曾看见窗前的蜡烛和被烤化了的霜花,"从他在外边看到这烛光的时候起——'桌上点着蜡烛,点着蜡烛'——便决定了他一生的命运"④。"桌上点着蜡烛"也同样是"尤里·日瓦戈的诗作"第15诗"冬之夜"的主导意象。小说中反复出现的这一意象,深印在男女主人公的意识中,象征着他们俩心心相印的心灵之光。

　　《日瓦戈医生》中的景色描写也独树一帜,并且同样和作家对于个性的关注相联系。这尤其显示于作品关于自然景色的"转喻性描写"。作家一方面赋予自然景物以人性,另一方面又把人物的心情投射到自然界,甚至让人物渗透到大自然中去,着意强调人和自然的不可分性。整部小说中的景色描写始终以冷色调为主,较

---

① 鲍·帕斯捷尔纳克:《日瓦戈医生》,蓝英年、张秉衡译,人民文学出版社,2006年版,第48页。
② 鲍·帕斯捷尔纳克:《日瓦戈医生》,蓝英年、张秉衡译,人民文学出版社,2006年版,第25页。
③ 鲍·帕斯捷尔纳克:《日瓦戈医生》,蓝英年、张秉衡译,人民文学出版社,2006年版,第357页。
④ 鲍·帕斯捷尔纳克:《日瓦戈医生》,蓝英年、张秉衡译,人民文学出版社,2006年版,第477页。

多出现旷野、冰霜、风雪、寒夜、孤星和冷月的画面,既与主人公超凡而忧悒的精神气质相和谐,又呼应了作品大提琴曲一般沉郁的抒情格调。

《日瓦戈医生》对20世纪前期俄国历史进行书写和反思的独特视角,它所显示的高度关注个性的历史观和它那特有的叙事艺术,使这部长篇小说既指涉、概括、隐喻和表达了一个时代,又超越了特定的历史时代,从而成为一部具有某种广远而永恒的价值和"纯诗"品格的作品,并得以跻身于世界文学经典之列。

第三节 肖洛霍夫

一、生平与创作

米哈伊尔·亚历山大罗维奇·肖洛霍夫(1905—1984)是20世纪俄罗斯文学中又一位杰出的作家。他出生于顿河地区的一个哥萨克农庄,父亲是从梁赞省迁来的"外乡人",母亲是哥萨克妇女。他在顿河边度过了自己的童年,上过小学和中学,可以说是吮吸着顿河草原的乳汁长大的。草原上如画的自然景色,哥萨克人自由豪放的性格,同哥萨克这个特殊阶层的传统、习惯、原则和信仰,一起影响着他的个性,制约着他后来的整个生活和文学创作。十月革命后他曾从事文化宣传和扫盲工作,参加过武装征粮队。1922年他来到莫斯科,一边做工,一边开始文学创作的尝试,次年开始发表作品。1924年他返回故乡,专门从事创作活动。由于他的创作成就,1934年当选为苏联作家协会理事,1939年当选为苏联科学院院士,1965年获诺贝尔文学奖。1984年,肖洛霍夫逝世。

肖洛霍夫的早期作品,以中短篇小说和特写为主,这些作品后来结为《顿河故事》和《浅蓝的原野》两本文集,于1926年出版。在这些作品中,作家敏锐地抓住十月革命和国内战争时期顿河哥萨克地区激烈的、瞬息万变的社会冲突,对其匆促地、几乎是直线式地加以反映。如《漩涡》写一个当白军军官的儿子亲自下命令杀死作为红军战士被俘的父亲和哥哥。在《看瓜田的人》中,小儿子杀死了当白军警卫队长的父亲,为被后者打死的母亲报仇,也为被俘后即将被处死的哥哥解围。《胎记》写的是离家7年的阿塔曼打死了一个红军连队指挥员尼科尔卡,在剥其皮靴时发现死者的"胎记",认出是自己的亲生儿子,随即开枪自杀。透过这些作品可以看出,作家善于把巨大的斗争场面和激烈的政治冲突浓缩到家庭内部、亲人之间或男女情爱关系中加以表现,通过家庭伦理关系、个人生活中的尖锐矛盾来反映时代变革的急骤性和深刻性。另外,《顿河故事》和《浅蓝的原野》中还有一些短篇小说(如《高尔察克、荨麻和别的》等),借用民间故事的叙述方式,以幽默的笔调勾画出某些喜剧性形象,表现了历史变动之后建立的新秩序给普通哥萨克人所造成的影响,具有明朗的风格。但就总体而言,肖洛霍夫这个时期的作品中还少有复杂的性格和人物心理的变化,有时则因热衷于表现"残酷的真实"而显露出某种自然主义倾向。作家自己后来曾多次提及这些作品艺术上的幼稚。

自1926年起,肖洛霍夫着手创作了长篇小说《静静的顿河》。这部规模宏大的作品共四部八卷,创作时间近15年,到1940年全部出齐。在《静静的顿河》一书写作的中途,1930年,在顿河地区开始了全面的农业集体化运动。于是作家在对运动"还记忆犹新的时候","按照鲜明的足迹"[1]写了另一长篇小说《被开垦的处女地》的第一部(1932)。时隔28年以后,《被开垦的处女地》的第二部(1960)才得以同读者见面。

《被开垦的处女地》这部长篇小说描写顿河哥萨克地区的格列米亚其村在苏联农业集体化时期疾风暴雨般的历史变革,反映了贫农、中农和富农、潜藏的反革命分子两个营垒之间的错综复杂的斗争,表现了农民,尤其是中农从个体经济走向集体经济的痛苦的转变过程。小说以现实的政治运动和事件的进程为基本线索,按照各种社会力量、社会阶层的相互关系设置人物形象体系,集中描写诸种社会因素之间的矛盾纠葛及其解决,从而显示出特定的时代氛围和社会斗争的尖锐复杂。其中,受党的委派到乡下来组织农民开展农业集体化运动的工人共产党员、工作队长达维多夫,村苏维埃主席拉兹米特诺夫,村党支部书记拉古尔诺夫,中农梅谭尼可夫,富农奥斯特洛夫诺夫,善于讲故事的乐天派老头舒卡尔老爹等,都是塑造得较为成功的艺术形象。达维多夫是一个有血有肉的人物。他坚持原则,襟怀坦白,又富有人情味,渴望友谊与爱情,曾一度陷入和路希卡·纳古尔诺娃的暧昧关系中,也有过麻痹松懈、意志消沉的时候。但这一形象正因此而显得真实可信,具有立体感。作品中的每一个重要人物,差不多都有一段悲惨的过往。人物的这种历史因袭的重负与他们的现时角色和自我意识之间形成某种反差,造成了小说悲喜剧交融的艺术风格。20世纪30年代在苏联农村改变生产方式和生活方式的艰难步履,千百万农民在这一转变过程中的复杂心理变化,以及所有这些变化过程中的矛盾和痛苦,都在这部作品中得到了较为充分的艺术展示。因此,这部小说"绝非农业集体化的赞歌,而是人类历史上最大'人祸'之一的农业集体化的真实记录"[2]。肖洛霍夫在这部小说中使用了不少顿河哥萨克的土语方言,更增添了作品的生活气息。

《被开垦的处女地》的第二部发表时,苏联文学已"解冻"多年。在时代氛围的

---

[1] 肖洛霍夫:《文学——无产阶级事业的一部分》,见孙美玲编选:《肖洛霍夫研究》,外语教学与研究出版社,1982年版,第471页。

[2] 蓝英年:《被现实撞碎的生命之舟》,花城出版社,1999年版,第276页。

作用之下，与小说第一部相比，第二部的描写侧重、主题意蕴变化明显，风格迥异。第一部主要通过一个接一个的群众场面描写，反映20世纪30年代急遽变化的现实，充满集体化运动时期暴风骤雨般的紧张气氛和革命激情，主要人物的性格大都鲜明地反映出时代的特色和当时的社会矛盾。第二部着重表现的是20世纪50年代中期以后大力提倡的人道主义精神，情节的发展趋于缓慢，个人生活史（包括达维多夫与格列米亚其村的姑娘瓦丽雅的"新鲜的、纯洁的、难以理解的爱情"）的叙述明显增多，抒情气氛大大加强，社会历史的矛盾往往经由伦理道德的冲突表现出来。第二部结尾处回旋着悲剧性的抒情音调：达维多夫和拉古尔诺夫死后，舒卡尔老爹变得唉声叹气，瓦丽雅孤零零地跪倒在达维多夫墓前，拉兹米特诺夫则痛苦地在亡妻的坟旁徘徊。在对主要人物形象的刻画上，小说的第一部与第二部也有较大差异。如对于达维多夫，第一部突出了他的坚贞品质、顽强意志和献身精神，第二部则侧重表现他的心理素质、道德情操，描写他的内心矛盾，他个人的快乐与痛苦。同一作品的前后两部的重大区别，既反映了作家本人的思想观念的内在变化，又是时代精神潮流的深刻变动使然。

1956年和1957年之交发表的短篇小说《人的命运》（又译《一个人的遭遇》），也是肖洛霍夫的重要作品之一。它成为20世纪50年代下半期苏联卫国战争题材文学由"司令部真实"向"战壕真实"转变的先声，因为这部小说描写的是战争中的普通人形象。主人公索科洛夫本是一个普通工人，卫国战争爆发后，他应征入伍，强忍悲痛告别亲人上了前线。在战争中，他受过伤，当过俘虏，在法西斯的集中营里受尽残酷折磨，好不容易才死里逃生。但他的妻子和两个女儿都被敌机炸死，儿子也在攻克柏林的战斗中牺牲。战争给索科洛夫造成了巨大的创伤，几乎夺去了他的一切。人在战争中的艰难经历，战争给人的命运所造成的悲剧，是作品所表现的主要东西。小说与其说是描写战争，不如说是回味战争。作品中更多的是对于战争的感受，是关于战争和人的命运之关系的深刻思考，是对于给人带来灾难性后果的战争的强烈控诉。

《人的命运》的题名本身就具有深刻的人道主义含义。作家所选取的素材虽是一个普通人在战争中的遭遇，但他所要强调的却是20世纪50年代大力提倡的关心人、爱护人的精神。作品开头写战争结束后顿河上游地区三月孤寂的草原，解冻后道路的泥泞难行，索科洛夫与被他认作儿子的孤儿万尼亚蹒跚而行。这条道路充满寓意地成为索科洛夫苦难的生活道路的缩影。小说结尾是两段抒情性的文字：

  两个失去亲人的人，两颗被空前强烈的战争风暴抛到异乡的砂子……什么东西在前面等着他们呢？……

不,在战争几年中白了头发、上了年纪的男人,不仅仅在梦中流泪;他们在清醒的时候也会流泪。这时重要的是能及时转过脸去。这时最重要的是不要伤害孩子的心,不要让他看到,在你的脸颊上怎样滚动着吝啬而伤心的男人的眼泪……①

小说的首尾彼此照应,给人以深长的回味。

从 1943 年开始,肖洛霍夫的另一部描写卫国战争的长篇小说《他们为祖国而战》的若干片段,陆续发表在苏联的一些期刊上。战后的 1949—1969 年,又有一些片段先后发表,但直到作家去世,这部作品仍未全部完成。显然,他已无法写出像《静静的顿河》那样规模宏大的作品,对卫国战争进行史诗性的艺术概括。

二、《静静的顿河》

《静静的顿河》(1928—1940)是肖洛霍夫的代表作,也是 20 世纪俄罗斯文学中的一部重要作品。按照作家本人的说法,他的这部长篇小说主要描写"顿河边区人们的生活",再现顿河哥萨克在两次战争(第一次世界大战和十月革命后的国内战争)、两次革命(二月革命和十月革命)中的历史和各个不同的社会阶层的面貌,并由此而"探索陷入一九一四——九二一年事变的强大旋涡中的个别人的悲剧命运"②。

哥萨克是俄国历史上形成的一个特殊的社会阶层,其基本成员本是由内地逃到边远地区的农民,后逐步形成集庄稼人和军人于一身的特殊身份,并建立起具有自治性质的社会组织体制。哥萨克人以酷爱自由、粗犷勇武著称,但也有因远离民主运动、长期生活于落后闭塞环境中而难以改变的一些弱点和积习。后来,沙皇政府对哥萨克采取收买政策,使其成为统治阶级的鹰犬。1905 年革命期间,哥萨克马队就曾被沙皇政府调集到彼得堡和莫斯科,在街头挥舞皮鞭和马刀,横冲直撞,血腥镇压"骚乱"的工人和学生。在十月革命后的国内战争年代,由于哥萨克的传统观念、经济地位和当时复杂的形势,顿河哥萨克人举行了暴动。《静静的顿河》真诚地反映了这一段"残酷的真实",以史诗般的规模展现了哥萨克在这一历史变动年代的悲剧性道路。

作品中的鞑靼村,是哥萨克社会的缩影。村中居住着贫农珂晒沃依、中农麦利

---

① 肖洛霍夫:《一个人的遭遇》,草婴译,见《诺贝尔文学奖金获奖作家作品选·中短篇小说》,浙江人民出版社,1982 年版,第 466 页。

② 肖洛霍夫:《致英国读者》,见孙美玲编选:《肖洛霍夫研究》,外语教学与研究出版社,1982 年版,第 418 页。

霍夫、富农珂尔叔诺夫、富商麦霍夫。离鞑靼村不远,还住着大地主李斯特尼茨基。他们都保留着哥萨克的传统生活方式,但彼此之间的分化与对立是明显的。第一次世界大战爆发时,哥萨克青年喊着"忠于上帝、忠于沙皇"的誓言上了前线,不少人客死异乡,于是厌战情绪逐渐蔓延开来。这期间,布尔什维克党人施克托曼来到了鞑靼村,唤起贫穷的哥萨克人们意识的觉醒。十月革命后,这些哥萨克人建立起新政权,但反动势力的残余也麇集于顿河地区,并利用哥萨克群众对苏维埃政府的疑惧心理和红军的某些过火行动,从中挑拨离间,在顿河地区煽动起大规模叛乱。暴动的哥萨克虽然与红军交战,却并不真心支持白军,而是幻想建立"哥萨克自己的政权"。最后红军战胜了白军,平息了哥萨克叛乱,苏维埃政权日益巩固,越来越多的哥萨克站到苏维埃政权这边来。鞑靼村哥萨克的命运是十月革命前后整个哥萨克历史道路的艺术写照。

  小说的中心主人公葛利高里·麦利霍夫是"顿河哥萨克中农的独特象征","一个动摇不定的人"①。他在动荡的历史年代走过了一条独特、坎坷的人生道路。他本是个勤劳能干、热情、坦率和富有同情心的青年。第一次世界大战时他入伍到了前线,看不惯沙皇军官的专横跋扈和兵痞的奸淫掠夺,对人们在战争中的互相残杀感到愤恨。他曾为杀死一个奥地利士兵而经受着痛苦的折磨。进步士兵贾兰沙向他揭露战争的本质和专制政体的腐败,使他关于沙皇、关于哥萨克军人的概念一下子化为灰烬。但从前线回到家乡养伤后,作为鞑靼村"第一个获得十字勋章的人",他处处受到人们的谄媚与敬重,根深蒂固的哥萨克意识"渐渐地把贾兰沙在他心里种下的真理的种子给毁灭掉了"。于是,他又以"一个出色的哥萨克人的身份重新回到前线",在战场上连连立功受奖,并晋升为少尉排长。十月革命年代,葛利高里先是拥护哥萨克脱离俄国而独立,后又结识了顿河地区革命军事委员会主席波得捷尔珂夫,参加了红军,担任连长,英勇地与白军作战。但是在看到波得捷尔珂夫枪杀白军俘虏之后,他又离开了红军队伍。1918年春,葛利高里在父兄的影响下,参加了哥萨克叛军队伍。在同红军作战的过程中,他的双手沾满了革命者的鲜血,但他在感情上仍和白军格格不入,因此又借故离开了白军,回到故乡。此时红军已占领鞑靼村,葛利高里公开咒骂苏维埃政权,在得知自己要被当作"危险的敌人"逮捕法办后,不得不仓促潜逃。这时顿河流域又发生第二次哥萨克叛乱,葛利高里再次投身到暴乱的狂潮中去。特别是在他的哥哥彼得罗被红军枪杀后,他更怀着强烈的报复心理,残杀大批红军战士。他由叛军连长逐步升为师长,但在白军军官那里,他仍受到歧视和排挤,这使他感到委屈。当白军乘船向克里米亚溃逃时,葛利高里被抛弃,于是他又怀着赎罪的愿望,参加了红军骑兵队。他英勇地同白军作

---

① 孙美玲编选:《肖洛霍夫研究》,外语教学与研究出版社,1982年版,第414页。

战,立功受奖,晋升为副团长。由于严重的"历史问题",葛利高里在红军队伍中也得不到信任,终于被"彻底复员",回到家乡。他的妹夫、村革命军事委员会主席珂晒沃侬宣布要追究他的罪行,强令他到肃反委员会登记自首。为了逃避惩罚,葛利高里再次出逃,加入佛明匪帮,但这一群乌合之众的覆灭已为时不远。葛利高里看清形势,和佛明不辞而别,带着情人阿克西妮亚远走他乡。途中,他们与苏维埃征粮队遭遇,阿克西妮亚被打死,葛利高里孤身一人在野外游荡,最后在痛苦和绝望中回到鞑靼村。

在十月革命后的短短几年中,葛利高里两度参加红军,三次投身哥萨克叛乱,其徘徊动摇是十分明显的。他的徘徊和动摇有着深刻的社会历史根源和个人原因。他出身于哥萨克中农家庭,就中农的经济状况和社会地位来说,他既是劳动者,又是私有者,极易左右摇摆。哥萨克本身的人均土地占有量和实际经济条件高于俄罗斯内地农民的状况,落后愚昧的哥萨克传统观念和旧习,使得葛利高里不可能像一般庄稼汉那样欢迎革命,但劳动者的朴素感情和平等意识又决定了他与白军格格不入。他天真地企图找到一条超越于各种彼此对立的政治力量之上的、属于哥萨克自己的道路。在阶级斗争尖锐的历史年代,这种想法只能是一种幻想。从葛利高里个人来看,可以说哥萨克的优点和弱点在他身上表现得最充分、最集中。他真诚、勇敢、豪放、热爱自由、积极探索真理、不盲从,爱与憎的感情都十分强烈。但是,他又固执己见、刚愎自用、狂妄粗野,时而还显得十分残忍。这些个人特点,再加上白军的挑拨利诱,红军的某些过火行为,使得他在激烈动荡的时代不能明辨是非,摇摆于红军与白军之间,而且无论身处何地,他都心神不定,最后只能是以精神崩溃结束自己的生活道路。《静静的顿河》通过葛利高里这一艺术形象,真实地反映了哥萨克在十月革命前后动荡的历史年代的悲剧性命运,表现了哥萨克的本质特征。作品还经由这一形象触及那一非常年代的复杂史实,不回避红军的偏激情绪和过火行为,又使得这一艺术形象带上了悲剧主人公的某种悲壮色彩。从一定意义上说,葛利高里这一形象还反映了历史的深刻变动与个人命运的关系,表现了历史运动的逻辑与人道主义的理想和要求之间的矛盾,因而具有了超越具体时空的典型意义。

《静静的顿河》结构宏伟,人物众多,内容丰富,既生动地再现了自第一次世界大战到十月革命后的国内战争这一整个历史时代的风云变幻,又深刻地反映了人在历史运动过程中所付出的巨大代价,具有一种悲剧史诗的艺术风格。在这部长篇巨著中,可以看到许多与列夫·托尔斯泰的《战争与和平》相类似的东西。这里也有庞大而有条不紊的艺术结构,令人眼花缭乱的宏阔的战争场面;对众多人物内心波澜的深入而出色的表现,往往是与人物心境紧密联系的变化万端的大自然景色,以及包括劳作、起居、饮食、节庆、生死、丧嫁以及拌嘴和斗殴在内的俄罗斯人的日常生活。这一切都使人感到这部小说渗透着一种民族精神,都足以唤起人们对于俄罗斯土地、草原、河流、森林、白桦和小木屋的亲切感。

但是,这部史诗性巨著的贡献并不在于它描绘了一幅无与伦比的风俗画。作品在个人经历与时代变迁、战争风云与家庭生活、爱与恨、笑与泪的交织之中,以冷峻的笔触,活脱脱地再现了20世纪俄罗斯历史上一个剧烈动荡的年代,提供了这个年代哥萨克农民痛苦而悲壮的生活历程的艺术录影,并从这一角度触及历史变革与弘扬人道主义的关系这一重大课题。同文学史上许多伟大的艺术家一样,肖洛霍夫也没有回避这一问题。作家坚持现实主义原则,而且是一种清醒、严格的现实主义,敢于"直书全部的真实",敢于揭示种种冲突、矛盾、失误和残酷可怕的场面,显示出了一个真正的现实主义作家的非凡胆识。

如同普希金笔下的叶甫盖尼·奥涅金是诗人"最心爱的孩子"那样,葛利高里也是肖洛霍夫"最心爱的孩子"[①]。在葛利高里这一形象的塑造上,作者力避脸谱化、概念化,而是深入主人公的内心世界,致力于完整地揭示出他在颠簸动荡的一生中始终充满着矛盾的心理状态和痛苦的精神斗争,突出了他的独特个性,使这一形象性格鲜明,跃然纸上。然而,作家却不可能对他的人物同时做出历史的和道德的评判。在历史的法则和人道主义的标尺之间,肖洛霍夫深思着、沉吟着、探问着,似有百思不得其解之苦,却恰恰以这种矛盾性营造了他的长篇小说的丰富内涵,并使得葛利高里这个动摇不定的人物远比某些立场坚定、始终如一的形象具有更大的艺术魅力。

作品中的其他主要人物形象也刻画得颇为成功。阿克西妮亚、娜塔莉亚、坦丽亚等哥萨克女性形象,珂晒沃依、彼得罗、米琪喀等哥萨克形象,均各具个性特征,成为不可替代的"这一个"。小说对具有浓厚乡土气息的哥萨克人的劳动、爱情和日常生活的描写,对优美的顿河草原风光的描绘,对哥萨克人特有的风趣语言的运用,以及作品中那些俯拾即是的熔抒情、写景、沉思于一炉的文字等,都显示出肖洛霍夫杰出的艺术才能。

[①] 李树森:《肖洛霍夫的思想与艺术》,吉林大学出版社,1987年版,第34页。

第六章 拉丁美洲文学

第一节 概 述

拉丁美洲文学在20世纪进入了一个快速发展、蓬勃兴盛的时期,文学运动和思潮更迭频繁,从20年代的先锋派运动、60年代的"文学爆炸",到70—80年代的"后爆炸",出现了先锋派、现代主义、魔幻现实主义和黑色幽默等多种艺术流派,涌现了一大批优秀作家和杰出作品,表现出极强的创新能力。拉美文学在迅速发展和不断裂变中,迎来了真正意义上的繁荣和纯熟,拉美文学尤其是小说,以其独特的风格、新颖的题材和别开生面的写作形式在世界文坛中独树一帜。

"魔幻现实主义"一般特指拉丁美洲从20世纪30年代到80年代盛行约半个世纪的一种文学流派。"魔幻现实主义"原是20世纪70年代德国艺术批评家弗朗茨·罗在研究德国和欧洲后期表现派绘画时所使用的一个术语。他把表现主义绘画和魔幻现实主义绘画做了对比,发现后一类绘画更夸张、更神秘和更富有民间或原始气息。后来,这个术语在译成西班牙语后不胫而走,被频频使用于拉丁美洲文学领域,阿根廷著名文艺评论家恩里克·安·因贝特在《魔幻现实主义及其他论文》中,对魔幻现实主义进行了总结和理论概括。他指出,魔幻现实主义作家就像魔术家一样,通过魔幻的方式来表现现实,而不是把魔幻作为现实来表现。这群作家故意把现实夸张、变形,或者干脆使现实消失,来达到陌生化效果,从而更深刻地描绘出某种现实状况。然而,很多被归入魔幻现实主义麾下的作家,并不承认自己属于此流派,更不承认自己是在进行什么主观变形,他们干脆认为自己所写的就是现实;说他们"魔幻",只不过是不了解拉丁美洲的现实罢了。加西亚·马尔克斯就宣称自己是现实主义作家,强调不能因为他所写的不符合理性主义就说那是作家自己硬造出来的"魔幻","看上去很魔幻的东西,恰恰是拉美现实的特征","现实是最伟大的作家","我们的任务,也许可以说是如何努力以谦卑的态度和尽可能完美的方法贴近现实"[①]。加西

[①] 加西亚·马尔克斯:《两百年的孤独——加西亚·马尔克斯谈创作》,朱景冬等译,云南人民出版社,1997年版。

亚·马尔克斯在不同场合中多次重申过上述文学主张。

事实上,魔幻现实主义已经成为一个具有世界影响的文学流派,虽然这派作家并没有明确的宗旨和统一的口号,但总体看来,魔幻现实主义一般具有如下特征。

首先,魔幻现实主义是对拉丁美洲独特现实的深刻反映,尤其是展现了按照拉丁美洲人的思维方式所认定的现实。印第安文化、黑人文化和民间巫术等文化传统,都在大量的魔幻现实主义的作品中得到了充分的反映。比如,印第安人认为人和植物、人和动物可以相互转化;拉丁美洲人也普遍认为存在着一个幽灵世界,生与死的界限并不明显,人和幽灵可以通话与交流,死亡并不是生命的结束等。这一类的深层思想与文化传统,在魔幻现实主义作品中一再得到展现和描绘。在这方面,阿斯图里亚斯的《玉米人》和胡安·鲁尔福的《佩德罗·帕拉莫》最为典型。

其次,多数魔幻现实主义作家不认为自己是在杜撰或为了魔幻而魔幻,而多是以冷静的态度和毫不辩解的口吻来讲述令人难以置信的故事。阿根廷当代女作家莫尼卡·曼索尔在一篇评论文章中对比现实主义和魔幻现实主义的叙事风格时指出:前者开头是可信的,发展是合乎逻辑的,因而转变后的情景也是可信的;后者开头是不可信的,发展是合乎逻辑的,转变后的情景同样不可信,但却与其开头是前后一致的。① 所以,魔幻现实主义的魅力很大程度上来自于其卓越的叙事艺术。魔幻现实主义作家们认为从来不存在一种脱离说故事者本身的绝对客观现实,所谓客观现实是总被述说出来的现实,这就已经成为某种主观的现实了。因此,他们在叙述故事的过程中,往往不是站在全知全能者的叙述视角上,而是站在某种见闻者的角度来追踪或转述故事。这一特色最鲜明的体现是在胡安·鲁尔福的《平原烈火》与加西亚·马尔克斯的《百年孤独》《一件事先张扬的凶杀案》中。

再次,魔幻现实主义作家采用夸张、变形、象征、荒诞和漫画等手法来逼近某种奇特的现实,不是为了求奇求幻,而是为了把现实抽象成某种寓言,再借助读者的想象把寓言还原成某种现实,比如阿斯图里亚斯的《总统先生》和加西亚·马尔克斯的《家长的没落》等,就是通过对专制统治者的夸张变形,塑造了某种荒诞不经的漫画角色,实质上却是对现实的高度提炼和概括。

魔幻现实主义在拉丁美洲的发展主要有以下三个阶段。

第一,早期魔幻现实主义阶段(20世纪三四十年代)。代表作家是危地马拉作家阿斯图里亚斯(1899—1974)和古巴作家卡彭铁尔(1904—1980)。代表作品有阿斯图里亚斯的《危地马拉的传说》(1932)、《总统先生》(1946)、《玉米人》(1949)与卡

---

① 莫尼卡·曼索尔:《鲁尔福与魔幻现实主义》,见陈光孚选编:《拉丁美洲当代文学评论》,漓江出版社,1988年版,第293页。

彭铁尔的《埃古·扬巴·奥》(1933)、《这个世界的王国》(1949)等。这些作品的特点是充满了原始神话色彩,大量运用了印第安人或黑人的文化传统资源,以激发拉丁美洲作家对自己民族传统和大陆之根的回溯与珍惜。

阿莱霍·卡彭铁尔是古巴著名作家、音乐理论家和文学评论家,早在40年代就与智利女作家卡夫列拉·米斯特拉尔(1889—1957)和危地马拉作家阿斯图里亚斯齐名。他的父亲是法国建筑师,母亲是俄国外语教师,1902年父母定居古巴。卡彭铁尔从小就受到良好的艺术熏陶,很早就开始了文学创作。先后从事《公共》和《前进》等著名杂志的编辑工作。曾因反抗国内的独裁统治而被捕入狱,后流亡巴黎,结识聂鲁达、阿拉贡等名家。1939年回国,次年执教于哈瓦那大学,然后旅居拉美各地,1959年回到古巴定居。1980年病逝于巴黎,遗体运回国内国葬。他的代表作《光明世纪》(1962)是一部深刻的现实主义作品,时间跨度从1789年法国大革命到1807年拿破仑入侵西班牙,地域范围从加勒比海、海地到法国和西班牙。《光明世纪》主要讲述了一位在拉美经商的法国人维克托·雨格与三位拉丁美洲朋友参与法国大革命的过程。雨格在参与革命的过程中,逐渐失落了最初的理想,成了一位被权力和革命异化的惯用翻云覆雨手法的刽子手。这部作品主题极为深刻,基本上运用的是现实主义手法。

他的魔幻现实主义作品《埃古·扬巴·奥》题目是古巴黑人用语,意为:神啊,拯救我们吧!这是拉美作家第一部表现拉美黑人文化的作品。在这部作品中,借着描述黑白混血儿埃古在黑人文化圈成长与冲突的一生,卡彭铁尔自认为找到了拉美文化的血脉,那就是黑人文化,黑人的泛灵论和黑人的宗教仪式等。围绕着埃古,作者描写了为数众多的黑人形象,并深刻展示了黑人文化的无穷魅力。

《这个世界的王国》以海地18世纪黑人武装起义反击法国殖民者的历史事件为背景,塑造了黑人英雄马康达尔、布克曼和新型人物蒂·诺埃尔等形象,尤其是黑人武装起义领袖马康达尔。他身怀绝技,英勇无畏,被殖民者抓住处以火刑之际,黑人们却看到他变形,长出翅膀变成一只鸟升腾起来,回到了黑人中间。

此外,卡彭铁尔还创作了《消失的足迹》(1953)和《方法的根源》(1974)等作品。前者讲述了一位音乐教师深入南美洲原始森林去寻找一套原始乐器的故事,这其实也是一次文化寻根之旅。主人公最终在印第安人纯洁无染的文化源头找到了原生态的自然和不需要任何解释的生活方式。《方法的根源》是一部反独裁小说,塑造了一位掌握最先进文明的独裁者形象,他的文明只不过是为他的野蛮统治提供理论依据而已。这位独裁者到最后只能仓皇出逃。

早在40年代,卡彭铁尔就提出了"神奇的现实"这一说法。他认为作家应该去捕捉神奇的现实,而不是仅仅使用魔术般的手法。"神奇的现实"在周围现实中出现时,只有得天独厚的心灵和充满信念与预感的心灵才能抓住。许多评论家把这种"神奇的现实"和魔幻现实主义所说的"魔幻现实"相区分开,有一定道理。①

第二,中期魔幻现实主义阶段(20世纪五六十年代)。代表作家有墨西哥作家胡安·鲁尔福(1918—1986)和哥伦比亚作家加夫列尔·加西亚·马尔克斯(1927—2014)等。这个时期又正值拉丁美洲"文学爆炸"时期,魔幻现实主义成为拉美文坛的主流,甚至在世界文坛也堪执牛耳。鲁尔福的《佩德罗·帕拉莫》(1955)和马尔克斯的《百年孤独》(1967)成为重中之重,不但在拉美,在整个世界范围内业已成为文学经典。此一时期的魔幻现实主义不再局限于反映拉美土著文化,而以阔大的胸襟和气魄来反思整个拉美乃至整个人类文化与历史。

第三,晚期魔幻现实主义阶段(20世纪七八十年代)。代表作品有卡彭铁尔的《方法的根源》(1974),马尔克斯的《家长的没落》(1975)和《一件事先张扬的凶杀案》(1981),智利女作家伊沙贝尔·阿连德(1941—)的《幽灵之家》(1982)等。这个时期的魔幻现实主义在内容上不复具有鼎盛期的力度,但在艺术技巧上却渐臻炉火纯青境界。

阿连德的《幽灵之家》讲述的是财富和权力对人的异化,基本上用现实主义手法较通俗地回忆了主人公埃斯特万·特鲁埃瓦悲欢离合的一生。他的妻子克拉拉能够未卜先知和意念致动。作家保留了魔幻现实主义的技法,来塑造这个扎根于拉美大地的女子形象。

纵观魔幻现实主义的发展,可以看出它始终和拉丁美洲作家的"拉丁美洲意识"之觉醒联系在一起,自觉地伴随着拉美作家文化寻根的热情,使世界认识了拉美文学,也使拉美文学以自己独特的面貌屹立于世界文学之林。

总的来说,能够称得上是魔幻现实主义大师级的作家,主要有阿斯图里亚斯、鲁尔福和加西亚·马尔克斯。

米格尔·安赫尔·阿斯图里亚斯,"由于他出色的文学成就,他的作品深深地植根于拉丁美洲印第安人的民族气质和传统之中"而获1967年度的诺贝尔文学奖,这是继1945年智利女作家米斯特拉尔之后第二位获此殊荣的拉美作家。阿斯图里亚斯是危地马拉著名文学家,拉丁美洲魔幻现实主义流派创始人之一,是自觉接受法国超现实主义影响而又总能和自己生活的土地深深融合在一起的作家。他对拉丁美洲文学的发展影响深远,也使全世界对拉美文学刮目相看。

阿斯图里亚斯出生于首都危地马拉城,父亲是律师,母亲是教师。为了躲避卡布雷拉独裁统治,他们全家迁居内陆山区,从小便接触了当地印第安人玛雅部族,熟悉当地的神话和传说。20岁时,阿斯图里亚斯进入危地马拉大学学习法律,四

---

① 亚历克西斯·马尔克斯·罗德里格斯:《澄清关于阿莱霍·卡彭铁尔的两个问题》,见陈光孚选编:《拉丁美洲当代文学评论》,漓江出版社,1988年版,第223—230页。

年后获法学博士学位。后被迫流亡到法国巴黎大学研究人类学和印第安古代文化。1932年,阿斯图里亚斯回国,创办《无线电》杂志。在乌斯科军人独裁政权倒台之后,被任命为外交官。1954年因国内政变,又被迫流亡到阿根廷。1966年回国担任驻法大使。1974年在访欧途中病逝于西班牙首都马德里。

阿斯图里亚斯不单单是一位作家,也是拉丁美洲传统的坚决维护者和自由民主运动的斗士,他深深渴望用自己的文字来反映拉丁美洲人民的孤苦与斗争精神。正如苏联作家叶夫图申科所说的,民族为了表达自己,塑造了自己的诗人。阿斯图里亚斯说:"对我来说,让全世界了解我国人民需求和憧憬的唯一手段就是小说。迄今为止,我们文学的作用就是反映我们的人民所遭受的苦难。我觉得我们的文学若要变成一种纯文学,一味追求视觉和听觉的愉悦,或者一味追求美感享受,是难办到的。""从某种意义上来讲,我正是扮演了这样的一个角色:我的部族的代言人。""我们的文学不过是把自己所受到的震撼记录下来,而不是故意危言耸听,渲染夸大而引人同情。眼看着整片大地像旧文学所描述的破碎、沉沦,民族主义受到扼杀,而我们依然不轻言妥协和投降,依然不屈不挠地挣扎和追求。不必问我们的种族来源和学术派别,我们带给你的绝对是一个可以证实的、可能存在的世界,它是不平凡的。而最不平凡的是,在天长地久的岁月中从事永不休止的创造。"①这种深刻的现实态度,决定了阿斯图里亚斯不可能是一位玩弄文艺技巧的魔幻现实主义工匠,而是一位扎根于拉美现实却带有魔幻现实主义色彩的现实主义作家。

阿斯图里亚斯魔幻现实主义色彩最为浓厚的作品是《危地马拉的传说》《总统先生》和《玉米人》。

《危地马拉的传说》于1932年在巴黎出版,刻画了拉丁美洲人独特的精神面貌和看待现实的独到视角,展现了一个充满神奇魅力的奇异天地。这是一部充满诗情画意的散文集,又是巴洛克式的小说作品。《文身女》是《危地马拉的传说》中一篇具有代表性的魔幻现实主义作品。这篇短篇小说讲述的是扁桃树师傅把自己的灵魂在鱼鹰月分给了四条路:白路、红路、绿路和黑路。其中,黑路却把灵魂给了无价珠宝商。师傅知道后,就脱去了植物的衣服,恢复了人类本性,穿着绿袍,带着玫瑰色的胡髭,去寻找被出让的灵魂。他向商人赎买灵魂,出价从一百阿罗瓦珍珠到一湖翡翠甚至一湖宝石,均遭拒绝。商人却用师傅的灵魂换回了一个最美的女奴。在携带女奴归来的路上,商人被暴风雨中的雷电击死。师傅最终遇到了女奴,他们仿佛两位久别重逢的情人。没想到,他们却被官差抓起来,要分别作为巫师和邪女被处死。师傅在女奴的胳膊上刺了一只小船儿,让她成为文身女,可以凭借小船儿的力量脱离危险。师傅用思想可以让这只小船逃走,因为他的思想是自由的。而

---

① 阿斯图里亚斯:《创作谈与致答词》,见王国荣主编:《诺贝尔文学奖获奖作品精华集成 增订本(下)》,文汇出版社,1997年版,第1011、1012、1004页。

师傅本人在牢房里却变成了一株干枯的扁桃树。这个故事处处充满魔幻神奇之感,令人难以置信。然而,在阿斯图里亚斯的文学天地中,人变成植物是常有的现象,植物也可以拥有人的灵魂,而灵魂是决不可以出让出卖的,也不可以被监禁、压迫的。作品通过神奇传说反映了灵魂的宝贵与思想自由的可贵。

《总统先生》是阿斯图里亚斯的代表作,是享有世界声誉的艺术精品。作者早在1922年就开始了本书的写作,最初只计划以危地马拉的独裁者卡布雷拉总统为原型,写一篇名为《政治乞丐》的短篇小说。在流亡巴黎期间,阿斯图里亚斯与其他拉美作家经常探讨拉丁美洲的政治独裁问题。于是,他决定进一步充实内容,深化主题,把以危地马拉一国为背景的《政治乞丐》扩大为具有拉美各国独裁特点的《总统先生》,先后修改了十九遍,全书于1933年完稿。但当时危地马拉正处于另一个独裁者乌维克将军的统治下,于是作品迟至1946年才在墨西哥出版。小说一出版,就在拉美读者中引起了轰动,又很快在世界文坛引起了反响。可见,真正的名著经得住时间的等待。

这部作品共分三部,一开篇就把读者引入了梦魇般的氛围,进入一个充满了魑魅魍魉的世界。神秘的巫术和深刻的现实交织在一起,揭开了一出荒诞悲剧的序幕。作品开始时写了一群乞丐们自私、肮脏的生活。他们从来没有体贴和信任,从来不懂得互助和团结,宁愿把吃剩下的东西扔给狗,也决不分给不幸的伙伴。在这群不幸者之中,最不幸的是一个叫佩莱莱的傻子。他一听到人喊"妈妈"就会发狂。但是大家却都追着他喊"妈妈",使他疯狂逃跑,而又无处可逃。一个名叫松连特的上校,残酷阴毒,无恶不作。他见佩莱莱躺在地上呼呼打鼾,于是踢了他一脚,用开玩笑的声调高喊"妈妈"。没想到佩莱莱一下子发了狂,还没等上校掏出枪就跃起把他给打死了。于是总统先生抓住这件事大做文章,指使警察局抓住这群乞丐,严刑逼供,让他们招认是欧塞维奥·卡纳莱斯将军和阿维尔·卡瓦哈尔硕士幕后指使杀死了上校。将军之所以被诬陷,只因他在演讲中说将军们是军中之王,从而得罪了总统。在抓捕将军之前,阴险的总统指使他的亲信安赫尔提前通知将军要他逃跑。在与将军家接触期间,没想到安赫尔爱上了将军的女儿卡米拉,两人在将军逃走后结为夫妇。总统先生在《国民报》刊登了两人成婚的消息,并点明总统是主婚人。卡纳莱斯将军在外地领导革命,准备推翻总统的专制统治,从报上看到这一消息后猝然死去。总统先生又着手除掉他不再信任的安赫尔。他假意派遣安赫尔出使美国,在半路将其逮捕,并偷偷投入地牢,然后让和他穿同样衣服的人,用安赫尔的名字去了美国。此后,卡米拉在家一直无法等到丈夫的消息,绝望、无奈中,带着孩子去了乡下,从此不再回城。安赫尔在地牢中靠着对卡米拉的爱情活了下来。总统先生指使人假扮成囚犯,骗得安赫尔的信任,告诉他卡米拉已经成为总统的情妇,安赫尔在心痛欲绝中死去。作品最后在大学生的母亲求主垂怜的祈祷中结束。

小说中的总统先生似乎无所不在、无所不知、无所不能。传说他永远都不睡觉,睁着眼睛拿着鞭子守在电话机旁边。他已经成为尼采笔下的超人,绝无仅有的完人,国家的神。国人对他疯狂恐惧和发狂崇拜,连街道上的石头听到他的名字都发抖。各色人等,各种阶层,都在他的淫威下战栗,犹如地狱中的鬼魂过着暗无天日的生活。总统贴在自来水塔上的旧告示上的名字被人酒后撕掉,竟会被告到总统那里。安赫尔家里居然有监视主人和女仆的厨娘与监视主人和厨娘的女仆。安赫尔救过的法尔范少校在安赫尔失势时,与安赫尔反目成仇,不仅翻脸不认人,用鞭子狠狠抽打往日的恩人,甚至恰因被救助过反而抽得更凶狠。卡米拉有个亲如父亲的叔叔,她在父亲逃走后遵父嘱去投靠他,几乎把门砸破也无人来开门。整个社会的亲情已被异化,对总统和当局的效忠践踏了人的天良和感情,人人对总统政敌唯恐避之不及,又怎会把其女儿接到自己门上?大家虽然明明知道总统是在诬陷忠良,却宁愿相信总统的诬陷是真的,不知不觉中就变成了自觉自愿地被欺骗、被蹂躏。

在这样的社会里,总统先生只允许淫欲和仇恨作为情感方式存在,他自己不仅情妇如云,还妄想着把所有官员们的妻子尽搜入其淫欲之囊中。他不能容忍超越了对他忠心界限的爱情存在,所以,处心积虑破坏了安赫尔与卡米拉的忠贞爱情。总统的可怕与可恶正在此:他不会轻易处死将军,而是先摧毁他军人的荣誉感,然后利用假信息让他人格备受打击,最后令他人格几近崩溃而死,以警告所有对他的政权有一丝一毫游离和威胁的官员。对于安赫尔也是如此,从安赫尔内心深处最宝贵、最柔软的部分入手攻击,摧垮他对爱情的信任,让他伤心而死。总统先生就像魔鬼一样可以进入人的内心深处,把整个人给一举异化掉,把一切真善美爱的价值都统统击碎。他是人民公敌,又是一切真善美爱的死敌。这是一个魔鬼。

但同时,所有暴戾者其实都是怯懦和恐惧交织在一起的色厉内荏者,总统先生也不例外。国庆节时,总统到阳台上接见高呼总统万岁的人们,没想到一面大鼓从台阶上滚了下来,大家吓得屁滚尿流,总统更是逃之夭夭。另有一次,安赫尔被总统接见,总统先生喝醉了酒,说安赫尔已经死到临头。接着,总统怀着屈辱的心理回忆了自己贫苦黑暗的过去,他恨不得把自己家乡的人全部杀死,而松连特上校为他出了一口恶气,杀死了好多他家乡的人,所以他才那么重用松连特。他自己感到孤独和害怕,因为到处有人要杀死他,朋友们抛弃他,仇人越来越多。表白之际,安赫尔看见总统"衬衣的下襟从裤腰那里滑了出来,裤子前面的扣子松了开来,皮鞋带也散了,口水顺着嘴角往下流,向外鼓出的白眼珠变成了蛋黄色"。[①] 他大张着

---

① 阿斯图里亚斯:《总统先生》,黄志良等译,外国文学出版社,1980年版,第300页。

嘴吐出一大堆橙黄色的脏东西,呜呜大哭,成了一个令人厌恶的濒临灭绝的超级怪兽。

《总统先生》首开魔幻现实主义运用之先河,率先运用了后来魔幻现实主义作家常用的艺术手段来表现拉丁美洲的现实。如小说引入了印第安巫术的场景。从作品一开始的咒语,到后来安赫尔在总统府所见到的印第安人的托依尔舞蹈——印第安人向火神托依尔求火种,但是托依尔神要求用活人作祭品。部族就把自己部落一群最优秀的猎手带到了火神面前。火神要求他们活人猎取活人。于是人们就在托依尔神面前狂舞起来。这狂舞其实是血腥的自相残杀。这是安赫尔真实所见呢,还是他所看到的幻影?作者没有说明,但恐怖气氛已分明渲染出来。邪恶的总统犹如邪恶的火神,要求安赫尔以生命来献祭的时刻到了。而更为可怕的是部族甘愿为了维护火神的统治自相残杀。从这样的意义上说总统先生的专制统治就是巫术统治。这正是拉丁美洲专制统治的文化传统。

小说中还有精彩的梦境描写。阿斯图里亚斯认为,作品应该反映现实背后的深层现实,所以他常利用梦境来表现比现实更为本质的现实。拉丁美洲的人们在现实中深深失望,饱受挫折的期望就会在梦境中表达出来,或者干脆离开现实,进入到梦魇般的世界中去。专制统治会抹杀人的独立思考能力,摧毁人的意志,致使人进入昏昏欲睡的梦魇。作品中有几个精彩的梦境:想到警察局谋职未果的罗达斯,目睹了巴斯达斯枪杀了傻子之后,回到家中后老是看到一只玻璃眼睛,"这只眼睛来来去去地跳动,吓得他直哆嗦。他使劲攥紧拳头,想把它捏得粉碎,连指甲都快扎进了肉里。可是,那眼睛太硬了,怎么也捏不碎。他一张开手,眼睛又在手指中间出现了,虽然只有小鸟的心脏那么大,却比地狱还可怕"。① 这其实是傻子临死前恐惧的眼睛。还有就是傻子佩莱莱的梦境,他梦见了给他温暖和安慰的妈妈。而这个时候的他,身上正盖满了废纸、碎皮、破布、伞骨、草帽沿、破铝锅、碎瓷片、硬纸匣、旧书皮、碎玻璃、晒翘的破鞋、旧衣服、鸡蛋壳、棉花团、剩菜剩饭……这里,对比和讽喻意味极为明显:也许只有在这个垃圾世界的梦境中,人才可以得到某些慰藉和温暖。

《玉米人》的魔幻现实主义色彩更为鲜明。这部小说分为四部分,情节是围绕着玉米地展开的。第一部写酋长加斯帕尔·伊隆率领玛雅人抗击玉米种植主的扩张。种植主收买混血儿曼努埃拉,妄图加害伊隆。第二部写酋长蒙难之后玛雅部族的悲惨遭遇,玉米地被种植主糟蹋,玛雅人悲愤交加起来报复。他们念起咒语,使敌人陷入重围和绝境。第三部和第四部是写"苔贡传说"和"尼侨传说"等。苔贡变成了高高的苔贡山,她的丈夫却被控入狱,原来人与自然是可以相互转化的。

---

① 阿斯图里亚斯:《总统先生》,黄志良等译,外国文学出版社,1980年版,第73页。

"尼侨传说"中,尼侨是玛雅人的信使,他带着部族的期望离开森林的时候,被一群野狼围住,要他留下来。他终于撕毁了信件,留了下来,变成了野狼。

在印第安人的世界中,人与自然是相通的,梦幻和现实也没有绝对界限。阿斯图里亚斯从印第安人的思维方式出发,刻画了印第安人生活的点点滴滴,揭示出现代文明和殖民主义对印第安文化的无情摧残。印第安人那种与大地息息相关的关系在机械生产中已不复存在。在印第安人看来,种地吃饭是天职,人本来就是玉米做的;若是用种出来的玉米做买卖,就好比男人借着自己女人怀孕并靠出卖孩子来赚钱一样。另外,印第安人每个人都有自己的属相,有保护自己的动物,人可以转化成保护自己的动物,也就是说人与动物也是相通的。这一观念在20世纪的现代化进程中却受到了挑战,所以印第安人的反抗不单单是对自己土地的保护,也是对自己生存方式与精神家园的守护。

胡安·鲁尔福(1918—1986)是墨西哥当代著名作家,魔幻现实主义的代表作家之一。他平时深居简出,几乎从不在公共场合抛头露面。这和他童年所受的创伤有关。鲁尔福的童年是在贫穷中度过的,父亲和另外两个叔父在战争冲突中被杀死,六年后母亲又死去。他被圣何塞教团的法国修女们收养,在孤儿院长大,后来寄居在叔父家中。他曾经学习会计与法律,但兴趣不大。后曾在移民局任职,也当过推销员、电影脚本作家和墨西哥土著民族问题研究员等。1953年他发表短篇小说集《平原烈火》,被誉为墨西哥短篇小说发展史上的里程碑。1955年,他又发表了著名长篇小说《佩德罗·帕拉莫》,以典型的魔幻现实主义方式反映了墨西哥荒凉、怪诞的现实生活。仅靠这两部作品,鲁尔福就声誉日增。但他自称是文学爱好者而非职业作家,只在有兴趣时才去写作,所以创作数量极少。1986年1月,鲁尔福因病在墨西哥城去世。

和童年的悲惨遭遇有关,鲁尔福对墨西哥1926—1928年的革命战争持否定态度,他作品中的世界也充满了暴戾和残酷。在《平原烈火》中,短篇名作《都是因为我们穷》写的是一户人家三个女儿有两个已经沦落为妓女,父亲给三女儿一头母牛和小牛犊,准备让她光明正大地嫁个人家,没想到一场洪水冲去了母牛和牛犊,希望破灭了。三女儿号啕大哭,弟弟看着她,似乎她也成为一条汹涌的河流,最终会被堕落的欲望卷走。

《卢维纳》是鲁尔福魔幻现实主义小说的短篇代表作。作品中所描写的卢维纳是一个极其孤寂、凄凉的所在。那里气候干燥,风多雨少,令人窒息,尤其是那里的风,黑乎乎的,夹带着火山上的灰砂,抓住各种东西,好像啃它们似的,还常把屋顶掀掉,甚至让人觉得它在你的肚子里折腾,在摇动你的骨头架子。不仅如此,在那里还永远看不见蓝天,而更为可怕的是人与人之间关系的彻底冷漠和隔绝。那里只有老人、单身女人和没有出生的人,因为年轻人一长大就离开了。人们在那里只是等着死期而已。作者这些描述极尽夸张变形之能事,用魔幻手法写出了一个地域上和精神上绝对荒凉可怕的所在,以此来影射墨西哥农村的现实。

长篇杰作《佩德罗·帕拉莫》写的其实也是卢维纳,只不过改名叫科马拉而已。这同样是一个令人窒息的所在。这里空气稀薄、酷热难当,到处是荒凉的坟茔和断壁残垣。但过去的科马拉并不是这样,那时有绿色的平原和金黄的玉米,有新烤面包的香味和春天下雨的湿润,是世界上最美丽、最幸福的村子。为什么会变成眼前这样呢?因为村子里出了个残暴的土皇帝佩德罗·帕拉莫,他以巧取豪夺的手段鲸吞了自己庄园周围所有的土地,出于霸占钱财的目的娶了多罗莱斯·普雷西亚多,不久便另寻新欢。佩德罗·帕拉莫心目中其实另有一个女人苏珊娜·圣·胡安,他从小就对她情有独钟,但苏珊娜已经远嫁他乡,守寡之后她回到科马拉的父亲身边,竟被强奸。佩德罗·帕拉莫阴谋杀死她父亲,迫使苏珊娜成为自己的妻子,但苏珊娜已经精神恍惚,只愿意把自己的爱情献给前夫,再婚不久就死去了。佩德罗·帕拉莫伤心绝望,立誓使科马拉成为废墟,最终如愿以偿。

"小说的主题是怨恨。"[①]佩德罗·帕拉莫从小就对世界怀着极大的仇恨。他的父亲被杀,情人远嫁。后来情人又离家出走三十年,他等了这么长时间到头来却是一场空。他的淫威和暴戾敌不过一个死人,他无法占有苏珊娜的心。当苏珊娜死去时,钟楼敲响了丧钟,但是科马拉人却以为是节日的钟声而出来狂欢,致使佩德罗·帕拉莫对这个地区充满了怨恨。

其实,恨何尝不是爱的一种曲折表达?在深深恨意中,仍可以看到作品人物低徊不已的感伤和眷恋:"佩德罗眷恋童年生活,怀念与苏珊娜青梅竹马时期的爱情。多罗莱斯·普雷西亚多对过去天堂般的科马拉的怀念。过去的科马拉与后来胡安·普雷西亚多找到的、因惊吓窒息而死的、地狱般的科马拉判若两地。苏珊娜·圣·胡安对死去的恩爱丈夫以及对碧绿大海的怀念。"[②]

这部作品在艺术上最为人所称道的,是打破时空、生死界限的魔幻现实主义手法的运用。作品从多罗莱斯·普雷西亚多的儿子胡安·普雷西亚多去寻找母亲心目中那天堂般的科马拉开始,他同时更是来寻找自己的生身父亲佩德罗·帕拉莫。没想到越是寻找,越发现凡是男人几乎都是佩德罗·帕拉莫的儿子或仇人,凡是女人几乎都和佩德罗·帕拉莫或他的儿子们有染。而他与之说话的人,竟是佩德罗·帕拉莫已死去好多年的儿子;告诉前者是鬼魂的人其实也已经死了好多年了,也是幽灵。后来,胡安终于找到了母亲生前好友,她也是幽灵,已经和胡安埋葬在

[①] 乌戈·罗德里格斯·阿尔卡拉:《胡安·鲁尔福:〈对天堂的眷恋〉》,见陈光孚选编:《拉丁美洲当代文学评论》,漓江出版社,1988年版,第289页。

[②] 乌戈·罗德里格斯·阿尔卡拉:《胡安·鲁尔福:〈对天堂的眷恋〉》,见陈光孚选编:《拉丁美洲当代文学评论》,漓江出版社,1988年版,第290页。

一起。原来胡安也已经死去了,是作为幽灵出现来叙述的。科马拉只不过是一个游魂出没的荒茔野地而已,只有幽灵们依旧在窃窃私语。

这正体现出墨西哥人的生死观:生命和死亡并没有绝对界限。通过这种飘忽不定的描写,作品深刻地揭露了墨西哥农村的荒凉现实和精神上绝对隔绝与封闭的状态。但爱情居然可以穿越生死地域界限,在野地坟场中依然私语不已,也令人怅惘感慨。

这部作品的主题内涵与艺术表现方法达到了完美的统一,字里行间透露出作者谦卑平淡、悲天悯人的世界观和深深扎根于墨西哥地域的创作观。他并非为魔幻而魔幻,而是透过怪诞形式呈露凄凉现实,给人以强烈震撼。

巴尔加斯·略萨(1936—　)是秘鲁著名作家,引领 20 世纪 60 年代拉丁美洲"文学爆炸"的代表性人物之一,自 1962 年发表成名作《城市与狗》之后,略萨已出版长篇小说十多部,在拉美乃至整个西方世界都产生了巨大的文学影响。2010年,略萨获得该年度诺贝尔文学奖,授奖词称赞他的作品,"用制图学般的细致入微描绘了权力结构,并对个人的抵制、反抗和挫败等形象进行了生动而犀利的刻画"。

略萨是一位关注社会现实,富有社会责任感的作家。他早年革命思想激进,充满政治热情,是古巴革命和切·格瓦拉的拥护者、支持者,他信奉"文以载道"的介入诗学理念,将文学作为针砭时弊、揭露黑暗现实、抨击社会政治的有力工具,写出了多部反映秘鲁及拉丁美洲社会阴暗面的长篇小说。其中,《城市与狗》是略萨以少年时期的一段生活经历为基础,描写了秘鲁一所军校中腐败的军事管理制度,充斥着暴力、欺骗、压迫和凌虐的校园生活。在军校中,规章制度、军事纪律和繁重的课程、频繁的训练,形成了铁板一块、秩序井然的军事化校园生活表面特征。但是,在私底下,铁律和军服并不能掩盖学生之间、上下级之间的矛盾冲突,反而滋生出各种腐败和欺诈。新生入学即遭到老生们的集体凌虐和人格侮辱,军校生甚至利用演习处决了所谓"叛徒",弱肉强食的人际关系横行无忌,金钱和性腐败了道德和良知。小说对军校生活的尖锐批判引发强烈的社会反响,当然,秘鲁军政府也迅速做出反应,《城市与狗》被定性为"禁书",并在略萨当年就读过的莱昂西奥·布拉多军校当众焚毁。军政府的敌视和口诛笔伐虽然对略萨构成了政治压力,但也令这个青年作家一举成名。此后,略萨并不改变他的政治态度和批判锋芒,依然在小说中对秘鲁的军事独裁政治、扭曲的社会等级制度、种族压迫和歧视,愚昧落后的社会文化等进行一种现实主义描写,如《绿房子》(1966)、《酒吧长谈》(1969)和《潘达雷昂上尉与劳军女郎》(1973)。

《绿房子》是略萨最重要的长篇小说。这部小说形式新颖,叙述方式别具一格,作品通过 5 个故事勾画出当代秘鲁北部地区光怪陆离的社会风貌。小说中的 5 个故事发生在小镇皮乌拉及其周边的原始丛林地区。"绿房子"是外乡人安塞尔莫在皮乌拉所兴建的一家妓院,后被神甫加西亚所焚毁,但安塞尔莫的女儿琼加再度重建了"绿房子"。围绕"绿房子"的兴衰,作家描绘了活跃在小镇舞台上的一些主要人物的命运,流浪琴师安塞尔莫的恋情、印第安孤女博尼法西娅的不幸遭遇、贫民区四个地痞无赖的冒险、投机商富西亚的盛衰史,以及生活在小镇之外原始丛林中的印第安部落酋长胡穆反抗种族压迫和剥削的不屈抗争。这5个故事的讲述方式非常独特,作家将它们切割成一个个片段,打乱次序后安排在不同时间和场景中轮番讲述,具有"故事套故事"的后现代主义色彩,同时,时空跳跃、镜头切换与蒙太奇手法交错使用,形成一种深刻复杂、精致巧妙的万花筒般艺术结构。略萨也因此被称为"结构现实主义"大师。

从70年代开始,受拉美政治环境影响和后现代主义思潮的裹挟,略萨的文学态度也发生了改变,他的小说创作逐渐淡化了社会政治色彩和批判锋芒,如对人的精神心理探索的《胡利娅姨妈和作家》(1977),新历史主义小说《世界末日之战》(1981),描写不伦性爱的《继母的赞扬》(1988)等,显示出后现代自由主义的精神趣味。

第二节 博尔赫斯

豪尔赫·路易斯·博尔赫斯(1899—1986)是享誉世界的阿根廷诗人和短篇小说家,他渊博的学识、杰出的才华和新颖独到的小说创作艺术令世人深深折服。略萨曾这样称赞博尔赫斯,"重读博尔赫斯总是幸福的经验,我反复读他,好像在进行一个仪式……我惊叹他文字的优美和率真、他小说的精巧、他技艺的高超"[①]。

1899年,博尔赫斯出生在阿根廷布宜诺斯艾利斯的一个文化气息浓厚的富裕家庭,从小受到良好的教育和文化熏陶。博尔赫斯的父亲是律师,曾兼任师范学校的心理学教师,他精通语言学,长于翻译和演说,家中藏书丰富。母亲出身名门望族,学识丰富,擅长英文,曾翻译过多位英美文学大家的著述。受双亲和家庭环境的影响,博尔赫斯幼年时便熟读西班牙语和英语文学作品,并进行独立创作和翻译,显示出过人的文学天赋。1914年,因为要给父亲治疗眼疾,博尔赫斯随同家人前往日内瓦,在那里读完了中学。在校期间,博尔赫斯除了学习拉丁文和法语之外,还自学了德语。多国语言的掌握令博尔赫斯有机会博览各类名著的原文,为日后的文学活动做了充分的准备。

1919—1921年,博尔赫斯随家人旅居西班牙,在此期间,接触到极端主义诗歌

[①] 马里奥·巴尔加斯·略萨:《博尔赫斯的小说》,史国强译,《当代作家评论》,2011年第1期,第139页。

运动,和先锋派诗人往来密切。1921年回到阿根廷后,博尔赫斯写文章、办刊物、编选集、做讲学,积极将欧洲大陆的文学作品推荐到拉美文坛。他翻译了《尤利西斯》的部分章节,介绍超现实主义和未来主义等。博尔赫斯推动了拉美后现代主义文学的发展,被视为先锋派文学领军人物。也是在这一时期,博尔赫斯开始创作诗歌和散文,他的第一本诗集是《布宜诺斯艾利斯的热情》(1923),后又出版了《面前的月亮》(1925)、《圣马丁札记》(1929)等。散文集有《探索》(1925)和《我希望的尺度》(1926)、《阿根廷人的语言》(1928)等。1935年,博尔赫斯出版了第一部短篇小说集《恶棍列传》,作品的独特构思和技巧引起文学界的关注。1937年,博尔赫斯进入布宜诺斯艾利斯市立图书馆工作,后升任馆长。这时他已深受眼疾困扰,视力日渐衰退。博尔赫斯家族有遗传性的视网膜脱落,他接受过手术治疗,但疗效甚微。从30年代到40年代,博尔赫斯出版的短篇小说集有《小径分叉的花园》(1941)、《杜撰集》(1944)、《阿莱夫》(1949)。其中,《小径分叉的花园》翻译成英文后在欧美引起极大反响,得到高度赞誉。

博尔赫斯一生痛恨独裁统治、反对强权。1946年,他在一封反对阿根廷总统庇隆的宣言上签名,从而被革去了图书馆馆长的职务,政府改派他去家禽市场当稽查员,对这一带有侮辱色彩和惩罚性质的职务调整,博尔赫斯做出公开拒绝。1955年,庇隆政府倒台,博尔赫斯被任命为国立图书馆馆长,兼任布宜诺斯艾利斯大学教授,成为阿根廷人文科学院院士。这些名誉和地位是对博尔赫斯文学成就与社会声望的肯定。但此时的博尔赫斯双目已近失明,他热爱书籍和阅读,博闻强识,但偏偏再不能看书,这种折磨简直荒诞。不过,生活中的坎坷和磨难并不能阻挠他对文学的热情,对艺术的热衷。博尔赫斯失明后坚持以口述方式写诗歌、小说和散文,出版了多部诗集,包括《诗人》(1960)、《另一个、同一个》(1964)、《为六弦琴而作》(1965)、《影子的颂歌》(1969)、《老虎的金黄》(1972)等。短篇小说集有《布罗迪报告》(1970)、《沙之书》(1975)和《莎士比亚的记忆》(1983)。博尔赫斯晚年获奖无数,经常受邀到欧美各国讲学,是无可争议的当代拉美文学的代表人物、阿根廷最重要的作家。1986年,博尔赫斯因病在日内瓦去世,按照他的个人意愿,被安葬在日内瓦。

博尔赫斯在短篇小说创作领域获得巨大成就,艺术影响深远。安德烈·莫洛亚曾精辟指出:"……博尔赫斯是一位只写小文章的大作家。小文章而成大气候,在于其智慧的光芒、设想的丰富和文笔的简洁。"①莫洛亚概括了博尔赫斯小说的基本特点,但博尔赫斯小说的独特精妙和卓越还不止于此,总体来看,博尔赫斯短篇小说有如下特征。

---

① 林一安:《走近本真的博尔赫斯》总序,见豪·路·博尔赫斯:《博尔赫斯全集》(小说卷),王永年、陈泉译,浙江文艺出版社,1999年版,第7页。

首先,体制精微、构思奇特、想象丰富,既有浓厚的幻想色彩,又具有哲理深度和玄学意味。博尔赫斯推崇文学的幻想主义,超脱了人类对世界表象的一般感官认知,以灵魂的丰富性去体会和展示"陌生化"的世界,借助新奇奥妙的艺术形象表达抽象复杂的哲学问题。在《特隆、乌克巴尔、奥比斯·特蒂乌斯》(1944)中,博尔赫斯对特隆的描写富有幻想色彩。"我"的朋友比奥伊·卡萨雷斯说乌克巴尔人有一句名言,"镜子和男女交媾是可憎的,因为它们使人的数目倍增"。这句话引起"我"对乌克巴尔人的好奇,"我"四处翻阅资料,偶然在一本百科全书中发现了一个不为人所知的星球上的国度——特隆。百科全书以极为科学严谨的语言记录了特隆的历史与文明,"它的建筑和纸牌游戏,令人生畏的神话和语言的音调、帝王和海洋,矿物和飞鸟游鱼,代数学和火焰,神学和玄学的论争"。但是,经过仔细研究,"我"发现这个神奇的国度却是一个汇聚了天才学者的秘密社团耗时300年时间所虚构的星球,特隆是只存在于头脑中的幻想产物。对百科全书的考古挖掘和特隆的虚假存在构成悖反,博尔赫斯强调了语言精心杜撰的能力,以及现实与幻想之间的模糊灰色地带。

在《通天塔图书馆》中,博尔赫斯描写了一个拥有无数的六角形回廊和通风井,看不到尽头也无法穷尽的宇宙图书馆。图书馆自开天辟地以来已经存在,它是圆形的球体,中间是六角形,四周遥不可及,人们在这个图书馆出生,也在这个图书馆死亡。图书馆收集了所有书籍,而这些书籍又具有周而复始、不断重复、包罗万象、深奥莫测的特点,"我父亲在一九五四区的一个六角形里看到的一本从第一行到最后一行全是 MCV 三个字母翻来覆去的重复","所有书籍不论怎么千变万化,都由同样的因素组成,即空格、句号、逗号和二十二个字母"[①]。神秘巨大的图书馆象征了人类历史和宇宙的演进,在广袤无垠的宇宙中,历史在重复上演,生命的死亡和增长在不断循环。

《阿莱夫》中的幻想更是奇妙。在女友贝雅特丽齐病逝后,"我"每年都会在她生日那天去她家里探访。贝雅特丽齐的表哥卡洛斯·阿亨蒂诺·达内里是个自视甚高的诗人,他年复一年在写作一首描绘地球的长诗。在 1941 年 10 月的一天,卡洛斯突然打电话说房子要被拆掉了,但是房子的地下室里还住着阿莱夫,他对这首诗歌的创作至关重要。"我"将信将疑前往他家,在黢黑无人的地下室里看到了阿莱夫,这是"一个闪烁的小圆球,亮得使人不敢逼视。……阿莱夫的直径大约为两三厘米,但宇宙空间都包罗其中,体积没有按比例缩小"[②]。"我"从阿莱夫中看到了整个世界,"我看到几百万愉快的或者骇人的场面;最使我吃惊的是,所有场面在

[①] 豪·路·博尔赫斯:《虚构集》,王永年译,浙江文艺出版社,2008年版,第62—63页。
[②] 豪·路·博尔赫斯:《博尔赫斯全集》(小说卷),王永年、陈泉译,浙江文艺出版社,1999年版,第306页。

同一个地点,没有重叠,也不透明"①。"我"还看到了大自然,黎明和黄昏,美洲的人群,黑色金字塔中心一张银光闪闪的蜘蛛网,葡萄串,白雪,烟叶,"我"感到"无限崇敬,无限悲哀"。从现实生活的具象而言,阿莱夫并不存在,但从哲理层面来看,阿莱夫象征着宇宙,"体现着一和多的统一,体现了有限和无限的统一","阿莱夫是博尔赫斯用来说明一与多、有限与无限、一瞬与永恒等复杂哲理的象征物"。②

博尔赫斯博古通今、知识体系丰富而精深。他以娴熟的艺术技巧将宗教、文学、哲学、数学等不同学科的知识高密度地编织在一起,在虚实相交的故事编撰中阐述对人生、时间、上帝和宇宙的看法,赋予小说思辨色彩和形而上的内涵,呈现给读者一个既玄妙费解,又条理清晰的艺术空间。

其次,除幻想主题外,梦幻描写也是博尔赫斯短篇小说中经常出现的内容,譬如《双梦记》《等待》和《环形废墟》。《环形废墟》讲述了人和梦的故事,主人公是个魔法师,他来到一个废弃的庙宇,准备在睡梦中创造一个人。经历几次失败之后,魔法师终于梦见一颗活跃热烈的心脏。在十四个月中,他不断地梦见它,在梦中培养它、检视它,终于塑造出一个小伙子。魔法师得到"火神"的指令,向小伙子传授拜火仪式与宇宙的奥秘,并在学成后送他去另一个荒废的庙宇,恢复火神的仪式。在小伙子离开后,魔法师亦喜亦忧,他担心总有一天小伙子会发现自己不过是梦所创造的幻影。后来废墟遭遇火灾,魔法师在大火中发现自己也是别人梦中的一个幻影。小说在主体情节部分对主人公的梦境和心绪进行了细腻描写,魔法师的担忧怀疑和喜悦释然,显示了人的心理的复杂微妙,现实而逼真。然而,作品结尾却否定了此前的所有铺垫,主人公并不是真实存在的人,也是一个幻影。这种戛然而止的情节突转将小说阅读从情节的离奇转向意义的深思。博尔赫斯至少在两个层面提示读者:一是现实的虚幻性和主观色彩。人人都是他人想象中的人,世界是我们臆想中的主观性存在。这类似中国古代道家的哲学思想,庄生晓梦迷蝴蝶,究竟是庄子梦见了蝴蝶,还是蝴蝶梦见了庄子?二是文学的虚构本质,无论多么真实有力的人物形象,都是艺术虚构的产品,是幻想的产物。

再次,博尔赫斯大量使用"迷宫"意象,构造"迷宫"主题,反映了作家独特的时空观念和哲理思考。博尔赫斯在作品中为读者设置了各种晕头转向的"陷阱":围墙、镜子、回廊、圆形房间、庞大的建筑、对称的雕塑、几何图形、无数的门与阶梯,运用这些材料,博尔赫斯在小说中构造了各式各样的迷宫空间,形成庞大的迷宫象征群。"迷宫"在博尔赫斯的小说中有时是作为一个具体的建筑空间出现,有时则是抽象的象征物,或是谜题、悬案,或是小说、宇宙、时间。《通天塔图书馆》中无穷无

---

① 豪·路·博尔赫斯:《博尔赫斯全集》(小说卷),王永年、陈泉译,浙江文艺出版社,1999年版,第306页。

② 赵德明:《20世纪拉丁美洲小说》,云南人民出版社,2003年版,第253页。

尽的巨型图书馆迷宫是未知宇宙的象征。《两位国王和两个迷宫》中描写了两个迷宫,一个是巴比伦国王的青铜迷宫,一个是大自然的沙漠"迷宫"。阿拉伯国王被巴比伦国王捉弄,被困在后者建造的有着无数台阶、墙壁和大门的青铜迷宫里一整天,后来他率领军队攻陷巴比伦,活捉国王,并将国王丢在沙漠里,使他饥渴而死。《死亡与指南针》借用了侦探故事的外壳,充满悬疑色彩。在北方旅馆,一个犹太教博士被人杀害,在西郊的油漆厂、土伦路的酒店又发生了两桩凶杀案。自诩为杜宾的大侦探伦罗特通过三件凶案留下的线索,结合犯罪现场留下的字母谜题,从时间、空间及宗教角度进行推理,发现了线索。他提前赶往第四桩罪案的现场,意图一举擒获罪犯,没想到却落入陷阱,被罪犯枪杀。小说中的四桩罪案,构成了步步为营、环环相扣的迷宫圈套。凶手夏拉赫利用博士被杀的偶然契机,有意迎合伦罗特的推理思维,故意在犯罪现场留下字母谜题,刻意设计出菱形图案的杀人地图,让热衷推理探案的伦罗特自投"迷宫"的罗网。小说中虽然没有出现具体的"迷宫"建筑物,但是却体现了"迷宫"意象的投射。夏拉赫说:"世界是个走不出去的迷宫",他设计出的字母谜题和菱形地图将伦罗特引入连环谋杀案的"迷宫";"迷宫"的终点是别墅,里面有各种对称的建筑和对称的雕塑,镜子不断复制出一模一样的景象。热衷推理的伦罗特正是被对称的几何结构、字谜符号和神秘宗教象征物所诱惑,死于迷宫中。小说反映了博尔赫斯对理性主义的嘲讽。人按照自己习惯的思维方式去分析世界,但理性是有局限性的,人因此会陷入自以为是的罗网,从而作茧自缚。

在博尔赫斯的迷宫小说中,《小径分叉的花园》知名度最高。主人公余准博士是一个华裔间谍,一战时他为德军搜集情报,但是他的身份和踪迹被暴露,遭到英国军官理查德·马登上尉的追捕。余准仓促中逃到汉学家斯蒂芬·艾伯特博士的家。艾伯特的住宅坐落在一个花园"迷宫"的中间,余准见到艾伯特后与他进行了一场密切而深入的交谈,随后马登上尉赶到,余准用手枪打死艾伯特,自己也被马登抓捕。在余准临死前,情报已传递到德国人手中,原来博士的名字与英军炮兵驻扎的地名一样都叫艾伯特,余准的上司看到艾伯特被杀的新闻后,分析出暗藏其中的秘密,组织德军对艾伯特市进行了大轰炸。

《小径分叉的花园》是迷宫小说的集大成者,作品中出现大量与迷宫相关的内容和意象。首先,艾伯特的家坐落在花园迷宫的中心,必须按照"找到某些迷宫的中心院子的惯常做法","每逢交叉路口就往左拐"[①]才能找到。他的家中还藏有微型象牙迷宫雕刻。其次,余准儿时的家有一个迷宫般的花园,他的祖先彭寂计划建造一个谁都走不出的迷宫,而且还写过一本犹如天书的小说。第三,艾伯特多年来

---

① 豪·路·博尔赫斯:《虚构集》,王永年译,浙江文艺出版社,2008年版,第73页。

一直在研究彭寂留下的手稿,那是一部名为《小径分叉的花园》的小说,内容深奥而复杂。艾伯特和余准讨论这部小说时引出了关于时间迷宫的主题。最后,在小说的结尾,花园迷宫的中心,余准枪杀了艾伯特,完成了情报迷宫的设计。小说篇幅不长,表面上看它是间谍小说,讲述的是逃跑与追捕、谋杀与牺牲的故事,几个人物:马登、余准、艾伯特彼此之间是对立的;然而,依托于空间上的迷宫"对称"与时间上的"循环往复",在紧凑的故事情节中博尔赫斯对人物命运不断进行叠加与转化,人物关系超越了单一的对立,形成多义关联,令小说具有了意义的开放性。

"博尔赫斯并非为了写空间的迷宫而写迷宫……在博尔赫斯看来,'时间的迷宫'意象要远比'空间的迷宫'意象更能凸显人类的生存困惑和迷宫意识,即是说在生存论上具有优先性。"[①]在《小径分叉的花园》中,各类纷繁的迷宫意向是为了引出对时间主题的讨论,"小径分叉的花园"是"一座时间的无形迷宫"。小说中提出的"时间",不是通常意义上的物理时间,呈同一性或绝对性,而是由背离的、汇合的和平行的无数时间系列织成的一张不断增长、错综复杂的时间网。这张互相靠拢、分歧、交错或者永远互不干扰的时间之网包含了人类生活的各种可能性。艾伯特说:"在大部分时间里,我们并不存在;在某些时间,有你而没有我;在另一些时间,有我而没有你;再有一些时间,你我都存在。目前这个时刻,偶然的机会使您光临舍间;在另一个时刻,您穿过花园,发现我已死去;再在另一个时刻,我说着目前所说的话,不过我是个错误,是个幽灵。"[②]正是时间的不断分叉,人的命运趋向各种可能,诸多偶然性因素让人们在不同的时间点形成不同的关系,带来身份的不确定;某些时刻,我们毫无关联各自生活在独立、平行的时空中;契机到来,在特殊时间点我们发生命运交汇,但是这种关系并不固定,因为时间在不断分叉中进行。所以,余准是偶然在电话簿上发现艾伯特名字的陌生人;又是和艾伯特有家族历史渊源的朋友;后来则是刺杀艾伯特的凶手。但是,无论是谁,都无法从时间的迷宫中逃脱,建造迷宫的彭寂死于闯入者的暗杀;解密迷宫的艾伯特死于余准的刺杀;而余准自己则死于英国人的绞刑架。这些死亡具有偶然性,即便是余准的死也并非出于对德国人的忠诚,更多是带有厌倦的使命感和悔恨。小说反映了博尔赫斯对人类存在的非理性特质的思考,人的行动和命运并非是因果逻辑的关系,时间在分叉中出现了通向未来的无数可能性,偶然和无常使得生活具有了非理性特质。

最后,作家充分使用戏仿、互文、元小说、反体裁、文本拼贴等各种后现代主义艺术技巧,充分开掘小说虚构艺术的极限,形成审美、趣味和主题的高度整合。博尔赫斯属于学者型作家,在小说理论方面颇有钻研,很多时候小说成为他宣讲小说艺术的场域。在《赫伯特·奎因作品分析》《〈吉诃德〉的作者皮埃尔·梅纳尔》《小

---

① 王钦峰:《博尔赫斯小说迷宫意象群之意义透析》,《国外文学》,2015年第2期,第117页。
② 豪·路·博尔赫斯:《虚构集》,王永年译,浙江文艺出版社,2008年版,第81—82页。

径分叉的花园》中,通过虚构的作家和作品,博尔赫斯阐述如何写小说,讨论小说创作艺术技巧的优劣,甚至给读者提建议。这类作品具有元小说的特点,但是和一般元小说不同的是,博尔赫斯并不以拆穿小说的虚构性为目的,而是在艺术虚构中讨论小说艺术,做学术研究。此外,博尔赫斯小说还具有后现代主义的"游戏"精神,这体现在小说的互文性和各类注释的真伪"引用"。《叛徒和英雄的主题》中说,"历史照抄历史已经够令人惊异的;历史照抄文学简直令人难以想象"①。因此,小说融入对恺撒和林肯遇刺及莎剧《麦克白》的戏仿,"解构"爱尔兰民族英雄基尔帕特里克遇刺事件,避免了历史"照抄",颇有讽刺喜剧色彩。博尔赫斯酷爱在小说中加注释、引经据典,形成互文效果。譬如,《〈吉诃德〉的作者皮埃尔·梅纳尔》的注释中出现了多位哲学家、神学家、数学家和科学家,仅作家就有加百列·邓南遮、诺瓦利斯、都德、爱伦·坡、波德莱尔、马拉美、莫里斯·巴雷斯等。这些引用有真有假,"真"指的是历史上确有其人,"假"则指的是一些名人名言纯属"杜撰"。这些真真假假又有学术研究色彩的"注释"和皮埃尔·梅纳尔抄袭《堂吉诃德》的杜撰故事形成互文,显示了博尔赫斯渊博的知识和文学"游戏"的精神,他"不仅把虚构写作引向了学术真实,而且也把学术真实引向了虚构写作和幻想仿真"②。博尔赫斯小说中各种后现代主义艺术技巧的使用是为艺术虚构这一终极目的服务的,他在颠覆小说传统,彻底消解真实与虚构、现实与幻想的界限。

博尔赫斯被誉为"作家中的作家",他的作品文字优美、形式精巧、艺术高超,具有浓厚的幻想色彩和魔幻风格。他以简洁凝练的语言、条理清晰的文风、新奇独特的艺术构思表达出对智性和哲理的追求。博尔赫斯文学的魅力已经超出拉丁美洲本土文学的疆域,在世界文学中都是独一无二的。

第三节 马尔克斯

加夫列尔·加西亚·马尔克斯(1927—2014)是当代拉美文坛最杰出的作家之一,是魔幻现实主义最重要的代表作家。1982年他因"把幻想和现实融为一体,勾画出一个丰富多彩的想象中的世界,反映了拉丁美洲大陆的生活和斗争"而获得诺贝尔文学奖。从某种程度上说,马尔克斯与他的《百年孤独》已经成为魔幻现实主义的代名词。

马尔克斯于1927年3月6日出生在哥伦比亚马格达莱纳省的小镇阿拉卡塔卡。自小在外祖父家中度过。马尔克斯自己说:"我的童年是在一个景况悲惨的大

---

① 豪·路·博尔赫斯:《虚构集》,王永年译,浙江文艺出版社,2008年版,第108页。
② 王钦峰:《论博尔赫斯元小说的写作策略和类型》,《学术研究》,2013年第10期,第157页。

家庭里度过的。我有一个妹妹,她整天啃吃泥巴;一个外祖母,酷爱占卜算命;还有许许多多彼此名字完全相同的亲戚,他们从来也搞不清什么是真正的幸福,为什么患了痴呆症会感到莫大的痛苦。"①这种悲惨和亦真亦幻的童年经历铸就了马尔克斯作品的灵魂。马尔克斯曾就读于波哥大大学法律系,加入过自由党。1948年哥伦比亚发生自由党和保守党之间的相互残杀,马尔克斯不得不中途辍学。不久他转入卡塔纳大学读新闻学,旋即开始其记者生涯。1954年,他成为《观察家报》正式记者,被派往欧洲,同时从事文学创作。1959年被古巴拉丁美洲通讯社聘任为驻波哥大记者。1961—1967年侨居墨西哥,从事文学、新闻和电影编剧工作。1975—1981年举行"文字罢工",以抗议智利军事政变。后应法国总统之邀担任法国和西班牙语国家文化交流委员会主席。

马尔克斯的早期作品多为短篇小说,且刻意模仿福克纳和卡夫卡。1955年发表的短篇小说《伊莎白尔在马孔多的观雨独白》和《周末后的第一天》中,开始出现马孔多小镇和恍惚迷离的魔幻意味。同年,他的中篇小说《枯枝败叶》问世,这部优秀作品通过外孙、母亲和外祖父三个人的内心独白,从不同的角度刻画了一位来到马孔多小镇的大夫冷冷清清的葬礼。香蕉公司在马孔多小镇开办职业医院之后,这位大夫失了业,就孤零零自绝于小镇人群,有10年时间从没有打开过自家大门。因为他拒绝为受伤的人治疗,被小镇的人视为残忍的畜生。作品通过一个令人难以置信的故事,揭示了外来文化对小镇的巨大冲击。这部作品已具有马尔克斯后期成熟作品的特色。1961年,马尔克斯发表了他自认为比后来的《百年孤独》艺术技巧还要高超的《没有人给他写信的上校》。这部作品凝结着马尔克斯的外祖父和他本人的生存体验,写一位退役上校一直在等国家许诺要发给他的老军人退伍补助金。19年前他就开始提交申请、提供证明并一直在盼望,但直到今天还没有人给他写信和汇款。这部作品少有魔幻现实主义技法,更多是质朴的叙述,表现了一种令人难以忍受和接受的现实,以及让人无从想象的悲惨。

1962年,马尔克斯发表了短篇小说《格兰德大妈的葬礼》,用戏谑、幽默、夸张的笔法描写了一位专制女家长的没落:"她足足活了92岁,一直主宰着马孔多这块独立王国。九月份的某个礼拜二,她在宗教气氛中与世长辞,连教皇都来参加了她的葬礼。"②这位女族长财产庞大无边,连没有落到地上的雨水、闰年多出来的那天和所有带热气儿的都归她所有。她似乎永远不会死,但最终还是死了。作家详细描述了她临死前的肥胖硕大和丑陋不堪,写了葬礼的豪华壮观和她的尸臭满天。

---

① 《加西亚·马尔克斯谈〈百年孤独〉》,林一安译,见加西亚·马尔克斯:《百年孤独》附录,黄锦炎等译,浙江文艺出版社,1991年版,第338页。

② 加西亚·马尔克斯:《格兰德大妈的葬礼》,周子勤译,见《加西亚·马尔克斯中短篇小说集》,赵德明等译,上海译文出版社,1982年版,第304页。

"谁也没有发现,当尸体刚一搬走,格兰德大妈的侄子们、养子们以及仆人和被保护人就把大门一关,拆门卸窗户,起下板子,挖掘地基,分起房子来了。最能引起每个人注意的倒是下葬时的噪声,坟墓用铅板加封之后,人们长长地舒了一口气,十四天来的祈求、赞美和颂扬所带来的劳累,都随着这声呼吸而烟消云散。"[1]其实,大家早就盼着她快死!作家对专制制度和独裁者的痛恨溢于言表。

1967年,《百年孤独》正式出版。1970年,作家又发表了短篇小说精品《巨翅老人》,被认为是他魔幻现实主义短篇小说代表作。小说《巨翅老人》写的是三天大雨后,贝拉约夫妇的院子里多了一位在烂泥中蠕动挣扎的带着巨大翅膀的老人。贝拉约夫妇以为是一位外轮上遭难的航海人,但邻居说是一位天使。于是很多人闻风而来看这位落难天使,边看边戏耍他。贡萨加神父也来了,用拉丁语向他问候,得到的却是嘟哝的几句方言。神父断定这是魔鬼前来诱惑,并开始了冗长和烦琐的通信,试图通过教廷来确认此事。贝拉约夫妇却别出心裁,开始向每位前来观看天使的人收门票,甚至利用赚来的钱盖了一处有阳台和花园的两层楼住宅。渐渐地,天使不再引起人们的关注,甚至成为家里的累赘。最后,他终于又长出粗大丰满的羽翅,飞走了。

这个巨翅老人到底是什么?评论家们有的说他象征着没落的宗教,有的说他象征着坍塌的民族精神,或者是现实中的荒诞,是某种巨大的不可能,是不可置信的神话等。但作者根本没有任何解释,反而仔细描绘了巨翅老人的形态。小说中还有一个因为不听父母的话而变成蜘蛛的女孩的流动展览:一个蜘蛛的形体,长着一个悲哀的少女的头。对此,作者同样也是作为现实来写的。科学的发展不能取消生活的神秘,而神秘作为现实出现时,却成为牟利的工具。似乎只有金钱是贯通神秘和现实的不变工具。作者的讽喻意味是很浓厚的。

《家长的没落》作为马尔克斯的长篇力作发表于1975年,是继卡彭铁尔《方法的根源》(1974)和巴拉圭作家罗亚·巴斯托斯(1917—2005)《我,至高无上者》(1974)之后又一部反独裁小说。马尔克斯曾在诺贝尔奖受奖词中列举过拉丁美洲的独裁者,比如三次连任墨西哥独裁者的安东尼奥将军,对厄瓜多尔进行了16年君主独裁统治的加夫列尔,萨尔瓦多特奥索福的独裁者马克西米利亚诺将军等。在《家长的没落》中,马尔克斯尽量搜集关于独裁者的素材,争取写得超出现实。因此,作品中的族长有漫画和荒诞成分,连其出生都传说源于他母亲和"精灵"的感应。他的姓名和年龄,人们都不大知道,甚至亲眼见过他的人都很少很少。他天天干的工作就是杀人。连为他效劳的一位将军,也被怀疑指使刺客暗杀自己,于是这位独裁专家竟然把这位将军烤得焦黄,蘸上卤汁,放在托盘中犒赏他的保镖们。这

---

[1] 加西亚·马尔克斯:《格兰德大妈的葬礼》,周子勤译,见《加西亚·马尔克斯中短篇小说集》,赵德明等译,上海译文出版社,1982年版,第322页。

位族长还沉湎酒色,纳妾一千多个。他还有一手绝活,就是假死,然后把拍手称庆者干掉。他为了阻止根本就不存在的瘟疫,大开杀戒,导致尸体太多、臭味满天而真引发了瘟疫。最后,族长众叛亲离,真正成了孤家寡人,烂死在府邸,被秃鹰啄食。作品以夸张、变形手法,像哈哈镜一样映射出拉丁美洲的荒谬现实。后来马尔克斯悲叹说现实比小说更加离奇和残酷。

在《一件事先张扬的凶杀案》(1981)中,"我"极力搜寻30年前一件凶杀案的真相。原来兄弟二人,因为妹妹被人玷污,就磨刀霍霍,事先扬言要去杀那人,似乎是让大家都知道,好去阻止他们。但事情就在千万种不可能中成为了可能,兄弟二人竟在众目睽睽之下杀死了那人。法庭认为他们二人是为了挽回荣誉而杀人,竟把他们无罪释放。而那个被杀的人用手捧着自己的肠子,从容地走回自己的家。这就是愚昧落后的生活现实:离奇和预言在不断诉说中竟获应验!

《霍乱时期的爱情》(1985)叙述了一个不同凡响的爱情故事:阿里萨等了五十一年九个月零四天,等到初恋情人费尔米纳的年老丈夫乌尔比诺医生死了,再次向费尔米纳求婚。一年之后,两个人竟然真的结合在一起,爱情经历沧桑而生生不息,令人唏嘘不已。

《迷宫中的将军》(1989)写的是拉丁美洲著名领袖玻利瓦尔生前七个月的生活、工作经历,展现了一位叱咤风云的英雄鲜为人知的另一面,为英雄除魅。《爱情和其他魔鬼》(1994)讲17世纪的一位女孩被疯狗咬伤后惨遭驱邪之苦,美丽的长发被剪去,与一名修士欲爱不能。在她死后,她的头发迅速生长出来,使她的尸体更为美丽绝伦。犹如魔鬼般的爱情,居然冲破死亡的牢笼,被供奉于美的祭坛。

《百年孤独》是马尔克斯的代表作,也是最为出色的魔幻现实主义长篇杰作。小说叙述的是一个叫马孔多的小镇从诞生到消亡一百多年的历史,从小镇在蛮荒之地建立,到人们对科学和实验的崇拜,小镇商业的繁荣,再到内战爆发,小镇在全国开始起着举足轻重的作用。从保守党和自由党的轮流独裁再到保守党的专政,小镇政权几次易手,翻云覆雨。在此过程中,外来文化不断冲击小镇。尤其是美国人来小镇开辟香蕉园,带来经济的畸形繁荣。香蕉工人大罢工,政府和香蕉园主勾结在一起镇压工人,用机枪扫射,杀死三千多人,装了近两百节车厢的尸体。毁尸灭迹之后,竟没有人再相信发生了大屠杀。之后是四年十一个月零两天的雨季,马孔多成了废墟。最后飓风刮来,把小镇卷走了。至此,一百多年的小镇彻底从地球上消失。

作品展现的小镇生活和哥伦比亚的现实有着惊人的相似,尤其是对内战和香蕉热描写的部分。同时,这又是对整个拉美政治斗争和历经磨难的社会现实的反映,也是对拉美人独特的寓真于幻的生存经验的生动概括。从整体角度看,

《百年孤独》模仿《圣经》从旧约的"创世纪"之人类开始到新约的"启示录"之世界末日的写法，完整地影射了哥伦比亚、拉丁美洲乃至整个人类的历史，暗喻人们如果依旧不能摆脱孤独走向团结，注定只能走向毁灭。这正是题目"百年孤独"的深意所在。

当然，《百年孤独》不是泛谈历史，而是提炼出马孔多小镇的历史特征：孤独。马尔克斯正是从这个角度来看马孔多的历史，并以此贯穿整个写作。这不能不说是马尔克斯惊人、独到的发现。马孔多小镇的孤独在于它的封闭：首先是地理位置上的封闭，似乎永远都深陷在泥沼中而无法走出。马孔多创始人霍塞·阿卡迪奥·布恩地亚曾心血来潮带领大家杀开一条血路，闯出马孔多，但是费了九牛二虎之力来到的却是一艘白色西班牙大帆船旁边，以致何塞·阿尔卡蒂奥·布恩迪亚认为马孔多的四周是被大海包围着的；这还不是至关紧要的，最紧要的是马孔多人精神领域的封闭。《百年孤独》曾入木三分地叙述了外来文化对马孔多的几次入侵。早在16世纪，马孔多人的先祖就受到殖民文化的惊吓，乌尔苏拉·伊瓜朗的曾祖母就是被海盗弗朗西斯·德雷克袭击里奥阿查的警报声和炮弹的轰鸣声吓破胆从而精神失常的。小说中何塞·阿尔卡蒂奥·布恩迪亚一辈子定居在马孔多，面对外来文化不再是惊吓却变成了狂热。何塞·阿尔卡蒂奥·布恩迪亚用一头骡子和一群山羊换回了吉卜赛人的两块磁铁好用来寻找黄金，又用两块磁铁和三块金币换来了一块放大镜好用来制造战争武器，甚至花好多钱只为来摸一下吉卜赛人带来的冰块，并把手放在冰块上宣称这是这个时代的伟大发明。一百年后，马孔多人更是被外来的各种神奇发明搞得眼花缭乱。他们通宵达旦地观赏一只只光线惨淡的电灯泡，为电影里死去的人伤心落泪，但是一转眼竟然在别的片子里发现这个死去的人又活了，并且变成了阿拉伯人。他们无法忍受这种闻所未闻的嘲弄，结果把电影院里的座椅都给砸了。后来美国人进驻马孔多，他们似乎连降雨都能操纵，同时又运来了满满一列车的妓女，使马孔多淫靡堕落。而美国香蕉种植园带来的香蕉热，更使马孔多人陷入瘟疫之中。他们涌进香蕉园做工，也学习举行大罢工，迎接他们的却是机枪扫射。经历了诸多动乱之后马孔多差不多成了废墟。

由此可见马孔多封闭和精神禁锢的程度！连他们中最有智慧的何塞·阿尔卡蒂奥·布恩迪亚，也那么轻易就放弃了自己的宗教观念而开始崇拜科学和金属，并孜孜以求在铜版照片中找到上帝的形象，否则就取消上帝这一不必要的假设。他们太容易放弃自己，在外来文化的潮流中随波逐流，失去自己的根基。而对于外来文化的接受，他们又是建立在自己愚昧、封闭的前理解上，以致嫁接出不伦不类的怪胎文化。正因为没有摆脱狭隘与愚昧，也没有真正理解与消化外来文化，所以马孔多人自始至终没能清醒、理智地与外来文化对话，发出自己的声音，找到自己生存的根基。

马尔克斯在小说中用女性形象来维系和支撑马孔多的历史。像乌尔苏拉一样，她们有自己深厚的民间文化传统和面对现实的清醒认识，并有罕见的毅力。尽管乌尔苏拉长寿得令人难以置信，但是还是回天无力，没有办法重振家业和阻挡马孔多毁灭的步伐。

马孔多封闭与毁灭的原因，决不仅仅在于外来文化的冲击。外来文化的冲击和随之而来的赤裸裸的暴力、侵略只不过暴露了马孔多文化的内在悲剧而已。造成马孔多文化悲剧处境的内在原因，一是遗忘，二是纵欲。《百年孤独》对此有敏锐的透视与思索，虽然第二点未必是马尔克斯有意为之。

《百年孤独》第三章关于失眠症的描写，是作品中最为精彩的部分之一。希腊印第安王国的公主和王子，因为自己国家的人患上了失眠症，就甘愿抛弃公主和王子身份逃到马孔多小镇，乌尔苏拉收留了他们。后来，乌尔苏拉的一位远房表妹的孩子丽蓓卡带着自己父母的遗骨来到了乌尔苏拉家。一天晚上，那位昔日的印第安公主发现丽蓓卡两只眼珠像黑夜中的猫儿似的闪闪发光，她认出了这就是时疫性的失眠症。何塞·阿尔卡蒂奥·布恩迪亚听说人得了失眠症之后可以不必睡觉，很高兴，但是印第安女人告诉他：失眠症最可怕的地方不在于使人不能入眠，而在于它可能会使人失去记忆，忘掉事物的名称和概念，认不出人，甚至失去自我意识。结果，全镇的人都染上了失眠症，凌晨三点钟大家就无事可做，一连几个小时重复同一个笑话，讲一个越来越复杂的阉鸡的故事，周而复始，但于事无补。当人们的记忆开始逐渐消失的时候，他们给每一样东西写上了名称：桌子、椅子、钟、牛、山羊等，还在牛脖子的字牌上写：这是牛，每天早晨应该挤奶，牛奶应在煮沸后加入咖啡，配制牛奶咖啡。唯有利用这些似乎荒唐的文字，人们才得以暂时挽留住正迅速逝去的记忆。

在这个荒诞故事背后，有极为深刻的哲理。马孔多人致命的孤独和导致毁灭的悲剧有一个根本原因就是遗忘。他们遗忘了深厚的传统，于是就没有任何能力来抵御内在情欲的冲动和外来文化的冲击，这样每一代人的奋斗和文明成果都被时间和遗忘的洪流淹没，以致下一代都从零开始，在人性脆弱的流沙上重新建筑文明大厦。奥雷良诺·布恩地亚上校（又译奥雷里亚诺·布恩迪亚）发动了32次武装起义，差一点成为全国统治者。但自从马孔多那场罕见大雨之后，当共和国总统委派几名特使来到马孔多，送交奥雷良诺·布恩地亚上校曾多次拒收的勋章，他们白白花了一个下午，也没有找到一个人能告诉他们奥雷里亚诺·布恩迪亚上校的后代在什么地方。连吉卜赛人重新来到马孔多展览一百多年前的磁铁、放大镜时，当地居民仍旧惊得目瞪口呆。精神上的完全封闭和遗忘状态，再加上专制统治的"愚民政策"，使现实中残杀三千人的事实都无法令人相信，何况历史上这些琐碎的旧事？

忘记历史的结果就是陷入时间无休止循环的怪圈。《百年孤独》的一大贡献，正在于通过相似的事件和相同的人名之重复出现，来印证乌尔苏拉所说的"时间老是在打转转的感觉"。人物似乎走不出历史的宿命，无所作为中也就彻底虚无和放纵以毁灭于无形。马孔多的历史从先祖乱伦事件的阴影笼罩下开始，到第七代作为乱伦结果的猪尾巴婴儿被蚂蚁拖进蚂蚁窝结束，完整的一个轮回，多少个奥雷里亚诺们和阿尔卡蒂奥们在时间的旋涡中不由自主成为时间的泡沫。

马孔多文化悲剧的又一个原因是纵欲和乱伦的冲动。过多的纵欲描写固然是《百年孤独》中比较媚俗的部分，其实未尝不见出马尔克斯开出的"药方"：利用原始本能的生命活力来冲击马孔多人的孤独。当作家被问及马孔多的孤独感源出何处时，马尔克斯说："我个人认为，是因为他们不懂得爱情。在我这部小说里，人们会看到，那个长猪尾巴的奥雷里亚诺是布恩迪亚家族在整整一个世纪唯一由爱情孕育而生的后代。布恩迪亚整个家族都不懂得爱情，不通人道，这就是他们孤独和受挫的秘密。我认为孤独的反义是团结。"[①]但这正是马尔克斯的悖论：欲望可以导向爱情，也可以导向乱伦；可以成为建设性的力量，也可能成为毁灭性的力量。没有规范、信念和传统制约的冲动，只不过加速马孔多的毁灭而已。阿尔卡蒂奥们惊人的情欲固然延续了布恩迪亚家族的香火，但未尝不加剧了家族的混乱与崩溃。《百年孤独》中欲望的化身是奥雷里亚诺第二，清规戒律的代表是费尔南达。作者对前者的偏爱和对后者的厌恶极为明显，其实未尝不是先入为主对"欲望—规范"之割裂与对立的前理解。

《百年孤独》所描述的马孔多的兴衰，是通过布恩迪亚上校一家七代人的命运表达出来的，所以《百年孤独》又是一部地地道道的家族小说。从家族的角度来写马孔多的历史非常恰当，因为马孔多的兴衰和布恩迪亚的家族息息相关，布恩迪亚家族在马孔多历史上的地位也举足轻重，况且一个多以人的冲动而非制度的更替为特征的民族，家族的重要性是民主国家无法比拟的。马尔克斯在作品中独特地揭示了一个家族走不出的时间怪圈和历史宿命。这种宿命—孤独，构成这一家族的特色，甚至成为家族成员的性格特征。

下面是布恩迪亚家族错综复杂的人物关系表。

布恩迪亚家族人物表

何塞·阿尔卡蒂奥·布恩迪亚	马孔多创始人	第一代
乌尔苏拉	何·阿·布恩迪亚之妻	第一代
何塞·阿尔卡蒂奥	何·阿·布恩迪亚之长子	第二代

[①] 《加西亚·马尔克斯谈〈百年孤独〉》，林一安译，见加西亚·马尔克斯：《百年孤独》附录，黄锦炎等译，浙江文艺出版社，1991年版，第342页。

丽蓓卡	何·阿尔卡蒂奥之妻	第二代
奥雷里亚诺·布恩迪亚上校	何·阿·布恩迪亚之次子	第二代
蕾梅黛丝·摩斯科特	奥雷里亚诺上校之妻	第二代
阿玛兰妲	何·阿·布恩迪亚之小女儿	第二代
庇拉尔·特尔内拉	何·阿尔卡蒂奥与奥雷里亚诺兄弟之情妇	第二代
阿尔卡蒂奥	何·阿卡迪奥之子	第三代
桑塔索菲亚·德拉·彼达	阿尔卡蒂奥之情妇	第三代
奥雷里亚诺·霍塞	奥雷里亚诺上校之子	第三代
十七个奥雷里亚诺	奥雷里亚诺上校之子	第三代
俏姑娘蕾梅黛丝	阿尔卡蒂奥之长女	第四代
何·阿尔卡蒂奥第二	阿尔卡蒂奥之双生子之一	第四代
奥雷里亚诺第二	阿尔卡蒂奥之双生子之一	第四代
费尔南达·德尔·卡皮奥	奥雷里亚诺第二之妻	第四代
佩特拉·科特斯	奥雷里亚诺第二之情妇	第四代
何·阿尔卡蒂奥(神学院学生)	奥雷里亚诺第二之长子	第五代
梅梅(雷纳塔)	奥雷里亚诺第二之次女	第五代
马乌里肖·巴比伦	梅梅之情夫	第五代
阿玛兰妲·乌尔苏拉	奥雷里亚诺第二之小女儿	第五代
加斯通	阿玛兰妲·乌尔苏拉之夫	第五代
奥雷里亚诺·布恩迪亚(破译手稿者)	梅梅之子	第六代
有尾巴的婴儿	奥雷里亚诺·布恩迪亚之后代	第七代

从名单上可以看出人名的重复出现极为频繁,随着人名频繁出现,人物命运也惊人地相似:凡是阿尔卡蒂奥们总是使这个家族绵延,凡是奥雷里亚诺们总使家族断裂。唯一的例外是阿尔卡蒂奥第二和奥雷里亚诺第二,是因为他们两个是双胞胎,长得太相像了,从小可能被搞混了。尤其是奥雷里亚诺们,他们的共同特征就是:孤独。乌尔苏拉年老的时候终于悟出了这一点。

她意识到奥雷里亚诺·布恩迪亚上校并非像她想的那样,由于战争的摧残而丧失对家人的情感,实际上他从未爱过任何人,包括妻子蕾梅黛丝和一夜风流后随即从他生命中消失的无数女人,更不必提他的儿子们。她猜到他并非像所有人想的那样为着某些理想发动那些战争,也并非像所有人想的那样因为疲倦而放弃了近在眼前的胜利,实际上他成功和失败都因为同一个原因,即纯粹、罪恶的自大。她最终得出结论,自己不惜为他付出生命的这个儿子,不过是个无力去爱的人。①

所以,乌尔苏拉明白了为什么奥雷里亚诺上校在她的腹中还是胎儿的时候就开始哭泣,那是因为他早就预感到了他没有爱的能力。晚年的奥雷里亚诺上校,虽经历过战争的磨炼和权力的诱惑,却鄙视自己所做的一切,只是埋头于锻造小金鱼。卖了之后,再把所得金币熔化掉以继续制作小金鱼,每天就处在这种无休止、无意义、无价值的循环中。似乎只有埋头于手工活动,他才可避免发疯;而他其实已经疯了,只不过他是清醒的疯子罢了。

而更为可悲的是布恩迪亚家族的人已经爱上了这种孤独,或者无可救药地深陷在这种孤独之中。似乎谁也不知道对方在想些什么,人和人之间有着厚厚的壁垒,每个人都被困在强烈的情欲之网中,上演自己孤独的故事。何塞·阿尔卡蒂奥·布恩迪亚埋头于自己的实验,把孩子们撇在一边,在孩子到了十多岁了他才似乎第一次看到孩子们的存在;他年老之后被绑在树下自言自语,或者干脆跟他早年杀死的幽灵说话;何塞·阿尔卡蒂奥与丽蓓卡公然表兄妹结婚并自绝于整个村子,在坟墓里安营扎寨,且仗着武力为所欲为;丽蓓卡宁可在坟墓般的房屋里被活埋也不愿出来与人交往;乌尔苏拉在皮埃特罗·克雷斯庇死后不与阿玛兰妲说一句话;上校埋头于自己的金鱼制作,对所有人视若无睹;阿尔卡蒂奥残酷统治马孔多,随便枪毙人,成了马孔多历史上最为残暴的统治者;整整几对表兄妹结婚,终至姑侄乱伦;美貌惊人的俏姑娘到处带来致人死亡的气息;费尔南达独自一人和隐身医生通信;梅梅因为自己的情夫被妈妈安排好的人用枪打残而被领到修道院,终生没有再开口说一句话;第六代奥雷里亚诺·布恩迪亚将自己关在房间里,对死人留下的手稿着了迷,天天和幽灵通话;最后,奥雷里亚诺和姑姑乌尔苏拉通奸,生下带猪尾巴的婴儿……所有这一切都是孤独的不同形式,在这块多灾多难的土地上循环上演,就像人名一样似乎永远无法跳出这一宿命般的怪圈。

这正是变形夸张的魔幻中深刻而又惊人的现实。难怪马尔克斯老是否认自己写的是魔幻现实主义作品,在他看来,现实永远比魔幻更加魔幻。对于马尔克斯来说,最难处理的问题是打破现实和令人难以置信事物的界限。在《百年孤独》中,这些迷人的魔幻部分之所以能取得如此深刻而又真实的力量而没有坠入生硬乱扯的泥潭,关键在于作品了不起的叙事艺术。这也是马尔克斯自觉意识到的。他采用外祖母叙述故事的方式,摆脱开一切理性主义的框框,冷静地、毫不怀疑地叙述下去,采用时空交错和家族绵延的方式把故事一再叙述下去。

---

① 加西亚·马尔克斯:《百年孤独》,范晔译,南海出版公司,2011年版,第219页。

多年以后,面对行刑队,奥雷里亚诺·布恩迪亚上校将会回想起父亲带他去见识冰块的那个遥远的下午。①

这个融合了过去、现在和未来的开头,已经成为世界小说之林中的经典开篇,并为各国众多作家所纷纷仿效。马尔克斯的精妙之处还在于,他并没有把这样的开头导向意识流,而是在叙述中把历史的沧桑感和生活的细节结合起来,寓庄于谐,妙趣横生。可以说,没有马尔克斯的现实魔幻态度和讲故事的叙述模式,就没有《百年孤独》。

---

① 加西亚·马尔克斯:《百年孤独》,范晔译,南海出版公司,2011年版,第1页。

推荐阅读书目

阿赫玛托娃:《阿赫玛托娃诗全集》,晴朗、李寒译,人民文学出版社,2017年版。

阿兰·罗伯-格里耶:《窥视者》,郑永慧译,译林出版社,2007年版。

阿兰·罗伯-格里耶:《橡皮》,林秀清译,译林出版社,2007年版。

阿纳托尔·法朗士:《黛依丝》,傅辛译,上海译文出版社,1982年版。

艾丽丝·默多克:《大海,大海》,梁永安译,上海译文出版社,2016年版。

艾丽丝·默多克:《黑王子》,萧安溥、李郊译,译林出版社,2008年版。

艾丽斯·沃克:《紫颜色》,陶洁译,译林出版社,1998年版。

T. S. 艾略特:《T. S. 艾略特诗选》,查良铮译,四川文艺出版社,1992年版。

安德烈·布勒东:《娜嘉》,董强译,上海人民出版社,2009年版。

安德烈·纪德:《伪币制造者》,盛澄华译,上海译文出版社,1983年版。

安东尼·伯吉斯:《发条橙》,王之光译,译林出版社,2011年版。

安吉拉·卡特:《马戏团之夜》,杨雅婷译,南京大学出版社,2011年版。

安吉拉·卡特:《染血之室与其他故事》,严韵译,南京大学出版社,2015年版。

安娜·西格斯:《第七个十字架》,李士勋译,外国文学出版社,1999年版。

奥古斯特·斯特林堡:《斯特林堡小说戏剧选》,张道文、李议译,人民文学出版社,1999年版。

A. S. 拜厄特:《占有》,于冬梅、宋瑛堂译,南海出版公司,2012年版。

保尔·瓦雷里:《瓦雷里诗歌全集》,葛雷、梁栋译,中国文学出版社,1996年版。

鲍里斯·维昂:《岁月的泡沫》,金龙格译,海天出版社,2014年版。

贝托尔特·布莱希特:《布莱希特戏剧选》,高士彦译,人民文学出版社,1980年版。

大卫·塞林格:《麦田里的守望者》,施咸荣译,译林出版社,1997年版。

戴维·洛奇:《小世界》,王家湘译,上海译文出版社,2007年版。

E. L. 多克特罗:《拉格泰姆时代》,常涛等译,译林出版社,1996年版。

多丽丝·莱辛:《金色笔记》,陈才宇、刘新民译,译林出版社,2000年版。

厄内斯特·海明威：《老人与海》，吴劳译，上海译文出版社，2006年版。
厄内斯特·海明威：《永别了，武器》，林疑今译，上海译文出版社，1999年版。
菲利普·罗斯：《美国牧歌》，罗小云译，译林出版社，2004年版。
弗吉尼亚·伍尔夫：《达洛卫夫人》，孙梁、苏美译，上海译文出版社，2007年版。
弗吉尼亚·伍尔夫：《到灯塔去》，瞿世镜译，上海译文出版社，2000年版。
弗吉尼亚·伍尔夫：《海浪》，曹元勇译，上海译文出版社，2012年版。
弗兰茨·卡夫卡：《卡夫卡全集》10卷，叶廷芳、洪天富等译，河北教育出版社，1996年版。
弗兰克·诺里斯：《深渊——芝加哥故事》，裘因译，上海译文出版社，2000年版。
弗兰克·诺里斯：《章鱼——一个加利福尼亚的故事》，吴劳译，上海译文出版社，1984年版。
弗朗索瓦·莫里亚克：《爱的荒漠》，桂裕芳译，上海文艺出版社，2013年版。
弗朗索瓦·莫里亚克：《苔雷丝·德斯盖鲁》，桂裕芳译，人民文学出版社，1986年版。
弗朗西斯·司各特·菲茨杰拉德：《了不起的盖茨比》，巫宁坤、唐建清译，译林出版社，1999年版。
弗朗西斯·司各特·菲茨杰拉德：《人间天堂》，金绍禹译，上海译文出版社，2010年版。
弗朗西斯·司各特·菲茨杰拉德：《夜色温柔》，主万、叶尊译，人民文学出版社，2007年版。
E. M. 福斯特：《霍华德庄园》，苏福忠译，上海译文出版社，2016年版。
E. M. 福斯特：《看得见风景的房间》，巫漪云译，上海译文出版社，2007年版。
E. M. 福斯特：《小说面面观》，冯涛译，人民文学出版社，2009年版。
E. M. 福斯特：《印度之行》，冯涛译，上海译文出版社，2016年版。
高尔基：《不合时宜的思想》，朱希渝译，江苏人民出版社，1998年版。
高尔基：《童年》，刘辽逸译，人民文学出版社，1978年版。
高尔基：《我的大学》，刘辽逸译，人民文学出版社，1997年版。
高尔基：《在人间》，楼适夷译，人民文学出版社，1998年版。
豪·路·博尔赫斯：《虚构集》，王永年译，浙江文艺出版社，2008年版。
赫尔曼·黑塞：《玻璃球游戏》，张佩芬译，上海译文出版社，1998年版。
赫尔曼·黑塞：《荒原狼》，王滨滨译，译林出版社，2015年版。
亨利希·曼：《臣仆》，傅惟希译，上海译文出版社，1979年版。

胡安·鲁尔弗:《胡安·鲁尔弗中短篇小说集》,魏民译,外国文学出版社,1980年版。

加缪:《局外人·鼠疫》,郭宏安译,漓江出版社,1990年版。

加缪:《西绪福斯神话》,郭宏安译,译林出版社,2013年版。

加西亚·马尔克斯:《百年孤独》,范晔译,南海出版公司,2011年版。

加西亚·马尔克斯:《霍乱时期的爱情》,杨玲译,南海出版公司,2012年版。

简·里斯:《藻海无边》,陈良廷、刘文澜译,上海译文出版社,1996年版。

杰克·凯鲁亚克:《在路上》,王永年译,上海译文出版社,2006年版。

杰克·伦敦:《荒野的呼唤》,胡春兰、赵苏苏译,人民文学出版社,2004年版。

杰克·伦敦:《马丁·伊登》,吴劳译,上海译文出版社,1990年版。

金斯利·艾米斯:《幸运的吉姆》,谭理译,译林出版社,1998年版。

君特·格拉斯:《铁皮鼓》,胡其鼎译,漓江出版社,1998年版。

卡莱尔·恰佩克:《恰佩克选集·小说散文选》,人民文学出版社,1983年版。

拉尔夫·埃里森:《看不见的人》,任绍曾译,外国文学出版社,1984年版。

D. H. 劳伦斯:《儿子和情人》,陈良廷、刘文澜译,人民文学出版社,2011年版。

D. H. 劳伦斯:《虹》,李建译,百花文艺出版社,1987年版。

D. H. 劳伦斯:《恋爱中的女人》,黑马译,中央编译出版社,2010年版。

勒克莱齐奥:《变革》,张璐译,人民文学出版社,2018年版。

勒克莱齐奥:《流浪的星星》,袁筱一译,人民文学出版社,2010年版。

勒克莱齐奥:《诉讼笔录》,许钧译,上海译文出版社,2008年版。

雷马克:《西线无战事》,朱雯译,外国文学出版社,1983年版。

雷蒙·格诺:《风格练习》,袁筱一译,人民文学出版社,2018年版。

里尔克:《杜伊诺哀歌》,林克译,同济大学出版社,2009年版。

里尔克:《里尔克诗选》,绿原译,人民文学出版社,1996年版。

理查德·赖特:《土生子》,施咸荣译,上海译文出版社,1983年版。

路易-费迪南·塞利纳:《长夜行》,徐和瑾译,上海文艺出版社,2013年版。

路易-费迪南·塞利纳:《死缓》,金龙格译,漓江出版社,2016年版。

罗兰·巴特,《写作的零度》,李幼蒸译,中国人民大学出版社,2008年版。

罗曼·罗兰:《约翰·克利斯朵夫》,韩沪麟译,译林出版社,2000年版。

洛特雷阿蒙:《马尔多罗之歌》,车槿山译,上海人民出版社,2008年版。

马丁·杜·加尔:《蒂博一家》,王晓峰、赵九歌译,上海译文出版社,1984年版。

马里奥·巴尔加斯·略萨:《绿房子》,孙家孟译,人民文学出版社,2009年版。

马塞尔·普鲁斯特:《追忆似水年华》,李恒基、徐继增、桂玉芳等译,译林出版社,2011年版。

玛格丽特·德拉布尔:《红王妃》,杨荣鑫译,云南教育出版社,2007年版。

玛格丽特·德拉布尔:《磨砺:一个未婚母亲的自述》,程乃欣、吕文镜译,中国文联出版公司,1997年版。

玛格丽特·杜拉斯:《琴声如诉》,王道乾译,上海译文出版社,2006年版。

玛格丽特·杜拉斯:《情人》,王道乾、南山译,上海译文出版社,1997年版。

米格尔·安赫尔·阿斯图里亚斯:《总统先生》,黄志良、刘静言译,外国文学出版社,1980年版。

米兰·昆德拉:《不能承受的生命之轻》,许钧译,上海译文出版社,2010年版。

米歇尔·图尔尼埃:《礼拜五或太平洋上的虚无缥缈境》,余中先译,安徽文艺出版社,1999年版。

米歇尔·图尔尼埃:《桤木王》,许钧译,上海译文出版社,2013年版。

莫里斯·布朗肖:《等待,遗忘》,鹫龙译,南京大学出版社,2015年版。

莫里斯·布朗肖:《黑暗托马》,林长杰译,南京大学出版社,2014年版。

莫里斯·布朗肖:《死刑判决》,汪海译,南京大学出版社,2014年版。

莫里斯·布朗肖:《未来之书》,赵苓岑译,南京大学出版社,2015年版。

莫里斯·梅特林克:《梅特林克剧作选》,管震湖、李胥森译,湖南人民出版社,1985年版。

纳博科夫:《黑暗中的笑声》,龚文庠译,上海译文出版社,2006年版。

纳博科夫:《洛丽塔》,主万译,上海译文出版社,2005年版。

纳博科夫:《微暗的火》,梅绍武译,上海译文出版社,2011年版。

诺曼·梅勒:《裸者与死者》,蔡慧译,上海译文出版社,1997年版。

帕斯捷尔纳克:《日瓦戈医生》,外国文学出版社,蓝英年、张秉衡译,1987年版。

帕特里克·莫迪亚诺:《暗店街》,王文融译,上海文艺出版社,2015年版。

帕特里克·莫迪亚诺:《青春咖啡馆》,金龙格译,人民文学出版社,2010年版。

乔治·奥威尔:《1984》,董乐山译,花城出版社,1985年版。

乔治·奥威尔:《动物农场》,荣如德译,上海译文出版社,2009年版。

乔治·伯纳·萧(萧伯纳):《萧伯纳戏剧集》,朱光潜译,云南人民出版社,2011年版。

乔治·佩雷克:《W或童年回忆》,樊艳梅,南京大学出版社,2014年版。

乔治·威尔斯:《时间机器》,沈师光译,中国农业机械出版社,1981年版。

让·艾什诺兹:《我走了》,余中先译,湖南文艺出版社,2000年版。

让·保尔·萨特:《萨特文集》,沈志明、艾珉译,人民文学出版社,2000年版。

萨缪尔·贝克特:《等待戈多》,施咸荣译,人民文学出版社,2002年版。

萨缪尔·贝克特:《马龙之死》,余中先译,湖南文艺出版社,2013年版。
萨缪尔·贝克特:《无法称呼的人》,余中先、郭昌京译,湖南文艺出版社,2013年版。
赛珍珠:《大地三部曲》,王逢振等译,人民文学出版社,2010年版。
舍伍德·安德森:《舍伍德·安德森短篇小说选》,方智敏译,中央编译出版社,2012年版。
舍伍德·安德森:《小城畸人》,吴岩译,上海译文出版社,2008年版。
石黑一雄:《长日留痕》,冒国安译,译林出版社,2011年版。
石黑一雄:《浮世画家》,马爱农译,上海译文出版社,2011年版。
斯特凡·茨威格:《斯·茨威格小说选》,张玉书译,外国文学出版社,1982年版。
索尔·贝娄:《赫索格》,宋兆霖译,漓江出版社,1985年版。
谭恩美:《喜福会》,田青译,春风文艺出版社,1992年版。
汤亭亭:《中国佬》,肖锁章译,译林出版社,2000年版。
唐纳德·巴塞尔姆:《白雪公主后传》,虞建华译,上海译文出版社,2005年版。
托马斯·赫胥黎:《美丽新世界》,陈超译,上海译文出版社,2017年版。
托马斯·曼:《布登勃洛克一家:一个家庭的没落》,傅惟慈译,人民文学出版社,1962年版。
托马斯·曼:《魔山》,杨武能译,上海文艺出版社,2014年版。
托妮·莫里森:《宠儿》,潘岳、雷格译,南海出版公司,2013年版。
托尼·莫里森:《所罗门之歌》,胡允桓译,外国文学出版社,1987年版。
威廉·福克纳:《八月之光》,蓝仁哲译,上海译文出版社,2008年版。
威廉·福克纳:《喧哗与骚动》,李文俊译,上海译文出版社,1995年版。
威廉·福克纳:《押沙龙,押沙龙!》,李文俊译,上海译文出版社,2010年版。
威廉·戈尔丁:《蝇王》,龚志成译,上海译文出版社,1997年版。
威廉·萨尔默特·毛姆:《人性的枷锁》,徐进译,湖南人民出版社,1983年版。
威廉·萨尔默特·毛姆:《月亮和六便士》,傅惟慈译,上海译文出版社,2006年版。
威廉·叶芝:《叶芝抒情诗全集》,傅浩译,中国工人出版社,1994年版。
薇拉·凯瑟:《啊,拓荒者!》,资中筠译,人民文学出版社,2002年版。
薇拉·凯瑟:《我的安东妮亚》,周微林译,外国文学出版社,1998年版。
薇拉·凯瑟:《云雀之歌》,曹明伦译,沈阳出版社,2001年版。
西奥多·德莱塞:《美国的悲剧》,许汝祉译,外国文学出版社,1986年版。
西蒙娜·德·波伏瓦:《第二性》(全卷本),郑克鲁译,上海译文出版社,2014

西蒙娜·德·波伏瓦:《他人的血》,葛雷、齐彦芬译,外国文学出版社,1987年版。

肖洛霍夫:《静静的顿河》,金人译,人民文学出版社,1983年版。

辛克莱·路易斯:《巴比特》,王仲年译,湖南人民出版社,1983年版。

辛克莱·路易斯:《大街》,樊培绪译,译林出版社,2005年版。

伊迪斯·华顿:《纯真年代》,赵兴国、赵玲译,译林出版社,2002年版。

伊恩·麦克尤恩:《黑犬》,郭国良译,上海译文出版社,2013年版。

伊恩·麦克尤恩:《赎罪》,郭国良译,上海译文出版社,2005年版。

伊莱娜·内米洛夫斯基:《法兰西组曲》,袁筱一译,人民文学出版社,2006年版。

伊塔洛·卡尔维诺:《寒冬夜行人》,萧天佑译,译林出版社,2001年版。

伊塔洛·卡尔维诺:《我们的祖先》,吴正仪译,译林出版社,2001年版。

伊万·布宁:《阿尔谢尼耶夫的一生》,靳戈译,译林出版社,2004年版。

尤金·奥尼尔:《奥尼尔集(上下)》,汪义群、梅绍武等译,生活·读书·新知三联书店,1995年版。

于斯曼:《逆流》,余中先译,上海译文出版社,2016年版。

约翰·厄普代克:《恐怖分子》,刘子彦译,人民文学出版社,2009年版。

约翰·厄普代克:《兔子,跑吧》,李力、李欣、王康译,重庆出版社,1987年版。

约翰·福尔斯:《法国中尉的女人》,陈安全译,上海译文出版社,2003年版。

约翰·高尔斯华绥:《福赛特世家》,周煦良译,上海译文出版社,1982年版。

约翰·斯坦贝克:《愤怒的葡萄》,胡仲持译,外国文学出版社,1987年版。

约瑟夫·海勒:《第二十二条军规》,吴冰青译,译林出版社,2012年版。

约瑟夫·康拉德:《黑暗的心》,黄雨石译,人民文学出版社,2002年版。

约瑟夫·康拉德:《吉姆爷》,熊蕾译,人民文学出版社,2004年版。

约瑟夫·康拉德:《在西方目光下》,赵挺译,上海译文出版社,2014年版。

詹姆斯·乔伊斯:《都柏林人》,王逢振译,上海译文出版社,2010年版。

詹姆斯·乔伊斯:《一个青年艺术家的画像》,黄雨石译,人民文学出版社,2011年版。

詹姆斯·乔伊斯:《尤利西斯》,萧乾、文洁若译,译林出版社,1994年、1996年版。

朱利安·巴恩斯:《福楼拜的鹦鹉》,石雅芳译,译林出版社,2010年版。

编后记

2017年初,南京师范大学出版社与我们商谈修订原《20世纪欧美文学史》(汪介之主编、杨莉馨副主编)的相关事宜。汪老师由于科研工作繁忙,委托我主持此事。由于原书的编撰工作是在十五年前完成的,现在看来,无论是在呈现当代欧美文学的发展动态、吸收中外学界研究的前沿成果方面,还是在章节设计和体例编排上都存在一些明显的可提升之处,已不能很好地满足当前高校本科与研究生课程教学的需求。与此同时,原教材主要由我们文学院外国文学教研室的同仁合作完成,部分老师已经退休或离职,在十数年的时间里又有好几位年富力强、接受过完整学术训练,并拥有海外学术经历的中青年学者加入到团队之中。因此,凝聚中青年学人的智慧与专长,重新编撰一部尽可能体现出新的文学史观与各自的研究心得、适应新时代教学科研需求的20世纪欧美文学教材,不仅有了实现的可能性,亦成为我们专业成员的共同责任。

因此,在文学院领导和教研室全体同仁的积极支持与帮助下,我在原《20世纪欧美文学史》章节体例的基础上,重新拟定了新的撰写大纲,打破了"西方现实主义文学""西方现代主义文学"与"俄罗斯文学"三分的原定格局,而将之调整为"20世纪上半叶的欧美文学"与"20世纪下半叶的欧美文学"这样的上、下两编,每编之内各有"导论",并分设英、法、美、俄、德语文学与拉美文学等各章,每章第一节以"概述"来总领本国、本地区社会文化历史语境、梳理文学发展概貌的方式展开,以搭建整体上的文学史理解与论述构架,同时尽可能准确处理作家作品,文学思潮、流派与现象在文学史框架中的具体位置与相互关系,为复杂的作家作品与文学现象的论述留下一定的弹性空间。

与此同时,有鉴于目前同类教材中存在的内容雷同、观点陈旧、缺乏创新的普遍现象,教研室同仁在涵纳新的学术成果、努力体现学术个性的共识基础上,力求在通力合作中将本教材打造成一部拥有宽广视野和独到见解的高质量学术精品。而各位老师的学术积累,亦为这一目标的实现创造了良好的条件。本专业汪介之老师是俄罗斯文学专家,陈瑞红老师在现代英国文学与审美现代性研究领域、哈旭娴老师在现当代美国文学与厄普代克研究领域、卢婧老师在现当代英国文学与多丽丝·莱辛研究领域、萧盈盈老师在20世纪法国文学与哲学研究领域、江渊老师在 20 世纪英语文学研究领域等,都学有专攻,取得了不俗的成绩。我本人亦多年从事现当代英语文学,尤其是女性文学的研究。而我们的作者团队中,还有来自复旦大学、南京大学、中国人民大学、北京第二外国语大学、南京医科大学、南京财经大学、南京晓庄学院、盐城师范学院、聊城大学,以及我们南京师范大学外国语学院等高校、科研与出版机构的专家学者,大家发挥专长,不仅为教材的整体学术质量提供了出色的保障,更使有关当代英语文学、法语文学,以及女性文学等的新论,成为教材的一个突出亮点。除此而外,特别需要提及的是,本书的撰写还是国际学术交流与合作的结晶。在复旦大学法语系任教的鲁高杰(Gaultier Roux)博士为了撰写"普鲁斯特""塞利纳"等节,曾专程回到法国收集资料,数易其稿,为书稿奉献了精彩的研究心得。他主撰的"普鲁斯特"一节尤以对《追忆似水年华》七卷内容翔实而精到的阐释,令人耳目一新。因此,本书作为来自海内外优秀学者通力合作的成果,不仅体现了国际化的新视野,亦见证了大家以文会友的学术热忱。关于本书,另有一点需要加以说明的是,我们拟定的新书名中删去了"史"字。如前所说明的,这并非是指新教材没有遵循文学史的体例,而是我们对"文学史"这一概念心存敬畏之心,一是考虑到教研室同仁和全体参与者的工作不能覆盖所有语种及其中相关作家,出于实事求是的考虑回避了写"史"的贪多求全;二是兼顾了教学选择的侧重与学生的兴趣及相对熟悉度。随着国际学术文化交流与研究的不断深入,我们今后在对本书进行修订时还将进一步扩大对作家作品的涵摄面。

  2017 年岁末,本书的第一稿基本完成。我将书稿打印下来,全文校读、删改了一遍,又请我的两位博士生焦红乐、周宇航进行了整理和排版。张春编审认真审读了全稿,并提出了专业而中肯的修改意见与建议。2018 年寒假期间,我对各位老师修改完善后的书稿进行了第二轮的整合与打磨;2018 年 4 月,对书稿进行了第三次修订。我们期待即将面世的新编《20 世纪欧美文学》能作为高校(人)文学院、外国语学院等的本科生、研究生学习与研读"20 世纪欧美文学"的教材与参考书目,各大高校有志于进入"比较文学与世界文学"专业、欧美文学各语种相关专业进一步深造的考研同学的学习参考书,以及外国文学爱好与研究者的案头用书。

  在新编《20 世纪欧美文学》即将付梓之际,作为第一主编,我首先要感谢教研室同仁、海内外院校、科研与出版机构全体参编人员的支持、配合与出色的工作!本书各章节撰写人员的分工情况如下:

  上编第一章,上编第二章第一、五节,下编第二章第三至五节:杨莉馨(南京师范大学)

  上编第二章第二节:岳峰(盐城师范学院)

  上编第二章第三节:端传妹(杨莉馨修订)(南京师范大学)

编后记

上编第二章第四节：张治超（安徽师范大学）

上编第二章第六节：周晓阳（江苏文艺出版社）

上编第二章第七节：江渊（杨莉馨修订）（南京师范大学）

上编第三章第一节、下编第三章第一节：萧盈盈（南京师范大学）

上编第三章第二节：孔潜（南京师范大学）

上编第三章第三、四节：鲁高杰（复旦大学）

上编第四章第一节、下编第四章第四节：陈瑞红（南京师范大学）

上编第四章第二节、下编第二章第七节：桂滢（南京师范大学）

上编第四章第三节：张春蕾（南京晓庄学院）

上编第四章第四节、第五节：齐宏伟（南京师范大学）

上编第四章第六节：张曦（南京医科大学）

上编第五章、下编第五章：汪介之（南京师范大学）

上编第六章：李倩（南京师范大学）

下编第一章，第四章第一、三、六节：哈旭娴（南京师范大学）

下编第二章第一、二节，第六章第二节：卢婧（南京师范大学）

下编第二章第六节、下编第四章第二节：白薇臻（南京师范大学）

下编第三章第二节：汪海（中国人民大学）

下编第三章第三节：许仁豪（台湾中山大学）

下编第三章第四节：陈静（北京第二外国语大学）

下编第三章第五节：张璐（南京大学）

下编第四章第五节：陈为艳（聊城大学）

下编第四章第七节：邵怡（南京财经大学）

下编第六章第一、三节：齐宏伟、卢婧（南京师范大学）

因此，没有大家在承受着日常繁重的教学科研压力之下的无私奉献，这部书的面世是难以想象的。其次，我要感谢文学院院长高峰教授与分管副院长刘志权教授给予本书撰写工作的关心与江苏省品牌专业、江苏省优势学科经费的扶持，感谢汪介之教授对我的信任。再次，南京师范大学出版社的张春编审一手推动了本教材的启动工作与编辑出版流程。她的温婉、坚韧与高效负责的工作态度给我留下了深刻的印象。我们之间的合作也一直十分愉快。对本书的责任编辑于丽丽的出色工作，我也要表示真诚的谢意！原教材中由华明教授执笔的部分内容，由于体例的变动，经修订被整合进了不同的部分，我们也要对他的辛勤劳动表示敬意！最后，博士生焦红乐与周宇航出色地帮我分担了修订文字录入与排版的工作，焦红乐还帮助增补了很多推荐阅读书目，并对其版本进行了校订。在此，我也要对他们表示感谢!

  最后,恳请各位专家、学者以及热心的读者对本书的不足提出批评与建议。我们亦期待着在日后的教学与研究过程中不断提升自身的学术水平,弥补教材撰写中的疏漏之处。

杨莉馨
2018 年 4 月于扬子江滨